DORIS LESSING

THE GOLDEN NOTEBOOK

금색 공책
2

창비세계문학 74

금색 공책
2

도리스 레싱

권영희 옮김

창비

차례

일러두기

1. 이 책은 Doris Lessing, *The Golden Notebook*(HarperPerennial 1999)을 번역 저본으로
   삼았다.
2. 본문 중의 각주는 옮긴이의 것이다.
3. 본문 중의 고딕체는 원서에서 이텔릭체로 강조한 부분이다.
4. 외국어는 되도록 현지 발음에 가깝게 표기하되, 우리말 표기가 굳어진 것은 관용을
   따랐다.

자유로운 여자들

3

어른들이 도움을 주려 애쓰는 동안
토미는 차츰 실명 상태에 적응한다

토미는 일주일간 생사의 기로에 있었다. 평소의 당당한 자신감과는 너무나 거리가 먼 목소리로 이런 말을 하며 몰리는 그 일주일을 끝맺었다. "이상하지 않니, 애나? 그 아이는 생사의 기로에 있었지. 이제는 살아날 거야. 목숨을 건지지 못하는 일은 없겠지. 하지만 만약 그애가 죽어버렸다 해도, 역시 우린 어쩔 수 없는 일로 받아들이지 않았겠어?" 그 일주일 내내 두 여자는 병원에서 토미의 침상 곁을 지켰다. 의사들이 병세를 살피고 진찰을 하고 수술을 하는 동안에는 대기실에서 기다렸고, 재닛을 돌보기 위해 번갈아 애나의 아파트에 들르기도 했으며, 위로의 편지와 방문도 받았다. 남은 에너지는 아예 대놓고 두 사람을 비난하는 리처드를 상대하는

데 총동원했다. 시간이 멈추고 감정도 멎어버린 것 같았던(물론 이는 전통적으로 공인된 반응이었지만, 멍하니 마음만 졸이는 것 말고는 왜 아무것도 느낄 수 없는지 그들은 스스로에게, 또 서로에게 묻곤 했다) 이 일주일 동안 두 사람은 그 문제가 이미 그들에게 너무 익숙했던 터라 짤막하게만, 말하자면 속기로 주고받듯이, 몰리가 토미를 양육한 방식과 애나와 토미의 관계에 대해 서로의 생각을 나눴다. 무엇이 결정적인 잘못이었으며, 그 순간이 언제인가를 집어내기 위해서였다. 몰리가 1년간 떠나 있었던 것이 잘못이었을까? 아니, 몰리는 여전히 그것이 옳은 일이었다고 생각했다. 아니면 그들이 세상의 관습을 따르지 않고 살았기 때문일까? 하지만 그들이 무슨 수로 다르게 살 수 있었을까. 토미가 애나를 마지막으로 찾아왔을 때 얘기한, 혹은 얘기하지 않은 어떤 내용 때문에? 가능성은 있지만 그것도 아닌 것 같았다. 게다가 누가 그런 일을 미리 눈치챌 수 있었겠는가. 애나와 몰리가 보기에 그 재앙은 리처드 탓도 아니었다. 그래서 리처드가 자신들을 비난했을 때 두 사람은 이렇게 대답했다. "이봐, 리처드, 서로 탓해봤자 아무 소용 없어. 중요한 건 이제 그 아이를 위해 뭘 해줄 것인가라고."

시신경 손상으로 토미는 앞을 볼 수 없게 되었다. 다행히 뇌는 손상이 없거나, 혹시 있더라도 곧 회복될 거라고 했다.

큰 고비를 넘기며 시간이 다시 제자리를 찾아 흘러가기 시작하자, 몰리는 무기력하게 주저앉아 몇시간을 나지막하게 흐느꼈다. 애나는 그런 몰리와 재닛을 돌보느라 동분서주했다. 토미의 자살시도를 재닛에게는 알리지 않기로 했다. 애나는 '사고가 있었다'고 표현했지만 바보 같은 핑계였다. 이제 아이는 누군가를 몸져눕게 하고 영원히 앞을 못 보게 할 만큼 끔찍한 사고의 가능성이 일상적인 습관과 물건 곳곳에 숨어 있다고 생각하는 눈치였다. 그래서 애나는 표현을 고쳐서, 토미가 권총을 청소하다가 실수를 해서 다쳤다고 했다. 그러자 재닛은 우리 집에는 권총이 없지요? 이렇게 물었고, 애나가 지금도 없고 앞으로도 절대 없을 거라고 대답해주자 그제야 두려움에서 벗어났다.

그러는 사이 토미는 어두운 방에서 조용하게 붕대에 싸인 채 살아 있는 사람들의 도움을 받으며 그들의 손길 속에서 무기력하게 머물다가 조금씩 몸을 움직였고, 되살아났고, 입을 열어 말하기 시작했다. 결국 그 사람들, 즉 몰리와 애나와 리처드와 매리언은 마치 시간이 사라져버린 듯한 그 일주일 내내, 서 있거나 앉은 채로 그를 지켜보며 기다리는 동안, 마음속으로 토미가 자신들을 지나쳐 죽음 쪽으로 미끄러져 가는 상황을 얼마나 단단히 각오하고 있었는지 깨달았다. 처음 그가 다시 입을 열었을 때 그들은 충격을 받았다. 토미의 그 특징, 자기 뇌에 총알을 꽂게 만들었던 그 비판적이고 완강하고 고집스러운 성격은, 이제 그가 붕대에 감싸인 희생양이 되어 하얀 이불 아래 누워 있는 사이 그들 뇌리 속에서 사라져버린 터였다. 그가 처음 한 말은 (그들 전부 거기 모여 있었기에 함께 들었는데) "거기들 계시는 거 맞죠? 그런데 보이지가 않네요"였다. 그 말의 어조가 그들을 계속 침묵하게 했다. 토미는 말을 이었다. "전 이제 앞을 못 보게 된 거네요, 맞죠?" 다른 무엇보다 그들은 이 소년이 삶으로 복귀한 데서 오는 충격을 누그러뜨리고 싶었지만, 토미가 처음 입을 열었을 때와 마찬가지로 이 두번째 말의 어조가 이를 불가능하게 했다. 조금 후에 몰리가 그에게 진실을 알렸다. 병상 주위의 네 사람은 하얀 붕대 아래 눈이 먼 그의 머리를 바라보았고, 앞으로 치러야 할 고독하고 고된 투쟁을 떠올리며 연민과 공포로 속을 태웠다. 하지만 토미는 아무 말이 없었다. 그는 가만히 누워 있었다. 아버지에게서 물려받은 그 두툼하고 둔탁한 손을 양옆에 내려놓은 채로. 토미는 두 손을 들어 만져보더니, 감내하겠다는 듯 가슴 위에서 맞잡았다. 하지만 몰리와 애나는 이 몸짓에서 연민이 아닌 뭔가 다른 감정을 느꼈기에 서로 시선을 교환했다. 그것은 일종의 공포였고, 시선을 주고받음으로써 그들은 서로 고개를 끄덕인 셈이었다. 두 여자가 이처럼 감정을 공유하는 것을 눈치챈 리처드는 치미는 분노에 말 그대로 이를 갈았다. 그러나 함부로 그 감정을 토로할 자리는 아니었기에 그는 병원 밖에서 분풀이를 했다. 함께 병원을 나와 걸어가고 있었고 매리언이 약간 떨어져서 따라오는 중이었다. 토미 일에 충격을 받은 매리언은 한동안 술을 입에 대지 않았지만 여전히 자신만의 느릿한 세계 속에서 움직이는 듯했다. 리처드는 몰리에게 비난을 퍼부으면서도 두 사람을 함께 공격하려는 듯 분노로 이글거리는 눈길을 애나 쪽으로 던졌다. "그것참 더럽게 잘한 일이야, 응?" 애나의 부축을 받으며 걷던 몰리가 물었다. "뭐가 말이야?" 이제 병원 밖이라 몰리는 온몸을 떨며 울고 있었다. "평생 앞을 못 본다고 그애한테 말한 거 말이야. 어떻게 그런 말을 해?" "토미도 알고 있었어." 대꾸하기 힘들 정도로 기진맥진한 몰리를 대신해서 애나가 말했다. 리처드가 그 때문에 자신들을 책망하는 건 아니라는 사실도 알고 있었다. "알았다고? 그애가 알았다고?" 그가 이를 악물고 날카롭게 내뱉었다. "이제 막 혼수상태에서 깨어난 애한테 평생 앞을 못 본다고 말하다니." 그의 감정이 아니라 말에 답하겠다는 생각으로 애나가 대꾸했다. "그 아이도 당연히 알아야 하니까." 몰리는 리처드를 무시한 채, 병상 너머 말 대신 두려움 가득한 시선을 서로 확인하면서 시작된 둘 사이의 대화를 이어가고자 애나를 향해 말했다. "한동안은 이미 의식이 돌아와 있었던 게 분명해. 우리 모두가 모이길 기다리고 있었던 거야. 그애는 마치 눈이 멀어 기쁜 거 같아. 정말 끔찍하지 않니, 애나?" 그러고서 신경질적인 울음을 터뜨렸고, 애나는 리처드에게 말했다. "이제 몰리한테 분풀이하는 짓 따윈 그만둬." 리처드는 신물이 난다는 듯 뭔가 알아듣기 힘든 소리를 내더니, 그들 셋을 멍하게 따라오던 매리언 쪽으로 가서 짜증을 부리며 그녀의 팔을 붙잡고는 선명한 화단이 자로 잰 듯 체계적으로 조성된 병원의 진초록 잔디밭을 가로질렀다. 그들끼리 알아서 택시를 타고 가도록 내버려둘 심산인지, 그는 뒤도 한번 돌아보지 않은 채 매리언만 자기 차에 태우고 가버렸다.

토미는 단 한순간도 무너지는 모습을 보이지 않았다. 자기연민의 불행 속으로 주저앉는 기미도 전혀 없었다. 그 첫 순간, 사고 이후 처음 입을 열었을 때부터 줄곧 차분하고 참을성 있는 태도로 의사와 간호사 들에게 기꺼이 협조했고 애나와 몰리, 심지어 리처드와도 자신의 장래에 관해 의논했다. 애나와 몰리가 강렬하게 느꼈던 불안을 간호사들 또한 감지하지 않은 것은 아니었지만, 그들은 거듭 "모범적인 환자"라며 그를 칭찬했다. 어느 가난한 스무살 난 젊은이를 제외하면 그 정도로 끔찍한 운명에 처했으면서도 그토록 씩씩한 경우는 지금껏 본 적이 없다고 그들은 거듭 말했다.

갑작스러운 사고로 실명한 사람들을 위한 요양 병원에서 얼마간 치료를 받는 게 좋겠다는 제안이 있었지만 토미는 집에 있겠다고 고집을 부렸다. 병원에 있는 몇주를 잘 활용한 덕분에 그는 이제 별문제 없이 식사를 하고 씻고 용변 보는 일을 스스로 할 수 있게 되었고, 천천히 방을 거닐 수도 있었다. 그럴 때면 애나와 몰리는 가만히 앉아 그를 지켜보았다. 시력이 없는 눈에 검은 가리개를 쓴 채 집중하느라 꼭 다문 입술로 작은 동작 하나하나에 의지력과 집요한 인내심을 발휘하여 침대에서 의자로, 의자에서 벽으로 움직이는 모습만 아니라면, 겉보기에 토미는 이전과 그리 다르지 않았다. "괜찮아요, 간호사님. 제가 할 수 있어요.""아뇨, 엄마. 도와주지 마세요.""아니요, 애나 아줌마. 도움 필요 없어요." 그는 정말 혼자 힘으로 해냈다.

몰리는 아래층 거실을 토미에게 내주기로 결정했다. 그렇게 하면 조금이나마 계단을 덜 오르내릴 수 있을 터였다. 여기까지는 그로서도 받아들일 준비가 되어 있는 변화였다. 하지만 토미는 몰리의 삶은 물론 자기 자신의 삶 또한 전과 달라져서는 안된다고 주장했다. "엄마, 아무것도 바꿀 필요 없어요. 변화는 전혀 바라지 않아요." 그의 목소리는 그들에게 익숙한 예전의 상태로 돌아와 있었다. 애나를 찾아왔던 그날 저녁 토미의 목소리에 실려 있던 히스테리, 마음속에 담긴 날카로움은 완전히 사라지고 없었다. 움직임과 마찬가지로 그의 목소리도 이제 느릿느릿하고 충만하며 절제된 느낌을 풍겼고, 말 한마디 한마디가 꼼꼼한 사고를 거쳐 승인된 후에야 입 밖으로 나오는 것 같았다. 하지만 토미가 '아무것도 바꿀 필요 없다'고 했을 때 두 여자는 서로를, 이제는 토미가 볼 수 없기에 들킬 염려 없이(비록 그가 눈치채지 못한다고 완전히 확신할 수는 없었지만) 마주 보았고, 같은 종류의 막연한 두려움에 처했다. 그 말을 하는 토미의 태도가, 마치 달라진 건 아무것도 없고 지금 자신이 앞을 볼 수 없게 된 건 부차적인 결과에 불과하다는 듯, 만일 그 때문에 엄마가 불행하다면 그건 엄마 자신이 불행하기로 작정한 탓이거나 혹은 아이의 지저분함이나 나쁜 습관에 짜증 난 여자처럼 안달복달 성가시게 구는 태도에 불과하다는 식이었기 때문이다. 성가신 여자를 관대하게 봐 넘기는 남자처럼 토미는 그들을 참아주고 있었다. 두 여자는 그를 쳐다보다가 겁에 질린 얼굴로 서로를 바라보았고, 다시 시선을 돌려 그를, 이제 막 자신의 것이 된 저 컴컴한 세상에 지루하되 고통이라곤 없이 적응 중인 이 소년을 그저 무기력하게 지켜볼 수밖에 없었다.

몰리와 애나가 자주 앉아 이야기를 나누던 하얀 쿠션이 놓인 창턱, 그 뒤에 자리한 몇개의 화분, 창문을 적시는 비와 가녀린 햇살만이 여전히 그 방에 남아 있는 전부였다. 이제 그곳에는 말끔한 싱글 침대와 등받이 높은 의자가 딸린 책상이 들어찼고, 편하게 이용할 수 있는 곳에 책장도 하나 놓였다. 토미는 점자를 배웠다. 연습장과 아동용 자를 이용해 글씨 쓰는 훈련도 했다. 필체가 예전과는 완전히 달라져서 아이의 글씨처럼 크고 네모나고 또렷했다. 몰리가 문 앞에 와서 노크를 하면 그는 점자판이나 연습장에서 검은 안경을 쓴 얼굴을 들고 "들어오세요"라고 말하곤 했는데, 이는 사무실 책상 너머에 앉아서 짧지만 정중하게 주의를 기울이는 남자의 태도와 흡사했다.

그래서 토미를 간호하기 위해 연극 배역을 거절했던 몰리는 다시 일터로 돌아가 무대에 섰다. 애나는 몰리가 극장에 가고 없을 때면 저녁마다 들르다가 그마저 관뒀는데, 토미가 "애나 아줌마, 저희 집에 오셔서 걱정해주시는 건 정말 고마워요. 하지만 생각하시는 것처럼 지루하지 않아요. 혼자 있는 게 좋거든요"라고 말했기 때문이다. 독신 생활을 선택한 평범한 남자가 말하듯이 토미는 그 얘기를 했다. 애나는 사고가 있기 전의 친밀감을 회복하려고 애를 썼지만 실패한 터였고, (그 아이가 마치 생전 처음 만난 타인같이

군다고 느끼며) 토미의 말을 액면 그대로 받아들일 수밖에 없었다. 토미에게 해줄 말이 말 그대로 단 한마디도 떠오르지 않았다. 게다가 토미와 함께 방에 있을 때면 늘 물결처럼 밀려드는 극심한 두려움에 압도당할 지경이었는데, 대체 왜 그런지는 애나도 알 길이 없었다.

전화기가 아들 방 바로 앞에 놓여 있는 까닭에 이제 몰리는 애나에게 집이 아니라 공중전화나 극장에서 전화했다. "토미는 요즘 어때?" 애나가 물으면 몰리는 이제 다시 크고 침착해진 목소리로 대답했지만 그 어조에는 언제나 고통과 싸우며 질문을 던지고 항의하는 듯한 기색이 묻어났다. "애나, 참 이상한 일이다만, 무슨 말을 해야 할지, 대체 뭘 어떻게 해야 할지 통 모르겠어. 토미는 늘 방에 틀어박혀 조용히 공부만 해. 도저히 더는 견딜 수 없어서 내가 방에 들어가면 걘 고개를 들고 이러는 거야. '무슨 일이세요, 엄마?'" "그래, 뭔지 알겠어." "그럼 난 별수 없이 뭔가 멍청한 말을 지껄이는 거야. 가령, 너 혹시 차 한잔 하고 싶을까 해서, 뭐 이런 말. 보통 그애는 됐다고 하지. 물론 아주 정중하게. 그러면 난 그 방에서 나와. 이제 토미는 차와 커피 내리는 것도 배우고 있어. 게다가 요리까지." "주전자와 찻잔 같은 걸 다룬다고?" "그래, 깜짝 놀랐지 뭐니. 난 부엌에서 나가 있어야 돼. 그 아이는 내가 어떤 심정인지 알고 이렇게 말하더라. '엄마, 놀라지 않으셔도 돼요. 화상 입지 않게 조심할 테니까요.'" "아, 몰리. 내가 뭐라고 해줄 말이 없다." (두 사람 다 입 밖에 내기를 두려워하는 무언가 때문에 이 지점에서 침묵이 흘렀다.) 잠시 후 몰리가 입을 뗐다. "게다가 사람들이 찾아와. 아, 정말이지 한결같이 그렇게 친절하고 다정하게들 말이야. 뭔지 알지?" "그럼, 알고말고." "가엾은 당신 아들, 불쌍한 토미…… 모든 게 정글이라는 걸 늘 알고는 있었지만 요즘처럼 확실히 느낀 적이 없어." 지인들과 친구들이 겉으로는 마음 쓰는 척하면서 악의를 감추고 몰리에게 하고 싶었던 말을 자신에게 겨눈 바 있었기에 애나는 무슨 말인지 충분히 이해할 수 있었다. "알다시피 그해에 몰리가 그 아이를 방치하고 떠난 게 참 유감스럽긴 했지." "그거랑은 아무 상관 없는 것 같아. 게다가 신중하게 생각하고 결정한 일이었거든." 혹은 이런 말도 했다. "알겠지만 그 실패한 결혼 생활 말이야, 그게 생각했던 것 이상으로 토미에게 영향을 끼친 게 확실해." "아, 그럴 수도 있겠네." 애나는 미소를 띠며 대꾸하곤 했다. "결혼 실패한 사람 여기도 있어. 내 딸은 그렇게 안될 거라고 굳게 믿고 있지만 말이야." 그리고 이렇게 애나가 몰리와 자신을 변호하는 내내 다른 어떤 것, 그들이 함께 느낀 두려움의 원인으로서 차마 입에 올리기도 무서운 다른 무언가가 도사리고 있었다.

불과 대여섯달 전까지만 해도 애나는 몰리와 전화로 수다를 나눌 때 토미에게 안부를 전했고, 몰리 집에 놀러 갈 때면 토미의 방에도 들러 그 아이와 이야기를 나눴으며, 몰리의 집에서 파티가 열리면 다른 손님들과 함께 토미 역시 손님 자격으로 참석하여 어머니의 인생이나 남자들과 겪었던 일들, 소망, 실패한 결혼 등을 속속들이 나누며 살았다. 하지만 이제 이 모든 것이, 긴 세월에 걸쳐 천천히 다져온 그들 관계가 속절없이 무너졌다는 단 한가지 사실로부터 두 사람이 공유한 그 두려움이 생겨났다. 애나는 이제 아주 실용적인 용건이 아니라면 몰리에게 굳이 전화를 걸지 않았다. 설령 전화기가 방 바로 앞에 놓여 있지 않더라도, 토미는 자신이 새롭게 획득한 육감으로 대화 내용을 직감할 수 있었다. 가령 여전히 몰리를 맹렬하게 몰아세우며 비난하던 리처드가 전화를 걸어서

"응, 아니, 둘 중 하나로 대답해. 그거면 되니까. 맹인 전담 간호사를 딸려서 토미를 휴양지에 보낼 생각이야. 가려고 할까?" 하고 물으면 몰리가 미처 답하기도 전에 방 안에서 토미가 먼저 목소리를 높여 말하는 식이었다. "전 괜찮다고 전해주세요. 고맙다는 말도요. 내일 전화드리겠다고 해주세요."

애나가 부담 없이 몰리를 찾아가 함께 저녁 시간을 보내는 일도, 혹은 지나가는 길에 슬쩍 들르는 일도 더이상 없었다. 이제는 전화로 미리 알린 다음에 방문해서 벨을 눌렀고, 벨 소리가 위층으로 울려 퍼질 때면 누가 왔는지 토미가 이미 알고 있으리라는 확신이 들었다. 문이 열리면 예민하고 고통스러운 표정이지만 여전히 애써 활짝 웃는 몰리의 얼굴이 나타났다. 두 사람은 부엌으로 올라가 벽 너머 토미의 존재를 의식하며 소소한 이야기를 주고받았다. 몰리는 차나 커피를 내오며 토미에게도 한잔 마시겠냐고 묻곤 했다. 그는 늘 거절했다. 두 여자는 한때 몰리의 침실이자 이제는 일종의 침실 겸용 거실이 된 방으로 갔다. 거기 앉아 그들은 저도 모르게 바로 아래 있는 그 불구가 된 청년을 생각하곤 했다. 토미는 이제 집 전체를 지배하고, 집 안에서 일어나는 모든 것을 의식하며, 앞을 보지는 못하지만 모든 것을 알고 있는 존재, 즉 그 집의 중심이 되어 있었다. 몰리는 예전 습관대로 극장의 풍문 따위를 전하며 수다를 좀 떨기도 했다. 그러다가 이윽고 조바심 때문에 입이 일그러지고 겨우 참고 있는 눈물 탓에 눈시울도 붉어지면서 불현듯 침묵에 빠져드는 것이었다. 이제 그녀는 뭔가 말을 하다가도 어떤 단어 하나에, 문장 중간에 갑자기 아무런 전조도 없이 무력하고 신경질적인 울음을 터뜨리려다 곧바로 삼키곤 했다. 그녀의 삶은 완전히 바뀌어버렸다. 이제는 일할 때만 극장에 갔고, 필요한 것만 샀으며,

귀가한 다음에는 부엌이나 침실 겸 거실인 자기 방에 우두커니 앉아 있곤 했다.

"요새 만나는 사람은 없어?" 애나가 물었다.

"토미도 묻더구나. 지난주엔 이러는 거 있지. '나 때문에 엄마가 사람들과 더이상 어울리지 못하는 건 싫어요. 친구들 좀 부르지 그래요?' 그래서 그 말대로 했단다. 너도 아는, 왜 그 제작자 있잖니. 나랑 결혼하고 싶어했던 딕을 초대했지. 기억나니? 글쎄, 그 사람 토미한테 참 다정하게 대해주더라. 진짜 정답고 친절하게 말이야. 악의라곤 전혀 없이. 여기 그 사람과 앉아서 스카치를 좀 마시고 있는데 처음으로 이런 생각이 들더라. 그래, 이 사람 참 친절하다, 그러니 오늘밤 그냥 친절한 이 남자 어깨에 기대보는 것도 나쁘지 않겠어. 그래서 녹색등을 막 켜려는 참이었지. 그런데 갑자기, 이 사람이랑 오누이 같은 키스를 나누는 것조차 토미가 눈치챌 거야, 이런 생각이 들지 뭐니. 아, 물론 그런다고 토미가 못마땅해하거나 그러진 않겠지. 걔가 그럴 리가 있겠니? 어제 즐거운 저녁 보내셨어요, 엄마? 잘된 일이네요. 다음 날 아침에 아마 그렇게 말했겠지."

설마 그 정도는 아니겠지, 이 말이 혀끝까지 나왔지만 애나는 말을 삼켰다. 실제로 몰리는 과장하는 것이 아니었고, 그런 식으로 솔직하지 않게 친구를 대하기는 싫었기 때문이다. "그러니까 애나, 그 섬뜩한 검은 안경을 쓴 채, 너 알지, 아주 말끔하고 단정한 모습으로 앉아 있는 토미를 볼 때면 말이야, 게다가 그 아이의 입은 또 어떻고? 독불장군처럼 꼭 다문 그 입 말이야…… 갑자기 너무 거슬리는 거야……" "그래, 이해가 돼." "하지만 정말 끔찍하지 않니? 온몸에 짜증이 돋아난다니까. 왜 있잖니, 그 조심조심 천천히 움직이는 동작하며.”“그래.”“그러니까 정말 문제는 뭐냐면, 사실 그건 예전의 토미와 똑같은 모습인데 다만 이제야 확실해졌다고나 할까, 무슨 말인지 네가 알까 모르겠다만.”“알지.”“일종의 좀비처럼 말이야.”“그래.”“너무 짜증이 나서 비명을 지르고 싶을 정도야. 사실 내가 그런 심정인 줄 걔도 안다는 걸 너무 잘 알기 때문에 서둘러 그 방에서 빠져나올 수밖에 없단다……”몰리가 말을 멈추더니, 잠시 후 반항하듯 다시 입을 열었다. “마치 그걸 즐기는 사람 같아.” 몰리는 비명을 지르듯 웃음을 터뜨렸다. “걘 지금 행복하거든, 애나.”“맞아.”마침내 그 말이 입 밖으로 나왔고, 이제 두 여자는 마음이 한결 편해졌다. “살면서 처음으로 행복한 모양이야. 그게 정말 끔찍해…… 동작이며 말하는 태도에서 느껴져. 난생처음으로 이제 온전하게 사는 거니까.” 자신이 방금 입에 올린 온전하게라는 표현이 귓가에 울리자, 몰리는 두려움에 몸을 떨며 그 말을 불구의 몸이라는 진실에 견주어보았다. 다음 순간 그녀는 얼굴을 손에 파묻고 아까와는 다르게 온몸으로 흐느껴 울었고, 눈물을 그친 다음에는 애써 웃는 얼굴로 고개를 들어 말했다. “울면 안되겠지. 아이가 들으니까.” 이 순간에도 여전히 몰리는 씩씩한 미소를 짓고 있었다.

애나는 친구의 정수리에 난 억센 금발 사이에 회색 머리칼이 드문드문 섞여 있으며, 똑바로 응시하고는 있지만 슬퍼 보이는 저 눈동자 주변에 어둡고 퀭한 그늘이 드리워 앙상한 뼈가 드러나 보인다는 사실을 처음으로 깨달았다. “네 머리, 염색 좀 해야겠다.” 애나가 말했다. “뭐 하러 염색을 해?” 몰리가 화난 목소리로 대꾸하더니 곧 웃으며 덧붙였다. “토미 녀석이 뭐라고 할지 귀에 선하다. 멋지게 염색을 하고 내가 아주 기분 좋게 계단을 올라온다고 쳐.

그러면 토미는 염색약 냄새를 맡고, 아니면 그냥 분위기만 감지하고도 이렇게 말할걸. 머리 염색하셨어요? 저 때문에 축 처져 지내지 않으시니 참 다행이에요."“글쎄, 토미가 아니라도 네가 그러고 지내지 않는다면 나 역시 기쁠 거야."“이 모든 것에 다 익숙해지면 다시 정신 차리고 살게 되겠지…… 어제 그런 생각을 했어. 익숙해진다는 그 표현 말이야. 그게 인생이겠지. 정말 견딜 수 없는 것들에도 익숙해지는 거……" 눈시울이 붉어지고 눈물이 그렁그렁 고였지만 다시 몰리는 결심한 듯이 눈을 감았다 뜨며 눈물을 떨구어 냈다.

며칠 뒤 몰리가 공중전화로 전화를 걸어 왔다. "애나, 요즘 진짜 이상한 일이 벌어지고 있어. 매리언이 시도 때도 없이 토미를 만나러 찾아와."

"요즘 어떻게 지낸다니?"

"토미 사고 뒤로는 술은 거의 입에 대지 않나봐."

"누가 그래?"

"매리언이 직접 토미한테 그랬대. 토미가 얘기해주더라고."

"그렇구나. 또 뭐래?"

몰리가 아들의 느릿느릿하고 현학적인 목소리를 흉내 냈다. "매리언 아줌마, 전반적으로는 아주 잘 지내고 계시죠. 꽤 많이 좋아지셨어요."

"설마!"

"정말 그렇게 말했다니까."

"어쨌든, 적어도 리처드는 좋아하겠네."

"엄청나게 열을 받았던데. 분노로 가득한 장문의 편지를 보냈어. 심지어 한꺼번에 열한 통이나 보내서, 그중 하나를 열어보려는

데 토미가 묻더구나. 아버지는 대체 무슨 말을 하고 싶은 거죠? 매리언은 거의 매일 찾아와서 몇시간이고 토미 방에 함께 있어. 토미 녀석은 마치 애제자를 반갑게 맞이하는 노교수같이 굴고."

"그래……" 애나는 하릴없이 이렇게만 대답할 뿐이었다. "그렇구나."

"그러게 말이야."

다시 며칠 뒤 애나는 리처드의 사무실로 오라는 부름을 받았다. 리처드가 전화를 걸어 적의에 차서 뿌루퉁하게 말했다. "좀 봤으면 해. 원한다면 당신 집으로 갈 수도 있고." "여기 오기 싫을 텐데." "내일 오후에 한두시간 정도 시간이 나." "됐어. 당신 시간 내기 힘들다는 거 알아. 내가 가지 뭐. 언제가 좋아?" "내일 오후 3시 괜찮겠어?" "알았어." 애나로선 리처드가 자기 집으로 오지 않아 다행이었다. 지난 몇달, 토미가 자살을 시도한 그날 저녁에 자기 공책을 한장 한장 넘기며 서 있던 모습이 자꾸 떠올라 무척 괴로웠다. 최근 들어 새로운 내용은 공책에 거의 적지 못했고 그나마도 아주 힘들게 겨우 조금씩만 쓸 뿐이었다. 마치 토미가 옆에 선 채 그 이글거리는 검은 눈동자로 자신을 비난하고 있는 것 같았다. 방도 더이상 자기 방으로 느껴지지 않았다. 리처드가 그 방에 들어오게 되면 상황이 더 나빠질 터였다.

3시 정각 리처드의 비서에게 자신을 소개하면서 애나는 틀림없이 그가 자기를 기다리게 만들리라 예상했다. 그녀의 짐작에 리처드가 자기 허영심을 채우는 데 필요한 시간은 대략 10분이었다. 15분 뒤에 들어오라는 말이 떨어졌다.

토미가 말한 대로, 책상에 앉은 리처드의 모습은 그녀로선 결코 예상할 수 없었던 방식으로 꽤나 인상적이었다. 이 제국의 본사는

22

씨티의 낡고 흉한 건물 4층 전체를 차지하고 있었다. 물론 이 사무실들은 사업을 실제로 수행하는 장소라기보다 리처드와 그의 동료들의 개성을 보여주기 위한 일종의 전시 공간이었다. 실내는 세련되고 국제적인 감각으로 꾸며져 있었다. 전 세계 어디라고 해도 믿을 법했다. 웅장한 정문에 들어서면서부터 승강기와 복도를 거쳐 대기실에 이르기까지, 방문객이 리처드의 사무실에 마침내 진입하는 순간까지의 모든 동선이 길고도 주도면밀하게 짜여 있었다. 바닥에는 6인치나 되는 두툼한 짙은 색 카펫이 깔려 있었고, 벽에는 하얀 널판 사이에 색유리가 끼워져 있었다. 조명도 은은하게 비쳤는데, 보아하니 벽을 따라 정성껏 조성되어 바닥에서 천장까지 녹음을 늘어뜨린 다양한 식물들 뒤에서 나오는 불빛 같았다. 리처드는 그 퉁명스럽고 고집스러운 육신을 익명성이 보장된 비즈니스 정장 안에 감춘 채, 마치 녹색 대리석으로 만든 무덤처럼 육중해 보이는 책상 너머에 앉아 있었다.

기다리는 동안 비서를 자세히 살펴보던 애나는 그녀가 매리언과 비슷한 유형임을 눈치챘다. 또다른 밤색 눈동자의 아가씨, 화려하고 활기차지만 털털한 여자. 애나는 사무실 안으로 안내받는 그 몇초 안되는 사이 리처드와 이 여자를 유심히 지켜보았고, 두 사람이 시선을 교환하는 방식을 보고 연인 사이임을 간파했다. 애나가 어떤 결론을 내렸는지 알아챈 리처드가 말했다. "설교라면 사양하겠어, 애나. 오늘은 심각한 대화를 해야 하니까."

"설교해달라고 부른 거 아니었어?"

그는 불편한 심기를 겨우 억누르고 있었다. 애나는 그가 권한 책상 맞은편 자리를 거절하고 그에게서 얼마간 떨어진 창문틀에 앉았다. 말을 시작하기도 전에 사무실 전화기의 녹색 표시등이 켜지자 리처드는 양해를 구한 다음 수화기에 대고 몇마디 대화를 나누었다. "잠깐만 기다려." 그가 애나에게 다시 한번 양해를 구하자 내실로 통하는 문이 열리고 서류철을 손에 든 젊은 남자가 나타났는데, 그 남자는 상상할 수 있는 가장 겸손하면서도 매력적인 태도로 리처드 앞 대리석 책상 위에 서류철을 올려놓고는 거의 절을 하다시피 한 다음 발꿈치를 들고 살그머니 사무실 밖으로 나갔다.

리처드는 황급히 그 서류철을 열어 연필로 메모를 한 뒤 다른 버튼을 막 누르려다가 애나의 얼굴을 보고 말했다. "뭐 웃긴 일이라도 있어?"

"딱히 그런 건 없어. 누군가 이런 말을 한 게 기억나서. 공인으로 사는 남자의 지위는 자기 주변에 잘생긴 젊은 남자들을 몇이나 데리고 있는지 그 숫자로 정해진다더군."

"몰리가 그랬겠지."

"맞아. 그냥 궁금해서 묻는 건데, 몇이나 되는 거야?"

"한 스물네댓명 될 거야."

"총리도 그 정도는 안되겠는데."

"그야 그렇지. 근데 왜 그걸 묻는 거지, 애나?"

"그냥 대화나 나눌 겸 해서."

"그렇다면 내가 수고를 덜어주지. 매리언 얘기 하려고 부른 거니까. 애들 엄마가 요즘 토미와 종일 함께 있는 건 알고 있어?"

"몰리한테 들었어. 술 끊었다는 것도."

"매일 아침 런던에 와서 신문이란 신문은 죄다 사가지고는 토미에게 읽어주며 하루를 보낸다는 거야. 집에는 7시나 8시쯤 오는데, 입만 열면 토미와 정치 얘기야."

"술은 끊었다며." 애나가 다시 말했다.

"그 꼴이니 애들이 어떻게 되겠어? 아침 먹을 때 아이들 얼굴 잠깐 보고 저녁에 운 좋으면 한시간 더 보는 식이라니까. 대개는 애들이 있다는 사실조차 깨닫지 못하고 지내는 모양이야."

"당분간은 사람을 쓰는 게 좋겠네."

"이봐, 애나. 이 문제에 대해 진지하게 의논하려고 당신을 부른 거야."

"나 지금 진지해. 괜찮은 여자 고용해서 아이들한테 붙여주도록 해. 문제가 풀릴 때까지는."

"나 원 참. 그러면 돈은 또 얼마나……" 하지만 여기서 리처드는 당혹감에 얼굴을 찌푸리며 말을 멈췄다.

"잠시라도 집에 낯선 여자를 들이기 싫다는 뜻이야? 돈 때문일 리는 없잖아. 매리언 말이 성과급과 수당을 제외하고도 당신 1년에 족히 3만 파운드는 번다던데."

"돈에 관해 매리언이 하는 말은 대개가 헛소리야. 그래, 집에 낯선 여자가 있는 게 마음에 안 들어서 그래. 이 모든 상황이 말이 안 되기도 하고! 매리언은 정치 생각이라곤 해본 적이 없는 여자라니까. 그런데 어느날 갑자기 신문 조각을 오려대고 『뉴 스테이츠먼』에 나오는 말을 쏟아내니, 나 참 기가 막혀서."

애나는 웃었다. "리처드, 뭐가 문제야? 대체 뭐가 잘못됐다는 거지? 그동안 매리언은 술에 절어 멍청하게 지냈어. 이제 그만뒀잖아. 그거야말로 고마워해야 할 일 아닌가? 전보다 훨씬 좋은 엄마가 된 거니까."

"글쎄, 그렇게 간단한 문제가 아니라고!"

리처드는 실제로 입술을 떨었고, 심지어 얼굴 전체가 부풀어 오르며 붉어졌다. 그가 자기연민에 빠져 있음을 진단한 애나의 표정이 달라지자, 리처드는 다시 전화기의 호출 버튼을 누르며 마음을 추슬렀다. 곧 또다른 젊은 남자가 신중한 태도로 방에 들어와 서류철을 건넸고, 리처드가 지시를 내렸다. "제이슨 경에게 전화해서 수요일이나 목요일에 클럽에서 점심 먹자고 해."

"제이슨 경이 누구야?"

"누구든 관심도 없잖아."

"관심 있는데."

"아주 매력적인 남자야."

"좋네."

"오페라 팬이기도 하고. 음악에 대해선 모르는 게 없어."

"듣던 중 반가운 얘기네."

"그의 회사 지배 지분을 매입하려는 중이거든."

"글쎄, 그것도 퍽이나 만족스러운 일이네, 그렇지 않아? 요점을 말해주면 좋겠어, 리처드. 당신 정말 무슨 생각을 하고 있는 거지?"

"여자를 고용해서 매리언 대신 애들을 돌보게 하면 내 생활은 완전히 엉망진창이 될 거야. 비용은 차치하고라도." 이 말은 꼭 덧붙여야 했다.

"30년대의 그 보헤미안 시절 탓에 당신이 돈에 대해 참 별나게 구는 게 아닌가, 이런 생각이 퍼뜩 드네. 부유한 집안 출신이면서 당신처럼 그렇게 푼돈에 벌벌 떠는 남자를 본 적이 없거든. 당신 가족들이 1실링도 주지 않기로 결정했던 게 정말 엄청난 충격이었나봐? 기대 이상으로 사업이 잘 풀린 시골 공장주처럼 계속 살고 있으니 말이야."

"그래, 맞는 얘기야. 충격이었지. 돈의 가치가 뭔지 그때 난생처음 깨달았거든. 절대 잊을 수 없는 일이었어. 맞아. 혼자 힘으로 벌어먹고 살아야 했던 사람이 돈에 대해 보이는 태도를 나 역시 갖고 있어. 매리언은 절대 이해 못하지. 그런데도 당신과 몰리는 자꾸만 매리언이 현명한 사람이라고 떠들어대잖아!"

자긴 늘 옳았는데 핍박만 당해왔다는 뉘앙스가 강하게 실린 이 마지막 말에 애나는 웃지 않을 수 없었다. "리처드, 당신 참 재밌는 사람이야. 정말로. 좋아, 이 실랑이는 관두자. 당신이 공산주의를 갖고 잠깐 놀았을 때 가족들이 그걸 너무 심각하게 받아들였고, 그 때문에 당신은 아주 깊은 상흔을 안게 되었지. 그래서 절대로 부를 즐기며 살 수 없게 되었고 말이야. 게다가 당신 여자 운도 별로였잖아. 몰리와 매리언 둘 다 약간 멍청한데다 인성도 아주 엉망이고."

리처드는 이제 특유의 집요한 표정으로 애나를 마주 보았다. "동감이야, 맞아."

"좋아. 그럼 이제 하고 싶은 얘길 해봐."

하지만 그 순간 리처드는 그녀에게서 시선을 거두어 어두운 유리에 반사된 섬세한 녹색 잎사귀의 물결을 찡그린 얼굴로 바라보았다. 평소처럼 나를 통해 몰리를 공격하려는 게 아니라 뭔가 새로운 계획을 알리려고 만나자고 한 모양이구나, 애나에게 문득 이런 생각이 떠올랐다.

"리처드, 대체 어쩔 셈인데? 매리언에게 연금이라도 줘서 쫓아버릴 심산이야? 그거야? 매리언과 몰리가 어딘가에서 함께 노후를 보내게 하고, 그러는 동안 당신은……" 자신이 펼쳐낸 공상의 날개가 실은 진실에 착착 들어맞아가고 있음을 애나는 깨달았다. "아, 리처드." 애나가 말했다. "지금 매리언을 버리면 안돼. 더욱이 겨우 음주벽에 대처하기 시작한 이 시점에는 정말 아니지."

리처드가 열을 내며 대꾸했다. "그 사람, 내 생각은 눈곱만큼도 없어. 나를 위해 시간을 내는 법이 없다고. 아예 없는 거나 똑같다니까." 상처 받은 허영심이 목소리 가득 묻어났다. 애나는 기가 막혔다. 리처드는 진심으로 상처를 받은 모양이었다. 매리언이 동료 수감자 혹은 희생양의 자리에서 빠져나가자 자기만 홀로 남아 마음이 상한 것이다.

"제발, 리처드! 당신, 매리언을 몇년 동안이나 방치했잖아. 그냥 이용하기만 하면서……"

다시 그의 입술이 부들부들 떨렸고 크게 뜬 짙은 눈동자에 눈물이 가득 고였다.

"맙소사!" 애나로서는 이렇게 탄식할 뿐이었다. 그러면서 속으로 생각했다. 몰리와 내가 너무 멍청했어. 결국 이거였구나. 리처드는 이런 식으로밖에 사람을 사랑하지 못하는 거야. 다른 아무것도 이해하지 못하는 사람. 매리언도 알고 있겠지.

"그럼 어떻게 하려고? 아까 밖에 있던 저 여자랑 그렇고 그런 사이 같던데. 맞지?" 애나가 물었다.

"그래, 맞아. 적어도 저 여자는 나를 사랑하니까."

"리처드." 애나가 무기력하게 말했다.

"아니, 사실이 그래. 매리언한테 난 없는 사람이나 마찬가지야."

"하지만 지금 갈라서면 매리언은 완전히 무너져." "글쎄, 이혼당했다는 사실조차 모를 것 같은데. 아무튼 갑자기 뭘 어떻게 할 생각은 없어. 그래서 당신을 만나려고 했던 거고. 매리언과 토미가 함께 휴가라도 떠났으면 해. 어차피 하루 종일 같이 지내는 건 매한가지니까. 가고 싶은 곳 어디든 보내주려고. 얼마든지 오래 다녀와도 좋고. 하고 싶은 건 뭐든 하게 해줄 생각이야. 그렇게 둘이 떠난 뒤에 진을 아이들에게 소개할까 싶어. 물론 시간을 두고 친해지게 해야겠지. 애들이 이미 진을 만났는데, 마음에 드는 모양이야. 그래도 녀석들이 내 재혼을 무리 없이 받아들이게 하려면 어느정도 시간이 필요하겠지."

애나가 아무런 대꾸도 하지 않자 그가 재촉했다. "그래, 어떻게 생각해?"

"그러니까 몰리가 어떻게 생각할지 궁금한 거겠지?"

"당신한테 묻는 거야, 애나. 몰리야 당연히 충격 받겠지 뭐."

"글쎄, 몰리에게는 전혀 충격이 아닐걸. 당신이 저지르는 일로 충격 받고 말고 할 게 뭐가 있겠어. 당신도 알잖아. 그래서 정말 듣고 싶은 얘기가 뭐야?"

싫은 마음은 둘째 치고라도, 그토록 불행한 얼굴을 한 그를 판단하고 비판하며 초연하게 앉아 있는 자신 역시 혐오스럽기는 마찬가지였기에, 애나는 도와달라는 요청을 물리친 채 창틀에 웅크리고 앉아 그냥 계속 담배만 피웠다.

"애나, 응?"

"몰리에게 물어보면, 아마 잠시라도 매리언과 토미에게서 벗어날 수 있어 속이 시원하다고 하겠지."

"물론 그렇겠지. 짐 덩어리를 벗어던지는 셈이니!"

"이봐, 리처드, 다른 사람들한테야 몰리 욕을 해도 되지만 나한테 그러면 곤란하지."

"알았어, 그럼 몰리도 반대하지 않을 텐데 뭐가 문제라는 거야?"

"아, 물론 토미가 문제지."

"아니, 왜? 매리언 말이 그 아인 몰리가 방에 들어오는 것도 싫어한다던데. 자기하고 있을 때만 행복해한대. 매리언과 말이야."

애나는 잠시 주저하다가 다시 입을 열었다. "몰리가 옆에 딱 붙어 있지는 않더라도 집 안에 머물면서 계속 자기 근처에 있도록 토미가 조치해놨어. 마치 자기가 가둬놓은 사람처럼 말이야. 그거 포기 안할걸. 자기 마음대로 몰리를 조종하며 동행할 수 있다면야 매리언과의 휴가를 아주 큰 후의로 받아들이면서 고려해볼 수는 있겠지……"

이 말에 리처드의 분노가 폭발했다. "맙소사, 진작 알고 있었지만, 당신들 두 여잔 정말이지 썩어빠진 정신머리에 역겹고 피도 눈물도 없는 짝패야……" 거친 숨을 몰아쉬며 이 말을 내뱉은 다음에도 그는 뭔가를 더 중얼거리더니 이윽고 조용해졌다. 그럼에도 애나를 향한 눈길은 거두지 않은 채, 이제 무슨 말이 더 나올지 궁금한 표정이었다.

"이런 말을 하라고 날 여기 부른 거잖아. 그래야 나를 욕할 수 있으니까. 아니면 몰리를 욕하거나. 내가 입을 연 덕에 결국 욕을 할 수 있게 됐네. 그러니 이제 그만 갈게." 애나는 높은 창틀에서 내려서며 나갈 준비를 했다. 그래, 두말할 것도 없지. 늘 그러듯 리처드는 결국엔 내가 자기를 탓하도록 만들기 위해 부른 거야. 진작 알아차렸어야 했는데. 이자와 이자가 상징하는 것들을 비난하려는 목적으로 난 지금 여기 있는 거잖아. 나 역시 그 멍청한 게임의 일부라니, 수치스럽기 짝이 없군. 진심으로 이런 생각을 하면서도, 맞은편에서 채찍이 날아오길 기다리는 사람처럼 서 있는 리처드를 보고 애나는 덧붙였다. "원래 희생양이 필요한 사람들이 있는 법이야, 친애하는 리처드. 그건 알고 있지? 결국 토미는 당신 아들이잖아." 애나는 들어온 문 쪽으로 걸어갔다. 하지만 그 문에는 손잡이가 없었다. 사무실 문은 리처드의 책상에서, 혹은 바깥에서 버튼을 눌러야만 열리게 되어 있었다.

"애나, 내가 어떻게 해야 할까?"

"어떤 것도 할 수 있을 것 같지 않은데."

"가만히 앉아서 매리언한테 당하고만 있지는 않을 거야!" 놀란 마음에 애나가 다시 웃음을 터뜨렸다. "리처드, 제발 그만 좀 해! 매리언은 당할 만큼 당했고, 그걸로 된 거잖아. 순하고 물러터진 사람도 그 나름대로 빠져나갈 구멍은 마련해놓기 마련이야. 토미가 자기를 필요로 하니까 매리언이 그 아이에게 돌아선 거잖아. 그 이상도 이하도 아니라고. 뭘 계획하거나 그런 건 전혀 없었을 거야. 매리언에게 당했다느니 그런 말은 정말이지……"

"그래봤자야. 그 여자, 상황을 다 꿰고 있고 아주 여봐란듯이 군다고. 한달 전쯤 매리언이 무슨 말을 했는지 알아? 혼자 자도 돼, 리처드, 그리고……" 그렇지만 매리언이 했다는 말을 끝까지 들려주기 직전에 그는 말을 멈췄다.

"하지만 리처드, 마지못해 아내와 잠자리를 해야 한다고 불평했던 건 당신이잖아!"

"결혼하지 않은 거랑 다를 바 없다니까. 매리언은 이제 방까지 따로 써. 그런데다 통 집에 붙어 있질 않아. 내가 왜 그 여자한테 이렇게 당하면서 정상적인 생활도 못해야 하지?"

"하지만 리처드……" 헛수고라는 생각이 들어 애나는 입을 다물었다. 하지만 그가 여전히 궁금해하며 기다리는 눈치였기에 이내 말을 이어갔다. "그래도 당신에겐 진이 있잖아. 그게 이 상황과 어떤 연관성이 있는지는 당신도 틀림없이 알 거야. 당신은 비서가 있으니까 됐지 뭐."

"내 옆에 영원히 머물러 있진 않을 거야. 결혼하고 싶어하거든."

"하지만 리처드, 비서들이야 무한정 공급되잖아. 아, 그렇게 상처 받은 얼굴 하지 마. 여태껏 적어도 한다스는 되는 비서들과 바람피웠지, 맞잖아?"

"나도 진과 결혼하고 싶어."

"글쎄, 그게 쉬울 거 같지는 않네. 매리언이 이혼에 합의하더라도 토미가 그냥 보고만 있지는 않을 테니까."

"매리언은 갈라서지 않겠대."

"그럼 시간을 좀 줘."

"시간이라. 내가 젊어지는 것도 아닌데. 내년이면 벌써 쉰이야. 허비할 시간이 없다고. 진은 스물셋이고. 매리언이 그러고 있는 동안 진이 뭐 하러 결혼 기회를 날리며 허송세월하겠어?"

"토미와 얘기 좀 해봐. 그 아이가 모든 일의 열쇠라는 건 당신도 알지?"

"그 녀석이 퍽이나 날 안쓰러워하겠다. 그 아인 늘 매리언 편이었다고."

"걜 당신 편으로 한번 끌어당겨보는 건 어때?"

"그렇게 될 가능성은 전혀 없어."

"하긴, 내 생각도 그렇긴 해. 토미의 장단에 맞춰 춤이나 추게 되겠지. 몰리가 지금 딱 그러고 있고, 매리언도 마찬가지지."

"당신이 바로 이런 식으로 나올 거라 예상했어. 그 아이는 불구가 됐는데 당신은 이제 애를 아예 범죄자 취급하고 있군."

"그래, 당신이 예상한 내용이야 나도 알지. 원하는 걸 냅다 던져준 나 자신이 용서가 안되네. 부탁인데, 여기서 나가게 그것 좀 눌러줘, 리처드. 문 열라고." 그가 열어주길 기다리며 애나는 문 옆에 서 있었다.

"이 끔찍하고 가련한 사태를 보면서도 당신은 웃음이 나오나봐."

"맞아, 당신도 잘 알다시피 웃고 있어. 우리 위대한 영국의 재력 가께서 최고급 카펫 한복판에 서서 세살짜리 아이처럼 열을 내며 펄펄 뛰는 광경을 보니 웃음을 참을 수가 없네. 나 좀 나가게 해줘, 리처드."

리처드는 힘겹게 책상 쪽으로 몸을 옮겨 버튼을 눌렀고, 그러자 문이 활짝 열렸다.

"내가 당신이라면 몇달쯤 기다리면서 때를 보다가 토미한테 여기 일자리 하나 내주겠어. 중요하고 괜찮은 자리로."

"그걸 받아들일 정도로 토미가 내게 친절을 베풀 것 같아? 당신, 제정신이 아니군. 그 아인 좌파 정치에 푹 빠졌어. 토미와 매리언 둘 다. 바로 이 순간에도 그 더럽게 불쌍한 흑인들이 당하는 억압에 대해 열을 올리고 있을걸."

"그래, 그렇겠지. 그러면 안되는 이유라도 있어? 지금 그게 아주 유행이거든. 몰랐어? 리처드, 당신은 시대감각이 부족해. 언제나 그랬지. 물론 당신도 알고 있겠지만. 그건 좌파 정치가 아니야. 그냥 유행을 좇는 것뿐이지."

"당신이 그 얘길 들으면 반색하리라는 사실을 짐작했어야 했는데, 내가 실수했군."

"아, 그야 물론이지. 내가 해준 말 생각나? 당신이 말만 잘하면 토미는 기꺼이 여기서 일할 거라고. 심지어 당신 자리를 물려받을 수도 있어."

"그러면야 얼마나 좋겠어. 애나 당신은 말이야, 늘 나를 오해하는군. 사업이니 뭐니 이 난리 법석이 나한테는 뭐 달가울 것 같아? 최대한 빨리 은퇴해서 진과 조용하게 지내며 자식이나 더 낳아 키우고 싶다고. 지금 계획은 그래. 돈벌이가 적성에 맞았던 적이 없다 니까."

"회사를 맡고부터 당신 제국의 주식 가치와 수익을 네배로 불려 놓은 걸 빼고 보면 그럴지도 모르겠다고 매리언도 그러더라. 잘 있 어, 리처드."

"애나."

"왜?"

그는 서둘러 몸을 움직여 애나와 반쯤 열린 문 사이에 섰다. 그 러더니 황급히 엉덩이를 움직여 쾅 소리가 나도록 문을 닫았다. 이 값비싼 사무실 혹은 전시실의 부드럽고 은밀하게 조작되는 기계 장치와 극명한 대조를 이루는 그의 동작에, 자리를 뜨려고 서 있 는 자신의 자아 또한 이처럼 극명하게 분열되어 있다는 생각이 애 나에게 떠올랐다. 애나는 스스로를 살펴보았다. 작은 키에 해끔하 니 예쁘장한 얼굴을 하고 지적이면서도 비판적인 미소를 잃지 않 는 자기가 여기 서 있었다. 이 정돈된 형체 아래 불안과 염려로 뒤 범벅된 어지러운 자신 또한 손에 잡힐 듯했다. 명품 옷을 걸친 리 처드의 엉덩이가 추하게 흔들리는 모습은 그녀 자신이 간신히 감 추고 있는 심적 고투와 다를 게 없었다. 따라서 그를 불쾌하게 여 긴다면 그건 위선이었다. 이런 생각이 들자 애나는, 무엇보다 극도 로 피곤해졌다. "리처드, 이래봤자 아무 소용 없어. 만날 때마다 결 과는 똑같잖아."

리처드는 애나가 순간적으로 기가 꺾인 상태임을 알아차린 모 양이었다. 그가 애나의 코앞에 선 채 거친 숨을 몰아쉬며 짙은 색 두 눈동자를 가늘게 떴다. 잠시 후 슬며시 비꼬는 미소가 그의 얼 굴에 떠올랐다. 대체 나한테 뭘 상기시키려고 저러는 거지? 애나는 생각해보았다. 설마 그건 아니겠지. 아니, 맞아, 그거야. 지금 그는 애나가 자기와 몸을 섞을 수도 있었던 그 저녁을 떠올리게 하려는 중이었다. 분노나 경멸이 아닌 자의식을 자신이 그에게 내비치고 있었음을 애나는 깨달았다. 그래서 말했다. "리처드, 부탁인데 문 열어." 그는 빈정대는 표정으로 그녀를 압박하면서 이 상황을 즐기 듯 꿈쩍 않고 서 있었다. 애나는 그를 지나쳐 가서 문을 밀었다. 어색하고 당황스럽게, 아무 소용 없이 문을 밀치는 자기 모습이 보였다. 조금 뒤에 문이 열렸다. 리처드가 책상 뒤로 가서 버튼을 누른 것이다. 애나는 곧장 걸어 나가 아마도 매리언의 후임자가 될 그 풍만한 비서를 지나친 뒤 푹신푹신한 카펫 위로 은은한 조명이 비 치며 무성한 잎사귀가 늘어진 건물 중심부를 통과해서 아래층으로 내려왔고 곧장 건물 밖으로 나왔다. 흉물스러운 거리를 보니 반가 움과 안도감이 밀려들었다.

아무 생각 없이, 쓰러지기 일보 직전의 상태라고 느끼며 애나는 가장 가까운 지하철역으로 내려갔다. 퇴근 시간의 혼잡이 이미 시작된 터였다. 애나는 한 떼의 사람들에게 이리저리 떠밀렸다. 갑자기 극심한 공포감이 밀려왔고, 그녀는 매표구로 몰려가는 사람들 틈에서 간신히 빠져나와 손바닥과 겨드랑이가 땀으로 온통 축축해진 채 잠시 벽에 기대어 있었다. 요즈음 출퇴근 시간에 이런 일을 겪는 게 벌써 두번째였다. 나한테 무슨 일인가가 벌어지고 있어, 마음을 추스르려 애쓰는 와중에 그런 생각이 들었다. 살얼음판 위로 한걸음씩 미끄러지는 그런 상태. 하지만 그 위태로움의 정체가 뭘까? 애나는 다시 군중 속으로 들어갈 엄두를 못 내고 그냥 벽에 기대어 있었다. 출퇴근 시간의 도시, 지하철이 아니면 여기서 5~6마일이나 떨어진 집으로 서둘러 돌아갈 방법이 없었다. 어느 누구에게도 불가능한 일이었다. 이 모든 사람이 도시가 가하는 끔찍한 압력에 붙들려 있는 것이다. 리처드와 그 무리들을 제외한 모두가. 다시 위층 사무실로 올라가 차로 데려다달라고 하면 그는 물론 부탁을 들어줄 터였다. 아주 기쁘게. 하지만 자신은 그 정반대의 기분이 될 게 뻔했다. 억지로라도 앞으로 나아가는 수밖에 없었다. 애나는 꾸역꾸역 밀고 들어가 인파 속에 자신을 구겨 넣은 다음 차례를 기다려 표를 끊었고, 꾸역꾸역 떠밀려 가는 사람들과 함께 에스컬레이터를 타고 내려갔다. 승강장에서는 지하철 넉대를 그냥 보낸 다음에야 겨우 객차 안으로 비집고 들어갈 수 있었다. 이제 최악의 상황은 끝났다. 불빛 환하고 악취 가득한 객차 안에서 사람들이 누르는 힘으로 똑바로 세워진 채 그냥 서 있으면 되고, 10분 내지 12분만 지나면 집 근처 지하철역에 도착할 테니까. 이러다 기절하는 건 아닐까 그녀는 두려웠다.

애나는 생각했다. 만약 어떤 사람이 부서진다면 그건 무슨 의미일까? 조각나기 직전인 사람은 정확히 어떤 지점에서 나 지금 부서지고 있어 말하는 걸까? 만약 내가 완전히 부서진다면 어떤 식으로 그렇게 될까? 눈꺼풀에 쏟아지는 불빛을 보며, 코로 단내와 먼지 냄새를 맡으며, 몸으로 타인의 몸이 가하는 압력을 느끼며, 그녀는 눈을 감아버렸다. 위장 속 어딘가 단단한 결의의 매듭으로 쪼그라든 애나를 의식하면서. 애나, 애나, 그래 난 애나야, 그녀는 거듭 이렇게 되뇌었다. 어쨌든 난 재닛 때문에 아플 수도, 포기할 수도 없어. 내일이라도 난 이 세상에서 사라질 수 있어. 재닛을 제외하면 누구에게도 큰 문제는 안되겠지. 그렇다면 나, 애나는 대체 어떤 존재일까? 재닛에게 꼭 필요한 무엇? 하지만 그건 너무 끔찍한 일인데, 깊어지는 두려움 속에서 애나는 생각했다. 그건 재닛에게도 좋지 않아. 그러니 다시 생각해보자. 애나, 난 누구일까? 이제 재닛은 빼고 생각해보기로 했다. 재닛을 쫓아내고, 대신 흰 페인트칠을 한 기다란 방, 고요하게 가라앉은 느낌을 주는 자신의 방, 가대식 탁자에 다양한 색깔의 공책들이 놓인 그 방을 머리에 떠올렸다. 애나 자신은 피아노 의자에 앉아 줄곧 뭔가를 적고 있었다. 공책에 한 항목을 기록하고, 그런 다음엔 그 내용에 줄을 긋거나 삭제 표시를 했다. 공책 면마다 다른 종류의 글이 하나의 패턴을 이루고 있었다. 나뉘거나 괄호로 묶이거나 끊어지거나. 갑자기 구역질이 올라오는 것 같았다. 다음 순간 자신이 아닌 토미가, 집중하여 입을 꽉 오므리고 선 채 자신의 그 정돈된 공책을 한장씩 넘기고 있는 모습이 보였다.

어지럽고 두려운 마음에 눈을 떠보니 불빛 속에 흔들리는 지하철 천장과 어지러운 광고판, 열차 안에서 간신히 균형을 유지하느라 멍한 표정으로 어딘가를 응시하는 얼굴들이 보였다. 6인치 떨어진 곳의 어느 얼굴. 누런 회색빛 살갗에 넓은 땀구멍, 구겨진 듯 보이는 축축한 입. 눈은 그녀에게 고정되어 있었다. 그 얼굴이 절반쯤은 놀란 듯한, 절반쯤은 자기 쪽으로 손짓하는 듯한 미소를 보내고 있었다. 그녀는 생각했다. 여기 눈을 감고 서 있는 동안 저 남자가 내 얼굴을 빤히 들여다보면서 내가 자기 아래 깔리면 어떤 모습일지 상상하고 있었겠구나. 구토가 치미는 것 같았다. 목을 움직여 그에게서 시선을 돌렸다. 그의 고르지 못한 호흡에 애나의 뺨이 퀴퀴했다. 아직도 두 정거장을 더 가야 했다. 열차가 흔들리고 덜컹대는 사이 열병에 걸린 듯 달뜬 얼굴을 한 그 남자가 바짝 다가오는 것을 감지하며 애나는 한발짝씩 그 남자에게서 물러났다. 자꾸만 가까이 다가오는 그에게서 위협을 느꼈고, 혐오감에 피부가 오그라드는 것 같았다. 그는 추했다. 맙소사, 그들은 추하다, 우리는 너무 추하다, 애나는 생각했다. 열차가 역에 도착했고, 애나는 비집고 들어오는 사람들을 헤치며 겨우 빠져나왔다. 그 남자도 내리더니 애나를 따라 에스컬레이터에 올라탔다. 승차권 확인 구역에 이르렀을 때는 바로 뒤에 있었다. 표를 건네고 서둘러 걸어가던 그녀는, 그 남자가 바로 뒤에서 "산책이나 할까? 산책 어때?"라고 말하는 소리를 듣고 인상을 쓰며 뒤돌아보았다. 그는 의기양양하게 씩 웃어 보였다. 아까 지하철 안에서 눈을 감고 서 있는 동안 그녀를 모욕하고 제압하는 몽상을 했기 때문이리라. "저리 가요." 애나는 얼른 이렇게 말하고 지하철 역사에서 거리로 빠져나왔다. 남자는 여전히 그녀를 뒤쫓고 있었다. 애나는 겁이 나면서도 이렇게 두려움에 빠진 스스로의 모습에 어이가 없었다. 대체 내게 무슨 일이 벌어진 거야? 도시에 살다보면 이런 일은 늘 생기기 마련이고 지금까지는 아무 영향도 미치지 않았잖아. 하지만 그 일은 그녀에게 영향을 미치고 있었다. 30분 전 사무실에서 애나를 모욕하려던 리처드의 공격적인 욕구가 영향을 미쳤듯이. 남자가 여전히 기분 나쁘게 웃으며 자신을 따라오고 있다는 사실을 알아차린 그녀는 공포에 질려 그냥 막 도망치고 싶은 심정이었다. 그녀는 생각했다. 추하지 않은 어떤 걸 보거나 만질 수만 있다면…… 조금 더 가면 과일 수레가 있어. 고운 빛깔을 한 자두와 복숭아와 살구를 가지런히 쌓아놓고 파는 과일 수레. 애나는 과일을 샀다. 톡 쏘는 상쾌한 냄새를 맡으며 매끄러운 껍질들을, 또 보일 듯 말 듯 미세한 솜털로 덮인 껍질들을 매만져보았다. 이제 한결 기분이 나아졌다. 아까의 두려움도 사라졌다. 자신을 따라오던 그 남자가 가까이에 서서 빙글거리며 기다리고 있었다. 하지만 이제 그는 애나에게 영향을 미치지 못했다. 그녀는 아무렇지 않게 그를 지나쳐 걸어갔다.

늦은 시간이었지만 걱정은 되지 않았다. 아이버가 집에 있을 것이다. 토미가 입원을 하고 애나가 그렇게 자주 몰리 곁에 머물던 무렵 아이버는 그들 삶으로 들어왔다. 아침과 저녁에만 인사를 나눌 뿐 늘 조심스럽게 오가며 그들과 거의 교류하지 않고 위층에서 지내던 젊은이가 이제는 재닛의 친구가 되어 있었다. 애나가 병원에 있는 동안 그는 재닛을 영화관에 데려가기도 하고 숙제도 도와주면서, 재닛을 돌보는 일이 자기로선 퍽 즐거우니 걱정 말라고 여러번 말했다. 하지만 애나는 이 새로운 상황이 편치 않았다. 아이버나 재닛 때문은 아니었다. 재닛과 함께 있을 때면 아이버는 아주 담백하고 매력적이며 분별 있게 행동했다.

집 현관문으로 이어지는 흉물스러운 계단을 오르며 애나는 생각했다. 재닛도 남자가 필요한 거야. 아버지가 없으니까. 아이버는 재닛에게 참 친절하지. 하지만 그는 남자가 아니잖아. 남자가 아니라니, 이게 무슨 말이지? 리처드도 남자고, 마이클도 남자야. 그런데 아이버는 아니라니? '진짜 남자'가 여기 산다면 이 집 어딘가에는 긴장감이 감돌고 쓴웃음을 지으며 이해해줘야 하는 영역이 생겨날 텐데, 그런 게 아이버에겐 없으니까. 지금은 없는 어떤 완전히 새로운 영역이 생기겠지. 어쨌든 그는 재닛에게 정말 잘해주잖아. 그런데 '진짜 남자'라니 지금 내가 무슨 생각을 하는 거야? 딸애는 아이버를 정말 좋아하잖아. 그의 친구 로니도 좋아하고. 적어도 좋다고 얘기한 적은 있지.

몇주 전 아이버가 방을 친구와 함께 써도 되는지 물어 왔다. 친구가 실직한데다 형편도 어렵다고 했다. 애나는 집주인으로서 관례적인 조치에 따라 침대가 하나 더 필요한지 등을 물었다. 양측이 각각 나름의 역할을 하는 사이 실직한 무명 배우 로니는 아이버의 방으로, 말하자면 아이버의 침대로 그냥 들어앉아버렸고, 애나로 선 아무튼 상관없는 일이었기에 아무 말 하지 않았다. 애나가 그렇게 가만히 있는 한 로니는 계속 이 집에 머물 생각인 모양이었다. 로니가 아이버와 재닛 사이에 새롭게 자라난 우정에 대한 대가임을 애나는 알고 있었다.

정성스럽게 가꾼 윤기 나는 곱슬머리를 한 로니는 미소를 지을 때면 역시 정성스럽게 관리한 하얀 이가 반짝이는, 짙은 피부색의 우아한 젊은이였다. 마음에 들지는 않았지만 딱히 사람 자체가 싫은 게 아니라 자신이 싫어하는 유형일 뿐이라는 걸 알았기에 애나는 애써 그 마음을 눌렀다. 그 역시 재닛을 다정하게 대했는데 (아이버가 그러듯이) 마음에서 우러나온 태도는 아니었다. 말하자면 그것은 이해득실과 관련한 일종의 방침이었다. 아마 아이버와의 관계 역시 그런 종류의 방침으로 유지되는 듯했다. 이 모든 게 애나에겐 아무 상관 없었고 재닛에게도 특별히 문제가 되지는 않았다. 아이가 충격을 받는 일이 없도록 아이버가 잘 조처하리라고 믿었기 때문이다. 하지만 마음은 여전히 편치 않았다. 내가 만약 남자와, 그러니까 '진짜 남자'와 동거하고 있거나 혹은 결혼을 했다면, 재닛은 분명 모종의 긴장을 느끼겠지. 재닛은 그 남자가 원망스러워도 받아들이고 타협해야 했을 거야. 그 원망은 성性이라는 요소, 즉 그가 남자라는 이유 때문에 생길 테고. 혹은 내가 잠자리를 같이하지 않거나 하고 싶지 않은 남자가 여기 산다 하더라도 그가 '진짜 남자'라는 사실이 긴장감의 불꽃을 일으킬 테고, 그렇게 해서 일종의 균형이 생기겠지. 그래서 뭐? 나 자신은 물론 재닛을 위해서라도 진짜 남자를 집에 들여야 한다고 느껴야 할 이유가 뭐지?

매력적이고 싹싹하고 눈치도 빠른 아이버 대신에? 그러니까 내 생각은 이런 걸까? (나뿐 아니라 누구든 이렇게 생각하는 걸까?) 아이들이 자라는 데 그런 종류의 긴장은 꼭 필요하다고? 하지만 왜? 그런데도 여전히 그런 느낌이 드는 건 확실해. 그렇지 않다면, 마치 정다운 큰 개나 무해한 오빠처럼 아이버가 재닛 곁에 있는 걸 보며 이렇게 마음이 불편하진 않겠지. 난 지금 '무해한'이라는 말을 쓰고 있어. 경멸을 담아. 그래, 경멸. 이런 감정을 느끼다니 나 자신이 경멸스러워. 진짜 남자라. 리처드? 마이클? 둘 다 아이들과 있을 때 아무 생각이 없지. 그런데도 나는 그들이 남자가 아니라 여자를 좋아하는 속성 때문에 아이버보다 재닛에게 이로울 거라고 생각하는 거잖아.

어둡고 먼지 쌓인 계단을 올라 말끔하게 정돈된 실내에 들어서자 머리 위로 아이버의 음성이 들려왔다. 여태 재닛에게 책을 읽어주고 있었다. 애나 자신이 쓰는 넓은 방을 지나 흰 계단을 올라가서 딸아이 방을 들여다보니 검은 머리 개구쟁이 소녀 재닛은 책상다리를 하고 침대에 앉아 있었고 까무잡잡한 피부에 털이 텁수룩한 아이버는 바닥에 앉아 어떤 여학교 이야기를, 한 손을 들어 부분 부분을 강조하며 상냥하게 읽어주고 있었다. 재닛은 엄마를 향해 고개를 가로저었는데, 방해하지 말라는 신호였다. 아이버는 마치 지휘봉을 흔들듯 손을 든 채로 윙크를 보낸 뒤 목소리를 높여 계속 읽어나갔다. "그래서 베티는 하키 팀에 자기 이름을 적어 넣었어요. 베티가 선발될 수 있을까요? 과연 그녀에게 운이 따를까요?" 그러고 나서는 애나를 향해 원래의 목소리로 "다 읽으면 부를게요"라고 말한 뒤 이야기로 돌아갔다. "그 모든 게 미스 잭슨에게 달려 있었어요. 지난 수요일 시합이 끝나고 그녀가 자신에게 행운을 빈다고 했던 말, 그게 진심일까 베티는 궁금했어요. 정말 그렇게 바란 걸까?" 애나는 문밖에 선 채 잠시 이야기를 듣고 있었다. 아이버의 목소리에는 새로운 기미가 있었다. 조롱. 이야기의 불합리함이 아니라 여학교의 세계, 그 여성적인 세계를 겨눈 그의 조롱은 그가 애나의 존재를 의식한 순간 시작되었다. 그래, 하지만 딱히 새로울 것도 없지. 애나는 이미 익숙한 터였다. 조롱과 더불어 그런 식으로 동성애를 변호하는 태도는 '진짜' 남자, 곧 '보통의' 남자가 의식적으로든 무의식적으로든, 보통은 무의식적으로, 지나치게 정중하고 신사적으로 굴며 여자와의 관계에 한계를 설정하는 태도에 비하면 특별히 과한 것도 아니었다. 한발짝 더 나아간 정도랄까, 말하자면 정도만 다를 뿐 냉소와 회피의 감정이라는 점에서는 결국 매한가지였다. 문가를 지나치며 흘깃 들여다보니 아이의 얼굴에 즐거우면서도 반쯤은 불편한 웃음이 떠올라 있었다. 아이도 그 조롱이 자신을, 그리고 여성 일반을 겨누고 있음을 직감한 것이다. 애나는 딸에게 조용히 공감하며 생각했다. 그래, 내 가엾은 딸아, 빨리 익숙해지는 편이 좋아. 끊임없이 그런 태도와 마주칠 수밖에 없는 세상에서 살아가야 하니. 애나가 멀어지자 아이버의 목소리는 조롱의 옷을 벗고 원래의 상태로 돌아갔다.

아이버와 로니가 함께 쓰는 방의 문이 열려 있었다. 로니 역시 조롱기 섞인 목소리로 노래를 부르고 있었다. 갈망하며 울부짖는 욕망의 감정을 담은 유행가였다. "내 사랑, 내가 원하는 걸 오늘밤 나에게 줘. 다투는 건 진짜 싫어, 키스해줘, 꼭 껴안아줘", 기타 등 등. 로니 역시 '보통의' 사랑을 조롱하고 있었다. 그것도 야유조로, 천박한 밑바닥 감정을 건드리면서. 애나는 생각했다. 재닛이 이 모든 것에 정말 아무 영향도 받지 않을까? 왜 아이가 오염되지 않으리라 생각했지? 결국 나의 건강한 여성적 영향이 그들의 영향력을 압도할 만큼 충분하다고 확신하는 셈일까? 하지만 실제로 그렇게 볼 근거가 있기나 한가? 애나는 아래층으로 내려가려고 몸을 돌렸다. 노래를 멈춘 로니가 문 사이로 고개를 빼꼼 내밀었다. 공들여 매만진 아름다운 머리, 소년 같아 보이는 여자아이의 머리였다. 얼굴에는 악의에 찬 미소가 어려 있었다. 애나가 자기를 엿보았다는 사실을 알고 있다는 걸 최대한 확실하게 전달하는 그런 미소. 로니와 관련해 불편한 사실 중 하나는 사람들의 언행이 늘 자기에 관한 것이라고 생각하는 탓에 언제나 그를 의식할 수밖에 없다는 점이었다. 애나는 고개를 까닥여 인사를 건네며 속으로 생각했다. 이 두 사람 때문에 내 집에서 마음대로 다니지도 못하는구나. 집 안에서조차 늘 방어적인 자세로 살고 있잖아. 이제 로니는 악의를 감추기로 작정한 모양인지 밖으로 나와 몸의 중심을 엉덩이에 두고 편안한 자세로 섰다. "아, 애나 당신도 이 아이들의 즐거운 놀이 시간을 함께하고 계신 줄은 미처 몰랐네요." "그냥 한번 들여다보려고 올라왔어요." 애나가 짤막하게 대꾸했다. 로니는 이제 살가운 매력 그 자체였다. "따님, 정말 착하고 좋은 아이죠." 애나의 후의 덕에 자신이 지금 여기서 공짜로 살고 있다는 사실에 아차 싶었던 것이다. 아, 그러시군, 애나는 생각했다. 지금 그는 반듯하게 자란 소녀가 되어 거의 혀짤배기소리까지 내고 있었다. 아주 요조숙녀가 다 되셨네. 그런다고 너한테 넘어가진 않으니 꿈도 꾸지 말아줄래? 애나는 말없이 이런 의미가 담긴 미소를 그에게 보냈다. 아래층으로 내려가며 올려다보니 그는 여전히 거기에 선 채, 이제는 애나가 아닌 계단 벽을 응시하고 있었다. 예쁘장한, 아, 그렇게도 말쑥한 조그마한 얼굴이 두려움에 해쓱해져 있었다. 맙소사, 애나는 생각했다. 앞으로 벌어질 일이 뻔히 보이잖아. 저 녀석 내보내고 싶어지겠지. 하지만 까딱했다간 미안한 마음에 용기도 못 내게 생겼어.

애나는 부엌으로 가서 수도꼭지를 틀어 물 한잔을 받았다. 물이 튀면서 반짝이는 모습을 지켜보며 그 시원한 소리를 듣고 싶어서였다. 조금 전 노점의 과일을 이용했듯이 이번엔 수돗물을 이용하는 셈이었다. 마음을 추스르기 위해. 정상적으로 지낼 수 있다는 자신감을 잃지 않기 위해. 그러는 동안에도 머릿속에서는 이런 생각이 떠나지 않았다. 난 그야말로 균형 감각을 잃었어. 이 집 공기도 오염되어 꼭 비뚤어지고 추한 악의에 찬 영혼이 나를 노려보며 모든 곳에 도사리고 있는 것 같아. 하지만 말도 안되는 생각이지. 실은 지금 내가 하는 생각 모두 잘못된 거야. 나도 느낄 수 있어…… 그런데도 난 이런 생각으로 스스로를 구하려 하고 있잖아. 도대체 무엇으로부터 구하려는 거지? 지하철에서 겪었던 고통과 두려움이 밀려왔다. 애나는 생각했다. 그만둬야 해. 정말 그래야 해. 비록 뭘 그만둬야 하는지는 알 수 없지만. 옆방으로 가서 자리에 좀 앉아보자. 하지만 생각이 사라지는 대신, 천천히 물이 차오르는 마른 우물의 이미지가 뇌리에 떠올랐다. 그래, 바로 이게 문제야. 난 말라버렸어. 텅 비었지. 어딘가, 어느 원천에든 닿아야 해. 안 그러면…… 방문을 열자 창에서 비쳐 들어오는 빛과 대조를 이룬 형체가, 어딘가 위협적인 느낌을 주는 커다란 여자의 형체가 나타났다. "당신 누구야?" 애나가 날카롭게 외치며 전등 스위치를 올리자, 그 형체가 불빛 아래 갑자기 모습과 인격을 드러내었다. "맙소사, 매리언? 당신이야?" 애나의 목소리에 짜증이 묻어났다. 자신의 오해에 당혹감을 느끼며, 그녀는 매리언을 자세히 살폈다. 알고 지내온 동안 매리언은 줄곧 애처로운 모습이었을 뿐 단 한번도 위협적인 느낌을 준 적은 없었다. 그녀를 바라보면서 애나는 이 순간에도 자신이 매일 한 백번쯤은 반복하는 그 절차, 즉 등을 먼저 쭉 펴고 마음을 다잡은 다음 신중한 태도를 취하는 과정을 밟고 있음을 의식했다. 너무 지쳤기 때문에, 아니 '우물이 말랐기' 때문에, 그녀의 작고 비판적이며 사무적인 두뇌가 경계 태세에 돌입한 것이다. 심지어 머릿속 지성이 방어적이고 능률적으로, 즉 기계로서 작동하는 것이 느껴질 정도였다. 그녀는 생각했다. 두뇌의 이런 작용, 그래, 이게 유일한 방어벽이야. 이번에는 생각을 마칠 수 있었고 문장을 어떻게 끝내야 할지도 알 것 같았다. 즉 나와 완전한 부서짐 사이에 놓인 방어벽. 그래, 바로 그거야.

매리언이 말했다. "놀라게 해서 미안해. 하지만 위층에 올라갔더니 당신네 그 젊은이가 재닛에게 책을 읽어주고 있더라고. 방해하고 싶지 않았어. 그때 이런 생각이 들더라. 잠깐 어둠속에 앉아 있으면 좋겠다." '당신네 그 젊은이'라는 단어에서 수줍은 혀짤배기 소리가 느껴졌다. 젊은 여성에게 찬사를 바치는 사교계 부인 흉내를 내는 건가? 이 여자를 만나면 어김없이 5분 안에 이런 거슬리는 순간이 생긴다는 사실에 생각이 미치자, 문득 매리언이 성장한 그 세계가 다시 떠올랐다. 애나가 말했다. "짜증 내서 미안해. 너무 피곤해서. 퇴근 시간에 딱 걸렸거든." 그녀는 커튼을 걷어 지금 자신에게 필요한 차분하고 수수한 모습으로 방을 돌려놓았다. "하지만 애나, 당신은 참 팔자가 좋네. 우리 불쌍한 보통 사람들은 그런 것들에 맨날 시달리잖아." 놀란 애나는 매리언에게 눈길을 돌렸다. 매리언으로 말하자면, 출퇴근 시간의 혼잡 속에서 부대끼는 일 따위의 미천한 경험은 살면서 단 한번도 해보지 않았을 터였다. 애나의 눈에 들어온 그녀의 얼굴은 순진무구했고 열의로 가득한 눈은 환하게 빛나고 있었다. "술 좀 마시고 싶은데, 어때?" 애나는 이렇게 말하고 나서야 아차 싶었지만, 곧 그 일을 잊고 있었다는 게 오히려 다행스러워졌고 그래서 정말 태연하게 매리언에게 뭘 마시고 싶은지 물었다. 매리언이 대답했다. "아, 술 좋지. 그냥 조금만 줘. 토미가 그러는데, 완전히 끊기보다는 조금씩만 마시겠다는 결심이 훨씬 용감한 거래. 맞는 말 같지 않아? 내 생각엔 그런 것 같은데. 참 똑똑하고 강인한 아이야." "토미 말이 맞기야 하지. 그 편이 훨씬 힘든 건 분명하니까." 애나는 매리언을 등지고 서서 잔에 위스키를 따르며 생각해보았다. 내가 방금 리처드랑 만난 걸 알고 이리로 온 걸까? 아니면 뭐지? 애나가 말했다. "나 좀 전에 리처드 만나고 오는 길이야." 그러자 매리언이 옆에 놓았던 잔을 들어 올리고, 언뜻 아무 관심 없다는 듯 대답했다. "그랬어? 뭐, 당신들이야 언제나 한패였으니까." 한패라는 말에 움찔하지 않고 애나는 서서히 이는 짜증을 예의 주시하는 한편 차가운 지능의 작용에 더욱 환한 빛을 밝혔다. 그때 위층에서 아이버의 외침이 들렸다. "슛! 쉰명의 열렬한 목소리가 동시에 외치는 순간, 베티는 사력을 다해 경기장을 가로질러 달려가 똑바로 공을 쳐서 골대에 넣었어요. 드디어 해낸 거예요! 환호하는 어린 목소리들이 쩌렁쩌렁 울렸고, 베티는 행복한 눈물에 가려 안개처럼 뿌연 눈으로 친구들의 얼굴을 보았어요."

"어렸을 때 저런 학교 이야기들 참 재밌게 읽었지." 소녀처럼 혀 짧배기소리를 내며 매리언이 말했다.

"난 아주 싫어했는데."

"당신이야 늘 똑똑한 꼬마였을 테니까."

이제 애나는 위스키 잔을 들고 자리에 앉아 매리언을 유심히 살펴보았다. 새로 산 게 분명한 비싼 갈색 정장 차림이었다. 머리칼도 새로 파마를 한 모양이었다. 암갈색 눈동자는 환하게 빛이 났고 뺨은 발그레했다. 풍요하고 다복하며 활달한 부인의 모습 그 자체였다.

"그래서 당신을 만나러 온 거야." 매리언이 말했다. "토미의 아이디어였어. 애나 당신이 도와줬으면 해. 토미가 정말 놀라운 아이디어를 냈거든. 참 똑똑하고 좋은 아이지. 우리 둘 다 당신한테 한번 물어봐야겠다고 생각했어."

이 지점에서 매리언은 위스키를 한모금 마시더니 맛이 없다는 듯 예쁘장하게 입가를 찌푸리며 잔을 내려놓고는 말을 이어갔다. "토미 덕분에 내가 얼마나 아는 게 없는지 깨달았지 뭐야. 그 아이에게 신문을 읽어주면서 이 모든 게 시작되었지. 그전에는 뭐든 도통 읽는 게 없었거든. 물론 이것저것 많이 아는 토미가 설명을 해줬고, 이제 난 완전히 다른 사람이 된 것 같아. 지금껏 나 자신이 아닌 다른 일에는 전혀 신경 쓰지 않은 채 살았다는 게 정말 창피하더라고."

"리처드 말이, 정치에 관심을 갖게 되었다면서."

"아, 맞아. 그것 때문에 그 사람 많이 삐쳐 있지. 물론 엄마와 언니들도 격노해서 펄펄 뛰고 말이야." 버릇없는 여자아이처럼 매리언은 입술을 고집스럽게 꼭 다문 채, 눈가에는 살짝 죄책감을 내비치며 앉아 있었다.

"눈에 선하네." 매리언의 어머니는 고인이 된 장군의 아내였고 언니들도 모두 고관대작 부인이었다. 그들을 짜증 나게 하는 게 얼마나 유쾌한 일인지야 안 봐도 뻔했다.

"하지만 토미가 이끌어주기 전까지 내가 아무것도 몰랐던 것처럼 엄마와 언니들도 제대로 아는 게 하나도 없어. 이제야 내 삶이 시작된 것 같아. 다른 사람이 된 것만 같다니까."

"다른 사람처럼 보여."

"그럴 거야. 애나, 오늘 리처드 만난 적 있어?"

"응, 조금 전에 말했잖아, 그 사람 사무실에서."

"이혼 얘기 하던? 그 사람이 당신에게 뭔가 말했다면 심각하게 받아들여야 한다는 뜻이니까 묻는 거야. 맨날 날 구석으로 몰고 아주 못살게 굴지. 끔찍이도 괴롭혀. 그래서 아예 신경 끄고 있었는데, 그 사람이 정말 이혼 얘기를 했다면 토미와 나도 심각하게 생각할 때가 된 거네."

"비서와 결혼할 생각이더라. 그런 식으로 말했어."

"그 여자 봤어?" 매리언은 대놓고 키득거리며 짓궂은 표정으로 물었다.

"봤어."

"뭐 눈치챈 건 없고?"

"당신 젊었을 때와 똑같던데."

"그렇지." 매리언이 한번 더 키득거렸다. "웃기지 않아?"

"네가 그렇다면."

"진짜 그렇다니까." 갑자기 한숨을 짓는가 싶더니 매리언의 안색이 달라졌다. 애나의 눈앞에서 그 어린 소녀의 모습이 침울한 여인으로 바뀌었다. 심각하고 아이러니한 눈빛으로 그녀는 앉아 있었다. "모르겠어? 나로서는 그걸 웃기는 일로 받아들여야 한다는 걸." "알아." "그 모든 일이 갑자기 일어났어. 어느날 아침 식사 중에. 리처드는 아침 식사 때마다 끔찍하게 굴거든. 기분이 틀어져가지곤 잔소리를 해대지. 하지만 웃기는 건, 난 대체 왜 그 사람이 그러도록 내버려뒀을까 하는 거야. 토미를 너무 자주 만난다고 계속 잔소리를 하더라고. 그러다가 갑자기, 마치 일종의 계시처럼, 정말 그랬어, 애나. 그 사람 아침 식사를 하다 말고 거의 방방 뛰고 있었 거든. 얼굴은 벌게지고 기분이 아주 틀어져서 말이야. 난 그 사람 목소리를 가만히 듣고 있었지. 듣기 싫은 목소리지, 안 그래? 주변 사람들을 괴롭히는 목소리잖아."

"맞아."

"그때 갑자기 이런 생각이 들더라. 이걸 내가 제대로 설명할 수 있다면 참 좋을 텐데. 정말이지 일종의 계시였어. 이런 생각이었지. 내가 수년째 이런 자와 결혼 생활을 유지해왔구나. 내내 이 인간 에게 꽁꽁 묶여 지냈구나. 그래, 여자들은 그런 식으로 살잖아. 다 른 건 생각하지도 못하고. 수년째 난 밤이면 밤마다 울면서 잠들었 어. 난리를 부린 적도 있었고, 바보같이 굴면서 참 불행하게 지냈 지…… 중요한 건 이거야. 대체 난 뭘 바라고 그렇게 살았지? 농담 아니야, 애나." 애나가 미소를 짓자 매리언은 말을 이었다. "왜냐하 면 요점은 말이야, 그 사람 뭐 그렇게 대단하지도 않다는 거야. 안 그래? 미남도 못되지, 지적인 사람도 아니야. 중요한 인사에다 산 업계 거물이라는 건 뭐 대수롭지도 않고. 무슨 말인지 알지?" "알 아. 그래서?" "이런 생각이 들더라. 세상에, 저 인간 때문에 내가 인 생을 망쳤구나. 그 순간이 정확히 기억나. 난 잠옷 같은 걸 걸치고 식탁에 앉아 있었지. 리처드가 좋아해서 산 거였어. 왜 프릴도 달리 고 꽃무늬가 있는 그런 옷 있잖아. 한때는 내가 그런 옷 입고 있으면 좋아했지, 그 인간이. 난 한번도 그딴 거 걸치고 싶지 않았지만. 어쨌 든 난 그렇게 여러해를 싫어하는 옷을 입으면서 살아야 했던 거야, 단지 이 인간을 즐겁게 하려고."

애나는 웃었다. 매리언이 따라 웃자, 그 잘생긴 얼굴이 자조적인 조롱의 표정을 띠며 활기를 되찾았고 눈동자도 서글프지만 진실한 느낌을 주었다. "참 모욕적인 일이야, 안 그래, 애나?"

"맞아."

"하지만 멍청한 남자 하나 때문에 스스로를 바보로 만드는 일, 당신이라면 절대 안했겠지. 당신처럼 분별 있는 여자라면 말이야."

"그건 당신 생각이고." 애나는 덤덤하게 말했다. 하지만 이내 실수라는 걸 알아차렸다. 매리언에게 애나, 즉 자신은 자족적이며 상처 입지 않는 존재여야 했다.

매리언은 애나가 한 말을 무시한 채 고집했다. "아니, 그런 실수를 하기엔 너무 분별 있는 사람이야, 당신은. 그래서 나한테는 참 대단해 보여." 매리언은 이제 손가락 사이에 잔을 단단히 쥐고 있었다. 위스키를 한모금 들이켰고, 이어 연거푸 들이켰다. 애나는 쳐다보지 않으려 애썼다. 매리언의 목소리가 들렸다. "그런데다 그 진이라는 여자 있잖아. 그 여자를 봤을 때 또 한번 계시의 순간이 왔지. 그 여잘 사랑한다고 리처드가 그러더라. 하지만 그 사람이 사랑하는 여자가 대체 어떤 사람인가, 그게 중요하지. 리처드는 어떤 유형을 사랑할 뿐이야. 자기 아랫도리를 후끈하게 만드는 그런 유형 말이야." 아랫도리를 후끈하게 만든다는 그 저속한 표현이 매리언의 입에서 나왔다는 사실에 놀란 애나가 그녀를 돌아보았다. 큼지막한 몸을 의자에 꼿꼿이 세우고 앉은 매리언은 입술을 꼭 다문채, 갈고리 발톱 같은 손가락으로 힘껏 움켜쥔 빈 잔을 욕망 어린 눈길로 바라보고 있었다.

"그런데 그게 무슨 사랑이냐고. 그 사람은 나를 사랑한 적이 한번도 없어. 체구가 크고 갈색 머리에 가슴이 풍만한 그런 여자들을 사랑할 뿐이야. 젊었을 땐 나도 가슴이 참 예뻤는데."

"밤색 눈동자의 아가씨." 빈 잔을 움켜쥔 그 열망 가득한 손을 지켜보며 애나가 말했다.

"그래. 그러니 나와는 아무 상관 없는 일이야. 바로 그렇게 결론 지었지. 내가 지금 어떤 상태인지 그 인간은 아마 모를걸. 그러니 우리가 사랑 타령을 할 필요가 있겠어?"

매리언이 힘겹게 웃었다. 머리를 뒤쪽으로 떨구고 눈은 감은 채였다. 눈을 너무 꽉 감아서인지 갈색 속눈썹이 이제는 해쓱해 뵈는 뺨 위에서 파르르 떨리고 있었다. 이내 그녀는 눈을 뜨고 한번 더 깜박인 다음 다시 주변을 살폈다. 벽에 붙은 가대식 탁자 위 위스키 병을 찾고 있었다. 한잔 더 달라면 줘야겠지, 애나는 생각했다. 마치 애나 자신의 모든 자아가 매리언의 말없는 투쟁에 동참하고 있는 듯했다. 매리언은 다시 눈을 감고 숨을 가쁘게 쉰 다음 눈을 떠 병을 바라봤고, 손가락 사이로 빈 잔을 한번 비틀어보더니 다시금 눈을 감았다.

애나는 생각했다. 어쨌든 술에 절어 지내더라도 온전한 사람으로 사는 게 매리언에게는 더 좋은 일이지. 맑은 정신의 대가라는 게 교태를 줄줄 흘리는 끔찍한 꼬마 숙녀의 모습이라면, 그보다는 원망으로 가득해도 진실을 느끼고 말하는 주정뱅이 쪽이 훨씬 나을 거야. 자신에게 전해지는 긴장이 너무도 고통스러워 애나는 금방이라도 고꾸라질 것만 같아 이렇게 물었다. "토미는 나한테 대체 뭘 원하는 거야?" 매리언은 똑바로 앉으며 잔을 내려놓더니, 슬픔에 빠진 정직하고 좌절한 여인에서 곧장 아까의 그 꼬마 숙녀로 돌아갔다.

"아, 토미는 진짜 놀라운 아이야. 모든 일에 놀라운 생각을 해내거든, 애나. 리처드가 이혼을 원한다는 얘기를 들려줬더니, 아주 놀라운 얘길 하더라."

"뭔데?"

"내가 옳은 일을 해야 한대. 정말 옳다고 믿는 일을 말이야. 그게 고상한 행동 같아서, 아님 품위를 지키며 살고 싶다는 이유로 일시적인 사랑에 빠진 리처드를 참아주면 안된다는 거지. 왜냐하면 처음에 내 반응은 이랬거든. 그래, 이혼해주자, 무슨 상관이야? 돈이라면 나도 충분히 있으니 문제는 아니고 말이야. 하지만 토미는 아니라고 했어. 장기적으로 볼 때 리처드에게 가장 좋은 길이 뭘까 생각해봐야 한다는 거야. 그래서 난 그 사람이 마땅히 져야 할 책임을 지도록 만들 생각이야.""그렇구나.""그래. 토미는 정말 명석해. 생각해봐, 겨우 스물하나잖아. 물론 그 끔찍한 일 때문에 그렇게 된 면도 있지만. 그래, 물론 끔찍한 일이지. 하지만 포기하지 않고 용기를 내어 그토록 놀라운 모습으로 살아가는 걸 보면 그 일이 비극이라고 생각하기도 힘들 지경이야.""맞아, 그건 그래.""그래서 토미 말이, 리처드가 하는 얘긴 신경 쓰지 말고 그냥 무시하라는 거야. 더 큰 일들에 내 삶을 바치며 살겠다는 말, 나 정말 농담 아니야. 그런 길을 갈 수 있는 방법을 토미가 알려주고 있거든. 나 말고 다른 사람들을 위해 살려고.""잘 생각했어.""그래서 당신 만나려고 들른 거야. 토미와 날 좀 도와줘."

"물론 도와줘야지. 어떻게 하면 되는데?"

"그 흑인 지도자 있잖아, 당신이 알고 지내던 그 아프리카 남자 있지? 매슈스였나 뭐 그런 이름이었는데."

애나로서는 전혀 예상하지 못했던 말이었다. "톰 마트롱 말하는 건 아니지?"

매리언은 이제 공책을 한권 꺼내 연필을 똑바로 세워 쥐고 앉아

52

있었다. "맞아. 그 사람 주소 좀 알려줘."

"그 사람 지금 형무소에 있어." 애나가 대답했다. 무력한 음성이었다. 그 힘없는 거부의 음성을 의식하며 애나는 자신이 무력할 뿐 아니라 두려워하고 있다는 사실도 깨달았다. 토미와 함께 있을 때 그녀를 강타한 바로 그 공포가 엄습했던 것이다.

"그래, 물론 그 사람 형무소에 있겠지, 근데 거기 주소가 어떻게 돼?"

"하지만 매리언, 뭘 어쩔 생각인데?"

"말했잖아. 더이상 나 자신을 위해 살지는 않을 거라고. 그 불쌍한 사람에게 편지를 써서 뭘 도와줄 수 있는지 물어보려고."

"하지만 매리언……" 자신과 대화가 가능했던 불과 몇분 전의 그 여자에게 다시 가닿으려 애를 쓰며 애나는 매리언을 바라보았다. 자신을 마주한 그 갈색 눈동자의 눈꺼풀 아래 약간의 죄의식과 더불어 즐거운 히스테리가 담겨 있었다. 애나는 확고한 어조로 말을 이었다. "브릭스턴이나 그런 데처럼 체계가 잡힌 번듯한 형무소가 아니야. 도시나 마을에서 수백마일 떨어진 덤불숲에 움막 같은 걸 짓고 한 쉰명쯤 되는 정치범들을 가두어놓은, 편지도 보낼 수 없는 그런 곳이야. 대체 무슨 생각을 하는 거야? 면회도 가능하고 수감자 인권도 확보된, 뭐 그런 곳이라도 될 것 같아?"

매리언이 입을 삐쭉 내밀며 대꾸했다. "불쌍한 사람들한테 그렇게 끔찍하게 부정적인 태도를 취해도 되는 거야?"

애나는 생각했다. 부정적인 태도라는 말은 토미가 쓰는 표현이야. 공산당의 반향 같은 말. 하지만 불쌍한 사람들이란 전적으로 매리언의 표현이지. 아마도 어머니와 언니들이 낡은 옷을 자선단체에 기부할 때 썼던 모양이야.

"그러니까 내 말은," 매리언이 행복한 목소리로 말을 이었다. "사슬에 매인 대륙이라는 거야, 그렇지 않아?"(『트리뷴』에서 읽은 모양이군, 애나는 생각했다. 아니면『데일리 워커』에서 봤거나.) "이미 늦은 게 아니라면 아프리카인들이 정의에 대한 신념을 회복할 수 있도록 즉각적인 조치들을 취해야만 해."(『뉴 스테이츠먼』, 애나는 생각했다.) "그러니까 적어도 그 상황이 모두의 관심사 안에 반드시 들어가게끔 해야만 해."(『맨체스터 가디언』, 비상한 난국의 시기에 나온 표현.) "하지만 애나, 당신 태도는 정말 이해가 안돼. 뭔가 잘못되었단 증거가 있다는 건 당신도 분명 인정하지?"(『타임스』, 백인 정부가 아프리카인 스무명을 총살했고, 재판 없이 쉰명을 추가로 투옥했다는 소식이 전해진 지 일주일 만에 나온 사설.)

"매리언, 대체 무슨 일이 있었던 거야?"

매리언은 몸을 앞으로 기울인 채 미소를 머금은 입술을 혀로 축이고 눈은 진지하게 깜박이면서 초조한 표정으로 앉아 있었다.

"들어봐, 만약 당신이 아프리카 정치에 관여하고 싶은 거라면 가입할 수 있는 단체들이 여러곳 있어. 토미도 잘 알 텐데."

"하지만 애나, 그 불쌍한 사람들을 생각해야지." 매리언이 책망하듯이 대꾸했다.

애나는 생각했다. 사고를 당하기 전 토미는 정치적 발달단계라는 측면에서 이미 '그 불쌍한 사람들' 운운하는 수준보다는 훨씬 더 나아간 상태였어. 그렇다면 그 아이가 정신에 심각한 타격을 입은 게 아니고서야…… 애나는 처음으로 토미의 정신이 큰 타격을 입었을지 모른다고 염려하며 말없이 앉아 있었다.

"토미가 당신더러 나한테 가서 마트롱 씨가 수감된 형무소 주소를 물어보라고 한 거구나. 둘이서 그 불쌍한 수감자들에게 음식 꾸러미와 위문편지를 보내려고 말이지. 그것들이 절대 도착할 수 없으리라는 건 토미가 제일 잘 알 텐데. 다른 건 다 둘째 치고라도 말이야."

매리언은 환하게 빛나는 갈색 눈을 애나에게 고정하고 있었지만 실은 그녀를 보는 것이 아니었다. 소녀 같은 미소를 지은 채, 그녀는 매력적이지만 고집스러운 어떤 친구를 보고 있었다.

"토미 말이, 당신 충고가 아주 유익할 거래. 그리고 우리 셋이 함께 대의명분을 위해 일할 수 있을 거라고."

이제 조금씩 상황을 이해하게 되면서, 애나는 분노를 느꼈다. 그녀는 목소리를 높여 사무적으로 말했다. "지난 몇년간 토미는 '대의명분'이라는 표현을 조롱의 의미가 아닌 뜻으로 사용한 적이 없어. 그러니 지금 그 아이가 그런 말을 했다면 그건……"

"하지만 애나, 당신 너무 냉소적으로 나오는 것 같아. 전혀 당신다운 말이 아니잖아."

"당신은 우리가, 토미도 포함해서 우리 모두가 여러해 동안 대의명분이 지배하는 분위기에 푹 빠져 살았다는 사실을 잊고 있어. 분명히 말해두지만, 우리가 줄곧 당신이 느끼는 그런 경외심을 가지고 그 말을 썼다면 결국 뭐 하나 제대로 이룬 게 없다는 뜻이겠지."

매리언이 일어섰다. 심한 죄책감을 느끼는 듯하면서도 음흉하고 기꺼운 표정이었다. 매리언과 토미가 자기 얘기를 주고받았고, 자기 영혼을 구해주기로 작정했음을 애나는 비로소 알아차렸다. 대체 뭘 위해서? 이루 말할 수 없는 분노가 치솟았다. 실제로 일어난 일에 비하면 당치도 않은, 터무니없이 큰 분노였고 스스로도 그 사실을 알았기에 그녀는 한층 더 두려웠다.

매리언이 분노를 알아차리고는 즐거움과 곤혹스러움이 뒤섞인 표정으로 말했다. "아무것도 아닌 일로 당신 마음 어지럽혀서 정말 미안해."

"아니야, 아무것도 아닌 일은 아니었어. 마트롱 씨한테는 북부 지역 형무소 행정부 앞으로 편지 쓰면 돼. 물론 그는 못 받겠지만 중요한 건 제스처겠지, 안 그래?"

"아, 고마워 애나, 큰 도움을 줘서. 우리는 당신이 그럴 거라 생각했어. 이제 가볼게."

잘못을 저지르고도 여전히 반항적인 어린 소녀의 태도를 흉내 내듯 매리언은 살금살금 아래층으로 내려가 집 밖으로 나섰다. 애나는 그 모습을 지켜보았고, 자기 자신을, 거기 층계참에 냉담하고 비판적인 태도로 뻣뻣하게 선 자신을 보았다. 매리언의 모습이 사라지자 애나는 토미에게 전화를 걸었다.

반마일쯤 떨어진 거리 저편에서 느릿하고 정중한 그의 목소리가 들려왔다. "00567번입니다."

"애나 아줌마야. 방금 매리언이 왔었어. 대답해보렴. 아프리카 정치범들을 펜팔로 삼자는 게 정말 네 생각이었니? 그렇다면 네가 조금은 세상 물정에 어둡다고 생각하지 않을 수 없구나."

잠깐의 휴지. "전화 주셔서 반가워요, 애나 아줌마. 전 좋은 일이 될 거라 생각했는데요."

"그 불쌍한 수감자들에게 말이니?"

"정말 솔직히 말씀드리자면, 매리언 아줌마에게요. 그렇지 않을까요? 자기 밖의 세상에 흥미를 가지면 좋을 것 같아서요."

애나가 물었다. "일종의 치료법이라는 뜻이야?"

"네. 그렇게 생각하지 않으세요?"

"하지만 토미, 요점은 말이다, 나한테까지 그런 치료가 필요하지는 않다는 거야. 최소한 이런 종류의 치료라면 사양할게."

토미는 잠시 침묵한 뒤 조심스럽게 대답했다. "전화해주시고 아줌마 생각도 알려주셔서 감사드려요. 정말 고맙습니다."

화가 치밀었지만 애나는 그냥 웃음을 터뜨렸다. 토미가 자신과 함께 웃어주길 내심 기대하면서. 이 모든 일에도 불구하고 옛적의 토미, 자신과 함께 웃어주었을 토미를 생각하면서. 수화기를 내려놓은 다음에는 온몸을 떨며 서 있었다. 다리가 후들거려서 앉아야 했다.

앉아 있자니 이런 생각이 들었다. 이 아이, 토미. 꼬마 때부터 알고 지냈지. 그 끔찍한 사고 이후로 난 이 아이를 일종의 좀비로, 위협을 가할 수 있는 어떤 두려운 존재로 보고 있구나. 나뿐 아니라 우리 모두 그렇게 느끼고 있어. 그래, 그 아인 미친 게 아니야. 그건 아니겠지. 그보다는 어떤 다른 것, 뭔가 새로운 것으로 돌아섰다고 봐야 해…… 하지만 지금은 이 문제를 생각할 여유가 없네. 나중에 하자. 재닛에게 저녁을 차려줘야 하니까.

9시가 지나 재닛의 저녁이 이미 늦어진 터였다. 애나는 쟁반에 음식을 차려 위층으로 올라갔다. 매리언과 토미, 그리고 그들이 대변하는 것이 잠시나마 멀어지도록 머릿속을 정돈하면서. 재닛이 무릎에 쟁반을 받아 들고는 말했다. "엄마?"

"그래."

"아이버 좋아해요?"

"그럼."

"난 아이버가 정말 좋아요. 나한테 잘해주니까요."

"그래, 그렇지."

"로니도 좋아해요?"

"그래." 잠시 주저하다가 애나가 대답했다.

"진짜 좋아하는 건 아니죠."

"왜 그런 말을 하니?" 애나가 놀라서 물었다.

"모르겠어요." 아이는 말했다. "그냥 엄마가 그 사람 좋아하지 않는 거 같아서요. 그 사람 때문에 아이버가 바보같이 행동하잖아요." 딸아이는 더이상 얘기하지 않고 멍하니 상념에 잠긴 채 저녁을 먹었다. 몇차례 재빨리 엄마에게 눈길을 돌렸는데, 그러는 동안 애나는 딸의 비밀스러운 관찰을 허용하는 한편 차분하고 유능한 겉모습을 유지하고 앉아 있었다.

재닛이 잠자리에 들자 애나는 부엌으로 내려가 차를 여러잔 마시며 담배를 피웠다. 이제 그녀는 재닛을 걱정하고 있었다. 재닛의 마음이 지금 완전히 뒤죽박죽인데 왜 그렇게 된 건지 모르겠어. 아이버 때문은 아니고, 아마 로니가 만들어낸 분위기 때문이겠지. 아이버에게 로니를 내보내야겠다고 말해야겠어. 그는 기꺼이 로니의 월세를 내겠다고 할 테지. 하지만 돈이 문제가 아닌데. 제이미 때 느꼈던 것과 똑같은 기분이군.

제이미는 위층 빈방에서 몇달쯤 살았던 씰론 출신의 학생이었다. 그가 마음에 들지 않았지만 유색인종이라는 사실 때문에 차마 나가달라는 말을 하지 못했다. 결국 그가 씰론으로 돌아가야 할 상황이 생겨 문제가 풀렸다. 그리고 이제 애나는, 마음의 평화를 깨뜨리는 저 젊은 남성 커플에게 나가달라는 말을 감히 꺼내지 못하는 처지가 되었다. 그들이 동성애자이고, 따라서 그 유색인종 학생과 마찬가지로 다른 방을 구하기가 힘들 터였기 때문이다.

하지만 왜 이런 책임감을 느껴야 하는 거지…… '보통의' 사람들 때문에 겪는 곤란만으로는 충분치 않은 건가? 불편한 마음을 우스개로 흩뜨리려 해보았지만 하나도 우습지 않았다. 애나는 다시 시도했다. 여긴 내 집이야, 내 집이라고, 내 집. 이번에는 강력한 소유의 감정으로 마음을 채우려 애써보았다. 역시 실패였다. 이제 그녀는 앉아서 생각에 잠겼다. 대체 난 왜 집을 소유하고 있는 걸까? 남 앞에 내놓기도 창피한 소설 한권을 써서 돈을 엄청나게 벌었으니까. 운, 그래, 운이 따랐을 뿐이야. 그 모든 게 싫어—내 집, 내 소유물, 내 권리. 하지만 불편한 상태에 놓이면 다른 사람들이 그러듯 딱 거기에 기대는구나. 내 것. 집. 소유물 따위. 내 집을 수단으로 재닛을 보호하려는 거잖아. 그렇게 아이를 보호해서 얻는 이익이 뭘까? 재닛이 자라날 이 영국이라는 나라는 어린 소년들, 동성애자들, 절반쯤 동성애자인 남자들이 가득한 곳인데…… 하지만 진실한 감정이 거센 물결로 밀려들면서 이 피곤한 상념들은 자취를 감췄다. 맹세코, 아주 적은 수일지언정 진짜 남자들이 남아 있을 거고, 난 재닛이 그중 하나를 얻는 것을 보게 될 거야. 진짜 남자를 만났을 때 제대로 알아볼 수 있도록 키워야지. 로니는 내보내야겠어.

이런 생각을 하며, 애나는 잠자리에 들기 전에 욕실로 향했다. 불이 켜져 있었다. 그녀는 문 앞에 멈춰 섰다. 로니가 초조한 표정으로 화장품 선반 위 거울을 뚫어져라 들여다보고 있었다. 그는 뺨에 로션을 발라 애나의 탈지면으로 톡톡 두드리는가 하면 이마의 주름살을 펴보려 애쓰는 중이었다.

애나가 말했다. "당신 것보다 내 로션이 더 좋은가보네요?"

그가 놀란 기색도 없이 돌아섰다. 애나가 오리라는 걸 알고 일부러 거기 있었던 모양이었다.

"저런," 그가 교태를 부리듯 우아하게 말했다. "당신 로션 한번 써봤어요. 효과가 좀 있나요?"

"별로요." 애나가 대답했다. 문에 기댄 채 그를 지켜보며 이게 어찌 된 영문인지 설명을 기다렸다.

그는 발그레한 스카프를 목에 두르고 매끄러운 연자줏빛 최고급 실크 가운을 걸친 차림이었다. 발고리를 금으로 만든 값비싼 무어풍의 붉은 가죽 슬리퍼도 신고 있었다. 학생들이 사는 런던의 낡은 셋집이 아니라 마치 하렘에라도 살고 있는 듯 보였다. 이제 그는 고개를 한쪽으로 빼뚜름히 기울이고 매니큐어를 칠한 손가락으로 희끗한 머리카락이 조금 섞인 검은 곱슬머리를 매만지고 있었다. "린스도 좀 써봤어요." 그가 말했다. "그래도 새치가 자꾸만 삐져나오네요."

"정말 눈에 띄긴 하네요." 애나가 대꾸했다. 이제 알 것 같았다. 쫓겨날까 두려웠던 그는 한 소녀가 다른 소녀에게 하듯이 읍소하는 중이었다. 참 재미있는 일이라고, 애나는 애써 생각했다. 진실인즉 역겨웠고 동시에 자신의 역겨움이 수치스럽기도 했다.

"하지만 친애하는 애나," 그가 애교를 부리며 혀짤배기소리를 냈다. "튀어 보여도 괜찮은 경우가 있긴 하죠. 그 사람이, 그러니까 말하자면, 권력관계의 위쪽에 있다면요."

"그렇지만 로니," 역겨웠지만 그녀는 승복하듯이 상대가 기대하는 역할을 기꺼이 떠맡았다. "그 삐져나온 잿빛 머리가 있어도 당신은 아주 매력적인데요. 수십명을 당신 앞에 무릎 꿇릴 정도로 말이죠."

"예전만큼 많지는 않아요." 그가 대답했다. "저런, 실토할 수밖에 없겠네요. 인기가 오르락내리락하긴 하지만 꽤 잘나가는 편이죠. 그래도 늘 공들여 가꿔야 한답니다."

"영원히 당신을 지켜줄 부호를 얼른 찾아내야겠군요."

"아, 저런." 무의식적으로 엉덩이를 살짝 흔들며 그가 외쳤다. "설마 제가 노력하지 않았다고 생각하시는 건 아니죠?"

"그 시장이 그렇게 심하게 공급과잉 상태인 줄은 미처 몰랐네요." 애나는 역겨워서 이렇게 내뱉고 말았지만, 말이 끝나기도 전에 이미 수치심이 밀려들었다. 세상에! 그녀는 생각했다. 로니 같은 사람으로 태어난다는 건! 그렇게 타고나는 건 정말이지! 난 나 같은 여자로 사는 인생이 힘들다고 불평해왔는데, 맙소사! 로니 같은 운명이 될 수도 있었잖아.

로니는 순간적으로 증오 가득한 눈길을 숨기지 않은 채 애나를 바라보았다. 참기에는 너무 강한 충동이었던지 그가 망설이다가 결국 입을 뗐다. "어쨌든 당신 로션이 내 것보다 나은 것 같네요." 자기 것으로 만들겠다는 듯 한 손을 로션 병 위에 올려놓은 채였다. 동시에 도전적으로, 증오심을 드러내면서 곁눈으로 미소를 지어 보였다.

애나 역시 미소 띤 얼굴로 손을 내밀어 병을 쥐었다. "당신도 하나 사는 게 좋겠네요, 그렇죠?"

이제 그는 짧고 무례한 미소를 던졌다. 당신이 날 이겼다고, 그래서 당신을 증오하며, 곧 다시 대항하리라는 의미였다. 이어 그 미소는 금세 사라지고 아까 보았던 차갑고 해쓱한 두려움이 얼굴에 떠올랐다. 악의에 찬 자신의 충동은 위험하며, 대항하기보다는 호의를 얻어내야 한다고 로니는 속으로 말하고 있었다.

그는 매력이 철철 넘치는 태도로 뭔가 친근한 말을 중얼거리며 급히 핑계를 대더니 잘 자라는 인사를 하고는 깡충거리며 층계를 올라 아이버에게로 갔다.

목욕을 마친 애나는 재닛이 잠자리에 들었는지 살펴보려고 위층으로 올라갔다. 젊은이들의 방문이 열려 있었다. 애나는 놀랐다. 매일 밤 이 시간 자신이 재닛을 보러 올라온다는 사실을 그들도 잘 아는 터였다. 곧 애나는 그들이 문을 일부러 열어놓았다는 사실을 깨달았다. "살찐 궁둥이가 달린 암소 년들……" 아이버의 목소리였고, 말 끝에 음란한 소음을 덧붙였다. 이어지는 로니의 목소리. "축 늘어진 땀투성이 젖가슴하며……" 그러고는 토악질하는 소리를 냈다.

격분한 나머지 애나는 그들과 싸우러 방으로 쳐들어갈 태세였다. 하지만 자신이 잔뜩 겁에 질린 채 온몸을 부르르 떨고 있다는 것을 알아차렸다. 거기 서 있었던 걸 그들이 알아차리지 못했기를 바라며 그녀는 살금살금 간신히 아래층으로 내려왔다. 하지만 이제 그들은 문을 쾅 닫으며 박장대소하고 있었다. 아이버의 폭소와 로니가 내는 고음의 우아한 웃음소리. 그녀는 끔찍한 심정으로 침대에 누웠다. 자신을 위해 준비한 그들의 이 음란한 소극은 로니의 소녀 같은 태도와 아이버가 보여주는 큼지막한 개처럼 살가운 태도의 야간 버전 그 이상도 그 이하도 아님을, 또한 이렇게 뻔히 드러나기를 기다릴 것도 없이 자기 혼자서도 이를 파악할 수 있었음을 깨달았던 것이다. 지금 이토록 공포를 느끼는 이유는 다름이 아니라, 자신이 이 정도로 심하게 충격을 받았다는 사실이었다. 어둡고 휑한 방의 침대에서 일어나 앉아 담배를 피우면서, 이제 애나는 자신이 다치기 쉬운 무력한 존재가 되었음을 절감했다. 그녀는 다시 한번 중얼거렸다. 내가 완전히 부서진다면, 그다음엔…… 지하철의 그 남자가 그녀를 뒤흔들어놓았고, 위층의 두 청년은 그녀를 덜덜 떨도록 오그라뜨려놓았다. 일주일 전 극장에 갔다가 밤늦은 시간에 귀가하던 길에는 어떤 남자가 어두운 거리 모퉁이에서 갑자기 모습을 드러냈다. 그를 무시하는 대신, 애나는 마치 그가 자신을 공격하기라도 한 양 심하게 위축되었다. 그녀 자신, 애나가 그 남자의 몸짓에 위협당하는 듯 느껴졌다. 하지만 그리 오래되지 않은 과거를 돌아보더라도 겁 없이 멀쩡하게 대도시의 위험과 추함 사이를 활보하던 자신의 모습이 보였다. 이제는 그 추함이 가까이 다가와 너무 바짝 붙어 서 있었기에, 그녀는 비명을 지르며 쓰러질 것만 같았다.

그러면 겁에 질리고 상처 받기 쉬운 이 새로운 애나는 대체 언제 태어난 걸까? 그녀는 답을 알고 있었다. 마이클이 자신을 버렸을 때였다.

두려움과 고통에 시달리면서도, 애나는 스스로에게 활짝 웃어보았다. 이른바 독립적인 여성인 자신이 남자의 사랑을 받을 때만 그 비뚤어지고 폭력적인 성의 추함에서 벗어날 수 있다는 진실에 빙그레 미소를 짓기까지 했다. 어둠속에서 그녀는 웃으며, 아니 억지로 웃으려 애를 쓰며, 몰리 말고는 이 흥미로운 사실을 공유할 수 있는 이가 없구나, 이런 생각을 했다. 다만 몰리가 너무 힘든 상황이라 지금은 이런 얘기를 할 때가 아니었다. 그래, 내일 몰리에게 전화해서 토미 얘기를 해보자.

아이버와 로니 걱정을 하던 애나의 머릿속에 이제 토미가 전면으로 떠올랐고, 그러자 너무 골치가 아파왔다. 애나는 이불을 바짝 끌어당겨 그 밑으로 파고들어 누웠다.

평정을 찾으려 애쓰면서 그녀는 혼잣말을 했다. 사실은, 난 지금 어떤 일에도 제대로 대처할 수 있는 상태가 아니야. 점점 더 냉담해지고 비판적이며 균형을 맞추려 드는 작은 두뇌 덕분에 지금 이 모든 혼돈 위에 머물러 있는 거겠지. (다시 한번 자신의 뇌가 작고 차가운 기계처럼 머릿속에서 째깍대는 것이 보였다.)

겁에 질려 누워 있자니 그 말이 다시 떠올랐다. 우물이 아예 말라버렸어. 말과 함께 그 이미지 또한 또렷해졌다. 메마른 우물, 먼지뿐인 땅바닥이 내려다보이는 부서진 우물 입구.

지푸라기라도 붙잡는 심정으로 애나는 마더 슈거의 기억에 매달렸다. 그래, 물이 나오는 꿈을 꿔야 해, 스스로에게 말해보았다. 이렇게 목마른 시기에 도움을 청할 수 없다면 마더 슈거와의 그 기나긴 '경험'이 무슨 소용일까. 물이 나오는 꿈을 꿔야 해. 그 원천으로 어떻게 돌아갈 수 있는지, 그런 꿈을 꿔야만 해.

애나는 잠들었고 꿈을 꿨다. 한낮에 그녀는 드넓은 누런 사막의 가장자리에 서 있었다. 공중에 뜬 먼지 소용돌이가 해를 가리고 있었다. 광막하게 펼쳐진 누런 먼지 너머 어렴풋이 보이는 저 불길한 오렌지색 물체가 태양이었다. 그 사막을 횡단해야 함을 애나는 알고 있었다. 멀리 사막 너머로 자주색, 오렌지색 그리고 회색 산들이 보였다. 꿈속의 그 색채들은 유난히 아름답고 생생했다. 하지만 이 생생하고도 메마른 색채들에 그녀는 완전히 가로막혀 있었다. 어디에도 물은 없었다. 저 멀리 보이는 산들을 향해 애나는 사막을 가로질러 걸어가기 시작했다.

이 꿈을 꾸다가 아침에 깨어났을 때, 그녀는 그 의미를 깨달았다. 꿈은 자신에게 일어난 변화, 스스로에 대한 인식에 발생한 변화를 의미했다. 사막에서 그녀는 완전히 혼자였고, 물은 어디에도 없었으며, 샘은 한참 멀리 떨어져 있었다. 사막을 횡단할 작정이라면 짐을 벗어던져야 한다는 사실을 깨달으며 애나는 잠에서 깨어났다. 로니와 아이버를 어떻게 하면 좋을지 갈피를 잡지 못한 채 잠들었지만, 자리에서 일어난 지금은 무엇을 해야 하는지 알 수 있었다. 애나는 출근하는 아이버를 막아서고(로니는 애첩의 마땅한 권리인 늦잠에 빠져 있었다) 이렇게 말했다. "아이버, 방을 비워줬으면 해요." 오늘 아침 그는 창백하고 수심 가득한 얼굴로 애나에게 매달렸다. 비록 입 밖에 내지는 않았지만 표정 하나하나가 또렷이 이렇게 말하고 있었다. 미안해요. 그를 사랑하기 때문에 어쩔 수가 없네요.

"아이버, 이런 식으로 계속 갈 수 없다는 거 당신도 알 거예요."

그가 대답했다. "안 그래도 말씀드려야겠다 생각하고 있었는데요, 그동안은 친절하게 용인해주셔서 정말 감사해요. 제가 로니의 월세를 드렸으면 합니다."

"그게 아니에요."

"얼마든 상관없어요." 그가 말했다. 지난밤 보여준 모습에 부끄러움을 느끼는 기색이 역력했고 무엇보다 자신의 목가牧歌가 산산이 부서질까 두려워하면서도, 그는 목소리에 실린 조롱을 감추지 못했다.

"로니가 온 지도 벌써 여러주 지났고 그동안 월세 얘긴 한번도 꺼낸 적이 없으니, 분명 돈 문제가 아니라는 건 알겠죠." 애나는 여기 서서 이런 목소리로 대꾸하는 이 냉정하고 비판적인 사람, 자기 자신을 마뜩잖게 생각하며 말했다.

그는 다시 머뭇거렸다. 죄의식과 무례함과 두려움이 아주 기묘하게 뒤섞인 얼굴이었다. "잠깐만요 애나, 제가 지금 정말 출근이 늦었거든요. 오늘 저녁에 내려올 테니 그때 다시 얘기하죠." 그는 이미 계단을 절반 넘게 내려간 상태였다. 애나에게서 멀어지려고 필사적으로 노력하는 한편 애나를 조롱하고 자극하려는 충동에서도 필사적으로 벗어나기 위해 그는 쿵쾅거리며 계단을 내려갔다.

애나는 부엌으로 돌아왔다. 재닛이 아침을 먹고 있었다.

딸애가 물었다. "아이버랑 무슨 얘기 한 거예요?"

"다른 데로 이사 가줘야겠다고 말했어. 아니면 적어도 로니가 나가줬으면 한다고." 재닛이 항의하려는 걸 보고 애나는 서둘러 덧붙였다. "그 방은 1인용이거든, 2인용이 아니라. 그 사람들은 친구니까 함께 살고 싶을 테지."

의외로 재닛은 반대하지 않기로 결심한 모양이었다. 전날 밤 저녁을 먹을 때처럼 딸애는 식사 내내 말없이 생각에 잠겨 있었다. 식사를 마치자 재닛이 물었다. "나는 왜 학교에 못 가요?"

"학교 다니고 있잖니?" "아니, 진짜 학교 말이에요. 기숙학교요."
"기숙학교는 어젯밤 아이버가 읽어준 그 이야기에 나오는 거랑 완전히 달라." 재닛은 뭔가 계속 말하려는 듯하다가 이내 그만두었다. 그러고는 평소대로 학교에 갔다.

잠시 후, 평소보다 훨씬 일찍 로니가 아래층으로 내려왔다. 공들여 차려입었고 뺨에는 연하게 연지도 발랐지만 아주 창백해 보였다. 처음으로 그가 애나를 위해 장을 봐 오겠다는 제안을 했다. "사실 제가 집안일을 꽤 잘하거든요." 애나가 거절하자 그는 부엌에 앉아 유쾌하게 재잘거리며, 그러는 내내 눈으로 간곡히 애원했다.

하지만 애나는 이미 마음을 굳힌 터였고, 그날 저녁 아이버가 방으로 왔을 때도 그 결심은 흔들리지 않았다. 아이버는 로니가 떠날 거고, 자신은 남겠다고 했다.

"애나, 따지고 보면 저는 벌써 여러달 이 집에서 살았고 전에는 한번도 부딪친 적 없잖아요. 그래요, 로니가 좀 심하긴 하죠. 하지만 그 친구는 곧 나갈 거예요. 약속드립니다." 애나가 망설이자, 그는 더욱 밀어붙였다. "게다가 재닛이 있잖아요. 그 아이가 그리울 거예요. 재닛도 절 보고 싶어하리라는 생각이 제 과대망상은 아닐 테죠. 그 불쌍한 친구분네 아들이 끔찍한 일을 당했을 때 도와주느라 바쁘신 동안 재닛과 참 많은 시간을 보냈으니까요."

애나는 받아들였다. 로니가 떠났다. 보란 듯이 법석을 부리며 이사를 나갔다. 자기를 쫓아낸 애나가 얼마나 나쁜 년인지 똑똑히 보여주고 싶은 모양이었다. (아닌 게 아니라 애나는 정말 나쁜 년이 된 기분이었다.) 아이버한테도 역시 최소한의 대가로 머리 누일 곳 하나를 요구했을 뿐인 애인을 잃었다는 사실을 분명히 느끼게 해주었다. 그 실연에 아이버는 애나를 원망했고, 이를 숨기지 않은 채 그녀를 퉁명스럽게 대했다.

하지만 아이버의 퉁명스러운 태도라고 해봐야 토미가 사고를 당하기 이전의 상황으로 돌아갔다는 뜻 이상은 아니었다. 그들은 그를 거의 볼 일이 없었다. 어쩌다 계단에서 마주치면 아침 인사와 저녁 인사를 건네는 그 젊은이로 되돌아간 셈이었다. 거의 매일 밤 그는 외출했다. 얼마 후 애나는 로니가 새 후견인을 낚는 데 실패했고 근처 거리의 작은 방에 기거하며 아이버에게 생활비를 얻어 쓰고 있다는 얘기를 전해 들었다.

공책들

[양쪽 모두 작성되어 있으므로 검은색 공책은 이제 원래의 계획대로 쓰인 셈이었다. 왼쪽의 **출처**라는 제목 밑에 다음 내용이 적혀 있었다.]

1955년 11월 11일

오늘 버스를 향해 내달리는 사람들의 장화와 구두 사이로 종종 걸음을 치던 보도 위의 살찐 런던 집비둘기 한마리. 한 남자의 발 길질에 비둘기는 공중으로 솟구쳤다가 가로등에 부딪쳐 고꾸라진 다. 목이 축 늘어지고 부리는 벌어진 채로. 남자가 당혹스러운 표정 으로 서 있다. 비둘기가 저 멀리 날아갈 거라 생각한 모양이다. 달 아나려는 듯 그가 슬며시 주위를 살핀다. 너무 늦었다. 드세 보이 는 여자 하나가 벌겋게 상기된 얼굴로 벌써 다가오는 중이다. "이 짐승 같은 작자야! 비둘기를 걷어차다니!" 남자의 얼굴도 이제 마 찬가지로 벌겋다. 민망해하면서도 이 상황이 우스꽝스러운지 그가 웃어 보인다. "차면 보통 날아가버리던데." 자신의 정당성을 호소 하듯 그가 말한다. 여자가 소리친다. "당신이 죽였잖아. 불쌍한 작 은 비둘기를 걷어차서 말이야!" 하지만 비둘기는 죽지 않았다. 가 로등 옆에서 목을 쭉 빼고는 고개를 들려고 애쓰며 거듭 날개를 펼 쳐 일어나려다가 다시 주저앉기를 반복한다. 이제 모여든 사람들 이 작은 무리를 이뤘고, 여기 열다섯살 남짓한 두 소년도 끼어 있 다. 거리의 약탈자처럼 날카롭고 약삭빠라 보이는 소년들인데, 껌 을 질겅거리며 꼼짝 않고 서서 그 광경을 지켜본다. 어떤 이가 말 한다. "동물학대방지협회에 전화해요." 여자가 소리친다. "저 깡패 같은 자가 이 가련한 걸 걷어차지만 않았어도 그럴 필요가 없었을 텐데." 남자는 대중의 질타를 받는 범죄자가 되어 당황한 얼굴로 서성인다. 아무 감정도 느끼지 않는 사람은 두 소년뿐이다. 첫번째 소년이 허공에다 대고 외친다. "저런 범죄자는 당연히 감방에 처넣 어야죠." "맞아, 맞아." 여자가 외친다. 여자는 비둘기를 발로 찬 남 자가 너무도 증오스러운 나머지 정작 비둘기는 보지도 않는다. 두번째 소년이 말한다. "감방도 보내고, 매질도 해야죠." 여자는 이제 날카로운 눈길로 소년들을 살피고는 자기가 놀림 당하고 있음을 비로소 깨닫는다. "그래야지, 너희 둘부터!" 여자는 분노 탓에 쥐어짜듯 겨우 목소리를 내면서 소년들을 향해 소리친다. "불쌍한 새가 고통을 당하는데 이놈들이 실실 웃고 있어." 이제 두 소년은 아예 보란 듯이 웃고 있다. 이 사건의 빌미가 된 저 남자처럼 창피한 얼굴로 믿기지 않는다는 듯 웃는 것도 아니다. "웃어?" 그녀가 외친다. "웃는 거야? 네놈들부터 매를 맞아야겠다. 그래, 그래야지." 그러는 사이 합리적으로 보이는 어떤 남자가 얼굴을 찌푸리고 비둘기 쪽으로 몸을 구부려 새의 상태를 살핀다. 등을 펴면서 그가 말한다. "죽어가고 있네요." 그의 말이 맞는다. 새는 눈이 흐리멍덩하고, 벌어진 부리 밖으로는 피가 솟구친다. 이제 미운털 박힌 세 사람은 잊은 채, 여자가 몸을 앞으로 구부려 새를 살펴본다. 할딱이며 머리를 괴롭게 비트는 새가 이윽고 축 늘어지는 순간, 입이 조금 벌어진 여자의 얼굴에 불쾌한 호기심의 기색이 어른거린다.

"죽었네요." 합리적인 남자가 말한다.

악당은 기력을 회복하며 사과 비슷한 말을 중얼거린다. 하지만 어처구니없는 꼴을 당하지 않겠다는 결심은 확고하다. "미안해요. 하지만 사고였어요. 길을 비키지 않는 비둘기는 난생처음 봤네."

비둘기를 걷어찬 이 냉혹한 사내를 우리 모두 못마땅한 표정으로 바라본다.

"사고라니!" 여자가 부르짖는다. "당신 지금 그걸 사고라고 하는 거야!"

하지만 이제 군중은 흩어지고 있다. 합리적인 남자는 죽은 새를 집어 올리지만, 그 행동은 실수다. 그는 이제 이 새를 어떻게 해야 할지 모른다. 새를 걷어찬 사내가 자리를 피하자 여자가 뒤쫓아 가며 이렇게 말한다. "당신 이름과 주소 대. 고발하게." 남자가 짜증을 내며 대꾸한다. "별것도 아닌 일로 뭐 큰일 난 것처럼 난리 치지 마쇼." 여자가 따진다. "불쌍한 작은 새를 죽여놓고 별게 아니란 거야 지금?" "글쎄, 큰일 난 건 아니지. 살인도 큰일은 못되니까." 열다섯살 소년 하나가 손을 외투 주머니에 찔러 넣은 채 이렇게 말하며 씩 웃는다. 그러자 옆에 선 친구가 사려 깊은 목소리로 말을 받는다. "그래 맞아. 살인도 뭐 별거 아니지, 큰일은 무슨 큰일이야." "그렇고말고." 첫번째 녀석이 맞장구친다. "아니 대체 언제부터 비둘기가 큰일 나고 말고 할 게 있었어?" 여자가 소년들을 향해 돌아서자 악당은 고마운 심정으로 달아난다. 본인도 모르게, 믿기지 않을 정도로 죄의식에 시달리는 표정이다. 여자가 소년들에게 합당한 욕을 찾으려 애쓰는 동안 합리적인 남자는 비둘기 사체를 손에 든 채 쩔쩔매고 서 있다. 소년 중 하나가 조롱조로 묻는다. "비둘기 파이 만들게요, 아저씨?" "건방지게 굴면 경찰 부른다." 합리적인 남자가 얼른 대꾸한다. 여자가 반갑게 덧붙인다. "맞아요, 맞아. 오래전에 경찰을 불렀어야 했는데." 소년 중 한 녀석이 믿을 수 없다는 듯 조롱과 경탄이 섞인 느낌으로 길게 휘파람을 분다. "바로 그거죠." 그가 덧붙인다. "짭새 부르기. 공원 비둘기 절도죄로 체포되겠네요, 아저씨!" 경찰 얘기가 나오자 두 소년은 포복절도하면서도 체면을 잃지 않을 정도의 속도로 얼른 달아난다.

이제 성난 여자와 합리적인 남자, 비둘기 사체 그리고 몇몇 구경꾼만 남아 있다. 남자는 주변을 둘러보다가 가로등 옆 쓰레기통을 발견하고는 새의 사체를 버리기 위해 그쪽으로 다가간다. 하지만 여자가 그를 막아서고 비둘기를 잡는다. "나한테 줘요." 목소리에 애처로움이 가득하다. "내 창가 화단에 이 불쌍한 것을 묻으려고요." 합리적인 남자는 고마워하며 서둘러 제 갈 길을 간다. 역겨운 표정으로 비둘기 부리에서 뚝뚝 떨어지는 굵은 핏줄기를 내려다보며 여자는 혼자 서 있다.

11월 12일

어젯밤 그 비둘기가 꿈에 나왔다. 잘 모르겠지만 비둘기 때문에 뭔가가 생각난 것이다. 꿈속에서 그걸 기억해내려고 안간힘을 썼다. 깨어나자 비로소 생각났다. 마쇼피 호텔에 갔던 어느 주말에 일어난 사건. 오랫동안 다시 생각해보지 않았지만 지금 그 일은 아주 또렷하고 세세하다. 어제와 같은 뜻밖의 우연이 아니고서는 내 머릿속에 갇혀 있는 그렇게 많은 사건들에 닿을 수 없다는 사실에 다시 화가 난다. 부스비 부부와 우리 사이가 아직은 그다지 나쁘지 않았으니 모든 게 완전히 폭발해버린 그 마지막 주말이 아니라 중간에 낀 어느 주말에 일어난 일이 분명하다. 아침 식사를 하고 있을 때 부스비 부인이 22구경 소총을 들고 와서 말했다. "여기 있는 사람 중에 총 쏠 수 있는 분 계세요?" 폴이 소총을 잡으며 말했다. "제가 받은 값비싼 교육에 뇌조와 꿩을 죽이는 데 필요한 정밀함이 빠져 있을 리 만무하죠." "아, 그렇게 세련된 건 아니고요." 부스비 부인이 말했다. "뇌조나 꿩이 근처에 있기는 하지만 그렇게 많지 않죠. 저희 양반이 비둘기 파이가 먹고 싶다고 하네요. 이따금 총을 들었는데 이젠 제대로 쏘질 못해서요. 그래서 댁들에게 부탁하려고요."

폴이 짓궂은 표정으로 그 무기를 만지작거리더니 마침내 이렇게 말했다. "글쎄, 소총으로 비둘기를 쏜다는 생각은 해본 적이 없지만 부스비 씨가 할 수 있다면 저도 가능하겠죠, 뭐."

"그렇게 어렵진 않아요." 언제나처럼 폴의 정중한 겉치레에 말려들며 부스비 부인은 말했다. "저기 두 언덕 사이 아래 작은 골짜기에 비둘기가 많이 모이는 곳이 있어요. 가만히 지켜보다가 그냥 몇마리 겨냥해서 쏘면 돼요."

"정정당당한 게임은 아니군요." 지미가 짐짓 현자의 얼굴을 하고 말했다.

"그럴 수가, 정말 정정당당하지 않잖아요!" 한 손으로 이마를 부여잡고 다른 손으로는 자신에게서 총을 멀찍이 떨어뜨리며 폴이 한술 더 떠 외쳤다.

이런 폴의 태도가 진심인지 장난인지 이해하지 못하는 듯했지만 어쨌든 부인은 설명을 이어갔다. "충분히 정정당당해요. 죽일 수 있다는 확신이 없을 땐 쏘지 마세요. 그러면 해될 것 없잖아요?"

"부인 말씀이 맞아." 지미가 폴에게 말했다.

"옳은 말씀이네요." 폴이 부스비 부인에게 말했다. "참 죽여주게 옳은 말씀이에요. 우리가 하죠, 뭐. 부스비 주인님의 비둘기 파이를 위해 몇마리나 잡아 와야 할까요?"

"여섯마리 이하면 별 쓸모가 없긴 해요. 충분히 잡아 오면 당신들한테도 파이를 만들어드리죠. 기분 전환도 좀 될 거예요."

"그러네요." 폴이 대답했다. "기분 전환이 되겠어요. 걱정 마시고 맡겨주시죠."

부인은 폴에게 진심으로 고마움을 표하고는 소총을 남겨두고 떠났다.

아침 식사를 끝내자 벌써 10시가 되어 있었고, 우리는 점심 전에 뭔가 할 일이 있다는 사실이 반가웠다. 호텔을 지나 조금 걸어가면

주도로에서 오른편으로 갈라진 길이 하나 나타나는데, 그 길은 그 옛날 아프리카인들의 오솔길을 따라 초원 너머로 울퉁불퉁하고 구불구불하게 이어졌다. 황야를 따라 이 길을 계속 가면 7마일쯤 떨어진 곳에 로마가톨릭교회의 전도단 건물이 있었다. 가끔 전도단의 차량이 물품을 수송하느라 이 길을 지나가곤 했다. 이따금씩 농장 인부들이 떼를 지어 출입하기도 했는데, 전도단에 규모가 꽤 큰 농장이 딸려 있기 때문이었다. 하지만 그런 경우를 제외하면 인적이 드물었다. 이곳 지형은 예외 없이 고지대의 모래초원이 파도치듯 펼쳐지다가 이곳저곳에 작은 언덕들이 불쑥 솟아난 식이었다. 비가 오면 토양은 비를 반기는 게 아니라 밀어내는 듯했다. 빗물이 춤을 추고 북을 두드리듯 그 하얀 물방울을 딱딱한 땅 위 3피트 높이까지 격렬하게 튀겨대다가도, 폭풍이 물러가고 겨우 한시간만 지나면 땅은 벌써 말랐고 도랑과 늪에서 빗물이 콸콸 소리를 내며 세차게 흘렀다. 전날 밤에도 폭우가 쏟아져 객실동의 철판 지붕을 심하게 흔들며 우리 머리 위에서 쾅쾅 울려댔지만, 지금은 해가 높이 솟아 있었고 하늘엔 구름 한점 없었다. 아스팔트 길 가장자리의 자잘한 하얀 모래 위를 걸어가는 우리 구두 아래서 바싹 마른 모래가 부서지며 축축한 짙은 색 흙을 드러냈다.

그날 아침 우리는 다섯이었다. 다른 일행은 어디에 있었는지 모르겠다. 아마도 그 주말에는 우리 다섯만이 그 호텔을 찾았던 모양이다. 머리부터 발끝까지 스포츠맨다운 폴이 그 역할을 담당한 자신에게 흡족한 미소를 날리며 소총을 들고 걸어갔다. 동작이 굼뜨고 통통한 몸에 얼굴은 해쓱한 지미가 그 옆에서 나란히 걸으며 지적인 눈매를 연신 폴 쪽으로 돌렸는데, 욕망 때문에 굴종하면서도 자기 처지에서 비롯한 고통 때문인지 비딱한 표정이었다. 나와 빌리, 메리로즈는 그 뒤를 따라 걸었다. 빌리는 책을 한권 들고 있었다. 메리로즈와 나는 염색한 무명 바지와 셔츠를 나들이옷 삼아 입고 있었다. 메리로즈는 푸른색 바지에 장미색 셔츠, 나는 장미색 바지에 하얀 셔츠 차림이었다.

주도로에서 벗어나 모랫길로 들어서면서부터는 느릿느릿 조심해서 걸어야 했는데, 폭우가 지나간 그날 아침 곤충들이 한바탕 잔치를 벌이고 있어서였다. 모든 미물이 활개 치며 기어다녔다. 야트막한 풀숲에서는 백만마리는 되어 보이는 흰나비 떼가 옅은 초록빛이 도는 흰 날개로 어지럽게 떠다니고 있었다. 전부 흰색이었지만 크기는 다양했다. 그날 아침 한종류가 부화했거나 번데기에서 기어 나와 자유를 만끽하는 모양이었다. 게다가 풀잎과 길 위는 온통 쌍을 이룬 선명한 색의 메뚜기들 천지였다. 역시 수백만마리는 족히 되어 보였다.

"그리하여 메뚜기 한마리가 다른 메뚜기 한마리 위에 올라탔네." 바로 앞에서 폴이 경쾌하면서도 근엄한 목소리로 말했다. 그가 걸음을 멈췄다. 곁에서 걷던 지미도 역시 충직하게 멈춰 섰다. 우리도 두 사람 뒤에서 걸음을 멈췄다. "이상해." 폴이 말했다. "전에는 그 노래의 깊은 뜻이나 구체적인 의미를 한번도 이해한 적이 없었거든." 눈앞의 광경이 너무나 기이했기에 당황스럽기보다는 외경심이 들 정도였다. 우리는 거기 선 채 웃음을 터뜨렸는데, 소리가 너무 크긴 했다. 주변 사방 모든 곳에서 곤충들이 짝짓기를 하고 있었다. 한 놈이 다리를 모래 위에 굳건히 디디고 가만히 서 있으면 겉보기엔 똑같이 생긴 다른 놈이 그 위에 꽉 매달려 아래 놈을 움직이지 못하게 했다. 혹은 한 놈이 다른 놈 위로 오르려 안간힘을 쓰는 동안 아래 있는 놈은 자기 등으로 기어오르는 놈의 난폭한 움직임 탓에 둘 다 옆으로 고꾸라지지 않도록 돕듯이 꼼짝 않고 기다리기도 했다. 자세를 잘못 취한 쌍이 앞으로 넘어지면 아래 있는 놈은 짝이 다시 자리를 잡을 때까지, 아니면 역시 똑같이 생긴 다른 메뚜기가 그 짝을 쫓아낼 때까지 일어나 기다리고 있었다. 그 와중에도 무사히 짝을 이루어 행복한 메뚜기들이 서로 한덩어리가 된 채 우리 주변을 온통 뒤덮었고, 환하고 둥근 그 백치 같은 검은 눈으로 우리를 뚫어져라 바라보았다. 지미가 폭소를 터뜨리자 폴은 그의 등을 두드렸다. "저속하기 그지없는 이 곤충들은 우리의 주목을 받을 가치가 없어." 그의 말이 옳았다. 한마리나 대여섯마리 혹은 백마리 정도라면, 에메랄드빛 가느단 풀줄기에 반쯤 잠겨 있는 물감처럼 선명한 그 모습이 무척 아름다워 보였을지도 모르겠다. 하지만 조야한 녹색에 조야한 붉은색을 띤 수천마리가 검고 멍한 눈으로 뚫어져라 우리를 바라보던 그 순간 이 곤충들은 부조리하고 외설적으로 보였으며, 무엇보다도 아둔함의 상징 같았다. "나비를 관찰하는 편이 낫겠어." 메리로즈가 말하며 그 말을 실행에 옮겼다. 나비들은 터무니없을 정도로 아름다웠다. 우리 눈이 닿는 곳, 푸른 하늘 저 멀리까지 온통 하얀 날개들로 아롱졌다. 멀리 습지를 내려다보니, 그곳 역시 초록 풀숲 위로 하얗게 반짝이는 나비들이 연무를 이루고 있었다.

"친애하는 메리로즈," 폴이 말했다. "틀림없이 넌 너답게 그 어여쁜 마음으로 이 나비들이 삶의 환희를 자축하거나 마냥 기쁨을 누리고 있다고 상상하겠지만, 사실은 그게 아니란다. 이것들 역시 저 저속하기 그지없는 메뚜기 떼와 다를 바 없이, 그저 저열한 섹스를 추구하고 있을 뿐이야."

"그걸 네가 어떻게 알아?" 메리로즈가 낮은 목소리로 진지하게 묻자, 폴은 스스로도 잘 알고 있는 그 매력적인 너털웃음을 터뜨리더니 앞에 가는 지미를 내버려둔 채 뒤로 물러나 메리로즈 곁으로 왔다. 메리로즈를 호위하듯 걷던 빌리가 폴에게 자리를 내주고 내 곁으로 왔지만 나는 이미 낙담한 지미 쪽으로 가고 있었다.

"정말 기괴하네." 진심이 담긴 듯한 목소리로 폴이 내뱉었다. 그의 시선이 향한 곳으로 우리도 눈길을 주었다. 메뚜기 부대 속에 눈에 띄는 두쌍이 있었다. 아주 힘이 세 보이는 거대한 놈, 마치 커다란 용수철 다리가 달린 피스톤처럼 생긴 놈의 등 위에는 제대로 올라가지도 못하는 작고 무능한 짝이 매달려 있었다. 그 옆에 있는 쌍은 정반대였다. 한 놈이 자그마하고 가련한 밝은색 메뚜기 위에 걸터앉아 놈을 거의 짓이겨버릴 듯 거칠고 드세게 들이대고 있었다. "작은 과학 실험을 한번 해볼게." 폴은 이렇게 선언하더니 살금살금 길가 수풀의 곤충들 사이로 다가가 총을 내려놓고는 풀줄기를 하나 뽑았다. 그런 다음 모래에 한쪽 무릎을 꿇은 채 능란하고도 무심한 손놀림으로 그 풀잎으로 곤충들을 쓸었다. 그는 몸집 큰 곤충을 작은 놈에게서 떼어내 거의 위로 들어 올리다시피 했는데, 놀랍게도 그놈은 곧장 단호하게 뛰어올라 원래의 자리로 돌아갔다. "제대로 하려면 누가 도와줘야겠는데." 폴의 말이 떨어지기 무섭게 지미가 풀 한줄기를 뽑더니 벌레 떼 앞에 몸을 구부리며, 그렇게 바싹 다가가야 한다는 생각에 혐오감으로 얼굴을 일그러뜨리면서도 폴 옆에 자리를 잡았다. 두 청년은 아예 모랫길에 무릎을 꿇고 앉아서 풀잎 줄기를 요리조리 들이대기 시작했다. 나와 빌리와 메리로즈는 서서 지켜보았다. 빌리는 인상을 쓰고 있었다. "참 경박하기도 하지." 내가 냉소를 담아 말했다. 평소처럼 그날 아침에도 딱히 서로를 상냥하게 대하지는 않았건만, 그 순간 빌리가 나를 향해 미소를 지으며 정말 재미있다는 듯 말했다. "어쨌든 흥미롭긴 하네." 이런 순간이 너무도 드물었기에 우리는 고통과 애정이 섞인 마음으로 서로에게 미소를 보냈다. 한편 무릎을 꿇고 앉아 있는 저 소년들 너머에서는 메리로즈가 부러움과 고통이 섞인 시선으로 우리를 바라보고 있었다. 행복한 한쌍을 목도하자 외톨이가 된 기분인 모양이었다. 그 마음을 견딜 수 없었던 난 빌리를 남겨둔 채 메리로즈에게로 갔다. 그리고서 그녀와 함께 폴과 지미의 등 위로 몸을 구부리고 지켜보았다.

"지금이야." 폴이 말했다. 한번 더 그는 작은 곤충에게서 그 괴물 곤충을 떼어 들어 올렸다. 하지만 지미가 서투르게 손을 놀리다 그만 실패했고, 재차 시도하기도 전에 폴의 큰 곤충이 원래 자리로 돌아가버렸다. "아, 이 멍청아." 폴이 짜증을 냈다. 자신이 지미에게 경애의 대상임을 잘 알기에 평소에는 이런 유의 짜증을 잘 참던 터였다. 지미는 풀잎을 떨어뜨리고 고통스럽게 웃으며 마음의 상처를 가리려 애썼다. 하지만 이제 폴은 두 풀잎을 모두 잡아 크고 작은 두 곤충을 다른 크고 작은 두 놈에게 옮겨놓았고, 비로소 그것들은 큰 두 놈과 작은 두 놈으로 알맞게 짝을 이룬 두쌍이 되었다.

"이제 됐어." 폴이 말했다. "이런 게 과학적인 접근이지. 참 보기 좋잖아. 편하기도 하고. 얼마나 만족스러워."

우리 다섯 사람은 상식의 승리를 살피며 그렇게 서 있었다. 우리 모두는, 심지어 빌리까지, 그 상황의 전적인 부조리함에 다시 무력한 웃음을 터뜨렸다. 그러는 사이 우리를 에워싼 수천마리의 선명한 메뚜기는 우리에게 어떤 도움도 받지 않고 종족 번식의 임무에 열중하고 있었다. 그리고 우리의 그 작은 승리조차 금방 끝이 나버렸다. 다른 큰 놈 위에 올라탔던 커다란 놈이 굴러떨어지자 그 즉시 아래 있던 작은 놈이 그 암컷인지 수컷인지 모를 놈의 위에 올라탔던 것이다.

"외설적이군." 폴이 자못 엄숙하게 말했다.

"그렇게 볼 근거는 없어." 지미가 대꾸했다. 경박하되 근엄한 친구의 어조를 따라 하려 했지만, 그의 목소리는 늘 숨 가쁘거나 새되지 않으면 너무 우스꽝스럽게 들리곤 했다. "우리가 자연이라 부르는 것들이 인간세계보다 더 질서 정연하다고 볼 근거는 없어. 무슨 증거로 우리는 이 모든 혈거인의 축소판들이 암컷 위에 수컷이라는 식으로 깔끔하게 분류되어 있다고 여기는 거지?" 치명적으로 어긋나버린 자신의 어조를 무릅쓰고, 지미가 용기를 내어 덧붙였다. "암컷과 수컷이 짝을 이루는 것도 그렇지 않아? 누가 알겠어, 이게 어쩌면 수컷들끼리 또는 암컷들끼리 한바탕 멋대로 즐기는 광경일지……" 참지 못해 터져 나오는 웃음 속으로 그는 말꼬리를 흐렸다. 달뜨고 당황한 그 지적인 얼굴을 보면서, 우리 모두는 왜 그가 말하거나 말할 수 있는 내용들이 폴이 말할 때처럼 편안하게 들리지 않는지 궁금해했다. 실제로 그건 폴이 할 법한 이야기이기도 했는데, 만일 같은 말이 그에게서 나왔다면 모두 웃고 있었을 것이다. 하지만 지미가 그 얘기를 하자 우리는 심기가 불편해졌고, 이 흉물스럽게 달려드는 곤충 무리에 둘러싸여 꼼짝달싹 못하게 된 것만 같은 기분이었다.

폴이 갑작스럽게 몸을 굽히더니 먼저 자기가 짝지어준 괴물 커플을, 이어 왜소한 커플을 발로 짓밟아 뭉개버렸다.

"폴!" 선명한 날개며 눈이 짓밟혀 하얗게 문드러진 모습에 충격을 받은 메리로즈가 외쳤다.

"감상주의자의 전형적인 반응이군." 들으라는 듯 빌리를 흉내

내며 폴이 말했다. 빌리는 자신이 조롱당하고 있음을 안다는 뜻으로 미소를 보냈다. 하지만 이제 폴은 다시 진지한 목소리로 말했다. "친애하는 메리로즈, 오늘밤이면, 아니 조금 더 시간을 준다 해도 내일 밤쯤 되면 말이야, 이것들 거의 전부가 죽어 있을 거야. 너의 나비들도 똑같이."

"아, 안돼." 메리로즈가 춤추는 나비 무리에 고통스러운 시선을 던지며, 그러나 메뚜기들은 무시한 채 말했다. "하지만 어째서 그런 거지?"

"너무 많으니까. 그게 전부 다 살아남으면 어떻게 되겠어? 기습을 해오겠지. 마쇼피 호텔은 밀려드는 메뚜기 떼 아래 땅속으로 꺼져 사라져버릴걸. 그러는 사이 상상도 할 수 없이 불길한 저 나비 떼가 부스비 씨와 그 아내 그리고 결혼을 앞둔 딸의 주검 위에서 승리의 춤을 추고 있겠지."

마음이 상한 메리로즈는 창백해진 얼굴로 폴에게서 시선을 거두었다. 우리 모두 그녀가 그 순간 죽은 오빠 생각을 하고 있음을 알았다. 그럴 때 메리로즈의 얼굴에는 완전한 고립의 느낌이 깃들었고, 그래서 우리는 그녀를 감싸 안아주고 싶은 마음뿐이었다.

하지만 폴은 이제 스딸린을 흉내 내며 말을 이었다. "명명백백한 일이지. 말할 필요조차 없어. 사실상 말해야 할 이유가 전혀 없다고. 그런데 왜 내가 굳이 이 말을 해야 하는 걸까? 어쨌든, 뭔가를 말할 필요가 있느냐 없느냐는 지금 중요한 문제가 아니지. 잘 알려진 것처럼 자연은 낭비벽이 심해. 채 몇시간이 지나기도 전에 이 곤충들은 싸우고, 물고, 뜯고, 혹은 고의로 죽이거나 자살함으로써, 혹은 서툴게 짝짓기를 하다가 서로를 죽이게 될 거야. 그게 아니면, 우리가 얼른 물러나 당장이라도 잔치를 시작할 수 있기만을 기다리는 새들에게 잡아먹힐 테지. 혹시 우리가 다음 주말에 이 즐거운 쾌락의 유원지로 돌아온다면, 혹은 우리의 정치적인 책무 때문에 어쩔 수 없이 그다음 주말에 온다면 규칙처럼 이 길을 따라 산책을 할 테고, 아마도 이 사랑스러운 빨갛고 푸른 곤충들 한두마리를 보게 되겠지. 그러면서 아, 참 예쁘다, 이렇게 생각할 거야! 그때도 주변 모든 곳에서 온통 자신들의 최종적인 쉼터로 가라앉고 있을 수백만의 사체에 대해 머리를 쥐어뜯을 필요는 없는 거지. 더 유익하진 않을지라도 비교할 수 없이 더 아름다운 나비들, 만일 더 일상적이고 퇴폐적인 오락에 심취하지만 않는다면야 우리가 적극적으로, 심지어 열성적으로 그리워할 그 나비들 얘기는 아예 꺼내지도 않을게." 도대체 왜 폴이 일부러 오빠의 죽음에서 연유한 메리로즈의 생채기를 후벼 파는지 우리는 궁금해졌다. 메리로즈의 얼굴에 고통스러운 미소가 떠올랐다. 비행기 추락사의 두려움에 끊임없이 시달리고 있던 지미 역시 메리로즈와 비슷한, 희미하게 뒤틀린 미소를 지었다.

"동지들, 내가 하고자 하는 말은 그러니까……"

"무슨 말 하려는지 알아." 빌리가 성난 목소리로 거칠게 말을 끊었다. 폴이 말했듯이, 아마도 바로 이런 순간 그는 이 무리에서 '아버지 같은 인물'이 되곤 했다. "그만 됐고, 가서 비둘기나 잡자."

"두말할 필요도 없는 일, 명백한 일이지." 빌리에 맞서서 고집을 부리며 폴은 스딸린이 애용하는 첫마디로 돌아가 이렇게 말했다. "우리가 계속 이런 식으로 무책임하게 행동한다면 우리 주인님 부스비 씨의 비둘기 파이는 결코 구워지지 않을 테니 말이야."

메뚜기 떼 사이로 우리는 길을 따라 걸었다. 반마일쯤 더 가자 작은 언덕, 혹은 무너진 화강암 더미 같은 것이 나타났다. 마치 선이라도 그어진 듯 그 너머로는 메뚜기가 한마리도 보이지 않았다. 그냥 거기에는 그것들이 일절 존재하지 않았다. 말하자면 멸종한 종이나 다름없었다. 하지만 나비들은 여전히 하얀 꽃잎이 나풀거리듯 사방에서 날아다녔다.

분명 10월이나 11월이었을 것이다. 곤충 때문에 그렇게 생각한 건 아닌 것이, 그것들이 언제 출몰하는지 난 도통 모르기 때문이다. 그보다는 그날의 열기 때문에 그 무렵으로 짐작한다. 사람을 빨아들일 듯 찬란하고도 위협적인 열기. 우기 끝 무렵이면 대기에서 샴페인의 짜릿함 같은 것이 느껴지곤 했다. 겨울이 온다는 경고였다. 하지만 그날의 열기는 우리의 뺨과 팔, 심지어 옷 안의 다리까지 강타하고 있었다. 그래, 하얀 모래에 솟아난 맑고 선명한 녹색의 짧은 풀잎, 그 나지막한 모양새를 생각하면 겨울의 초입이었음이 분명하다. 그러니까 그 주말은 폴이 죽기 직전인 마지막 주말보다 대략 네댓달 정도 전이었을 것이다. 그날 아침 우리가 거닐던 그 길은, 몇달 후 어느 밤 폴과 내가 손을 잡고 미세하게 스며드는 안개 속을 달려 젖은 풀잎 위로 함께 쓰러졌던 바로 그 길이었다. 어디쯤이었을까? 파이로 만들 비둘기를 사냥하기 위해 앉아 있던 장소에서 그리 멀지 않은 곳이었으리라.

뒤편 작은 언덕을 등지자, 이번에는 앞에 커다란 언덕 하나가 나타났다. 그 두 언덕배기 사이 푹 파인 곳이 부스비 부인이 말한 비둘기 떼 출몰 장소였다. 우리는 길을 벗어나 말없이 그 큰 언덕 발치로 갔다. 등에 내리쬐는 해를 받으며 조용히 걷던 기억이 난다. 찬란한 푸른 하늘 아래 이리저리 마구 날아다니는 나비 사이로 눈부시게 빛나는 다섯 젊은이가 풀이 웃자란 언덕을 걷고 있는 광경이 눈에 선하다.

언덕 발치엔 키 큰 나무들이 작은 숲을 이루고 있었는데, 우리는 그 아래 앉아 사냥 준비를 했다. 20야드쯤 떨어진 곳에 나무숲이 하나 더 있었다. 이 두번째 나무숲 잎사귀 사이 어딘가에서 비둘기 한마리가 구구 소리를 내며 울었다. 우리가 내는 소음에 비둘기는 울음을 멈추었다가 자기에게 해를 끼치지 않으리라 판단했는지 이내 다시 울기 시작했다. 부드럽고 나른한, 최면에 걸릴 것만 같은 소리, 매미 울음과 비슷한 소리였는데, 귀 기울여 듣기 시작하니 정말 주변 어디에서든 매미들이 미친 듯 울어대고 있었다. 매미 소리는 말라리아에 걸린 상태에서 키니네를 잔뜩 마시는 것과 비슷했다. 고막을 진동하듯 줄기차게 이어지는 광기 어린 날카로운 소음. 혈액으로 침투한 키니네의 날카로운 비명이 어느새 사그라드는 것처럼, 그 소리도 곧 들리지 않게 되는 법이다.

"딱 한마리뿐이잖아." 폴이 말했다. "부스비 부인께서 잘못 안내하셨군."

그는 소총 총구를 바위에 걸치고 그 새를 조준한 뒤 바위에 기대지 않은 채로 목표물을 겨냥해보았다. 하지만 이제 쏠 거라고 우리가 생각한 바로 그 순간 폴은 소총을 내려놓았다.

우리는 막간을 게으르게 보내기로 작정하고 자리를 잡았다. 나무 그늘은 짙었고, 땅바닥에 난 풀은 부드럽고도 탄력이 있었으며, 태양은 자오선을 향해 오르는 중이었다. 뒤편에는 언덕이, 지배적이면서도 억압적이지는 않은 느낌으로 하늘을 향해 크게 솟아 있었다. 이 나라의 언덕들은 사람을 현혹한다. 종종 아주 높아 보이지만 가까이 가면 퍼지고 작아지는데, 둥근 화강암 무리나 더미로 이뤄져 있어 그렇다. 그 때문에 언덕 발치에 서서 보면 바위틈이나 작은 협곡 사이로 거인이 조약돌을 모아놓은 듯 솟아올라 있는 윤기 나는 바위들과 함께 반대편 습지까지 한눈에 들어온다. 언젠가 이곳을 답사하며 우리가 알게 되었듯이, 이 언덕은 80여년 전 마쇼나족이 마타벨레족에 맞서기 위해 방어막으로 흙벽을 쌓았던 곳이었다. 또 이곳에는 부시먼들이 그린 경이로운 그림들도 잔뜩 있었다. 호텔 투숙객들이 재미 삼아 돌을 던지기 전까지만 해도 아주 멋진 그림들이었는데.

"상상해보라고." 폴이 입을 뗐다. "여기 우리가 왔어. 일단의 마쇼나들인 우리가 포획당한 채 말이야. 마타벨레족이 끔찍한 치장을 하고 가까이 다가오는 거지. 우리는 수적으로 열세인데다, 전투적인 부족도 아니지. 평화로운 시절에는 기예에만 전념해온 소박한 부족이고, 그래서 마타벨레가 늘 이기는 거야. 얼마 못 가 모두 끔찍한 죽음을 당하리라는 걸 남자들은 알고 있어. 하지만 애나와 메리로즈, 당신들 운 좋은 여자들은 그냥 끌려가서 훨씬 더 전투적이고 혈기 왕성한 새 주인, 마타벨레족이라는 우월한 종족을 섬기게 되겠군."

"그렇게 되기 전에 스스로 목숨을 끊겠지." 지미가 말했다. "애나, 안 그래? 메리로즈, 너도 그럴 거지?"

"물론이지." 메리로즈가 고분고분 답했다.

"물론이야." 나도 맞장구쳤다.

비둘기는 계속 구구 울어댔다. 하늘과 어두운 대비를 이루는 작고 예쁘장한 새였다. 폴이 소총을 집어 겨누더니 사격했다. 새는 날개를 축 늘어뜨린 채 허공에서 몇바퀴를 돌다가, 우리가 앉아 있는 곳에서도 쿵 소리가 들릴 정도로 가까운 곳에 떨어졌다. "개가 한마리 있으면 좋겠는데." 폴이 말했다. 지미가 일어나 그걸 가져와줬으면 싶었던 것이다. 내키지 않는 기색이 역력했지만 지미는 일어나 옆 나무숲으로 걸어가더니 이제는 볼품없어진 새의 사체를 들고 돌아와서 폴의 발치에 툭 던진 뒤 다시 자리에 앉았다. 태양 아래 잠깐 걸었을 뿐인데도 얼굴은 벌겋게 달아올랐고 셔츠에 땀 자국도 크게 번져 있었다. 그가 셔츠를 벗었다. 맨살이 드러난 상체는 창백하고 투실투실한 게 아직도 아이 몸 같았다. "한결 낫네." 우리의 시선을 의식했는지 그가 도전적으로, 그리고 아마도 못마땅하게 내뱉었다.

나무 사이는 이제 고요했다. "달랑 비둘기 한마리라." 폴이 말했다. "우리 주인님 한입거리밖에 안되겠어."

멀리 떨어진 나무에서 비둘기들이 부드럽게 구구거리며 우는 소리가 들려왔다. "기다려보자고." 폴은 소총을 다시 내려놓고는 담배를 피웠다.

그러는 사이 빌리는 책을 읽고 있었다. 메리로즈는 금발 머리를 풀밭에 대고 누운 채 눈을 감았다. 지미는 새로운 재밋거리를 찾아낸 모양이었다. 갈라진 풀숲 사이에 모랫길이 또렷이 나 있었는데 어젯밤 폭풍 때문인지 그리로 물이 지나간 모양이었다. 너비가 2피트쯤 되는, 일종의 강바닥 축소판으로 아침 햇살을 받아 물기는 이미 말라 있었다. 그 하얀 모래 위에 둥글고 야트막하게 함몰된 자리가 열두개쯤, 제각기 다른 크기로 여기저기 흩어져 있었다. 지미는 두툼한 풀잎을 하나 손에 거머쥔 채 배를 깔고 엎드리더니, 비교적 큰 모래 구멍 밑바닥 주변으로 풀잎을 쑤셔 넣었다. 잔 모래알이 끊임없이 산사태를 일으키며 쏟아졌고, 금세 그 정교하게 균형 잡혀 있던 구멍이 무너져 내렸다.

"이 어설픈 바보 같으니." 폴이 말했다. 이럴 때면 지미에게 늘 그러듯이 짜증스럽고 신경질적인 목소리였다. 정말 인간이 어떻게 저리 굼뜰 수 있는지 그로서는 도무지 이해가 안되었던 것이다.
지미에게서 빼앗듯 풀잎을 잡아채더니 그는 또다른 모래 구멍 바
닥에 섬세하게 그것을 밀어 넣었고, 순식간에 그 구멍을 만든 벌레
를 낚아 올렸다. 작은 개미귀신이었다. 커다란 성냥개비 머리만 한,
그런 종류치고는 꽤 큰 놈이었다. 이 벌레는 폴의 풀잎에서 벗어나
새로 생긴 하얀 모랫바닥으로 떨어졌는데, 그러자 곧 재빨리 몸을
비틀고 미친 듯이 흔들어 모래를 들썩이며 순식간에 그 아래로 자
취를 감췄다.

"저기로 갔네." 폴이 지미에게 풀잎을 건네주며 퉁명스럽게 말
했다. 이 짜증스러운 태도에 폴 자신도 당황한 눈치였다. 지미는 약
간 핼쑥해진 얼굴로 침묵하며 일절 대꾸하지 않았다. 그저 풀잎을
받아 들고 그 자그마한 모랫바닥이 들썩이는 모양을 지켜볼 뿐이
었다.

그러는 사이 우리는 너무 몰입한 탓에 비둘기 두마리가 반대편
나무 사이에 나타났다는 사실도 눈치채지 못하고 있었다. 그 비둘
기들이 이제 구구 하고 울기 시작했다. 서로 소리를 맞춰 합창하려
는 의도는 아니었던지, 두줄기의 부드러운 소리가 때로는 동시에,
때로는 따로따로 이어졌다.

"저렇게 예쁜데." 메리로즈가 여전히 눈을 감은 채 항의하듯 말
했다.

"어쨌거나, 너의 나비들처럼 쟤들도 죽을 목숨이지." 폴이 소총
을 들어 그 새들을 쏘았다. 한마리가 나무줄기 밑으로, 이번에는 돌
멩이처럼 툭 떨어졌다. 다른 새는 깜짝 놀라 뾰족한 대가리를 이
리저리 돌려가며, 휙 하고 날아와 자기 친구를 낚아채 가버린 매가
있나 싶어 하늘 쪽을 올려다보고는 다시 땅 쪽을 내려다보며 주위

를 살폈지만, 풀숲에 떨어져 피 흘리는 형체는 알아보지 못한 모양이었다. 소총의 노리쇠를 당기는 긴장 어린 기다림의 고요한 순간이 지나는 동안, 새는 다시 구구 하고 울기 시작했다. 그러자 곧장 폴은 총을 들어 쏘았고 그 새 역시 곧바로 땅에 떨어졌다. 이제 우리 중 어느 누구도 지미를 보지 않았는데, 지미 역시 곤충 관찰에만 집중할 뿐 이쪽은 쳐다보지도 않던 터였다. 모래에는 어느새 아름답게 균형 잡힌 야트막한 구멍이 생겨나, 보이지 않는 곤충 한마리가 그 바닥에 미세한 들썩임을 만들어내고 있었다. 보아하니 지미는 비둘기 두마리를 쏘는 것조차 알아차리지 못한 것 같았다. 폴도 지미 쪽을 보지 않았다. 그저 찌푸린 얼굴을 하고 아주 부드럽게 휘파람을 불면서 기다리고 있을 뿐이었다. 이윽고 지미의 얼굴이 붉어지기 시작하더니, 우리나 폴 쪽은 쳐다보지도 않은 채 몸을 일으켜 나무 쪽으로 건너가 새들의 사체를 가지고 돌아왔다.

"결국 개는 필요 없었군." 폴이 말했다. 지미가 풀숲을 가로질러 절반쯤 오기 전에 한 말이었는데 지미의 귀에 그 소리가 들어갔다. 들으라고 한 말은 아니었지만 들었다고 특별히 신경 쓰이지도 않는 모양이었다. 지미는 다시 자리에 앉았는데, 태양 아래 환한 풀숲을 가로질러 두차례 짧은 거리를 오가는 사이 그의 희멀겋고 두툼한 어깨가 벌겋게 달아올라 있었다. 지미는 다시 자기 곤충을 관찰하는 일로 돌아갔다.

아까처럼 긴장 속에서 침묵이 흘렀다. 더이상 비둘기 우는 소리는 들리지 않았다. 피투성이가 된 세 비둘기 사체는 태양 아래 불쑥 튀어나온 작은 바위 근처에 내던져져 있었다. 회색의 거친 화강암이 초록색과 자주색 이끼로 군데군데 장식되어 있었고, 풀잎 여기저기에 맺힌 진한 선홍색 방울이 반짝였다.

피비린내가 진동했다.

"저 새들 상하겠어." 내내 꾸준히 책을 읽던 빌리가 말했다.

"약간 상하면 맛이 더 좋지." 폴이 대꾸했다.

폴의 시선이 지미 쪽으로 향하고 지미가 다시 자신과 고투를 벌이는 것이 눈에 훤히 보였기에, 내가 재빨리 일어나서 기운 없이 날개를 축 늘어뜨린 비둘기 사체들을 그늘로 던졌다.

이제 우리 사이에 조성된 이 껄끄러운 긴장감 속에서 폴이 입을 뗐다. "한잔하면 참 좋겠는데."

"한시간은 지나야 술집 문이 열릴 거야." 메리로즈가 대꾸했다.

"글쎄, 필요한 수만큼의 희생양이 곧 나타나길 바랄 뿐이야. 술집 문 열리는 대로 여길 바로 뜰 거니까. 학살의 임무는 누군가에게 떠넘기고."

"너만큼 총을 잘 쏘는 사람은 여기 없는데." 메리로즈가 말했다.

"너 자신이 아주 잘 알고 있듯이 말이지." 지미가 갑자기 분개한 목소리로 말했다.

그는 여전히 모랫길을 관찰하고 있었다. 이제는 어느 개미굴이 새로 생긴 것인지 구분하기도 어려웠다. 지미가 뚫어져라 살피는 커다란 구멍 바닥에는 조그맣게 튀어나온 혹, 말하자면 잠복 중인 괴물의 몸체와 그 괴물의 턱인 아주 작은 검은색 나뭇조각 같은 것이 있었다. "지금 우리에게 필요한 건 개미 몇마리뿐이야." 지미가 말했다. "그리고 비둘기 몇마리랑." 폴이 대꾸했다. 이어 지미의 비난에 대응하려는 듯 이렇게 덧붙였다. "타고난 재능을 내가 어쩌겠어? 주님께서는 주시기도 하고 거두시기도 하잖아. 내 경우에는 주셨고 말이야."

"불공평하게도 말이지." 내가 말했다. 폴이 나를 향해 특유의 매력적인 심술궂은 미소로 감사를 표했다. 나도 미소로 답했다. 책에서 눈도 떼지 않은 채 빌리가 헛기침을 했다. 바보 같은 연극처럼 그 소리가 너무도 우스꽝스러웠기에 나와 폴은 무리의 다른 사람 혹은 전부를 끌어들이곤 하는 예의 박장대소를 터뜨렸다. 우리는 웃고 또 웃었고, 그러는 동안 빌리는 잠자코 앉아 독서에 열중했다. 하지만 웃음을 참느라 웅크린 채 굳어 있던 그의 어깨와 고통스럽게 꽉 다문 입술이 이제 기억난다. 당시엔 전혀 의식하지 못했는데.

갑자기 날개 펄럭이는 소리가 시끄럽게 나더니 비둘기 한마리가 우리 머리 바로 위에 있는 나뭇가지에 자리를 잡았다. 우리를 보자 녀석은 달아나려고 날개를 펴는가 싶더니 다시 접고는, 가지 위에 앉은 채 몸을 틀고 고개를 빼딱하게 돌려 우리를 내려다보기도 했다. 검고 맑은 눈동자가 길 위에서 짝짓기하던 곤충들의 둥근 눈동자와 비슷했다. 나뭇가지를 붙든 발톱의 섬세한 분홍색 피부와 날개에 반사되는 햇빛의 광채도 볼 수 있었다. 폴이 소총을 거의 수직으로 치켜들었다. 총을 쏘자 새가 우리 한가운데로 툭 하고 떨어졌다. 지미의 팔에 피가 튀었다. 다시 핼쑥해진 지미는 아무 말 없이 피를 닦아냈다.

"이거 아주 역겨워지는데." 빌리가 말했다.

"처음부터 그랬지." 폴이 차분하게 대꾸했다.

그는 몸을 기울여 풀 위에 떨어진 새를 집어 올려 살펴보았다. 비둘기는 아직 숨이 붙어 있었다. 축 늘어진 채, 검은 눈으로 우리를 찬찬히 응시하고 있었다. 눈동자 위로 얇은 막이 퍼지기 시작하자 단단히 결심을 했는지 작게, 하지만 감지할 수 있을 정도로 파닥이면서 죽음을 밀쳐내고는 잠깐이나마 폴의 손아귀에서 벗어나려 용을 썼다. "어쩌지?" 폴이 갑자기 날카로운 음성으로 말하더니 금세 평소 모습으로 돌아와 농담을 했다. "냉혹하게 죽여주길 바라나?"

"그래." 지미가 그에게 정면으로 도전하듯 대답했다. 다시 그 어색하게 피가 몰려 얼룩덜룩해진 뺨을 하고 그는 폴을 줄곧 응시했다.

"좋아." 폴이 입을 꽉 다문 채 경멸조로 말했다. 어떻게 죽여야 할지 몰랐기에 그는 조심스럽게 비둘기를 쥐고 있었다. 지미는 폴이 자신의 가치를 입증하는 순간을 기다리고 있었다. 그동안 새는 폴의 두 손 사이에서 윤기 나는 깃털 더미가 되어 무너져 내렸고, 머리를 툭 떨궜다가 다시 덜덜 떨며 똑바로 들어 옆으로 젖힌 채 엷은 막이 덮인 어여쁜 눈으로 죽음을 물리치고자 싸우고 또 싸웠다.

그러다 폴의 곤경을 덜어주려는 듯 그 녀석의 숨이 갑자기 끊어졌고, 그러자 폴은 그 새를 다른 사체들 더미로 던졌다.

"모든 일에 네 녀석은 그렇게 우라지게 운이 좋지." 약이 오른 지미가 떨리는 음성으로 말했다. 조각한 듯 큼지막한 입과 그가 자부심을 느끼며 '퇴폐적'이라고 일컫곤 하는 입술이 부들부들 떨렸다.

"그래, 나도 알아." 폴이 말했다. "안다니까. 신들께서 이렇게 자꾸 내 편을 들어주시니 어쩌겠어. 친애하는 지미, 실토하자면, 난 이 비둘기 목을 비틀지 못했을 거다."

지미는 속이 상해 다시 개미귀신 구멍 관찰로 돌아갔다. 그의 관심이 폴에게 가 있던 사이 아주 작고 솜털 조각처럼 가벼운 개미 한 마리가 구멍 가장자리에 넘어져 허리가 구부러진 채 곧장 괴물의 턱을 향해 빠져들어가고 있었다. 이 죽음의 드라마는 규모가 너무나 작아서 구멍과 개미귀신과 개미 전부 다 작은 손톱 하나, 예컨대 메리로즈의 분홍빛 새끼손가락 손톱을 무대로 삼는다 해도 충분할 정도였다.

작은 개미가 하얀 모래 무더기 아래로 사라지자, 곧바로 그 턱은 또다른 사용처를 탐색하려는 듯 만반의 태세를 갖춰 모래 위로 모습을 드러냈다.

폴이 소총에서 탄창을 꺼내더니 노리쇠를 거칠게 당겨 탄알을 장전했다. "우리 부스비 씨의 식욕을 최소한으로 채운다 해도 두마리는 더 필요하겠지." 그가 말했다. 하지만 뜨거운 태양 아래 푸르른 가지들을 가볍고 우아하게 펼친 채 조용히 일렁이는 나무들 사이엔 정말 아무것도 없었다. 나비도 이젠 눈에 띄게 줄어 있었다. 한 스무마리 정도만이 이글거리는 열기 속에서 춤을 출 뿐이었다. 풀밭과 모래 둔덕에 열기의 파동이 기름처럼 퍼졌고, 풀밭에 튀어나온 바위들 위에서도 강렬하고도 자욱하게 넘실대고 있었다.

"아무것도 없네." 폴이 말했다. "아무 일도 일어나지 않는군. 지루하기 짝이 없어."

시간이 흘렀다. 우리는 담배를 피웠다. 기다렸다. 메리로즈는 눈을 감은 채 꿀처럼 감미로운 모습으로 바닥에 가만히 누워 있었다. 빌리는 책을 읽으며 자기 계발에 집요하게 몰두했다. 그는 『식민지 문제에 대한 스딸린의 견해』를 읽고 있었다.

"개미 한마리가 또 나타났어." 지미가 신이 나서 말했다. 이번에는 개미귀신과 크기가 거의 비슷한 녀석으로, 풀잎 사이를 이리저리 불규칙하게 내빼며 서둘러 가고 있었다. 언뜻 보기엔 사냥감의 냄새를 맡은 사냥개가 그러듯이 갈지자를 그리며 황급히 달려가는 꼴이었다. 구멍 가장자리에 이르자 녀석은 그대로 떨어졌고, 이제 우리는 그 반짝이는 갈색 턱이 쑥 나와 개미의 허리께를 베어 물어 거의 반토막 내는 광경을 목도할 참이었다. 개미의 사투. 구멍 가장

자리로 하얗게 흘러내리는 모래. 그 밑에서 벌어지는 싸움. 이윽고 정적.

"이 나라엔 뭔가 있어." 폴이 말했다. "한평생 나한테 영향을 줄 뭔가가 말이야. 지미나 나처럼 온실 속에서 성장한 착한 청년들을 생각해봐. 멋진 집에, 사립학교에, 옥스퍼드에, 뭐 하나 아쉬울 게 없이 자란 우리가 부리와 발톱에 피범벅이 되는 이 자연의 현실들을 배우고 있잖아. 감사히 여기는 게 당연한 도리겠지?"

"난 감사하지 않아." 지미가 말했다. "이 나라가 증오스러울 뿐이야."

"난 이곳을 숭배해. 모든 걸 빚진 곳이니까. 민주주의 교육이 가르쳐준 그 리버럴하고 고상하고 식상한 말들은 더이상 입에 올릴 수 없게 되었지. 이제 더 많은 것을 아니까."

지미가 대꾸했다. "더 많이 알게 됐을지는 몰라도, 난 그 고상하고 식상한 말들을 계속 입에 올리면서 살 거야. 영국으로 돌아가는 바로 그 순간부터. 하루라도 빨리 돌아가고 싶어. 다른 무엇보다 우리가 받은 교육은 오랫동안 쩨쩨하게 이어질 우리 삶에 대비한 것 아니겠어? 그게 아니면 대체 뭐겠어? 나로선 말이야, 그 기나긴 쩨쩨함이 얼른 시작되면 좋겠어. 돌아가면, 혹시라도 돌아갈 수 있다면, 난……"

"저기!" 폴이 외쳤다. "한마리 더 온다. 아, 아니구나."

비둘기 한마리가 공중을 가르며 날아오다가 우리를 목격하고는 방향을 틀어 허공 중간에서 저편 나무숲으로 날아가 앉더니, 다시 마음을 바꿨는지 먼 곳으로 잽싸게 날아가버렸다. 200야드 정도 떨어진 그쪽 길로 한 무리의 농장 일꾼들이 지나가고 있었다. 우리는 말없이 그들을 지켜보았다. 우리를 보기 전까지 다들 웃고 떠들었지만 이제는 그들 역시 침묵한 채, 마치 우리 백인들로부터 닥칠지 모를 해악을 피하려는 듯 얼굴을 돌리고 지나쳐 가버렸다.

폴이 부드럽게 말했다. "저런, 저런, 저런." 그러더니 곧 어조를 바꾸어 장난스럽게 덧붙였다. "빌리 동지와 그 동류의 의견은 최대한 배제하고 객관적으로 저 상황을 보건대 ― 그러니까 빌리 동지, 어떤 현상을 객관적으로 고려해줬으면 하는데 말이지." 빌리는 책을 내려놓으며 비웃음으로 대응할 채비를 차렸다. "이 나라는 스페인보다도 더 넓잖아. 굳이 거론하자면 흑인들이 150만명쯤 살고 있고 백인들의 수는 10만명 정도야. 이 사실만으로도 한 2분은 침묵하게 되지. 그러면 우리 눈앞에 펼쳐지고 있는 현실은? 빌리 동지, 네가 말한 것들에도 불구하고 여전히 우리는 이런 생각을 하게 돼. 그런 상상을 할 이유가 충분하니까. 시간의 해변에 놓인 이 미미한 한줌의 모래는 ― 이 이미지 나쁘지 않지? 독창적인 건 아니지만 언제나 딱 맞아떨어지니까 ― 아무튼 150만명보다 조금 더 되는 이 사람들은 신이 창조한 아름다운 이 땅에서 서로를 비참하게 만드는 것을 유일한 목표로 삼은 채 살아가고 있어……" 이 지점에서 빌리는 다시 책을 집어 들고 독서에 열중했다. "빌리 동지, 눈은 활자를 따라가도 좋아. 하지만 영혼의 귀는 계속 열어놓고 듣도록. 이유인즉, 사실은 말이야, 정말로 사실, 이곳에는 모든 사람을 위한 충분한 식량이 있다는 거지! 이 모든 사람이 살 집을 지을 재료도 충분하고! 게다가 비록 당장은 눈에 띄지 않게 감춰져 있어서 가장 밝은 눈을 가진 사람들만이 알아볼 수 있지만, 지금 어둠이 덮인 이곳에 빛을 비춰줄 재능도 충분하지!"

"그런 사실들에서 네가 추론하는 건?" 빌리가 물었다.

"난 아무것도 추론하지 않아. 다만 떠올랐을 따름이야. 그 새로운 게…… 그야말로 눈이 멀 정도의 빛이……"

"하지만 네가 얘기한 건 딱히 이 나라만이 아니라 온 세상에 다 해당하는 진실인데." 메리로즈가 말했다.

"역시 대단한 메리로즈! 그래, 지금 난 그 진실에 눈을 뜨고 있어…… 빌리 동지, 네 철학이 아직 받아들이지 않은 어떤 원리가 작동하고 있다는 걸 너도 인정해야 할 거야. 어떤 파괴의 원리 말이지."

빌리는 우리 모두가 예상했던 바로 그 어조로 대꾸했다. "계급투쟁의 철학 너머 뭘 더 들여다볼 필요는 전혀 없지." 마치 그가 무슨 버튼이라도 누른 양 지미와 폴과 나는 참을 수 없는 폭소에 빠져들었다. 늘 그랬듯 빌리는 그 웃음에 동참하지 않았다.

"얼마나 기쁜지 모르겠네." 굳게 입을 다문 채 그가 말했다. "사회주의자들이, 적어도 너희 중 두 사람은 스스로를 사회주의자로 부르니까 말이지만, 어쨌든 훌륭한 사회주의자들이 그 사실을 그렇게 우습게 여긴다니 말이야."

"난 하나도 우습지 않아." 메리로즈가 대꾸했다.

"넌 어떤 것도 우습지 않잖아." 폴이 받아쳤다. "메리로즈, 너 절대 웃는 법이 없다는 사실 알고는 있어? 단 한번도 안 웃잖아. 음울하다고밖에는 설명할 수 없는 인생관을 가지고 매분 매초 점점 더 비관적이 되어가는 나는 정작 쉴 새 없이 웃으며 살고 있지. 이거 어떻게 설명할래?"

"난 딱히 인생관이랄 게 없어." 메리로즈가 누운 채로 대꾸했다. 밝은색 천을 덧댄 바지와 셔츠를 입은 모습이 말끔하고 보드라운 작은 인형 같아 보였다. "어쨌든 너도 웃고 있는 건 아니었어. 여러 번 들었지만……"(이 말을, 메리로즈는 마치 자기가 우리의 일부가 아닌 외부인인 것처럼 했다.) "……넌 뭔가 끔찍한 얘길 할 때 가장 크게 웃더라. 그걸 웃는 거라고 할 수 있는지는 모르겠다만."

"네 오빠랑 지낼 때는 웃으며 살았니, 메리로즈? 그리고 케이프 에서 그 운 좋은 남자친구와 만날 때는?"

"웃고 지냈지."

"왜 그랬던 거야?"

"행복했으니까." 메리로즈가 담백하게 말했다.

"저런, 맙소사." 폴이 놀랍다는 듯 중얼거렸다. "믿을 수가 없군. 지미, 너 행복해서 웃은 적 있어? 한번이라도?"

"난 행복했던 적이 한번도 없어." 지미가 대답했다.

"애나 너는?"

"나도 없어."

"빌리?"

"물론 있지." 행복한 철학인 사회주의를 옹호하며 빌리가 고집 스레 대답했다.

"메리로즈." 폴이 말했다. "넌 있는 그대로를 얘기한 거야. 난 빌 리의 말은 안 믿어도 네 말은 믿어. 메리로즈, 너 참 부럽다. 그 모 든 것에도 불구하고 말이야. 그거 알아?"

"알아." 메리로즈가 대답했다. "그래, 내가 너희들 누구보다도 운이 좋은 것 같네. 행복한 게 뭐가 잘못인지 모르겠어. 뭐가 문제 라는 거야?"

침묵이 흘렀다. 우리는 서로를 바라보았다. 잠시 뒤 폴이 메리로 즈를 향해 엄숙하게 허리를 굽히고는 겸손하게 말했다. "언제나처 럼, 대답할 말이 하나도 없사옵니다."

메리로즈는 다시 눈을 감았다. 비둘기 한마리가 맞은편 숲속 나무에 재빨리 내려앉았다. 폴이 쐈지만 맞히지 못했다. "실패했어." 짐짓 비극적 상황을 연출하며 그가 외쳤다. 새는 놀라 주위를 살폈고 총알 맞은 잎사귀가 땅에 떨어지는 것을 보면서도 그 자리에 그대로 머물렀다. 폴이 빈 탄창을 꺼내 천천히 다시 채운 뒤 한 발을 더 쐈다. 새가 떨어졌다. 지미는 고집스럽게 꼼짝하지 않았다. 조금도 움직이지 않았다. 두 사람의 의지가 팽팽하게 맞서는 가운데, 폴이 패배 직전 일어나더니 이렇게 말함으로써 승리를 챙겼다. "스스로 사냥감 물어 오는 역할 한번 해보지 뭐." 그러고서는 비둘기를 가지러 천천히 걸어갔다. 그동안 벌떡 일어나 폴을 따라 풀밭을 달려가지 않으려고 온몸으로 자신과 맞서 싸우는 지미의 모습이 우리 눈에 들어왔다. 폴은 입을 쩍 벌린 채 죽은 새를 들고 돌아와 다른 새들의 사체 더미에 휙 던졌다.

"피 냄새가 진동해서 토할 것 같아." 메리로즈가 말했다.

"참아야지." 폴의 대꾸였다. "우리 할당량에 거의 가까워졌어."

"여섯마리면 충분할 거야." 지미가 말했다. "우리는 아무도 이 파이 먹지 않을 테니까. 부스비 씨 혼자 다 먹겠지."

"난 꼭 먹을 생각인데." 폴이 말했다. "너희들도 그럴 거고. 감칠맛 나는 갈색 고기와 육수로 가득 찬 맛 좋은 파이가 눈앞에 딱 놓였을 때, 이 새들의 그 부드러운 노래가 운명의 총성으로 그토록 잔인하게 중단되었다는 사실이 정말 기억날 것 같아?"

"기억날 거야." 메리로즈가 대꾸했다.

"맞아." 나도 맞장구쳤다.

"빌리 너는?" 폴은 이 문제를 쟁점으로 만들기 시작했다.

"아마 아니겠지." 빌리가 책에서 시선을 떼지 않은 채 답했다.

"여자들이야 마음씨가 고우니," 폴이 말했다. "우리가 먹는 걸 지켜보면서 부스비 부인의 훌륭한 로스트비프나 깨작거리겠지. 그것 역시 불쾌한 음식이지만 섬세한 작은 입을 놀려 오물오물 씹으면서, 우리의 잔인함 때문에 우리를 한결 더 많이 사랑하면서 말이야."

"그 마쇼나 여자들과 마타벨레족처럼." 지미가 덧붙였다.

"그 시절이 어땠을지 궁금해." 폴은 나무 사이를 주시하면서 소총을 사격 준비 위치로 내려놓았다. "너무나 단순했겠지. 단순한 사람들이 땅과 여자, 식량이라는 마땅한 이유에서 서로 죽였어. 우리와는 달라. 아주 다르지. 우리 같으면 말이야, 어떤 일이 벌어질지 알아? 내 말 들어봐. 타인에게, 혹은 오직 이익만을 추구하는 나 같은 사람들에게 자신을 헌신할 각오가 된 빌리처럼 훌륭한 동지들이 노력한 결과, 지금 우리 앞에 있는 이 나라, 나비와 메뚜기로만 채워진 이 훌륭한 폐허는 한 50년만 지나도 잘 차려입은 흑인 노동자들이 모여 사는 연립주택들로 뒤덮이게 될 거야."

"그게 뭐가 잘못됐지?" 빌리가 물었다.

"그게 진보라는 거지." 폴이 말했다.

"맞아, 그게 진보야." 빌리의 대답이었다.

"어째서 꼭 연립주택이어야 하지?" 지미가 아주 진지하게 물었다. 이따금씩 사회주의 미래에 관해 그가 진지하게 나오는 순간이 있었다. "사회주의 정부가 들어서면 자기 정원을 갖춘 아름다운 집이나 대형 아파트가 생길 텐데."

"친애하는 지미!" 폴이 말했다. "네가 경제학을 그토록 지루해하다니 너무도 애석한 일이야. 사회주의 정부든 자본주의 정부든 개발하기 좋은 이 모든 훌륭한 땅들은 심각한 저자본 국가에서나 가능한 그런 속도로 개발될 거라고. 듣고 있어, 빌리 동지?"

"그래."

"게다가 엄청난 수의 무주택자들에게 신속하게 집을 제공해야 할 테니까, 사회주의든 자본주의든 어쨌든 정부는 최대한 싸구려 주택을 지을 거야. 최선은 차선의 적이거든. 이 아름다운 경치는 푸른 하늘로 매연을 내뿜는 공장들과 똑같이 생긴 싸구려 주택들이 다닥다닥 들어찬 풍경으로 바뀔 테지. 내 말 맞아, 빌리 동지?"

"그래."

"그렇다면?"

"그건 요점이 아니잖아."

"내 요점이 바로 그거야. 그래서 마타벨레족과 마쇼나족의 단순한 야만에 대해 생각해본 거라고. 다른 종류의 야만은 생각하기도 끔찍하니까. 사회주의든 자본주의든 그게 우리 시대의 현실이야. 그렇지, 빌리 동지?"

빌리가 잠시 망설이다가 대꾸했다. "겉으로는 비슷해 보일 수 있지만……" 이렇게 입을 뗐지만 폴과 내가 곧 폭소를 터뜨리고 잠시 후 지미까지 가담해서 웃어젖히자 그는 말문이 막히고 말았다.

메리로즈가 빌리에게 말했다. "네가 말하는 내용 때문에 웃는 게 아니야. 언제나 예상하는 그대로 말을 하니까 그러는 거지."

"나도 알아." 빌리가 대꾸했다.

"아니," 폴이 말했다. "틀렸어, 메리로즈. 빌리가 말하는 내용도 웃겼어. 대단히 유감스럽게도 사실이 아니거든. 그 문제에 대해 내가 절대 독단적으로 굴면 안되겠지만, 어쨌든 내 경우엔 말이야, 가끔 비행기를 타고 해외 투자처를 둘러보러 영국 밖으로 날아갈 일이 생길 것 같거든. 혹시 이 지역을 비행하게 된다면 아마 난 연기를 피워 올리는 공장과 택지를 내려다보면서 이 즐겁고 평화롭던

전원 시절을 기억할 테지. 게다가……"비둘기 한마리가 반대편 나무에 내려앉았다. 한마리 더, 또 한마리 더. 폴이 쏘았다. 새가 떨어졌다. 그는 다시 쏘았고 두번째도 떨어졌다. 세번째 새는 마치 새총에서 발사된 것처럼 나뭇잎 뭉치에서 하늘 쪽으로 폭발하듯 솟아올랐다. 지미가 일어나 건너가더니 피가 뚝뚝 흐르는 두마리를 들고 와서 나머지 새들 위에 던져놓으며 말했다. "일곱이군. 제발 부탁인데, 이만하면 되지 않겠어?"

"그래." 폴이 소총을 내려놓았다. "자, 빨리 술집으로 달려가자. 문 열기 전까지 딱 피를 씻어낼 시간밖에 없을 것 같아."

"이것 봐." 지미가 말했다. 가장 큰 개미귀신보다도 두배는 더 큰 딱정벌레가 높다란 풀잎 사이로 다가오고 있었다.

"안될걸." 폴이 말했다. "저놈은 먹이가 아니거든."

"아닐지도 모르지." 지미가 말했다. 그러고는 딱정벌레를 잡아당겨 가장 큰 구멍 속으로 넣었다. 놈이 요란하게 몸을 흔들었다. 윤기 나는 예의 갈색 턱이 딱정벌레를 베어 물자 딱정벌레는 개미귀신을 매단 채 구멍 가장자리로 반쯤 끌고 갔다. 하얀 모래가 물결쳐 밀려들면서 구멍이 무너졌고, 그 숨 막히는 고요한 싸움이 벌어지는 동안 사방 몇인치의 주변 모래가 들썩이고 쓸려 나갔다.

폴이 입을 열었다. "우리가 저 소리를 들을 수만 있다면 지금쯤 비명과 신음, 으르렁거리는 소리며 헐떡임이 넘쳐나겠지. 하지만 이 일광 넘치는 초원은 오직 평화로운 고요함이 지배할 뿐이로다."

날개가 허공을 가르는 소리. 새 한마리가 다시 내려앉았다.

"안돼. 쏘지 마." 메리로즈가 눈을 뜨고 팔꿈치로 몸을 일으키며 괴로운 표정으로 말했다. 하지만 이미 늦었다. 폴이 쏘았고 새는 떨어졌다. 그 새가 땅에 채 닿기도 전에 다른 새가 나뭇가지 끄트머

리에 가볍게 내려앉았다. 다시 폴이 쏘았고 새가 떨어졌다. 이번에
는 비명, 무기력한 날갯짓과 함께. 폴이 일어나서 풀밭 위를 달려가
죽은 새와 다친 새를 집어 올렸다. 입을 꽉 다문 채, 총상을 입어 괴
로워하는 새한테 재빠르게 단호한 시선을 던진 다음 폴이 그것의
목을 비트는 광경을 우리는 지켜보았다.

그가 돌아와 두 사체를 던져놓고는 말했다. "아홉마리. 이젠 됐
어." 창백하고 몸 상태도 안 좋아 보였지만 그는 애써 지미를 향해
의기양양하고 유쾌한 미소를 지어 보였다.

"이제 가자." 책을 덮으며 빌리가 말했다.

"잠깐만." 지미가 말했다. 모래는 이제 고요했다. 그는 가느다란
풀잎으로 모래를 파서 먼저 작은 딱정벌레의 사체를, 이어서 개미
귀신의 사체를 끄집어냈다. 개미귀신의 턱이 딱정벌레의 사체에
박혀 있었다. 머리는 보이지 않았다.

"교훈은 말이지," 폴이 말했다. "자연에서는 천적 관계끼리만 서
로 치고받아야 한다는 거야."

"하지만 뭐가 천적이고 뭐가 아닌지는 누가 정하지?" 지미가 물
었다.

"어쨌든 너는 아니지. 네 녀석이 자연의 균형을 흩뜨려놓은 꼴
좀 봐라. 개미귀신 한마리가 줄어들었잖아. 그러니 이젠 그놈의 아
가리를 채웠을 수백마리 개미가 목숨을 부지하겠지. 게다가 딱정
벌레도 한마리 죽었어. 아무런 목적도 없이 살해된 셈이라고."

지미는 각자의 모래 덫 밑바닥에 잠복한 남아 있는 곤충들을 방
해하지 않기 위해 동그랗게 파인 빛나는 모래의 강 위를 조심스
럽게 넘어갔다. 벌겋게 달아오른 맨살에 셔츠를 걸친 채, 땀을 줄
줄 흘리며, 그는 천천히 걸었다. 메리로즈는 평소처럼 차분하게 고

통을 삭이는 듯 참을성 있는 태도로, 스스로의 의지라곤 전혀 없는 사람처럼 자리에서 일어났다. 아직 이곳에 남아 열기에 취해 비틀거리는 몇몇 나비의 몸짓을 보며 더욱 어지럽고 아찔해진 우리는 백주의 뜨거움 속으로 뛰어들기를 주저하면서 그늘 가장자리에 한참이나 서 있었다. 거기 있노라니, 우리가 누워 있는 동안 그늘을 만들어주었던 숲이 노랫소리와 함께 되살아났다. 이곳에 사는 매미 떼들이 우리가 떠나기만 바라며 두시간이나 끈기 있게 침묵을 지키다가 기어코 한마리씩 차례로 날카로운 노랫소리를 터뜨리기 시작했던 것이다. 그러자 옆쪽 숲에서도 우리가 알아차리지 못하는 사이 비둘기 두마리가 내려앉아 구구 하며 울었다. 폴이 소총을 흔들며 잠시 그 새들을 바라보았다. "안돼." 메리로즈가 말렸다. "제발, 쏘지 마."

"왜 안돼?"

"부탁이야, 폴."

폴의 다른 쪽 손에서는 죽은 아홉마리의 비둘기가 분홍 발로 서로 엮인 채 피를 뚝뚝 흘리며 흔들리고 있었다.

"엄청난 손해를 감수하는 셈이지만," 폴이 자못 진지하게 말했다. "메리로즈 널 위해 자제할게."

고마움이 아닌, 언제나 그에게 보내곤 하던 서늘한 책망의 눈길로 메리로즈는 미소 지었다. 폴 역시 그 사랑스러운 푸른 눈의 갈색 얼굴을 활짝 펴고 미소로 그녀에게 답했다. 그들은 앞에서 나란히 걸었고, 청록빛 풀숲 위로 죽은 새들의 날개가 질질 끌려갔다.

우리 셋이 그 뒤를 따랐다.

"참 안된 일이야." 지미가 말했다. "메리로즈가 폴을 저렇게 못마땅하게 여기니 말이지. 의심할 바 없이 완벽한 한쌍인데." 의도한 바에 거의 가깝게, 그는 이 말을 가벼운 반어조로 내뱉었다. 폴을 둘러싼 질투심 탓에 섞여든 새된 목소리 때문에 완벽하지는 못했지만.

우리는 바라보았다. 정말이지 둘은 완벽한 한쌍이었다. 그토록 경쾌하고 우아한 두 사람의 모습. 태양이 그들의 밝은 머리칼을 눈부시게 비추고 그들의 갈색 피부도 더욱 환하게 밝혔다. 하지만 장난기 어린 그 매력적인 푸른 눈을 헛되이 자신에게 던지는 폴을 메리로즈는 마주 보지 않고 그저 걸어갈 뿐이었다.

돌아오는 길은 입도 떼기 어려울 정도로 더웠다. 작열하는 태양 아래 화강암으로 뒤덮인 작은 언덕을 지날 때는 아찔한 열파가 강타하는 바람에 서둘러 걸음을 재촉해야 했다. 매미 떼와 먼 곳의 비둘기만이 노래할 뿐, 모든 것이 텅 빈 듯 고요했다. 언덕을 지난 뒤 우리는 걸음을 늦추고 메뚜기들을 찾아보았지만 서로에게 달라붙어 있던 그 선명한 커플들은 거의 전부 사라지고 없었다. 색깔 있는 빨래집게에 까맣게 동그란 눈을 칠한 모양으로 한 놈이 다른 놈 위에 올라탄 몇마리만이 남아 있을 뿐이었다. 몇마리만이. 나비 떼도 거의 보이지 않았다. 한두마리만이 태양이 내리쬐는 풀잎 위를 지친 듯 떠다니고 있었다.

열기 때문에 머리가 지끈거렸다. 피 냄새를 오래 맡아서인지 모두들 조금은 속도 좋지 않았다.

호텔에 도착한 우리는 거의 말 한마디 나누지 않고 흩어졌다.

* * *

[검은색 공책의 오른쪽 면에는 돈이라는 제목 아래 다음 내용이

이어졌다.]

몇달 전 뉴질랜드의 『파미그래니트 리뷰』로부터 단편을 써달라
는 청탁을 받았다. 나는 단편은 쓰지 않는다고 답장했다. "일기를
쓰고 계신다면 그 일부라도" 보내달라고 그들이 다시 요청했다. 나
자신을 위해 쓴 일기에 출판할 가치가 있다고는 생각하지 않는다
는 답신을 보냈다. 재미 삼아, 식민지나 영국령 국가의 문예지에 적
당한 글투로 가상의 일기를 끼적여봤다. 문화의 중심지로부터 소
외된 무리들이라면, 가령 런던이나 빠리의 편집인들이나 그들의
고객들보다는 훨씬 더 진지한 어조도 참아줄 테니까. (그조차 때로
는 의심스럽긴 하지만.) 이 일기는 보험사에서 근무하는 아버지로
부터 생활비를 받으며 살아가는 젊은 미국인이 쓰는 거라고 치자.
그는 이미 세편의 단편을 발표했고 장편소설도 3분의 1쯤 완성했
다. 술을 너무 마셔대지만 사람들의 생각에는 못 미치는 음주량이
고, 마리화나도 피우긴 하는데 미국에서 친구들이 놀러 올 때만 피
운다. 미합중국이라는 그 조야한 현상은 이 신예 작가에게 전적으
로 경멸의 대상이다.

4월 16일. **루브르박물관 계단에서.** 도라 생각이 났다. 그 여자 정말로
곤경에 빠져 있었지. 그때 문제는 잘 해결했나 궁금하다. 부친에게
편지를 써야 한다. 지난번 받은 편지의 어조 때문에 마음이 상했다.
우리는 늘 이렇게 경원하는 사이로 살아야 하는 걸까? 나는 예술가
다. 맙소사!

4월 17일. **리옹 역.** 리즈 생각을 했다. 세상에, 그게 벌써 2년 전이
라니! 대체 뭘 하며 산 거지? 빠리가 내 인생을 훔쳐 가버렸나……
프루스뜨를 다시 읽어야겠다.

4월 18일. 런던. 기마 근위대의 행진을 보며. 작가는 세계의 양심이다. 마리를 생각했다. 예술을 위해서라면 아내도 조국도 친구도 배반하는 것이 작가의 임무. 애인도 마찬가지다.

4월 18일. 버킹엄궁전 앞. 조지 엘리엇은 부자들을 위한 기성이다. 부친에게 편지를 써야 한다. 남은 돈이라곤 고작 90달러. 우리가 단 한번이라도 말이 통할 날이 과연 올까?

5월 9일. 로마. 바티칸. 패니 생각이 났다. 맙소사, 희디흰 백조 목덜미 같던 그 허벅지. 그런 여자에게 문제가 생기다니! 작가는 영혼의 부엌을 지키는 마키아벨리이고, 모름지기 그래야만 한다. 톰 (울프)을 다시 읽어야겠다.

5월 11일. 깜빠냐. 제리 생각을 했다. 그자들이 그를 죽였다. 빌어먹을! 가장 훌륭한 이들은 모두 젊은 나이에 세상을 뜬다. 나도 살아갈 날이 얼마 남지 않았다. 서른이 되면 자살할 거니까. 베티 생각이 났다. 얼굴에 드리운 그 검은 라임나무 그림자. 그래, 해골 같았다. 입술로 그 하얀 뼈를 느끼고 싶어서 눈두덩에 키스를 했지. 이번 주말까지 부친에게서 연락이 오지 않으면 이 일기를 투고해야겠다. 결국 부친 책임이 되는 셈이다. 똘스또이를 다시 읽어야겠다. 식상하지 않은 말이라곤 한 적이 없는 인사이긴 하지만, 지금은 현실이 나의 일상에서 시를 앗아 가고 있으니 그를 내 신전에 모실 수도 있으리.

6월 21일. 레 알 시장. 마리와 얘기를 나눴다. 매우 바쁘지만 하룻밤은 공짜로 나와 보내겠다고 약속했다. 신이시여, 그 생각만 하면 눈에 눈물이 고인다. 자살하게 될 때, 거리의 여자가 사랑을 이유로 하룻밤을 나와 함께 보내기로 했다는 사실은 꼭 기억하리라. 그보다 더한 찬사는 받아본 적이 없다. 저널리스트가 아니라 비평가야말로 지성을 파는 매춘부다.『패니 힐』을 다시 읽고 있다. '섹스는 인민의 아편'이라는 제목의 기사를 써볼까 싶다.

6월 22일. 까페 플로르. 시간은 우리 생각의 이파리들을 망각으로 떠내려보내는 강물이다. 부친이 귀가를 종용하고 있다. 그가 나를 이해할 날은 영원히 오지 않는 것일까? 쥘을 위해 '아랫도리'라는 제목의 포르노를 쓰고 있다. 500달러를 받을 거고, 그러면 부친은 신경 쓰지 않아도 된다. 예술은 배반당한 우리 이상의 거울.

7월 30일. 런던. 레스터 스퀘어의 공중화장실. 아, 악몽으로 얼룩진 우리의 잃어버린 도시! 앨리스 생각을 했다. 빠리에서 느끼는 욕정은 런던에서 느끼는 욕정과는 질적으로 다르다. 빠리의 섹스에는 표현하기 힘든 미묘한 향기가 있다. 런던의 섹스는 그냥 섹스다. 빠리로 돌아가야겠다. 보쉬에를 읽어볼까?『아랫도리』원고를 세번째 읽고 있다. 그런대로 괜찮다. 최선의 나는 아닐지라도 차선의 나를 그 안에 집어넣었으니까. 포르노 문학은 50년대의 진정한 저널리즘. 쥘은 달랑 300달러만 주겠다고 한다. 빌어먹을 자식! 부친에게 전보를 쳐서 책을 썼고 곧 출판될 거라고 했다. 1000달러를 부쳐주었다.『아랫도리』는 매디슨가 사람들 눈에 대놓고 침을 뱉는 책이겠지. 로따르는 가난한 자의 스땅달이다. 스땅달을 읽어야겠다.

* * *

제임스 섀프터라는 젊은 미국 작가를 알게 되었다. 이 일기를 보여줬다. 재미있어했다. 우리는 여기에 1000단어 정도를 덧붙인 다음, 너무 소심해서 투고를 망설이는 친구 대신 보내는 거라며 한 작은 미국 문예지에 보냈다. 잡지에 실렸다. 축하의 의미로 그가 점심을 샀다. 이런 얘기를 했다. 한스 P라는 아주 거만한 비평가 양반이 제임스의 작품이 퇴폐적이라는 취지의 글을 쓴 적이 있다고 했다. 그런 그가 런던에 오게 되었단다. 제임스는 한스 P를 싫어해서 전에도 그와의 만남을 거절한 적이 있는데, 이번에는 공항으로 아침이 발린 전보를 보내고 호텔에 꽃다발도 보냈다. 한스 P가 공항에 도착했을 때는 스카치위스키와 꽃 한다발을 또 사서 들고 로비에서 기다렸다. 한술 더 떠 그는 런던 가이드 역할을 자청했다. 한스 P는 좋아하면서도 불편한 기색이 역력했다고 한다. 제임스는 한스가 하는 말을 열심히 경청했고, 그가 머무는 2주 내내 이런 태도를 유지했다. 떠날 때 한스 P는 아주 높고 가파른 도덕의 고지에서 그를 내려다보며 말했다고 한다. "내 비평적 양심에 사감이 끼어들게 할 수는 없다는 걸 당신이 제대로 알아주면 좋겠소." 그 말에 제임스는, 그의 묘사에 따르자면 "도덕적 파렴치함으로 온몸을 꿈틀대며" 대꾸했다. "그럼요, 그렇고말고요. 저도 그건 알지요. 하지만 **중요한 건 소통이니까요. 암요.**" 2주 뒤 한스 P는 제임스의 작품에 관해 논평하며, 그의 작품에서 발견할 수 있는 퇴폐의 요소는 작가의 인생관에서 비롯하는 항구적 특징이라기보다는 사회의 현 상태에서 연유한 젊은이의 정직한 냉소에 더 가깝다고 했다. 제임스는 오후 내내 배꼽을 잡으며 마룻바닥을 굴렀다고 한다.

젊은 작가가 흔히 쓰는 그런 가면을 제임스도 쓰고 있다. 충분히 무지한 작가들 대다수는 반쯤은 의식적으로 또 반쯤은 무의식적으로, 자신들의 무지함을 일종의 방패처럼 동원하곤 한다. 제임스의 경우는 퇴폐적인 작가를 연기하는 쪽이다. 가령 "물론 조금 바꾸긴 해야겠지만 있는 그대로" 영화를 만들어보겠다는 감독이 나타나면 그는 오후 내내 자못 진지한 얼굴로, 심지어 열의에 넘쳐 말까지 더듬으며, 관객을 더 끌 수 있는 정말 어처구니없는 각색 방안을 이것저것 제안하면서 그 감독을 점점 더 불편하게 만들곤 한다. 하지만 그 자신도 말하듯이 작가가 감독에게 제안할 수 있는 각색이 아무리 어처구니없게 들릴지라도 감독 본인이 저지를 각색의 수준에 비하면 아무것도 아니기 때문에, 감독은 자신이 조롱당하고 있는지 아닌지 절대 알 수 없다. 그러고서 제임스는 "이루 말로 다할 수 없이 너무나 감사한 마음으로" 그들을 떠난다. 그들은 "딱히 설명할 수 없지만" 왠지 불쾌한 기분이 들어서 그에게 다시는 연락하지 않는다. 혹은, 조금이라도 젠체하는 비평가나 학자가 파티에 참석하면 제임스는 그 남자 혹은 여자의 발치에 앉아 아주 대놓고 잘 봐달라고 애원하면서 온갖 아첨을 쏟아낸다. 그러고서 나중에는 그들을 비웃는다. 이 모든 게 너무 위험해 보인다고 했더니, 그 편이 "내면의 존엄을 갖춘 정직한 젊은 예술가"로 사는 것보다는 훨씬 덜 위험하단다. "존엄이란," 그가 현자의 얼굴을 하고는 사타구니를 긁으며 말한다. "황금의 신 황소님께 흔들어대는 붉은 누더기 같은 거지. 달리 말하면 존엄은 가난한 자의 살 주머니라고나 할까." 다 맞는 얘기라고 맞장구를 쳐주자, 그는 이렇게 대꾸했다. "좋아, 애나, 그러면 이 혼성 모방 작품들은 다 뭐야? 당신과 내가 뭐가 그리 다를까?"

당신 말이 맞노라고 했다. 그럼에도 불구하고 우리는 그 젊은 미국인의 일기로 거둔 성공에 고무되어, 이번에는 아프리카 식민지에서 몇년을 지낸 뒤 감수성의 고통에 시달리는, 갓 중년에 접어든 여성 작가의 일기를 한번 써보기로 했다. 이 글은 내게 "이제는 부디 당신 자신에 관한 것!"을 보내달라고 부탁했던 『제니스』의 편집인 루퍼트를 겨냥한 것이다.

제임스도 루퍼트를 만난 적이 있었고, 그를 무척 싫어했다. 루퍼트는 똑똑하지만 유약하고 신경질적인 남자이고 동성애자다.

부활절 주간. 켄징턴 러시아정교회 교회 정문은 20세기 중반의 길거리에 바로 면해 있다. 교회 내부에는 어른거리는 그림자와 향냄새, 태고의 경건함을 갖추고 경배하는 사람들. 텅 빈 드넓은 바닥. 사제 두세명이 예배 의식에 몰입해 있다. 몇 안되는 신도들은 딱딱한 마룻바닥에 무릎을 꿇고 이마가 바닥에 닿도록 몸을 구부리고 있다. 그래, 몇명 되지는 않는다. 하지만 현실이다. 이것이 현실이었다. 나는 현실을 의식한다. 결국 종교 안에서 자신의 존재를 구하는 이들이 인류의 대다수이며, 무신론자는 소수에 불과하다. 무신론자? 아, 절대자를 잃어버린 현대인의 건조한 존재 양식을 가리키는 말치고는 자못 유쾌한 단어 아닌가. 다른 이들이 무릎 꿇고 있는 동안 나는 서 있었다. 고집스러운 작은 나, 혼자만 뻗대며 서 있노라니 무릎이 주저앉는 느낌이었다. 침중하고 평안해 보이는 사제들의 남성적인 면모가 퍽 인상적이다. 귀엽고 해맑은 대여섯 소년의 경건하고 진지한 모습도 보기 좋다. 천둥 치는 듯 풍부하고 남성미 넘치는 러시아정교회 찬송가의 곡조. 무릎에 스르르 힘이 풀린다…… 어느새 나도 무릎을 꿇고 앉아 있었다. 평소 당당하던 내 작은 독자성은 어디로 사라진 거지? 상관하지 않는다. 더 깊은 것들을 의식하고 있기에. 내 눈에 맺힌 눈물 사이로 사제의 진중한 몸체가 흔들리며 흐려졌다. 너무도 견딜 수 없었다. 비틀거리며 그곳에서 도망쳐 나왔다. 내 것이 아니다. 그 신성함은 나의 것이 아니야…… 아마도 난 이제 더이상 무신론자가 아니라 불가지론자라고 해야 할까? (예를 들어) 그 사제들의 장엄한 열의를 생각해보면 무신론자라는 표현에는 너무 메마른 뭔가가 있다. 불가지

론자에는 좀더 섬세한 뭔가가 있나? 칵테일파티에 늦었다. 상관없
긴 하다. 그 공작 부인은 눈치채지 못하니까. 늘 하는 생각을 했다.
피렐리 공작 부인으로 살아가기란 얼마나 서글픈 일인가…… 넷이
나 되는 유명 인사들의 애인으로 살았던 시절에 비하면 끝도 없이
추락한 셈이다. 하지만 너나없이 잔인한 세상에 맞서려면 작은 가
면이라도 써야 하는 법. 공작 부인 댁에 들어서니 런던의 내로라하
는 문필가들이 꽉 들어차 있다. 나의 친애하는 해리도 바로 보였다.
훤칠하고 창백한 이마를 지닌 이 말상의 영국 남자들, 너무도 고상
한 이 남자들이 나는 정말 좋다. 칵테일파티의 무의미한 소음 속에
서 그와 이야기를 나눴다. 『전쟁의 접경지대』로 극을 한편 써보라
고 그가 말했다. 한쪽 편을 들지 말고 식민 상황의 본질적인 비극,
백인의 비극을 강조하는 극을. 물론 맞는 얘기다…… 백인의 딜레
마라는 현실, 그 인간적 현실에 비하면 가난과 기아, 영양실조와 몸
을 누일 곳조차 없는 처지, 이 모든 범상한 수모(이는 그가 쓴 표현
으로, 이런 유형의 영국 남자들은 정말이지 진정한 감수성을 갖춘
사람들이며 대부분의 여자들보다 훨씬 예리한 통찰력의 소유자들
이다)가 대체 뭐란 말인가? 그의 말을 듣고 내 책을 더 잘 이해하게
되었다. 겨우 1마일 떨어진 그 러시아정교회 교회의 차가운 돌바
닥에 무릎 꿇고 있던 사람들, 더 깊은 진실에 경의를 표하고자 이
마를 숙인 그 사람들의 모습도 떠올랐다. 그것이 나의 진실이기도
한가? 안타깝지만 아니다! 하지만 이제부터 나 자신을 무신론자가
아닌 불가지론자라 부르기로 했고, 내일은 친애하는 해리와 점심
을 함께하면서 연극 얘기를 나누기로 했다. 헤어지면서 그는 살그
머니, 그러나 힘주어 내 손을 잡았다. 본질적으로 시적인 그 서늘한
압력을 전하며. 지금껏 살아오면서 참된 현실에 가장 근접했다는

기분으로 귀가했다. 그러고는 조용히, 새 침대보를 씌운 나의 싱글 침대로 갔다. 매일 깨끗한 침대보를 씌우는 일은 정말 너무나 중요하다. 아, 목욕을 마친 다음 곧바로 시원하고 깨끗한 리넨 사이로 기어들어 잠을 청하자 진정으로 감각적인(관능적인 것이 아니라) 즐거움이 밀려든다. 아, 난 참 운 좋은 자그마한 여자······

부활절 일요일

해리와 점심 식사를 했다. 얼마나 멋진 집인지! 연극을 어떻게 만들지 그는 이미 대략적인 그림을 그려놓았다. 자신의 친한 친구 프레드 경이 주연을 맡으면 되고, 그러면 언제나와 같이 후원자를 찾느라 고생할 필요가 없다는 것이다. 그러면서 그는 이야기를 약간 바꿀 것을 제안했다. 더할 나위 없는 미모와 지성을 겸비한 젊은 아프리카 여자가 젊은 백인 농장주의 눈에 띈다. 여자의 가족은 열악한 보호구역의 원주민에 불과하기에 그는 그녀를 교육하고 출세시키려 애쓴다. 하지만 그녀는 그의 동기를 오해하여 그를 사랑하게 된다. 그가 (아, 너무도 온화하게) 진짜 동기를 설명하자 그녀는 갑자기 사납게 돌변해서 욕을 퍼붓는다. 그를 조롱하기도 한다. 그는 참을성을 발휘하여 그 모든 걸 감내한다. 그러나 그녀는 경찰서를 찾아가 그가 자신을 강간하려 했다고 말한다. 그는 사회적 불명예를 감당하면서도 침묵한다. 단지 눈으로만 그녀를 책망하며 형무소로 향하고, 그녀는 수치심에 돌아선다. 진짜 강렬한 드라마가 될 거야! 해리 말이, 이 극은 역사에 포획당하고 끌어내려져 동물적인 아프리카의 진창에 빠지지만 여전히 우월한 그 백인 남자의 정신적 지위를 상징한다고 한다. 너무나 사실적이고, 너무나 예리하며, 너무나 새롭다. 진정한 용기란 조류를 거슬러 헤엄치는 것 아닌가. 해리와 헤어져 집으로 오는 길에 현실이 그것의 하얀 날개로 나를 건드렸다. 이 아름다운 경험을 낭비하지 않고자 나는 걸음을 늦추어 살며시 발을 떼며 집으로 왔다. 목욕을 하고 깨끗한 몸으로 침대에 누워, 해리가 내게 빌려준 『그리스도를 따라서』라는 책을 읽었다.

이 모든 게 다소 투박한 것 같았지만 제임스는 괜찮다면서 자신이 다 책임지겠다고 했다. 제임스 말이 맞는다. 하지만 내 유별난 감수성이 마지막 순간에 발목을 잡는 바람에, 난 나를 지키는 편을 택했다. 루퍼트는 이해하고도 남는다는 짤막한 편지를 보냈다. 어떤 경험들은 출판하기에는 너무나 사적일 수 있다며.

[검은색 공책의 이 부분에는 제임스 섀퍼가 쓴 단편의 먹지 복사본 한부가 핀으로 꽂혀 있었다. 그가 어떤 문예지로부터 소설 열두권의 서평을 부탁받고 쓴 원고였다. 그는 이것을 편집인에게 보내며 서평 대신 이 글을 내는 게 어떻겠냐고 제안했다. 편집인은 찬사를 보내면서 잡지에 싣도록 허락해달라고 했다. "하지만 서평은 어떻게 된 건가요, 섀퍼 씨? 이번 호에 실을 계획인데." 바로 이 순간 제임스와 애나는 두 손 두 발 다 들었다. 어찌 된 셈인지 이제 패러디 자체가 불가능해진 세상을 살게 된 것이다. 제임스는 온갖 단어를 긁어모아 그 열두권의 소설 하나하나에 대해 진지한 서평을 썼다. 그와 애나는 더이상 혼성 모방 형식의 글은 쓰지 않았다.]

바나나 잎사귀에 맺힌 피

프르르르르르르. 프르르르. 프르르르. 늙고 지친 아프리카의 달 아래 바나나나무들이 소리 없이 움직이며 바람을 가르고 잎사귀를 떤다. 유령들. 시간과 내 고통의 유령들. 쏙독새의 검은 날개, 나방의 하얀 날개도 달을 가르고 자른다. 프르르르, 프르르르, 바나나 잎사귀들이 울면, 바람에 부대끼는 그 잎들 위에 달빛이 고통스럽고 창백한 얼굴로 미끄러진다. 존, 존, 나의 소녀, 갈색 피부의 그녀가 노래한다. 오두막집 처마의 어둠속에 다리를 꼬고 앉아, 달빛의 신비로움을 머금은 눈동자로 나를 보며. 간밤에 내가 입맞춘 눈, 비개인적인 비극에 희생당한 자의 눈이건만 이제는 더이상 비개인적일 수 없는 그 눈동자. 아, 아프리카여! 저 바나나 잎사귀는 곧 노쇠해 적갈색을 띠게 되리라. 저 붉은 흙도, 조금 전에 연지 바른 내 검은 연인의 입술보다 붉어지겠지. 백인 상인의 상업적인 욕정에, 상점에 배반당한 내 애인의 입술보다 더 붉은 색으로.

"이제 그만, 잠자리에 들어, 노니. 달이 뿔을 네개나 달고 으름장을 놓고 있잖아. 난 내 운명과 당신의 운명, 우리 민족의 운명을 가늠하는 중이야."

"존, 존." 달을 향해 구애하는 저 눈부신 잎사귀의 한숨처럼, 내 연인은 열망하는 마음으로 한숨을 쉰다.

"이제 그만하고 자, 노니."

"하지만 죄를 짓게 된 내 운명을 생각하니 마음이 불편하고 가슴이 시커멓게 타들어가는걸."

"그냥 잠을 청해봐, 잠을. 나의 노니, 당신이 싫은 게 아니야. 나의 노니, 살랑거리는 당신 엉덩이에 그 백인 남자의 시선이 화살같이 꽂히는 걸 몇번이나 이 두 눈으로 봤어. 정말 봤다니까. 저 바나나 잎사귀가 달빛에 화답하고 비의 하얀 창살이 식인종들에게 강탈당한 우리 땅을 마구 찔러 죽이는 걸 보듯 내 눈으로 그 광경을 봤지. 그러니 이제 그만 자."

"그래도 존, 나의 존, 내 남자이며 내 사랑인 당신을 배반했다고 생각하니, 정말 못 견디게 가슴이 아파. 그 상점의 백인 남자한테, 난 정말 내 뜻과 상관없이 억지로 당했던 거야."

프르르르, 프르르르, 바나나 잎이 이렇게 읊어대고, 쏙독새들은 병든 회색빛 달을 향해 끔찍한 비명을 질러댄다.

"그러니까 존, 나의 존, 내 사랑 당신에게 내 마른 입술을 더 아름답게 보이려고 난 그냥 작은 연지, 그저 작은 연지 하나 샀을 뿐이야. 그러는 동안 그자의 차가운 파란 눈동자가 순결한 내 허벅지를 잡아먹을 듯 훑어보았어. 그래서 난 줄행랑을 쳤지. 그 상점에서 당신에게로, 내 사랑 당신에게로, 당신을 위해 입술을 붉게 칠하고, 내 사랑 나의 존, 당신을 향해 달렸어."

"이제 그만 잠자리에 들어, 노니. 더이상 웃고 있는 달그림자 속에서 다리를 포개고 앉아 있지 마. 아픈 마음에 울면서 앉아 있지도 말고. 당신 아픔은 내 아픔이고, 내 연민을 바라며 울고 있는 우리 민족의 아픔이기도 하니까. 내 사랑하는 여인, 나의 노니, 지금도 그렇고 앞으로도 영원히 난 당신이 가여울 거야."

"그렇지만 내 사랑, 나의 존, 나를 사랑하는 당신 마음은 대체 어디로 가버린 거야?"

아, 증오의 붉은 뱀이 어두운 똬리를 틀고 바나나나무 둥치에서 미끄러져 내려와 내 영혼의 격자 창문 사이로 솟구쳐 오른다.

"노니, 내 사랑은 당신의 것, 또한 우리 민족의 것, 증오의 붉은 두건을 쓴 뱀의 것이야."

"아, 아, 아." 내 사랑, 내 사랑 노니가 그 백인의 욕정에, 범하고자 하는 그의 욕정에, 장사꾼인 그의 욕정에 신비롭고 너그러운 자궁을 꿰뚫린 채 비명을 질러댄다.

"아, 아, 아." 바람에 실려 오는 나의 결의와 강간당한 바나나 잎사귀의 흔적을 보고 노파들이 오두막에서 울부짖는다. 바람의 소리여, 자유로운 세상에 내 고통을 전해라, 메아리치는 먼지 속의 뱀이여, 나를 위해 비정한 세상의 발꿈치를 물어라!

"아, 아, 내 사랑하는 존, 배 속에 든 이 아이는 어떻게 해야 할까? 가슴을 무겁게 누르는 그 아이, 석양의 시각, 온 세상이 무량한 밤에 배반당하는 그 시각에 미친 듯 도망치는 내 발꿈치를 걸어 넘어뜨려 보이지 않는 흙더미로 날 내동댕이친 그 상점의 혐오스러운 백인이 아니라 내 사랑, 내 남자인 당신에게 주는 이 아이는 어떻게 되는 걸까?"

"그만 자, 잠을 청해봐, 내 사랑, 나의 노니. 그 아이는 이 세상의 자식이야. 숙명의 무게를 감당하고 섞인 피의 신비를 감당해야 할 아이. 복수에 찬 그림자의 아이이자, 내 증오로 똬리를 트는 뱀의 아이지."

"아, 아." 오두막 처마의 그림자에 깊이 잠겨 신비로운 모습으로, 나의 노니는 고통에 몸을 비튼다.

"아, 아." 나의 결의를 들으면서, 노파들도 비명을 지른다. 생명의 냇물을 지키는 그들, 생명을 키우지 못하는 그 마른 자궁들이, 자신들의 오두막에서 흘러나오는 생명의 고요한 비명을 들으며.

"이제 그만 자, 나의 노니. 오랜 세월이 지나면 돌아올 거야. 하지만 지금은 남자로서의 목표가 있어. 나를 막지 마."

달빛 속에 선 그 유령들, 내 증오가 갈라놓은 암청색과 암녹색 유령들. 그리고 바나나나무 밑 자주색 먼지 속에 있는 암적색 뱀. 무수한 대답들 속에 있는 그 대답. 수백만의 목표들 뒤에 있는 그 목표. 프르르르, 프르르르, 바나나 잎사귀가 울어대고 내 사랑이 노래한다. 존, 당신은 나를 떠나 대체 어디로 가려는 거야, 여기 열망으로 가득한 내 자궁과 함께 나는 언제나 당신을 기다리는데.

나는 이제 도시로, 그 백인이 사는 곳, 암회색으로 꿈틀대는 거리로 가서 내 형제들을 찾아내 그들 손에 내 증오의 붉은 뱀을 쥐여주고, 우리는 다 함께 그 백인의 욕정을 들춰내 그걸 파괴할 거야. 더이상 바나나나무가 낯선 열매를 맺지 못하도록, 그리고 강간당한 우리나라의 대지가 울부짖지 않도록, 영혼의 대지가 비를 찾아 울부짖지 않도록.

"아, 아." 노파들이 비명을 지른다.

달빛에 위협당한 밤의 비명, 익명의 살인이 빚어내는 그 비명소리.

나의 노니는 허리를 굽혀 오두막으로 기어들어가고, 적록색 달그림자 아래에는 이제 아무것도 없다. 뱀처럼 똬리를 튼 내 목표 말고는 내 가슴도 이제 완전히 비어 있다.

검은 등불은 그 잎사귀들을 증오한다. 자카란다의 천둥은 그 나무들을 죽인다. 달콤한 파파야 덩이는 쪽빛 복수에 처해지리라. 프르르르, 프르르, 바나나 잎사귀가 세월에 지친 달 주변을 유령처럼 떠돌면서 말한다. 이제 나는 간다, 바나나 잎사귀들에 작별을 고하며. 무수한 비뚤어진 전율이, 좌절당한 숲이 꾸는 엇갈리는 꿈들을 갈기갈기 찢는다.

숙명의 발자국을 내디디며 가노라니, 먼지의 메아리가 시간의 흐릿함 속으로 어둡게 가라앉는다. 바나나나무를 지날 때 애증의 붉은 뱀들이 나를 향해 노래한다. 가거라, 남자여, 가거라, 도시에 복수를 하러. 그러자 바나나 잎사귀에 어른대는 달빛은 진홍빛으로 바뀌며 프르르르, 프르르르 노래하고, 비명을 질러대며 울부짖고 흥얼거린다, 오, 붉은 것은 내 아픔이며, 진홍색은 내 작별의 고통이니, 오, 달빛 메아리치는 내 증오의 잎사귀들이 붉은색과 주홍색으로 뚝뚝 떨어지는구나.

[공책의 이 부분에는 『쏘비에뜨 문예』에서 오려낸 『전쟁의 접경지대』 서평이 핀으로 고정되어 있고, 1952년 8월이라는 날짜가 적혀 있었다.]

영국 제국주의 이면의 참된 진실을 만천하에 드러내고자 압제자의 눈 바로 아래서 쓰이고 출판된 이 용기 있는 첫번째 소설이 보여주는바, 영국 식민지에서 자행되는 착취의 현실은 참으로 끔찍하다! 그러나 사회적 양심을 위해 결연히 펜을 든 이 젊은 작가의 용기에 경탄하느라 작가가 아프리카의 계급투쟁을 왜곡된 방식으로 강조하고 있다는 사실을 놓쳐서는 곤란하다. 소설은 그 위대한 반파쇼 전쟁의 진정한 애국자로서 조국을 위해 곧 죽을 운명에 처해 있는 어느 공군 청년이 자칭 사회주의자들, 그러나 실은 정치를 가지고 장난을 치는 퇴폐적인 백인 정착민 무리와 어울리면서 시작된다. 이 부유한 세계시민 사회주의자들 무리에 점차 역겨움을 느끼는 주인공은 결국 민중에게로, 또 그에게 노동계급의 삶과 관련한 참다운 현실을 가르쳐준 어느 소박한 흑인 여자에게로 돌아선다. 선한 의도로 쓰였으나 엉뚱하게 왜곡된 이 소설의 약점이 바로 여기에 있다. 상류계급 영국 청년이 대관절 어떻게 요리사의 딸과 접촉할 수 있단 말인가? 진정한 예술적 진실을 향한 작가의 투쟁에서 마땅히 추구되어야 할 것은 전형성이다. 이 소설에서 제시되는 상황은 전형적이지 않으며, 전형적인 것이 될 수도 없다. 만일 이 젊은 작가가 진실의 히말라야에 감히 올라서고자 주인공을 백인 노동계급 청년으로, 여주인공은 공장에서 일하는 흑인 노조의 노동자로 설정했다면 어땠을까? 그런 설정이라면 아마도 아프리카에서 전개될 자유를 향한 미래의 투쟁을 밝혀줄 정치적이고 사회적이며 정신적인 해결책을 찾아낼 수 있었으리라. 이 소설에서 노동 대중은 대체 어디에 있는가? 계급의식에 눈뜬 투사들은 어디에 있는가? 그들은 존재하지 않는다. 하지만 이 재능 있는 젊은 작가를 낙담에 빠뜨리지는 말자! 패기를 갖춘 이들이 결국에는 예술의 고지를 정복하는 법이니! 전진, 앞으로! 온 세상을 위하여!

[『전쟁의 접경지대』 서평, 『쏘비에뜨 가제트』, 날짜는 1954년 8월.]

장엄하고 길들여지지 않은 대륙 아프리카여! 대영제국으로부터 막 도착한 소설, 아프리카의 평원과 정글 한복판에서 벌어지는 전시의 사건을 묘사한 이 소설의 지면을 통해 우리는 엄청난 광휘의 폭발을 눈앞에서 목격한다.

언급할 필요도 없지만, 문학작품에 등장하는 전형적 인물은 내용 면에 있어서 학문적인 전형 개념과는 다르며 따라서 형식에 있어서도 다르다. 그리하여 이 저자가 책의 허두에서 서구 사회학의 헛소리를 연상시키면서도 심오한 진실이 포함된 구절, 즉 "아담이 길을 잃고 타락한 건 사과를 먹었기 때문이라고 한다. 나는 그가 자기 자신의 것을 요구했기 때문, 다시 말해 나, 나의 것, 나를 등과 같은 표현들을 썼기 때문이라고 말하겠다"를 인용할 때, 우리는 열렬한 기대감에 차서 페이지를 넘기지만, 그 기대는 금세 배반당하고 만다. 그럼에도 우리는 이 작품을 통해 저자가 선사한 것들을 두 팔 벌려 환영하며, 장차 저자가 진정한 예술 작품은 혁명적인 삶을 다뤄야 한다는 사실을, 즉 예술적 측면들뿐 아니라 확고한 내용과 이데올로기적인 깊이, 인간다움을 전면에 내세워야 한다는 점을 이해하게 될 때 우리에게 제공할지 모를, 또는 진실로 제공하게 될 것들을 희망찬 마음으로 고대하게 된다. 이러한 기대는 책갈피를 넘기면서 점점 커진다. 아직 미개발 상태로 남아 있는 이 대륙에서 진화할 인류는 얼마나 고귀하고, 얼마나 진정으로 심오한 존재들이 될 것인가? 이 질문은 줄곧 독자에게 머물며 가슴에 지속적으로 반향을 일으킨다. 영국 청년 비행사와 그를 믿는 흑인 여자는 작가의 마법 같은 필력 덕분에 그 자체로 뇌리를 떠나지 않는 인물들이지만, 그럼에도 미래의 심오한 도덕적 가능성을 보여주는 전형에는 미치지 못한다. 우리 독자들은 친애하는 저자에게 한목소리로 이렇게 말하는 바이다. "계속 정진하시오! 예술을 진리의 명징한 빛에 적셔야 한다는 사실을 명심하시오! 아프리카를 비롯하여 강력한 민족해방운동을 전개 중인 개발도상국 전반의 문학에서 새롭고 구체적인 리얼리즘 형식을 창조하는 과정은 매우 힘들고도 복잡하리라는 사실을 반드시 기억하시오!"

[『식민지 자유를 위한 쏘비에뜨 문예 저널』에 실린 『전쟁의 접경지대』 서평, 날짜는 1956년 12월.]

제국주의 압제에 맞서 아프리카 대륙에서 전개되고 있는 투쟁에도 호메로스나 잭 런던과 같은 작가들이 존재한다. 소소한 장점이 없지는 않으나 전반적으로 대수롭지 않은 심리 분석가들 역시 출현하기 마련이다. 대오를 이룬 흑인 민중들과 매일 새롭게 등장하는 영웅이 민족주의 운동에 동참하는 와중에 옥스퍼드 출신 영국 청년과 흑인 여성 간의 로맨스를 다루는 이 소설을 놓고 우리는 무슨 이야기를 할 수 있을까? 흑인 여자는 이 책에서 그 민족을 대표하는 유일한 인물이나 존재감이 미미하고 발전도, 만족스러운 모습도 보여주지 못한다. 그렇다. 이 작가는 우리의 문학, 건강하고 진보적인 문학, 그 누구든 절망의 대가로 이익을 누리는 법이 없는 우리 문학으로부터 아직은 많은 것을 배워야 한다. 한마디로 이 소설은 부정적인 작품이다. 프로이트의 영향 또한 감지된다. 신비주의의 요소도 있다. 이 작품에 제시된바 '사회주의자' 무리에 대해서 저자는 풍자를 시도하지만 결국 실패로 끝난다. 이 책에는 불건전하고 심지어는 애매모호한 내용들도 들어 있다. 이미 죽은 것, 후진적인 것, 역사의 뒤안길에 놓이게 된 것들에 관해 인류를 어떻게 웃길지, 저자는 마크 트웨인으로부터, 진보적인 독자에게 너무도 소중했던 그의 유머로부터 배워야 할 것이다.

[빨간색 공책이 이어졌다.]

1955년 11월 13일

노병들 왈, 1953년 스탈린 사망 후 영국 공산당에 이전 시대라면 절대 불가능했을 사태가 벌어졌다. 전·현직 공산주의자들을 망라한 여러 집단의 사람들이 당과 러시아, 영국에서 일어나고 있는 일들을 논의하기 위해 모인 것이다. 내가 참석을 요청받은(나는 1년도 더 전에 탈당한 외부 인사인데) 첫번째 회합에는 당원 아홉명과 전직 당원 다섯명이 출석했다. 나를 포함하여 탈당한 사람들 중 누구도 예의 '배신자들'이라는 비난을 받지 않았다. 우리는 전적으로 서로를 신뢰하는 사회주의자들로서 모였다. 토론은 천천히 진행되었고 당 중앙의 '죽은 관료주의'를 제거하자는 일종의 계획이 대략적으로나마 구상되었다. 그로써 모스끄바를 향한 극단적인 충성과 거짓말까지 동원해야 하는 의무 따위는 씻어내고 공산당이 완전히 바뀌어 참다운 영국의 정당으로 다시 서도록, 또한 완전한 혁신을 통해 진정 민주적인 당으로 거듭나도록 하자는 것이었다. 나는 다시 열의와 목적의식으로 가득 찬 이들과 어울리게 되었는데, 그 상당수는 몇년 전에 당을 떠났던 이들이다. 요약하자면 우리의 계획은 이렇다. (a) 그토록 오랜 거짓과 배신의 시간을 보냈기에 이제는 올바르게 사고할 수 없는 '노병'들을 제거한 뒤, 당의 과거를 스스로 비판하는 성명을 내놓을 것. (b) 다른 공산당들 또한 쇄신하고 과거와 단절할 것이라 기대하되, 일단 외국 공산당과의 모든 관계를 청산할 것. (c) 한때 공산주의자였으나 당에 대한 환멸감 때문에 떠났던 수천명의 과거 당원들이 혁신 이후 당에 가입할 수 있도록 권유할 것. (d) ……

[빨간색 공책의 이 지점은 제20차 소련 공산당 전당대회에 관한 신문 기사 스크랩과 정치 혹은 정치 회합의 안건 따위에 관해 다양한 사람들로부터 받은 편지로 가득했다. 이 기사와 편지 뭉치는 고무줄로 묶어 클립으로 끼워놓았다. 이어서 애나가 수기로 작성한 글이 다시 시작되었다.]

1956년 8월 11일

벌써 여러주와 여러달 너무도 바쁘게 정치 활동을 했지만 결국 아무것도 달성하지 못했음을 깨달은 게 이번이 처음은 아닐 터. 게다가 이런 결과를 예상하기까지 했다. 제20차 전당대회를 계기로 '새로운' 공산당을 원하는 사람들 수가 당 안팎에서 두세배나 늘었다. 어젯밤 나는 거의 새벽까지 이어진 모임에 나갔다. 모임이 끝날 무렵, 쭉 침묵을 지키고 있던 오스트리아 출신의 어느 남자가 짤막한 우스개 연설을 했다. "친애하는 동지들. 인간성에 대한 그 넘치는 신념을 찬탄하며 당신들 말을 듣고 있었소! 결국 이렇게 간추릴 수 있을 거요. 영국 공산당을 주도하는 이들은 만연한 스딸린주의 속에서 너무 오랜 세월 일한 까닭에 전적으로 타락한 자들이며 이 사실을 당신들도 잘 알고 있다는 것. 지위를 유지하기 위해 그들이 무슨 짓이든 할 거라는 사실도 당신들은 잘 알고 있소. 오늘 저녁 이 자리에서 그들이 이미 의결된 내용을 짓밟고, 투표를 조작하고, 위원들을 포섭하고, 거짓말과 조작을 일삼아온 사례가 한 백여가지 제시되었소. 부분적으로는 그들이 무모한 자들이기 때문에, 또 절반이나 되는 당원들은 너무 순진해서 자기 지도자들이 그런 사기꾼에 불과하다는 사실을 도저히 받아들이지 못하기 때문에 민주적 수단으로는 그자들을 쫓아내지 못할 거요. 하지만 당신들은 앞날을 도모하다가도 이 지점에 이르면 그냥 멈춰버리고, 스스로 말한 내용에서 명백한 결론을 이끌어내는 대신 백일몽에 젖어 당신들이 해야 할 일이라고는 당 지도부 인사들에게 즉각 사퇴해달라고, 그것만이 당의 이익을 위한 최선의 방책이라고 청원하는 것뿐이라고 말하는군요. 마치 전문 털이범에게 그자의 유능함이 직업

전반에 나쁜 인상을 주고 있으니 물러나라고 요청하자는 것처럼 말이오."

모두 웃었지만 토론은 계속되었다. 익살스러운 어조 덕에, 말하자면 그는 진지한 답변을 내놓아야 할 의무를 면제받은 셈이었다.

나중에 그 말에 관해 생각해보았다. 오래전 나는 정치 회합에서 진실은 보통 그런 연설이나 발언, 그 어조가 모임과 맞지 않는 까닭에 당시에는 사람들이 그냥 넘어가게 되는 말에 담겨 있다고 결론 내린 적이 있다. 우습거나 풍자적이거나 성난 혹은 비통한 어조 말이다. 하지만 그게 바로 진실이고, 모든 다른 장광설과 추가적인 언설은 헛소리에 불과하다.

작년 11월 13일에 써놓은 걸 방금 읽어보았다. 우리의 순진함에 새삼 놀라게 된다. 하지만 장담하건대 그땐 새롭고 정직한 공산당의 출현 가능성을 믿었고 그 믿음에 고취되었다. 정말로 그게 가능하다고 생각했다.

1956년 9월 20일

더이상 모임에 나가지 않기로 했다. 항간에 떠도는 얘기를 듣자니, 현존하는 공산당에 대한 모범이자 대안으로서 '진정한 영국 공산당'을 새로 창당한다고 한다. 사람들은 불안한 기색 없이, 경쟁 관계에 놓일 두 공산당에 대해 생각해보고 있다. 하지만 어떤 일이 벌어질지 뻔하다. 두 당 모두 서로를 비방하고 서로의 공산주의자로서의 권리를 부정하는 일에 자신들의 모든 에너지를 쏟겠지. 딱 익살극의 제조법이라고나 할까. 그러나 이보다 더 멍청한 건 민주적인 수단으로 노병들을 '내던지고' 당을 '내부로부터' 개혁한다는 발상이다. 그런데도 나 또한 오랜 세월 정치에 발을 담근, 다른 멀쩡한 지성의 소유자들 수백명과 함께 몇달 동안이나 그 생각에 사로잡혀 있었으니. 때로는 정치적 경험이야말로 인간이 경험으로부터 배우지 못하는 유일한 형태가 아닐까 하는 생각마저 든다.

가슴이 무너진 사람들이 한꺼번에 수십명씩 탈당하고 있다. 아이러니한 일은, 그들이 이전에 충성스럽고 순수했던 것과 같은 정도로 가슴이 무너지고 냉소적으로 바뀌었다는 점이다. 환상을 거의 품지 않았던(우리 모두 약간의 환상을 가졌던 건 사실이고, 나역시 반유대주의가 '있을 수 없는' 일이라는 허황된 믿음을 지닌적이 있었지만) 나 같은 사람들은 외려 영국 공산당이 아마도 아주미미한 한 분파로 서서히 쇠락하리라는 사실을 받아들이며 차분하게 새로 시작할 준비를 하고 있다. 요즘 유행하는 새로운 표현에따르자면, '사회주의자의 입장을 재고하는 일'이다. 오늘 몰리에게전화를 받았다. 젊은 사회주의자들이 새로 결성한 그룹에 토미가가입했다고 한다. 몰리는 한쪽 구석에 앉아 그들의 말을 경청했다.자신이 처음 공산당에 들어갔을 때인 "젊은 시절로 100년을 거슬러 간" 느낌이었다고 한다. "애나, 정말 희한했어! 진짜 이상했다니까. 여기 이 아이들은 공산당에 눈 돌릴 시간은 고사하고 노동당에신경 쓸 시간도 없거든. 얘들이 뭘 잘못하고 있다 해도 놀랄 일이못 된다니까. 이런 아이들 몇백명이 영국 전역에 살고 있는데, 다들아무리 늦어도 한 10년만 지나면 영국이 사회주의국가가 될 것처럼, 그것도 자기들의 노력으로 된다는 식으로 말들을 하네. 다음주화요일이면 탄생할 그 새롭고 아름다운 사회주의 영국을 자기들이꾸려갈 것처럼 말이야. 얘네들이 제정신이 아닌 건지, 내가 제정신이 아닌 건지, 원 참…… 하지만 중요한 건, 애나, 그게 딱 예전 우리 모습이더란 거야. 안 그러니? 어때? 게다가 우리가 오랫동안 비웃어온 그 지긋지긋한 표현들을 마치 자기들이 금방 생각해낸 것처럼 쓰더구나." 내가 대꾸했다. "그런데 몰리 넌 토미가 다른 직업을 찾지 않고 사회주의자가 된 게 정말 기쁜 거야?" "그거야 물론이지. 당연하잖아. 결국 중요한 건, 걔네들이 우리보다는 더 현명하지 않겠느냐는 거야. 그렇지 않니, 애나?"

[노란색 공책이 이어졌다.]

제삼자의 그림자

처음에 '제삼자'는 폴의 아내를 뜻했지만, 곧 그것은 폴의 아내에 대한 몽상이 빚어낸 젊은 시절 엘라의 **또다른 자아**가 되고, 이어 폴에 대한 기억이 되었다가, 이 지점에서 엘라 자신이 된다. 부서지고 무너져 내리는 과정을 거치면서, 엘라는 온전하고 건강하며 행복한 엘라라는 관념에 집착한다. 이 다양한 '제삼자'들을 연결하는 뚜렷한 고리는 곧 정상성이지만, 더하여 엘라가 얽매이길 거부하는 '남부끄럽지 않은' 삶에 요구되는 인습이나 태도 혹은 감정이기도 하다. 엘라는 새 아파트로 옮긴다. 줄리아가 서운해한다. 이런 줄리아의 반응으로 말미암아 그때까지 가려져 있던 그들 관계의 단면이 드러난다. 줄리아가 엘라를 좌지우지해온 것이다. 엘라로서는 친구에게 휘둘릴 마음의 준비가 되어 있었거나, 그게 아니더라도 최소한 그렇게 비칠 각오가 되어 있었던 셈이다. 줄리아는 본디 관대한 사람으로, 정이 많고 따뜻하며 헌신적이다. 그러나 지금은 엘라가 자신을 이용했다며 친구들에게 불평을 늘어놓기까지 한다. 청소도 해야 하고 페인트칠도 새로 해야 하는 휑하고 지저분한 아파트에서 이제 아들과 단둘이 살게 된 엘라는 줄리아의 불평이 어떤 면에서는 정당하다고 생각한다. 그동안 독립의 의지를 가슴 깊이 숨겨둔 채, 어느정도는 사로잡힌 자의 역할을 자진해서 떠맡은 면이 있었다. 줄리아의 집을 떠나는 건 꼭 딸이 엄마를 떠나는 것과 비슷한 느낌이다. 혹은 마치 파경을 맞이한 것과도 흡사하다고 생각하며, 엘라는 조소 어린 얼굴로, "줄리아와 결혼한" 사이 같다는 폴의 빙퉁그러진 농담을 떠올린다.

* * *

당분간 엘라는 그전보다 훨씬 더 고독하게 지낸다. 파탄 난 줄리아와 자신의 우정에 대해서도 많은 생각을 한다. '가깝다'라는 말이 서로에 대한 믿음과 경험의 공유를 뜻한다면 줄리아는 어느 누구보다 자신과 가까운 사람이었다. 하지만 이 순간 그 우정에는 미움과 원망만이 남아 있다. 게다가 수개월 전 자신을 떠난 폴에 대한 생각에서도 헤어날 수가 없다. 이제 벌써 1년이 되어간다.

* * *

줄리아와 한집에 사는 동안에는 어떤 특정한 종류의 주목을 받지 않고 지낼 수 있었다는 사실을 엘라는 비로소 깨닫는다. 이제 확실히 '혼자 사는 여자'가 되었고, 그동안 미처 생각하지 못했지만 이는 '한집에서 함께 사는 두 여자'와는 완전히 다르다.

가령 이런 일이 있었다. 새 아파트로 이사 온 지 3주가 지났을 때 닥터 웨스트가 전화를 걸어 온다. 아내가 휴가를 떠났다며 같이 저녁 식사를 하자는 것이다. 아내가 집에 없다는 정보를 지나치게 의미심장하게 귀띔한 건 사실이나, 사무실 업무와 무관한 만남이 아니라고 넘겨짚을 수도 없기에 엘라는 식사 장소로 나간다. 저녁 식사를 하는 동안 닥터 웨스트가 자신에게 작업을 걸고 있음이 차츰 분명해진다. 폴이 떠날 무렵 닥터 웨스트가 그토록 조심스럽게 전달한 못된 말들이 떠오르고, 아마 이런 경우를 대비해 머릿속 한구석의 이상한 분류함에 자신을 넣어두었다는 데도 생각이 미친다. 만약 오늘 저녁 그를 거절한다면 그는 서너명쯤 되는 여자들 목록을 갖고 작업을 계속해나가리라. 악의를 담아 이렇게 말하는 걸 보면 말이다. "뭐, 다른 사람들도 있어요. 당신 때문에 내가 고독의 형벌에 처해지는 건 아니니까요."

사무실에서 벌어지는 일을 지켜보던 엘라는 주말이 가까워질 무렵 닥터 웨스트를 대하는 퍼트리샤 브렌트의 태도가 전과는 달라졌다는 사실을 알아차린다. 강단 있고 유능한 직장여성다운 태도가 이제 거의 열대여섯살짜리 여자아이처럼 말랑말랑해졌다. 닥터 웨스트가 비서 둘에게 집적거리다가 실패한 것으로 미루어, 그가 가진 짧막한 목록의 마지막이 퍼트리샤였던 모양이다. 엘라는 계속 주시한다. 심통 사납게, 그가 자신에겐 결국 최악의 선택이었을 상대를 손에 넣은 꼴을 보고 기뻐하면서, 아주 좋다고 감지덕지하며 우쭐대는 퍼트리샤에게는 여성을 대표하여 분노를 느끼며, 자신 또한 결국은 닥터 웨스트 따위의 후의를 수락하는 식으로 살게 될지 모른다는 사실에 몸서리치며. 당신 날 찼지, 하지만 잘 보라고, 난 상관하지 않으니까! 자기가 거절했을 때 그가 이 점을 분명히 했다는 사실을 떠올리면 화가 나면서도 정말 우습다.

불편하리만치 강력한 이 모든 감정은 사실 닥터 웨스트와는 아무 관련도 없는 원망에 뿌리를 두고 있다. 그런 감정들을 느끼는 자체가 엘라는 싫기도 하고 수치스럽기도 하다. 중년에다 별 매력도 없고, 본질적으로 유능하긴 해도 따분한 아내와 결혼한 그 사람이 왜 안쓰럽게 여겨지지 않는지 그녀는 자문해본다. 그런 사람이라고 로맨스를 누리기 위해 애쓰지 말란 법이 있는가? 그러나 소용없다. 그녀는 닥터 웨스트가 원망스럽고 경멸스러울 뿐이다.

친구 집에서 줄리아를 만나지만 분위기는 여전히 냉랭하다. 엘라가 '어쩌다가' 줄리아에게 닥터 웨스트 이야기를 꺼낸다. 조금 지나자 두 여자는 그들 사이에 냉랭함이라곤 없었던 양 다시 살가운 사이가 된다. 그러나 이제 그 우정은 전에는 늘 부차적이었던 측면, 즉 남자들에 대한 비판에 기반을 두고 있다.

줄리아는 엘라에게 닥터 웨스트 이야기보다 더 심한 경험담을 들려준다. 얼마 전 같은 극단의 한 배우가 자기를 집에 데려다주고 커피를 마시러 올라와서는 결혼 생활에 관한 불평을 늘어놓았단다. "난 그냥 평소처럼 친근하게 굴면서 좋은 충고도 많이 해줬지. 하지만 그런 얘길 또 듣는 게 너무 지겨워서 비명이라도 지르고 싶을 정도였다니까." 새벽 4시가 되었을 때, 줄리아는 그 남자에게 이제 피곤하니 집에 돌아가는 게 어떻겠냐고 했다. "그런데 있지, 내가 마치 죽을 만큼 자신을 모욕했다는 식으로 나오는 거야. 그날밤 자주지 않으면 그자의 자아가 아주 쪼그라들어버릴 것 같더라고. 그래서 함께 침대로 갔지." 그 남자는 발기불능이었지만 줄리아는 언짢은 마음을 드러내지 않았다. "아침에 그 남자 왈, 오늘밤에 다시 와도 되냐고, 명예를 회복할 기회를 한번 줄 수 없겠냐는 거야. 최소한 유머 감각은 있더구나." 그래서 이 남자는 줄리아와 두번째 밤을 보냈다. 결과는 여전히 신통치 않았다. "당연히 그자는 4시에 집으로 갔지, 집사람한테는 자기가 밤늦게까지 일하고 온 걸로 보여야 하니까. 떠나면서 날 돌아보고 한다는 말이 글쎄, '당신은 말이지, 남자를 거세하는 그런 부류야. 처음 봤을 때부터 진작 눈치채긴 했지만' 이러더구나."

"맙소사." 엘라가 말했다.

"그러게 말이야." 줄리아가 열을 올리며 말했다. "웃긴 건, 그 사람 꽤 괜찮은 남자라는 거야. 그 남자 입에서 그런 말이 나올 거라곤 정말 상상도 못했지."

"애당초 그 사람하고 자질 말았어야지."

"하지만 너도 알잖니, 남성성에 온통 상처를 입은 듯 괴로워 죽으려는 남자를 그냥 내버려두지 못하고 기 좀 살려줘야 하나 싶은 때가 있잖아."

"그건 그래, 하지만 그런 다음엔 힘이 솟아서 우리를 더 세게 걸어차잖니? 뻔히 알면서 우린 왜 늘 그 모양일까?"

"맞아, 아직도 철이 안 들었나봐."

몇주 뒤 엘라는 줄리아를 만나 이런 얘기를 한다. "무려 넷이야 넷. 장난 삼아 시시덕거린 적도 없는 남자 넷이 말이야, 전화를 해서는 마나님이 집에 안 계시다는 거야. 너나없이 아주 유쾌한 기분에다 수줍은 목소리로 말이지. 참 이상한 일이지. 몇년을 함께 일한 남자가 어느날 자기 아내가 어디론가 가고 없으면 목소리가 확 달라져서는, 우리가 자기들 앞에 완전히 엎어져 함께 침대로 뛰어들거라 생각하니 말이야. 대체 무슨 생각들을 하는 걸까?"

"그딴 건 잊어버리는 게 정신 건강에 좋을걸."

줄리아의 마음에 들고 싶고 그녀의 원망을 누그러뜨리고 싶은 충동에(그 순간 엘라는 이런 마음이 남자를 매료하거나 달래고 싶어하는 것과 같은 종류의 충동임을 깨닫는다) 엘라는 이렇게 말한다. "그래도 너랑 한집에 살 땐 이런 일이 없었는데. 그 자체로 참 이상한 일 아니니?"

줄리아는 아주 의기양양해져서 마치 이렇게 말하는 것만 같다. 그래, 내가 좀 쓸모가 있었지, 그런데 너는……

이제 서로가 불편해진다. 졸렬한 마음에, 엘라는 자신이 떠날 때 줄리아의 태도가 옳지 않았다고 말할 기회를, '그 모든 걸 끄집어내어 열어젖힐' 기회를 그냥 흘려보내고 만다. 이 불편한 침묵 속에서 "그 자체로 참 이상한 일 아니니?"에 자연스럽게 따라붙는 그 생각. 사람들, 혹시 우리를 레즈비언이라고 생각했던 건 아닐까?

엘라로서는 전에도 이 문제에 대해 흥미로운 심정으로 생각해본 적이 있다. 그러나 이제는 이런 생각이다. 아니야, 우리를 레즈비언으로 생각했다면 사람들은 구미가 당겨 우리 주변에 떼를 지어 모여들었겠지. 내가 알고 지낸 남자들은 모두가 레즈비언들에 대해서라면 공공연하게, 아니면 무의식적으로 눈을 반짝이며 이런저런 얘기를 해대잖아. 믿기 어려운 그들의 허영심, 스스로 마치 그 길 잃은 여자들을 구원하는 기사라도 된 양 생각하는 그 허영심 때문에 그러는 거겠지.

이런 생각을 하노라니, 자신이 동원하는 과격한 표현들이 새삼 귓전에 울리며 마음이 요동친다. 집에 돌아온 다음 자신을 사로잡은 이 쓰라린 마음은 대체 어디서 연유하는 것인가 골똘히 생각해본다. 말 그대로 그 마음이 온몸에 독처럼 퍼진 것 같다.

엘라가 볼 때, 자기 인생에서 없었던 어떤 일이 새롭게 벌어진 건 아니다. 잠시 아내가 없는 틈에 기혼 남성들이 자신과 정사를 벌이려 애쓰는 것이나 다른 기타 등등, 10년 전이라면 눈치채지도 못했거나 혹시 그랬더라도 입에 올리지 않았을 터였다. 이 모든 걸 '자유로운 여성'으로 사는 위험과 기회의 한 부분으로 받아들였으니까. 하지만 10년 전 그때, 당시에는 미처 알아차리지 못했던 어떤 감정이 자신에게 존재했음을 이제야 깨닫는다. 만족감, 그 아내들에 대한 승리감. 엘라, 자유로운 여성인 그녀가 그 재미없는, 매인 여자들보다 훨씬 더 흥미진진한 상대라는 생각. 이제야 돌이켜보고 이 감정을 인정하며 그녀는 치욕을 느낀다.

더구나 그녀는 줄리아와 이야기할 때 자신의 어조가 신랄한 독신 여성의 그것과 비슷해진다는 데 생각이 미친다. 남자들. 적수. 그들. 다시는 줄리아와 비밀 얘기를 나누지 않기로 결심한다. 적어도 건조하고 신랄한 그 어조로는 다시 말하지 않기로.

얼마 지나지 않아 이런 사건이 일어난다. 엘라는 감정적 문제들, 즉 잡지사에 당도하는 독자 편지에서 가장 흔하게 나타나는 문제에 관해 조언하는 연재 기사 작업을 교열 기자와 같이 담당하고 있다. 두 사람은 사무실에서 며칠 저녁을 함께 보낸다. 기사 여섯편을 써야 하는데, 공식적인 제목에 더해 엘라와 동료 잭은 재미 삼아 다른 제목을 하나 더 붙여놓는다. 가령 '가끔 집이 지겹나요?'에는 '사람 살려! 나 돌아버리겠어요'를, '가족을 방치하는 남편'에는 '내 남편이 바람을 피워요'를 덧붙이는 식이다. 엘라와 잭은 웃음을 터뜨리고 기사의 지나치게 단순한 문체를 비웃지만 그래도 공들여 기사를 작성한다. 사무실로 쏟아져 들어오는 편지들에 담긴 불행과 좌절의 깊이 때문에, 또 자신들의 글이 그 감정을 조금이라도 덜어줄 수 없으리라는 생각 때문에 하릴없이 그저 농담 따먹기나 할 뿐이라는 건 둘 다 잘 알고 있다.

공동 작업을 마무리하는 날 저녁, 잭이 엘라를 집까지 태워준다.

결혼해서 세 아이를 둔, 서른쯤 된 남자다. 엘라로서는 그가 퍽 마음에 든다. 그녀가 술 한잔을 권하자 그는 엘라를 따라 위층으로 올라온다. 섹스를 제의할 순간이 곧 다가오리라는 것을 엘라는 알고 있다. 이런 생각을 해본다. 끌리는 사람은 아니야. 하지만 폴의 그림자를 떨쳐버릴 수만 있다면 이 사람에게 마음을 줄 수도 있겠지. 일단 침대에 들면 매력을 느낄지 모르잖아? 어쨌든 폴을 만났을 때도 곧바로 끌렸던 건 아니었으니까. 이 마지막 생각에 엘라는 놀란다. 그 젊은이가 떠들어대며 자기를 즐겁게 해주는 사이 그저 생각에 잠겨 앉아 있다. 폴은 늘 내가 처음부터 자기를 사랑하지 않았다고 농담처럼, 그러나 실은 진지하게 말하곤 했지. 지금은 내가 그 말을 하고 있구나. 하지만 그건 사실이 아니야. 아마 그 사람이 그렇게 말했기 때문에 나한테서도 그 말이 나왔을 테지…… 어쨌거나 늘 이렇게 폴 생각만 하다가는 어떤 남자에게도 관심 갖지 못할 게 뻔한데.

엘라는 잭과 함께 침대로 간다. 그녀의 분류에 의하면 잭은 능률적인 연인 유형이다. '이 남자, 관능적이지는 않네, 책에서 섹스를 배운 모양이지. 『당신의 아내를 이렇게 만족시키세요』 같은 책일까.' 그는 섹스보다는 여자와 잠자리를 갖는다는 사실에서 쾌락을 얻는 남자다.

두 사람은 사무실에서 함께 일할 때처럼 유쾌하고 친근한 태도를 유지한다. 그러나 엘라는 울고 싶은 걸 겨우 참는 중이다. 이미 이런 급작스러운 우울감에 익숙해진 터라 속으로 이렇게 중얼거리며 그 감정을 누르려 애쓴다. 이건 결코 내가 우울해서가 아니야. 죄책감이지. 하지만 내 죄책감이라고도 할 수 없어. 과거에서 비롯한 죄의식, 내가 거부하는 이중 잣대와 관련된 죄의식일 테지.

이젠 집에 가봐야겠다고 말하며 잭이 아내 얘길 꺼낸다. "착한 여자예요." 그 목소리에 실린 시혜의 태도에 엘라는 마음이 얼어붙는다. "내가 한눈을 팔아도 아무 눈치 못 채는 게 확실해요. 물론 아내는 아이들에게 매여 사느라 아주 지쳐 있죠. 애들이 꽤 손이 많이 가는 편인데, 그래도 그런대로 잘해나가고 있어요." 그는 넥타이를 매고 엘라의 침대에 앉아 구두를 신는다. 행복감이 넘쳐흐른다. 이렇다 할 특징 없이 그저 훤한 저 소년 같은 얼굴.

"아내 같은 여자와 사는 나도 참 운이 좋은 놈이죠." 그가 말을 잇는다. 그러나 이제 그 말엔 아내를 향한 원망이 실려 있고, 엘라가 보자니 그는 이 정사를 자기 아내를 모욕하는 구실로 미묘하게 이용할 모양이다. 게다가 자신으로서는 아는 바가 없는 사랑의 쾌감 때문이 아니라, 스스로에게 뭔가를 입증했다는 만족감으로 우쭐한 얼굴이다. 작별 인사를 하며 그가 말한다. "암튼 쳇바퀴 같은 생활로 다시 돌아가야겠네요. 우리 집사람이 세상 최고이긴 해도, 그렇다고 딱히 유쾌한 대화 상대는 못되니 말이죠." 엘라는 텔레비전 수상기가 딸린 교외의 집에 틀어박혀 세 아이를 키우며 사는 여성이 뭐 그렇게 흥미진진하게 이야기할 거리가 있겠냐고 대꾸하려다 겨우 억누른다. 자신을 압도하는 분노의 깊이에 다시 한번 놀란다. 그의 아내, 런던을 가로질러 수마일 떨어진 어딘가에서 그를 기다리고 있을 그 여자는 그가 침실에 들어서는 순간 그 의기양양한 얼굴을 보고 틀림없이 외도를 직감하리라.

엘라는 (a) 사랑에 빠질 때까지는 정숙하게 지내고 (b) 이 일을 줄리아에게 얘기하지 않기로 마음먹는다.

다음 날 엘라는 줄리아에게 전화를 걸어 점심 약속을 잡고 만나서 이야기를 나눈다. 그러면서, 퍼트리샤 브렌트에게는 비밀 얘기를 한 적이 없고 다른 건 몰라도 남성 일반에 대한 그 가소롭다는 식의 비난에도 맞장구치는 일이 없지만(엘라는 지금의 신랄함이 누그러지면 결국 자신 역시 퍼트리샤처럼 조소 띤 얼굴로 서글서글하게, 거의 사람 좋은 태도로 남자들을 비판하는 여자가 될 거라고 생각하며, 그러지 않으리라 마음먹는다), 신랄함을 순식간에 경멸로 바꾸어놓는 친구 줄리아에게만은 기꺼이 속내를 털어놓는 스스로에 대해 곱씹는다. 다시 한번 엘라는 남자들에 대한 비판으로 우정을 유지하는 자신과 줄리아가 육체적인 차원에서는 아닐지언정 적어도 심리적으로는 레즈비언이라고 생각하면서, 줄리아에게 이런 이야기는 더이상 하지 않기로 결심한다.

이번에 엘라는 줄리아에게 입을 다물기로 한 자신과의 약속을 지킨다. 그러자 완전히 혼자라는 느낌, 외로움이 밀려온다.

이제 새로운 사태가 전개된다. 엘라는 성욕의 고문에 시달리기 시작한다. 전에는, 아니 최소한 사춘기 이후로는 어떤 특정한 남자에 대해 몽상하며 성욕을 느꼈을 뿐, 욕망 그 자체만을 느낀 적은 없었다. 이제 잠을 청하기도 어려워져, 그녀는 자위를 하면서 남자들에 대한 증오를 품고 이런저런 환상을 경험하기도 한다. 폴은 완전히 사라졌다. 자신이 경험한 따뜻하고 강인한 남자가 사라진 기억의 자리에는 오직 냉소적인 배신자만이 자리한다. 이제 엘라는 일종의 진공상태에서 성욕으로 고통 받는다. 이 순간 자신이 '섹스'와 '서비스'와 '만족'을 구하기 위해 남자들에게 매달리는 처지라고 생각하자 날카로운 모멸감이 엄습한다. 이런 종류의 노골적인 표현을 동원하는 이유도 스스로에게 굴욕감을 주기 위해서다.

얼마 후 그녀는 지금 자기가 스스로와 여성 일반에 대한 거짓말의 함정에 빠지고 있으며, 한가지 놓치지 말아야 할 사실이 있음을 깨닫는다. 폴과 함께할 땐 그와 무관하게 성적인 충동을 느낀 적이 없었고, 그가 며칠 떠나 있는 동안에는 아무런 욕구도 들지 않았다는 사실을. 지금 끓어오르는 이 성에 대한 갈망은 섹스 자체가 아니라 자기 인생의 온갖 감정적인 갈망에 의해 일어난 것임을. 다시 한 남자를 사랑하게 되면 곧 정상의 상태, 즉 남성의 성에 의해 차오르고 스러지는 성을 지닌 한 여성으로 돌아가리라는 사실을. 여자의 성은, 말하자면 남자에 의해, 진짜 남자에 의해 채워진다는 사실을. 어떤 의미에서 그는 자신을 잠들게 해줄 것이고, 그러면 더이상 섹스에 굶주리지 않게 되리라.

이러한 깨달음을 놓치지 않기로 결심하면서 엘라는 생각한다. 메마른 시간, 황폐한 시기를 거칠 때 난 늘 이런 식이야. 언제나 일련의 단어들과 일종의 깨달음이 담긴 어구들에 매달리지. 비록 죽은 말들이고 무의미한 깨달음일지라도, 삶이 다시 돌아오면 그것들 역시 되살아날 거라고 생각하면서 말이야. 그렇다 해도, 한줌의 문장들에 매달리고 그 말들의 가치를 믿는다는 건 참 이상한 일이 아닐 수 없어.

그사이 몇몇 남자들이 다가왔지만 엘라는 사랑할 수 없다는 이유에서 그들을 거부한다. 그녀는 이런 말을 동원한다. 사랑할 수 있다고 확신하기 전까지는 절대 관계를 갖지 않을 거야.

그러나 몇주 뒤 사건이 일어난다. 엘라는 파티에서 어떤 남자를 만난다. '다시 시장에 선보이는' 과정에 염증을 내면서도 성실하게 파티에 참석하던 참이다. 그 남자는 캐나다 출신의 시나리오작가다. 딱히 육체적인 매력이 있는 건 아니다. 하지만 그는 자유분방한 대서양 저편식 위트에 능한 지적인 남자로 엘라가 좋아하는 유형이다. 동행한 그의 아내는 전문직 여성답게 세련된 분위기다. 다음 날 아침 이 남자가 엘라의 아파트로 불쑥 찾아온다. 진 한병과 토닉 워터, 꽃다발을 들고서. '꽃과 진을 들고 전날 밤 파티에서 만난 여자를 찾아와 유혹하는' 상황을 연출하는 것이다. 엘라에겐 이 상황이 재미있다. 그들은 술을 마시며 농담을 나눈다. 그러고는 웃으면서 침대에 오른다. 엘라가 쾌감을 선사한다. 자신으로선 아무것도 느끼지 못하며, 심지어 그 역시 아무것도 느끼지 못한다고 맹세할 수 있을 정도도. 삽입의 순간, 이건 이 남자가 착수한 어떤 작업일 뿐이라는 진실이 뇌리를 스친다. 엘라는 생각한다. 글쎄, 나도 이렇게 느끼지 못하면서 이 짓을 하고 있는데 그를 비난할 이유가 뭐가 있겠어? 그건 공평하지 않아. 그러자 반발심이 고개를 든다. 하지만 중요한 건 이거야. 남자의 욕구가 여자의 욕구를 만들어낸다는 점, 혹은 만들어내야 한다는 점. 그러니 내겐 비난할 권리가 있지.

정사를 치른 다음 그들은 계속 술을 마시며 농담을 주고받는다. 문득 그가 방금까지 한 얘기와는 상관없이, 그냥 우연히 생각났다는 듯 말을 꺼낸다. "내겐 정말 열렬히 사랑하는 아름다운 아내가 있죠. 내가 좋아하는 일도 있고. 게다가 이젠 여자까지 생겼네요." 엘라는 자신이 그 여자임을, 또 자기와 섹스를 하는 이 프로젝트가 그에게는 더없이 행복한 인생을 위한 일종의 과업 혹은 계획이라는 사실을 깨닫는다. 그는 이 관계가 지속되길 바라며, 그걸 당연하게 여긴다는 것도. 자기로선 거래가 끝났다고, 엘라는 확실히 알린다. 자신이 통제하지 못하는 어떤 상황 때문에 거절할 수밖에 없는 양 부드럽고 거의 순종적인 태도로 그 말을 했는데도, 그 순간 그의 얼굴에는 보기 흉한 허영심이 번뜩인다. 그가 정색하고 엘라를 자세히 뜯어본다. "뭔가 잘못된 모양이군, 내가 만족시켜주지 못했나봐요?" 당황하고 지친 얼굴로 그가 묻는다. 엘라는 얼른 충분히 만족했다고 말하려 한다. 비록 진실은 전혀 그렇지 않았지만. 그의 잘못은 아니다. 폴이 떠난 뒤로 엘라는 제대로 된 오르가슴을 느낀 일이 한번도 없다.

자신도 모르게 딱딱한 목소리로 엘라는 대꾸한다. "글쎄, 당신이나 나나 그 점에 대해서는 확신하지 못하는 것 같은데요."

다시 그 경직되고 피곤하며 냉담한 눈길. "내겐 아름다운 아내가 있죠." 그가 선언하듯 말한다. "하지만 아내는 나를 성적으로 만족시키지 못해서 말이죠. 그 이상이 필요해요."

이 말에 엘라는 입을 다물어버린다. 자기와는 아무 상관도 없는 듯한, 어떤 비뚤어진 감정의 무인지대로 잠시 잘못 들어선 것 같다. 그러나 곧 그가 정말로 뭐가 문제인지 모르고 있음을 깨닫는다. 그는 큼직한 페니스의 소유자에, '침대에서 유능하다'. 그게 전부다. 가만히 선 채 엘라는 그 남자가 침대에서 보여주는 것, 자기 자신과 상대를 녹초로 만드는 그 관능이, 침대 밖에서 드러내는 차가운 염세의 이면임을 깨닫는다. 그는 엘라를 바라보며 서 있다. 이제 이 남자는 역정을 낼 거야, 나는 그걸 감수해야겠지, 그녀는 마음의 준비를 한다.

"하나 알게 된 사실이 있는데," 허영심에 상처를 입은 그가 새된 음성으로 느릿느릿 말한다. "꼭 침대에 아름다운 여자와 누울 필요는 없어요. 몸의 한 부분에만 집중하면 충분하니까. 어떤 부분이든 상관없죠. 아무리 못난 여자라도 예쁜 구석 한곳은 있는 법이거든요. 가령 귀가 봐줄 만하다거나 손이 예쁘다거나 말이에요."

엘라가 웃음을 터뜨리고, 분명 그도 따라 웃으리라 생각하며 눈을 마주치려 해본다. 침대에 오르기 전까지만 해도 두어시간 남짓 그들 사이의 분위기는 유쾌했고 재미있는 농담도 오갔으니까. 확실히 지금 그는 세상 이치에 훤한 난봉꾼을 보란 듯이 패러디하고 있다. 틀림없이 그도 자신의 농담에 미소를 지을 테지? 하지만 아니다. 그는 엘라에게 상처를 주기 위해 그 말을 꺼냈고, 심지어 미소로도 이를 철회할 의사는 없어 보인다.

"그나마 손이 못나지 않아 다행이군요." 마침내 엘라가 아주 무덤덤하게 말한다.

그가 다가와 엘라의 두 손을 잡아 올리더니 나른하게, 난봉꾼처럼 키스한다. "아름답죠, 인형같이 아름답고말고요."

그가 떠나자 골백번이나 들었던 생각이 또 든다. 저 모든 지적인 남자들은 삶의 감정적인 차원에서만큼은 직업적인 역량에 비해 한참이나 저급한 자들이며, 아마 우리와 동일한 존재가 아닐지 모른다고.

그날 저녁 줄리아의 집에 들러보니 친구는 엘라가 '퍼트리샤의 분위기'로 분류한 기분, 즉 신랄하기보다는 냉소적인 분위기에 젖어 있다.

줄리아가 우스개 삼아 하는 말이, 자기더러 '거세하는 여자'라고 불렀던 그 배우가 며칠 전에 아무 일도 없었다는 듯 꽃다발을 들고 다시 찾아왔다는 것이다. "내가 공연을 그만뒀다는 얘기를 듣고 무척 놀랐대. 내내 퍽이나 신나고 살갑게 굴더라. 그 사람을 물끄러미 보며 거기 앉아 있자니 그가 떠났던 밤에 눈알 빠지게 울었던 게 생각나더라고. 기억하지, 왜 이틀 밤이었잖아. 줄곧 그자에게 상냥하고 다정하게, 편하게 해줬는데, 그 남자는 나더러…… 그런데도 그자의 빌어먹을 감정에 상처를 줄 수가 없는 거야. 그러고 앉아 있다보니까 이런 생각도 나더구나. 자기가 한 말이나 그 이유는 싹

잊어버린 걸까? 아니면 남자들 말은 그냥 대수롭지 않게 넘겨야 하는 건가? 여자들은 정말 뭐든 다 감수할 정도로 마음을 단단히 먹고 살아야 하는 걸까? 가끔은 말이야, 우리 모두 일종의 성적인 정신병원에 수용된 환자들 같아."

엘라가 무미건조하게 대꾸한다. "친애하는 줄리아, 너와 난 자유로운 여자로 살기로 선택했고, 이게 치러야 하는 대가겠지, 그뿐이야."

"자유라," 줄리아가 말한다. "자유라니! 그들이 자유롭지 못한데 우리가 자유로워봤자 무슨 소용이 있겠니? 신에게 맹세하는데, 그들 모두가, 심지어 그들 중 제일 나은 부류조차 여전히 좋은 여자와 나쁜 여자라는 케케묵은 생각에 사로잡혀 살고 있을 거다."

"우리라고 다르니? 자유롭다고 말하지만 진실은 말이야, 남자들은 일말의 애정도 못 느끼는 여자들과 있을 때도 발기하는 반면, 우린 사랑하지 않으면 오르가슴을 느끼지 못하지. 그게 뭐가 자유로운 거니?"

줄리아의 말. "그렇다면 나보단 네가 운이 좋구나. 어제 이런 생각이 들더라. 지난 5년 동안 나랑 잤던 인간들 열명 중 여덟은 발기부전이나 조루였지. 그런데도 난 나 자신을 비난하게 되는 거야. 말할 것도 없이 우린 늘 그런 식이잖아. 이상하지 않니? 무슨 일이 일어나도 우리는 납작 엎드려 기를 쓰고 스스로를 비난하지. 하지만 그 빌어먹을 배우 자식, 나더러 거세하는 여자라고 말했던 그 자식조차 아, 물론 지나가면서 하는 말이기는 했지만 자신을 절정으로 이끌 수 있는 단 한명의 여자를 난생처음으로 발견했다고 말해주는 정도의 친절은 베풀더라. 그자가 나 기분 좋게 하려고 한 말은 아니었으니 오해하진 말아줘. 절대 아니었지."

"저런, 줄리아, 설마 작정하고 앉아서 몇 놈인지 세어본 거야?"

"그런 적 없었는데, 이 문제를 생각해보기 시작하면서 한번 세어봤지."

이제 엘라는 새로운 분위기 혹은 단계에 접어들었음을 깨닫는다. 성적 욕망이 완전히 결여된 것이다. 그녀는 그 캐나다인 시나리오작가 탓에 이렇게 되었다고 생각하지만 사실 특별히 신경 쓰지는 않는다. 이제 아무렇지도 않고 초연하며 자족적인 심정이다. 성욕으로 몸부림치는 게 어떤 상태인지 기억조차 나지 않을 뿐 아니라 다시 욕구를 느끼게 될 것 같지도 않다. 그러나 자족적이며 성욕과 무관한 이 상태가 섹스에 집착하는 태도의 이면에 불과하다는 것도 그녀는 잘 알고 있다.

엘라는 더이상 '신경 쓰기 싫어서' 섹스와 남자를 포기했다는 말을 전하기 위해 줄리아에게 전화를 건다. 줄리아가 귓전에 대고 폭소를 터뜨리며 유쾌한 의구심을 전하자 엘라는 말한다. "진심이야." 줄리아의 대답. "잘됐네."

엘라는 다시 펜을 들기로 하고, 마음속에선 이미 작성되어 종이에 적히기만을 기다리고 있는 이야기를 찾고자 스스로를 탐색해본다. 내부에 존재하는 그 이야기의 윤곽을 포착하기 위해, 그녀는 혼자서 많은 시간을 보내며 기다린다.

* * *

나는 엘라가 텅 빈 널찍한 방을 천천히 거닐며 생각하고 기다리는 모습을 본다. 나, 애나가 엘라를 본다. 그녀는 물론 애나다. 하지만 그게 요점이다, 그녀는 애나가 아니니까. 그 순간 나, 애나는 쓴

다 — 엘라가 줄리아에게 전화를 건다, 어쩌고저쩌고. 이렇게 쓰는 순간 엘라는 나로부터 멀어져 다른 어떤 이가 된다. 엘라가 나에게서 떨어져 엘라가 되는 그 순간에 어떤 일이 벌어지는지 나는 모르겠다. 그걸 아는 사람은 없다. 그녀를 애나 대신 엘라라고 부르는 것으로 충분하다. 나는 왜 엘라라는 이름을 고른 걸까? 언젠가 파티에서 엘라라는 여자를 만난 적이 있다. 어떤 신문사에서 서평 기사와 출판사 원고를 검토하는 사람이었다. 작고 마르고 가무잡잡한, 나와 비슷한 사람이었고, 검은 나비매듭 리본으로 머리를 묶고 있었다. 놀랄 정도로 경계심 많고 방어적인 그녀의 눈길이 나를 사로잡았다. 마치 성채의 창문과도 같은 눈이었다. 파티에 참석한 사람들은 술을 퍼마시고 있었다. 파티를 주최한 남자가 다가와 우리 잔에 술을 따라주었다. 자기 잔에 술이 딱 1인치쯤 차자, 그녀는 가녀리고 새하얗고 섬세한 손을 내밀어 잔을 가렸다. 그러곤 "충분해요"라고 말하듯 차분하게 고개를 까닥였다. 남자가 잔을 더 채우려 하자, 이번에는 침착하게 고개를 저었다. 남자는 자리를 떴다. 내가 지켜보고 있다는 걸 알았는지, 그녀는 적포도주가 1인치쯤 찬 그 잔을 들고는 이렇게 말했다. "적당히 취하는 데 필요한 양이 딱 이 정도거든요." 나는 웃었다. 하지만 아니었다, 그녀는 진지했다. 적포도주 1인치를 마시더니 다시 이렇게 말했다. "그래요, 이거예요." 알코올이 자신에게 어떤 영향을 주는지 음미하며 그녀는 다시 한번 살짝 고개를 끄덕였다. "네, 딱 맞네요."

글쎄, 나라면 절대 그렇게 하지 않을 것이다. 애나가 할 행동은 아니다.

나는 엘라가 넓적한 검은 리본으로 매끈한 검은 머리를 뒤로 묶은 채 곁에 아무도 없이 널찍한 자기 방을 거니는 모습을 본다. 아니면 섬세하고 하얀 두 손을 무릎에 늘어뜨리고 몇시간째 의자에 앉아 있는 모습을. 생각에 잠겨 찡그린 표정으로 자신의 손을 바라보며, 그녀가 앉아 있다.

＊ ＊ ＊

엘라는 마음속에서 이런 이야기를 발견한다. 한 여자가 한 남자의 사랑을 받는다. 그들이 교제한 오랜 시간 남자는 줄곧 여자를 책망한다. 그에게 충실하지 못하다고, 또 그의 질투심이 금지한 일, 사회생활을 그리워한다고, 그리고 '직장여성'으로 살고자 한다고. 사실 그와 보낸 지난 5년 동안 다른 남자에게 눈길 한번 주지 않았고 외출도 제대로 한 적이 없으며 자기 일도 소홀히 했던 이 여자는, 그가 떠난 직후 그 책망의 모든 요소를 몸소 실천하게 된다. 이 남자 저 남자 가릴 것 없이 만나고, 오로지 파티를 위해 살며, 애인과 친구도 돌보지 않는 등 무자비할 정도로 자기 일에 매진하는 것이다. 이 이야기의 핵심은 여자의 새로운 성격이 다름 아닌 그 남자에 의해 생겨났다는 점이다. 그래, 넌 이걸 원했지, 내가 이렇게 되길 바란 거잖아, 복수심에 찬 생각들이 여자가 하는 모든 행동양식을, 성생활이나 경력을 위한 배신행위를 규정하게 된다. 얼마후 이 새롭게 생겨난 성격이 완전히 굳어진 뒤 다시 이 남자를 만났을 때, 그는 다시 그녀를 사랑하게 된다. 그가 그녀에게 원한 것은 바로 이런 모습이었고, 그녀를 떠났었던 것도 사실은 너무 조용하고 온순하며 자신에게만 충실하다는 이유에서였다. 그러나 다시 그의 사랑을 얻은 지금, 그녀는 쓰라린 심정으로 그를 경멸하며 거부한다. 지금의 자신은 '진정한' 자신이 아니기에. 그는 그녀의 '진정한' 자아를 거부한 것이다. 그는 참다운 사랑을 배반했고, 이제는 그녀의 꾸민 모습을 사랑하고 있다. 그를 거부하면서 그녀는 자신의 진정한 자아를 보존하는 셈이다. 그가 배반하고 거부한 그것을.

엘라는 이 이야기를 쓰지 않는다. 그걸 쓰면 실현될까 두렵기 때문이다.

다시 마음속을 들여다보니, 다른 이야기가 있다.

한 남자와 한 여자. 수년간 자유로운 삶을 보낸 뒤 여자는 진지한 사랑에 빠져들 준비가 차고 넘치도록 되어 있다. 남자는 망명지 내지 피난처가 필요했던 터라 진지한 연인의 역할을 기꺼이 떠맡는다. (엘라는 이 인물을 그 캐나다인 시나리오작가로부터, 연인으로서 침착하고 가면을 쓴 듯한 그의 태도로부터 가져온다. 그는 애인을 대하는 유부남의 역할을 수행하며 그런 스스로를 지켜보고 있었다. 엘라가 사용한 것은 그 캐나다 남자의 이런 면모, 즉 역할을 맡은 자신을 지켜보는 남자다.) 지나치게 굶주린 상태로, 지나치게 열렬한 여자는 남자를 원래의 모습 이상으로 얼어붙게 만든다. 물론 그 또한 자신이 얼어붙는다는 사실을 어렴풋이나마 알고 있다. 상대를 속박하지도, 질투하지도, 마음대로 휘두르지도 않던 여자가 어느새 간수로 변한다. 마치 자신의 것이 아닌 다른 성격에 사로잡힌 사람 같다. 이 다른 자아가 자기와는 완전히 무관하다는 듯, 남자를 옆에 묶어놓고 들들 볶아대는 막돼먹은 잔소리꾼이 되는 모습을 여자는 경악하며 지켜본다. 실제로 그녀는 그 자아가 자신과는 정말 아무런 관련이 없다고 굳게 믿고 있다. 그가 자신을 질투심 많은 첩자라며 탓할 때 진심으로 이렇게 답했던 것이다. "질투 아니야. 한번도 질투한 적 없어." 엘라는 황망한 마음으로 이 이야기를 바라본다. 이런 이야기가 나올 만한 경험을 한 적이 없기 때문이다. 그렇다면 어디에서 온 것일까? 엘라는 폴의 부인을 떠올려보지만 그녀도 아니다. 그런 인물을 연상시키기엔 너무도 겸허히 인내하며 사는 여자였기에. 아마도 자기비하적이고 질투심이 많으며 비굴한데다 남자로서의 무능 때문에 때로 여자처럼 히스테리를 부리던 전남편에게서 비롯한 건지도 모르겠다. 엘라는 생각해본다. 진정한 교류는 단 한번도 없이 아주 짧은 시간만을 함께한 전남편, 그가 이야기 속 악녀의 남자 버전일까? 하지만 이것도 쓰지 않기로 한다. 마음속에서는 이미 쓴 이야기지만 엘라는 그게 자신의 이야기라고 생각하지 않는다. 혹시 어딘가에서 읽은 이야기인가? 궁금하다. 혹은 누군가가 이런 이야길 들려줬는데 그 사실을 잊어버린 건가?

이즈음 엘라는 아버지를 만나러 간다. 본 지 한참 되었다. 그의 삶은 여전하다. 열심히 텃밭을 돌보고 책에 파묻혀 조용히 지내는 엘라의 아버지는 일종의 신비주의자로 변한 퇴역 군인이다. 혹시 처음부터 신비주의자였을까? 난생처음 엘라는 궁금해진다. 그런 남자와의 결혼 생활은 어땠을까? 오래전에 돌아가신 어머니 생각은 거의 하지 않지만 이제 애써 기억을 떠올려본다. 바쁘게 종종거리는 현실적이고 활달한 여인의 상이 그려진다. 어느날 저녁 하얀 천장에 검은 기둥이 있는, 책이 가득 들어찬 방에서, 벽난로를 사이에 두고 앉아 아버지가 책을 읽으며 위스키를 홀짝이는 모습을 지켜보던 엘라는 마침내 어머니 얘기를 꺼낸다.

아버지의 놀란 얼굴이 우스꽝스럽기까지 하다. 분명 그 역시 저세상으로 간 아내 생각을 오랫동안 해본 적이 없다. 엘라는 고집스레 묻는다. 그가 마침내 퉁명스럽게 말한다. "내겐 과분하게 좋은 여자였지." 그가 거북하게 웃는다. 그 냉담한 푸른 눈에는 갑자기 놀라 어리둥절해진 동물의 표정이 어려 있다. 아버지의 웃음이 엘라는 불쾌하지만 그 이유 또한 알고 있다. 그의 아내, 자신의 어머니를 대신해서 불쾌함을 느끼는 것이다. 엘라는 생각한다. 줄리아와 나의 문제점은 아주 간단해. 누군가의 정부 노릇을 하기에 좋은 나이를 한참 넘기고도 그런 식으로 살아가려 한다는 거. 이미 방패처럼 책을 다시 집어 올린 아버지를 향해 그녀가 큰 소리로 묻는다. "어째서 너무 좋은 분이었다는 거죠?" 태운 가죽처럼 늙어버린 그가 30년이나 해묵은 감정들로 갑자기 동요되어 책 너머로 이렇게 대답한다. "네 엄마는 좋은 여자였지. 좋은 아내였고. 그런데 아는 게 너무 없었어. 완전히 무지한 사람이라 그런 것들은 조금도 바랄 수 없었지." "섹스 말인가요?" 이런 생각들을 부모님과 연결짓는 게 마뜩지 않지만 억지로라도 얘기를 꺼내본다. 그는 웃지만 언짢은 안색이고, 눈도 다시 휘둥그레져 있다. "물론 너희들은 그런 걸 거리낌 없이 입에 올린다는 거 나도 안다. 난 그런 얘긴 한 번도 한 적이 없지. 그래, 섹스 얘기야. 너희들이 그렇게 부른다면 그렇지. 그런 건 네 엄마의 성정과는 아주 거리가 멀었어." 그는 엘라를 막아내려는 듯 손에 쥐고 있던 그 책, 어떤 영국 장군의 비망록을 높이 치켜든다. 엘라가 집요하게 묻는다. "글쎄, 그래서 어떻게 하셨어요?" 책 모서리가 떨리는 듯하다. 잠깐의 정적. 그 질문의 속뜻은 이렇다. 그래서 엄마에게 가르쳐주셨어요? 책 뒤에서 나오는 아버지의 음성은 또렷하지만 주저하는 듯하다. 훈련된 습관으로 인해 또렷하나, 그 은밀한 세계의 막연함 때문에 주저하는 것이다. "참기 힘들 때는 집에서 나와 여자를 샀다. 대체 뭘 생각했던 거냐?" 그 뭘 생각했냐는 물음은 엘라 자신이 아닌 어머니를 향한 말이다. "게다가 그 질투라니! 나를 조금도 신경 쓰지 않더니만 아픈 꽹

이 새끼처럼 시샘을 부리더구나."

엘라가 대답한다. "제 말은요, 엄마는 아마도 부끄럼이 많으셨던 거 아닐까 싶네요. 가르쳐주셨어야 했던 게 아닐까요?" 폴의 말이 떠오른 것이다. 불감증인 여자는 없어. 단지 무능한 남자들이 있을 뿐.

책이 아버지의 마른 작대기 같은 허벅지로 천천히 내려온다. 누르스름하고 푸석푸석한 야윈 얼굴은 붉어졌고 푸른 눈이 곤충 눈처럼 돌출되어 있다. "생각해보려무나. 나로선 어쨌든 결혼은 결혼이었어. 그렇지! 그래, 거기 네가 앉아 있잖니. 그걸로 정당화되는 게 아닐까 싶은데."

엘라가 대꾸한다. "죄송하다는 말씀이라도 드려야 할 것 같네요. 하지만 전 엄마에 대해 알고 싶어서 그래요. 제 엄마였으니까요."

"네 엄마 생각은 안하고 산다. 한참 되었지. 네가 고맙게도 날 찾아올 때면 가끔 생각이 나긴 한다만."

"그래서 절 별로 보고 싶어하시지 않는 거예요?" 엘라가 묻는다. 그래도 얼굴엔 미소를 띠고, 눈을 맞추려 애쓰면서.

"그런 말은 안했다. 그렇지 않니? 보고 싶지 않은 건 아니야. 하지만 그 모든 가족 관계들, 대소사니 결혼이니 그런 것들이 이젠 아무런 실감도 나지 않는구나. 네가 내 딸이라는 것, 그건 나도 믿어. 네 엄마가 어떤 여자인지 아니까 틀림없지. 그저 난 느낄 수가 없을 뿐이야. 핏줄 같은 거 말이다. 넌 느껴지냐? 난 아니다."

"느껴져요." 엘라가 답한다. "여기 아버지와 있으면 일종의 끈 같은 걸로 연결된 느낌이에요. 뭔지는 모르겠지만."

"나도 모르겠구나." 노인은 이제 평정을 되찾았고, 다시금 사사로운 감정의 상처로부터 멀찍이 떨어져 안전한 곳에 있다. "우린 인간이야. 그게 무슨 뜻이든 말이다. 나도 모르겠구나. 네가 고맙게도 찾아와주면 얼굴 봐서 기쁘긴 하지. 네가 오는 걸 마땅찮게 여긴다고 생각하지는 말아라. 하지만 나도 이제 늙었어. 그게 어떤 건지 넌 아직 잘 모를 거다. 가족이니 아이들이니 그런 게 다 이젠 뭔가 비현실적인 것 같다. 이제 중요하지 않다는 말이야. 적어도 내겐 그래."

"그럼 뭐가 중요한데요?"

"절대자가 아닐까 싶어. 그게 뭐든 말이다. 아, 물론 너한테는 그런 게 아무 의미도 없겠지. 그럴 이유가 뭐가 있겠어. 난 이따금 그 이유를 조금은 알게 된 순간이 있었어. 사막에서, 군대에서 말이다. 아니면 위험에 처했을 때나. 요즘은 가끔 밤에 그럴 때가 있어. 혼자라는 것에 대해 생각을 하지. 그게 중요하단다. 사람들, 인간들, 그런 건 그저 엉망진창이야. 사람들은 전부 혼자 있게 떨어뜨려봐야 해." 그가 위스키를 홀짝이며, 눈앞의 광경이 믿기지 않는다는 듯 딸을 응시한다. "넌 내 딸이지. 나도 그건 믿는다. 너에 관해서는 아무것도 몰라. 물론 어쨌든 너를 도와줄 수는 있다마는. 너도 알겠지만, 내가 세상을 하직하면 네가 유산을 물려받겠지. 뭐, 많은 돈은 아니다만. 어쨌든 네 인생에 대해선 알고 싶지 않아. 여하튼 내 맘에 들지도 않을 것 같고."

"네, 마음에 안 드실 거예요."

"네 남편이라는 그 꼬챙이 같은 녀석도 도무지 이해가 안되더구나."

"그건 오래전 일이에요. 5년 동안 유부남을 사랑했고 그게 제 인생에서 가장 중요한 일이었다는 건 이미 말씀드린 것 같은데요?"

"그거야 네 문제니까. 나랑은 상관없어. 그 이후로도 여러 남자를 거쳤겠지. 네 엄마와는 참 다르구나. 그런 건 있네. 네 엄마가 저

세상으로 떠난 후에 만났던 여자랑 더 비슷해."

"그분과는 왜 재혼하지 않으셨어요?"

"유부녀였다. 남편과 헤어질 생각이 없었지. 글쎄, 그 여자 생각이 옳았지 싶어. 그 방면으로만 보자면 그 사람과의 관계가 내 인생 최고의 경험이었지. 하지만 나한테 그런 게 가장 중요한 일이었던 적은 한번도 없다."

"제가 어떻게 사는지 궁금한 적은 없으셨어요? 하는 일은 뭔지? 손자도 생각나지 않으세요?"

이제 그는 완전히 물러나기로 한 모양이었다. 이런 압박이 전혀 달갑지 않은 듯했다.

"그래. 아, 그 활기찬 꼬맹이 녀석. 그앨 보면 늘 기쁘긴 해. 하지만 그 녀석도 다른 모든 아이들처럼 식인종으로 변할 테지."

"식인종요?"

"그래, 식인종 말이다. 가만 놔두지 않으면 사람들은 그냥 식인종이 되어버리거든. 너에 대해선, 내가 너에 대해 아는 게 뭐가 있겠니? 넌 신식 여자고, 그런 여자들에 대해선 난 아무것도 아는 게 없어."

"신식 여자라." 미소를 띤 엘라가 건조하게 대꾸한다.

"그래, 네 책 말이야. 우리 모두가 그러듯 너도 자신의 뭔가를 찾으려는 것 같더구나. 행운이 있기를 빈다. 서로를 도와주진 못하겠지만 말이야. 사람들은 서로를 도와주는 사이가 못되거든. 그냥 떨어져 지내는 편이 나아."

이 말과 함께, 그는 책을 치켜들고 짤막하고 무뚝뚝하게 딸을 응시함으로써 대화가 끝났다는 마지막 경고를 보냈다.

엘라는 자신의 방에서 홀로 자기 안의 내밀한 웅덩이를 들여다보며 그림자들이 떠올라 이야기가 스스로의 모양을 갖춰가기를 기다린다. 수줍음 많고 자부심이 강하며 표현에 서툰 젊은 장교의 모습이 떠오른다. 역시 수줍음 많지만 활기찬 젊은 아내의 모습도 보인다. 이제 어떤 상이 아니라 하나의 기억이 수면에 떠오른다. 엘라는 이 장면을 목격하고 있다. 늦은 밤 자신의 침실에서 잠든 척하고 있다. 아버지와 어머니는 방 한중간에 서 있다. 아버지가 어머니를 껴안자 어머니는 소녀처럼 부끄러워하고 수줍어한다. 아버지가 키스하자 어머니는 울면서 재빨리 침실 밖으로 달려 나간다. 화가 난 그는 콧수염을 잡아당기며 혼자 서 있다.

그는 아내로부터 물러나, 시인 혹은 신비주의자가 되었을지도 모를 한 남자의 메마르고 휑한 몽상과 책의 세계로 침잠하여 혼자 지낸다. 실제로 그가 작고한 뒤에는 자물쇠를 채운 서랍에서 일기와 시, 글 조각들이 발견된다.

엘라는 이러한 결론에 놀란다. 아버지가 시를 짓거나 글을 쓰는 사람이라고는 생각해본 적이 없었다. 가능한 한 빨리, 그녀는 아버지를 다시 찾아간다.

밤늦게, 벽난롯불이 천천히 타오르는 그 고요한 방에서 엘라가 묻는다. "아버지, 혹시 시 쓰신 적 있어요?" 책이 툭 하고 그의 깡마른 허벅지로 떨어지고 그가 딸을 응시한다. "대체 어떻게 안 거냐?"

"몰라요. 그냥 그럴지도 모른다고 생각했을 뿐이에요."

"아무한테도 말하지 않았는데."

"봐도 되나요?"

그는 잠시 잠자코 앉아 이제는 하얗게 세어버린 억세고 오래된 콧수염을 잡아당긴다. 그러다가 일어나 서랍 자물쇠를 열고 한뭉치의 시를 건네준다. 죄다 고독과 상실, 용기와 고립된 모험에 관한 시들이다. 군인들이 자주 등장한다. T. E. 로런스. "마른 남자들 중에서도 눈에 띄게 바짝 마르고 엄격한 남자." 로멜. "해 질 녘 연인들이 마을 밖에 멈춰 선다. 모래 속에 비죽하게 꽂힌 십자가들이 1에이커가량 이어지는 곳." 크롬웰. "신념, 산, 기념비와 바위들⋯⋯" 그리고 다시 T. E. 로런스. "⋯⋯그러나 영혼의 거친 절벽을 여행한다." 이번에는 군인의 삶에서 물러난 T. E. 로런스. "명료함, 임무, 정당한 보상들, 그리고 비로소 입을 뗀 모든 이처럼 그는 자신이 지쳤음을 인정했다."

엘라는 그것들을 돌려준다. 늙은 야인은 시들을 돌려받아 다시 서랍에 넣고 잠근다.

"책으로 낼 생각은 안하셨어요?"

"해본 적 없다. 뭐 하려고?"

"그냥 궁금해서 여쭤본 거예요."

"물론 너야 다르겠지. 넌 출판하기 위해 쓰잖니. 글쎄, 다들 그런 것 같다만."

"그 얘긴 전혀 안하셨죠. 제 소설 마음에 드셨어요? 읽어보긴 하셨고요?"

"마음에 들었냐고? 잘 썼더구나. 그런 종류의 책으로는 말이다. 그런데 그 불쌍한 녀석, 그 녀석은 뭣 때문에 자살하고 싶었던 거냐?"

"원래 사람들이 그렇잖아요."

"뭐? 하긴, 누구든 이따금 그런 마음이 들긴 하지. 하지만 그런 얘길 왜 쓰는 거냐?"

"아버지 말이 옳을지도 모르겠네요."

"내 말이 옳다는 게 아니야. 그냥 그런 느낌이 들어서 그래. 우리 세대와 너희 세대의 차이점이겠지."

"뭐가요, 자살하는 거요?"

"아니. 너희들은 너무 많이 바라잖니. 행복이니, 그런 거 말이다. 행복이라니! 난 생각조차 해본 적 없다. 너희들은 말이지, 뭔가를 당연히 누려야 한다고 생각하는 모양이야. 공산주의자들 때문이 겠지."

"뭐라고요?" 놀랍기도 하고 재미있기도 해서 엘라가 묻는다.

"그래, 너희들 말이야. 전부 빨갱이들이잖니."

"그렇지만 전 공산주의자가 아닌걸요. 저와 제 친구 줄리아를 혼동하시나봐요. 게다가 줄리아도 이젠 아닌데요."

"다 마찬가지야. 그자들이 널 구워삶았지. 너희들 전부 뭔가 해낼 수 있다고 생각하잖아."

"글쎄, 그건 맞는 말씀 같네요. '우리' 머리 한구석 어딘가에 뭐든 가능하다는 믿음이 자리한다는 거. 아버지 세대는 너무도 적은 것에 만족하고 사시는 것 같았죠."

"만족? 만족이라! 대체 무슨 가당치도 않은 소리냐."

"좋든 나쁘든 우리는 스스로에 대해 실험을 하고 다른 종류의 인간이 되려고 노력할 준비가 되어 있다는 뜻이에요. 하지만 아버지 세대는 그냥 굴복하고 마셨죠."

노인은 사납고 분한 심정으로 앉아 있다. "네 책에 나오는 그 젊은이, 그 녀석은 자살 말고 아무런 다른 생각도 안했잖니."

"뭔가를 가져야 했고 다들 그걸 가졌는데, 혼자만 갖지 못해 그랬겠죠, 아마도."

"그랬겠죠? 아마도? 네가 쓴 거니까 넌 알아야 하잖아."

"아마 다음번엔 그 문제에 관해 써볼 수도 있겠네요. 다른 무언가가 되려고 의식적으로 노력하는 사람들, 현 상태 그대로의 자신을 부수려고 애쓰는 사람들 이야기 말이에요."

"넌 마치 그게 가능하다는 식으로 말하는구나. 사람은 사람일 뿐이다. 한 사람은 그 자신에 불과해. 누군가 다른 사람이 될 수는 없지. 그걸 바꿀 수는 없어."

"그래요, 그럼 그게 저와 아버지의 진짜 다른 점이겠네요. 저는 바꿀 수 있다고 믿으니까요."

"그렇다면 더이상 네 말을 이해 못하겠다. 그리고 싶지도 않고. 현재 주어진 모습에 대처하며 살기만도 충분히 나쁜데, 사태를 한층 더 복잡하게 만들 게 뭐냐."

아버지와 나눈 이 대화로 엘라는 새로운 생각을 하게 된다.

이야기의 윤곽을 다시 찾고 또 찾아보아도 오직 패배, 죽음, 반어의 패턴만을 발견할 뿐이고, 그녀는 의도적으로 그것들을 거부한다. 행복이나 소박한 삶의 패턴을 억지로 부여하려 노력한다. 하지만 실패한다.

그런 다음 이런 생각이 든다. 불행, 그게 아니더라도 최소한 메마름을 의미하는 자기인식의 패턴들을 이제는 받아들여야 해. 하지만 그걸 승리로 비틀 수 있겠지. 한 남자와 한 여자. 그래. 막다른 골목에 이른 두 사람. 자신들의 한계를 넘어서고자 의식적으로 애쓴 결과 산산이 부서지는 두 사람. 그리고 그 대혼란으로부터 새로운 힘이 나오는 거야.

엘라는 웅덩이를 들여다보듯 내면을 들여다보며 이 이야기의 이미지를 찾는다. 하지만 머릿속에는 일련의 메마른 문장들만이 남아 있을 뿐이다. 형상들이 나타나기를, 생명을 얻기를, 그녀는 참을성 있게 기다리고 또 기다린다.

[대략 열여덟달에 걸쳐, 파란색 공책은 이전에 작성한 일기들뿐 아니라 다른 공책들과도 상이한 문체로 쓴 짤막한 글들로 채워져 있었다. 맨 먼저 나오는 내용은 다음과 같았다.]

1954년 10월 17일: 애나 프리먼, 1922년 11월 10일 출생, 프랭크 프리먼 대령과 메이 포테스큐의 딸로 베이커가 23번지에 살았음, 햄프스테드 여학교에서 수학한 후 1939년부터 1945년까지 6년간 중앙아프리카에 체류, 1945년 맥스 울프와 결혼, 1946년 장녀 출생, 1947년 맥스 울프와 이혼, 1950년 공산당 입당, 1954년 탈당.

[각각의 날에 짤막한 사실적인 진술들로 이루어진 일지를 기록해놓았다. "일찍 일어남. 이런저런 책을 읽음. 누군가를 만남. 재닛이 아프다. 재닛이 잘 논다. 몰리는 좋아하는 혹은 싫어하는 배역을 맡았다, 기타 등등." 1956년 3월 어느날 이후에는 페이지 한가운데 그은 검은 선으로 그 말끔한 작은 일지들이 끝났음을 표시해놓았다. 지난 열여덟달에 해당하는 모든 페이지에는 진한 검은색 X 표시가 있다. 이제 애나는 매일의 일지를 기록했을 때처럼 작고 단정한 글씨체가 아니라 거침없고 신속한, 어떤 부분은 너무 빨리 써 내려가느라 거의 알아보기 힘든 필체로 다음처럼 일기를 이어갔다.]

그래서 결국 모든 게 또 실패다. 파란색 공책에는 가장 진실한 내용을 적을 수 있으리라 기대했는데 최악이다. 다시 읽을 때 일종의 패턴을 제공하게 될 간결한 사실들의 기록이 될 거라고 생각했지만, 이런 종류의 기록은 지금 다시 읽으며 그 감상주의에 당혹감을 느끼는 1954년 9월 15일의 기록만큼이나 거짓투성이다. 만일 "9시 30분에 똥을 누기 위해, 2시에는 오줌을 누기 위해 화장실에 갔고 4시엔 땀이 났다"라고 적으면 단순히 내 생각을 적은 것보다 더 현실적인 내용이 되리라 가정했다니 부끄럽기 짝이 없다. 하지만 난 여전히 그 이유를 모르겠다. 비록 화장실에 가거나 생리 기간에 탐폰을 교체하는 일들은 우리네 삶에서 거의 무의식적인 수준에서 처리되는 일인데도, 몰리의 치마에 피가 묻은 걸 보고 아들이 귀가하기 전에 얼른 위층으로 올라가 갈아입으라고 알려주었던 일이 기억날 정도로 나는 2년 전 어느날의 모든 디테일을 떠올릴 수 있으니 말이다.

물론 이는 문학적인 문제와는 거리가 멀고, 마더 슈거와의 '경험'과 비슷하다. 함께 보낸 대부분의 시간 동안 그녀가 한 일은, 나로 하여금 우리가 아동기 내내 학습하고는 이후 내내 잊어버린 채 살아가는 육체와 관련된 사실들을 의식하고 그것들에 전념하게 만드는 작업이었다. 그러고서 그녀는 예상 가능한 대답을 내놓았다. 아동기의 그 '학습'이 잘못된 거였고, 그렇지 않았다면 내가 그녀의 도움을 받기 위해 일주일에 세번씩 맞은편 의자에 앉는 일은 없었을 거란다. 마더 슈거가 내 감정적 어려움들을 '지적으로 생각하는 습성'에서 비롯하는 것이라고 여긴다는 점, 그리고 지금 내가 내놓을 이야기 또한 그런 사고방식에서 나왔다고 생각하리라는 것을 알면서도, 그러니 그녀의 대답을 얻을 수 없거나 최소한 내가 원하는 수준의 대답은 얻지 못할 것을 뻔히 알면서도 나는 이렇게 대꾸했다. "단적으로 말해 정신분석을 받는 일이란 마치 유아기의 상태로 강제로 송환되었다가 우리가 배운 것을 일종의 지적인 원시주의로 결정화시킴으로써 구출되는 과정 같네요. 신화와 전설,

야만적이거나 개발되지 못한 사회의 단계들에 속하는 모든 것으로 다시 진입하도록 강요당하는 셈이죠. 만일 제가 이렇게 말한다고 쳐요. 그 꿈에 이런저런 신화가 들어 있는 게 보여요. 혹은 아버지에 대한 그 감정에 이런저런 전설이 들어 있는 것 같아요. 혹은 그 기억의 분위기는 어떤 영국 민요 분위기와 똑같은 것 같아요. 그러면 선생님은 만족스러운 미소를 짓죠. 제가 유치한 세계를 넘어, 그것을 신화 속에 구현함으로써 구조해냈으니까요. 하지만 사실 제가 하는 일 혹은 선생님이 하는 일이라곤 어느 개인의 아동기 기억에서 몇가지를 건져 올려 그걸 인류의 유년기에 해당하는 예술이나 관념과 뒤섞는 것뿐이잖아요." 물론 이 말에 마더 슈거는 미소를 지었다. 그래서 나는 계속 말했다. "지금 전 선생님의 무기를 사용해서 선생님께 맞서고 있는 거랍니다. 하시는 말이 아니라 반응하시는 방식에 대한 얘기예요. 선생님께서 정말로 기뻐하고 신이 난 순간, 얼굴에 생기가 도는 순간은 간밤에 제가 꾼 꿈이 안데르센의 인어 공주 이야기와 같은 소재였다고 얘기할 때였죠. 하지만 제가 현대적인 용어로 경험이나 기억, 꿈을 이용할라치면, 그러니까 그것에 관해 비판적으로, 담담하게 혹은 복잡하게 말할라치면, 선생님은 지루해서 참고 들어주기 힘들다는 표정이에요. 따라서 전 이 사실로부터 선생님을 정말로 기쁘게 하고 선생님을 정말로 움직이는 건 원시적인 세계라는 결론을 도출했지요. 제가 친구에게 하는 식으로, 혹은 밖에서 선생님께서 친구에게 하는 식으로 경험이나 꿈에 대해 말할 때마다 선생님이 얼굴을 찌푸렸다는 사실 알고 계세요? 분명 그 표정이나 못 참겠다는 모습을 스스로 의식하지는 못하셨을 거예요. 아니면, 제가 사실 신화의 세계 밖으로 나갈 준비가 아직 안되어 있다고 생각해서 일부러 인상을 쓴 거라고 말하실 참인가요?"

"그래서 무슨 말을 하려는 거죠?" 웃는 낯으로 부인이 물었다.

내가 대답했다. "그게 더 낫네요. 거실에서 이야기를 나누는 것처럼 웃으시니. 아, 그래요. 이곳은 거실이 아니다, 지금 당신은 어려움을 겪고 있기 때문에 여기 와 있다고 말하시려는 거 저도 알아요."

"계속 얘기해봐요." 여전히 미소를 지으며.

"아마도 전 신경증이라는 단어가 고도로 의식적이고 계발된 정신의 상태를 의미한다는, 하나 마나 한 말을 하려는 모양이에요. 신경증의 본질은 갈등이죠. 하지만 현재를 살아가는 일, 그것도 삶에 가로막힌 채로 머물지 않고 충만하게 살아가는 일의 본질 역시 갈등이에요. 사실 전 이제 사람들을 보면서 그들이 온전할 수 있는 이유는 이런저런 단계에서 가로막혀 그저 포기하는 편을 택했기 때문이라고 생각하게 되었어요. 자신을 테두리 안에 가두고 제한하기 때문에 멀쩡한 정신으로 살 수 있는 거죠."

"나와 경험한 것들 때문에 당신이 더 나아졌다고 보나요, 아니면 더 나빠졌다고 보나요?"

"이제 다시 상담실로 돌아오셨군요. 물론 더 좋아졌죠. 하지만 그건 의학 용어일 뿐이에요. 신화와 꿈 속에서 사는 대가로 더 좋아지는 게 전 두려워요. 정신분석은 인간을 의학적으로 더 건강하게 만드는 게 아니라 더 나은 존재로, 도덕적으로 더 나은 인간으로 만들어줄 수 있느냐에 따라 성립되거나 무너지죠. 그러니 선생님께서 정말로 묻는 건 이런 게 아닐까요? 전보다 지금 더 편안하게 살아가고 있나? 갈등을 덜 겪으며, 덜 회의하며, 한마디로 덜 신경증적으로 살고 있나? 글쎄, 제가 그렇다는 건 선생님도 알고 계시죠."

맞은편에 앉아 그럴싸한 블라우스와 치마 차림에 하얀 머리를 뒤로 질끈 묶은 모습으로 나를 보며 얼굴을 찌푸리던 부인의 모습이 눈에 선하다. 그 일그러진 얼굴을 보니 기뻤다. 잠시나마 분석가와 환자라는 관계에서 물러나 있었으니까.

"보세요," 내가 말을 이었다. "만약 제가 여기 앉아 어젯밤 꿨던 꿈을, 가령 늑대 꿈을 묘사하고 있었다면 선생님 얼굴에는 어떤 표정이 떠오를 거예요. 저 자신이 그걸 느끼기 때문에, 즉 인식하기 때문에 그 표정의 의미를 저는 알아차리죠. 인식의 쾌감, 말하자면 모종의 구조 작업에서 오는 기쁨, 무정형의 것을 구출해 형태를 부여하는 그런 기쁨인 셈이죠. 또 하나의 대혼란을 구출하여 '명명'한 셈이니까. 제가 어떤 것에 '이름을 붙이면' 선생님이 어떤 미소를 짓는지 아세요? 마치 익사하던 이를 구출한 듯한 표정이에요. 저도 그런 느낌 알아요. 기쁜 마음이죠. 하지만 그 감정엔 끔직한 뭔가가 들어 있어요. 왜냐하면 제 경우 어떤 종류의 꿈을 꾸면서 누리는 기쁨을 깨어 있는 상태로는 절대 경험하지 못하거든요. 늑대가 숲에서 나타나거나 성채의 문이 열릴 때, 혹은 푸른 바다와 푸른 하늘을 배경으로 하얀 모래 위에 놓인 폐허가 된 하얀 사원 앞에 서 있거나, 혹은 이카로스처럼 훨훨 나는 그런 때, 이런 꿈을 꾸는 동안에는 그 꿈에 아무리 무시무시한 재료가 들어 있다 하더라도 행복에 겨워 펑펑 울게 돼요. 그 이유도 알고 있어요. 모든 고통과 살인, 폭력이 그 이야기 안에 안전하게 갇혀 있고 그래서 내게 상처를 주지 못한다는 사실을 알고 있기 때문이죠."

그녀는 아무런 대꾸 없이 주의 깊게 나를 바라보고 있었다.

내가 말을 이었다. "아직 제가 더 나아갈 수 있는 상태가 아니라고 생각하시나봐요? 글쎄, 제 생각엔 조바심이 나서 다음 단계를 원한다면 분명 그럴 준비가 된 게 아닐까 싶은데요?"

"다음 단계라니, 그게 뭐죠?"

"당연히 신화가 주는 안전함에서 빠져나와 애나 울프 혼자서 앞으로 나아가는 단계죠."

"혼자서 말인가요?" 이렇게 물으며 그녀가 무심히 덧붙였다. "당신은 공산주의자 혹은 그 비슷한 거라고 말하죠. 하지만 혼자서 가고 싶어해요. 그게 당신들이 말하는 모순인가요?"

그래서 우리는 웃었고, 거기서 끝낼 수도 있었지만 난 계속 말했다. "개인화에 대해 얘기하시는군요. 그 말을 지금까지 전 이런 의미로 받아들였어요. 개인이 어린 시절의 사건들을 보편적인 인간 경험의 차원에서 인식하게 되는 것이라고요. 당시 내 행동이나 느낌은 위대한 원형적 꿈이나 서사시적 이야기 혹은 역사상의 단계를 반영할 뿐이라고 말할 수 있을 때 비로소 자기 자신을 그 경험으로부터 떼어내 하나의 모자이크 조각처럼 아주 오래된 패턴에 끼워 넣는 셈이고, 그렇게 제자리를 잡아준 덕에 마침내 개별적인 고통에서 놓여나 자유로운 존재가 된다는 거죠."

"고통이라고 했나요?" 그녀가 상냥하게 물었다.

"글쎄, 사람들이 넘치는 행복 때문에 힘들다고 선생님께 오는 건 아니니까요."

"그야 물론 그래요. 당신처럼 그들도 느낄 수 없기 때문에 여기로 오죠."

"하지만 전 이제 느낄 수 있답니다. 모든 걸 다 받아들일 준비가 되어 있어요. 그런데도 그게 가능해진 순간 선생님은 얼른 그걸 치워버리라고, 아프게 할 수 없는 데로 고통을 치워버리고 그걸 이야기나 역사로 바꾸라고 하시죠. 하지만 전 치워버리고 싶지 않거든요. 그래요, 선생님께서 제가 무슨 말을 하길 바라는지 알아요. 그러니까 제가 너무도 많은 사사로운 고통의 재료를 구해냈기 때문에, 그리고, 이걸 절대 달리 표현해선 안되겠죠, '그것들을 훈습薰習해냈기' 때문에, 그래서 수용하고 보편적으로 만들었기 때문에 저는 이제 자유롭고 강한 상태가 되었다는 거죠. 그래요, 좋아요, 그렇게 받아들이고 말할 수 있어요. 하지만 이제 어떻게 할까요? 늘 대니 성채니 숲이니 사제니 하는 것들 이제는 지겹거든요. 그것들이 눈앞에 어떤 형태로 나타나든 대처할 수 있어요. 하지만 말씀드린 것처럼 전 나 자신, 애나 프리먼이 되어 혼자 힘으로 걸어 나가고 싶어요."

"혼자 힘으로?" 그녀가 되풀이해 물었다.

"전에는 여자들이 누리지 못했던 그런 경험들이 나라는 존재의 많은 부분을 만들어냈다는 거, 이제 확실히 깨닫게 되었거든요."

그녀의 얼굴에 살며시 미소가 떠올랐다. 상담 시간에 보이곤 하는 예의 '지휘하는 미소'였고, 이제 우리는 분석가와 환자의 위치로 돌아와 있었다.

"아니, 아직은 미소 짓지 마세요. 전 분명 여자들이 이전에는 절대 경험하지 못했던 그런 종류의 삶을 살고 있으니까요." 내가 말했다.

"절대 경험하지 못했다?" 그녀가 이렇게 되물었고, 그렇게 묻는 음성 뒤편에는 그런 순간이면 언제나 그녀가 환기하곤 했던, 오래된 해변에 찰싹대는 파도 소리며, 수백년 동안 죽어 있는 사람들의 목소리가 들렸다. 그렇게 마더 슈거는 미소나 목소리로 나를 기쁘고 편안하게 하고 나를 즐거움으로 채우는 시간의 광막한 영역들에 대한 감정을 환기할 수 있는 사람이었지만, 그때 내가 원한 건 그런 게 아니었다.

"네, 절대로." 내가 답했다.

"세부 사항은 바뀔 수 있어도 형태는 여전한 법이죠." 그녀가 말했다.

"그렇지 않아요." 나는 고집했다.

"대체 어째서 당신은 다르다는 거죠? 이전 시대에는 여성 예술가가 없었다는 얘긴가요? 독립적인 여성들이 존재하지 않았다? 혹은 성적인 자유를 고집한 여자들이 없었다? 말씀을 좀 드리자면, 당신 뒤편에는 과거로 쭉 이어지는 위대한 여성들의 계보가 있어요. 그들을 찾아내고, 당신 안에서 그들의 모습을 발견하고, 그들을 의식해야 해요."

"그 여자들은 제가 하는 것처럼 스스로를 바라보지 않았어요. 저처럼 느끼지 않았고요. 어떻게 그럴 수 있었겠어요? 수소폭탄이 터져서 인류 전체가 사멸하는 꿈에 놀라 깨어났는데, 사람들이 석궁에 대해서도 똑같이 느꼈을 거라는 얘기는 듣고 싶지 않아요. 사실이 아니니까요. 지금 이 세상에는 분명 뭔가 새로운 것이 존재하잖아요. 어떤 황제도 휘두르지 못한 그런 권력을 사람들의 정신에 휘두르는 영화 산업계 거물을 만나 마치 온몸을 짓밟힌 듯한 기분으로 집으로 돌아오면서, 레즈비아도 그녀의 포도주상을 만난 다음[1] 똑같은 기분이었을 거라는 말을 듣기는 싫어요. 또 불현듯 밤낮으로 미움과 공포, 시기와 경쟁이 가득하지 않은 그런 삶에 대한

---

[1] 레즈비아란 고대 그리스 레스보스섬 출신의 시인 사포를 가리키는 표현으로, 포도주 상인이었던 그녀의 오빠 카락소스가 노예이자 고급 매춘부였던 로도피스와 사랑에 빠진 일을 계기로 남매는 돌이킬 수 없이 불화하게 되었다.

비전을 (비록 그게 정말 얻기 힘든 건 확실하지만) 얻게 될 때, 그건 그냥 황금시대라는 오래된 꿈의 현대 버전에 불과하다는 말도 듣고 싶지 않고요……"

"사실이 그렇지 않나요?" 그녀가 미소 띤 얼굴로 말했다.

"아니죠. 황금시대라는 꿈은 가능하기 때문에 몇백만배는 더 강력해요. 전체 인류의 파멸이 가능한 만큼이나 그것도 실현될 수 있죠. 아마 그 두가지 모두 가능하기 때문에 그럴 거예요."

"그럼 내가 무슨 말을 해주길 바라는 건가요?"

"제 내면의 오래되고 순환적인 어떤 것, 회귀하는 역사나 신화 따위를, 새로운 것, 혹은 새로울지도 모른다고 제가 느끼거나 생각하는 것과 떼어놓고 싶어요……" 그녀 얼굴에 떠오르는 표정을 보고 나는 덧붙였다. "제가 느끼고 생각하는 그 어떤 것도 완전히 새롭지는 않다고 말하시려는 건가요?"

"그렇게 말한 적은 없어요……" 그녀가 입을 열더니 곧 주어를 바꾸어 말을 이었다. 폐하께서 쓰시는 우리로…… "우리가 인류의 진보나 발전이 가능하지 않다고 말하거나 암시한 일은 절대로 없죠. 내가 그랬다고 몰아붙이는 건 아니겠죠? 그건 우리가 말하는 내용과 정반대거든요."

"제가 문제 삼는 건 선생님이 마치 그것을 믿지 않는 것처럼 행동하신다는 점이에요. 보세요, 만일 제가 오늘 오후에 선생님을 찾아와서, 어제 어떤 남자를 만났는데 그에게서 늑대, 기사, 수도승을 발견했다고 하면, 선생님은 고개를 끄덕이며 미소 지을 거예요. 우리 둘 다 뭔가를 발견해낸 기쁨을 맛볼 테죠. 하지만 어제 한 남자를 파티에서 만났는데 그 사람이 갑자기 뭔가를 말했고 저는 그래, 그게 뭔가를 암시하는 거야, 그 남자의 성격에는 마치 댐에 생긴 틈처럼 깨진 곳이 있어, 그 틈으로 미래가 다른 모양으로 쏟아져 들어올지도 몰라, 아마도 끔찍하거나 혹은 경이로운, 그러나 뭔가 새로운 것이, 이렇게 말한다면 선생님은 인상을 쓰시겠죠."

"그런 남자를 만났나요?" 그녀가 실질적인 질문을 던졌다.

"아니요, 아직 못 만났어요. 하지만 가끔 사람들을 만날 때, 그들이 완전히 금이 갔거나 부서졌다는 사실은 그들이 어떤 것에 대해 열려 있다는 뜻이다, 이런 생각이 들어요."

그녀는 오랫동안 생각에 잠긴 채 침묵을 지키다가 입을 뗐다. "애나, 나한테 이런 얘기를 하고 있으면 안돼요."

나는 놀랐다. "선생님께 솔직하게 굴지 말라고 요구하시는 건 아니죠?"

"그야 당연히 아니죠. 다시 글을 써야 한다는 뜻으로 말한 거예요."

물론 난 화가 났고, 그녀 역시 자기가 날 화나게 만들었다는 사실을 알고 있었다.

"우리 경험에 관해 써야 한다는 뜻인가요? 어떻게요? 한시간 동안 우리 사이에 오고 간 모든 단어를 다 적는다 해도, 그걸 설명하기 위해 내 인생의 이야기를 전부 늘어놓지 않는다면 무슨 말인지 전혀 알 수 없게 될 텐데요."

"그래서요?"

"그건 제가 어떤 지점에서 스스로를 어떻게 보고 있는가에 대한 기록이 될 거예요. 가령 제가 선생님을 처음 뵈었던 첫 한시간의 기록과 지금 한시간의 기록이 완전히 다를 테니까……"

"그래서요?"

"게다가 문학적인 문제들, 그러니까 선생님께선 전혀 고려해본 적 없을 취향의 문제도 있죠. 선생님과 제가 함께 해온 일은 본질적으로는 수치심을 무너뜨리는 작업이었어요. 선생님을 처음 뵌 그주에는 제 입에서 이런 말이 나오지 못했을 거예요. 그러니까 아버지가 나체로 있는 모습을 보았을 때 격렬한 반감과 수치심, 호기심을 느꼈던 기억이 난다는 말 같은 거. 그런 말을 할 수 있을 때까지, 제 안의 장벽을 깨는 데 수개월이 걸렸어요. 지금은 뭐, 저로선 아버지가 죽기를 바라요…… 심지어 이런 말도 할 수 있죠. 하지만 누군가 벽을 깨부수는 그런 주관적인 경험 없이 그걸 읽는다면 피를 보거나 수치심과 관련한 단어를 들을 때 그러듯 충격을 받을 거고, 그 충격이 다른 모든 걸 집어삼키겠죠."

마더 슈거가 담담하게 말했다. "친애하는 애나, 지금 당신은 절필을 한층 더 합리화할 목적으로 우리의 경험을 이용하고 있어요."

"아, 그건 절대 아니에요. 그게 말하려는 전부는 아니니까요."

"그렇다면, 어떤 책은 소수의 사람들을 위해 존재한다는 말을 하려는 건가요?"

"친애하는 선생님, 설령 그렇게 생각할지라도 그걸 인정한다는 건 제 원칙에 어긋난다는 사실 잘 알고 계시잖아요."

"그렇다면, 좋아요, 왜 어떤 책들은 소수의 독자를 위해 존재하는지 한번 얘기해봐요."

난 잠시 생각한 다음 말했다. "형식의 문제겠죠."

"형식? 그럼 당신이 생각하는 그 내용은 어떻게 되는 거죠? 당신 같은 사람들의 입장에서는 마땅히 형식과 내용이 분리되어야 한다는 건가요?"

"제 주변 사람들은 그 둘을 분리할지 모르지만 전 그렇지 않아요. 적어도 지금 이 순간까지는 아니었죠. 하지만 어쨌든 그건 형식의 문제인걸요. 사람들은 부도덕한 메시지를 꺼리지 않죠. 살인이 좋은 거고, 잔인함도 좋은 거고, 섹스를 위한 섹스도 좋다고 말하는 예술을 마다하지 않아요. 그 메시지를 약간 포장해서 전달해주면 좋아하죠. 살인은 나쁜 거고, 잔인함도 나쁜 거라면서 사랑, 사랑, 사랑 타령을 늘어놓는 메시지도 좋아하고요. 그들이 견디지 못하는 건 그 모든 게 중요하지 않다는 말을 듣는 거예요. 형식이 없는 경우를 그들은 못 견뎌한다고요."

"그렇다면 형식이 없는 예술, 만약 그런 게 가능하다면, 그건 소수를 위한 예술이겠군요?"

"하지만 어떤 책은 오직 소수의 독자를 위해서만 존재한다고 주장하려는 건 아니에요. 그건 선생님도 아시잖아요. 전 귀족주의적인 예술관에는 반대하는 입장이니까요."

"친애하는 애나, 예술에 대한 당신의 태도는 너무나 귀족적이라 오직 자신만을 위해 글을 쓰는 상태인데요."

"그거야 다른 사람들도 매한가지죠." 내가 이렇게 중얼거리는 소리가 들렸다.

"어떤 다른 사람들 말이죠?"

"자신이 생각하고 있는 것들이 두려운 나머지 비밀 공책에 글을 쓰는, 세계 도처에 널린 사람들 말이에요."

"그러니까 당신이 하고 있는 생각이 두렵다는 뜻이군요?" 이어 마더 슈거는 상담 예약 수첩을 향해 손을 뻗었고, 그럼으로써 우리의 상담이 끝났음을 알려주었다.

[이 지점에 또 하나의 진한 검은 선이 페이지를 가로질러 그어져 있었다.]

이 아파트로 이사 와서 내가 쓰는 넓은 방을 정리하며 제일 먼저 한 것은, 가대식 탁자를 사서 그 위에 공책들을 놓아두는 일이었다. 몰리 집에서 지내는 동안 그 공책들은 침대 밑에 넣어둔 여행 가방 안에 쑤셔 박혀 있었다. 딱히 무슨 계획을 가지고 공책들을 구입한 건 아니었다. 여기로 이사 오기 전까지는 사실상 혼자 뭔가를 생각해본 적도 없는 것 같다. 나에게는 네권의 공책이 있다. 작가 애나 울프와 관련된 검은색 공책, 정치와 관련된 빨간색 공책, 경험한 내용으로부터 이야기를 만들어내는 노란색 공책, 그리고 일기장으로 써보려고 시도한 파란색 공책. 몰리의 집에 살 때는 그 공책들 생각을 해본 적이 없고, 더구나 일거리나 책임으로는 더더욱 그랬다.

인생에서 중요한 것들은 미처 알아차리지 못하는 사이 슬그머니 우리에게 다가온다. 우리가 예상하지도 못하고, 마음속으로 그 것들에 형태조차 부여하지 못했을 때 말이다. 그것들이 나타났을 때야 비로소 우리는 그것들을 알아본다. 그게 전부다.

이 아파트로 이사 온 것은 한 남자(즉, 마이클이나 그의 후임자) 뿐 아니라 그 공책들에도 공간을 내주고 싶었기 때문이다. 사실 이 아파트로 이사 온 일이 그 공책들에 공간을 부여하는 행위였음을 이제야 깨닫는다. 이사를 오자마자 일주일도 안되어 가대식 탁자를 사서 공책들을 거기 올려놓았던 것이다. 그런 다음엔 그것들을 읽어나갔다. 처음 쓰기 시작한 이후로 다시 세세히 살펴보는 건 그 때가 처음이었다. 읽으면서 괴로운 마음이 들었다. 우선, 마이클에게 버림받은 경험이 내게 어떤 영향을 끼쳤는지, 내 성격을 어떻게 바꿔놓았는지, 혹은 바꿔놓은 듯 보였는지를 그전에는 깨닫지 못했다. 하지만 무엇보다도 중요한 이유는 나 자신을 제대로 알아차리지 못했다는 점이었다. 쓴 내용을 기억나는 일들과 연결해보니 그 모든 게 거짓말 같았다. 그리고 이것, 내가 쓴 것이 진실하지 못한 까닭은 전에는 생각해보지 못했던 한가지 원인, 즉 나의 불모성이었다. 그 깊어가는 비판과 방어 그리고 혐오의 어조.

이 파란색 공책, 이것을 오직 사실의 기록으로 작성해보기로 마음먹은 것이 바로 그때였다. 매일 저녁 피아노 의자에 앉아 나의 하루를 적어나갔고, 그건 마치 나, 애나가 애나를 페이지에 못 박는 행위와도 같았다. 애나를 구성하던 그 무렵 매일 이렇게 말했다. 오늘 나는 7시에 일어나 재닛을 위해 아침 식사를 차렸고 아이를 학교에 보냈다, 기타 등등, 기타 등등. 그러면서 마치 대혼란의 상태에서 그날을 구조한 것처럼 느꼈다. 하지만 이제 그 일지들을 읽어봐도 아무 느낌이 없다. 말이 아무것도 지시하지 않을 때의 현기증, 그게 한층 더 나를 괴롭힌다. 생각을 할 때면 그 말들은 경험을 형성하는 게 아니라, 마치 아기와 나누는 말처럼 경험의 한 측면으로 멀찍이 떨어져 일련의 무의미한 소리가 되어 사그라진다. 아니면 영화와 더이상 연결되지 못하고 떨어져 나간 사운드트랙처럼. 생각하고 있을 때면 "나는 거리를 걸었다" 같은 표현이나 "……를 최대로 활용하게 될 경제 조치들"처럼 신문에서 따온 표현을 적기만 하면 되는데, 그러면 즉시 그 말들은 사라지고 내 정신은 그 단어들과 아무 관련이 없는 이미지들을 떠올리기 시작한다. 그래서 내가 보거나 듣는 모든 단어가 광막한 이미지의 바다를 둥둥 떠다니는 작은 뗏목과도 같아지는 것이다. 이런 까닭에 난 더이상 쓰지 못한다. 아니, 쓴 것을 돌아보지 않고 재빨리 써나갈 때만 쓸 수 있다. 돌아보면 단어들은 의미를 잃은 채 표류하고, 난 광막한 어둠속에서 약동하는 맥박으로서의 나, 애나만을 의식하게 되며, 나, 애나가 쓰는 단어들은 아무것도 아니게 되거나 혹은 마치 끈처럼 줄줄이 뽑혀

나와 허공에서 굳어버리는 애벌레 분비물처럼 되어버린다.

지금 나, 애나의 붕괴가 일어나는 중이고, 이런 식으로 내가 그 사실을 의식하고 있다는 생각이 뇌리를 스친다. 단어들은 형식이기 때문에, 만일 내가 모양과 형태와 표현이 아무것도 아닌 구덩이에 빠진 상태라면, 그럼 나 또한 이제 아무것도 아닌 셈이다. 그 공책들을 읽으면서 어떤 종류의 지성 덕분에 내가 애나로 남아 있었다는 사실이 분명해졌다. 이 지성이 스러지는 중이고, 그래서 어마어마한 두려움이 나를 사로잡는다.

어젯밤 나는 언젠가 마더 슈거에게 얘기했던, 서로 다른 종류의 그 모든 일련의 꿈 중에서도 가장 섬뜩한 꿈을 다시 한번 꿨다. 마더 슈거가 '그 꿈에 이름을 붙여보라'고 했을 때 (그것에 형태를 부여하기 위해) 난 그것이 파괴에 관한 악몽이라고 했다. 나중에 그 꿈을 다시 꾸고 그녀가 다시금 이름을 붙여보라고 했을 땐 한걸음 더 나아갈 수 있었다. 그건 악의 혹은 사악함의 원칙, 즉 악의에 찬 기쁨에 관한 악몽이라고 나는 대답했다.

처음 그 꿈을 꿨을 때 그 원칙 혹은 형태는 당시 내가 갖고 있던 꽃병의 형태를 취했다. 어떤 이가 러시아에서 사다준 투박한 나무 화병이었다. 불룩한 형태에 다소 재미있고 소박한 모양의 병으로, 조야한 빨강과 검정, 금박 패턴이 표면을 장식했다. 내 꿈에서 이 화병은 인격을 갖고 있었고 그 인격이 바로 악몽의 내용을 구성했으니, 무정부주의적이고 통제할 수 없는 어떤 파괴적인 무언가를 대표했기 때문이다. 이 인물, 아니 그건 인간이 아니라 일종의 요정이나 도깨비에 더 가까웠기에 대상이라고 해야 할 텐데, 어쨌든 그 대상은 요란하고 자만심에 넘쳐 활발하게 춤을 추는가 하면 뜀박질을 해대면서, 개인적인 감정이나 뚜렷한 이유도 없이 나쁨만 아니라 모든 생명체를 위협했다. 내가 그 꿈을 파괴에 관한 꿈으로 '명명했던' 것은 그때였다. 여러달이 지나고 다시 그 꿈을 꾸며 곧장 같은 꿈이라는 사실을 알아차렸을 때, 그 원칙 혹은 요소는 거의 난쟁이 비슷한, 부분적으로 인간이기에 그 꽃병의 형체보다 훨씬 더 끔찍한 노인의 형상으로 나타났다. 이 노인은 빙그레 미소를 짓다가 키득거리고 삐죽삐죽 웃기도 했는데, 흉측하지만 생명력이 강하며 힘도 세 보였고, 다시 한번, 그가 대표한 건 순전한 악의와 사악함, 파괴적인 충동에서 오는 기쁨이었다. 그때 나는 그 꿈을 악의에 찬 기쁨으로 '명명했다'. 심하게 지치거나 스트레스를 받거나 혹은 갈등을 겪을 때, 나 자신의 벽이 얇아지거나 위태롭다고 느낄때, 그럴 때면 언제나 그 꿈을 다시 꾸게 되었다. 그 원칙 혹은 요소는 다양한 형태를 취했는데, 주로 아주 늙은 남자나 여자(양성 혹은 무성의 암시가 있긴 했지만)의 모습이었고, 의족을 달았거나 목발을 짚었거나 등에 혹이 있거나, 하여간 어떤 식으로든 이형이었지만 예외 없이 아주 활기찼다. 이 창조물은 언제나 힘이 넘쳐흘렀고 내적인 생기도 가득했는데, 내가 생각하기에 이는 뚜렷한 목표도 방향도 없는, 이유 없는 악의가 뿜어내는 활기였다. 그것은 조롱하고, 놀리고, 위해를 가하고, 살인을 바라고, 죽음을 희망했다. 하지만 그 나름대로는 늘 기쁨과 생명력이 넘쳤다. 아마도 여섯번째인가 일곱번째 상담 때 이 꿈 얘기를 다시 했더니 마더 슈거는 늘 그러듯이 물었다. "그래서 어떤 이름을 붙일 건가요?" 늘 그랬듯 내가 악의, 사악함, 고통 속의 기쁨 같은 표현들을 써서 대답하자 부인이 다시 질문했다. "나쁜 말들밖에 없네요. 좋은 말은 하나도 없어요?" "없는데요." 놀란 내가 대답했다. "그러면 뭔가 창조적인 것도 전혀 없나요?" "저로선 찾아볼 수 없네요."

그러자 그녀는 이것에 대해 내가 더 생각해봐야 한다는 취지의 미소, 내가 익히 아는 예의 미소를 지었고, 나는 이런 질문을 던졌다. "만일 좋든 나쁘든 이게 원시적이고 창조적인 힘이라면, 왜 나한텐 그렇게 끔찍하고 두려운 걸까요?" "꿈이 더 깊어지면 아마도 나쁜 것뿐 아니라 좋은 생명력도 느낄 거예요."

"저한텐 이게 너무 위협적이라 뭔가가 나타나기도 전에 벌써 분위기로 느껴지는데요. 그 꿈이 시작되려는 걸 깨닫자마자 사투를 벌이고 비명을 질러대다가 깨어나는걸요."

"당신이 두려워하는 한 위협적으로 느낄 수밖에요." 이 말을 하면서 부인은 어머니가 아이에게 그러듯 다정하면서도 단호하게 고개를 끄덕였는데, 그 고갯짓은 훗날 어떤 상처나 문제에 너무도 깊이 빠져 허우적거리고 있을 때조차 늘 나를 웃게 만들었다. 그때도 난 의자에 주저앉아 별 도리 없이 웃음을 터뜨릴 수밖에 없었다. 마더 슈거가 마치 동물이나 뱀을 놓고 얘기하는 것처럼 그 말을 했기 때문이다. 무서워하지 않으면 그것들은 널 해치지 못할 거야.

이전에도 종종 그랬듯 나는 마더 슈거가 어정쩡한 태도를 취하고 있다고 생각했다. 만일 이 인물 내지 요소가 자기 내담자들의 꿈이나 환상에 출현하는 매우 익숙한 존재라면, 그래서 그녀가 금방 그걸 알아차린 거라면, 그게 전적으로 사악한 존재라는 사실이 왜 나의 책임이란 말인가? 다만 사악하다는 말은, 아무리 그것이 부분적으로나마 인간적인 형태를 취할지라도 본질상 비인간적인 원칙을 나타내기에 지나치게 인간적인 표현이긴 하다.

결국 그걸 단순히 나쁜 요소만이 아니라 어떻게든 좋은 것으로 만드는 일이 나한테 달려 있다는 뜻일까? 마더 슈거는 그런 의미로 말했던 걸까?

어젯밤 그 꿈을 다시 꾸었고, 지금까지 꾼 꿈들보다 훨씬 더 끔찍했다. 어떤 대상이나 물건 심지어는 난쟁이조차 보이지 않는 상황에서 통제할 수 없는 파괴의 힘을 바로 코앞에 마주한 채, 나는 어마어마한 공포와 무기력에 뒤덮였다. 꿈속에서 나는 어떤 사람과 함께 있었는데, 처음에는 누구인지 알아보지 못하다가 친구인 것 같은 그 사람 안에 그 끔찍한 악의적 힘이 존재한다는 사실을 알아차렸다. 그 순간 비명을 지르며 겨우 꿈 밖으로 빠져나왔고, 정신이 들자 처음으로 그 원칙이 인간으로 체현되었음을 알아차리며 꿈속에서 본 그 사람에게 이름을 부여할 수 있었다. 그 사람이 누군지 알았을 때는 한층 더한 두려움이 밀려들었다. 나를 들었다 놓았다 할 수 있는 한 사람 안에 느슨한 상태로, 말하자면 마음대로 헤집고 다니도록 놔두는 것보다는 그 끔찍하고 두려운 힘을 신화 내지 마술적인 것과 관련된 형상에 묶어두는 편이 더 안전했으니까.

일단 완전히 잠에서 깬 상태로 그 꿈을 돌이켜보자 기분이 오싹했다. 그 요소가 신화의 바깥에, 즉 어떤 다른 사람의 내부에 존재한다면, 그것이 또한 내 안에서 자유로운 상태로 풀어져 있거나, 혹은 너무도 쉽게 환기될 수 있다는 뜻이 아니면 무엇이겠는가.

그 꿈과 관련된 경험을 여기 적어야겠다.

[이 지점에서 애나는 페이지를 가로질러 두꺼운 검은 선을 그어 놓았다. 그런 다음에는 이렇게 썼다.]

쓰고 싶지 않았기에 선을 그어버렸다. 그걸 쓰면 내가 더한 위험으로 빨려들 것 같았다. 하지만 이 사실을 놓치지는 말아야 한다.

애나, 생각하는 애나만이 애나가 느끼는 것의 정체가 뭔지 알아차릴 수 있고 '명명할' 수 있다는 것을.

지금 내 인생에 어떤 새로운 일이 일어나고 있다. 인생에서 뭔가가 새롭게 생겨나고 펼쳐질 때 많은 사람이 그 사실을 감지하는 법이다. 그런 감각 덕분에 그들은 이렇게 말할 수 있으리라. 그래, 내게 다가온 이 사람은 참 소중한 존재야. 이 남자 혹은 이 여자는 내가 살아내야만 하는 어떤 것의 시작이나 마찬가지야. 경험한 적 없는 이 감정은 한때 생각했던 것처럼 낯설지 않아. 이제 이 감정은 내 일부가 될 거고, 난 그걸 감당해야 해.

지금 내 인생을 돌아보며 이렇게 말하는 건 그리 어렵지 않다. 그 시절의 애나는 이런저런 사람이었지. 그런 다음 5년이 지나면, 그녀는 이런저런 사람이었지. 어떤 사람의 1년, 2년, 5년을 돌돌 말아 치워놓고 '명명할' 수 있다는 것. 그래, 그 시절에 나는 그랬어. 그리고 지금 나는 그 비슷한 시기를 통과하는 중이야. 지나가고 나면 그때를 무심히 돌아보며 말하겠지. 그래, 그때 난 그랬어. 지독히도 상처 받기 쉽고, 비판적이며, 남자들을 재고 차버리는 일종의 척도 내지 기준으로 내 여성성을 써먹곤 했지. 그래, 그런 식이었어. 미처 알아차리지도 못하면서 남자들로부터 걷어차이기를 자청했던 그런 애나가 바로 나였어. (하지만 이제는 그 사실을 알고 있지. 그걸 깨닫는다는 건 그 모든 걸 훌훌 털어버리고 이제…… 어떤 내가 된다는 뜻일까?) 우리 시대 여성들에게서 흔히 찾아볼 수 있는 감정에 매달려 나는 꼼짝하지 못했어. 여자들을 원망에 찬 존재로 혹은 레즈비언으로 혹은 외롭게 살아가도록 만드는 그 감정. 그래, 그 시절 애나는……

[페이지를 가로지르는 또 한줄의 검은 선.]

3주 전쯤 어떤 정치 모임에 참석했다. 몰리네 집에서 열린 비공식 모임이었다. 공산당 소속의 저명한 학자들 중 하나인 해리 동지가, 유대인으로서, 스딸린이 사망하기 전 그 '암흑기'에 자기 민족에 벌어진 일을 알아내고자 러시아를 방문했다고 한다. 그 방문을 성사시키기 위해 그는 자신을 말리는 당의 고위 간부들과 싸워야 했다. 그는 그들이 자신의 방문을 방해하거나 비협조적으로 나오면 모든 사실을 공표하겠다는 협박까지 했다. 그렇게 그는 떠났고, 끔찍한 소식을 안고 돌아왔다. 그들은 어떤 것도 알려지지 않기를 바랐다. 그의 주장은 이 시대 '지식인들'에게 보편적인 논리로서, 단 한번이라도 좋으니 공산당은 모든 사람이 사실로 알고 있는 내용을 인정하고 설명해야 한다는 것이었다. 그들의 논리, 공산당 관료주의의 해묵은 논리는 결국 모든 희생을 무릅쓰고라도 소련과의 유대를 지켜야 한다는 것, 달리 말해 가능한 한 아무것도 인정하지 않겠다는 것이었다. 그들은 최악의 만행들을 제외한 제한적인 보고서를 발표하기로 합의했다. 해리 동지는 공산주의자와 한때 공산주의자였던 이들을 위한 모임을 연이어 개최하여 자신이 목도한 사실들을 알려왔다. 격노한 간부들은 그를 축출할 것이며 심지어 그의 모임에 참석하는 당원들까지 축출하겠다며 위협하고 있다 한다. 그는 사임할 계획이다.

몰리의 거실에는 마흔명쯤 모여 있었다. 전부 '지식인들'이다. 해리가 들려준 얘기들은 아주 끔찍했지만 신문 지면을 통해 이미 알고 있는 것에 비해 훨씬 더 심각한 내용은 아니었다. 내 옆에 앉아 조용히 듣고 있는 어떤 남자가 유독 눈에 띄었다. 감정적인 동요가 심한 모임에서 차분한 그의 모습은 인상적이었다. 어떤 대목에 이르렀을 때, 우리는 이 시대 우리 같은 사람들의 특징이라 할 만한, 고통에 찬 반어적 미소를 교환했다. 모임의 공식 순서가 끝난 뒤 자리에 남아 있는 사람은 열명 남짓 되었다. '비공개 회의'의 분위기가 느껴졌다. 더 많은 얘기가 오갈 것이므로 공산당원이 아닌 사람들은 자리를 뜨는 게 자연스러운 상황이었다. 그러나 잠시 망설이더니 해리와 다른 사람들이 우리더러 남아 있어도 좋다고 했다. 조금 후에 해리가 다시 발언했다. 아까 들은 이야기도 이미 끔찍했지만 지금 듣는 이야기는, 정말이지 가장 맹렬한 반공산주의 신문들이 찍어낸 것들보다도 더 심했다. 그들이야 실제 사실들을 입수할 수 있는 처지가 못되었지만 해리는 가능했던 터였다. 고문과 구타, 가장 냉소적인 종류의 살인이 버젓이 자행되었다고 한다. 중세 시대에 고문용으로 고안된 우리 안에 갇힌 유대인들, 박물관에서 가져온 도구들로 고문을 당한 유대인들 이야기. 기타 등등.

지금 그의 입에서 나오는 진술은 마흔명이 모인 아까의 모임에서 진술된 것과는 차원이 다른, 가공할 폭력을 담고 있었다. 그의 말이 끝나자 모두 질문을 해댔다. 해리의 대답에는 번번이 새롭게 끔찍한 내용들이 들어 있었다. 지금 우리의 눈앞에서 벌어지는 일이 무엇을 뜻하는지, 이미 겪은 일들을 통해 우리는 너무도 잘 알고 있었다. 공산주의자로서 정직하게 말하고 행동하겠다고 굳게 결심했음에도 불구하고, 심지어 이 순간에조차도 소련에 관한 진실을 인정하지 않기 위해 끝까지 버티려는 것. 해리가 말을 마쳤을 때 조용히 앉아 있던 예의 남자가 일어나 열정적인 연설을 시작했다. 넬슨이라는 이름의 그 미국인은 아주 달변이라 말이 술술 흘러 나왔고 얼른 듣기에도 여러해 쌓인 정치적 경험에서 나온 견해가 분명했다. 게다가 힘이 넘치고 잘 훈련된 목소리까지 갖추고 있었다. 하지만 지금 그는 비난을 쏟아내고 있었다. 서방세계의 공산당들은 어떤 일에 대해서도 진실을 말하지 못하고 전 세계에 거짓말을 하는 오랜 습관 때문에 스스로도 더이상 진실과 허위를 구분하지 못하게 되어 망해버렸으며, 남아 있는 것들도 모두 망할 거라고 했다. 그런데 제20차 전당대회와 공산주의의 현황에 관해 모든 것을 알게 되고도, 오늘밤 지도자급 동지이자 우리 모두가 알다시피 자신보다 냉소적인 사람들에 맞서 당 내부에서 진실을 위해 싸워온 사람이 고의로 진실을 둘로 쪼개 하나는 마흔명의 공식적인 회합용으로 온건한 진실을, 다른 하나는 폐쇄된 그룹용으로 더 혹독한 진실을 제출했다는 것이다. 해리는 당혹스럽고 마음도 상한 모양이었다. 그때까지 우리는 공산당 고위 간부들이 발언 자체를 봉쇄하고자 그를 협박하고 있었다는 사실을 미처 알지 못했다. 하지만 그 진실이 너무나 끔찍했기에 가능한 한 적은 수의 사람들만이라도 그것을 알아야 한다고 해리 동지는 말했다. 말하자면 그는 자신이 맞서 싸우는 그 관료주의자들의 논리를 답습한 셈이었다.

그러자 넬슨이 갑작스럽게 다시 일어나더니 한층 더 격하고 자기비하적인 비난을 쏟아내기 시작했다. 신경질적인 발언들이었다. 자리의 모든 사람이 신경질적으로 바뀌기 시작했고, 내 안에서도 비슷한 신경증 증세가 일어나는 것 같았다. '파괴에 관한 그 꿈' 속에서 감지되곤 했던 분위기도 느껴졌다. 파괴의 형상이 나타나기 전 일종의 전주곡에 해당하는 느낌 내지 분위기가 감돌았다. 나는 일어나 해리에게 감사를 표했다. 어쨌든 당원이었던 게 벌써 2년 전 일이니 난 비공개 모임에 남아 있을 권리가 없었다. 아래층으로 내려가보니 몰리가 부엌에서 울고 있었다. 그녀가 말했다. "넌 아무 상관 없을 테지. 유대인이 아니니까."

거리에 나와서야 넬슨이 뒤따라왔다는 것을 알아챘다. 집까지 바래다주겠다고 했다. 다시 조용해진 모습을 보자 아까 연설의 자기공격적인 어조도 나의 뇌리에서 사라졌다. 그는 마흔쯤 된 유대계 미국인으로 어딘가 가부장적인 풍모를 지닌 호남형 남자였다. 그에게 끌린다는 사실을 난 알고 있었고……

[또 한줄의 진한 검은 선. 그 아래 다음 내용이 이어짐.]

이걸 쓰고 싶지 않은 이유는, 섹스에 관해 쓰려면 싸워야 하기 때문이다. 이런 종류의 금기가 얼마나 강력한지 정말 놀라울 뿐이다.

나는 이걸 너무 복잡하게 만들고 있다. 그 모임에 대해 너무 많이 썼다. 아무튼 그 밤의 경험을 공유하지 않았더라면 다른 나라 출신인 넬슨과 내가 그렇게 쉽사리 교감을 나누지는 못했을 것이다. 그 첫날 저녁 그는 늦게까지 머물렀다. 내게 연애를 걸었던 것이다. 나라는 사람과 내 삶에 관해 그는 이런저런 얘기를 했다. 모름지기 여자는 우리가 일종의 접경지대에 서 있음을 이해하는 남자에게 단박에 끌리는 법이다. 그들이 우리를 '명명한다'고 할 수 있겠다. 그들과 함께 머물 때 우리는 안전하다는 느낌을 받는다. 그가 잠든 재닛을 보겠다며 위층으로 올라갔다. 딸아이에 대한 그의 관심은 꾸며낸 게 아니었다. 자신에게도 세 아이가 있다고 했다. 17년간 결혼 생활을 해왔다고. 결혼 역시 스페인 내전에서 싸운 경험의 직접적인 결과물이었다. 그날 저녁 전반적으로 진지하고 책임감 있는, 어른다운 대화가 오갔다. 그가 떠난 다음 난 그 단어, 어른답다는 말을 되뇌어보았다. 그러고는 내가 최근에 만났던(왜 그랬지?) 어른 아이들과 그를 견줘보았다. 기분이 너무 고양된 나머지 스스로에게 조심하라고 경고를 내려야 할 정도였다. 또다시 나는 사랑과 기쁨과 즐거움을 잊은 채 박탈된 삶을 사는 것이 얼마나 쉬운 일인가 놀라워하고 있었다. 최근 거의 2년은 실망스러운 만남의 연속이었고 감정적인 모욕도 줄줄이 이어졌다. 난 감정의 치마폭을 감아 쥐고 반응도 신중하게 내보이게 된 터였다. 넬슨과 단 하루 저녁을 보냈을 뿐인 지금, 그 모든 게 까맣게 사라졌다. 다음 날 그가 찾아왔다. 재닛이 친구들과 놀겠다고 막 나가던 참이었다. 넬슨과 재닛은 금세 친해졌다. 그는 잠재적인 연인 이상의 이야기를 꺼내고 있었다. 아내와 헤어질 계획이라고, 여성과 진정한 관계를 맺고 싶다고 했다. 그날 저녁 "재닛이 잠든 후에" 다시 오겠다고도 말했다. '재닛이 잠든 후에'라는 말에 담긴 분별과 내 삶의 방식에 대한 이해 때문에 나는 그에게 사랑의 감정을 느꼈다. 그날밤 그는 매우 늦게 왔고, 아주 다른 분위기를 풍겼다. 수다스럽고 강박적으로 이런저런 말을 늘어놓는가 하면 나와 눈을 맞추지도 않은 채 엉뚱한 곳에만 눈길을 주는 것이었다. 기분이 가라앉았다. 미처 머리로 이해하기도 전에, 내 속에서 일어난 갑작스러운 불안과 염려로 이게 또 한번의 실망이 되리라는 걸 깨달았다. 그는 스페인과 그 전쟁에 관해 이야기했다. 그날 모임에서처럼 신경질적으로 가슴을 치면서, 공산당의 배신행위에 가담한 자신을 비난했다. 당시에는 무죄임을 믿지 않았지만 실은 무고한 사람들이 자기 때문에 총살당했다고. (그러나 나는 이 말을 들으면서, 이 사람이 정말로 유감스러운 건 아니며 너무 끔찍하기에 차마 인정하지 못하는, 그러나 떠안을 수밖에 없는 그 죄의식에 대한 일종의 방어기제로서 지금 신경질적으로 떠들고 있다고 느꼈다.) 또한 그는 간간이 미국인 특유의 자조적인 유머 감각을 발휘하여 아주 웃기는 말을 하기도 했다. 자정이 되어서야 그는 자리를 떴는데, 아니 그보다는 여전히 쾨지은 얼굴로 목청껏 떠들며 비척비척 물러났다고 하는 편이 더 옳을 것이다. 말하자면 속에 든 말을 죄다 쏟아낸 셈이었다. 그 사람 아내 생각이 났다. 하지만 나의 본능이 그토록 명백히 얘기한 것이 잘못되었음을 인정하고 싶지 않았다. 다음 날 아침, 아무 예고도 없이 그가 다시 왔다. 큰 목소리로 히스테리를 부리던 그 남자는 사라지고 없었다. 다시 멀쩡한 정신인 그는 책임감 있고 재미있는 사람이 되어 있었다. 그가 나를 침대로 이끌었을 때 난 비로소 뭐가 잘못되었는지 알게 되었다. 언제나 이런 식이냐고 물었다. 내 말을 이해하지 못한 척했지만 그는 나의 직설적인 질문에 당혹스러워하고 있었다(이 모습이 다른 어떤 것보다 그의 성적인 관계에 대해 많은 걸 말해주었다). 조금 후 그는 자신이 섹스에 대해 죽고 싶을 정도의 공포를 갖고 있어서 몇초 이상 여자의 몸 안에 삽입한 상태로 머물 수 없고, 늘 그런 식이었다고 고백했다. 초조하게, 본능적인 혐오의 태도로 서둘러 내게서 떨어져 급히 옷을 걸치는 모습을 보니 그의 두려움이 얼마나 뿌리 깊은 것인지 알 수 있었다. 그는 최근 정신분석 상담을 시작했고 곧 '치유될' 거라고 했다. (정신분석 상담, 그 치료를 위한 대화를 시작한 사람들이 마치 자신을 다른 누군가로 바꿔줄 절실한 수술을 드디어 받게 된 듯 들먹이는 이 '치유'라는 단어 때문에 어쩔 도리 없이 웃음이 터져 나올 것만 같았다.) 나중에 우리의 관계는 바뀌었다. 우정과 신뢰로. 그 신뢰 덕분에 우리는 계속 만날 수 있었다.

그랬다. 벌써 여러달 전이다. 지금 내가 마주하기 두려운 건, 왜 그 만남을 이어갔냐는 질문이다. 이 남자를 고쳐줄 수 있다는 자만 때문은 아니었다. 전혀. 성불구자들을 이미 너무 많이 겪은 터라 그 정도로 어리석지는 않았다. 딱히 공감 때문도 아니었다. 약간 그런 면이 있긴 했지만. 남자들의 기를 살려주려는 마음이 나뿐 아니라 다른 여자들에게도 그토록 강력하게 작동한다는 사실이 늘 놀라울 따름이다. '거세하는 여자' 운운하는 말들을 동원하여 남자들이 우리를 비난하는 이 시대에 우리가 여전히 이런 식으로 살고 있다니, 참으로 아이러니하다. (넬슨도 자기 아내가 '거세하는' 부류라고 말한다. 그의 아내가 겪었을 고초를 생각하며 그 말을 듣자니 분노가 치민다.) 진실인즉, 여자들은 남자를 남자로 세우고 싶다는 뿌리 깊은 본능적 욕구를 지닌 듯하다. 가령 몰리가 그렇다. 내가 보기에 이는 진짜 남자들을 점점 찾기 힘들어서이지 싶다. 우리는 두려움을 느끼며 그런 남자들을 만들어내려고 애쓴다.

아니, 나를 두렵게 만드는 건 기꺼이 그렇게 하고자 하는 나 자신의 의지다. 마더 슈거라면 비위를 맞추고 무릎을 꿇으려는 여자들이 가진 욕구의 '부정적인 측면'이라고 불렀음직한 특징이다. 지금의 나는 애나가 아니며, 아무런 의지도 없고, 일단 그런 상황이 시작되면 헤어나오지 못한 채 그냥 질질 끌려갈 뿐이다.

처음으로 넬슨과 잤던 밤으로부터 일주일도 지나기 전에 난 통제할 수 없는 상황에 빠져들어 있었다. 책임감 있는 조용한 사내 넬슨은 완전히 사라졌다. 더이상 그런 모습을 떠올릴 수조차 없다. 감정적인 책임과 관련한 언사조차 완전히 실종된 상태였다. 그는 날카롭고 강박적인 신경증에 사로잡혔고 나 역시 그의 신경증에 휩싸였다. 우리는 두번째로 잠자리를 가졌다. 고도로 언어적이고 신랄한 유머가 실린 자기비하에 이어 여성 일반에 대한 신경질적인 욕설이 뒤따랐다. 그런 다음 거의 2주간 그는 내 인생에서 사라졌다. 기억할 수 있는 그 어느 때보다 나는 더 초조한 기분이었고 우울했다. 섹스와도 담을 쌓고 지냈다. 전혀, 털끝만큼도 관계를 갖지 않았다. 멀찌감치 떨어진 지금은, 정상성과 안온함의 세계에 속해 있는 애나가 보인다. 이렇게 그녀를 볼 수는 있지만 그런 식으로 산다는 게 어떤 것인지 기억나지 않는다. 넬슨은 두차례 전화를 걸어 너무나 뻔해서 모욕적인 그런 변명을 늘어놓았다. 그럴 필요도 없었는데. 그 변명들은 애나를 향한 것이 아니라 한 '여자'나 '여자들' 혹은 '적'을 향한 것들이었다. 멀쩡할 때라면 그따위 둔감한 변명은 늘어놓지 않을 텐데. 마음속에서 그를 연인으로서는 지워버리되, 친구로서는 간직하기로 결심했다. 우리 사이에는 일종의 자기인식이랄까, 절망의 연대와 같은 우애가 존재한다. 그런데 이후 어느 저녁에 그가 예고 없이 자기의 다른 면, 즉 '좋은' 인격을 걸친 채로 찾아왔다. 그의 애기를 듣고 있노라니 신경증에 휘둘린 그가 어땠는지는 전혀 기억나지 않았다. 거기 앉아서 난 멀쩡한 정신으로 행복한 상태인 애나를 바라볼 때처럼 그를 지켜보았다. 애나처럼, 그 역시 유리 벽 너머에서 움직이는 존재, 다다를 수 없는 존재다. 그래, 맞아, 그 유리 벽을 나는 잘 알고 있다. 어떤 종류의 미국인들은 그 뒤편에서 살아가며 이렇게 말한다. 제발 부탁이니 나를 건드리지 말아줘. 뭔가를 느끼는 게 두려우니까 제발 건드리지 마.

그날 저녁 그가 자기 집에서 열리는 저녁 파티에 나를 초대했다. 가겠다고 했다. 그가 떠난 다음 불편한 마음이 들었고 결국 가지 말아야 한다는 걸 알았다. 하지만 표면상 못 갈 이유가 뭐가 있나? 우리는 절대 연인이 되지 않을 것이고 결국 친구로 남을 텐데, 그의 친구들과 아내를 못 만날 이유가 뭐람?

그들의 아파트에 들어서자마자 정말이지 내가 상상력을 전혀 발휘하지 못했음을, 진짜 멍청한 사람이 되기로 작정했음을 알아차렸다. 상황이 구미에 맞을 때면 생각하기를 거부하는 우리의 이러한 능력 탓에 이따금 나는 여자들을 혐오하고 우리 전부를 혐오하게 된다. 행복을 향해 팔을 뻗을 때 우린 아예 생각하지 않는 편을 택하지 않는가. 그래, 그 아파트에 들어서면서 내가 생각하지 않는 쪽을 택했다는 사실을 깨달았고, 그래서 부끄러웠고 굴욕감을 느꼈다.

취향도 없고 개성도 없는 가구들이 가득 들어찬 널찍한 월세 아파트. 주택으로 이사를 가서 자신들이 선택한 물건들로 그 새집을 가득 채워도 여전히 개성이 없을 게 뻔했다. 그게 바로 몰개성의 속성이니까. 몰개성의 안전함. 그래, 나 역시 그걸 너무 잘 안다. 그들이 이 아파트의 월세가 얼마인지 얘기했을 때 귀를 의심했다. 일주일에 30파운드나 되는 거금. 미친 짓이다. 스무명쯤 되는 손님이 있었다. 전부 텔레비전이나 영화 쪽 '쇼 비즈니스 업계' 사람들이었고 물론 그 사실에 대해 농담을 했다. "쇼 비즈 쪽 사람들이면 안 될 이유라도 있나요? 그게 잘못된 건 아니잖아요, 그렇죠?" 서로들 잘 아는 사이였다. '서로를 잘 안다'는 게 쇼 비즈니스의 기본이기도 했거니와, 그들 업무에 워낙 자의적인 접촉이 많은 것도 한가지 원인이었다. 그래도 그들은 우호적이었고, 이는 서로를 용인하는 매력적이고 편안한 우호였다. 난 그게 마음에 들었다. 아프리카의 백인들이 보여주는 편안하고 격의 없는 친밀감과 비슷한 구석이 있었다. "안녕하세요? 기분 어떠세요? 전에 한번 만났을 뿐이지만 그래도 내 집이라 생각하세요." 어쨌든 그런 게 좋았다. 영국인의 기준으로 볼 때 그들 모두 부자였다. 영국에서 그들만큼 부유한 사람들은 자신들의 부를 화제로 삼지 않는다. 파티 내내 이 미국인들에겐 돈, 초조한 돈의 분위기가 서려 있었다. 하지만 그 모든 돈과 (언뜻 그들로서는 당연하게 여기는 듯한) 그토록 값비싼 모든 것에도 불구하고, 어딘가 딱히 정의하기 어려운 중산계급의 냄새가 났다. 난 그걸 정의하려 애쓰며 거기 앉아 있었다. 이것은 일종의 의도적인 평범함, 말하자면 개인성을 쪼그라뜨리는 행위다. 마치 그들 모두 어떤 기대치에 스스로를 끼워 맞추고 싶은 내재된 욕구가 있는 듯하다. 그러나 정말 마음에 드는 사람들이고 너무나 좋은 사람들이기에, 스스로를 깎아내리고 테두리를 치는 편을 택하는 모습을 보니 가슴이 아프다. 그 테두리는 돈의 테두리다. (하지만 왜? 그들 중 절반은 좌파였고, 블랙리스트에 올라 있으며, 미국에서 생활비를 벌 수 없어 영국에 체류하고 있었다. 그런데도 언제나 돈, 돈, 돈 얘기뿐이었다.) 그랬다. 돈에 대한 조바심이 손에 잡힐 듯했다. 마치 질문처럼 허공에 떠 있었다. 넬슨이 그 널찍하고 흉한 아파트에 사느라 지불하는 월세만으로도 영국인 중산계급 일가족이 편안하게 지낼 수 있을 텐데.

나는 넬슨의 아내에게 남몰래 마음을 빼앗겼다. 절반은 이 새로운 인물이 어떤 사람인가 하는 평범한 호기심에서였다. 그러나 나머지 절반은 말하기 창피한 궁금증 때문이었는데, 나에겐 있지만 그 여자에겐 없는 게 무엇인지 알고 싶었던 것이다. 그런 건 전혀 없다는 사실을 곧 알아차릴 수 있었지만.

그녀는 매력적인 여자다. 훤칠한 키에 너무 말라 거의 뼈만 남은 듯한 유대인 여자. 전반적으로 큼직하고 뚜렷한 생김새에 움직임이 눈에 띄는 커다란 입, 아름다운 곡선을 그리는 큼직한 코와 시선을 사로잡는 커다란 검은 눈동자, 이 모든 요소요소가 아주 매력적으로 이목을 끌었다. 게다가 화려하고 세련된 옷차림. 크고 날카로운 목소리와(이건 마음에 들지 않는 점으로, 난 시끄러운 음성이 싫다) 힘차게 터지는 웃음. 훌륭한 스타일과 스스로에 대한 확신, 나는 그런 면모가 부러웠다. 그러다가, 그녀를 지켜보면서 그게 표면뿐인 자기확신임을 알게 되었다. 그녀는 도무지 넬슨에게서 눈을 떼는 법이 없었다. 절대, 단 한순간도. (반면에 그는 아내 쪽으로 눈길조차 주지 않았는데, 두려워서인 것 같았다.) 그런 표면뿐인 자신감과 확신이라는 자질을 난 이제 여러 미국 여성들에게서 알아보기 시작한다. 그 아래엔 조바심이 있다. 그들 어깨에도 초조하고 겁먹은 표정이 어려 있다. 그들은 겁에 질린 상태다. 마치 우주 공간 어딘가에 혼자 나와 있으면서도 혼자가 아닌 척하는 것처럼 보인다. 그들에겐 홀로 있는 사람, 고립된 이의 느낌이 서려 있다. 그러면서도 혼자가 아닌 척하다니. 그런 그들을 보면 무섭다는 생각도 든다.

그래, 넬슨이 들어선 그 순간부터 아내는 그에게서 눈을 떼지 않았다. 넬슨은 스스로를 규정하고 또 징벌하는 농담을 하며 들어섰는데, 너무 많은 걸 감내하는 그 농담을 생각하면 나는 오싹해진다. "남자가 두시간 늦었는데, 왜일까? 이유인즉 잔뜩 젊어지고 있는 짐 때문이지, 사람들과 어울리는 그 행복한 저녁을 앞두고 있으니 말이야." (그의 친구들이 전부 웃었다. 그들 자신이 그 행복한 사교의 저녁을 만든 장본인들이건만.) 넬슨의 아내가 비슷하게 유쾌하면서도 긴장 어린 비난조로 대꾸했다. "하지만 여자는 사람들과 어울리는 그 행복한 저녁 덕분에 남자가 두시간 늦으리라는 걸 이미 알고 있었죠. 그래서 저녁은 10시에 내도록 준비해놨답니다. 그러니 그 점에 대해서는 단 1분도 신경 쓰지 마시길!" 그 말에도 다들 웃음을 터뜨렸는데, 겉보기엔 그토록 당당하며 자신감에 찬 아내의 검은 눈동자는 초조하면서도 걱정스레 남편에게 고정되어 있었다. "스카치 할래, 넬슨?" 다른 사람에게 술을 따라주며 아내가 물었다. 목소리에 문득 새된 읍소의 느낌이 묻어났다. "더블로." 도전하듯 공격적으로 그가 대답했다. 한순간 두 사람의 시선이 마주치자, 다른 이들은 불현듯 노출된 이 순간을 무마하고자 농을 주고받으며 웃음을 터뜨렸다. 이것이 내가 깨닫기 시작한 또다른 사실이었다. 그들이 내내 서로를 덮어주고 있다는 것. 이런 위험한 순간들을 덮을 수 있도록 서로를 지켜주고 있다는 사실을 알아차리자 그 편안한 친밀감을 목도하는 내 마음이 심히 불편해졌다. 그 자리의 유일한 영국인인 내게 그들이 살갑게 구는 것은 관대한 본능을 지닌 착한 사람들이기 때문이었다. 미국인들이 으레 영국인에게 취하는 태도에 관해 그들은 수십가지 자조적인 농담을 늘어놓았고, 너무 웃기는 농담들이라 나도 많이 웃었지만 마음은 편치 않았다. 그들처럼 나도 아무렇지 않게 자조적인 태도로 나가야 할 텐데, 그래야 일종의 주고받기가 될 텐데, 나로서는 그렇게 하는 법을 몰랐기 때문이다. 그날밤 파티는 사람들이 들어오자마자 최대한 빨리, 그리고 최대한 많이 배 속에 술을 채우기로 작정을 한 그런 모임이었다. 여하튼 난 그런 것에 익숙하지 않았던 탓에 다른 누구보다 더 많이, 그것도 아주 빨리 취했다. 그들보다 훨씬 덜 마셨는데도 말이다. 주위를 둘러보니 몸에 붙는 중국식 초록 양단 드레스를 입은 자그마한 금발 여자가 눈에 들어왔다. 자그맣고 말끔한 자태의, 정말 아름다운 여자였다. 그 여자는 크고 못생기고 거무튀튀한 얼굴을 한 영화계 거물 남자의 네번째 전처 혹은 지금의 처였다. 한

시간 사이에 더블샷을 넉 잔이나 마셨는데도 여전히 침착하고 매력적이었다. 그녀는 술을 마구 들이켜대는 남편을 걱정스러운 표정으로 지켜보면서 만취한 그를 마치 아기 다루듯 했다. "우리 아가, 또 마실 필요가 없지요." 이렇게 아기에게 하듯 정답게 말을 걸면, 그가 대꾸했다. "아니, 아니야, 아가는 술 마셔야 하고, 그러니까 마실 거야." 여자는 그를 쓰다듬고 토닥토닥 두드렸다. "착한 우리 아가는 안 마실 거예요. 그래요, 안 마실 거예요. 엄마가 그러지 말라고 하니까." 그러면 맙소사, 남자는 술잔을 내려놓는 것이었다. 여자가 남편을 어루만지며 아기처럼 대하는 것, 이게 그들 결혼의 기반이라는 사실을 깨닫기 전까지 내게 그 행동은 참 모욕적으로 느껴졌다. 그 아름다운 중국식 초록 드레스와 기다란 예쁜 귀걸이는 엄마 노릇을 하고 그를 아기처럼 다뤄주는 데 대한 보상인 셈이다. 당혹스러웠다. 하지만 어느 누구도 당황한 표정이 아니었다. 그 태연한 농담 따먹기에 낄 수가 없었기에 난 잔뜩 취한 채 자리에 앉아 그 사람들을 지켜보았고, 그러다가 문득 깨달았다. 무엇보다 내가 무척이나 당황스러워하고 있다는 것을, 그리고 이제 다음번 위기 상황이 터질 땐 그들이 적시에 서로를 덮어줄 수 없을 거고, 따라서 끔찍한 폭발이 일어나리라 염려하고 있다는 것을. 여하튼 자정쯤 그런 일이 터졌다. 하지만 난 쓸데없는 걱정을 한 셈이었다. 어떤 교양의 영역에서 그들 모두는 내게 익숙한 정도를 훨씬 넘어서는 수준으로 저 멀리 앞서가 있었다. 그들의 자의식적이고 자기 풍자적인 우스개야말로 진짜 상처를 입지 않도록 해주는 요인이었다. 말하자면, 바로 그게 어떤 폭력의 순간이 쾅 하고 터져서 또 한 번의 이혼이나 주사로 인한 파국이 벌어지기 전까지 그들을 지켜주고 있었다.

그토록 활달하고 당당하고 매력적인 넬슨의 아내가 저녁 내내 남편에게 시선을 붙들어매고 있는 모습을 난 줄곧 지켜봤다. 그 눈에는 일종의 드넓고 공허하며 흐트러진 표정이 서려 있었다. 눈에 익은 표정이었지만 어디서 봤는지 기억하지 못하다가 잠시 후에 생각이 났다. 부스비 부인에 관한 그 이야기의 마지막 무렵, 완전히 무너져 내리던 부인의 눈동자가 바로 그랬다. 정신없이 마구 흐트러진, 그러나 스스로의 상태를 노출하지 않으려 애를 쓰면서 부릅뜬 눈으로 상대를 응시하던 눈동자. 더구나 내가 보기에 넬슨의 아내는 스스로 힘겹게 억제하고 있는, 어떤 영구적인 신경증에 갇힌 상태였다. 그 자리에 있는 사람들 모두 그런 처지임을 나는 깨달았다. 뛰어난 유머 감각을 발휘하는 가시 돋친 대화 속에서, 그들은 저 기민하고 경계 어린 눈동자에 신경증이 깜박거리는 동안 그것을 억제하고 부여잡은 채, 자기들 낭떠러지의 끝자락에 위태롭게 서 있었다.

그러나 그들 모두 그런 삶에 익숙했으니, 벌써 수년째 그렇게 살아온 터였다. 그들에겐 익숙하고 오직 내게만 낯선 상황. 하지만 너무 많이, 너무 빨리 마셨다는 사실을 지나치게 의식하고 지나치게 예민하게 받아들여 취기가 가라앉기를 기다리며 더이상 술은 입에 대지 않은 채 거기 구석에 앉아 있는 동안, 생각과 달리 실은 이 모든 게 나에게 전적으로 새로운 상황은 아님을 깨닫게 되었다. 이는 영국인들의 결혼 생활이나 영국인 가정에서 내가 백번도 넘게 목도해온 내용, 그 이상도 그 이하도 아니었다. 깨달음과 자의식의 상태로 한단계 더 나아간 것일 뿐 본질적으로는 동일했다. 무엇보다 그들은 자의식적인 사람들로서 매분 매초 스스로를 의식했고, 그들의 유머는 다름 아닌 이 자의식, 말하자면 자기혐오적인 의식에서 나오고 있었다. 영국인들이 애용하는 무해하고 지적인 언어유희와는 완전히 다른 유머, 그건 스스로를 고통에서 구하기 위한 일종의 소독제이자 해독제이며 '명명하기'였다. 악마의 시선을 피하기 위해 부적을 만지작거리는 촌부의 행동과도 같은 것.

말했듯이 아주 늦게, 그러니까 자정 무렵 넬슨의 아내로부터 시끄럽고 새된 음성이 들려왔다. "알겠어, 좋다고. 이제 무슨 말이 나올지 알겠다니까. 그 대본 안 쓸 거잖아. 그런데 빌, 그러면서 왜 쓸데없이 넬슨에게 시간을 허비하는 거야?"(그 엄마 노릇을 하는 자그마한 금발 요령꾼 여인의 공격적인 거구 남편이 빌이었다.) 넬슨의 아내는 계속 쏘아붙였는데, 빌은 호인 시늉을 하기로 작정한 모양이었다. "그인 몇달이고 계속 그 얘길 늘어놓을걸. 하지만 결국 당신 제안을 거절하고 무대에는 결코 오르지 못할 또 한편의 걸작을 쓰시느라 허송세월하겠지⋯⋯" 말끝에 넬슨의 아내는 사죄의 뜻을 담은, 그러나 거칠고 신경증적인 웃음을 터뜨렸다. 그러자 기꺼이 방패막이 노릇을 할 준비가 되어 있던 빌보다 한발 먼저 넬슨이, 말하자면 무대를 장악하며 이렇게 대꾸했다. "바로 그거야, 그래야 내 마누라지. 남편이 걸작을 쓰느라 허송세월한다 이거군. 그래서 내가 브로드웨이에 연극을 올린 적이 있었나, 없었나?" 마치 여자의 비명처럼 이 마지막 말을 날카롭게 쏘아붙일 때, 아내에 대한 증오와 적나라한 극도의 두려움으로 그의 얼굴이 시커메졌다. 그들 모두 웃기 시작했다. 방 안 가득 들어찬 사람들은 이 위험한 순간을 무마하기 위해 웃으며 농담을 나누기 시작했고, 그때 빌이 말했다. "넬슨이 써 온 걸 거절할지 아닐지 당신이 어떻게 알아? 물론 거절할지도 모르지. 이젠 내가 걸작을 쓸 차례일 수도 있잖아. 그 순간이 다가오는 게 느껴질 정도라고." (그러면서 그는 자신의 금발 미녀 아내를 보았는데, 마치 이렇게 말하는 것 같았다. 자기야, 걱정 마. 당신도 알잖아, 내가 그냥 덮어주고 있다는 거. 알지?) 하지만 그렇게 무마하려 해봐야 소용없었다. 그들의 집단적 자기 방어 기제도 그 폭력의 순간을 막을 만큼 강력하지는 못했던 것이다. 넬슨과 그의 아내는 우리 전부의 존재를 깡그리 잊은 채 단둘이 방 한편에 서서는, 서로에 대한 극도의 증오에 사로잡혀 절박하게 탄원하고 해명하는 중이었다. 더이상 우릴 의식하지도 않았다. 하지만 그 모든 것에도 불구하고, 여전히 그들은 예의 무시무시하고 신경증적이며 자기징벌적인 유머를 동원하고 있었다. 그들의 농담은 가령 이런 식이었다.

넬슨: 그래, 자기, 들었지? 빌은 우리 시대를 위한 「세일즈맨의 죽음」을 쓸 거야. 그걸로 날 무찌르겠지. 그러면 대체 누구 잘못일까? 한결같은 마음으로 날 사랑하는 나의 아내가 아니면 누구 잘못이겠어?

여자: (날카로운 목소리로 웃으며, 근심으로 어지러워진 시선이 마치 칼날 아래 몸부림치는 작고 검은 연체동물처럼 통제할 수 없이 얼굴에서 이리저리 움직인다.) 아, 물론 내 잘못이겠지, 누구겠어? 그것 때문에 내가 존재하는데, 안 그래?

넬슨: 그래, 물론 당신은 그런 역할을 하려고 존재하는 사람이지. 당신이 나 감싸주는 거, 나도 알아. 그래서 내가 당신을 그렇게 사랑하잖아. 하지만 그 연극 내가 브로드웨이에 올렸어, 안 올렸어? 게다가 그 모든 호평은? 아니면 다 그냥 나 혼자 상상한 건가?

여자: 12년 전 일 말이야? 아, 그땐 당신도 훌륭한 미국 시민이었지. 블랙리스트에도 안 올랐고. 그래, 그동안 대체 뭐 하고 지냈지?

남자: 맞아, 그렇게 그놈들이 날 완전히 주저앉혔어. 내가 그걸 몰라? 자

꾸 들먹여야겠어? 분명히 말해두는데, 사람들을 주저앉히기 위해 꼭 사형대와 형무소만 필요한 건 아니야. 훨씬 더 쉬운 일이…… 여하튼, 다른 사람은 몰라도 난 그랬어. 그래, 내 경우에는……

여자: 블랙리스트에 올라서 아주 영웅이 되셨지. 그게 남은 인생에 대해 써먹는 알리바이인 모양인데……

남자: 아니, 자기야, 아니거든. 남은 내 인생의 알리바이는 당신 아니겠어? 죽는 날까지 매일 새벽 4시만 되면 날 흔들어 깨우고, 여기 우리 훌륭하신 친구 빌을 위해 쓰레기 같은 글을 조금이라도 더 써내지 않으면 자신과 아이들은 곧 바우어리가²에 나앉게 된다며 비명을 지르고 징징거릴 사람이 누굴까?

여자: (얼굴이 일그러질 정도로 크게 웃으며) 좋아, 그래서 난 매일 새벽 4시에 일어나지. 그래, 그 정도로 겁이 나거든. 그럼 손님방에 가서 잘까?

남자: 그래, 손님방으로 가줬으면 좋겠어. 매일 아침 그 세시간이라도 일 좀 하게 말이야. 일하는 방법을 아직 기억한다면 말이지만. (갑자기 웃으며) 나도 그 손님방에 가서 당신이랑 같이 바우어리가에 나앉으면 어떡하냐고 징징대지 않는다면 말이지. 그렇게 한번 해보면 어떨까? 우리 함께 바우어리가에서 살아보자고. 죽음이 우리를 갈라놓을 때까지, 서로의 곁에서, 죽는 그 순간까지 사랑하면서.

여자: 그걸로 희극이라도 만들지 그래. 내가 머리가 떨어져라 웃어줄 텐데.

남자: 그렇지, 일편단심 날 사랑하는 마누라님은 내가 바우어리

---

2 19세기 말부터 20세기 말까지 최하층 이민자들과 노숙인, 싸구려 술집과 매춘업소가 밀집한 지역으로 악명 높았던 뉴욕 맨해튼의 거리.

가에 나앉게 되면 머리가 떨어져 나갈 때까지 웃어대겠지. (웃으며) 그래도 정말 웃기는 건 말이야, 만약 당신이 그 거리에서 술에 취해 어느 집 문간에 주저앉아 있으면, 틀림없이 내가 당신을 따라 거기 나타날 거라는 거지. 정말이야. 당신이 거기 주저앉게 되면 내가 꼭 당신 뒤를 따라갈 거야. 그래, 나한테는 안정이 필요하거든. 내가 당신한테 바라는 게 그거라고 정신분석 치료사도 말하더군. 그러니 감히 내가 어떻게 아니라고 하겠어?

여자: 그래, 그거야. 바로 그게 당신이 나한테 바라는 거지. 당신이 받는 게 그거고. 당신은 엄마가 있어야 하잖아. 하느님 맙소사. (서로 몸을 기울인 채 그들은 아주 소리까지 지르며 포복절도한다.)

남자: 그래, 당신이 내 엄마야. 그 양반 얘기가 그래. 늘 맞는 말씀만 하는 분이니까. 그래, 자기 엄마를 미워하는 건 괜찮다네. 책에 나와 있다더군. 그 방면으론 괜찮은 거지. 그 점에 대해선 죄책감을 느끼지 않을 생각이야.

여자: 아, 그럼. 물론이지. 당신이 왜 죄책감을 느껴? 그럴 이유가 뭐가 있어?

남자: (가무잡잡하고 잘생긴 얼굴을 일그러뜨리며 외치듯이) 당신이 그렇게 만드니까, 당신에게 난 늘 잘못하는 사람이니까 그럴 수밖에 없잖아. 엄마는 늘 옳은 법이니까.

여자: (갑자기 웃음을 멈추고, 하지만 근심에 싸여 자포자기하듯이) 아, 넬슨, 쉴 새 없이 그렇게 몰아대지 좀 마. 제발 그러지 말아 줘. 견딜 수가 없어.

남자: (부드럽지만 위협적으로) 그래, 당신 견딜 수 없다는 거지? 글쎄, 견뎌야 하는데. 왜냐고? 내가 당신이 견디기를 바라니까, 그게 이유야. 이것 봐. 아마도 내가 아니라 당신이 정신분석을 받아

야겠군. 왜 힘든 일은 내가 죄다 떠맡아야 하지? 그래, 바로 그거야. 당신도 정신분석 상담 받아보면 되잖아. 내가 아픈 게 아니야. 아픈 건 당신이라고. 당신이 정말 아픈 거야! (하지만 아내는 포기한 듯 남편으로부터 몸을 돌린 채 기운 없이 축 처져 있다. 득의양양한, 그러면서도 겁에 질린 얼굴로 남자가 여자 쪽으로 펄쩍 달려든다.) 지금은 대체 뭐가 문제야? 못 참겠어? 응? 왜? 당신, 아픈 게 아니란 걸 어떻게 아는데? 왜 늘 나만 잘못했다는 거야? 아, 제발 그런 얼굴 하지 마! 언제나처럼 내 기분 잡치려는 거지, 응? 글쎄, 당신 원하는 대로 되는군. 그래, 내가 잘못했어. 어쨌든 걱정은 하지 마. 단 한순간도. 잘못한 사람은 언제나 당신이 아니고 나니까. 내가 그랬잖아, 안 그래? 고백했잖아, 맞지? 당신은 여자니까 늘 옳다고. 그래그래, 나 지금 불평하는 거 아니야. 있는 그대로 말할 뿐이라고. 난 남자고, 그러니 내가 잘못했어. 됐지?

그러나 이제 갑자기 그 자그마한 금발 여자(최소한 스카치위스키 반병은 넘게 마시고도 이제 막 물기 어린 푸른 눈을 뜬 보들보들한 작은 새끼 고양이처럼 차분하게 스스로를 제어하고 있던 그 여자)가 일어서서는 이렇게 말한다. "빌, 빌, 나 춤추고 싶어. 자기, 나 춤추고 싶은데." 그러자 빌은 펄쩍 일어나 축음기로 갔고, 이내 최근 나온 암스트롱의 곡, 그 냉소적인 트럼펫 연주와 나이 든 암스트롱의 냉소적이면서도 유쾌한 음성이 방을 가득 채운다. 빌이 아담하고 어여쁜 자기 아내를 감싸 안고, 두 사람은 함께 춤을 춘다. 하지만 그건 패러디, 유쾌하고 섹시한 춤의 패러디일 뿐이다. 이제 초대받은 모두가 춤을 추는데, 넬슨과 그의 아내는 여전히 무리의 가장자리에 떨어져 있다. 더이상 아무도 그들 얘기를 듣지 않는다. 이들도 더는 견딜 수 없는 것이다. 그때 넬슨이 엄지를 흔들어 내 쪽을 가리키며 큰 목소리로 말한다. "나 애나와 춤출 거야. 난 춤도 잘 못 추고, 뭐 하나 잘하는 게 없지, 그렇다고 굳이 그렇게 말해줄 필요는 없어, 암튼 애나와 출 거니까." 내가 일어선다. 모두가 날 바라보며 눈으로 이렇게 말하고 있어서다. 그렇게 해요. 춰야 해요. 그와 춤을 춰야 한다고.

넬슨이 다가와서 익살극이라도 벌이듯 요란하게 청한다. "난 애나와 춤을 출 거야. 나, 나, 나와 춤을 춰요! 나랑 춤, 춤, 춤을 춰줘요, 애나."

그의 눈동자는 자기혐오와 참담함, 고통으로 필사적이다. 그러더니 패러디인 양 그가 이렇게 말한다. "제발, 나랑 자자, 자기. 당신 딱 내 스타일이거든."

나는 웃는다. (새된 소리로 애원하는 내 웃음소리가 귓전에 울린다.) 그들 전부 안도하며 따라 웃는다. 내가 맡은 역할을 제대로 해내서 이제 그 위험한 순간이 지나간 것이다. 넬슨 아내의 웃음소리가 제일 크게 들린다. 그럼에도 불구하고 그녀는 두려움에 가득 차서 날카롭게 탐색하는 시선을 내게 던진다. 어느새 난 그들 부부가 벌이는 전투의 일부가 되어 있다. 나, 애나가 존재하는 유일한 의미는 아마도 그 전투에 연료를 대주는 일에서 찾을 수 있으리라. 그들은 아마 새벽 4시와 7시 사이, 두려움에서 깨어나(그러나 무엇에 대한 두려움일까?) 목숨 걸고 싸우는 그 끔찍한 시간에 나를 두고도 끝없이 싸웠을 것이다. 심지어 그들의 대화가 들릴 지경이다. 아내가 고통스럽고 근심 어린 미소를 띠고 지켜보는 동안, 난 넬슨과 춤을 추며 그들의 대화를 듣는다.

여자: 그래, 내가 당신과 애나 울프의 관계를 모를 거라 생각하는 모양이지.

남자: 맞아. 지금 모르고 있고, 앞으로도 결코 알지 못할 거야, 안 그래?

여자: 정말 모른다고 생각하는구나. 어쩌지, 알고 있는데. 딱 보기만 해도 알겠는걸!

남자: 나 좀 볼래, 자기야! 날 보라고, 내 귀여운 사람! 보라고, 사랑스러운 자기. 봐, 보라고! 뭐가 보여? 로따리오? 돈 후안? 그래, 맞아. 그게 나야. 애나 울프랑 같이 자는 사이지. 딱 내 입맛에 맞거든. 정신분석 치료사 말씀이, 그 여자가 그렇다네. 내가 뭔데 감히 그분 말씀에 토를 달겠어?

거칠고 고통스럽게 웃어대며 추는 춤, 그 자리의 모든 사람이 패러디로 춤을 추고 자신들의 소중한 삶을 지키고자 무리의 다른 모두에게 그 패러디를 유지하게끔 열심히 몰아댄 다음, 우리는 모두 밤 인사를 나누고 집으로 간다.

넬슨의 아내가 헤어질 때 내게 작별 키스를 한다. 우리 모두 행복한 대가족의 일원인 양 키스를 나눈다. 하지만 이 무리에 속한 누구라도 실패 때문에, 취기 때문에, 혹은 의견의 불일치 때문에 무리에서 이탈하여 다시는 오지 않을 수도 있음을 나도 알고 그들도 안다. 넬슨의 아내는 내 뺨에, 처음엔 왼편에, 이어 오른편에, 반쯤은 진심을 담아 따스하게 키스한다. 마치 이렇게 말하듯. 미안해요, 어쩔 수 없는걸요, 당신과는 상관없는 일이에요. 나머지 반쯤은 탐색하는 태도다. 마치 이렇게 말하듯. 당신이 내게 없는 뭘 가지고 있는지 궁금해.

심지어 우리는 아이러니하고도 쓰라린 시선을 교환하며 눈으로 이렇게 말한다. 그래, 우리 누구와도 상관없는 일이야, 정말!

그럼에도 불구하고 그녀의 작별 키스는 내 마음을 불편하게 하고, 나는 사기꾼이 된 기분이다. 그들의 아파트에 가지 않고도 내 머리를 써서 미리 알았어야 했던 어떤 사실을 지금에야 깨닫는 것이다. 즉, 넬슨과 그의 아내는 원망에 찬 끈으로 엮여 있고, 그들 인생에서 그 끈은 절대 끊어지지 않으리라는 것을. 신경질적인 고통을 선사하는, 온갖 구속 중에서도 가장 확실한 끈이 그들을 묶어놓고 있다. 고통에 찬 경험을 서로 주고받는 그런 관계. 고통이 사랑의 주요한 측면이 된 관계. 세상이 어떤 곳이며 성장이 무엇인지에 관한 깨달음으로서 고통을 이해하는 그런 관계.

넬슨은 아내를 떠날 계획이지만, 절대 아내를 떠나지 못할 것이다. 차이고 버림받았다며 아내는 소리 높여 울어댈 것이다. 자신이 결코 버림받지 않으리라는 것을 그의 아내는 알지 못한다.

파티를 마치고 집에 돌아온 나는 진이 빠져 의자에 앉아 있었다. 머릿속에 하나의 상이 계속 떠올랐다. 영화의 한 장면 같았고, 잠시 뒤엔 마치 내가 영화의 연속 장면을 보고 있는 듯했다. 분주한 도시의 어느 지붕 위에 한 남자와 한 여자가 있고, 도시의 소음과 움직임은 그들 아래 멀찍이 떨어져 있다. 두 남녀는 그 지붕 위에서 목적 없이 서성인다. 때로 서로를 껴안지만, 마치 이건 무슨 맛일까 궁금해서 실험이라도 하듯 그러고 있다가 다시 떨어져 목적 없이 다시 지붕 위를 서성인다. 그러다 남자가 여자에게 다가가서 이렇게 말한다. 당신을 사랑해요. 여자는 공포에 질려 답한다. 그게 무슨 뜻인가요? 그가 말한다. 당신을 사랑한다고요. 그러자 그녀는 그를 껴안고 그는 초조한 듯 황급히 물러나는데, 이때 여자가 말한다. 왜 날 사랑한다고 했죠? 그가 대답한다. 그 말이 입 밖으로 나올 때 어떤 느낌일까 궁금했거든요. 여자가 말한다. 하지만 난 당신을 사랑하는걸요. 당신을 사랑해요. 당신을 사랑해. 그러자 남자는 지붕 가장자리로 물러나 뛰어내릴 준비를 한다. 만약 여자가 한번 더 사랑한다는 말을 하면 곧장 뛰어내릴 태세다.

자면서 나는 이 장면을 꿈으로 꿨다. 총천연색으로. 꿈에서는 지붕 대신 엷은 색조의 연무인지 안개인지가 가득 깔린 곳이었고, 회오리치며 솟아오르는 아름답고 환상적인 색깔의 연기 속에서 한 남자와 한 여자가 서성이고 있었다. 여자는 남자를 찾으려 애쓰지만 그와 부딪치거나 그를 발견할 때마다 남자는 초조하게 물러서면서 여자 쪽을 돌아보았고, 그런 다음 다시 계속 물러났다.

파티 다음 날 아침 넬슨은 전화를 해서 나와 결혼하고 싶다고 했다. 그 순간 꿈의 의미를 알 것 같았다. 그에게 왜 그러냐고 물었다. 그가 큰 소리로 답했다. "하고 싶으니까." 당신은 아내와 뗄 수 없이 엮인 사이라고 말해줬다. 그러자 그 꿈 혹은 영화 장면이 정지했고, 그는 목소리를 바꿔 우스꽝스럽게 대답했다. "세상에, 그게 사실이라면 큰일 났구먼." 우리는 좀더 얘기를 나눴는데, 잠시 후 그가 아내에게 나와 잤다고 실토했다는 애기를 했다. 화가 치민 나는 그가 나를 아내와의 싸움에 이용하고 있다고 말했다. 그는 전날 밤 파티에서 아내에게 그랬던 것처럼 소리를 지르며 나를 맹비난했다.

수화기를 내리고 있자 몇분 뒤 그가 조용해졌다. 이제 그는 자신의 결혼에 대해 내가 아닌 어떤 보이지 않는 관찰자에 맞서 스스로를 변호하고 있었다. 거기 전화선 끝에 내가 있다는 사실은 그리 의식하지 않는 듯했다. 자신의 정신분석 치료사가 한달 동안 휴가중이라는 말을 듣고 난 그 치료사가 누군지를 깨달았다.

내게, 아니 여자들 일반에 한참이나 소리를 질러대고 꽥꽥댄 다음에야 그는 물러났다. 한시간 뒤에는 다시 전화를 걸어서 미안하다고, '제정신이 아니었고' 단지 그래서 그런 말들을 지껄였다고 했다. 이런 말도 했다. "애나, 내가 당신 마음에 상처 준 건 아니지, 응?" 이게 내 뒤통수를 때렸다. 다시 그 끔찍한 꿈의 분위기가 느껴졌다. 하지만 그가 말을 이었다. "내 말 믿어줘. 난 당신과 진짜를 경험하고 싶었을 뿐이야." 이어 고통에 찬 신랄함으로 분위기를 전환하면서 "만약 사람들이 가능하다고들 하는 그런 사랑이 우리가 누린 것보다 더 진짜라면 말이야", 그런 다음 다시 집요하고 거슬리는 말투로 "그래도 내가 당신에게 상처 주지 않았다는 말을 들었으면 좋겠어, 그 말 꼭 해줘야 해". 마치 친구가 내 따귀를 세게 때리거나, 침을 뱉거나, 쾌감을 기대하고 빙그레 웃으며 나이프를 꺼내어 그걸 내 살 깊숙이 꽂는 것만 같은 기분이었다. 물론 난 그가 내게 상처를 입혔노라고 말했지만, 내가 느낀 배신감을 드러내지는 않았다. 그저 그의 방식대로, 마치 내가 받은 상처 따위는 그런 만남이 시작된 지 석달만 지나면 아무렇지 않게 여겨질 수 있는 것처럼 얘기했다.

그가 말했다. "애나, 정말 내가 그렇게 나쁜 놈일 수는 없잖아. 이런 생각이 났는데, 우리가 어떻게 살아야 하는지 마음속으로 그려볼 수 있다면 말이야, 누군가를 정말 사랑하는 걸, 누군가에게 정말 진정으로 다가가는 걸 상상할 수만 있다면 말이야…… 그러면 그게 미래를 위한 일종의 청사진이 될 수도 있을 것 같아. 그렇지 않을까?"

뭐, 인상적인 말이긴 했다. 우리가 하는 일과 도달하려 애쓰는 상태의 절반은 우리가 상상하고자 하는 미래의 청사진일 테니까. 그래서 우리는 어느 모로 보나 동지애로 충만한 상태에서 대화를 마쳤다.

그러나 난 일종의 차가운 안개 속에 앉아 생각을 이어갔다. 대체 남자들은 어떻게 된 인간들이기에 여자에게 이런 식으로 말할 수 있는 걸까? 몇주가 지나는 동안 넬슨은 줄곧 자기 안으로 나를 끌어들이며 자신의 모든 매력과 온기, 여자들과 관계를 맺었던 경험을 총동원했고, 특히 내가 화가 나 있거나 자신이 뭔가 엄청나게 끔찍한 말을 했다는 걸 알 때 그 모든 것을 총동원하곤 했다. 그러다가 태연하게 돌아서며 이렇게 말하는 것이다. 내가 당신에게 상처를 입힌 건가? 내가 보기엔 이건 남자라는 존재의 모든 것을 죄다 폐기하는 짓이기에, 대체 이게 뭘 의미하나 생각할라치면 구역질이 나고 길을 잃고 (어딘가 차가운 안개 속에 머무는 듯) 떠도는 느낌이며, 사물은 의미를 잃어버리고, 심지어 내가 사용하는 말조차 메아리로 변하면서 의미의 패러디에 불과해진다.

그가 전화를 걸어 상처를 입힌 거냐고 물었던 그 직후에 나는 꿈을 꾸었는데, 그 꿈이 바로 파괴를 통해 얻는 기쁨에 대한 것임을 금방 알아차렸다. 꿈에서 본 건 나와 넬슨의 전화 통화 장면이었다. 나와 그는 같은 방에 있었다. 그는 책임감 있고 따스한 남자로 가장하고 있었다. 하지만 입을 열었을 때 그의 미소는 변했고, 그 갑작스럽고 원인 모를 악의의 정체를 나는 알아차릴 수 있었다. 칼날이 갈비뼈 사이 살 속에 박히는 느낌이, 칼날 가장자리가 뼈에 부딪쳐 날카롭게 갈리는 느낌이 들었다. 그 위험과 파괴가 가깝게 지내고 좋아하는 누군가로부터 나온 것이었기에 차마 아무 말도 할 수 없었다. 잠시 후 난 전화기에 대고 말하기 시작했고, 나의 얼굴에서 그 미소, 기쁨에 찬 악의의 미소를 감지할 수 있었다. 심지어 나는 춤을 추듯, 같은 동작으로 몇발짝 거닐기까지 했다. 꿈속에서 이런 생각을 했던 기억이 난다. 그래, 지금 난 그 사악한 꽃병이야.

다음번에는 그 난쟁이 노인이 될 테지. 그런 다음엔 곱사등이 할멈이 될 거고. 다음엔 뭘까? 이윽고 넬슨의 음성이 수화기를 통해 내 귀로 흘러들었다. 그다음엔 마녀, 그다음엔 젊은 마녀야. 그 말들이 끔찍하고 악랄하게, 아주 고소해 죽겠다는 식의 기쁨으로 울리는 걸 들으며 난 잠에서 깨어났다. "마녀, 그다음엔 젊은 마녀!"

매우 침울한 상태로 지냈다. 재닛의 엄마라는 내 인격의 단면에 아주 많이 의지했다. 줄곧 나 자신에게 묻는다. 내 안의 나는 지루하고 초조하며 죽어 있는데 난 여전히 재닛을 위해 평정을 유지하고 책임을 다하며 살아 있을 수 있다니, 얼마나 이상한 일인가?

다시는 그 꿈을 꾸지 않았다. 하지만 엊그제 몰리의 집에서 한 남자를 만났다. 씰론에서 온 남자. 자꾸 들이대는 걸 거절했다. 버림받을까봐, 다시 한번 실패할까봐 두려워서였다. 지금은 창피하다. 겁쟁이가 되고 있다. 한 남자가 성적인 암시를 할라치면 맨 처음 내가 보이는 반응은 곧바로 달아나는 것, 어딘가 상처 받지 않아도 되는 곳으로 달아나는 것이다.

* * *

[페이지를 가로질러 그어놓은 진한 검은 선.]

씰론 출신의 데 씰바. 몰리의 친구. 오래전 몰리네 집에서 처음 만났다. 몇년 전에 런던으로 건너와 기자로 일했지만 넉넉하지 못한 형편이었다. 영국 여자와 결혼했다. 담담하면서도 빈정대는 특유의 방식으로 모임에서 어떤 여자를 사로잡았던 모양이다. 그는 잔인하지만 독특할 정도로 초연한 태도로 재치 있게 사람들을 논평하곤 했다. 그 사람 생각을 하면 무리로부터 떨어져 미소 띤 얼굴로 지켜보는 모습이 떠오른다. 그는 원룸아파트에서 아내와 함께 문단 주변부의 스파게티 인생을 살았다. 부부에겐 어린아이가 하나 있었다. 이곳에서 더이상 생계를 유지하기가 어려워지자 그는 씰론으로 돌아가기로 했다. 아내는 원하지 않았다. 상류계급에 더없이 속물적인 그의 가족들이 막내아들인 그가 백인 여자와 결혼한 것을 괘씸해하던 터였다. 하지만 그는 끝내 아내를 설득해서 고향으로 돌아갔다. 가족들이 아내를 받아주지 않자 방을 하나 구해서 아내와 아이를 거기 살게 하고 그들과 함께 지내다가 가족 품으로 가서 지내는 생활을 반복했다. 씰바의 아내는 영국으로 돌아가고 싶어했지만 그는 일이 잘 풀릴 거라며 원치 않는 아내를 설득하여 아이를 하나 더 낳게 했다. 이 둘째 아이가 태어나자마자 그는 영국행 비행기에 올랐다.

뜬금없이 그가 전화를 걸어 멀리 떠나 있는 몰리의 소식을 물었다. 그러면서 "봄베이에서 내기에 이겨 영국행 무료 항공권을 선물로 받은 덕에" 지금 영국에 와 있노라고 말했다. 나중에 들은 바에 따르면 거짓말이었다. 신문사 일로 출장을 간 봄베이에서 충동적으로 돈을 빌려 런던행 비행기에 올랐던 것이다. 씰바는 예전에 몰리에게 돈을 꾸었는데, 다시 돈을 좀 융통할 수 있을까 싶어서 전화했다고 말했다. 몰리가 없으니 애나에게 부탁해본다면서. 나는 당장 빌려줄 돈은 없다고 했고, 그건 사실이었다. 하지만 그가 다른 이들과도 연락이 끊겼다고 하기에 저녁 초대를 했고 몇몇 친구들도 그 자리에 불렀다. 그는 오지 않았고, 일주일 뒤에야 전화를 걸어 비굴하고 유치한 태도로 사과하며 사람들을 만날 수 없을 정도로 우울증이 심했다고 말했다. "저녁 먹기로 한 그날 저녁 당신 집 전화번호조차 기억하지 못할 정도"였다는 것이었다. 그 일이 있고 얼마 후 몰리 집에서 다시 그를 만났다. 몰리는 영국으로 돌아와 있었다. 그는 초연하고 재치 있는 예전 모습을 되찾은 모양이었다. 언론사 쪽에 일자리를 얻었다며, "아마도 다음주에는 이리로 와서 함께 지내게 될" 아내에 관해 애정 어린 말도 늘어놓았다. 그가 날 초대했지만 내가 달아나버린 것이 바로 그날밤이었다. 그럴싸한 핑계를 대면서 말이다. 하지만 나를 덮친 두려움은 판단에서 나온 게 아니었다. 난 남자라면 누구든 그에게서 멀리 달아나던 중이었고, 그래서 이튿날 그가 전화를 걸어 왔을 땐 그냥 저녁 식사에 초대해버렸다. 식사하는 모습을 보아하니 평소 충분히 먹지 못하는 모양이었다. 그는 아내가 '아마도 다음주에는' 건너오리라고 말했던 걸 이미 잊었는지, 이제는 이렇게 말했다. "아내는 썰론을 떠나고 싶어하지 않아. 아주 행복하게 잘 살고 있지." 마치 자기 입에서 나오는 말에 귀를 기울이듯 초연한 태도였다. 이때까지 우리는 꽤나 유쾌하고 친근하게 서로를 상대하고 있었다. 하지만 아내에 관해 그가 이렇게 언급하면서 대화의 분위기가 확연히 달라졌다. 그는 줄곧 담담하면서도 탐색적이고 적대적인 눈길을 내게 던졌다. 그 적대감은 나와 무관한 것이었다. 우리는 내가 쓰는 넓은 방으로 함께 갔다. 그는 뭔가에 골몰하여 귀담아듣고 있는 사람처럼 한쪽으로 머리를 빼뚜름하게 기울인 채 딱히 나를 향한 것은 아닌 관심의 시선을 내 쪽으로 힐끔힐끔 던지면서 방 안을 거닐었다. 이윽고 자리에 앉더니 그가 말을 꺼냈다. "애나, 무슨 일이 있었는지 당신에게 들려주고 싶어. 아니, 그냥 앉아서 들어봐. 당신한테 말하고 싶은 거니까. 그냥 앉아서 아무 말 없이 들어줬으면 해."

난 그냥 자리에 앉아, 바로 그 순간 거절했어야 함을 알고 있는 지금의 나를 소름 끼치게 하는 그 수동적인 태도로 그의 말을 경청했다. 이 수동성에는 적의와 공격의 태도 또한 담겨 있었는데, 개인을 향한 적의나 공격성은 결코 아니었다. 어쨌든 그때 분위기는 완전히 그런 식이었다. 멀리 떨어져 있는 듯 초연한 태도로, 그는 나를 향해 미소를 띤 채 이런 이야기를 들려줬다.

며칠 전 어느 밤에 그는 마리화나를 피우고 환각 상태에 빠졌다. 그런 다음 메이페어 어딘가의 거리로 걸어 나왔다. "애나 당신도 알겠지만 부와 타락의 그 느낌, 그 냄새를 맡을 수 있을 정도잖아. 난 그런 것에 끌리거든. 가끔 그 거리를 걸으며 타락의 냄새를 맡노라면 정말 흥분돼." 보도에서 그는 한 여자를 보고 곧장 다가가 이렇게 말했다. "당신 참 아름답군요. 나랑 잘까요?" 알코올이나 마리화나에 취해 있지 않았다면 이런 짓은 차마 못했을 거라고 했다. "그 여자가 특별히 아름답다고 생각하진 않았어. 하지만 멋진 옷을 걸치고 있는 걸 보고 아름답다는 말을 꺼내자마자 아름답다 생각하게 되더라. 여자는 아주 간단하게 그러자고 하더군." 내가 물었다. 매춘부였어? 그는 차분한 조바심을 내비치며(마치 내가 그 질문을 할 줄 알았고 심지어 그러길 바랐다는 듯) 대꾸했다. "그거야 나도 모르지. 뭐, 중요한 건 아니니까." 중요한 건 아니라는 그 태도에 뒤통수를 맞은 느낌이었다. 지독하리만치 침착하게 그는 이런 얘길 하고 있었다. 다른 누군가가 뭐가 중요하겠어. 난 나 자신에 관해 말하고 있는 건데. 그 여자는 이렇게 대답했다고 한다. "당신 미남이네요. 당신과 자고 싶어요." 물론 그는 활기차고 정력적이며 미끈하게 생긴 남자다. 하지만 차가운 느낌을 주는 미남. 그가 여자에게 말했다. "해보고 싶은 게 있어요. 필사적인 사랑에 빠진 사람처럼 당신과 사랑을 나눌 작정인데, 당신은 절대 호응하면 안돼요. 그냥 나랑 섹스만 하는 거죠. 내 입에서 나오는 말은 무시해야만 해요. 약속할래요?" 여자가 웃으며 대답했다. "네, 그러죠." 그들은 함께 그의 방으로 갔다. "애나, 그 밤은 내 인생에서 가장 흥미로운 밤이 되었어. 그 여자를 사랑하는 것처럼, 절박하게 사랑하는 것처럼 굴었거든. 심지어 정말 그렇다고 믿기까지 했다니까. 애나 당신도 이걸 알아야만 해. 딱 그날밤만 그 여자를 사랑하기 때문에 상상할 수 있는 가장 환상적인 연애가 되었던 거야. 그래서 그 여자에게 사랑한다고 말했지. 절박하게 사랑에 매달리는 남자처럼 말이야. 하지만 그 여자가 자꾸 자기 역할에서 벗어나는 거야. 10분 간격으로 표정이 달라지고 사랑받는 여자처럼 반응하는 게 보이더라니까. 그래서 할 수 없이 게임을 중단하고 이렇게 말했어. 아니, 이건 약속과 다르잖아요. 난 당신을 사랑하지만 정말 그렇지는 않다는 거 뻔히 알잖아요. 하지만 사실 난 정말로 그 여잘 사랑했어. 그날밤만큼은 그 여자에게 애정을 퍼부었던 거야. 그렇게 미친 듯이 사랑에 빠진 적이 없었다니까. 하지만 여자가 반응을 보여서 계속 망치더라고. 결국 쫓아 보내야 했지. 나를 사랑하는 티를 계속 냈거든."

"그 여자 화냈겠네?" 내가 물었다. (그 얘길 듣고 있자니 화가 났고, 또 내가 그러길 썰바가 바랐다는 것도 잘 알고 있었다.)

"그래, 아주 심하게 화를 냈지. 온갖 욕을 다 해댔어. 그래봤자 난 상관없지만. 나더러 가학증 환자에다 잔인한 놈이라는 둥, 뭐 그런 비난을 죄다 퍼붓더군. 하지만 난 아무렇지 않았어. 우린 협상을 했고, 그 여자도 동의했잖아. 그런데 자기가 죄다 망쳐버린 거니까. 단 한번이라도, 난 뭔가 보답으로 돌려줄 필요 없이 여자를 사랑할 수 있었으면 했을 뿐이야. 하지만 그것도 물론 중요한 건 아니지.

그래서 당신에게 이 얘길 한 거야. 무슨 말인지 알겠어, 애나?"

"그 여자 다시 만난 적 있어?"

"아니, 물론 아니지. 만나지 못할 줄 알면서도 그 여자를 낚았던 그 거리로 다시 가봤어. 매춘부였으면 했거든. 아니란 건 이미 알고 있었지만. 그 여자가 그랬거든. 커피숍에서 일한대. 사랑에 빠지고 싶다더군."

그날 밤늦게는 이런 이야기도 했다. 그에게는 화가 B라는 친한 친구가 있다. 유부남인 B의 결혼 생활은 성적인 측면에서 한번도 만족스럽지 못했다. ("물론 그 결혼은 성적인 측면에서 한번도 만족스럽지 못했지"라고 했을 때 그 말은 꼭 의학 용어처럼 들렸다.) B는 시골에 살고 있다고 한다. 매일 그의 집을 청소하기 위해 마을에서 한 여자가 온다. 거의 1년간 매일 아침 그의 아내가 위층에 있는 동안 B는 그 여자와 부엌 바닥에서 몸을 섞었다. 데 썰바가 B를 만나러 갔을 때 B는 출타 중이었다. 그의 아내도 그랬다. 데 썰바는 거기 머물며 그들을 기다렸는데, 언제나처럼 그 파출부 여자가 매일 집으로 왔다. 파출부 여자는 그에게 자신이 1년이나 B와 관계를 가졌으며 B를 사랑한다고 털어놓으며, "물론 제가 그 사람에게 걸맞은 짝은 못되지만, 그 사람 아내도 많이 부족한 사람이라 이렇게 되었네요"라고 했다. "정말 대단하지 않아, 애나? 아내가 그에 비해 많이 부족한 사람이라는 그 표현 말이야, 그건 우리가 쓰는 말이 아니지. 우리 같은 부류가 쓰는 언어가 아니잖아." "난 잘 모르겠는데." 내가 말했다. 하지만 그는 고개를 한쪽으로 기울인 채 이렇게 대꾸했다. "아니, 난 마음에 들었어. 그 말의 온기가 말이야. 그래서 그 여자와 했지. B와 똑같이 수제 양탄자 비슷한 걸 깐 부엌 바닥에서. B가 그랬으니까 나도 그러고 싶더라고. 이유는 나도 몰라. 물론 그게 중요한 건 아니겠지만." 얼마 후 B의 아내가 돌아 왔다. B가 돌아오기 전에 집안 정리를 하러 온 것이다. 아내는 데 씰바가 집에 와 있는 걸 봤다. 남편 친구니까, 또 "침대에서 남편을 방치하는 대신 침대 밖에서는 기쁨을 주려고 애쓰는 중인지라" 아 내는 데 씰바를 반갑게 맞아주었다. 저녁 내내 데 씰바는 그 아내 가 파출부와 남편의 정사를 알고 있는지의 여부를 알아내려고 했 다. "모르고 있더라고. 그래서 얘기했지. '물론 그 파출부 여자랑 당신 남편이 바람피우는 건 정말 아무 일도 아니에요. 신경 쓸 필 요 전혀 없어요.' 그 여자 완전 터져버리더라. 질투심과 증오로 미 친 듯이 난리를 부리더라고. 이해가 돼, 애나? 계속 이러는 거야. 그러니까 그 자식이 저 여자랑 부엌 바닥에서 매일 아침 했다는 거 지? 계속 그렇게 말했어. 그래, 내가 위층에서 책을 읽는 동안 부엌 바닥에서 저 여자와 했다 이거군." B의 아내를 달래기 위해 데 씰 바는 갖은 노력을 다했고, 얼마 후 B가 돌아왔다. "B에게 내가 저 지른 일을 실토했더니 용서해주더라. 그의 아내는 결별을 선언했 지. 떠날 생각인가봐. 남편이 '부엌 바닥에서' 파출부와 섹스했다 고 말이야."

내가 물었다. "어쩌자고 그랬던 거야?"(이야길 듣고 있자니 극 도의 싸늘함과 맥 빠진 공포가 밀려왔다. 그 공포에 사로잡혀 아무 것도 할 수 없었다.)

"왜 그랬냐고? 그걸 왜 물어? 그게 뭐가 중요해? 그냥 어떻게 될 까 궁금했어, 그게 전부야."

이렇게 말하면서 그는 미소를 지었다. 그때 일을 돌아보니 유쾌 하고 재미있다는 듯, 다소 교활한 표정이었다. 그 미소를 알아볼 수 있었다. 내 꿈의 핵심, 꿈에 나타나는 그 형상이 늘 짓는 미소였다.

그 방에서 달아나고 싶었다. 하지만 난 생각했다. 바로 이런 특징, '어떻게 될지 궁금하다' '다음에 무슨 일이 벌어질지 알고 싶다'는 식의 지적인 궁금증, 그것이 공기 중에 만연하며, 우리가 만나는 너무나 많은 이들의 마음속에 들어 있고 내 안에도 들어 있는 그 무엇이라고. 그게 우리 됨됨이의 일부라고. 그건 중요하지 않아, 나랑은 상관없잖아, 데 씰바의 이야기 내내 울리던 이런 말의 다른 얼굴이기도 하다고.

그와 나는 그날밤을 함께 보냈다. 왜 그랬을까? 상관없었으니까. 그게 내게 중요한 문제일 수 있다는 가능성은 편리하게 저 멀리로 밀쳐놓고 있었다. 그런 건 정상적인 애나, 내가 볼 수 있지만 만질 수는 없는 하얀 모래 지평선 어딘가 멀찍감치서 거닐고 있는 애나에게나 속한 것이었다.

나에게 그 밤은 끔찍했다. 재미있어하면서도 초연한 그의 미소만큼이나. 그는 냉정하게 거리를 유지한 채 딴 곳에 정신을 팔고 있었다. 어쨌거나 그에게는 상관없는 일이니까. 하지만 가끔 그는 불현듯 엄마를 필요로 하는 비참한 아이의 처지로 퇴행했다. 그 침착한 초연함이나 호기심보다는 이런 순간들이 내게는 거슬렸다. 고집스럽게 계속 이런 생각을 하고 있었기 때문이다. 이 상황은 당연히 내가 아니라 이 사람 때문에 벌어졌어. 이런 걸 만들어낸 자들이 바로 남자들이니까, 남자들이 우리를 만들어냈으니까. 아침이 되어 내가 이 사실에 얼마나 집착하는지, 늘 얼마나 집착하고 있는지를 생각하자 바보가 된 기분이었다. 대체 왜 그런 것이 진실이어야 할까?

그에게 아침을 차려줬다. 싸늘하게 거리를 두고 싶은 심정이었다. 폭격을 당한 듯 내 안에 아무런 생명이나 온기도 남아 있지 않은 것 같았다. 그 사람이 내게서 생기란 생기는 모조리 비워낸 것처럼. 그러나 우리는 서로를 흠잡을 데 없는 친구로 대했다. 그에게서 친밀감과 거리감이 동시에 느껴졌다. 떠나면서 그가 내게 전화하겠다고 했을 때, 난 그와는 다시 자지 않겠노라고 대꾸했다. 그러자 그의 얼굴이 갑자기 사악한 분노의 표정으로 바뀌었다. 거리에서 낡은 여자가 사랑한다는 말에 반응을 보였을 때 그의 얼굴에 떠오른 표정이 그랬을 것이다. 분노로 뒤덮인 사악한 표정. 그러나 나로서는 미처 예상하지 못한 표정이었다. 조금 뒤 미소 어린 초연함의 가면이 돌아왔고, 그가 물었다. "왜?" 나는 대답했다. "나랑 자든 안 자든 당신은 눈곱만큼도 신경 안 쓰니까." "하지만 그거야 당신도 마찬가지잖아"라고 그는 대답할 터였고 그러면 인정할 생각이었다. 그러나 그는 어젯밤처럼 갑자기 비참한 처지가 된 아이로 무너지면서 이렇게 말했다. "아니야, 신경 쓰여. 정말 그렇다고." 그 말을 증명할 생각인지 정말로 가슴이라도 탕탕 칠 태세였다. 주먹 쥔 손을 가슴께로 가져가려다 멈추는 모습이 눈에 들어왔다. 다시 그 안개 꿈의 분위기가 느껴졌다. 무의미함, 감정의 공허.

나는 말했다. "아니, 당신은 신경 쓰지 않아. 그래도 우린 계속 친구로 지내게 될 거야." 그는 아무 말 없이 곧장 아래층으로 내려갔다. 그날 오후에 전화가 왔다. 그는 우리가 공통으로 아는 사람들에 관한 솔직하고 재미있으면서도 악의적인 이야기 두세가지를 들려주었다. 뭔지는 모르나 불길한 느낌이 들어, 나는 다른 얘기가 더 나오리라는 것을 직감했다. 조금 후 그가 멍하니, 거의 무신경한 태도로 말했다. "오늘밤 당신 위층 방에 내 친구를 묵게 해주면 좋겠는데. 당신 자는 방 바로 윗방 말이야."

"하지만 거긴 재닛 방인데." 내가 말했다. 정말 무슨 얘기를 하고 있는 건지 이해가 가지 않았다.

"재닛더러 다른 방으로 가서 자라고 하면 되잖아. 암튼 뭐 상관 없어. 어떤 방이라도 좋아. 위층에 있는 방이라면. 오늘밤 10시쯤 데리고 갈게."

"내 아파트에 여자친구를 데려올 테니까 그 친구를 재워달라고?" 내가 너무 멍청한 건지, 도대체 무슨 소리를 하는 건지 알 수가 없었다. 하지만 너무나 화가 났고, 그러니 실은 진작 알아차린 셈이다.

"그래." 그가 초연하게 대답했다. 그러더니 상관없다는 듯 냉정한 목소리로 이렇게 덧붙이는 것이었다. "글쎄, 뭐 그렇게 중요한 일은 아니니까." 이 말과 함께 그는 전화를 끊었다.

난 생각에 잠긴 채 서 있었다. 조금 뒤 분노가 나를 엄습했고, 그렇게 모든 걸 이해한 나는 다시 그에게 전화를 걸었다. "내 아파트로 여자를 데려와서 그 여자랑 자겠다는 뜻이야?"

"그래. 친구는 아니야. 역에서 매춘부 하나 건져서 데려가려고 했지. 당신이 들을 수 있도록 바로 윗방에서 그 여자랑 하고 싶었거든."

난 아무 말도 할 수 없었다. 조금 뒤 그가 물었다. "애나, 당신 화난 거야?"

내가 대꾸했다. "화나게 할 목적이 아니었다면 그딴 건 생각해내지도 못했겠지."

그러자 그가 갑자기 아이처럼 소리를 질러댔다. "애나, 애나, 미안해. 용서해줘." 그는 울고불고 난리를 치기 시작했다. 수화기를 잡지 않은 손으로 가슴을 탕탕 두드리거나 머리를 벽에 박고 있는 게 분명했다. 어느 쪽인지는 모르겠지만 불규칙적인 둔탁한 소리가 들려왔다. 그리고 나는 이 모든 일이 그가 처음부터, 그러니까 내 아파트에 여자를 데려오겠다고 전화를 한 바로 그 순간부터 계획한 것이고, 이미 가슴을 치거나 벽에 머리를 박으며 마무리하기로 마음먹고 있었다는 사실을 뻔히 알 수 있었다. 그가 원했던 게 바로 그거였다. 난 전화를 끊어버렸다.

얼마 후 두통의 편지가 왔다. 첫번째 편지는 침착하고 악의적이고 뻔뻔스러우면서도, 다른 무엇보다도 핵심을 벗어난, 아무 관련성이 없는 편지로, 한 열두가지 전혀 다른 상황에도 써먹을 수 있을 만한 내용으로 이루어져 있었다. 그리고 바로 그것, 그 부조화야말로 편지의 핵심이었다. 그로부터 이틀 뒤에 온 두번째 편지는 아이의 신경질적인 울음 그 자체였다. 이 편지가 첫번째 것보다 한층 더한 고통으로 나를 뒤집어놓았다.

데 씰바의 꿈을 두번 꾸었다. 고통을 가하면서 느끼는 기쁨이라는 원칙, 그는 그것의 화신이었다. 미소를 머금은 얼굴에 사악하고 초연하며 호기심 가득한 표정, 현실에서의 모습과 똑같이, 그는 아무런 가면도 쓰지 않고 내 꿈에 등장했다.

어제 몰리가 전화를 했다. 데 씰바가 자기 아내와 두 아이를 돈한푼 안 주고 버렸다는 소문을 들었다는 것이다. 부유한 상류계급 집안인 그의 가족이 그들 모두를 거두었다고 한다. 몰리는 말했다. "물론 이 모든 일의 핵심은, 그자가 싫다는 아내를 구워삶아 둘째를 낳게 만들어서 꽁꽁 묶어놨다는 거야. 자기 혼자 멋대로 살겠다고 말이지. 그러더니 영국으로 줄행랑을 쳐서 나를 비빌 언덕 삼으려고 했잖아. 끔찍한 일은 말이야, 만약 그 결정적인 순간에 떠나있지 않았다면 난 그 모든 걸 그냥 액면 그대로 받아들였을 거라는 사실이야. 불쌍한 씰론 출신 지식인이 생계비를 벌지 못해 아내와

두 아이만 남겨둔 채 벌이가 좋은 런던의 지식인 시장으로 건너와
야 했구나, 이러면서. 우린 정말 왜 이렇게 바보 같니? 영원히, 한결
같이 바보 멍청이로 살 생각인지. 그렇게 당하고도 달라지는 법이
없어. 다시 그런 일이 생겨도 아무것도 못 배울 게 뻔해."

　얼마 전에 처음 통성명을 하게 된 B를 우연히 거리에서 만났다.
커피를 마시러 갔다. 그는 데 씰바에 대해 좋게 얘기했다. "아내에
게 더 잘하라고" 자신이 데 씰바를 설득했다고 한다. 데 씰바가 나
머지 절반을 내겠다면 씰론의 아내에게 매달 부칠 생활비의 절반
은 자기가 부담하겠노라 제안했다는 것이다. "그럼 그 사람이 나머
지 절반을 보내고 있나요?" 내가 물었다. "글쎄, 그건 물론 아닐 거
예요." 그 지적이고 잘생긴 얼굴에 딱히 데 씰바만이 아닌, 우주 전
체를 옹호하는 마음을 한껏 드러내며 B가 대답했다. "그나저나, 지
금 그 사람 어디서 지내나요?" 이미 알고 있었지만 그냥 한번 물어
보았다. "우리 옆 동네로 와서 살고 있을 거예요. 좋아하는 사람이
있거든요. 실은 매일 아침 청소를 하러 우리 집에 오는 여자랍니다.
집 청소는 계속 해준다니 다행이죠. 참 괜찮은 분이거든요."

　"잘됐네요." 내가 말했다.

　"그렇죠, 난 데 씰바가 참 좋더라고요."

자유로운 여자들

4

애나와 몰리가 토미를 더 나은 방향으로 이끈다.
매리언은 리처드를 떠난다. 애나는 자기를 느끼지 못한다.

애나는 리처드와 몰리를 기다리고 있었다. 벌써 11시가 다 되어가는 늦은 시각. 커튼을 친 천장 높은 하얀 방, 공책은 보이지 않는 곳에 치워두었고 음료와 샌드위치가 담긴 쟁반도 이미 준비해놓았다. 애나는 도덕적 고갈이라는 무기력에 빠져 의자에 축 늘어져 앉아 있었다. 스스로의 행동을 통제할 수 없다는 사실을 이제 막 깨달은 참이었다. 게다가 그날 이른 저녁에 반쯤 열린 아이버의 방문 틈으로 드레스 가운을 걸친 로니를 보았다. 다시 들어온 모양이었고, 이제 그 둘을 내쫓는 문제는 온전히 그녀의 몫이었다. 애나는 이런 생각을 하고 있었다. 무슨 상관이람? 나랑 재닛이 짐을 싸서 나가고 아파트는 아이버와 로니더러 쓰라고 할까, 충돌을 피할 수만 있다면. 이런 생각이 광기에서 그다지 멀지 않다는 걸 알지만, 그 또한 전혀 놀랍지 않았다. 스스로 생각하기에도 그녀는 미친 거나 다를 바 없었다. 어떤 생각도 유쾌하지 않았다. 며칠간 머릿속에서 어떤 감정과도 무관한 생각과 이미지가 스쳐 지나가는 걸 지켜보면서도 그것들이 자신의 것임을 그녀는 알아차리지 못했다.

리처드는 극장에서 몰리를 태워 집으로 오겠다고 했다. 요즘 몰리는 경박하나 매력적인 과부 역할을 하고 있었다. 신랑감이 넷이나 줄줄이 나타나는데, 점점 더 구미가 당기는 그 남자들 중에서 하나를 골라야 하는 역이다. 애나의 집에 모여 의논할 거리가 있었다. 3주 전, 매리언이 토미에게 늦은 시간까지 붙잡혀 있다가 한때 애나와 재닛이 살았고 지금은 비어 있는 위층 방에서 자고 갔다. 다음 날 토미는 몰리에게 매리언이 런던에 올 때 임시 숙소가 필요하다고 했다. 이따금 사용하겠지만 매리언은 월세 전액을 지불할 의향이 있다는 것이다. 그때 이후 매리언은 옷을 가지러 딱 한 번 집에 다녀왔다. 이제 몰리네 위층에서 지내고 있으니 사실상 조용히 리처드와 아이들을 떠난 셈이었다. 하지만 정작 매리언 자신은 그 사실을 아직 깨닫지 못한 듯, 매일 아침 몰리의 부엌에서는 부산스러운 자기훈계 장면이 연출되었다. 매리언은 간밤엔 정말 자기 멋대로 너무 늦은 시간까지 남아 있었다고, 오늘은 꼭 집으로 가서 이런저런 일들을 돌볼 거라고 외치곤 했다. "그래, 진짜야, 약속해 몰리." 마치 자신이 책임을 다해야 하는 대상이 몰리인 것처럼. 몰리는 리처드에게 전화를 걸어 그가 어떤 조치든 취해야 한다고 했다. 하지만 거절당했다. 체면을 차리느라 이미 가정부를 고용한데다 비서 진이 사실상 안주인으로 들어앉은 상태였다. 리처드로서는 매리언이 떠나준 게 오히려 달가운 일이었다.

얼마 후에 다른 일이 벌어졌다. 병원에서 돌아온 이후 집 밖으로 나간 적이 없던 토미가 매리언과 함께 아프리카 독립과 관련한 어떤 정치적인 회합에 참석한 것이다. 나중에 해당 국가의 런던 본부 앞에서 자발적인 거리 시위가 벌어졌다. 매리언과 토미는 대부분이 학생인 그 시위대의 뒤를 따라갔다. 경찰과 충돌이 일어났다. 하얀 지팡이를 소지하지 않고 있던 터라 아무도 토미가 맹인이라는 사실을 알지 못했다. '다른 곳으로 이동하라'는 말을 듣고도 그러지 못한 그는 결국 체포되었다. 인파에 가로막혀 몇분간 토미와 떨어져야 했던 매리언이 신경질적으로 비명을 지르며 경찰에게 달려들었다. 그 둘은 다른 열두어명과 함께 경찰서로 송치되었다. 다음 날 아침 벌금형이 떨어졌다. '저명한 씨티 재력가의 아내'에 관한 기사가 일간지 전면을 도배했다. 이제 리처드가 몰리에게 전화를 걸었고, 이번엔 몰리가 도와달라는 그의 부탁을 거절했다. "매리언 일이라면 손가락 하나 까딱하지 않았을 거잖아. 지금은 신문들이 뒤를 캐고 있으니 진에 대해서 알아낼까봐 오직 그 걱정뿐이지?" 그래서 리처드는 애나에게 전화를 걸었던 것이다.

리처드와 적의에 찬 말들을 주고받으면서, 애나는 부서지기 쉬운 어렴풋한 미소를 얼굴에 떠올린 채 수화기를 들고 선 자기 자신을 지켜보았다. 마치 자신이 어떤 의지에 의해 휘둘리고 있는 기분이었다. 자신도 리처드도 광인들처럼 얘기하고 있고, 다른 식으로는 절대 말할 수 없을 듯한 느낌.

그는 불같이 화를 냈다. "아주 완벽한 코미디야. 일부러 꾸민 짓이지? 당신들이 그렇게 한 거잖아, 복수하려고. 아프리카의 독립! 웃기고 있네! 자발적인 시위라고? 당신네들이 공산주의자들을 부추겨서 매리언을 포섭한 거잖아. 순진하기 짝이 없어서 공산주의자를 만나도 알아보질 못하는 여자한테. 다 당신과 몰리가 날 바보로 만들려고 작정하고 벌인 일이지 뭐야."

"물론 말한 그대로야, 친애하는 리처드."

"기업체 대표 부인, 빨갱이가 되다! 그게 재밌어?"

"물론이지."

"당신들이 저지른 짓을 까발리고 말 테니까 두고 보라고."

애나는 생각했다. 너무 섬뜩한 게, 영국이 아닌 다른 곳이라면 이 남자의 분노 탓에 사람들은 일자리를 잃거나 투옥되거나 총살당할 거야. 여기서는 사납게 성질을 부리는 남자에 불과하지만 실은 끔찍한 뭔가를 반영한다고 봐야겠지…… 그리고 난 여기 그저 이렇게 힘없이 빈정대며 서 있구나.

애나는 비꼬는 투로 말했다. "친애하는 리처드, 매리언이나 토미가 이 일을 계획한 건 아니잖아. 어쩌다가 군중 속으로 흘러든 거라고."

"흘러들었다! 지금 누굴 바보로 아는 거야?"

"실은 나도 거기 있었어. 요즘 시위가 우발적으로 일어난다는 거 몰라? 공산당은 한때 젊은이들에게 행사하던 장악력을 상실했고, 노동당은 이런 종류의 행사를 조직하기에는 너무 점잖아졌지. 그러니까 어떻게 된 거냐면, 여러 그룹의 젊은이들이 거기 모여 아프리카나 전쟁 등에 관해 자기들 의견을 밝힌 거라고."

"당신도 거기 있었다는 걸 미처 생각 못했군."

"아니, 굳이 알아야 할 필요는 없었어. 그냥 우연이었으니까. 극장에서 집으로 오는 길에 학생 무리가 거리를 따라 몰려가는 걸 봤거든. 버스에서 내려서 따라갔지. 신문 기사를 보기 전까지는 매리언과 토미도 거기 있었다는 거 전혀 몰랐어."

"그래서 이제 뭘 어떻게 할 작정이신가?"

"뭘 어떻게 할 생각 없어. 빨갱이의 위협이야 당신도 충분히 처리할 수 있을 테니까."

이 말과 함께 수화기를 내려놓았지만, 애나는 이걸로 끝이 아니며 자신을 억지로 움직이는 일종의 논리로 인해 실은 뭔가를 하게되리라는 것을 예감하고 있었다.

조금 뒤에 몰리가 금방이라도 쓰러질 듯 기운 없는 목소리로 전화를 걸어 왔다. "애나, 네가 토미를 만나서 제발 정신 좀 차리게 해봐라."

"넌 얘기해봤어?"

"그게 참 이상한 일이라니까. 난 시도조차 할 수 없으니 말이야. 속으로야 이렇게 말하지. 매리언과 토미에게 내 집을 빼앗긴 채 손님처럼 이렇게 계속 살 수는 없다고. 내가 왜 그렇게 살아야 하냐고. 하지만 상황이 이상하게 돌아가는 거야. 기운을 내서 토미와 매리언에게 따지려고 일어나. 하지만 매리언을 도무지 만날 수가 없단다. 집에 없거든. 그러면 이런 생각이 드는 거지. 뭐, 이렇게 살면 안될 게 뭐 있어? 무슨 상관이람, 신경 쓰는 사람도 없는데. 그렇게 그냥 어깨를 으쓱하고 마는 거야. 극장에서 돌아오면 매리언과 토미를 방해하지 않으려고 조심조심 위층 내 방으로 기어 들어가. 거기 있는 것 자체에 죄의식을 느끼며 말이야. 이해가 되니?"

"그래, 불행히도 알 것 같구나."

"그래. 하지만 진짜 끔찍한 건 바로 이런 거야. 만약 이 상황을 사실상 말로 표현하면 이렇게 되잖아. 내 남편의 두번째 아내가 내 아들 없이는 살 수 없어서 내 집으로 이사를 왔다, 기타 등등. 이건 그냥 이상한 정도가 아니라, 정말이지…… 그래, 사실 이런 거 다 상관없어. 어제는 무슨 생각을 했는지 아니, 애나? 매리언과 토미의 심기를 거스르지 않으려고 위층에서 쥐새끼처럼 조용하게 앉아 있다가, 두 사람끼리 그냥 이렇게 살게 내버려두고 난 이대로 보따리를 꾸려서 어딘가 딴 데로 가면 어떨까 생각했단다. 우리 다음 세대는 이런 우리를 보고 질려서 열여덟에 결혼하고 이혼은 감히 생각조차 하지 않은 채 엄격한 도덕률이니 그런 것들을 모두 지키며 살게 되지 않을까 싶더라. 그러지 않으면 감당해야 할 혼란이 너무 끔찍하니까⋯⋯" 이쯤에서 떨리는 목소리로 몰리는 서둘러 말을 마쳤다. "부탁이니 제발 두 사람 좀 만나봐, 애나. 그래줘야 해. 나로선 정말 어떻게 손쓸 방법이 없구나."

코트를 걸치고 가방을 집어 들면서 애나는 '손쓸' 준비를 했다. 무슨 말을 해야 하는지, 심지어 무슨 생각을 해야 하는지조차 전혀 감이 잡히지 않았다. 매리언과 토미를 보러 갈 참인데 방 한중간에 선 자신은 무슨 종이봉투처럼 텅 빈 상태였다. 그러니 만나서 무슨 말을 한단 말인가? 리처드 생각이 났다. 그 판에 박힌 뻐딱한 분노. 몰리 생각도 났다. 그 모든 용기가 쏠려 나간 자리에 무기력한 눈물만 남은 친구. 고통을 넘어 차가운 신경증의 상태로 접어든 매리언 생각도 했다. 그리고 토미. 하지만 맹인이 된 고집스러운 그 얼굴, 일종의 힘을 뿜어내는 그의 모습만을 볼 뿐, 그 힘의 실체가 무엇인지 그녀로서는 규명할 수 없었다. 갑자기 키득키득 웃음이나 왔다. 그 웃음소리가 애나의 귀에 들렸다. 그래, 그날밤 자살 시도 직전에 찾아왔을 때 토미도 이런 식으로 웃었지. 참 이상한 일이야. 전에는 내가 이런 웃음소리를 낸 적이 없는데.

이렇게 키득거리던 토미 내부의 그 사람은 어떻게 된 걸까? 그는 종적 없이 사라졌다. 총알이 머리를 관통했을 때 토미가 그를 죽인 모양이다. 그 의미 없는 명랑한 웃음소리를 내 입으로 내다니 정말 이상한 일이야! 난 토미에게 무슨 말을 하려는 걸까? 뭐가 어떻게 된 건지도 모르면서.

이게 다 무슨 일이람? 매리언과 토미에게 가서 말해야 해. 이렇게 아프리카 민족주의를 걱정하는 척하는 짓일랑 그만둬. 말도 안 된다는 거 둘 다 잘 알잖아.

그 행위의 무의미함에 애나는 다시 한번 키득거렸다.

글쎄, 톰 마트롱이라면 뭐라고 할까? 애나는 어떤 까페 탁자를 사이에 두고 톰 마트롱과 마주 앉아 토미와 매리언 얘기를 들려주는 장면을 상상해보았다. 그는 이렇게 말하리라. "애나, 그러니까 그 두 사람이 아프리카의 해방을 위해 일하기로 했다는 거죠? 그런데 그들이 왜 그런 결심을 했는지가 나한테 중요한 일일까요?" 그러나 곧 그는 웃음을 터뜨릴 것이다. 그래, 배 속에서 터져 나오는 깊고 충만한 그의 웃음소리가 귓전에 울리는 듯했다. 그래, 손을 무릎에 올려놓고 웃다가 고개를 저으며 말하겠지. "친애하는 애나, 당신네 그런 문제들을 우리도 한번 겪어본다면 얼마나 좋을까요."

그 웃음소리를 생각하니 기분이 한결 나아졌다. 애나는 톰 마트롱을 생각하다가 머리에 떠오른 다양한 자료들을 서둘러 집어 가방에 쑤셔 넣고는 한달음에 거리로 달려 나가 몰리 집까지 걸어갔다. 가면서 매리언과 토미가 체포된 시위에 대해 생각했다. 그 시위는 과거 공산당이 벌인 정연한 정치적 시위나 노동당 집회와 매우 다른 양상이었다. 그렇다, 그건 유동적이고 실험적인 시위였고, 사람들은 이유도 알지 못한 채 뭔가를 행동에 옮기고 있었다. 젊은이들의 무리가 흐르는 물처럼 거리로부터 시위대 중심부까지 넘치듯 흘러갔다. 누구도 무리를 지휘하거나 통제하지 않았다. 그러다 건물 주변의 인파가, 마치 자기들이 내는 소리를 귀 기울여 듣기라도 하는 것처럼 거의 망설이듯이 구호를 외쳤다. 잠시 후 경찰이 당도했다. 경찰 역시 주저하는 눈치였다. 어떤 일이 벌어질지 그들 역시 알지 못했다. 애나는 한쪽에 서서 지켜봤다. 우왕좌왕하는 사람들과 경찰의 움직임에는 내적인 양식 혹은 테마가 있었다. 열둘에서 스무명 남짓한 청년들은 하나같이 단호하고 엄격하고 헌신적인 표정을 하고는, 일부러 경찰을 조롱하고 자극하는 식으로 움직이고 있었다. 경찰 옆으로 혹은 앞으로 너무 가깝게 몰려가서는 언뜻 우연인 듯 건드려 헬멧을 앞으로 기울어뜨리거나 팔을 툭 치곤 했다. 그러고는 잽싸게 옆으로 빠져나갔다가 다시 돌아오는 식이었다. 경찰은 이 젊은이들 무리를 예의 주시하고 있었다. 젊은이들은 차례로 체포되었는데, 그들 자신이 체포되지 않을 수 없게끔 행동했기 때문이다. 체포되는 순간 그들의 얼굴에는 만족감 내지 성취감이 떠올랐다. 육탄전이 벌어지기도 했다. 그 경찰은 감행할 수 있는 최대한의 난폭함을 동원했고, 그 순간 그의 얼굴에는 불현듯 잔인한 표정이 떠올랐다.

그러는 사이 권위에 도전해 처벌받고자 하는 사적인 목적이 아니라 다른 목적이 있어서 이곳에 온 학생 무리는 자기들의 정치적 목소리를 제대로 시험해보고자 계속 구호를 외치고 있었다. 그들과 경찰의 관계는 완전히 달랐다. 둘 사이엔 아무런 유대가 없었다.

체포될 때 토미는 어떤 표정이었을까? 애나는 보지 않고도 알 수 있었다.

방문을 열자 혼자 있던 토미가 곧장 물었다. "애나 아줌마세요?"

어떻게 알았니? 애나는 이렇게 물으려다 간신히 참았다. 대신 말했다. "매리언 어디 있어?"

그는 의심쩍다는 듯 뻣뻣하게 말했다. "위층에 계시죠." 이렇게 내지를 수도 있었으리라 —"매리언 아줌마랑 안 만나셨으면 좋겠는데요". 그의 어둡고 초점 없는 눈이 애나를 거의 중심부에 놓은 채 고정되어 있었기에 꼭 발가벗겨진 듯한 기분이었다. 그 어두운 응시는 그토록 무거웠다. 하지만 제대로 초점이 맞춰진 시선은 아니었다. 그가 금지 혹은 경고를 보내고 있는 애나는 그녀의 왼편으로 약간 비켜나 있었다. 보이든 보이지 않든 왼쪽으로 몸을 움직여 그 시선 안에 들어올 것을 강요당하는 느낌이었기에 히스테리가 일 것 같았다. 애나가 말했다. "올라가볼게. 아니, 넌 신경 쓸 것 없어." 제지하려는 듯 그가 몸을 반쯤 일으키던 참이었다. 문을 닫고 곧장 애나는 딸과 지내던 그 위층으로 이어지는 계단을 올랐다. 토미와는 아무런 관련이 없는 일이고 딱히 할 말도 없기에 토미의 방에서 나온 거라고, 자신은 매리언을 만나러 온 거라고 생각했지만, 매리언에게도 할 수 있는 말은 전혀 없는 것 같았다.

계단은 비좁고 어두웠다. 애나는 어두운 우물 밖으로 나오듯, 하얗게 페인트칠된 말끔하고 깨끗한 층계참으로 고개를 내밀었다. 신문을 읽느라 고개를 숙인 매리언의 모습이 문틈으로 보였다. 그녀는 유쾌하고 친근한 미소를 지으며 애나에게 인사했다. "이것 좀봐!" 매리언이 신문을 애나 쪽으로 밀치며 득의양양하게 외쳤다. 매리언의 사진과 함께 이런 말이 인용되어 있었다. "불쌍한 아프리카인들이 받고 있는 그 끔찍한 대우에 소름이 끼칩니다" 어쩌고 저쩌고. 그에 대한 논평은 악의에 차 있었건만 매리언은 알아차리지 못한 모양이었다. 그녀는 애나의 어깨 너머로 신문을 계속 읽으면서, 미소 띤 얼굴로 애나의 어깨를 짓궂게 살짝 찔러대는가 하면 죄책감이 뒤섞인 즐거움으로 몸을 꿈틀대다시피 했다. "엄마와 언니들이 진짜 많이 화났어. 아주 난리를 치더라."

"그랬겠네." 애나가 건조하게 대답했다. 건조하고 비판적인 자신의 가느다란 목소리가 귓전에 울렸고, 매리언이 움찔하며 물러나는 모습도 눈에 들어왔다. 애나는 하얀 천을 씌운 안락의자에 앉았다. 매리언은 침대에 앉아 있었다. 단정치 못하지만 용모는 수려한 이 부인은 마치 덩치 큰 소녀 같았다. 매력적이고 요염해 보였다.

애나는 생각했다. 난 매리언에게 현실을 직시하게 하려고 여기 온 거잖아. 이 여자의 현실은 뭐지? 알코올이 훤히 밝혀내는 끔찍한 진솔함. 매리언이 이렇게 살면 안될 이유라도 있나? 키득키득 웃으며 경찰 헬멧을 툭 치고 토미와 음모를 꾸미며 여생을 보내는 게 뭐가 잘못이란 말인가?

"애나, 얼굴 보니 진짜 반가워." 애나가 말하기를 기다리다 매리언이 먼저 입을 뗐다. "차 한잔 할래?"

"괜찮아." 상념에서 빠져나오며 애나가 말했다. 하지만 한발 늦었다. 매리언이 이미 방을 나가 바로 옆 작은 부엌으로 들어선 참이었다. 애나는 그녀를 따라갔다.

"정말 아담하고 사랑스러운 아파트야. 여기 너무 맘에 들어. 이 집에 살았다니 당신도 참 운이 좋지. 나 같으면 이사 나가기 힘들었을걸."

애나는 천장이 나지막하고 단정하게 빛나는 창들이 달린 이 예쁘장한 작은 아파트를 둘러보았다. 집 안 모든 게 하얗고 환하며 산뜻했다. 이곳의 물건들 하나하나가 마음에 사무쳤다. 이 미소 짓는 작은 방들, 마이클과의 사랑과 재닛의 유년기 4년, 몰리와의 우정이 이곳에 있었다. 애나는 벽에 기대어 매리언을 바라보았다. 싹싹한 여주인 역할을 하고 있는 매리언의 눈동자는 히스테리로 흐릿했고, 그 히스테리의 뒤편에는 책임을 벗어던지고 도망쳐 온 이 하얀 도피처에서 애나가 자기를 쫓아내고 집으로 돌아가게 만들지 모른다는 어마어마한 공포가 놓여 있었다.

애나는 신경을 꺼버렸다. 자기 안의 뭔가가 죽어버렸거나, 아니면 눈앞의 일에서 멀리 달아나버린 듯한 기분이었다. 그녀는 껍질이 되었다. 거기 서서 사랑이니, 우정이니, 의무니, 책임이니 그런 말들을 지켜보자니 그 말들 전부가 실은 거짓임을 알 수 있었다. 그래서 그저 어깨만 으쓱했을 뿐이었다. 그 몸짓을 보는 매리언의 얼굴에 공포의 감정이 있는 그대로 떠올랐다. "애나!" 애원이었다.

애나는 미소 띤 얼굴로 매리언을 보았지만 자신의 미소가 공허하다는 사실을 알고 있었고, 글쎄, 어떻든 간에 중요한 문제는 아니라고 생각했다. 그녀는 다시 방으로 돌아가 멍하게 자리에 앉았다.

조금 뒤 매리언이 찻잔이 놓인 쟁반을 들고 들어왔다. 애나와 맞서야 한다는 생각 때문인지 죄책감과 대결 의식이 뒤섞인 얼굴이었다. 이 자리에 존재하지 않는 애나를 밀쳐내고 시간을 끌기 위해 그녀는 티스푼과 찻잔을 이리저리 만지며 수선을 떨다가, 이윽고 굳어 있던 얼굴을 풀고 한숨과 함께 쟁반을 밀어냈다.

매리언이 말했다. "리처드와 몰리가 당신더러 이리로 와서 나랑 애기 좀 해보라고 부탁한 거 다 알아."

애나는 말없이 앉아 있었다. 영원히 그러고 있을 것 같았다. 그러다가 잠시 후, 자신이 입을 떼어 말을 시작하려 한다는 느낌이 들었다. 무슨 말을 하게 될까? 그 말을 하는 사람은 대체 누굴까? 여기 이렇게 앉아 입 밖으로 나올 말을 기다리다니, 이건 또 얼마나 이상한 일인가? 거의 꿈을 꾸듯 애나가 말했다. "매리언, 마트롱 씨 기억해?"(그녀는 생각했다. 톰 마트롱 이야기를 꺼내다니 참 이상도 하네!)

"마트롱 씨라니, 그게 누군데?"

"아프리카 지도자. 당신이 그 사람 얘기 하겠다고 찾아온 적 있 잖아."

"아, 맞아. 깜박하고 있었네."

"오늘 아침에 그 사람 생각이 나더라."

"아, 그랬어?"

"응."(애나의 음성은 줄곧 차분하고 초연했다. 그 목소리가 귓 전에 울렸다.)

이제 매리언은 정신을 차린 듯 괴로운 표정이었다. 늘어진 머리 칼 한오라기를 검지로 감아 돌리고 있었다.

"2년 전 여기 왔을 때 그 사람 아주 우울했지. 식민부 장관을 만 나려고 몇주나 노력했는데 거절당했거든. 얼마 못 가 투옥되리라 는 사실도 잘 알고 있었어. 아주 명석한 사람이라서, 매리언."

"그래, 그렇겠지."그래, 너 똑똑한 티를 내는구나. 무슨 꿍꿍이 인지 뻔하지. 이런 말을 하듯이 매리언은 무의식적으로 애나를 향 해 얼른 미소를 보냈다.

"일요일에 그 사람이 전화를 해서는, 너무 지쳐서 좀 쉬었으면 좋겠다고 하더라. 그래서 함께 보트를 타고 그리니치까지 갔지. 돌 아오는 길에 그이는 말이 없었어. 웃는 얼굴로 보트에 우두커니 앉 아 있더라고. 강둑을 보면서. 매리언 당신도 알겠지만, 그리니치에 서 오는 길에 보이는 런던 시내의 그 육중한 모습 참 인상적이잖 아? 주 의회 의사당 건물이나 거대한 상업 건물들도 그렇고. 거기 다 부두며 배며 선창이며. 그리고 웨스트민스터까지……"(자기 입에서 무슨 말이 이어질지 여전히 흥미롭게 관찰하며 애나는 조곤조곤 말을 이었다.) "그 모든 게 수백년이나 거기 서 있었잖아. 무슨 생각 하느냐고 그 사람에게 물었지. 이러더군. 백인 정착민들이 자기를 낙심하게 만든 건 아니라는 거야. 최근에 옥고를 치렀을 때도 낙심하지는 않았대. 역사는 자기 민족의 편이기 때문에. 하지만 이날 오후에는 대영제국이 마치 묘석처럼 자신을 짓누르는 것 같다는 거야. 그러면서 이런 말을 하더라. 버스가 정시에 운행되는 사회를 만들려면 대체 몇 세대가 지나야 하는지 알고 있냐고. 장관들이 뇌물을 받지 않는다고 확신할 수 있으려면 또 얼마나 많은 세월이 흘러야 하는지도 말이야. 그 순간 우리는 웨스트민스터를 지나고 있었는데, 그때 이런 생각을 한 게 기억이 나. 저곳의 정치인들 중에서 이 사람이 지닌 자질의 절반이라도 갖춘 사람은 정말 극소수겠지. 그 사람은 일종의 성자니까, 매리언⋯⋯"

애나의 목소리가 갈라졌다. 이 소리를 들으며 그녀는 생각했다. 이제 어떻게 될지 알 것 같아. 난 히스테리를 부리겠지. 매리언과 토미의 히스테리에 나까지 완전히 빠져든 거야. 지금 내가 하고 있는 일을 전혀 통제할 수가 없어. 방금 성자라는 말을 썼지. 제정신일 땐 그런 말은 절대 쓰지 않거든. 그 말이 무슨 뜻인지도 모르잖아. 목소리가 점점 더 높아지고 다소 날카로워졌지만 계속 말이 나왔다. "그래, 그 사람 성자야. 금욕주의자고. 하지만 신경질적인 사람은 아니야. 아프리카 독립이 정시에 운행되는 버스나 말끔하게 타이핑된 사무용 서신의 문제로 바뀌다니 유감이라고 말해줬지. 그이는 자신도 그게 유감스럽긴 하지만 자기 나라 역시 그런 잣대로 판단될 거라고 하더라."

애나가 울기 시작했다. 자리에 앉아 울면서, 동시에 그녀는 우는 자신을 지켜보고 있었다. 매리언은 몸을 앞으로 기울인 채 눈이 휘둥그레져서는, 눈앞에 벌어진 광경을 믿을 수 없다는 듯 궁금한 표정으로 애나를 지켜보고 있었다. 눈물을 간신히 거두며 애나가 말을 이었다. "우린 웨스트민스터에서 내렸어. 의회 옆을 지나갔지. 그이가 말하더군. 건물 안의 그 하찮은 정치꾼들 생각을 하고 있었던 것 같아. '난 정치인이 되지 말았어야 했어요. 민족해방운동에는 온갖 부류의 사람들이 우연히 연루되게 마련이죠. 회오리바람에 잎사귀들이 빨려들듯 말이에요.' 그런 다음 잠시 생각하더니 계속 말하는 거야. '독립을 쟁취하면 난 아마 다시 투옥될 겁니다. 혁명의 첫 몇해에 적합한 인물이 못되니까요. 사람들이 좋아하는 연설을 해야 하는데 난 그게 정말 힘들어요. 분석적인 글을 쓰는 게 더 행복하죠.' 조금 뒤에 찻집에 들어갔는데 마트롱 씨가 이러더라. '이런저런 식으로 난 삶의 대부분을 옥중에서 보내게 될 거예요.' 딱 그렇게 말했어!"

다시 애나의 목소리가 갈라졌다. 이런 생각이 스쳤다. 맙소사, 지금 내가 여기 앉아 스스로를 지켜본다면 이 모든 감상성에 구역질이 나겠지. 그래, 난 지금 스스로를 구역질 나게 만들고 있는 거야. 떨리는 목소리로 그녀는 소리 높여 말을 이었다. "그 사람이 대변하는 것들을 싸구려로 보이게 만들어선 안돼." 그러면서 이렇게 생각했다. 지금 내 입에서 나오는 말 한마디 한마디가 그의 대의를 싸구려로 만들고 있잖아.

매리언이 대꾸했다. "참 훌륭한 분이네. 하지만 모두 그렇게 될 수는 없어."

"그야 물론 그렇지. 그 사람 친구만 해도 우레같이 고함을 치며 군중을 선동하는 유형인데, 술고래에다 오입질까지 하고 다녀. 아마 그 사람이 초대 총리가 될 거야. 모든 자질을 다 갖췄거든. 왜 있잖아, 대중적인 호소력 같은 거."

매리언이 웃었고, 애나도 따라 웃었다. 지나치게 크고 방종한 웃음이었다.

"한 사람 더 있어." 애나가 말을 이었다. (그녀는 생각했다. 누구 얘기를 하려는 거지? 설마 찰리 템바에 대해 떠들어대려는 건 아니겠지?) "노조 지도자인데 이름은 찰리 템바야. 난폭하고 격정적인 데다 툭하면 싸움을 벌이지만 충직한 사람이지. 그런데 최근에 완전히 부서졌어."

"부서지다니?" 매리언이 재빨리 물었다. "무슨 뜻이야?"

그래, 기어이 찰리 얘기를 할 참이었구나. 이런 생각이 스쳤다. 결국 난 이 사람 얘기를 하고 싶었던 거야.

"신경쇠약에 시달린다는 거지. 하지만 매리언, 정말 이상하게도 그 사람이 신경쇠약 초기 증상을 보였을 때 아무도 눈치채지 못했지 뭐니. 그쪽 정치판이 워낙 격렬하고 음모며 질투며 악의로 가득 차 있거든. 마치 엘리자베스 여왕 시대 영국처럼 말이야……" 애나가 말을 멈췄다. 짜증이 났는지 매리언의 얼굴이 구겨져 있었다. "매리언, 당신 지금 완전히 화난 얼굴인 거 알아?"

"그런가?"

"응, 저 불쌍한 것들에 대한 생각이랑, 아무리 오래전이라도 영국 정치 상황이 아프리카와 비슷할 수 있다고 인정하는 건 너무 다른 문제라서 그렇겠지."

매리언이 낯을 붉히더니 잠시 후 웃으며 말했다. "그 사람 얘기 계속해봐."

"여하튼 찰리는 가장 친했던 톰 마트롱과 싸우기 시작했고, 얼마

안 가 다른 친구들도 모두 자기를 곤경에 빠뜨릴 음모를 꾸미고 있다며 비난했지. 얼마 후엔 여기 나 같은 사람들한테 신랄한 편지를 보내기 시작하더라. 마땅히 눈치챘어야 했는데 우리는 그러질 못했어. 그러다가 어느날 이런 편지를 한통 받았어. 오늘 가지고 왔는데, 한번 볼래?"

매리언이 손을 내밀었다. 애나가 편지를 건넸다. 이런 생각을 하면서. 가방에 이 편지를 넣을 땐 내가 왜 그런 행동을 하고 있는지 몰랐는데…… 편지는 복사본이었다. 여러 사람에게 보내느라 복사한 모양이었다. 맨 위에 연필로 쓴 거친 필체로 '친애하는 애나에게'라는 글자가 적혀 있었다.

"친애하는 애나에게, 지난번 편지에서 내 목숨을 노리는 적들이 무슨 음모를 꾸미는지 알려드렸죠. 친구들이 등을 돌렸고, 내가 의회와 그들의 적이라며 이 지역 사람들에게 떠들고 있어요. 그사이 나는 병이 들었고, 독약이 두려워 당신에게 안전한 음식을 좀 보내 달라고 부탁하고자 이렇게 편지를 씁니다. 몸져눕게 된 이유는 아내가 경찰과 주지사에게 돈을 받고 나를 속였기 때문이죠. 아주 나쁜 여자고 곧 이혼할 작정이에요. 두차례 불법적인 체포가 있었는데, 도와줄 사람이 없는 까닭에 그저 당하고만 있을 수밖에 없었어요. 지금은 집에 혼자 있습니다. 지붕과 벽 너머로 여러 눈들이 나를 지켜보는 중이고요. 인육부터 악어 등 파충류에 이르기까지 온갖 위험한 음식들만 주고 있어요. 악어가 복수를 하겠죠. 밤이면 그놈 눈이 번득이는 게 보이는 것만 같고, 그놈 주둥이가 벽을 뚫고 들이닥칠 것 같아요. 부디 한시바삐 날 도와주세요. 형제의 마음으로, 찰리 템바 드림."

매리언은 편지 쥔 손을 허리께로 떨어뜨린 채 말없이 자리에 앉아 있었다. 그러다가 잠시 후 한숨을 쉬었다. 일어나서 몽유병자처럼 애나에게 편지를 돌려주고는 다시 자리에 앉아 치마를 매만진 뒤 손을 가지런히 모았다. 거의 꿈을 꾸듯이, 그녀가 이렇게 말했다. "애나, 나 간밤을 뜬눈으로 지새웠어. 리처드에게 돌아갈 수는 없어. 난 못해."

"아이들은 어쩌려고?"

"그래, 나도 알아. 하지만 끔찍한 건, 내가 그 아이들한테 신경을 끊었다는 거야. 우린 한 남자를 사랑해서 아이를 낳지. 뭐, 난 그렇게 생각해. 당신은 아닐지 모르지만 난 그래. 리처드가 미워. 정말 밉다고. 알아차리지 못한 채 정말 오랫동안 그 사람을 미워했던 것 같아." 매리언은 아까처럼 몽유병자가 된 듯 천천히 일어섰다. 눈으로는 방을 둘러보며 술을 찾고 있었다. 작은 위스키 병이 책 더미 위에 놓여 있었다. 매리언은 반쯤 채운 잔을 쥐고 앉아 홀짝였다. "그러니 이 집에서 토미랑 있으면 안될 이유가 뭐야? 그러면 안될 이유가 뭐냐고."

"하지만 매리언, 여긴 몰리의 집이잖아……"

이때 계단 발치에서 소음이 들려왔다. 토미가 올라오고 있었다. 돌연 몸을 추슬러 침착함을 되찾는 매리언의 모습이 애나의 눈에 들어왔다. 그녀는 위스키 잔을 내려놓고 재빨리 손수건으로 입을 훔쳤다. 저놈의 미끄러운 계단, 하지만 그 아일 도와주러 나가면 안되지, 이런 생각을 하느라 자기 일은 잊어버린 모양이었다.

천천히, 앞을 보지 못하는 확고한 발걸음이 계단을 올라왔다. 벽을 만지며 몸을 돌리는 동안 그 발들은 층계참에 잠시 멈춰 있었다. 잠시 후 토미가 들어왔다. 이 방이 익숙지 않은지 그는 멈춰 서서 문가에 손을 올렸다. 그런 다음 앞 못 보는 어두운 얼굴을 방 중앙 쪽으로 돌리고 문에서 손을 뗀 다음 앞을 향해 걸어왔다.

"왼쪽으로 약간 더." 매리언이 말했다.

왼쪽으로 몸을 조금 틀어 걸어오다 한걸음 더 나아가는 바람에 침대 가장자리에 무릎을 부딪치자 토미는 넘어지지 않기 위해 재빨리 몸을 돌렸고, 한번 더 부딪친 다음에야 자리에 앉았다. 이제 그가 묻는 듯한 얼굴로 방을 둘러봤다.

"난 여기 앉아 있어." 애나가 말했다.

"난 이쪽이야." 매리언이 말했다.

토미가 매리언을 향해 말했다. "저녁 식사 준비할 시간 같아서요. 지금 하지 않으면 모임 전에 시간이 안 날 거예요."

"오늘밤에 손님이 아주 많이 오거든." 쾌활하지만 죄책감이 실린 어조로 매리언이 애나에게 설명했다. 그러고는 애나와 눈이 마주치자 얼굴을 찌푸리며 시선을 돌렸다. 그 순간 애나는 매리언과 토미, 두 사람이 무슨 말을 예상했든 간에 자신이 이미 그 얘기를 내놓았음을 알았다. 그 사실을 느낄 수 있었다. 이제 매리언이 토미를 향해 말했다. "애나는 우리가 지금 잘못하고 있는 것 같대."

토미가 애나 쪽으로 얼굴을 돌렸다. 고집스러워 보이는 두툼한 입술이 씰룩였다. 처음 보는 움직임이었다. 실명 상태에서 그가 내비치고 싶지 않을 그 모든 불확실성을 죄다 드러내듯이, 윗입술과 아랫입술이 서로를 더듬거리고 있었다. 전에는 어둡고 확고한 의지력의 현저한 표상이던 그 입이 이제는 토미에게 유일하게 제어 불가능한 뭔가가 된 것 같았다. 그는 자신이 지금 자리에 앉아 입을 씰룩이고 있다는 사실을 의식하지 못했다. 그 작은 방에 비쳐드는 또렷하고 얕은 빛을 받으며 그는 침대에 반듯하게 앉아 있었다. 상처 받기 쉬운 가련한 입과 백지장 같은 어린 얼굴을 한 무방비한 소년의 모습으로.

"왜요?" 그가 물었다. "어째서 그런가요?"

"그러니까," 히스테리는 모두 사라지고 다시 유쾌하면서도 덤덤해진 자기 목소리를 의식하며 애나가 대답했다. "그러니까 경찰을 두들겨 패며 이리저리 몰려다니는 학생들은 런던에 넘쳐나잖아. 하지만 너와 매리언은 모든 걸 세밀하게 들여다보고 전문가가 되기 좋은 처지에 있잖니."

"아줌마가 여기 와서 매리언 아줌마를 저한테서 빼앗아 갈 줄 알았어요." 눈이 멀기 전에는 들어본 적 없는 시끄럽고 빠른 말투로 토미가 말했다. "매리언 아줌마가 왜 아버지에게 돌아가야 하죠? 진짜 그렇게 만들 생각이세요?"

애나가 말했다. "두 사람, 같이 휴가라도 떠나면 어떨까? 매리언은 앞으로 어떻게 할지 생각할 여유를 좀 갖고, 토미 너도 집 밖으로 나가볼 좋은 기회잖아."

매리언이 끼어들었다. "난 생각할 필요 없어. 돌아가지 않을 거니까. 가봤자 아무 소용 없잖아? 뭘 하면서 살지는 잘 모르겠지만, 최소한 리처드에게 돌아가면 끝이라는 건 알고 있거든." 눈에 눈물이 가득 고이자 매리언은 얼른 자리에서 일어나 부엌으로 도망쳤다. 토미는 고개를 돌려 자리를 뜨는 매리언의 동작에 귀 기울이더니 목 근육이 눈에 띄게 굳어져서는 그녀가 부엌에서 내는 소리를 경청하고 있었다.

"너 매리언에게 아주 잘해준 모양이다." 애나가 낮은 목소리로 말했다.

"제가요?" 말을 알아듣느라 가련할 정도로 애를 쓰며 그가 대답했다.

"사실은 말이야, 네가 매리언을 지켜줘야 해. 20년이나 유지해온 결혼이 깨지는 거, 쉽지 않아. 거의 네 나이만큼 되었잖니." 애나는 자리에서 일어났다. "그리고 내 생각에, 네가 우리 모두에게 그렇게 모질게 굴 필요는 없는 듯하다." 낮은 목소리로 재빠르게 말하며, 이것이 자기 자신에게 하는 애원처럼 들린다는 사실에 애나는 깜짝 놀랐다. 그러고는 생각했다. 그렇게 느끼지도 않으면서 난 왜 이런 말을 한 거지? 토미는 상기된 얼굴에 자의식적인 슬픈 미소를 띠었다. 그 미소는 애나의 왼쪽 어깨 너머를 향하고 있었다. 애나는 그의 시선이 향하는 곳으로 몸을 움직이며 생각했다. 지금 말하는 내용은 전부 옛적의 토미가 들어줄 거야. 하지만 무슨 말을 해야 할지 알 수가 없었다.

토미가 말했다. "애나 아줌마, 무슨 생각 하시는지 알아요."

"뭔데?"

"마음 한구석 어딘가에서 이렇게 생각하고 계시잖아요. 난 빌어먹을 사회복지사 노릇밖에 못하는군. 이게 웬 시간 낭비람!"

애나는 안도하며 웃었다. 토미가 자신에게 장난을 걸고 있었던 것이다.

"그 비슷한 거 맞아."

"역시, 그럴 줄 알았다니까요." 의기양양하게 그가 말했다. "어쨌든 애나 아줌마, 자살 시도 이후로 그런 문제에 대해 참 많이 생각해봤는데요, 전 아줌마가 틀렸다는 결론을 내렸어요. 사람들은 친절하게 대해주기 위해서라도 누군가가 필요한 법이에요."

"그래, 네 말이 맞을지도 모르지."

"그렇다니까요. 그 모든 거창한 것들이 쓸모가 있다고 믿는 사람은 아무도 없어요."

"아무도?" 토미가 가담했던 시위를 떠올리며 애나가 담담하게 물었다.

"매리언은 이제 너한테 신문 안 읽어주니?" 애나가 물었다.

토미는 애나와 마찬가지로 담담하게 웃으며 대답했다. "그래요, 무슨 말씀인지 알아요. 하지만 어쨌든 사실이에요. 사람들이 정말 원하는 게 뭔지 아세요? 누구든 말이에요. 이 세상 모든 사람이 이렇게 생각하죠. 내가 정말 말을 걸 수 있고, 정말로 날 이해할 수 있는, 날 친절하게 받아줄 단 한 사람이라도 있으면 좋겠어. 진실을 털어놓자면, 그게 사람들이 정말 바라는 거라고요."

"글쎄, 토미……"

"아, 알아요. 사고 때문에 제가 머리를 다쳤다고 생각하시죠. 그럴 수도 있어요. 이따금 저도 그런 생각이 들긴 하거든요. 하지만 제가 믿는 건 사실이에요."

그의 얼굴에 피가 몰리는 것을 애나는 보았다. 그러자 토미는 고개를 떨군 채 가만히 앉아 있었다. 그러고는 손짓을 했는데, 마치 "좋아요, 어쨌든 날 그냥 내버려둬요"라고 말하는 것 같았다. 애나는 작별 인사를 건넨 뒤 자신을 등지고 서 있는 매리언을 지나쳐 밖으로 나왔다.

애나는 천천히 집으로 향했다. 그들 세 사람에게 무슨 일이 일어난 건지, 대체 왜 그런 일이 벌어졌는지, 혹은 앞으로 어떻게 될지 전혀 예측할 수 없었다. 다만 그 어떤 장벽이 이제는 무너졌고, 앞으로 모든 게 바뀌리라는 사실만을 알고 있을 뿐이었다.

애나는 잠시 누워 있다가 학교에서 돌아온 재닛을 돌보았고, 얼핏 로니의 모습을 보며 곧 두 사람 사이에 의지의 충돌이 생길 것을 직감했다. 그런 다음 애나는 몰리와 리처드를 기다리며 앉아 있었다.

두 사람이 계단을 올라오는 소리가 들리자 애나는 불가피한 말다툼을 대비하는 차원에서 마음을 단단히 먹었지만, 실은 불필요한 일이었다. 둘은 거의 친구처럼 들어섰다. 몰리는 공격적으로 나서지 않으리라 결심한 모양이었다. 게다가 공연을 마친 뒤 화장할 시간이 없어서 늘 리처드를 짜증 나게 했던 활력도 잃은 터였다.

그들이 자리에 앉았다. 애나는 술을 따랐다. "토미와 매리언 만나고 왔어. 다 잘될 거야."

"대체 어떻게 이 기적적인 변화를 일으킨 거지?" 리처드가 물었다. 어조는 그렇지 않았지만 비꼬는 말이었다.

"그건 나도 모르겠어."

침묵이 흘렀고, 몰리와 리처드는 서로를 바라보았다.

"정말 모르겠어. 하지만 매리언이 당신에게 돌아가지는 않을 거라고 하더라. 진짜 그럴 마음인가봐. 그래서 둘이 어딘가 여행이라도 다녀오는 게 어떻겠냐고 했지."

"그건 내가 벌써 몇달 전부터 해오던 얘긴데." 리처드가 말했다.

"내 생각엔 당신이 어딘가 당신 사업지로 두 사람을 보내면서 그곳 상황을 조사해달라고 부탁하면 좋을 것 같아."

"정말 기가 막히는군." 리처드가 말했다. "당신 두 사람 말이야, 내가 이미 옛날에 내놓은 아이디어를 마치 반짝반짝하는 새로운 제안인 양 늘어놓고 있잖아."

"상황이 달라진 거야." 애나가 말했다.

"왜 달라졌는지 설명해봐." 리처드가 말했다.

애나는 망설이다가 리처드가 아닌 몰리를 보며 말했다. "참 이상한 일이지. 무슨 말을 해야 할지 아무 생각도 없이 두 사람한테 갔거든. 그러다보니까 나도 그 둘처럼 완전히 히스테릭한 상태가 되어서 울기까지 했어. 그런데 그게 효과가 있었나봐. 이해되니?"

몰리는 생각해보더니 고개를 끄덕였다.

"글쎄, 난 이해가 안되는군." 리처드가 말했다. "하지만 상관없어. 그럼, 다음 단계는 뭐지?"

"당신이 매리언을 만나서 결론 내야지. 제발 바가지는 긁지 말고."

"내가 아니라 그 여자가 바가지를 긁어대는데 뭔 소리야." 리처드가 억울하다는 듯 대꾸했다.

"몰리 넌 오늘밤에 토미랑 얘기해봐. 그애도 얘기 나눌 마음인 것 같더구나."

"그렇담 지금 가야겠다, 걔가 잠자리에 들기 전에 말이야."

몰리가 일어나자 리처드도 따라 일어섰다.

"애나, 어쨌든 고맙다는 인사는 해야 할 것 같군." 리처드가 말했다.

몰리가 웃었다. "보나 마나 다음번에는 평소의 적대감으로 돌아가 있겠지. 하지만 딱 한번이라도 이렇게 아주 정중하게 구는 걸 보니까 기분은 좋네."

리처드도 웃었다. 마지못해서였지만 어쨌든 그것은 웃음이었다. 그가 몰리의 팔을 잡았고, 두 사람은 계단을 내려갔다.

애나는 위층 재닛의 방으로 가 어둠속에 잠들어 있는 아이 곁에 앉았다. 언제나처럼 아이를 지켜주고 싶다는 사랑의 마음이 솟아났지만, 오늘밤 애나는 이 감정을 비판적으로 되새기고 있었다. 불완전하지 않고, 고통스럽지 않고, 싸우지 않는 사람은 없어. 누군가에게 할 수 있는 최고의 찬사 역시 그들이 싸우고 있다는 말이겠지. 그런데도 재닛을 만지면 곧장 이런 느낌이 들어. 어쨌든 이 아이는 다를 거라고. 하지만 다를 이유가 뭐겠어? 다르지 않을 거야. 그런 투쟁의 한가운데로 재닛을 내보내야 하겠지. 이 애가 잠들어 있는 모습을 보는 지금은 도무지 그런 생각이 들지 않지만.

마음을 추스르고 기운을 차린 애나는 재닛의 방에서 나와 문을 닫고서 어두운 계단참에 서 있었다. 이제 아이버를 상대할 시간이었다. 문을 두드려 조금 연 다음 어둠을 향해 이렇게 말했다. "아이버, 나가줘야겠어요. 내일 여기서 나가도록 해요." 얼마간 침묵이 흐른 뒤 느릿느릿, 거의 쾌활하기까지 한 목소리가 들려왔다. "무슨 뜻인지 알았다고 할 수밖에요, 애나."

"고마워요. 이해하길 바라요."

애나는 문을 닫고 아래층으로 내려갔다. 이 얼마나 쉬운 일인가! 그녀는 생각했다. 왜 어려울 거라고 상상했지? 뒤이어, 꽃다발을 들고 계단을 올라오는 아이버의 모습이 머리에 또렷하게 그려졌다. 물론 내일이면 그는 꽃다발을 들고 와서 내 마음을 누그러뜨리려 하겠지.

틀림없이 그러리라 짐작했기에, 다음 날 점심 아이버가 커다란 꽃다발과 함께 얼굴에는 여자의 기분을 맞춰주겠다고 작심한 남자 특유의 피곤한 미소를 띤 채 계단을 오를 때 애나는 이미 그를 기다리는 중이었다.

"세상에서 최고로 멋진 여주인님께 드립니다." 그가 중얼거렸다.

애나는 꽃을 받아 들고 잠시 망설이다가 꽃으로 그의 얼굴을 후려쳤다. 분노로 몸이 부들부들 떨렸다.

웃으며 서 있던 그의 얼굴이 부당한 형벌에 고통 받는 자를 패러 디하는 표정으로 바뀌었다.

"좋아요, 좋아." 그가 중얼거렸다. "좋아, 좋다고요."

"당장 나가." 애나가 말했다. 살아오면서 이 정도로 화가 난 적이 없었다.

그는 위층으로 올라갔고, 잠시 후 짐 싸는 소리가 들렸다. 곧 아이버가 양손에 옷 가방을 들고 내려왔다. 그의 소유물. 이 세상에서 가진 전부. 아, 얼마나 슬픈 일인가. 이 불쌍한 청년, 가진 것 전부를 달랑 옷 가방 두개에 다 넣을 수 있다니.

그가 밀린 방세를 탁자에 내려놓았다. 금전 관계에 철저하지 못한 그였기에 어느새 5주 치나 밀려 있었다. 애나는 그 돈을 돌려주고 싶은 충동을 겨우 억누르며, 그러한 자신의 충동을 흥미로운 마음으로 주목했다.

그러는 동안 아이버는 역겨움에 질린 얼굴로 서 있었다. 돈에 환장한 이 여자한테 기대할 게 뭐가 있겠어?

그 돈을 그는 오전에 은행에서 인출했거나 빌린 게 틀림없었으니, 그건 꽃을 안겨줘도 애나가 물러서지 않으리라는 걸 알고 있었다는 뜻이었다. 분명 이렇게 중얼거렸으리라. 꽃으로 구워삶을 수도 있잖아. 어쨌든 한번 해보자. 5실링 값어치는 되는 일이니까.

공책들

[검은색 공책은 이제 '출처'와 '돈'이라는 두 부분으로 나누려는 애초의 의도가 무색해진 상태였다. 공책 면마다 1955, 56, 57년에 걸친 날짜들과 함께 신문 기사 스크랩들이 붙어 있었다. 모두 아프리카 도처에서 일어난 폭력, 죽음, 폭동, 증오에 관한 것들이다. 애나의 글씨로 적힌 항목은 딱 하나로, 1956년 9월이라는 날짜가

쓰여 있었다.]

　어젯밤 마쇼피 호텔의 그 무리에 관해 텔레비전 드라마가 만들어지는 꿈을 꿨다. 누군가가 써놓은 대본도 준비되어 있었다. 감독은 거듭 자신 있게 얘기했다. "대본 보시면 마음에 쏙 들 겁니다. 당신이 썼어도 딱 그렇게 썼을 거예요." 그러나 이런저런 이유로 난 대본을 보지 못했다. 그 드라마의 리허설을 보러 갔다. 마쇼피 호텔 밖 철로변에 유칼립투스가 몇그루 서 있고 그 아래 '세트'가 있었다. 감독이 그곳 분위기를 아주 잘 파악해서 기뻤다. 잠시 후에 보았더니, 그 '세트'는 사실 진짜였다. 어떻게 한 건지 출연진 전부를 중앙아프리카로 보내 그 장면을 유칼립투스 아래서 촬영하고 있었다. 하얀 먼지 위로 퍼지는 포도주 냄새와 뜨거운 햇빛 아래 유칼립투스의 냄새 같은 디테일까지 모두 담아서 말이다. 조금 뒤 촬영을 시작하려고 카메라를 밀고 들어오는 모습이 보였다. 연기를 앞두고 대기 중인 무리를 이리저리 훑는 카메라를 보자니 뜬금없이 총이 생각났다. 연기가 시작되었다. 불편한 마음이 들었다. 감독이 장면이나 시간을 선택함으로써 '이야기'를 바꾸고 있다는 사실을 조금씩 알아차렸던 것이다. 완성된 드라마에 나올 내용은 내가 기억하는 것과 아주 다른 무언가가 될 터였다. 감독이나 카메라맨들을 제지할 힘이 내겐 없었다. 그래서 한쪽에 선 채 그 무리를 지켜봤다(그중엔 애나, 즉 나 자신도 있었지만 내가 기억하는 모습은 아니었다). 내가 기억하지 못하는 대화를 그들은 나누고 있었고, 그들의 관계도 아주 달랐다. 불안이 엄습했다. 촬영이 다 끝났을 때 출연진들은 마쇼피 호텔 술집에서 한잔하겠다며 자리를 떴고, 카메라맨들은(모두 흑인이고 기술자들 역시 다들 흑인이라는 사실을 난 그때야 알아차렸다) 카메라 부품을 돌려 해체하는 중이었다 (내가 느낀 대로 그것들은 카메라인 동시에 기계식 총이었다). 나는 감독에게 말했다. "이야기를 왜 마음대로 바꿨죠?" 무슨 말인지 그는 이해하지 못했다. 난 그가 일부러 그랬다고, 내 이야기가 형편없다고 판단해서 그렇게 한 거라고 짐작했다. 그는 놀란 기색이 역력했는데 약간 상처 받은 것 같기도 했다. "하지만 애나, 아까 그 사람들 봤잖아요. 그렇죠? 내가 본 걸 당신도 봤죠? 책에 나온 그 말들을 했잖아요, 아닌가? 이미 있는 내용을 찍은 거잖아요." 할 말이 없었다. 그의 말이 옳으며, 내가 '기억하는' 것이 아마도 사실이 아니리라는 걸 깨달았다. 내가 화를 내고 있었기에 그 역시 화를 내며 말했다. "와서 술이나 한잔 해요, 애나. 뭔가를 찍을 때 무엇을 찍느냐는 사실 전혀 중요하지 않다는 거 당신도 잘 알잖아요."

이 공책에는 더이상 아무것도 쓰지 않을 생각이다. 이 꿈을 '명명'하라는 마더 슈거의 요청이 있다면, 아마 난 완전한 불모성에 관한 꿈이라고 하겠지. 더구나 그 꿈을 꾼 이후로 메리로즈가 눈동자를 움직이는 모습이나 폴이 어떻게 웃었는지가 하나도 생각나지 않는다. 그 모든 게 완전히 사라져버렸다.

[이 면을 가로질러, 공책의 마지막 부분임을 나타내는 두개의 검은 선이 X 자로 그어져 있었다.]

[검은색 공책처럼 빨간색 공책도 1956년부터 1957년까지 신문 기사 스크랩으로 뒤덮여 있었다. 유럽, 소련, 중국, 미국에서 일어난 사건들. 같은 기간 아프리카에 대해 수집한 기사들과 마찬가지로 대부분이 폭력에 관한 내용이었다. 애나는 '자유'라는 단어가

나오는 곳마다 붉은 색연필로 밑줄을 그어놓았다. 신문 기사 스크랩이 끝나는 곳에는 이 붉은 밑줄을 모두 합산해 자유라는 단어가 총 679번 언급되었다는 사실이 적혀 있었다. 이 무렵 애나가 직접 쓴 유일한 내용은 다음과 같았다.]

어제 지미가 찾아왔다. 교사 대표단과 함께 소련을 방문하고 막 돌아온 참이다. 이런 이야기를 들려줬다. 해리 매슈스라는 교사가 스페인 내전에 참전하기 위해 직장을 그만두었다. 부상을 당했고, 부러진 다리 때문에 병원에서 열달을 지냈다. 이 무렵 공산주의 진영의 추악한 행위 등 스페인에서 일어난 일들을 되돌아보고 많은 책을 읽으면서 스딸린에 대해 회의를 품기 시작했다. 공산당에서 흔히 벌어진 내부 싸움에 휘말렸다가 축출되어 뜨로쯔끼주의자들과 어울리게 되었다. 그들과 언쟁을 벌인 뒤 그들마저 떠났다. 한쪽 다리를 절게 되어 참전도 불가능해지자 학업부진아 지도법을 익혔다. "두말할 나위 없이 해리에겐 멍청한 아이 같은 건 없고, 오직 불운한 아이만이 있을 뿐이니까." 해리는 2차대전 시기에 킹스크로스 근처의 작고 검소한 방에 살며 포탄을 맞고 불타는 건물들에서 사람들을 구조하는 등 여러 영웅적인 활동을 했다. "그 지역에서는 아주 전설이었지. 하지만 물론 사람들이 아이와 불쌍한 할머니를 구한 절름발이 영웅을 찾기 시작하려는 순간 해리는 종적을 감췄어. 영웅적인 행동을 했다고 나서서 칭찬을 받는다면 스스로를 멸시하게 될 테니까." 종전 무렵 버마에서 돌아온 지미는 옛 친구 해리를 찾아갔다. 그러나 그 만남은 언쟁으로 이어졌다. "난 순도 100퍼센트 당원이었고, 해리는 더러운 뜨로쯔끼주의자였잖아. 격렬한 언설이 오간 다음 영원히 갈라서게 되었지. 그래도 난 그 멍청한 바보가 좋았기에 어떻게 살고 있나 계속 신경이 쓰여서 알아 보곤 했어." 해리는 두개의 인생을 살았다. 겉으로 보이는 건 전적인 희생과 헌신의 삶이었다. 학교에서 부진아들을 가르치면서 큰 성과를 거두었지만 거기에 만족하지 않고 그 (가난한) 지역 아이들을 자기 아파트로 불러들여 매일 저녁 야학까지 열었다. 그들에게 문학작품을 가르치고 읽는 법을 가르치면서 시험 준비까지 시켜줬다. 이런저런 식으로 매일 열여덟시간이나 아이들을 지도하고 있었다. "말할 필요도 없이 해리에게는 잠이 시간 낭비였지. 하룻밤에 네시간만 자고도 멀쩡하도록 스스로를 단련했다고 하더군." 숨진 공군 조종사의 아내가 그를 사랑하게 되어 자기 아파트로 불러들여 방 두칸을 쓰게 해줄 때까지 그는 이 쪽방에서 생활했다고 한다. 그 부인에게는 아이가 셋 있었다. 해리는 부인에게 친절하게 대했지만, 이제 그에게 자기 삶을 바치기로 한 그녀와 달리 이미 그는 자기 삶을 학교나 거리의 아이들에게 바친 상태였다. 그게 겉으로 드러나는 해리의 인생이었다. 한편 그는 러시아어를 공부했다. 러시아에 관한 책과 소책자, 신문 기사도 수집했다. 1900년 이후 지금까지 소련의, 혹은 러시아 공산당의 진짜 역사라는 그림을 그리고 있었던 것이다.

지미의 한 친구가 1950년 무렵 해리의 집에 다녀와 그의 근황을 전해줬다고 했다. "헐렁한 무명 셔츠나 튜닉 차림에 샌들을 신고 머리는 군인처럼 짧게 잘랐다고 했어. 미소는 조금도 찾아볼 수 없었고. 굳이 말할 필요도 없겠지만 벽에는 레닌 초상화가 걸려 있었다더군. 레닌 것보다 좀 작은 뜨로쯔끼 초상화도 있었다네. 그를 존경하는 기색이 역력한 그 죽은 조종사의 부인은 나서지 않으면서도 세심하게 해리를 도와주는 모양이었대. 아이들은 거리에서 떼거지로 몰려들어 왔다가는 몰려 나가고. 해리가 소련 이야기를 했대. 그 때쯤엔 벌써 러시아어를 유창하게 구사하고 있었는데, 1900년부터 소련에서 벌어진 대학살은 물론 사소한 다툼이나 음모의 내부적인 정황까지 모르는 게 없더래. 이게 대체 뭘 위한 거였는지 알아? 애 나, 당신은 절대 상상도 못할 거야."왜 상상도 못해?" 내가 대꾸했 다. "그날을 준비하고 있었던 거잖아.""그렇지. 맨 처음부터. 가련 한 그 미치광이는 그 모든 걸 생각한 거야. 러시아의 동지들이 불현 듯, 모두, 동시에 빛을 보게 될 날이 반드시 올 거라고. 그때 그들은 말하게 될 거라고. '우리는 길을 잃었고, 올바른 경로를 놓쳐버렸 고, 우리의 지평선은 불투명해. 하지만 저기 저편 영국 런던의 쎄인 트 판크라스에 그 모든 걸 알고 있는 해리 동지가 있어. 그이를 불 러서 조언을 구해야 해.'" 시간이 흘렀다. 상황은 점점 더 나빠졌지 만 해리의 관점에서는 점점 더 좋아진 셈이었다. 소련에서 매번 새 로운 추문이 터져 나올 때마다 해리의 사기는 높아지는 것 같았다. 그의 방 천장까지 신문 더미가 쌓였고 그 부인의 방에까지 쌓이게 되었다. 그는 러시아어가 모국어인 사람인 양 술술 말할 수 있게 되 었다. 스딸린이 사망했을 때 해리는 고개를 끄덕이며 생각했다. 이 제 얼마 남지 않았구나. 그러고서 얼마 후 제20차 전당대회가 열렸 다. 좋아, 하지만 아직은 부족해. 그 무렵 해리는 우연히 거리에서 지미와 마주쳤다. 아주 오래된 정치적 숙적인 두 사람은 얼굴이 찌 푸려지고 몸이 뻣뻣해졌다. 하지만 곧 고개를 끄덕이며 미소를 지 어 보였다. 해리는 지미를 그 부인의 아파트에 데리고 가 함께 차를 마셨다. 지미는 이렇게 말했다고 한다. "소련에 대표단을 보낼 계획 이야. 내가 조직하고 있는데, 갈 생각 있어?" 갑자기 해리의 얼굴이 환히 밝아지더란다. "상상해봐, 애나. 난 거기 바보처럼 앉아서 생각하고 있었지. 그래, 따지고 보면 저 불쌍한 뜨로쯔끼주의자 녀석의 일편단심이 잘못된 건 아니었어. 모교라 할 수 있는 소련에 대해서는 우리도 아직 마음이 약해지잖아. 그동안 해리는 내 앞에 앉아 생각하고 있었던 거지. 이제 드디어 고대하던 날이 왔다고. 계속 내게 자기 이름을 거론한 이가 누구냐고 물었어. 틀림없이 그게 누구인지가 해리에겐 아주 중요한 모양이었고, 그래서 그냥 그 순간 나혼자 생각한 거라고 대답할 수가 없었지. 바로 '당'이, 그것도 모스끄바로부터 이곳까지 도움을 구하느라 자신을 호출했다고 굳게 믿고 있다는 걸 나로선 알아차리지 못했어. 그래서 어쨌든 간단히 말하자면, 행복한 서른명의 영국인인 우리 일행이 모스끄바로 가게 되었지. 그중에서도 가장 행복한 사람은 자기 군복 튜닉의 주머니란 주머니마다 서류며 자료를 잔뜩 쑤셔 넣은 우리 불쌍한 해리였고. 드디어 모스끄바에 도착하자 해리는 충성심과 기대감으로 한껏 들뜬 얼굴이더군. 우리에게도 친절하게 대했는데, 우린 그 친절이 자기 삶에 비하면 경박한 우리네 삶에 대한 경멸을 드러내지 않겠다고 결심한 까닭에 나오는 거라고 생각하며 관대하게 받아넘겼어. 게다가 우리 대부분은 한때 스딸린주의자였고, 그런 사람들치고 이즈음 뜨로쯔끼주의자를 만나면서 이런저런 이유로 양심의 가책을 느끼지 않는 사람은 거의 없었다는 건 두말할 필요도 없겠지. 뭐 어쨌거나. 대표단은 화려한 방문길에 올라 공장이며, 학교며, 문화의 전당들이며, 대학을 둘러봤어. 연설이니 만찬은 말할 것도 없었고. 한쪽 다리를 못 쓰는 우리의 해리는 튜닉 차림에 혁명가다운 엄격함을 갖춘 흡사 레닌의 환생이었건만, 저 바보 같은 러시아 사람들은 그를 제대로 알아보지 못했지. 극도의 진지함에 대해 물론 그들은 해리를 아주 좋아하면서도 왜 그런 이상한 옷차림을 하고 있는지 한번 이상 물었고, 내 기억으로는 심지어 혹시 숨기고 싶은 슬픔이 있는 건 아니냐고 묻기도 했어. 그러는 사이 우리의 오랜 우정이 되살아나서 그와 난 밤이면 함께 이런저런 얘기를 나눴어. 그가 갈수록 당혹스러운 얼굴로 나를 보고 있다는 걸 난 깨달았지. 점점 더 불안해하는 듯한 태도도 눈에 띄더군. 그래도 해리가 무슨 생각을 하는 건지 도통 알아차리질 못했어. 그러다가 마지막 날 밤에 어떤 교사 단체와 만찬을 하기로 되어 있었는데, 해리는 가지 않겠다고 했어. 몸이 좋지 않다면서. 만찬에서 돌아와 해리의 방에 갔어. 창가 의자에 앉아 못 쓰게 된 다리를 앞으로 쭉 내밀고 있더군. 그는 환한 얼굴로 나를 맞이하러 일어나더니 곧 자기 방에 들어선 이가 나 하나뿐이라는 사실을 알아차리고는 뒤통수를 꽝 하고 한대 맞은 듯했어. 눈에 훤히 보이더라고. 조금 후 나한테 이것저것 상세하게 물었고, 그러다 자신이 대표단에 이름을 올리게 된 이유가 그저 거리에서 만났을 때 내가 그 생각을 했기 때문이라는 걸 알게 되었지. 해리에게 그 얘길 털어놓은 나 자신을 걷어차고 싶은 심정이었어. 애나, 정말이지, 정황이 분명해지는 순간 '흐루쇼프 그분께서' 어쩌고 하는 이야기를 꾸며냈어야 했는데, 이런 생각이 들더라고. 해리는 계속 말했어. '지미, 반드시 진실을 말해줘야 해. 네가 날 초대한 거야? 그냥 네 생각이었던 게 맞아?' 이렇게 몇 번이고 묻더라고. 얼마나 끔찍했는지. 그때 통역사가 뭐 필요한 건 없는지 확인도 하고 다음 날 아침엔 만나지 못할 테니 미리 작별 인사를 할 겸 해리 방에 들렀어. 스무살이나 스물두어살쯤 된 아가씨인데, 땋아 늘어뜨린 금발에 잿빛 눈동자를 지닌 정말 매력적인 여성이었지. 분명 대표단 남자들 전부 그 통역사를 마음에 두었을 거야. 통역사는 너무 피곤해서 쓰러질 지경이었어, 농담이 아니라 정말로. 서른명이나 되는 영국인 교사들을 데리고 2주 동안이나 궁전이며 학교로 돌아다녔으니 말이야. 그런데 갑자기 해리는 자기한테 기회가 왔다는 걸 알아차렸어. 의자를 잡아당기며 말을 꺼냈지. '올가 동지, 여기 앉아요.' 사양하는 건 용납하지 않겠다는 식으로 말이야. 어떤 일이 벌어질지 뻔히 보이더라고. 몸의 여러곳을 뒤져서 논문이며 서류 들을 꺼내더니 탁자 위에 그것들을 정렬하기 시작했다. 내가 제지하려고 했지만 문 쪽으로 고개를 까닥거릴 뿐이었어. 해리가 문 쪽으로 고개를 까닥이는 건 나가라는 뜻이지. 그래서 난 내 방으로 돌아와서 의자에 앉아 담배를 피우며 기다렸어. 그때가 새벽 1시쯤 되었나. 다음 날 아침 6시에 일어나 7시에 공항행 차를 탈 예정이었지. 6시에 완전히 지쳐 떨어져서 얼굴이 백지장처럼 된 올가가 안절부절못하며 내 방으로 왔어. 그래, 딱 그거였지. 안절부절. 이러더군. '당신 친구분 해리를 잘 보살피셔야 한다는 말씀을 드리러 왔어요. 상태가 안 좋고, 너무 흥분하신 것 같아요.' 글쎄, 난 그녀에게 해리의 스페인 전쟁담과 영웅적인 행적들을 전부 들려줬어. 서너개 더 지어내 끼워 넣기도 하면서 말이야. 그러자 그녀가 이러는 거야. '맞아요. 좋은 분이라는 건 쉽게 알 수 있죠.' 그러더니 얼굴이 찢어져라 하품을 하고 자러 가더라고. 그다음 날 스코틀랜드에서 온 평화를 사랑하는 교인들로 구성된 또다른 대표단을 위해 통역 일을 해야 했거든. 조금 뒤에 해리가 들어섰지. 유령처럼 비썩 마른데다 감정이 북받쳐 이미 죽은 사람 같더군. 자기 인생의 온 기반이 와르르 무너져버렸으니 말이야. 당장 공항으로 출발해야 했지만 지난밤부터 옷조차 갈아입지 않은 상태라 나는 계속 재촉을 하고, 그러는 동안 그가 무슨 일이 있었는지 털어놓았는데……"

탁자에 논문들과 자료들을 내려놓은 다음 해리는 『이스끄라』 시절부터 시작해서 러시아 공산당 역사에 대한 강의를 늘어놓았다. 올가는 터져 나오는 하품을 겨우 누르며 매력 넘치는 얼굴에 미소를 머금고 시민으로서, 진보적인 해외 방문객에게 합당한 공손함을 유지한 채 맞은편에 앉아 있었다. 강의 도중 올가가 그에게 역사학자인지 묻자 이런 대답이 돌아왔다. "아니요, 난 동지처럼 사회주의자요." 그는 아무것도 빼먹지 않고 그 모든 세월에 걸쳐 일어난 음모와 영웅적 활동상, 지적인 논쟁 들을 늘어놓았다. 새벽 3시가 되었을 때 올가가 말했다. "동지, 잠시만 실례해도 될까요?" 그러면서 밖으로 나갔고, 해리는 그녀가 경찰에 신고하러 갔다고 생각하며 앉아 있었다. 이제 체포되어 '시베리아로 압송될' 거라고. 시베리아로, 아마도 영원히 실종되리라 생각했을 때 어떤 기분이었냐고 묻자, 해리는 대답했다. "이런 순간을 위해서라면 어떤 대가도 결코 크지 않아." 물론 이때 그는 자기가 통역사 올가를 상대로 강의를 늘어놓고 있었다는 사실조차 잊은 채였다. 예쁘장한 스무살짜리 금발 아가씨 올가는 전쟁으로 아버지를 잃었고 홀로 된 어머니를 돌보고 있으며 오는 봄 『쁘라우다』 기자와 결혼할 예정이었다. 그녀가 밖으로 나갈 때쯤 그는 역사 그 자체를 상대로 강의를 하던 중이었다. 어쨌거나 그는 이제 환희에 차서 받아들일 마음의 준비를 하고 축 늘어진 채 경찰을 기다리고 있었다. 하지만 올가는 식당에서 주문한 차 두잔을 들고 그의 방으로 돌아왔다. "거기 식당 서비스가 말도 못하게 끔찍하거든, 애나. 그래서 수갑을 기다리며 해리는 꽤 한참을 그러고 앉아 있었을 거야." 올가는 해리의 차를 내려놓으며 말했다. "계속 들려주세요. 말씀 중간에 나가서 죄송해요." 그러곤 조금 뒤 곯아떨어졌다. 해리가 막 스딸린이 멕시코에 있는 뜨로쯔끼 암살 음모를 꾸미는 얘기를 시작하려던 참이었다. 문장 허리께에서 말문이 막힌 해리는 거기 앉아, 윤기 흐르는 땋은 머리를 웅크린 어깨 앞으로 늘어뜨린 채 고개를 비스듬하게 기울인 올가를 바라보고 있었다. 조금 뒤 그는 서류를 모두 한데 모아 치웠다. 그런 다음 조심스럽게 그녀를 깨우고는 지루하게 해서 정말 미안하다고 말했다. 그녀는 자신의 결례를 무척 부끄럽게 여기면서, 여러 대표단을 위해 통역사로 일하는 게 즐겁긴 하지만 꽤 고되다고, '게다가 모친이 만성질환자라 귀가 후에 집안일도 해야 한다'고 설명했다. 그러고는 해리의 손을 꽉 쥐며 말했다. "약속드릴게요. 스딸린 동지 시대에 존재했던 왜곡들을 바로잡기 위해 당의 역사학자들이 공산당 역사를 다시 써주신다면 꼭 읽어보겠습니다." 예의를 지키지 못해 당혹스러워하는 그 모습에 해리는 마음이 쓰였다. 두 사람은 서로에게 몇분 동안이나 용서를 구했다. 그런 다음 올가는 지미한테 가서 당신 친구가 지나치게 흥분한 상태라는 말을 전해주었던 것이다.

난 지미에게 그다음엔 어떤 일이 있었는지 물었다. "모르겠어. 옷을 입고 급히 짐을 싸야 했거든. 그런 뒤엔 비행기를 타고 돌아왔지. 해리는 말이 없었고 몸도 조금 안 좋아 보였지만, 그뿐이었어. 대표단에 자기를 넣어줘서 고맙다고 하더군. 아주 소중한 경험이었다면서. 지난주에 그를 보러 갔어. 그 죽은 공군 부인이랑 결혼을 해서 지금 부인이 임신 중이더라. 그게 뭐라도 증명하는 바가 있다 해도, 그게 대체 뭔지는 잘 모르겠어."

[빨간색 공책이 여기서 끝났음을 가리키는 두개의 검은 선이 그어져 있었다.]

[노란색 공책이 이어졌다.]

*1 단편

사랑에 굶주린 한 여자가 자기보다 젊은 남자를 만난다. 아마도 실제 나이보다는 감정적 경험이라는 면에서, 혹은 감정적 경험의 깊이 면에서 더 젊은 남자라고 할 수 있겠다. 이 남자의 본질에 대해 여자는 스스로를 기만한다. 남자에게 여자는 또 하나의 정사에 불과하다.

*2 단편

한 남자가 한 여자를 손에 넣기 위해 성인의 언어를, 즉 감정적으로 성숙한 이들의 언어를 사용한다. 이 언어가 그의 머릿속에 있는 하나의 목적에서 나온 것일 뿐 그의 감정과는 아무런 상관이 없다는 사실을 여자도 차츰 깨닫게 된다. 사실 남자는 감정적으로 아직도 사춘기 소년에 불과하다. 하지만 이 사실을 깨닫고도 여자는 그 언어에 감동하며 넘어가지 않을 도리가 없다.

*3 단편

최근 어떤 책의 서평에서 이런 내용을 보았다. "여러 불행 중 하나. 여자들, 심지어 가장 괜찮은 여자들마저 자기 자신에 비하면 정말 별 볼 일 없는 남자를 사랑하게 된다." 물론 이 서평은 남자가 쓴 것이다. 진실인즉, '괜찮은 여자들'이 '별 볼 일 없는 남자들'을 사랑할 땐 언제나 이 남자들이 그들을 '명명'했거나, 아니면 '좋은' 남자들이나 '괜찮은' 남자들에겐 불가능한, 뭔가 애매모호하며 아직 창조되지 않은 어떤 자질을 갖고 있기 때문이다. 보통의 남자들, 착

244

한 남자들은 잠재적인 가능성이 결여된, 따라서 종결되고 완성된 부류들이다. '괜찮은 남자'와 결혼한 '괜찮은 여자'로 중앙아프리카에 사는 친구 애니를 소재 삼아 이에 관한 이야기를 써봐야겠다. 공무원인 애니의 남편은 견실하고 책임감이 강하며 몰래 시를 쓰는 남자다. 애니는 폭음을 일삼는 바람둥이 광산업자와 사랑에 빠졌다. 조합 활동을 하는 광부나 경영자도, 직원이나 소유주도 아니었다. 대박이 터지지 않으면 언제나 적자를 내는 위태로운 작은 광산에 손을 대는 사람이었다. 파산하거나 큰 합자회사에 광산이 팔리면 즉시 손을 털곤 했다. 나는 어느날 두 사람과 함께 저녁을 보냈다. 그는 300마일이나 떨어진 산속 광산에서 막 돌아온 참이었다. 조금 뚱뚱한 편인 애니는 얼굴이 잔뜩 상기되어, 꼭 중년 여성의 몸에 소녀가 파묻혀 있는 듯한 모습이었다. 그가 애니 쪽으로 다가와 말했다. "애니, 당신은 해적의 아내가 되기 위해 태어난 사람이야." 그 도시 교외의 작은 방에서 해적이라니, 너무 어처구니가 없어 크게 웃음을 터뜨렸던 기억이 난다. 해적들, 반듯하고 착한 남편, 그리고 육체보다는 상상력의 소산인 이 떠돌이 광산업자와의 연애 때문에 그토록 죄의식에 시달리는 착한 아내 애니. 하지만 그가 그렇게 말했을 때 애니는 너무도 고마운 표정으로 그 남자를 바라보았다. 그는 술독에 빠져 살다 몇년 뒤에 세상을 떴다. 몇년째 아무 연락 없다가 애니가 편지를 보냈던 것이다. "너 X 기억나지? 그 사람 죽었어. 내 심정 이해할 거야. 삶의 의미가 사라져버렸어." 영국적 상황에 맞게 이 이야기를 옮기면 괜찮은 교외의 한 아내가 커피숍에서 죽치는 가망 없는 백수와 사랑에 빠지는 이야기가 되겠지. 그 남자는 글을 쓰겠다고 하고 아마도 언젠가는 그렇게 되겠지만 그게 중요한 건 아니다. 이 백수 녀석의 매력을 도무지 이해할 수 없는, 전적으로 성실하고 책임감 강한 남편 시점에서 써볼까 싶다.

*4 단편

한 남자를 사랑하는 건강한 한 여자. 전에는 없던 증상들이 생기면서 몸이 아프기 시작한다. 이 병이 자신의 것이 아니라 그 남자의 것이라는 사실을 차츰 깨닫는다. 그녀는 그 병의 본질을 그를 통해서가 아니라, 즉 그가 말하거나 행동하는 방식을 통해서가 아니라 병이 자신에게 투영되는 방식을 통해서 이해하게 된다.

*5 단편

원하지 않았지만 사랑에 빠진 한 여자 이야기. 여자는 행복하다. 하지만 한밤중에 문득 잠에서 깬다. 위험에 처한 사람처럼 남자가 화들짝 놀라며 말한다. 안돼, 안돼, 안돼. 잠시 뒤 그는 의식을 차리고 마음을 추스른다. 천천히 그리고 말없이 다시 눕는다. 여자는 이렇게 묻고 싶다. 뭐가 안된다는 거야? 두렵기 때문이다. 그런 마음을 얘기하지는 않는다. 다시 잠이 들고, 자면서 여자가 운다. 깨어보니 남자는 아직도 잠들지 못한 채 누워 있다. 여자가 걱정스럽게 묻는다. 이거 당신 심장 뛰는 소리야? 무뚝뚝한 그의 대답, 아니, 당신 심장 소리야.

*6 단편

연애 중인 한 남자와 한 여자. 여자는 사랑에 굶주려서, 남자는 도피처를 찾고 있었기에. 어느날 오후 남자가 매우 조심스레 말한다. "나가서 볼일이 좀……" 하지만 그의 장황한 설명을 들으며 여자는 당혹감을 느끼고 그 말이 핑계임을 눈치챈다. "물론 그래야겠지, 그럼." 갑자기 그가 젊은이처럼 크게 껄껄 웃으며 공격적으로 말한다. "당신 참 관대하군." 여자가 되묻는다. "관대하다니, 무슨 뜻이야? 내가 당신 간수도 아닌데 뭐. 날 미국 여자로 만들지는 말아줄래?" 아주 늦은 시간 남자가 여자의 침대로 들어온다. 막 잠이 깬 여자는 그에게로 돌아눕는다. 자신을 감싼 그의 팔에 신중한 절제가 느껴진다. 섹스를 원하지 않는다는 걸 여자는 깨닫는다. 여자의 허벅지에 성기를 문질러대지만(이 사실에, 그 단순함에 여자는 짜증이 난다) 그의 성기는 축 늘어져 있다. 여자가 날카롭게 말한다. "나 졸려." 남자가 하던 동작을 멈춘다. 그가 받았을지 모를 상처를 생각하자 기분이 편치 않다. 갑자기 그의 것이 커져 있다는 사실을 알아차린다. 자신이 거절했다는 바로 그 이유 때문에 그가 자신을 원하는 이런 상황이 경악스럽다. 하지만 남자를 사랑하는 여자는 그를 향해 돌아눕는다. 섹스가 끝났을 때, 이것이 그에게는 일종의 성취를 의미한다는 사실을 여자는 깨닫는다. 그 말을 하게 될 줄 미처 몰랐지만 본능적인 깨달음이 있었기에 여자는 날카롭게 말한다. "내가 아닌 다른 사람하고 한 거잖아." 그가 다급히 묻는다. "어떻게 알았어?" 그런 다음, 그 말을 하지 않았던 것처럼 덧붙인다. "아니야, 당신이 그냥 그렇게 상상하는 거겠지." 비참한 침묵이 팽팽하게 여자를 덮고 있기에 그는 무뚝뚝하게 말한다. "그게 중요한 문제라고는 생각하지 않았어. 당신이 이해해줘야 해. 나로선 전혀 중요한 문제가 못되니까." 이 마지막 말에 여자는 바짝 오그라들고 파괴된 느낌이다. 마치 자신이 여자로서 존재하지 않는 것만 같다.

*7 단편

방황하며 떠돌던 한 남자가 마음에 들고 자기에게 필요한 어떤 여자의 집에 우연히 머물게 된다. 그는 사랑이 필요한 여자들을 참 많이도 겪어본 남자다. 대체로 그는 절제하는 편이다. 하지만 이번에는 잠시 이 여자의 친절이 필요하기에, 그가 하는 말이나 스스로에게 허용하는 감정들이 모호해진다. 여자와 섹스를 하지만 그에게 섹스는 그전에 백번도 더 했던 것보다 나쁘지도 좋지도 않다. 잠깐의 피난처라는 필요가 이제는 가장 두려운 상황 속에 자신을 가두었음을 그는 깨닫는다. 즉, 어떤 여자가 난 당신을 사랑해요, 하고 말하는 상황. 그는 그 말을 잘라버린다. 우정을 끝내는 수준에서 딱딱하게 작별 인사를 한다. 그러고는 떠난다. 일기에 이렇게 적는다. 런던을 떠났다. 애나는 비난을 해댔다. 나를 증오했다. 그래, 될 대로 되라지. 그리고 몇달 뒤 또다른 기록. 아마도 이런 것들이리라. 애나가 결혼했다. 잘된 일이다. 혹은 이렇게. 애나가 자살했다. 애석한 일이다. 좋은 여자였는데.

*8 단편

어떤 여성 예술가가 혼자 살고 있다. 화가든 작가든 상관없다. 하지만 여자의 인생 전부는 자신이 기다리는, 어떤 부재하는 남자를 향해 있다. 가령 여자가 사는 아파트는 너무 크다. 여자의 정신은 자기 삶에 들어올 그 남자의 형상들로 가득 차 있고, 그러는 동안 그림을 그리거나 글을 쓰지 못한다. 그러나 머릿속에서 여전히 여자는 '예술가'다. 마침내 한 남자가 여자의 삶에 진입한다. 일종의 예술가이지만 아직은 예술가로 제대로 다듬어지지 못한 어떤 남자가. '예술가'로서의 여자의 개성이 그의 내면으로 들어가고, 그는 그것을 자양분 삼아 작품을 만든다. 마치 여자가 그에게 에너지를 공급하는 발전기인 것처럼. 결국 그는 소기의 목적을 달성해

진정한 예술가로 거듭나고, 그녀 안의 예술가는 사망한다. 더이상 여자가 예술가가 아니게 된 순간 그는 여자를 떠난다. 자신이 창조할 수 있게 해주는 그런 자질을 가진 여자가 필요하기 때문이다.

*9 중편

'한때 빨갱이였던' 미국인이 런던에 온다. 돈도 없고 친구도 없다. 영화계와 방송사 쪽에서 블랙리스트에 오른 인물이다. 런던의 미국인 공동체 혹은 '한때 빨갱이였던' 미국인 공동체는 자신들이 용기를 낸 것보다 서너해 앞서 이미 공산당 내 스탈린주의자들의 태도를 비판하기 시작했던 그 남자를 알고 있다. 그는 그들에게 도움을 청하러 간다. 일어난 사건들이 자신을 정당화해준다고, 또 그들이 적의를 잊어주리라 생각하면서. 하지만 그를 향한 그들의 태도는 여전히 그들이 성실한 당원들 혹은 공산당과 같은 길을 걷던 사람들이었을 때와 다를 바 없다. 그는 여전히 배신자다. 자신들의 태도가 달라졌고 더 일찍 당과의 인연을 끊지 못한 걸 가슴 치며 후회하고 있으면서도 말이다. 그들 사이에 악성 루머가 돌기 시작한다. 전에는 교조적이고 무비판적인 공산주의자였으나 지금은 히스테릭하게 가슴만 두들기고 사는 남자, 얼마 전 나타난 이 미국인이 다름 아닌 미 연방수사국 요원이라는 것이다. 루머를 사실로 받아들인 미국인 공동체는 그에게 우정과 도움을 일절 제공하지 않기로 한다. 이렇게 남자를 추방하면서 이들은 러시아의 비밀경찰과 반미 행동 위원회, 제보자들, 한때 공산주의자였던 사람들의 행위 등에 대해 자기들 생각이 옳다는 식으로 떠들어댄다. 최근에 런던에 온 그 미국인은 자살한다. 그러자 그들은 자기들의 죄의식을 잠재우고자, 모두 둘러앉아 과거의 정치적인 사건들을 떠올리며 그를 싫어할 이유들을 찾아내려 애쓴다.

*10

어떤 정신적인 병리 상태로 인해 시간 감각을 상실한 한 남자와
한 여자. 그야말로 영화에 나올 법한 이야기. 영화로 할 수 있는 이
야기들을 떠올려보면 영화란 참 경이로운 매체라는 생각이 든다.
글쎄, 나로선 영화 시나리오를 쓸 일이 결코 없을 테니 이 이야기
는 생각할 필요가 없겠다. 그래도 자꾸 생각하게 된다. '현실감각'
이 사라진 남자. 그 때문에 '보통' 사람들보다 현실에 대해 더 깊은
감각을 갖게 된 남자. 오늘 데이브가 아주 무심하게 말했다. "마이
클이라는 남자가 당신을 밀어내는 거, 당신은 신경 쓰지 마. 당신을
받아주지 않을 정도로 멍청한 남자 때문에 마음이 무너지면 당신은
뭐가 되는 거냐고." 벌써 오래전 일인데도 그는 마이클이 여태 나
를 '밀어내고 있는' 것처럼 말한다. 물론 그는 자기 자신에 관해 말
하고 있다. 한때 그는 마이클이었다. 내 현실감각이 흔들리고 무너
진 건 사실이다. 하지만 그럼에도 아주 또렷한 어떤 것이 그곳에
자리하고 있다. 비록 그게 뭔지 꼬집어 말하기는 어렵지만, 뭔가를
밝혀주는 일종의 조명 같은 거라고나 할까. (이런 말은 이 공책이
아니라 파란색 공책에 적어야 할 테지만.)

*11 중편

두 사람이 함께 있다. 어떤 사이든 상관없다. 어머니와 아들, 아
버지와 딸, 연인, 그런 건 중요하지 않다. 그중 한명은 심각한 신경
증을 앓고 있다. 그 사람이 상대에게 자신의 상태를 넘겨주면 넘겨
받은 사람은 병에 걸리고 넘겨준 사람은 좋아진다. 마더 슈거가 내

게 들려준 어느 환자 이야기가 생각난다. 어떤 젊은 남자가 극심한 심리적인 곤경에 빠져 있다고 확신하고 부인을 찾아온 적이 있었다. 마더 슈거는 그 남자에게서 잘못된 걸 아무것도 찾아내지 못했다. 그래서 그 청년의 아버지더러 한번 오라고 했다. 그렇게 그의 가족 중 다섯명이 차례로 상담실을 찾았다. 그들 모두 멀쩡했다. 그런 다음 어머니가 왔다. 어머니는 얼른 보기엔 '정상'이었지만 실은 심각한 신경증 환자로 그 병을 가족들에게, 특히 막내아들에게 떠넘기면서 겨우 균형을 유지하고 있었다. 결국 마더 슈거는 그 어머니를 치료했다. 치료를 받게 하기까지 엄청난 어려움이 따랐지만. 맨 처음 부인을 찾아온 그 청년은 압박감에서 해방된 기분을 느꼈다. 마더 슈거가 했던 말이 생각난다. 그래요, 가족이나 집단에서 정말로 아픈 사람은 가장 '정상적인' 사람인 법이죠. 그들은 강한 성격을 갖고 있기 때문에 살아남고, 대신 더 심약한 다른 이들이 그들을 대신해서 질환을 표출하는 법이에요. (이런 종류의 말은 파란색 공책에 적어야 하는데. 두 공책을 분리해야 한다.)

*12 단편

어떤 남편이 부정을 저지른다. 다른 여자를 사랑하기 때문이 아니라, 자신이 결혼에 묶인 상태가 아니라는 걸 증명하기 위해 다른 여자와 자고 집에 들어온다. 물론 극히 조심할 생각이었지만 '우연히' 발각당할 어떤 행동을 저지른다. 그는 의식하지 못하지만, 향기나 립스틱 자국 혹은 섹스의 후취를 깜박하고 씻어내지 않은 이 '실수'야말로 실은 그런 일을 벌인 근본 원인이다. 그로서는 아내에게 이렇게 말할 필요가 있었던 것이다. "당신 치마폭에 싸여 살진 않을 거야."

*13 중편, '여자들로부터 자유로운 남자'가 제목으로 좋을 듯

쉰살쯤 먹은 어떤 남자, 독신 혹은 아마도 결혼한 지 얼마 되지 않아 사별하거나 이혼한 사람. 미국인이라면 이혼을 했을 테고, 영국인이라면 아내가 어딘가로 떠났거나 심지어 한집에 살고 있어도 진정한 감정적 교류가 없는 상태. 쉰살이 되기까지 스무번 넘게, 그중 서너번은 진지한 연애를 했다. 상대 여성들은 그와 결혼하길 원했고, 형식적인 결합은 없었지만 사실혼 같은 관계로 줄곧 그의 곁에 머물렀다. 그들과 결혼해야 하는 시점이 오면 그는 연애를 종결지었다. 이제 쉰이 된 그 남자는 메말라 있고, 자신의 성에 대해 초조함을 느낀다. 한때 자신의 애인이었다가 지금은 다른 사람과 결혼한 여자친구만 해도 대여섯이나 된다. 이제는 친구와도 같은 대여섯 가족에게 그는 돼먹지 못한 놈팽이다. 그는 마치 아이처럼 여자들에게 의존하고, 점점 더 자신이 뭘 원하는지조차 제대로 알지 못한 채 헤매면서 맨날 이 여자 저 여자에게 전화를 걸어 뭔가를 해달라고 보챈다. 겉보기에는 반어법을 즐겨 구사하는 세련된 지식인 남성이라 한 일주일 정도는 자기보다 젊은 여자들의 마음을 사로잡을 수 있다. 젊은 여자들 혹은 그보다도 훨씬 어린 여자들과 정사를 벌이다가 나이 든 여자들에게 돌아오곤 하는데, 이 후자의 여자들이 싹싹한 유모나 간호인 역할을 한다.

*14 중편

부부 혹은 오래된 연인 사이인 한 남자와 한 여자가 어느날 서로의 일기를 훔쳐보니 상대방에 관한 생각이 더할 나위 없이 솔직하게 기록되어 있다(이는 그들 모두에게 명예로운 일이다). 각자의

일기를 상대방이 읽는다는 사실을 두 사람은 알고 있지만 그런데도 한동안은 객관성이 유지된다. 그러다가 차츰, 처음에는 무의식적으로, 나중에는 의식적으로, 그들은 상대에게 자신의 영향력을 행사하기 위해 꾸며낸 일기를 쓰기 시작한다. 급기야 두 사람은 하나는 서랍에 숨겨두는 사적인 용도로, 다른 하나는 상대에게 읽히는 용도로 두권의 일기를 쓰게 된다. 얼마 후 한 사람이 혀를 잘못 놀리거나 혹은 그 비슷한 실수를 하고, 상대방은 서랍의 비밀 일기를 훔쳐본 일에 대해 그를 질타한다. 끔찍한 다툼이 벌어져 그들은 영원히 갈라서기 직전까지 간다. 이는 원래의 일기 때문이 아니다. "어쨌든 우리 둘 다 서로의 읽기를 읽는다는 거 알았잖아. 그건 상관없어. 하지만 내 비밀 일기까지 훔쳐보다니 어쩌면 그렇게 부정직한 행동을 할 수가 있어?"

*15 단편

미국 남자와 영국 여자. 여자는 태도와 감정 모든 면에서 남자가 자신을 소유하고 취하기를 기대한다. 남자는 태도와 감정 모든 면에서 여자가 자신을 취하기를 기대한다. 그는 자신을 여자에 의해, 여자의 쾌락을 위해 사용되는 도구로 여긴다. 감정적인 교착상태. 이어 그들은 그 문제에 대해 이야기를 나눈다. 성적인 감정과 태도에 관한 논의는 곧 서로 다른 두 사회의 비교로 넘어간다.

*16 단편

한 남자와 한 여자. 두 사람 모두 성적 자부심이 강하고 경험이 많으며 자신들만큼 경험이 풍부한 사람은 거의 만나보지 못했다. 어느날 갑자기 두 사람은 서로에 대한 강렬한 혐오에 사로잡힌다.

되새겨보니(그들은 늘 가차 없이 스스로를 심문하며 살아온 터이다) 그 감정은 바로 자기 자신에 대한 혐오다. 그들은 스스로를 비추는 거울을 찾아내고, 자세히 살펴본 뒤에는 얼굴을 찌푸리며 상대를 떠나기로 한다. 다시 만났을 때 두 사람은 상대방에게 일종의 조소 어린 인정을 베풀며 그러한 기반 위에서 좋은 친구로 지내게 된다. 얼마 후 이 조소 어린 반어적 우정은 사랑으로 변한다. 하지만 애초의 그 처절한 경험 탓에 감정이 소진되어버린 그들에게 사랑으로 나아가는 길은 가로막혀 있다.

*17 중편

두 난봉꾼, 남자 난봉꾼과 여자 난봉꾼이 만난다. 그들 연애의 경로는 다음과 같은 아이러니한 리듬으로 전개된다. 남자가 여자에게 수작을 건다. 여자는 경험에 근거하여 신중하게 나오다가 서서히 감정적으로 굴복하게 된다. 여자가 감정적으로 자신을 내주는 시점에 남자의 마음은 차갑게 식어버리고 여자를 향한 욕구도 상실한다. 여자는 상처를 받고 비참한 처지가 된다. 다른 남자에게로 돌아선다. 여자가 다른 남자와 잔다는 걸 알게 된 남자가 흥분을 느끼는 반면, 여자는 자신이 다른 남자와 잠자리를 했다는 이유로 그가 흥분한다는 사실에 차갑게 식어버린다. 하지만 서서히 여자는 남자에게 감정적으로 무릎을 꿇는다. 그리고 여자에게는 최상의 순간이었던 바로 그 시점에 그가 다시 차갑게 식어버린다. 남자는 다른 여자와, 여자는 다른 남자와 잠자리를 한다. 계속 그런 식이다.

*18 단편

체호프의 「귀여운 여인」과 동일한 주제. 그러나 이 경우 여자가 이 남자 저 남자에게 맞춰주느라 변화하는 것은 아니다. 심리적 카멜레온인 어떤 남자와 만난 여자는 그를 사랑하게 되고, 그 한 남자를 위해 변화한다. 그에게 맞서거나 맞춰주기 위해 여자는 하루에도 예닐곱가지나 되는 변화무쌍한 성격을 취한다.

*19 터프하고 로맨틱한 작풍으로

녀석들은 한바탕 놀아보겠다는 기분으로 토요일 밤의 외출에 나섰다. 허물없는 친구 사이인 버디, 데이브, 마이크, 이 세 놈이 심장이 요동치는 토요일 밤의 패거리다. 눈이 내린다. 춥다. 도시들의 아버지이자 가장 차가운 도시 뉴욕. 하지만 우리에게만은 진실한 곳. 유인원의 어깨를 한 버디가 외따로 서서 뭔가를 노려보았다. 가랑이 사이를 긁었다. 새카만 눈동자로 음울하게 응시하는 몽상가 버디는 종종 우리 앞에서 자위를 했다. 스스로도 의식하지 못한 채, 순수하게. 기묘한 순수함. 서글프고 구부정한 어깨 위로 하얀 눈이 쌓이건만 그는 잠자코 서 있었다. 데이브가 버디의 다리로 돌진했다. 무구한 눈밭에 두 녀석이 나뒹굴고, 버디는 숨을 몰아쉬었다. 데이브가 주먹으로 버디의 배를 가격했다. 아, 진짜 토요일 밤다운 토요일 밤, 맨해튼의 싸늘한 절벽 아래 어우러진 녀석들, 진짜 사나이다운 친구들의 진실한 사랑. 버디는 정신을 잃고 싸늘하게 늘어졌다. "이 개자식이 난 정말 좋단 말이지." 데이브의 말. 버디는 곁에 있던 우리도, 도시의 슬픔도 전혀 느끼지 못한 채 그대로 뻗어 있었다. 나, 마이크, 고독한 산책자 마이크는 조금 떨어진 곳에서 깨달음의 짐을 짊어지고 열여덟살의 고독을 감내하며 진정한 나의 두 벗 데이브와 버디 녀석을 바라보고 있었다. 한참 뒤 버디가 정신을 차렸다. 시체 같은 입술에 맺혀 있던 새하얀 침방울이 마찬가지로 새하얀 눈 더미로 튀었다. 숨을 헐떡이던 버디가 겨우 일어나 앉았을 때 데이브는 두 팔로 무릎을 감싸고 브롱크스의 슬픔이 서 린 두 눈 가득 애정을 담아 그를 바라봤다. 버디가 털로 뒤덮인 왼쪽 주먹을 그의 턱을 향해 날리자, 이번에는 데이브가 죽음처럼 차가운 눈 속으로 나가떨어졌다. 버디 녀석은 낄낄거리고 웃으며 자기 차례를 기다렸다. 완전 미친놈이다. "이제 뭐 할 거야, 버디?" 마이크, 고독한 산책자, 그러나 이 진짜배기 벗들을 사랑하는 내가 물었다. "하하하, 저 녀석 상판 봤어?" 이렇게 말하며 버디가 아랫도리를 움켜쥐고 가쁜 숨을 몰아쉬며 데굴데굴 구른다. "봤냐고!" 숨줄이 돌아온 데이브는 헐떡거리다가 한번 더 구르더니 신음하며 일어나 앉았다. 이내 데이브와 버디가 다시 엉켜 싸우기 시작했다. 기쁨의 웃음까지 터뜨리며 진짜 싸우고 있었다. 웃다가 눈밭에 넘어져 서로의 몸에서 떨어질 때까지. 나, 마이크, 언어의 날개를 단 마이크는 기쁘고도 서글픈 심정으로 서 있었다. "이봐, 난 이 개새끼가 진짜 좋다고." 데이브가 가쁜 숨을 몰아쉬며 이렇게 말하고는 버디의 복부를 향해 펀치를 날렸다. 버디가 그 주먹을 팔로 저지하며 대꾸했다. "젠장, 나도 이 녀석을 겁나게 좋아하지." 그러나 그때 서리가 내린 싸늘한 보도 위로 또각또각 기분 좋은 하이힐 소리가 울렸고, 내가 말했다. "저기 봐, 얘들아." 우리는 서서 기다렸다. 로지가 오고 있었다. 컴컴한 월세방을 빠져나와 하이힐을 신고 유쾌하게 또각거리며 우리에게로 오는 길이다. "안녕, 친구들." 달콤하게 웃으며 로지가 말했다. 우린 그녀를 바라보며 서 있었다. 그 특급 성적 매력을 축으로 삼아 보도를 따라 빙글빙글 돌고, 둥근 공 같은 엉덩이를 씰룩거리며 멋진 육체를 뽐내는 로지를 서글프게 지켜보면서. 그 엉덩이가 우리 심장에 한줄기 희망을 던졌다. 그

때 우리의 친구 버디가 머뭇머뭇 몸을 움직여 우리에게서 조금 떨어지더니 슬픈 눈동자를 들어 마찬가지로 슬픈 우리의 눈동자를 바라보며 말했다. "난 로지를 사랑하니까, 친구들." 그리하여 두 친구만 남았다. 양쪽 주먹을 다 잘 쓰는 데이브와 언어의 날개를 단 마이크. 그렇게 우리는 우두커니 서서 우리의 친구 버디가 삶의 숙명을 짊어지고 고개를 끄덕이며 로지를 향해 걸어가는 모습을 지켜보았다. 버디의 순수한 심장은 로지의 사랑스러운 구두 굽이 내는 곡조에 맞춰 뛰고 있었다. 이내 새하얀 눈송이로 덮인 신비로운 시간의 나래가 우리를 내리쳤다. 시간은 우리의 로지들이 죽어 그 목조주택에서 장례를 치를 때까지 그녀들 쪽으로 우리를 내몰 터였다. 우리의 버디가 숙명적인 눈송이의 그 태곳적 춤 속으로 나아가고, 그의 옷깃 위에 운율을 맞춰 마른 서리가 내리는 광경은 비극적이고도 아름다웠다. 이 순간 그를 향했던 우리의 사랑은 환상적이면서도 진정한 무게를 지녔으며 슬픈 얼굴을 한 사랑, 시간의 목적에 대해서는 전혀 아는 바 없지만 진실하고 실은 매우 진지한 그런 사랑이었다. 남겨진 두 친구인 우리가 순결한 다리 위로 젊은이의 코트 자락을 펄럭이며 돌아서는 순간 우린 그를 사랑하고 있었던 것이다. 이윽고 비극을 알리는 새가 우리의 진주알 같은 영혼을 건드렸기에 데이브와 나, 마이크는 슬퍼졌고, 그, 데이브와 나, 마이크는 인생에 대해 바보 멍청이가 된 기분이었다. 데이브가 아랫도리를 긁었다. 부엉이처럼 느릿느릿 거기를 긁어대던 순진무구한 데이브. "젠장, 마이크, 우리 모두를 위해 네 녀석이 언젠가 그 얘길 써줬으면 좋겠는데 말이야." 더듬더듬 애매하게, 언어의 날개를 달지 못한 그가 말했다. "써줄 거지, 응? 여기 하얗게 눈이 내린 맨해튼 보도 위에서 그 자본주의 돈의 신, 지옥의 사냥개가 어떻게 우리 발뒤꿈치를 바짝 쫓아왔는지, 우리의 영혼이 어떻게 파멸하게 되었는지 말이야.""아, 데이브, 네 녀석을 사랑한다." 내 친구의 영혼이 애정으로 비틀리던 그 순간 난 이렇게 대꾸했다. 그러고는 그의 옆 턱뼈를 정면으로 세차게 가격했다. 세상을 향한 사랑과 친구들을 향한 사랑, 데이브들과 마이크들과 친구 녀석들을 향한 사랑에 더듬대면서. 쓰러진 그를 나, 마이크가 일으켜 품에 안았다. 귀여운 녀석, 널 사랑해, 정글 같은 도시의 우정, 젊은이들의 우정. 그 순수함이여. 눈보라의 숙명을 띤 시간의 바람이 사랑에 빠진 우리 순수한 어깨 위로 몰아치고 있었다.

혼성 모방으로 돌아간 거라면 이제 멈출 때가 되었다.

[두개의 검은 선이 그어진 이 지점이 노란색 공책의 마지막이었다.]

[파란색 공책이 이어졌는데, 날짜는 적혀 있지 않았다.]

위층 방이 비었다는 얘기가 퍼졌는지 문의 전화가 걸려 온다. 세 들 사람은 구하지 않는다고 대답하긴 하지만 생활비가 빠듯하다. 직장여성 둘이 찾아왔다. 아이버에게서 우리 집에 빈방이 있다는 얘기를 들었다고 한다. 하지만 여자들은 들이고 싶지 않았다. 재닛과 나, 거기다 두 여자면 아파트가 온통 여자로 가득 차는 셈인데 그건 내키지 않는다. 그다음엔 남자들 몇명이 찾아왔다. 그중둘은 곧바로 이렇게 말하는 듯한 분위기를 풍겼다. 그러니까 당신이랑 나랑 이 아파트에 단둘이 있겠군요. 그래서 그들도 돌려보냈다. 다른 셋은 엄마의 보살핌이 절실한 파탄 직전의 떠돌이들이었고, 분명 일주일이 채 지나기 전에 내가 그들을 돌보는 처지가 될 것을 직감할 수 있었다. 그래서 더이상 세를 놓지 않기로 마음먹었다. 일자리를 구하거나, 더 작은 곳으로 이사를 가거나, 뭐든 할 요량이다. 그러는 사이 재닛은 질문을 해댄다. 아이버가 떠나야 했던 건 참 안타까운 일이에요. 다시 그 사람처럼 좋은 누군가가 왔으면 좋겠어요, 어쩌고저쩌고. 그러다가 뜬금없이 딸애가 기숙학교에 가고 싶다고 했다. 학교 친구 하나가 기숙학교로 전학을 간단다. 이유를 물었더니 함께 놀 친구들이 필요하다고 했다. 곧바로 난 슬프고 거부당한 기분이 들었는데, 그런 기분을 느꼈다는 사실 때문에 나 자신에게 화가 났다. 재닛에게는 좀 생각해보겠노라고 말했다. 말하자면 돈이라는 현실적인 측면에 대해서. 하지만 내가 정말 생각해보고 싶었던 건 재닛의 성격으로, 어떤 학교가 딸애에게 알맞을까 하는 문제다. 자주 드는 생각이지만, 만일 내 딸이 아니었다면(유전적인 의미가 아니라, 내 손으로 양육하지 않았더라면) 재닛은 아마 상상할 수 있는 가장 인습적인 아이가 되었을 것이다. 겉으로 보이는 참신함에도 불구하고, 재닛은 사실 그런 쪽이다. 몰리 모자의 영향도 있었고, 나와 오래 만나던 마이클이 사라져버린 일, 또 그 아이가 이른바 '파경'의 산물이라는 사실도 있지만, 딸애를 보면 예쁘고 관습적인 의미에서 똑똑한 여자아이, 본성상 별문제 없이 평탄한 인생을 살도록 운명 지어진 어린 소녀가 보일 뿐이다. '그러길 바란다'고 쓸 뻔했다. 왜지? 스스로 모험을 감행하지도 접경지대를 밟지도 않으려는 사람들은 상대하기 싫지만, 자기 자신의 아이가 걸려 있는 상황이라면 그런 생각들은 견딜 수 없어진다. 여자로서의 나래를 시험하듯 그애가 요사이 동원하곤 하는 그 뾰로통하니 예쁘장한 얼굴로 "기숙학교에 가고 싶어요"라고 내게 말했을 때, 그애가 실제로 말하는 내용은 '난 평범하고 정상적으로 살고 싶어요'였다. '이 복잡한 환경에서 벗어나고 싶어요'라는 말과도 같았다. 내 우울증이 점점 심해지는 걸 재닛도 틀림없이 느꼈으리라. 그애와 있을 때면 난 무기력하고 겁에 질린 애나를 멀리 쫓아버린다. 그러나 그 애나가 여전히 거기 있다는 게 분명 아이에게도 느껴지는 모양이다. 또 물론 딸애가 가지 않기를 바라는 이유는, 재닛이야말로 내가 정상적으로 살아갈 수 있게 해주는 존재이기 때문이다. 재닛과 지낼 때 난 책임감과 애정을 갖춘 소박한 엄마로 살아야 하고, 그렇게 아이는 내 안의 정상성에 닻을 내리고 있도록 해준다. 그 아이가 학교로 가버리고 나면……

오늘 딸애가 다시 물었다. "기숙학교에는 언제 가게 되나요? 메리(딸애의 친구다)와 함께 가면 좋겠는데."

너무 넓은 이 집에서 작은 곳으로 이사를 가고 내가 일자리를 구해야 가능하다고 아이에게 얘기해주었다. 지금 당장은 힘들다고. 세번째로 한 영화사에서 『전쟁의 접경지대』 판권을 매입하긴 했지만, 아마 제대로 안될 것이다. 아무튼 안되기를 바라는 마음이다. 영화가 제작되리라 생각했다면 판권을 팔지도 않았을 테니까. 그 돈이면 재닛이 기숙학교를 다니더라도 소박한 생활은 가능하리라.

진보적인 학교를 알아보는 중이다.

그 학교들 얘길 했더니 재닛이 말했다. "평범한 기숙학교에 다니고 싶은데." 내 대답. "전통적인 영국 여자 기숙학교에 평범한 구석이라곤 없어. 전부 아주 독특한 곳들이란다." 딸의 말. "무슨 말인지 잘 아시잖아요. 게다가 메리도 가니까요."

며칠 안에 재닛은 떠난다. 오늘 몰리가 전화해서 어떤 미국인이

런던에 왔는데 거처를 구하고 있다고 전했다. 세입자를 들이고 싶지 않다고 했다. 몰리의 말. "하지만 그 엄청나게 넓은 집에서 혼자 지내고 있잖니. 그 사람 얼굴 볼 필요조차 없을 텐데." 내가 고집을 부리자 몰리는 이렇게 말했다. "글쎄, 그냥 넌 사람들과 어울리고 싶지 않은 모양이다. 무슨 일 있니, 애나?" 그 무슨 일 있니에 정신이 번쩍 들었다. 물론 내 태도는 반사회적인데, 난 심지어 이에 대해 괘념치도 않으니 말이다. 몰리가 말했다. "동정심 좀 가져봐. 그 사람 좌파 미국인인데 가진 돈은 없지, 게다가 블랙리스트에 올랐대. 근데 넌 완전히 텅 빈 집에 살고 있잖니." 나의 대답. "유럽에서 어슬렁대는 미국인이라면 아마 미국을 배경으로 한 대하소설을 쓰고 있을 테고 정신분석도 받을 테지. 그 끔찍한 미국식 결혼 생활도 겪었을 거고, 아마 자기 골칫거리들을 귀가 따갑게 늘어놓을 거야. 그게 문제란 말이다." 그러나 몰리는 웃지 않고 대꾸했다. "너, 조심하지 않으면 당을 떠난 다른 사람들처럼 되겠다. 어제 톰 만났어. 헝가리 문제로 떠났잖니. 당원 수십명에게는 일종의 비공식적인 정신적 지주였는데. 근데 아주 딴사람이 되었더구나. 자기 집 방세를 갑자기 두배로 올렸다. 교사 일도 그만두고 광고 회사에 일자리를 얻었다나. 무슨 빌어먹을 생각으로 그러고 사느냐고 전화로 따졌지. 그자의 대답이, '충분히 오랫동안 멍청한 놈으로 살아왔거든'이라더구나. 애나 너도 조심하는 게 좋을 거다."

그래서 서로 마주치지 않아도 된다면 그 미국인을 우리 집으로 보내도 좋다고 했더니 몰리가 대꾸했다. "그 사람 나쁘지 않아. 만나봤는데, 끔찍하게 거만하고 자기주장이 강하긴 하더라만 미국인들이야 다들 그러니까." 내가 대답했다. "그 사람들이 거만하지는 않은 것 같아. 그건 과거 시절의 고정관념일 뿐이지. 요즘 미국인들은 차분하고 배타적이잖아, 자신들과 나머지 세계 사이에 유리판이나 얼음을 두고 사는 것처럼 말이야." "아, 뭐 그렇게 볼 수도 있겠네." 몰리가 말했다. "지금은 너무 바빠서 이만 끊을게."

　나중에 내가 말한 것들에 관해 다시 생각해봤는데, 그 말이 나오기 전까지는 내가 그렇게 생각한다는 걸 몰랐다는 점이 흥미로웠다. 하지만 그건 사실이었다. 그랬다. 그들이 무모하고 시끄러운 사람들일 수는 있다. 하지만 더 많은 경우 유쾌함으로 가득 차 있기도 하고, 그렇지, 유쾌함, 그게 두드러진 특징이다. 그리고 기저에 놓인 그 히스테리, 어딘가에 연루되길 두려워하는 마음. 내가 알고 지내온 미국인들에 대해 생각하며 앉아 있었다. 그러고 보니 지금까지 꽤 많은 미국인들을 겪었구나. 넬슨의 친구 F와 보낸 주말이 기억난다. 처음에 다행스러운 마음이었다. 마침내 멀쩡한 남자를 만났구나, 하느님 감사합니다, 이런 생각까지 했다. 그러다 깨달았는데, 이 모든 생각이 그의 머리에서 나온 것이었다. 그는 '침대에서 훌륭한' 남자였다. 의식적으로, 더없이 의무적으로 '사나이'였던 남자. 하지만 따스함이 없었다. 모든 게 저울로 잰 느낌. '고향의' 아내에 관해 말할 땐 모든 단어에 선심이라도 쓰는 듯한 분위기가 배어 있었다(하지만 사실 그는 아내를 두려워했는데, 아내라기보다는 아내가 대표하는 사회에 대한 자신의 의무가 두려웠던 것이다). 그리고 스스로를 내던지는 법이 없는 그 용의주도한 연애들. 저울질하듯 정확하게 따스함의 양을 가늠해서 이런저런 관계에 대해 딱 그만큼의 감정을 내놓는 것이다. 그랬다. 그게 미국인들의 자질이었다. 자로 잰 듯하고, 영리하고 차분한 그런 것. 물론 감정은 덫이고, 그게 우리를 사회의 손아귀 속으로 몰아넣는 법. 그래서 사람들은 감정을 저울질하는 거겠지.

난 다시 마더 슈거를 만나러 갔을 때의 마음 상태로 스스로를 돌려놓는다. 느낄 수가 없다고 말했었지. 재닛 말고는 어떤 이에게도 마음이 가지 않는다. 벌써 7년 전이었나? 그 정도 되었나보다. 마더 슈거를 떠나면서 난 그랬다. 선생님은 내게 우는 법을 가르쳐줬어요. 감사드리고 싶은 건 없어요. 감정을 되찾게 해주셨지만, 그게 너무나 고통스러워서요.

느끼는 법을 배우기 위해 주술사를 찾아가다니, 정말 구식이었다. 이제 와서 보니 온통 느끼지 않으려 애쓰는 사람들만이 가득한 세상이라는 걸 실감한다. 초연함, 초연함, 초연함. 바로 그거다. 그게 모두가 내거는 기치다. 처음에는 미국에서, 하지만 이제는 우리도 마찬가지다. 런던 근교 정치단체와 사회주의자 그룹 청년들이 생각난다. 토미의 친구들과 그 새로운 사회주의자들. 이들의 공통점이 바로 그거다. 저울로 잰 듯한 감정, 초연함.

이토록 공포로 가득 찬 세상에서는 제한된 감정이 요구되는 법. 예전에 이 사실을 보지 못했다는 게 너무 이상할 뿐이다.

고통에 맞서는 이러한 방책, 무감정의 상태를 향한 본능적인 후퇴에 대항하여 마더 슈거에게 화를 내며 이렇게 말했던 적도 있다. "원자폭탄이 떨어져서 유럽의 절반이 끝장났다고 얘기해도 선생님은 혀를 끌끌 차면서, 혹시 내가 울음을 터뜨리거나 울부짖고 있다면 훈계하듯 얼굴을 찌푸리거나 어떤 몸짓을 하면서, 내가 의도적으로 회피하고 있는 어떤 감정을 기억해내거나 생각해보라고 할 테죠. 어떤 감정이냐고요? 물론 기쁨의 감정이겠죠. 선생님은 이렇게 말하거나 암시할 거예요. 생각해봐요, 애나, 파괴의 창조적인 측면들을! 원자에 갇혀 있던 그 힘의 창조적인 함의들을 생각해봐요. 100만년이 흐르면 그 용암 사이로 뚫고 나와 빛을 쬘 유약한 녹색 식물들의 어린 잎사귀를 생각하며 당신의 정신이 안식을 취하도록 내려놔요!" 물론 마더 슈거는 미소 띤 얼굴이었다. 그러다 그 미소가 돌연 사무적인 표정으로 바뀌었는데, 바로 분석가와 환자의 관계를 벗어난 순간으로 내가 기다리던 순간이기도 했다. 그녀가 말했다. "친애하는 애나, 정신을 온전하게 유지하려면 100만년이 흐른 뒤 돋아날 그 잎사귀에 의지하는 법을 배워야 하지 않겠어요?"

그러나 사람들을 얼어붙게 만드는 건 세상 도처에 널린 공포와 그것을 의식하는 데서 오는 두려움이 아니다. 그 이상이 있다. 사람들은 자신들이 죽었거나 죽어가는 사회 속에 머물러 있음을 안다. 모든 감정의 끝에 재산, 돈, 권력이 있기에 그들은 감정을 거부하며 살아간다. 그들은 일을 하지만 자신이 하는 일을 경멸하고, 그래서 얼어붙는다. 그들은 사랑하지만 그 사랑이 절반의 사랑이거나 비틀린 사랑이라는 걸 잘 알고 있고, 그래서 얼어붙는다.

아마도 사랑, 감정, 따뜻함이 살아 있도록 하려면 이 감정들을 모호하게 느끼거나, 심지어 거짓되고 타락한 것, 또는 아직 하나의 관념에 불과한 것, 상상력을 동원해 억지로 만들어낸 그림자에 불과한 것에 대해서도 그 감정들을 느껴야 할 것이다…… 그래, 우리가 느끼는 감정이 고통이라 해도 우리는 그것을 느껴야만 한다. 그 대안이 죽음이라는 것을 인정하면서. 그 무엇이라 해도, 영악하고 빈틈없는 태도, 어정쩡한 태도, 결과가 두려워 주기를 거부하는 그런 태도보다는 나으리라…… 재닛이 계단을 오르는 소리가 들린다.

오늘은 재닛이 처음으로 새 학교에 간 날이다. 교복은 선택 사항인데 딸애는 입는 쪽을 택했다. 내 자식이 교복을 입고 싶어하다니 희한한 일이다. 교복이 불편하지 않았던 때가 한번이라도 있었던가? 모순. 공산주의자로 살았던 것도 제복을 입은 자들을 섬기기 위해서가 아니라 그들에게 맞서기 위해서였는데. 재닛의 교복은 누르스름한 갈색 블라우스에 보기 싫은 풀빛 치마다. 재단조차 열두살 난 재닛 또래의 소녀들을 최대한 흉하게 보이도록 되어 있다. 게다가 둥글납작하고 딱딱해 보이는 흉측한 짙은 녹색 모자까지 써야 한다. 모자와 치마의 녹색이 한데 어우러져 더 보기 싫다. 그래도 재닛은 신이 났다. 교복은 교장이 고른 것인데, 나도 그녀와 면담을 했었다. 존경심을 자아내는 나이 지긋한 영국 여자로 학구적이고 능률적이며 지적인 분위기를 풍기는 사람이다. 채 스무살이 되기도 전에 그 교장 내부의 여성은 죽어버렸으리라. 아마 스스로 그 여성을 죽여 없앴겠지. 재닛을 그녀에게 보냄으로써 딸에게 아버지상을 제공하는 건지도 모른다는 생각이 얼핏 들었다. 그런데 참 이상하게도 난 분명 내 딸 재닛이라면, 가령 그 흉한 교복을 입지 않겠다는 식으로 교장에게 맞서리라 생각하고 있었다. 하지만 재닛은 어떤 것에도 저항하려 들지 않는다.

어린 소녀로서 재닛이 지닌 특성, 그러니까 1년쯤 전부터 예쁜 옷을 걸친 듯이 몸에서 배어나는, 부족함 없이 자란 아이가 보일 법한 그 뾰로통한 매력은 교복을 입자마자 곧바로 사라져버렸다. 역 승강장에서 아이는 자기와 비슷하게 흉측한 교복을 입은 한떼의 소녀들 틈에 끼어, 어린 가슴은 감춰지고 매력이란 매력은 죄다 폐기당한 채 실용적으로 행동하는 착하고 밝은 어린 소녀였다. 그런 딸애를 바라보며 나는 새롭게 맞아들이는 성性의 기운에 힘입어 생기를 띠면서도 자기가 지닌 힘에 대한 본능적인 인식으로 경계하는 듯한, 저 어둡고 강렬한 검은 눈동자를 지닌 가냘픈 소녀를 애도하는 심정이 되었다. 동시에 내가 정말 잔인한 생각을 한다는 사실을 깨달았다. 내 가련한 딸, 아이버와 로니 같은 남자들, 식료품을 달아 팔듯이 감정을 저울질하는 비겁한 남자들로 가득한 이 사회에서 자라야 한다면, 그 교장 선생 미스 스트리트를 모델로 삼는 게 나을 거야. 그 매력덩어리 소녀가 더이상 보이지 않자, 마치 무한히 소중하며 다치기 쉬운 어떤 것이 이제 상처로부터 구조된 듯한 기분이었다. 그 감정에는 남자들에게 겨눠진 득의양양한 악의가 담겨 있었다. 그래, 좋다. 우리들의 가치가 너희들로서는 알바 아니라는 거지? 그렇다면 너희가 또다시 그렇게 나올 때 맞서기 위해서라도 우리 자신을 아껴놓도록 하지. 그 악의, 그 증오가 마땅히 부끄러워야 했으리라. 하지만 창피하지 않았다. 오히려 그렇게 느끼자 기뻤다.

그 미국인 그린 씨가 오늘 온다기에 그가 머물 방을 치워놓았다. 그 사람이 전화를 걸어 시골 친구 집에 초대를 받아 하루 머물게 되었다며 내일 와도 괜찮겠냐고 물었다. 조심스럽게 미안하다는 취지의 변명을 잔뜩 늘어놓았다. 성가시게 여러건의 약속을 변경해야 했다. 그런데 나중에 몰리가 전화를 걸어 들려준 얘기로는, 친구 제인이 '소호를 구경시켜주면서' 그린과 하루를 보냈다는 것이다. 난 화를 냈다. 그러자 몰리가 말했다. "토미가 그린 씨를 만났는데 좋아하지 않더구나. 칠칠치 못한 사람 같다고. 그렇다면 우린 그린 씨를 좋은 사람으로 생각해도 될 것 같지 않니? 토미는 어느 누구도 절대 좋게 보는 법이 없잖아. 참 이상하지 않니? 머리끝에서 발끝까지 사회주의자에 자기 친구들도 모두 그런데, 하나같이 그럴싸한 쁘띠부르주아 티를 내니 말이야. 조금이라도 생기가 있는 사람을 만나면 곧장 자기들 도덕의 치맛자락을 여미는 꼴이라니. 물론 한술 더 뜨는 토미의 그 핼쑥한 마누라가 최악이지. 그린 씨가 제대로 된 직업이 없으니 그냥 부랑자에 불과한 거 아니냐며 불평하더래. 누가 말리겠니? 걔라면 약간 자유주의적인 성향을 지닌 지방 실업가의 부인 역할도 정말 너끈히 해낼 거다. 왜, 남편이 자기 보수당 친구들에게 충격을 주려고 써먹는 부인 말이야. 그런 애가 내 며느리라니. 차티스트들에 대한 두꺼운 책을 쓰고 있으면서도 노후 대비 자금으로 매주 2파운드씩 저축한다더라. 암튼 토미랑 그 여자애 눈에 그런 씨가 좋게 보이지 않는다면 그 사람이 네 마음에는 쏙 들 수도 있다는 얘기야. 그러니 미덕이 반드시 그 자체로 보답을 받아야 할 필요는 없다는 거지." 글쎄, 몰리의 말을 듣는 내내 나는 웃었고, 웃을 수 있다니 생각만큼 그렇게 나쁜 상태는 아니구나, 이런 생각도 했다. 한때 마더 슈거는 우울증 환자를 웃게 만들기까지 무려 반년이나 걸린 적도 있다고 했으니까. 하지만 여기 휑한 이 집에 나만 놔두고 재닛이 떠나면 틀림없이 난 한층 더 나쁜 상태가 될 것이다. 기운이 없고 매사 의욕도 없다. 마더 슈거 생각만 계속 난다. 예전과 다르게, 이제 그 여자를 떠올리면 구원받을 수 있지 않을까, 이렇게 막연하게 생각하는 것이다. 대체 무엇으로부터의 구원일까? 사실 난 구원을 바라지 않는다. 재닛이 떠나면서 들었던 생각이 또 있다. 아무런 압박감도 없을 때 시간은 어떤 다른 모습을 띠는가 하는 점이다. 재닛이 태어난 이래 시간의 흐름 속에서 난 편안하게 움직인 적이 없었다. 아이가 있다는 건 시계를 늘 의식하며 살아야 함을, 어떤 순간에 앞서 완수해야 할 일로부터 결코 자유로울 수 없음을 의미한다. 재닛이 태어났을 때 죽어야만 했던 그 애나가 지금 다시 태어나고 있다. 오늘 오후 나는 방바닥에 앉아서 어두워지는 하늘을 보며, 정확히 한시간 후에 냄비에 채소를 넣어야 한다고 생각하는 대신 빛의 느낌을 보니 저녁이 되었구나, 이렇게 말할 수 있는 세상의 거주민으로 다시 돌아왔음을 실감한다. 갑자기 그동안 잊고 지내온 정신의 상태, 유년 시절의 어떤 모습으로 돌아간 것이다. 밤이면 난 침대에 우두커니 앉아 내가 '그 놀이'로 명명하던 것에 몰두하곤 했다. 먼저 침대, 의자, 커튼 따위 물건들을 하나씩 '호명하면서' 내가 앉아 있는 그 방을, 머릿속에서 완전해질 때까지 창조해냈고, 그런 다음엔 방 밖으로 나가서 집을 창조해냈고, 다시 집 밖으로 나가 천천히 거리를 창조해냈고, 그런 다음에는 공중으로 솟아올라 런던을 내려다보면서 엄청나게 널린 런던의 쓰레기들을 바라보았고, 그러면서도 동시에 머릿속에는 그 방과 집과 거리를, 이어 잉글랜드와 대영제국 내의 잉글랜드 형상과 대륙 옆에 떠 있는 작은 섬의 무리를 담았고, 그러고는 천천히, 아주 천천히, 대륙과 대양을 하나하나씩 상상하여 세계 전체를 창조해냈다(침대와 집과 거리를 아주 작은 크기로 머릿속에 간직한 채 동시에 이 광대함을 창조해내는 일이 '그 놀이'에서 가장 중요한 임무였다). 그렇게 세계 창조를 마치고 나면 난 우주로 빠져나와 하늘에 뜬 태양 빛에 환히 밝혀진 하나의 공처럼 떠 있는 세상이 내 발밑에서 회전하는 모습을 지켜보았다. 이 지점에 이르면 주위에서는 별들이, 아래에서는 그 작은 지구가 돌고 있는데, 동시에 나는 생명으로 가득한 물 한방울이나 녹색 잎사귀를 상상하려고 애를 쓰는 것이었다. 가끔은 내가 원하는 것, 광대함과 미미함을 동시에 상상하는 지점에 도달할 수 있었다. 그렇지 않으면 어떤 한 생명체, 물웅덩이 속에서 헤엄치는 알록달록한 작은 물고기나 한송이 꽃, 혹은 한마리 나방에 집중하여, 그 꽃과 나방과 물고기의 존재를 창조하고 '명명'하려 했고, 그러면서 그것들 주변 숲이나 바닷물 고인 웅덩이를, 아니면 밤바람으로 내 날개를 기울어뜨리는 어느 공간을 서서히 창조해보곤 했다. 그런 다음 문득 그 미미함에서 빠져나와 광막한 우주로 날아가는 것이다.

아이였을 땐 쉬웠다. 틀림없이 '그 놀이' 덕분에 너무도 즐거운 마음으로 여러해를 살았던 것 같다. 그러나 지금은 아주 어렵다. 오늘 오후 조금 시도하다가 금방 지쳐 떨어졌다. 그런데도 몇초나마 나는 햇빛이 아시아의 복부를 향해 내리쬐고 유럽은 암흑으로 빠져드는 지구, 내 아래에서 회전하는 그 모습을 진짜로 볼 수 있었다.

쏠 그린이 방을 살펴보고 짐도 맡겨둘 겸 찾아왔다. 곧바로 방으로 안내하자 그는 한번 힐끗 보더니 말했다. "좋네요, 좋아요." 너무 무심하게 말하는 것 같아서 금방 나갈 예정이냐고 물어보았다. 그는 황급히 경계하는 눈길을 내 쪽으로 던졌는데, 그 사람 특유의 행동이 분명했다. 이어 그는 지난번 시골에 다녀와야 한다고 사과했을 때와 똑같은 어조로 길고 조심스러운 설명을 늘어놓았다. 그날 일이 생각나 내가 말했다. "제인 본드와 소호를 탐방하면서 그날 하루를 보내셨다죠." 그의 놀란 얼굴이 이내 불쾌한 표정으로 바뀌었다. 하지만 어떤 범죄를 저지르는 중에 발각된 자처럼 지나칠 정도로 불쾌한 표정이었다가 금세 다시 신중하고 경계 어린 얼굴이 되어서는 계획이 변경되어서 그랬네 어쩌네 장황한 설명을 늘어놓기 시작했는데, 그 설명이 또한 너무나 유별났으니 그 모든 게 빤한 거짓말이었던 것이다. 난 갑자기 지겨운 마음이 들어, 실은 내가 곧 이사할 생각이라 오래 머물 계획이라면 다른 곳을 알아보시는 게 좋지 않겠나 싶어서 물어본 거라고 말했다. 그는 상관없다고 했다. 내 말을 듣고 있는 것 같지도 않았고 방을 제대로 보는 것 같지도 않았다. 그러면서도 짐은 방에 놔둔 채 나를 따라 나왔다. 곧 내가 주인다운 태도로 장난스레 '아무런 금지 사항'도 없다고 말했는데, 알아듣지 못한 눈치라 다시 풀어서 설명해야 했다. 여자친구를 데려와도 상관하지 않을 테니 마음대로 하라고. 이 말 끝에 그가 웃음을 터뜨려서 깜짝 놀랐다. 불쾌감이 전해지는 갑작스러운 너털웃음. 정상적인 젊은 남자로 생각해줘 기쁘다고 그는 덧붙였다. 너무나 미국인다운 말이며 생식력에 문제가 있는 사람에게서 거의 반사적으로 나오는 익숙한 대꾸였기에, 전에 그 방에 살던 사람에 관한 농담을 해볼까 하다 관뒀다. 모든 게 거슬리고 어긋나는 듯한 기분이 들어 그 사람이 따라오든 말든 내버려둔 채 부엌으로 내려갔다. 커피를 내리고, 집을 나서려던 그가 마침 부엌에 들어서길래 한잔 따라주었다. 그는 망설이고 있었다. 나를 살피는 중이었다. 살면서 그토록 노골적인 성적 탐색의 시선에 노출된 적은 없었다. 유머나 온기라곤 없이 그저 어떤 놈으로 살까 가늠하는 목축업자의 눈길, 딱 그것이었다. 너무도 노골적인 그 태도에 참다못해 한마디 했다. "제가 합격이면 좋겠네요." 그러나 한번 더 그는 갑자기 불쾌하게 웃어젖히더니 대답했다. "좋아요, 좋아." 말하자면 이 남자는 자기가 내 신체 주요 부위의 치수 목록을 작성하고 있었다는 사실조차 미처 깨닫지 못하고 있었거나 아니면 점잔을 빼느라 이를 인정하지 않는 셈이었다. 그래서 그냥 관두고 함께 앉아 커피를 마셨다. 이 사람과 같이 있으려니 어딘가 불편했는데, 이유는 알 수 없었지만 그의 태도에 담긴 무언가 때문인 것 같았다. 그의 외모에도 어딘가 사람을 불안하게 만드는 요소가 있었다. 뭔가 찾아낼 수 있으리라는 본능적인 기대가 들면서도 도무지 찾아낼 수 없는 그런 기분. 하얀 피부에 머리카락은 짧게 깎아 꼭 윤기 흐르는 솔 같았다. 별로 큰 키가 아닌데도 난 계속 그가 크다고 생각하다가 다시 보고서야 아니라는 걸 재차 확인하곤 했다. 몸에 맞지 않는 헐렁한 옷을 입고 있어서였다. 누구든 그를 보면 초록빛이 도는 회색 눈동자에 각진 얼굴과 새하얀 피부, 어깨가 딱 벌어진 다부진 체격의 전형적인 미국 남자를 떠올릴 것이다. 지금 돌이켜보니 난 계속 그를 주시하며 넓은 어깨에 헐렁한 옷을 걸친 깡마른 이 남자의 외모에 어딘가 조화롭지 않은 구석이 있다고 생각하고 있었는데, 그러다 그의 시선에 붙잡히고 말았다. 차분한 느낌의 녹회색 눈은 잠시도 방심하는 법이 없었다. 그것이야말로 가장 특이한 점이었으니, 그는 정말이지 단 1초도 경계를 늦추지 않았다. '미국에서 온 사회주의자'에 대한 동지애에서 한두가지 질문을 했지만 회피하는 듯하여 관뒀다. 뭔가 말을 해야 할 것 같아 왜 그렇게 큰 옷을 입고 있냐고 묻자 내가 그 사실을 알아챈 것에 깜짝 놀란 표정으로 곧 말꼬리를 흐리며 원래는 13킬로그램 정도 더 나갔는데 몸무게가 줄어서 그렇다고 했다. 어디가 아픈 거냐고 물으니 다시 불쾌한 표정을 지으며 자신이 압력이나 감시하에 놓이기라도 한 양 무언의 항변을 전했다. 그 남자에게 거슬리지 않는 화제는 없는 것 같아서 나는 그만 가주길 바라며 한동안 말없이 앉아 있다가, 잠시 후에는 그 사람이 아직 언급하지 않은 몰리 얘기를 꺼내보았다. 그러자 그는 놀라울 정도로 달라졌다. 어떤 종류의 지성에 갑자기 불이 켜진 것 같았다는 표현 말고는 달리 설명할 방도가 없다. 몰리의 성격과 상황에 대해 너무도 예리한 이야기를 늘어놓으며 집중하는 모습에 난 놀라지 않을 수 없었다. 마이클을 제외하면 여자에 대해 그토록 빠른 통찰이 가능한 남자는 처음이었다. 만일 몰리가 들었다면 기뻐했을 만큼 나의 친구를 제대로 '명명'하고 있다는 사실에 뒤통수를 얻어맞은 기분이었는데……

[일기 혹은 연대기의 이 지점에서 애나는 몇몇 구절에 별표를 하고 그 별표 각각에 번호를 매겼다.]

……이 때문에 나는 호기심, 아니 부러움을 느끼며 나 자신에 관해 (*1) 뭔가를 말했고, 그러자 그는 나에 대해서도 이야기해주었다. 아니, 그보다는 강연을 했다고 하는 편이 맞겠다. 혼자 사는 여자에게 닥칠 수 있는 위험과 함정, 대가 따위에 관해 공평무사한 현학자의 강연을 듣는 것 같았다. 10분 전만 해도 그렇게 차갑고 거의 적대감마저 느껴지는 성적 탐색전을 벌이던 그 남자와 이 사람이 같은 인물인가 싶었고, 아주 희한한 괴리감과 믿기지 않는 느낌이 들었다. 지금 그가 하는 말에는 그런 탐색의 기미는커녕, 예의 애매모호한 호기심이나 갑자기 입술을 핥는 듯한 그런 순간도 없었다. 오히려 내 인생이나 나와 비슷한 여자들의 삶에 관해 그토록 솔직하고 담백하게 우애를 담아 말하는 남자를 만난 기억이 없을 정도였다. 그렇게 높은 수준에서 (*2) '명명'되는 중이었건만 몇살이나 더 먹은 내가 마치 여자아이처럼 그의 강연을 듣는 상황이라 난 그가 말하는 도중에 갑자기 웃음을 터뜨리고 말았다. 그런데 참 이상하게도 그는 내 웃음소리를 듣지 못하는 모양이었다. 어째서 내가 웃어도 불쾌해하지 않는지, 내가 웃음을 그칠 때까지 기다리지 않는지, 혹은 왜 웃는지를 묻지 않는지, 이런 것들이 이상한 게 아니었다. 그는 내가 거기 있다는 사실을 잊어버린 듯 그냥 말을 이어갔던 것이다. 쏠에게 나는 말 그대로 더이상 존재하지 않는 사람인 것 같다는 아주 불편한 느낌이 들었고 이 상황을 접어야 했을 땐 기쁨마저 느껴졌는데,『전쟁의 접경지대』판권을 원하는 영화사 사람이 오기로 되어 있어서였다. 그 사람을 만나고는 소설 판권을 팔지

않기로 결정했다. 그들은 정말로 이걸 영화로 만들 작정인 것 같았는데, 그 오랜 세월 내내 버티다가 이제 막 처음으로 돈이 궁해졌다고 굴복하는 게 다 뭔가 싶었다. 그래서 팔지 않겠다고 말했다. 그 사람은 충분히 높은 가격에도 소설 판권을 팔지 않으려는 작가가 존재한다는 사실 자체를 믿을 수 없었는지, 내가 다른 회사에 판권을 이미 팔아버린 게 아닐까 넘겨짚었다. 어이없게도 그가 계속 높은 값을 부르고 나는 한사코 거절하는 아주 웃기는 상황이 연출되는 바람에 결국 터져 나오는 웃음을 참지 못했다. 내가 웃고 있는데도 쏠은 듣지 못했던 조금 전 그 순간이 생각났다. 영화사 사람은 내가 웃는 이유를 알지 못했고, 웃고 있는 나, 진짜 애나가 그에게는 존재하지 않는 듯한 얼굴로 내게서 줄곧 시선을 떼지 않았다. 결국 양쪽 모두 못마땅한 기분으로 헤어졌다. 아무튼 쏠 얘기로 돌아가자면, 누군가 집에 오기로 되어 있다고 얘기했을 때 그는 마치 자신이 내쫓기는 것처럼, 그러니까 내가 사업상 누군가를 만나기로 되어 있다고 말한 게 아니라 그를 내몰기라도 한 양 황망하게 자리에서 일어섰다. 그러고는 그 황망하고 방어적인 몸짓을 애써 억누르면서 아주 태연하고 절제된 표정으로 고개를 한번 끄덕이더니 곧바로 아래층으로 내려가는 것이었다. 그 사람이 나간 다음 내 기분은 엉망이 되었다. 만남 자체가 불협화음과 의견의 불일치로 얼룩져 있었고, 그 사람을 집에 들인 것 자체가 실수였다는 결론을 내렸다. 그러나 나중에 쏠에게 소설의 판권을 넘기지 않기로 했다는 얘기를, 어리석은 사람으로 취급되는 데 워낙 이골이 났던 터라 약간은 방어적인 태도로 들려줬더니 그는 내 결정이 당연히 옳다고 했다. 자기가 할리우드에서 하던 일을 결국 그만두었던 이유 역시 나쁜 영화로 만들어지게 놔두느니 차라리 돈을 마다하는 작가가 아직 존재한다는 사실을 믿는 사람이 단 한명도 없었기 때문이라는 것이었다. 할리우드에서 일한 적이 있는 사람들이 으레 그러듯이 그 또한 일종의 엄혹한 절망감에 젖어서 할리우드 얘기를 들려준다. 할리우드처럼 심각하게 타락한 무언가가 이 세상에 존재할 수 있다는 것 자체가 믿기지 않는다는 듯 말이다. 이윽고 그의 입에서 나온 말이 정말 인상적이었다. "언제라도 우리는 버텨내야 하니까요. 그래요, 맞아요, 간혹 그릇된 입장에 서서 저항할 때도 있죠. 하지만 요점은 그럼에도 계속 버틴다는 거예요. 어쨌든 한가지에 대해선 내가 당신보다 유리한 입장이군요……"(이번에 그의 말을 들으며 불편한 심정이 된 건, 마치 우리가 모종의 경쟁이나 시합이라도 벌이고 있는 양 한가지에 대해선 내가 당신보다 유리한 입장이라고 한 그 말의 퉁명스러움 때문이었다.) "……그게 뭐냐면, 내게 무릎 꿇기를 강요한 그 압박이 이 나라 사람들이 경험하는 것보다 훨씬 더 직접적으로 피부에 와닿는다는 거예요." 무슨 뜻인지는 알아들었지만 그가 어떻게 그걸 규정하는지 듣고 싶었다. "무엇에 무릎 꿇는다는 거죠?" "모르신다면 제가 알려드릴 순 없죠." "아, 물론 알고 있긴 해요." "그러시리라 생각해요. 그러길 바라기도 하고요." 그러고서 그는 조금은 무뚝뚝하게 말을 이었다. "정말이지, 그 생지옥에서 내가 배운 게 바로 그거예요. 어디에서든, 때로는 나쁜 사안에서조차 버틸 준비가 안된 사람들은 결국 자신을 팔아버린다는 겁니다. 부디 무엇에 자신을 판다는 말인지는 묻지 말아주세요. 그게 정확히 뭔지 말하는 게 쉬운 일이라면 우리가 때로 그릇된 입장에 서면서까지 저항해야 하는 사태는 벌어지지 않을 테니까요. 순진하고 어리석게 사는 걸 결코 두려워해서는 안되는 거예요. 우리들 어느 누구도 절대 두려워해서는 안되는 게 바로 그거라고요⋯⋯" 그가 다시 강의를 늘어놓기 시작했다. 나로선 그의 강연을 듣는 게 좋았다. 말하는 내용이 맘에 들었으니까. 그리고 다시금 그가 나를 의식하지 않은 채 말을 이어갈 때 ─ 분명 내가 앞에 앉아 있다는 사실조차 까맣게 잊어버린 모양이었다 ─ 나는 내 존재가 망각되었다는 안전함 속에서 들킬 염려 없이 그를 바라보았다. 창문에 등을 기대고 선 자세가 영화에 종종 등장하는 모습, 온통 탱탱한 불알과 힘차게 발기한 페니스로 희화화된 젊은 미국 남자처럼 섹시했다. 엄지손가락은 허리띠에 걸고 늘어뜨린 손가락으로는 자신의 성기 쪽을 가리키며 편안하게 서 있었는데, 나로서는 영화에서 그런 포즈를 볼 때면 늘 재미있는 점이, 풋내기 소년 같은 미국 남자들의 얼굴, 보는 이를 무장해제 하는 소년의 얼굴에 그 사내다운 자세가 더해져 있다는 것이다. 그런 섹시한 자세로 선 채 쏠은 순응을 강요하는 사회에 관해 내게 열띤 강의를 늘어놓고 있었다. 무의식적이었지만 분명 나를 향해 취한 자세였고, 그것이 너무 원색적인 분위기를 띠었기에 점점 더 신경이 쓰였다. 그는 내게 동시에 두가지 다른 언어로 얘기하고 있는 셈이었다. 이어 그가 달라 보인다는 사실을 나는 알아챘다. 아까까지만 해도 겉으로 드러난 그의 모습과는 다른 무언가를 보려 해도 뼈만 남은 이 깡마른 남자가 헐렁한 옷을 걸치고 있다는 사실에 줄곧 불편한 마음이 들곤 했다. 그런 그가 지금은 몸에 딱 맞는 옷을 입고 있었다. 새 옷 같았다. 조금 전에 나가서 사 온 모양이었다. 몸에 착 붙는 말쑥한 새 청바지에 역시 몸에 붙는 암청색 스웨터를 입고 있었다. 몸에 맞는 새 옷 덕분에 날씬해 보이긴 했지만 어깨가 너무 넓은데다 엉덩이뼈가 튀어나와 아직 완벽한 차림새는 못되었다. 난 혼잣말을 하듯이 아침에 내가 했던 말 때문에 옷을 새로 산 거냐고 물었다. 그는 얼굴

을 찌푸리며 잠시 말을 멈추더니 촌뜨기처럼 보이기 싫어서 새로
사 입었다고 뻣뻣하게 대꾸했다. "필요 이상으로 그렇게 보이기는
싫어서요." 다시 심기가 불편해진 내가 물었다. "그전에는 옷이 헐
렁해 보인다고 말한 사람이 없었나요?" 그는 아무 말도 듣지 못한
것처럼 묵묵부답이었고, 눈동자가 공허했다. 다시 한번 내가 입을
열었다. "아무도 그렇게 말한 사람이 없다면 거울이 얘기해준 거군
요." 그가 걸걸하게 웃고 나서 대꾸했다. "부인, 난 요즘 거울 보는
거 좋아하지 않아요. 젊은 시절엔 미남이라 생각하며 살았지만."
이 말을 하면서 그는 섹시하게 늘어뜨린 자세를 한층 더 매력적으
로 다듬었다. 그의 몸집이 타고난 골격에 꼭 맞았을 때 어떤 모습이
었을지가 눈에 선했다. 어깨가 딱 벌어진 탄탄한 체구에, 차분한 회
색빛 눈으로 민첩하게 탐색하는 건강미 넘치는 사람. 윤기 나는 하
얀 피부를 가진 혈기 왕성한 남자. 그러나 지금은 새로 산 그 말쑥
한 옷 때문에 외모의 부조화가 한층 도드라졌고, 뭔가 아주 잘못된
것처럼 보였다. 문득 이 사람 몸이 편치 않다는 걸, 얼굴이 병자처
럼 희끄무레하다는 걸 깨달았다. 하지만 여전히 그는 편하게 몸을
늘어뜨리고 서서 나, 애나를 제대로 쳐다보지도 않은 채 나를 성적
으로 도발하고 있었다. 여자들의 진면모를 포착해내고 언어에 그
토록 담백한 온기를 담아낼 수 있는 그 사람과 이 남자가 동일 인
물이라니 참 이상한 일이었다. 그의 도발에 거의 맞받아치려다가
그만두었다. 그렇게 어른답게 이야기를 늘어놓으면서 대체 왜 당
신은 카우보이 영웅이라도 되는 양 엉덩이에 온통 보이지 않는 권
총들을 찔러 넣고서 거기 그러고 서 있는 거죠? 뭐, 이런 식으로. 하
지만 그와 나 사이에는 광막한 허공이 놓여 있었고, 그는 다시 입을
떼어 강의를 이어가기 시작했다. 그러든 말든 나는 피곤하다고 얘

기하고 침실로 가버렸다.

오늘 하루는 '그 놀이'를 하면서 보냈다. 오후 무렵 내 목표였던 편안한 이해의 지점에 도달했다. 목적의식 없는 독서나 상념 대신 어떤 종류의 자기단련을 성취할 수 있다면 내 우울증을 물리칠 수도 있을 듯하다. 재닛이 없다는 것, 아침에 일어날 필요가 없다는 것, 내 인생에 어떤 형식이 없다는 것, 나에겐 참 좋지 않은 일이다. 그러니 내적인 형태를 부여해야만 하리라. 만일 '그 놀이'가 효과를 내지 않는다면 일자리를 구할 계획이다. 돈 때문에라도 어쨌든 그래야 한다. (일을 많이 해야 하는 건 생각하기도 싫어서 난 요사이 동전 한닢까지 의식하느라 끼니를 거를 지경이다.) 복지 관련 일을 찾아야겠다. 그게 내가 잘할 수 있는 일이니까. 이 집은 요즘 무척 적막하다. 쏠 그린은 코빼기도 보이지 않는다. 몰리가 밤늦게 전화를 해서 제인 본드가 그린 씨에게 '완전히 빠졌다'는 얘기를 들려준다. 몰리 말이, 누구든 그린 씨와 얽인 여자는 제정신을 못 차리게 되는 것 같단다. (경고인가?) (*3) "하룻밤 같이 보내고는 다음 날 그 사람 전화번호를 잃어버려서 연락 못하는 저주에 걸린 남자야. 뭐, 우리가 아직도 하룻밤짜리 남자랑 자는 그런 여자라면 말이지만. 아, 그때가 좋았지⋯⋯"

오늘 아침에 자리에서 일어날 땐 어떤 증상을 처음으로 경험했다. 목이 뻣뻣하고 굳은 느낌이었다. 숨 쉬는 것을 의식하면서 억지로 심호흡을 해야 했다. 특히 복통이, 정확하게 말해 횡격막 아래쪽의 통증이 심했다. 거기 근육이 꽉 뭉쳐 매듭처럼 꼬인 것 같았다. 게다가 일종의 근거 없는 초조함에 사로잡혔다. 처음에는 목감기나 소화불량이 아닐까 생각했는데 이렇게 초조한 걸 보니 다른 원인이 있는 게 틀림없었다. 몰리에게 전화를 걸어 혹시 의학적 증상에 대한 책이 있으면 불안증에 관한 구절을 찾아서 읽어달라고 했다. 그렇게 해서 나 자신이 불안증에 시달리고 있음을 깨닫게 되었다. 몰리에겐 읽고 있는 소설의 어떤 묘사 부분을 확인하기 위해서라고 해두었다. 그런 뒤 우두커니 앉아 내가 왜 불안증을 겪고 있나 이유를 짚어보았다. 돈 걱정 탓은 아닌 게, 그동안 한번도 돈 때문에 그런 적이 없었고 가난한 삶이 두렵지도 않을뿐더러 맘만 먹으면 돈이야 언제든 벌 수 있기 때문이다. 재닛 걱정도 아니다. 불안해야 할 이유가 없으니까. 나의 상태를 불안증으로 '명명'함으로써 한동안은 증상을 누그러뜨릴 수 있었는데, 오늘밤은 (*4) 유독 상태가 심하다. 심상치 않다.

오늘 새벽에 전화벨이 울렸다. 쏠 그린을 찾는 제인 본드의 전화. 방 문을 두드려보았지만 대답이 없었다. 그간 새벽까지 집에 들어오지 않은 적이 몇번 있었다. 어젯밤에 안 들어온 모양이라고 말하려던 참에, 제인이 정말 그에게 '빠졌다면' 그렇게 말하는 게 딱히 현명한 행동은 아니라는 생각이 문득 들었다. 다시 방 문을 두드리고 들여다보았다. 그 사람은 누워 있었다. 말끔한 시트 아래 몸을 잔뜩 구부린 모습에 어찌나 놀랐는지. 불러봤지만 대답이 없었다. 가까이 다가가 어깨 위에 손을 올려놓았는데도 반응이 없었다. 불쑥 두려움이 일었다. 너무 가만히 있어서 꼭 죽은 것 같았다. 그만큼 절대적인 고요 속에 그는 누워 있었다. 얼굴은 백지장처럼 창백했다. 약간 구겨진 질 좋은 종이처럼. 그의 몸을 돌려보려고 했다. 손 닿은 곳이 아주 찼다. 냉기가 손을 타고 올라오는 게 느껴질 정도로. 공포가 엄습했다. 파자마 속 그의 살에서 느껴지던 그 싸늘한 둔중함이 아직까지도 손에 생생하다. 그때 그가 깨어났다. 그것도 화들짝 놀라면서. 그는 놀란 아이처럼 두 팔로 내 목을 감고 일어나 앉아서는 침대 끄트머리에 걸친 다리를 흔들어댔다. 많이 놀란 표정이었다. 내가 말했다. "아, 제인 본드가 전화한 것뿐이에요." 그는 눈에 힘을 주어 나를 보았다. 내 말이 그에게 가닿기까지 30초나 걸려서 난 같은 말을 한번 더 되풀이했다. 곧 그가 비틀거리며 전화를 받으러 갔다. "그래그래. 아니." 아주 거친 음성이었다. 나는 그를 지나쳐 아래층으로 내려왔다. 그 일 때문에 마음이 어지러웠다. 손바닥에 그 지독한 냉기가 여전히 느껴졌다. 게다가 깨어 있을 때의 모습과 완전히 다른 언어로 말하는 그의 팔, 내 목을 감은 그 팔이라니. 쏠에게 내려와서 커피를 마시라고 했다. 여러 번 불렀다. 창백한 낯빛에 경계하는 표정을 띤 채, 말없이 그가 내려왔다. 커피를 따라주었다. 내가 말했다. "아주 곤하게 잠들었었나봐요." 그가 대답했다. "예? 예." 그러고는 커피에 대해 뭐라고 말을 하다 말았다. 내 말을 듣고 있지 않았다. 뭔가에 열중한 듯 보이는 그의 눈동자는 경계심이 가득했고 동시에 공허해 보였다. 나를 보는 것 같지도 않았다. 그는 잠자코 커피를 저으며 앉아 있었다. 그런 다음 말을 하기 시작했는데, 분명 아무 얘기나 마구잡이로 꺼낸 모양이었다. 여자아이를 어떻게 키우는 게 옳은지에 관해 이야기를 늘어놓았다. 그 문제에 대해 아는 게 아주 많았고 학식도 풍부했다. 막힘없이 이런저런 말을 쉬지도 않고 늘어놓았다. 나도 뭔가 얘기하긴 했지만 그는 내가 말한다는 사실조차 깨닫지 못하는 듯했다. 머리가 텅 비는 기분을 느끼며 반쯤만 그의 말에 주의를 기울이던 나는, 문득 그의 말에서 나라는 단어만이 주로 들린다는 사실을 알아차렸다. 나, 나, 나, 나. 이 단어가 마치 기계식 소총의 탄환처럼 나를 향해 퍼부어지는 것 같았다. 한동안 나는 재빠르고 유연하게 움직이는 그의 입을 일종의 총으로 생각하며 공상에 빠져 있었다. 내가 끼어들어도 그는 듣지 않았다. 그래서 난 "아이들에 관해 정말 잘 아시는군요. 결혼하셨나요?"라는 질문으로 그의 말을 잘랐다. 그가 입을 살짝 벌리고 부릅뜬 두 눈으로 나를 보았다. 그러더니 갑자기 젊은이처럼 큰 소리로 웃는 것이었다. "결혼했냐고요? 지금 누굴 놀리는 건가요?" 기분이 나빴다. 그 말은 명백히 나에 대한 경고였기 때문이다. 결혼에 관해, 나에게, 여자에게 경고하는 이 남자는, 여자아이를 '진짜 여자'로 양육하는 방법에 대해 강박적으로 떠들어대고 지적인 언어를 강박적으로 풀어내는(그러면서도 매 순간 나라는 단어를 빠뜨리지 않는) 그 사람과는 아주 다른 사람이었고, 처음 만났던 날 눈으로 나를 발가벗긴 그 사람과도 아주 다른 누군가였다. 난 복부가 조여드는 기분을 느끼며, 그때야 비로소 나의 불안증이 쏠 그린에게서 연유한다는 사실을 깨달았다. 빈 커피잔을 치운 다음 나는 목욕을 해야 한다고 말했다. 뭔가 다른 일을 해야 한다고 하면 그는 마치 한대 얻어맞거나 걷어차인 사람처럼 반응한다는 사실을 그만 깜박하고 그 말을 내뱉어버렸다. 명령이 하달된 양 그가 자리에서 황망히 일어났다. 이번에는 나도 얼른 말했다. "쏠, 제발, 긴장 푸셔도 돼요." 도주하려는 본능적인 몸짓을 그는 애써 억눌렀다. 이런 극기의 순간이 도래하면 모든 근육을 총동원하여 자기 자신과 물리적으로 싸우는 모습이 눈에 보일 정도였다. 곧 그는 매력적이고 영리한 미소를 던지며 말했다. "당신 말이 맞아요. 내가 아주 느긋한 사람은 못되죠." 나는 아직 실내 가운 차림이었는데, 욕실로 가려면 그를 지나쳐야 했다. 내가 지나치는 순간 그는 본능적으로 예의 '사나이 자세'를 취했다. 엄지는 허리띠에 걸고 나머지 손가락들은 화살처럼 아랫도리를 향해 내려뜨린 채 의식적으로 비웃음을 담아 여자를 응시하는 바람둥이의 포즈. 내가 말했다. "후실로 향하는 마를레네 디트리히[1]처럼 차려입지 않아서 미안하네요." 불쾌함이 서린 그 젊은이 같은 너털웃음. 놔두고 그냥 욕실로 향했다. 온갖 종류의 걱정이 한꺼번에 몰려들어 심신이 오그라들었지만 초연한 마음으로 욕조에 누워 내 '불안증'을 지켜보았다. 마치 내가 겪어본 적 없는 어떤 낯선 이가 내 몸을 차지한 것 같았다. 잠시 후 난 욕실을 정리하고 방바닥에 앉아서 '그 놀이'를 시도했다. 실패했다. 그때 문득 쏠그린과 사랑에 빠지게 되리라는 생각이 뇌리를 스쳤다. 처음에는 그 생각을 비웃다가 나중엔 다시 되새겨보고, 그러다 결국 받아들였던 기억이 난다. 아니, 받아들인 것 이상이었다. 누려 마땅한 어떤 것을 얻으려 애쓰는 사람처럼 난 그걸 갖기 위해 싸웠다. 쏠은 하루 종일 위층 자기 방에 틀어박혀 있었다. 제인 본드가 두번이나 전화를 했다. 한번은 내가 부엌에 있을 때라 통화 내용이 들렸다. 조심스럽고 세심한 특유의 화법으로 쏠은 왜 저녁 식사 초대에 응할 수 없는지를 설명하고 있었다. 그러고는 리치먼드 여행에 대해 긴 이야기를 늘어놓았다. 나는 몰리와 저녁 식사를 하러 갔다. 나나 몰리나 쏠과 나의 관계에 대해서는 언급하지 않았는데, 이로써 난 내가 이미 그를 사랑하고 있다는 사실과, 우정이 요구하는 신의보다 더 강력한 남녀 간의 신의가 이미 나를 장악했다는 사실을 깨달았다. 몰리는 평소답지 않게 쏠이 런던에서 정복한 여자들 얘기를 들려주었고, 의심할 바 없이 이는 내게 경고를 보내기 위함이었지만 그 속에는 일말의 소유욕 또한 들어 있었다. 나로 말하자면 그가 사로잡았다는 여자들을 몰리가 하나씩 거명할 때마다 조용하

---

1 Marlene Dietrich(1901~92). 독일 출신으로 1930년대 이후 할리우드와 유럽에서 활동한 배우이자 가수.

고 비밀스러우면서도 승리에 찬 투지가 점점 자라났는데, 이런 심정은 나를 '명명'했던 그 남자가 아니라, 허리띠에 엄지를 걸고 태연하게 조롱조로 날 응시하던 그 바람둥이의 모습에 대한 것이었다. 집으로 돌아가니 그가 층계참에 서 있었다. 일부러 그러고 있었던 모양이었다. 함께 커피나 들자고 했다. 몰리와 저녁 먹은 걸 두고, 그는 친구도 있고 안정된 생활을 누리는 나는 참 복 받은 사람이라고, 조금은 쓸쓸한 느낌으로 말했다. 그에겐 선약이 있으니까 몰리가 나만 저녁 식사에 초대한 거라고 말했다. 황급히 그가 물었다. "그건 어떻게 알았어요?" "제인과 통화하는 걸 들었으니까요." 예의 놀라움과 경계심이 뒤섞인 시선. 그게 대체 당신과 무슨 상관이냐는 말을 이보다 더 분명하게 할 수는 없었으리라. 치미는 화를 누르며 내가 말했다. "다른 사람이 통화 내용을 듣지 않길 바란다면 전화기를 침실로 갖고 가서 문을 닫아버리면 되잖아요?" "뭐, 그야 그렇죠." 굳은 얼굴로 그가 대답했다. 다시 거슬리고 불쾌한 마음이 들었는데, 이런 순간 대처하는 방법을 정말이지 모르겠다. 나는 그에게 미국에서 어떻게 살았는지 물어보았고, 회피의 장벽을 뚫어가며 줄기차게 이런저런 질문을 던졌다. 그러다 어느 순간 내가 말했다. "당신, 어떤 질문에 대해서도 곧바로 대답하는 경우가 없다는 거 알아요? 대체 뭐가 문제죠?" 잠시 뜸을 들이더니 그가 말했다. 자신은 아직 유럽에 적응이 안되었다고. 미국에서는 어떤 사람도 누군가에게 공산주의자였는지 묻는 법이 없다고.

이렇게 멀리 유럽까지 건너와서 미국식의 방어적인 자세를 취하는 건 참 안된 일이라고 말해줬다. 내 말에 동의하면서 그는 적응하기 쉽지 않다고 했고, 우리는 정치에 관해 이런저런 대화를 나눴다. 우리 모두에게 그렇듯이 그에게도 모종의 균형을 유지하려는 결의와 비통함 그리고 서글픔이 낯익은 방식으로 뒤섞여 있다. 이 남자와 사랑에 빠지는 건 어리석은 일이라고 내 나름의 결론을 내리면서 잠자리에 들었다. '사랑에 빠지다'라는 표현에 대해 생각하며 침대에 한참 누워 있었다. 마치 그게 내가 선택하지 않을 수 있는 어떤 질환의 이름인 양.

내가 커피나 차를 내리는 시간에 그는 내 주위를 어슬렁거리다가 고개를 뻣뻣하게 한번 끄덕이고는 역시 아주 뻣뻣한 발걸음으로 계단을 오른다. 그럴 때면 고독과 고립을 온몸으로 발산하는데, 그의 주변을 맴도는 냉기와 마찬가지로 나는 그 고독 또한 손에 잡힐 듯 느낄 수 있다. 커피나 차를 함께 들자고 내가 무뚝뚝하게 말하면 그 역시 무뚝뚝한 태도로 응한다. 오늘 저녁에는 맞은편에 앉아 이런 말을 했다. "고향에 친구가 한명 있어요. 유럽으로 떠나기 직전에 그 친구가 이런 말을 하더군요. 이제 연애도 지리멸렬하고 몸을 대주는 일도 정말이지 지겹다고. 무미건조하기 짝이 없다는 거였죠." 웃으며 내가 대답했다. "그렇게 박학다식한 친구를 두셨으니, 연애를 너무 많이 하면 누구나 그렇게 된다는 건 잘 아시겠네요." 서둘러 그가 말했다. "그 친구가 박학다식하다는 건 어떻게 알았죠?" 그 익숙한 거슬림의 순간. 일단 쏠이 자기 자신에 대해 말하고 있다는 사실이 너무나 뻔했기에 처음엔 난 그가 반어적으로 묻는 건가 싶었다. 게다가 그 전화 건을 두고 그랬던 것처럼 그는 의심으로 가득 차 경계를 하며 내면의 울타리 안으로 급히 들어가버렸던 것이다. 하지만 최악은 '내가 박학다식하다는 건 어떻게 알았죠?'라고 묻는 대신 '그 친구가 박학다식하다'고 하면서도 분명 자기 얘기를 하고 있다는 점이었다. 게다가 나를 향해 얼른 경고 어린 시선을 던지고는, 마치 누군가 다른 사람을, 그 친구를 응시하기라도 하는 양 눈길을 돌렸다. 이제 나는 이런 순간들을 말이나 심지어 표정이 만들어내는 어떤 패턴이 아니라, 갑작스러운 불안으로 복부가 조여드는 느낌을 통해 알아차리게 되었다. 처음에는 그 고통스러운 불안과 긴장을 느끼다가 조금 뒤에는 우리가 말한 것을 급히 다시 들어보거나 어떤 사건을 곰곰이 생각하게 되고, 그러면 난 어떤 물체에 생긴 균열과도 같이 불화와 충격이 거기 있었음을 깨닫는다. 그 틈으로 뭔가 다른 게 쏟아져 나오는데, 그 뭔가 다른 것은 무시무시하고 나에게 적대적이다.

박학다식한 친구에 관해 이야기를 나눈 뒤 난 아무 말도 하지 않았다. 그가 내보이는 차분하고 분석적인 지성과 이러한 서툰 순간들(서툰 순간이란 두려움을 나 자신에게 감추기 위해 동원한 표현이다) 사이의 믿을 수 없을 정도로 극명한 대조에 대해 생각하고 있었다. 말 그대로, 그렇게 해서라도 숨을 쉬기 위해 나는 말없이 앉아 있곤 한다. 두려움에 뒤덮이는 그런 순간이 지나면 언제나 공감이 차오르고, 외로운 아이가 자면서 그러듯이 내 목에 두 팔을 감던 그를 떠올리게 된다.

조금 지나자 그가 다시 그 '친구' 얘기를 꺼냈다. 마치 그 얘기를 한 적이 없었던 것처럼. 겨우 30분 전에 그 친구에 관해 말했다는 사실을 까맣게 잊어버린 모양이었다. 내가 말했다. "당신 친구라는 그 사람……"(그러자 다시 그는 우리 두 사람으로부터 방 한가운데 있는 그 친구 쪽으로 눈길을 돌렸다.) "……그 사람 몸을 대주는 일은 아예 접을 생각인가요? 아니면 그냥 한번 더 자신을 시험해보는 쪽으로 소소한 충동을 느끼고 있나요?"

몸을 대준다는 표현을 강조해서 말하는 걸 나 자신의 귀로 들으면서, 내 말에 왜 짜증이 실렸는지를 확실히 깨달을 수 있었다. 나는 말을 이었다. "섹스나 사랑에 대해 말할 때마다 당신은 그가 대줬다, 내가 대줬다, 혹은 그들이(그러니까 남자들이) 대줬다, 이런 표현을 쓰더군요." 그는 너털웃음을 터뜨렸지만 아무래도 무슨 말인지 알아듣지 못한 것 같아 나는 이렇게 덧붙였다. "언제나 당한 것처럼 말하잖아요." 그가 서둘러 대꾸했다. "왜 그게 궁금한 거죠?"

"당신 말을 듣고 있자니 심하게 불편한 느낌이 들어서요. 분명 내가 대주거나, 그 여자가 대주거나, 그들이(그러니까 여자들이) 대주는 게 맞는 표현이잖아요. 남자인 당신은 대주는 게 아니죠. 당신이 하는 거니까."

그가 천천히 대꾸했다. "부인, 당신은 정말이지 날 촌놈으로 만드는 법을 제대로 알고 있군요." 마치 거칠고 투박한 미국인의 대사, '당신 정말 날 촌놈으로 만드는 법을 제대로 알고 있군'을 패러디하는 듯한 말투였다.

그의 눈이 적의로 번득였다. 내 마음도 적대감으로 가득 찼다. 며칠간 느낀 뭔가가 끓어오르고 있었다. 내가 먼저 말을 꺼냈다. "언젠가 당신은 언어가 성을 저급하게 만드는 현실에 맞서 미국 친구들과 함께 싸웠다는 얘기를 했죠. 당신 자신을 원조 청교도, 피고 측의 쏠 갤러해드[2]라고도 묘사했고요. 하지만 그러면서 대준다느니 하는 표현을 쓰질 않나, 절대 그냥 여자라고 부르는 법 없이 글래머니, 섹스 상대니, 영계니 하는 표현을 태연하게 사용하죠. 엉덩이며 젖통이며 이런 말만 늘어놓으니, 당신이 어떤 여자 얘기를 할 때마다 쇼윈도 마네킹에서 잘라내 쌓아놓은 가슴이나 다리 혹은 엉덩이 같은 부위들이 눈에 선해요."

---

2 Galahad. 아서 왕 이야기에 나오는 원탁의 기사 중 하나로 가장 고결하고 품위 있는 기사라 일컬어진다.

분노가 치민 건 분명했지만 뭔가 우스꽝스럽기도 했고, 그래서 더 심하게 화가 났다. "이렇게 말하면 당신은 나더러 고리타분하게 군다고 하겠죠. 하지만 만일 엉덩이니 젖통이니 풍만하다느니 탱탱하다느니 등등 말고는 어떤 말도 못하는 남자치고 섹스에 대해 건강한 태도를 가진 경우가 단 한명이라도 있다면 난 지옥 불에 떨어져도 좋아요. 빌어먹을 미국 놈들이 한 녀석도 예외 없이 빌어먹을 성생활에 곤란을 겪고 있다는 얘기야 눈곱만큼도 놀라울 게 없으니까."

잠시 후에 그가 아주 담담하게 말했다. "난생처음 반여성주의자라는 비판을 듣네요. 재미있게도 온갖 성적인 죄악에 대해 미국 여성을 욕하지 않는 유일한 미국 남성이 바로 난데 말이죠. 남자들이 저 못난 걸 갖고 여자를 비난한다는 사실을 내가 모를 것 같아요?"

뭐, 그 말에 당연히 내 마음은 누그러지고 분노도 사그라들었다. 우리는 이런저런 정치 얘기를 나눴다. 이 주제에 대해서는 의견이 엇갈리지 않았기 때문에 그랬던 것 같다. 당원으로 돌아간 기분이었다. 물론 공산주의자로 산다는 것이 높은 기준을 견지하고 뭔가를 위해 투쟁하는 걸 의미했던 시절의 당 말이지만. 그는 '너무 이른 반스딸린주의자'였기 때문에 당에서 축출되었다. 그런 다음 할리우드에서 빨갱이로 블랙리스트에 올랐다. 우리 시대의 고전, 이미 하나의 원형이 된 이야기다. 하지만 그는 다른 사람들처럼 억울해하거나 비통해하지 않는다.

처음으로 그와 농담을 나눌 수 있었고, 그러자 그의 웃음에서 경계심이 사라졌다. 그는 새로 장만한 청바지와 파란 스웨터 차림에 운동화를 신었다. 미국적 비순응주의의 제복을 걸치고 창피하지도 않냐고 말해줬다. 그는 제복이 필요 없는 사람들로 구성된 작은 비주류 집단에 들어가기에는 아직 충분히 어른이 되지 못했다고 받아쳤다.

난 속수무책으로 이 남자와 사랑에 빠져 있다.

이 마지막 문장을 사흘 전에 써놓았지만 그 사실을 깨닫기까지 사흘이나 걸렸다는 사실은 미처 알지 못했다. 사랑에 빠진 터라 시간개념이 사라진 것이다. 그저께 우리는 늦게까지 이야기를 주고받았고 그러는 사이 긴장감이 쌓이고 있었다. 두 남녀가, 말하자면 섹스에 돌입하기 전에 벌이는 탐색전이란 늘 우스꽝스러운 법이라 웃음이 나올 것 같았다. 반면 그를 사랑하게 되었기 때문에 그와의 섹스가 주저되기도 했다. 분명 우리 중 어느 한쪽이 먼저 그 흐름을 깨고 잘 자라는 인사를 건넬 수도 있었다. 결국 그가 내 쪽으로 오더니 날 감싸 안으며 말했다. "우린 외로운 사람들이군요. 서로 잘해주면 좋겠어." 일말의 무뚝뚝함이 느껴졌지만 그건 무시하기로 했다(*5). 진짜 남자와 사랑을 하는 게 어떤 건지 잊어버렸다. 사랑하는 남자의 품에 안길 때 어떤 느낌인지도 잊어버렸고. 이처럼 사랑에 빠진다는 게, 계단에서 울리는 발소리에 심장이 뛰고 그의 어깨에서 내 손으로 전해지는 온기가 삶에서 맛볼 수 있는 기쁨의 전부인 이런 사랑에 빠진다는 게 어떤 일이었는지도 역시 까맣게 잊고 있었다.

그랬던 게 일주일 전이다. 행복했다는 말밖에는 할 수 있는 말이 아무것도 없다. (*6) 너무, 너무도 행복하다. 마루에 비쳐 드는 햇살을 바라보며 방에 앉아 난 몇시간째 '그 놀이'를 하며 내가 원하는 상태에 접어들었다. 차분하고 기쁨으로 가득한 환희의 상태, 모든 대상과 일체감을 느끼는 상태, 그리하여 꽃병의 꽃이 내가 되고, 천천히 이완된 근육은 우주를 추동하는 견실한 에너지가 된다.

(*7) 쏠은 이제 심신이 느긋해진 것 같다. 잔뜩 긴장하고 경계 어린 모습으로 내 집에 들어온 그 남자와는 완전히 다른 사람이 되었고, 내 불안증도 사라졌다. 한동안 (*8) 내 몸에 머물던 그 병든 이는 흔적조차 보이지 않는다.

나는 마치 다른 누군가에 대해 써놓은 듯 이 마지막 단락을 읽어보았다. 그걸 쓴 다음 날 밤 쏠은 내 방으로 내려오지 않았다. 설명은 없었다. 그냥 오지 않았다. 침착하고 뻣뻣하게 고개를 한번 끄덕이고는 위층으로 올라갔을 뿐이다. 난 잠들지 못하고 자리에 누워한 여자가 한 남자와 새롭게 사랑을 나누기 시작할 때 그 내면에 태어나는 어떤 존재에 대해, 감정적이고 성적인 반응들로부터 태어난 그것이 그 자신의 법칙과 논리 속에서 어떻게 자라나는지에 대해 생각했다. 쏠이 말없이 자기 방으로 올라가버리면서 내 안의 그 존재는 모욕을 당했고, 그래서 부르르 떨다가 몸을 접은 채 움츠러들기 시작했다. 이튿날 아침 커피를 마시면서 식탁 너머로 그를 바라보았다(그는 이상하리만치 창백하고 긴장된 표정이었다). 왜 어젯밤에 내게 오지 않았냐고, 왜 모종의 해명을 하지 않느냐고 묻는다면 얼굴을 일그러뜨리고 적대적으로 나올 게 분명했다.

그날 밤늦게 내 방으로 와서 그는 나와 사랑을 나눴다. 제대로 일을 치른 건 아니었다. 그걸 하겠다고 그냥 결심했던 모양이다. 내 안의 존재, 사랑에 빠진 그 여자는 그와 함께하지 않았다. 대주기를 거부했던 셈이다.

어제저녁 그가 말했다. "나가서 볼일이 좀……" 길고 복잡한 이야기가 이어졌다. 내가 대답했다. "물론 그래야겠지." 하지만 그는 계속 이야기를 늘어놓았고, 난 짜증이 치밀었다. 물론 그 모든 게 무슨 이야기인지 알고 있었지만 나로서는 알고 싶지 않았고, 노란색 공책에 그 진실을 써놓았는데도 그랬다. 조금 뒤 그가 무뚝뚝하고 적대적으로 말했다. "당신 참 관대하군, 안 그래?" 그는 어제도 같은 말을 했고, 나는 노란색 공책에 그 사실을 기록해놓았다. 내가 갑자기 큰 목소리로 대꾸했다. "아닌데." 어떤 맹목의 표정이 그의 얼굴에 떠올랐다. 그 순간 내가 이 표정을 이미 알고 있으며, 전에 본 적이 있고, 다시는 보고 싶지 않다는 생각이 들었다. '관대하다'라는 단어는 내겐 너무 낯선 것, 나와는 아무런 관련이 없다. 늦은 시각 그가 내 침대로 왔고, 난 그가 다른 여자와 관계를 가진 뒤 막 돌아온 참이라는 사실을 간파했다. 내가 말했다. "당신 다른 여자와 그거 하고 온 거지, 응?" 몸이 뻣뻣하게 굳어지더니 그가 무뚝뚝하게 대꾸했다. "아니." 내가 아무 말도 하지 않자 그는 이렇게 말을 이었다. "하지만 그런 거 정말 아무 의미도 없잖아, 안 그래?" 이상한 일이지만, 자신의 자유를 방어하며 아니라고 대답하는 남자와 애원하듯 아무 의미도 없지 않냐고 말하는 남자는 절대 같은 사람일 수 없다. 나로선 그 둘을 연결하기가 불가능하다. 다시 불안에 사로잡혀 말없이 있는데, 잠시 후 세번째 남자가 누이에게 말을 건네듯 애정 어린 목소리로 이렇게 말했다. "이제 그만 자."

이 다정한 세번째 남자가 시키는 대로 나는 고분고분한 애나와 분리된 다른 두 애나를 의식하며 잠들었다. 사랑에 빠져 그렇게 무시당한 채 내 안의 어느 구석에 차갑고 비참하게 웅크린 애나, 그리고 이 사태를 궁금한 듯 지켜보며 '잘한다, 잘해!' 하고 초연하게 조소를 짓는 애나.

풋잠이 들었다가 아주 끔찍한 꿈을 꿨다. 늙고 사악한 난쟁이처럼 보이는 남자와 내가 함께 있는 꿈을 자꾸 반복해서 꿨다. 꿈속에서 나는 그의 존재를 알아차렸다는 일종의 신호로 고개까지 까닥해 보였다. 그래, 당신 거기 있구나. 언젠가 나타날 줄 알았지. 그의 바짓가랑이 사이로 비어져 나온 거대한 음경이 날 위협하고 있었다. 그 노인이 나를 미워하고 해치고 싶어한다는 걸 알고 있었기에 그것이 위험하게 느껴졌다. 잠에서 깨어 스스로를 진정시키려 애썼다. 쏠은 무감각하고 둔중하고 차가운 살덩어리가 되어 내 곁에 바짝 붙어 자고 있었다. 등을 바닥에 대고 누워 있건만 자면서도 여전히 방어적인 자세였다. 희미한 여명 속에서 역시 방어적인 그의 얼굴이 보였다. 자극적이고 시큼한 냄새가 났다. 이 남자의 체취일 리 없어. 아주 깔끔한 사람이니까. 그때 시큼한 냄새가 그의 목덜미에서 풍긴다는 걸 알 수 있었고, 난 그것이 다름 아닌 공포가 발산하는 냄새임을 깨달았다. 그는 두려워하고 있었다. 잠든 상태에서도 그는 두려움에 갇힌 채, 무섬증이 난 아이처럼 훌쩍거리며 울기 시작했다. 이 남자가 아프다는 사실을 알고(행복에 겨웠던 그 일주일 동안은 이 사실을 인정하지 않으려 했지만) 난 사랑과 공감이 가슴에 차오르는 걸 느끼며 그의 어깨와 목을 쓰다듬어 온기를 전했다. 아침이면 그의 몸은 심하게 차가워지곤 하는데, 그의 두려움이 발산하는 냄새와 마찬가지로 이 냉기 또한 그의 내면에서 나오는 것이다. 그의 몸을 덥힌 다음 다시 잠을 청하자 그 즉시 나는 그 노인이 되고, 노인은 내가 되었다. 그러나 동시에 난 노파이기도 했기에, 말하자면 무성 상태였다. 또한 난 악의로 가득 찬 파괴적 존재이기도 했다. 잠에서 깨었을 때 내 품에 안겨 있는 쏠은 다시 냉기 덩어리가 된 것처럼 아주 싸늘했다. 그를 따뜻하게 만들기 위해서는 내가 먼저 그 꿈의 끔찍함에서 벗어나 따뜻해져야 했다. 난 이런 말을 중얼거렸다. 내가 그 사악한 노인 혹은 악의에 찬 노파였다면, 아니 둘 다였다면, 그럼 이제 다음 차례는 뭐지? 그러는 사이 빛이 방에 들어차기 시작했다. 어슴푸레한 회색빛이 쏠을 비추었다. 건강을 잃지 않았다면 그런 유형의 여느 남자들처럼 어깨가 딱 벌어진 강건한 체격에 얼굴은 해사하고 따스한 구릿빛 피부가 돋보였을 몸이, 지금은 큼직한 얼굴 골격 아래 축 늘어져 누르스름한 빛을 띠고 있었다. 불현듯 그가 두려운 표정으로 꿈에서 깨어나더니 적의 위치를 파악하려는 듯 방어적인 몸짓을 하며 일어나 앉았다. 이어 그는 나를 보고서 빙그레 웃었다. 그 미소가 건강한 쏠 그린의 널따란 구릿빛 얼굴에 떠올랐다면 어떤 느낌이었을지 짐작할 수 있을 것 같았다. 하지만 지금 그것은 누렇게 공포에 질린 자의 미소였다. 두려운 마음에서 그는 나와 사랑을 나눴다. 혼자여야 한다는 두려움 말이다. 사랑에 빠진 여자, 그 본능에 충실한 존재가 거부하는 가짜 사랑은 아니었지만 어쨌든 두려움에서 연유한 사랑을 한 셈이었고, 불안한 애나가 반응한 것 또한 그것이었다. 우리 두 사람은 두려운 마음에서 상대를 껴안는 비겁한 자들이었다. 그런데다 나의 머리는 두려움에 떨며 경계를 늦추지 않았다.

일주일 동안 그는 한번도 내 곁에 오지 않았고 변명 비슷한 것도 일절 시도하지 않았다. 들어오면 고개만 까닥하고는 곧장 위층으로 올라가버리는 타인으로 지냈다. 그 일주일 동안 나는 내 안의 여성 피조물이 주눅 들었다가 분노하고 질투심으로 활활 타오르는 모습을 지켜보았다. 내 안에 그런 감정이 존재할 수 있다는 것조차 미처 알지 못했던, 정말 끔찍하고 악랄한 질투심이었다. 난 위층으로 올라가 쏠에게 말했다. "도대체 어떤 남자가 여러날 줄기차게 한 여자와 잠자리를 하면서 머리부터 발끝까지 즐기는 듯 굴다가 정중한 거짓말 한마디 없이 그냥 돌아서버릴 수 있는 거야?" 공격적인 너털웃음. 그러고는 그가 대꾸했다. "내가 도대체 어떤 남자

냐고 당신 지금 묻는 거야? 궁금할 만도 하지." 내가 말했다. "아마
도 위대한 미국 소설을 창작 중이신 모양이네. 정체성을 찾아 헤매
는 젊은 남자 주인공에 관한 그런 소설 말이야." "맞아." 그가 대답
했다. "그런데 나로선 통 알 수 없는 근거로 자기들 정체성에 관해
서는 단 1초도 회의하지 않는 구세계의 주민들이 쓰는 그런 어조
로 그걸 쓸 준비가 아직은 안되어 있어서 말이야." 그는 냉정하고
적대적인 표정으로 웃고 있다. 나 역시 웃고 있었지만 굽히지 않을
작정이었다. 적개심으로 팽팽해진 그 차가운 순간을 즐기며 내가
말했다. "글쎄, 암튼 행운을 빌게. 하지만 부탁인데, 당신 실험에 날
끌어들이진 말아줄래?" 그러고는 아래층으로 내려갔다. 몇분 뒤에
내려온 그는 나와 벌이던 모종의 정신적 전투를 이제는 접기로 했
는지 친근하고 싹싹하게 굴었다. "애나, 일생을 함께할 남자를 찾
고 있다는 거 알아. 마땅히 그래야지. 그럴 자격도 있고. 하지만."
"하지만?" "당신은 행복을 원하잖아. 근데 나한테는 그게 아무 의
미도 없었어. 당신이 지금 이 상황에서 당밀을 뽑아내듯이 행복을
만들어내는 걸 보기 전까지는 그랬지. 이런 상태에서 어느 누가, 제
아무리 여자라 해도 행복을 뽑아낼 수 있다는 걸 짐작이나 하겠어?
하지만." "하지만?" "이게 나야, 쏠 그린. 난 행복한 사람이 못돼. 한
번도 그랬던 적 없고." "그러니까 내가 당신을 이용한다는 말이구
나." "그래." "그럼 피차일반이네. 당신도 날 이용하니까." 그는 깜
짝 놀란 표정이었다. 내가 말했다. "아, 방금 말은 미안해. 하지만
그런 생각 안해본 건 아니겠지?"

그가 웃었다. 적대감이 실린 웃음이 아니라 진짜 웃음이었다.

잠시 후 우리는 커피를 마시면서 정치 얘기를 했는데, 주로 미국
에 관해 이런저런 말을 주고받았다. 그의 아메리카는 냉혹하고도

잔인했다. 그는 할리우드의 '빨갱이' 작가들, 그러니까 매카시의 압력 아래 '빨갱이'라는 칭호를 순순히 받아들여야 했던 작가들 얘기와 그럴싸한 자리에 올라 또다른 방식으로 반공산주의에 순응해야 했던 작가들 얘기를 들려주었다. 조사 위원회에서 친구들을 밀고한 사람들에 대한 이야기도. (*9) 듣자 하니, 그들이 처한 상황이 그에게는 초연하고도 우스꽝스러운 분노를 자아냈던 모양이다. 한때 상사였던 사람 얘기도 했는데, 어느날 그를 사무실로 불러 공산당원인지 아닌지 알아내려 했다고 한다. 당시 쏠은 당원이 아니었고, 실은 얼마 전 당에서 축출된 터였지만, 어쨌든 대답을 거부했다. 상사는 유감을 표명하며 쏠에게 회사를 그만두라고 말했다. 쏠은 그렇게 했다. 몇주 뒤 두 사람은 어떤 파티에서 다시 만났는데, 그가 눈물을 흘리며 자책했다고 한다. "쏠, 당신은 내 친구야. 난 말이야, 당신을 친구로 생각하고 싶어." 이런 취지의 말을 나는 쏠, 넬슨, 또다른 이들에게서 열두번도 더 들었던 것 같다. 그의 말을 듣는 동안 내 안에서는 나 자신을 마구 뒤흔드는 감정이 일어났다. 쏠의 상사를 향한, 공산주의에 순응함으로써 도피처를 구한 '빨갱이' 작가들을 향한, 그 밀고자들을 향한 예리한 분노와 경멸의 압박감이었다. 나는 쏠에게 말했다. "그래, 다 그렇다 쳐. 하지만 우리의 말과 행동은 사람들이 충분히 용기를 내서 자신의 신념을 지킬 수 있다는 전제하에 나오는 거잖아." 그가 날카롭고 도전적으로 고개를 들었다. 대개 말을 할 때의 그는 공허한 눈동자로 멍하게, 자기 자신을 향하곤 한다. 다시 차분한 회색 눈동자 뒤로 그의 인격 전부가 물러나는 모습을 보고서야, 이처럼 상대방을 거의 의식하지 않은 채 스스로를 향해 말하는 그의 태도에 내가 얼마나 익숙해 있었는지를 깨달았다. 그가 물었다. "그게 무슨 말이야?" 처음으로 난 이 모든 걸 그토록 명징하게 생각할 수 있었다. 여기 그가 함께 있다보니 명료하게 생각하는 일이 가능해진다. 참 흡사한 경험을 공유하면서도 우리가 너무도 다른 사람이기에 그런 모양이다. 내가 대꾸했다. "그러니까 우리 자신을 돌아보면 공적인 발언과 사적인 발언, 친구에게 한 말과 적에게 한 말이 어긋나는 경험을 하지 않은 사람은 아무도 없을 거야. 배신자로 낙인찍힐지 모른다는 두려움, 그 압박에 굴복하지 않은 사람은 눈을 씻고 찾아봐도 없지. 정말 여러번, 적어도 한 열두번은 사람들이 날 당의 배신자로 몰아세울까봐 그 말을 입 밖에 내거나 생각하는 것조차 두려웠어." 굳은 눈빛에 일종의 냉소를 머금은 얼굴로 그는 날 응시하고 있었다. 그 냉소가 뭔지 나는 안다. '혁명가의 냉소'. 우리 모두 한때 그런 냉소를 써먹은 적이 있다. 그래서 난 문제 삼지 않고 하던 말을 이어갔다. "그러니까 내 말은, 두려워하지 않고 당당하게 발언하며 진실의 편에 설 줄 알았던 그런 사람들이 결국은 고문을 당하거나 형무소에 갇힐까 두려워서, 아니면 배신자로 낙인찍히는 게 두려워서 알랑거리며 거짓말을 일삼는 냉소적인 자들이었음이 드러났다는 거야." 거의 자동적으로 그의 입에서 이런 말이 튀어나왔다. "중산계급이 바로 그런 말을 지껄이지. 그러니까 지금 당신 출신 성분이 드러나는 거군, 그렇지 않나?" 잠시 말문이 꽉 막혔다. 이런 말도, 이런 어조도 그에게서 처음으로 듣는 나로서는 그 말을 감당할 준비가 되어 있지 않은 터였다. 그 말은 말하자면 무기고에서 빼 든 무기로 조롱이자 비웃음이었고, 그것이 나를 불시에 공격했다. 나는 말했다. "그게 중요한 게 아니잖아." 그는 조금 전 어조 그대로 대꾸했다. "오랜만에 들어보는 가장 화려한 종류의 색깔 공세였어." "옛 당원 친구들에 대한 당신 비판은 그냥 초연한 논평이고?" 대답 없이 그는 얼굴을 찌푸렸다. 내가 말했다. "미국을 보면 깨닫게 돼. 지식계급 전체가 협잡질에 넘어가 저렇게 뻔한 반공주의적인 태도를 취하게 될 수도 있구나." 갑자기 그가 입을 열었다. "그래서 내가 이 나라를 사랑하는 거야. 여기선 그런 일이 일어날 수 없으니까." 다시 심한 충격이 내 마음속에 일어났다. 다른 말들이 언제나 붉은 찬장에 들어 있는 품목인 것처럼, 방금 저 감상에 찬 발언은 자유주의 찬장에 늘 구비되어 있는 품목이기 때문이었다. 내가 말했다. "냉전기에 공산주의 색채와 구호가 최고조에 이르렀을 땐 이곳 지식인들도 마찬가지였어. 그래, 이제 그걸 기억하는 사람이 거의 없다는 건 나도 알아. 지금은 다들 매카시 때문에 충격을 받고 있지. 하지만 여전히 영국 지식인들은 생각만큼 나쁜 상황은 아니었다면서 그 모든 잘못을 별일 아닌 것으로 만들고 있어. 그들과 정반대에 선 인사들이 미국에서 벌이는 짓과 똑같이 말이야. 영국 자유주의자들 대부분은 공개적으로든 암묵적으로든 반미 활동 조사 위원회를 지지하고 있어. 한 뛰어난 편집인은 발작하듯이 수구 언론사에다가 만약 자신의 오랜 친구인 X와 Y가 첩자란 사실을 알았다면 곧장 그들에 관한 정보를 들고서 M.I.5[3]로 찾아갔을 거라고 편지를 보내기도 했지. 그렇다고 아무도 그 사람을 나쁘게 보지 않아. 문인 협회니 뭐니 하는 단체들 전부가 가장 원시적인 종류의 반공주의에 개입하고 있으니까. 물론 그들이 하는 말 대부분은 맞는 얘기지. 하지만 중요한 건, 그 사람들이 수구 언론사 지면에 넘쳐나는 그런 말들을 되풀이하는 데 그친다는 사실이야. 정말 뭔가를 제대로 이해하려는 시도조차 없이 개떼처럼 그저 시

---

3 영국 군사정보부 제5과(Military Intelligence Section 5)의 약어로 보안정보국 (Security Service)이라고도 부른다.

끄럽게 짖어댈 뿐이지. 그러니 만일 그 열기가 조금이라도 더 뜨거웠다면 여기 지식인들도 반영 활동 조사 위원회 따위를 만들고도 남았을걸. 그러는 동안 우리 공산주의자들은 검은색을 흰색이라고 우기며 거짓말을 일삼았을 거고."

"그래서?"

"그러니까 지난 30년 독재체제는 말할 것도 없고 민주주의국가에서 벌어진 일을 놓고 볼 때도, 한 사회에서 정말로 시류를 거슬러 어떤 희생이든 감수하고 진실을 위해 싸울 준비가 된 사람들은 극소수이기 때문에……"

갑자기 그가 말을 잘랐다. "잠깐 실례할게." 그러고는 뻣뻣하고 비척거리는 걸음새로 나가버렸다.

난 부엌에 앉아 방금 떠든 말을 곱씹어보았다. 나 자신은 물론 내가 잘 아는 사람들, 그들 중 일부는 정말 좋은 사람들이었는데, 그 모두가 공산주의가 강요하는 순응 속에 침잠해 있었으며 자기 자신이나 다른 사람들에게도 거짓말을 했다. 게다가 '자유주의 성향의' 혹은 '해방된' 지식인들은 이런저런 종류의 마녀사냥으로 너무나 쉽게 떠밀려 갈 수 있었고, 실제로 그랬다. 극소수만이 실제로 끝까지 자유를 지키고 진실을 수호하고자 했다. 아주 드문 몇명만이. 그 소수의 사람들만이 용기를, 진정한 민주주의의 바탕이 되어야 할 그런 종류의 용기를 가졌던 것이다. 그런 용기를 갖춘 사람들이 없다면 자유로운 사회는 사멸하거나 심지어 태어날 수조차 없다.

난 실의에 잠겨 우울하게 그 자리에 앉아 있었다. 서구 민주주의 국가에서 자라난 우리 모두에게는 자유가 더 견실해질 것이며 억압은 극복될 것이라는 태생적인 믿음이 있고, 그 믿음은 어떤 반증에도 끄떡없이 지속되는 것 같다. 아마 이 믿음 자체가 위험 요소 아닐까? 거기 그러고 앉아 있노라니, 국가들과 체제들과 경제 구역들이 더 확고해지고 견고해지는 세상이 눈에 보이는 듯했다. 자유나 개인의 양심에 관해 얘기하는 것조차 점점 더 우스꽝스러운 일이 되는 그런 세상. 이런 종류의 비전을 누군가 글로 썼고 우리가 그런 글을 읽은 적이 있다는 것도 알지만, 한순간 그 비전이 그저 말이나 사상이 아니라 내 육신과 신경조직에 하나의 진실로 떠오르는 듯한 느낌이었다.

쏠이 옷을 차려입고 계단을 내려왔다. 이제 그는 다시 내가 '그 자신'으로 부르는 모습이 되어 일종의 엉뚱한 유머를 구사하며 짤막하게 말했다. "그냥 나가버려서 미안해, 하지만 당신이 하는 말을 받아들일 수가 없었어."

내가 대꾸했다. "요즘 내가 좇는 생각이란 생각은 전부 황량하고 우울한 것들뿐이야. 나 역시 그걸 받아들이긴 힘들었을걸."

그가 곁으로 다가와 나를 감싸 안았다. "우린 지금 서로를 위로하고 있잖아. 뭘 위해 그러는 걸까? 궁금하네." 여전히 팔로 날 감싼 채 그는 말을 이었다. "우리처럼 그런 일을 겪은 사람들은 어쩔 수 없이 우울하고 희망 없이 살아야 한다는 걸 기억해야겠지."

"아니면 아마도 우리처럼 그런 일을 겪은 사람들이 진실에 다다를 가능성이 가장 높을 수도 있겠지. 스스로 할 수 있는 게 뭔지 아니까 말이야."

그에게 점심을 차려줬고, 어린 시절 이야기를 들었다. 전형적으로 불행한 유년기와 가정 파탄 등등. 점심 식사가 끝나자 그는 일하고 싶다며 자기 방으로 올라갔다. 하지만 거의 곧장 내려오더니 문틀에 기대서서 말했다. "예전엔 여러시간 쉬지도 않고 일했는데 이제는 쉬지 않고는 한시간 이상 일을 못하겠어."

예의 거슬리는 감정이 다시 나를 덮쳤다. 그 모든 걸 낱낱이 생각해본 지금은 왜 그랬는지 너무나 명백하지만, 당시에는 전부 혼란스러웠다. 그가 5분 남짓한 동안이 아니라 마치 한시간은 일하다 내려온 듯 말하고 있었기 때문이다. 그는 불안한 얼굴로 축 늘어져서 거기 그러고 서 있었다. 이어 그가 말했다. "아이였을 때 부모의 이혼을 경험한 친구가 고향에 살고 있는데 말이야, 그 사건이 친구에게 영향을 미쳤을까?"

'그 친구'란 너무도 명백히 그 자신이었기 때문에, 나는 한동안 대답을 할 수 없었다. 게다가 그가 자기 부모님 얘기를 한 지 불과 10분도 지나지 않은 터였다. 내가 말했다. "그래, 부모님 이혼이 틀림없이 당신한테 큰 영향을 끼쳤겠지."

그는 소스라치게 놀라더니 얼굴 가득 의심을 품고서 물었다. "그건 어떻게 안 거야?"

(*10) 내가 대꾸했다. "당신 기억력 참 나쁘네. 몇분 전에 부모님 얘기 했잖아."

그는 주의를 늦추지 않고 여전히 경계하는 눈빛으로 선 채 생각에 잠겼다. 의심 가득한 얼굴에는 잔뜩 날이 서 있었다. 그러더니 이런 말을 주워섬기는 것이었다. "아, 친구 생각을 하고 있었어. 그뿐이야……" 그러고는 돌아서서 위층으로 올라가버렸다.

나는 혼란에 빠져 상황을 이리저리 맞추어보았다. 그는 정말로 내게 했던 말을 잊어버렸다. 게다가 내게 뭔가를 말하고 겨우 몇분 뒤에 마치 새로운 화제인 양 똑같은 얘기를 꺼냈던 것도 지난 며칠 사이에 대여섯번이나 되었다. 예를 들어 어제는 이랬다. "처음 내가 여기 왔던 때 기억나?" 마치 여기 온 지 여러달이 지난 것처럼.

또 한번은 이렇게 말하기도 했다. "인도 식당에 갔던 그때 말이야." 우리는 바로 그날 점심을 먹으러 그 식당에 갔는데 말이다.

나는 넓은 방으로 들어가 문을 닫았다. 방해받고 싶지 않다는 뜻이고, 그도 알고 있다. 가끔 문을 닫고 있노라면 머리 위쪽에서 서성이거나 계단을 반쯤 내려오는 소리가 들린다. 어서 문을 열라는 압력처럼 느껴져서 그렇게 하기도 한다. 하지만 오늘은 문을 닫아걸고 침대에 앉아 생각에 집중해보려 했다. 심하지는 않았지만 땀이 났고 손은 싸늘했으며 숨도 제대로 쉴 수 없었다. 불안이 마음을 죄어오는 가운데 몇번씩이나 되뇌어보았다. 이건 내가 불안한 게 아니라고. 나 자신의 불안이 아니라고. 아무런 도움도 되지 않았다. (*11) 머리를 쿠션으로 받치고 등을 댄 자세로 바닥에 누워서 팔다리를 편안하게 늘어뜨린 채 '그 놀이'를 해보았다. 아니, 하려고 애를 썼다. 역시 소용없었다. 위층에서 쏠이 이리저리 서성이는 소리가 들렸던 것이다. 그의 모든 움직임이 나를 관통하고 지나갔다. 집 밖으로 나가 누구든 만나야 하지 않나 생각했다. 그런데 누구를? 쏠의 문제를 몰리와 상의할 수는 없었다. 그런데도 몰리에게 전화를 걸었고, 몰리는 대수롭지 않게 안부를 물었다. "쏠은 어때?" 나의 대답. "잘 있어." 제인 본드를 만났는데, '그 사람 때문에 완전히 정신 줄을 놓은 상태'라고 했다. 한 며칠 제인 본드 생각은 하지 않고 지냈던 터라 얼른 다른 얘길 한 다음 전화를 끊고 다시 바닥에 누웠다. 어젯밤 쏠이 말했다. "산책이라도 해야겠어. 도무지 잠을 청할 수 없어서." 그는 세시간 남짓 나가 있었다. 제인 본드는 걸어서는 30분쯤, 버스로는 10분 걸리는 동네에 산다. 그래, 집을 나서기 전에 누군가에게 전화를 했어. 제인과 약속을 잡고, 내 집에서 제인 집으로 건너가서, 그녀를 만나 사랑을 나눈 뒤, 다시 내 침대로 들어와 잤다는 얘기다. 그래, 어젯밤에 우리는 하지 않았지. 무의식적으로, 난 그 깨달음의 고통에서 나 자신을 지키고 있던 것이다. (하지만 이제 알아도 상관하지 않는다. 신경 쓰고, 질투하고, 빙퉁그러진 기분으로 상처를 되갚아주길 원한 건 내 안의 그 존재이지 나는 아니니까.)

그가 노크를 하더니 문틈으로 말했다. "방해하고 싶지는 않지만, 산책 좀 하려고." 이런 행동을 하게 될 줄 몰랐지만, 얼른 가서 문을 열었다. 이미 계단 아래로 내려가는 그를 향해 물었다. "제인 본드 만나러 가는 거야?" 일순 뻣뻣해지는가 싶더니, 그가 천천히 몸을 돌려 나를 정면으로 바라보았다. "아니, 그냥 좀 걸으려고."

그렇게 대놓고 물었는데 거짓말할 사람은 아니라고 생각해서 더이상 아무 말도 하지 않았다. 아마 나는 이렇게 물었어야 했으리라. "어젯밤에 제인 본드 만났어?" 지금에야 깨닫지만 난 그가 아니라고 대답할까 두려워 묻지 못했다.

나는 뭔가 대수롭지 않은 유쾌한 말을 한마디 지껄이고는 문을 닫으며 돌아섰다. 생각할 수도, 심지어 움직일 수조차 없었다. 계속 나 자신에게 이렇게 말하고 있었다. 그 사람, 여길 떠나야 해. 이곳에서 나가야 해. 하지만 나가달라고 말할 수 없다는 것을 잘 알았기에 그저 나 자신을 향해 계속해서 되뇌었다. 그러니 벗어나려고 노력해야만 해.

그가 돌아왔을 때, 내가 몇시간이나 그의 발소리를 기다리고 있었음을 깨달았다. 이미 어둠이 깔리고 있었다. 그는 큰 목소리로 지나치게 친근한 인사말을 던지고는 곧장 욕실로 향했다. (*12) 난 자리에 앉아 생각에 잠겼다. 이 남자가 제인 본드를 만나고 곧장 이리로 와서는 섹스의 흔적을 씻어내러 욕실로 간다는 건 도무지 말이 안돼. 무슨 짓을 하고 다니는지 내가 뻔히 안다는 걸 알면서도 말이야. 그건 정말 말도 안되잖아. 하지만 가능한 일이라는 걸 난 알고 있었다. 자리에 앉아 머리를 쥐어뜯으며 말해보았다. 쏠, 제인 본드랑 잤어? 방으로 들어서는 그에게 곧바로 그 질문을 던졌다. 그는 예의 노골적인 너털웃음을 터뜨린 다음 대답했다. "아니, 안 잤는데." 그러곤 나를 찬찬히 살펴보며 가까이 다가와서 감싸 안았다. 너무나 소박하고 따스한 몸짓이라 난 그 즉시 무릎을 꿇었다. 아주 다정하게 그가 말했다. "자, 애나, 당신 매사에 너무 예민해. 마음 좀 편히 가져." 내 몸을 조금 어루만지면서 이런 말도 했다. "당신이 이해해줘야 할 게 있어. 우린 너무 다르잖아. 게다가 내가 여기 오기 전까지 당신이 살던 방식이 당신한테 좋지가 않았어. 이 제는 괜찮아. 내가 있으니까." 이 말과 함께 그는 나를 침대에 눕히고 아픈 사람 어루만지듯 날 위무하기 시작했다. 사실 난 아픈 사람이었다. 정신이 어지럽게 소용돌이쳤고 복부도 울렁거렸다. 그렇게 다정다감한 사람이 나를 아프게 한 장본인이라는 사실 때문에 아무 생각도 할 수 없었다. 조금 뒤 그가 말했다. "이제 저녁 차려줘. 당신한테 도움이 될 거야. 마음이 안 좋네. 당신은 정말 가정적인 여자고, 어딘가에서 착실한 남편과 살고 있어야 하는 건데 말이야." 그러더니 무뚝뚝하게 (*13) 덧붙이는 것이었다. "마음이 안 좋긴 한데, 어떻게 된 게 난 늘 그런 여자들만 만난단 말이지." 난 그에게 저녁을 차려줬다.

오늘 아침 일찍 전화벨이 울렸다. 받아보니 제인 본드였다. 쏠을 깨워서 전화 받으라고 한 다음 그 방에서 나와 욕실로 갔다. 그러곤 물을 틀어 요란한 소리를 냈다. 돌아와보니, 그는 다시 침대에 누워 몸을 동그랗게 말고는 반쯤 잠들어 있었다. 제인이 무슨 말을 했는지, 아니면 원하는 게 뭔지 내게 말해줄 거라 생각했지만 그 전화 얘기는 꺼내지 않았다. 다시 화가 났다. 하지만 어젯밤 내내 그는 따스하고 애정 어린 모습으로, 자면서도 연인처럼 내 쪽으로 돌아누워 키스를 하며 내 몸을 어루만졌는데, 심지어 내 이름까지 부르며 그렇게 했으니 정말 나를 향한 진심이 아니었을까? 어떤 기분이어야 하는 건지 난 도무지 알 수가 없었다. 아침 식사를 마친 뒤 그는 다시 나가봐야 한다고 말했다. 어떤 영화계 인사를 만나야 한다며 길고 자세한 설명을 늘어놓았다. 얼굴에 드리운 뻣뻣하고 고집스러운 표정 때문에, 또 그 필요 이상으로 복잡한 설명 때문에 제인 본드를 만나러 가는 것이며 아까 그녀에게 전화를 받았을 때 약속을 정했음을 나는 직감했다. 그가 집을 나서자마자 난 그의 방으로 올라갔다. 모든 게 지나칠 정도로 깔끔하고 잘 정돈된 상태였다. 그의 서류를 뒤지기 시작했다. 그가 거짓말을 했으니 정당한 내 권리인 양, 이런 스스로에 대해 아무 충격도 느끼지 않으면서 누군가의 편지나 사적인 서류를 뒤져보는 건 난생처음이구나 생각했던 기억이 난다. 분노가 치밀었고 속도 편치 않았지만 난 아주 체계적으로 조사를 했다. 한쪽 구석에 고무줄로 묶어놓은 한무더기의 편지가 있었다. 미국에 있는 어떤 여자에게 받은 편지들이었다. 알고 보니 쏠과 연인 사이였다. 왜 편지를 보내지 않느냐고 그녀는 불평했다. 다른 곳에는 빠리의 어떤 여자에게 받은 편지 더미도 있었다. 역시 연락이 끊어진 데 대한 불평. 조심스럽지는 않게, 어쨌거나 원래 자리로 추정되는 곳에 그 편지들을 갖다놓고 다른 것들도 찾아보았다. 그때 쌓아놓은 일기장들이 눈에 들어왔다. (*14) 그 일기들은 내 것처럼 이렇게 저렇게 나뉜 게 아니라 연대기적으로 작성되어 있었는데, 그 사실이 참 이상했다. 앞부분은 제대로 읽지 않고 대충 느낌만 보며 페이지를 넘겼다. 끝없이 이어지는 새로운 장소며 직장, 여자 이름이 적혀 있었다. 그리고 그 다양한 장소 이름과 여자 이름을 관통하는 하나의 끈으로 외로움과 고립, 소외에 대한 자세한 묘사들도. 거기 그의 침대에 앉아 내가 아는 그 남자와 이 지면에 묘사된 남자, 차갑고 계산적이며 냉철한 자기연민으로 가득 찬 남자를 연결해보려고 끙끙거렸다. 그러고 보니, 내 공책들을 읽어볼 때도 나 자신을 알아보기 어려웠다는 데 생각이 미쳤다. 자기 자신에 관해 쓸 땐 이해할 수 없는 일이 벌어지는 모양이다. 투사되는 자아가 아니라 직접적인 자기 자신에 관해서 쓸 때 말이다. 그럴 때는 꼭 냉혹하고 무자비하며 가차 없이 판정하는 식으로 쓰게 된다. 반대로 판단하고 단정하지 않는 경우에는 생명력이 사라진다. 그래, 바로 그거다. 생명력을 상실하는 것이다. 이렇게 쓰고 보니, 빌리에 관해 썼던 검은색 공책의 어떤 지점이 생각난다. 쏠이 자기 일기에 관해서, 혹은 나중의 자아라는 관점으로 과거의 자아를 요약하면서 여자들을 그렇게 대하다니 난 아주 못된 놈이었어 하고 말하든, 혹은 그만하면 여자들에게 잘해줬지 하고 말하든, 혹은 난 단지 일어났던 일을 기록하고 있을 뿐 스스로에 대해 도덕적인 판단을 내리는 게 아니야 하고 말하든, 무슨 말을 하든 상관없는 일이리라. 그 일기는 생기와 삶, 매혹을 담아내지 못할 테니까. "빌리는 안경알을 번득이면서 그 방을 죽 둘러보고는 말했다……" "쏠은 단호하고 확고한 자세로 서서 자신의 유혹적인 포즈를 조롱하는 듯 살짝 웃으며 느릿느릿 말했다. 이봐, 아가씨, 나랑 할까? 당신 딱 내 스타일인데." 처음에는 차갑고 가차 없는 글의 분위기에 질려서, 그리고 나중에는 내가 아는 쏠을 바탕으로 그 내용들을 실제 삶의 맥락으로 옮겨 생각하면서, 나는 날짜별로 적힌 내용을 죽

읽어나갔다. 그러자 애초의 분노와 여자로서 느낀 공분의 감정은 스러지고, 무엇이든 살아 있는 것에 대해 느끼기 마련인 즐거움 내지 인식의 기쁨이 찾아왔다.

하지만 이윽고 마치 내가 쓴 것 같은 글을 발견하고 두려움을 느끼면서, 그 즐거움은 종적도 없이 사라져버렸다. 나의 경우 그것은 쏠과 다른 종류의 깨달음에서 나온 내용으로 노란색 공책에 써놓은 터였다. 글을 쓸 때 내가 뭔가 끔찍한 예지력이나 혹은 그와 비슷한 일종의 통찰을 발휘하는 것 같아 두렵다. 일상에서 활용하기에는 너무 고통스러운 그런 종류의 지성. 일상에서 발휘하려 한다면 삶 자체가 불가능해질 그런 지성이 그 순간 작동하는 것이다. 세편의 일기. "디트로이트를 떠나야 한다. 필요한 건 모두 얻었다. 메이비스가 말썽을 부린다. 일주일 전엔 좋아 미칠 것 같았는데 이제 보니 별거 아니다. 알 수 없는 일이다." 그다음. "메이비스가 어젯밤 아파트로 찾아왔다. 조앤과 함께 있을 때였다. 현관으로 나가서 메이비스를 내보내야 했다." 다음. "디트로이트에 있는 제이크가 편지를 보내왔다. 메이비스가 면도날로 손목을 그었다고 한다. 늦지 않게 병원으로 옮겼단다. 안타까운 일이다. 좋은 여잔데." 메이비스 얘기는 더이상 나오지 않았다. 성 대결에 대한 그 차갑고 복수심에 찬 분노가 나를 휘어잡았다. 너무도 울분이 끓어올라 상상의 나래를 그쯤에서 꺾어야 했다. 나머지 일기는 그냥 내버려두었다. 그걸 다 읽으려면 몇주나 걸릴 텐데 나로서는 흥미를 잃은 터였다. 문득 나에 관해서는 뭐라고 써놓았나 궁금해졌다. 이 집에 들어온 날 쓴 일기를 찾아냈다. "애나 울프 만남. 런던에서 당분간 지낼 요량이라면 괜찮을 듯. 메리도 방을 하나 내주겠다 했는데, 거긴 곤란한 일이 생길 게 뻔히 보임. 섹스 상대로 괜찮지만 그뿐임.

애나에게는 그다지 끌리지 않음. 이런 상황에선 오히려 잘된 일인 듯. 메리가 난리 법석을 떨었음. 파티에서 제인 만남. 춤을 췄고 무도장 바닥에서 사실상 섹스를 했음. 작고 가냘픈 소년 같은 여자. 집으로 데리고 감. 밤새도록 했음. 아, 정말 좋았음!" "오늘 애나에게 무슨 얘기를 했는데 뭔 말을 했는지 하나도 기억이 안 난다. 애나는 눈치채지 못한 것 같다." 다음 며칠은 일기를 적지 않았다. 그런 다음. "웃기는 일이다. 애나가 제일 좋긴 한데 같이 자는 건 그다지 즐겁지 않다. 떠나야 할 땐가? 제인이 말썽을 부림. 이 여자들, 다 엿이나 처먹어라, 말 그대로!" "애나가 제인을 두고 난리를 부림. 참 유감스러운 일." "제인과 갈라섬. 이 빌어먹을 나라에서 찾아낸 최고의 섹스 파트너였는데. 커피숍에서 마거리트 만남." "제인이 전화를 함. 애나를 두고 난리 법석. 애나와는 문제 일으키고 싶지 않다. 마거리트와 데이트."

그게 오늘 일기였다. 그러니까 제인이 아니라 마거리트에게 간 거였다. 누군가의 사적인 글을 훔쳐보면서도 전혀 충격을 받지 않는 나 자신에게 충격을 받았다. 오히려 그의 잘못을 들춰냈다는 사실에 의기양양해하며 못난 기쁨을 만끽하고 있을 뿐이었다.

(*15) 애나와 자는 게 즐겁지 않다는 일기 내용이 가슴을 깊이 후벼 파서 한순간 숨조차 쉴 수 없었다. 더 나쁜 건, 나로선 도저히 이해가 안되는 일이었다. 순간 더 나쁘다고 생각한 건, 쏠이 확신에 차서 나를 사랑하는지 아닌지에 따라 반응하거나 반응하지 않던 그 여성적 존재의 판단도 이제는 더이상 신뢰할 수 없게 되었다는 사실이었다. 그 존재가 거짓말에 속을 리가 없는데. 잠시 그 존재가 자기기만에 빠져 있었던 건 아닐까 생각해보았다. 그 사람이 나를 좋아하는지 여부보다 나와의 잠자리를 즐기지 않는 걸 더 괘념하

는 자신이 부끄럽기도 했다. 기껏해야 내가 '괜찮은 섹스 파트너'에 불과해지니까 말이다. 그의 편지들을 밀쳐놓았던 것처럼, 난 일말의 경멸감에 그 일기들을 아무렇게나 한쪽으로 던져놓고는 아래층으로 내려와 이렇게 적고 있다. 하지만 마음이 너무 어지러워 제대로 쓰기 어렵다.

그 일기를 한번 더 보러 다녀왔다. 아래층에 내려오지 않았던 그 주에 쓸은 "난 그녀와의 잠자리가 즐겁지 않다"라고 썼다. 그때 이후로 그는 여자에게 매력을 느낀 남자의 태도로 나와 섹스를 했었는데. 이해가 안된다. 그 어떤 것도.

어제는 마음을 다잡고 그에게 따져 물었다. "몸이 안 좋은 거야? 어디가 아파?" 예상한 대로 그는 대꾸했다. "어떻게 안 거야?" 이젠 웃음마저 나왔다. 그가 조심스럽게 말했다. "곤란한 일이 생기면 허리띠 아래에 감춰야 하는 법이지. 그걸로 다른 사람을 힘들게 해야겠어?" 책임을 다하는 성실한 사람처럼 그가 진지하게 말했다. 내가 대꾸했다. "그러면서 사실은 당신이 지금 딱 타인을 힘들게 하고 있잖아. 뭐가 잘못된 거야?" 일종의 심리적인 안개가 나를 에워싼 것만 같다. 그는 진지하게 말을 이었다. "그걸로 당신 마음을 무겁게 하고 싶지는 않았어." "지금 불평하는 거 아니야." 내가 말했다. "그렇게 숨겨봤자 좋을 거 없잖아. 까놓고 얘기하는 편이 훨씬 나을 거야."

갑자기 그가 까칠하고 적대적으로 대꾸했다. "당신 정말 빌어먹을 정신분석가처럼 떠들고 있군."

어떤 대화에서도 그가 대여섯명의 다른 사람이 될 수 있다는 사실이 머리에 떠올랐다. 성실한 그 사람이 돌아올 때까지 기다리기로 했다. 마침내 그가 그런 모습으로 돌아와 말했다. "지금 내가 썩 좋은 상태는 아니야. 그 말은 맞아. 그게 드러났다니 유감이군. 앞으론 더 잘하려고 노력할게." 내가 말했다. "잘하고 말고의 문제가 아니잖아."

그는 작정하고 화제를 돌려버렸다. 쫓기는 자의 상처 입은 얼굴로. 그는 자신을 방어하고 있었다.

닥터 페인터에게 전화를 걸어 시간 감각도 없고 다중 인격처럼 보이는 사람은 대체 어디가 고장 난 건지 알고 싶다고 했다. 그는 말했다. "전화 진료는 불가능한데." "그러지 말고, 제발 좀 알려줘." "친애하는 애나, 진료 약속을 잡는 게 좋겠어." "내 얘기가 아냐. 친구 얘기야." 하지만 그는 아무 말도 하지 않았다. 그러다가 이렇게 말했다. "뭐 대수로울 것도 없지만, 우리 주변을 활보하는 매력적인 사람들 중 놀랄 정도로 많은 수가 실은 자기 자신의 허깨비로 살고 있어. 진료 예약을 해." "원인이 뭐야?" "글쎄, 틀릴 위험을 감수하고 굳이 추측을 하자면, 뭐 간단히 말해 우리가 살고 있는 이 시대 탓이 아닐까?" "알았어, 고마워." 내가 대답했다. "진료 예약은 안할 거야?" "안해." "유감인데, 애나. 그거 정신적 자만심이야. 당신이 다중 인격이라면 그것들 중 어떤 인격으로 정신을 차릴 건데?" "당신 진단을 받아야 할 사람에게 그렇게 전할게."

쏠에게 가서 말했다. "의사 친구한테 전화를 해서 물어봤더니 내가 아픈 줄 알더라. 내 친구가 아프다고 했거든. 무슨 뜻인지 알지?" 상처 받은 쏠은 날카로운 표정이었지만 씩 웃어 보였다. "그 사람 말이, 진료 예약을 잡아야 한대. 하지만 시간 감각도 없는 다중 인격이라고 해서 뭐 놀랄 일은 아니라더라."

"내가 그런 식으로 보여?"

"글쎄, 뭐 그렇다고 할 수 있지."

"고맙군. 그 사람 말이 맞는 것 같네."

오늘 그가 말했다. "당신이 공짜로 치료해줄 수 있는데, 내가 뭐 하러 정신과 의사한테 돈을 낭비해야 하지?" 그는 득의양양한 얼굴로 사납게 이 말을 내뱉었다. 이런 식으로 나를 이용하는 건 정당하지 않다고 나는 항변했다. 여전히 득의양양한 증오를 실어 그가 대꾸했다. "영국 여자들이란! 정당하지 않다니! 누구나 다 서로를 이용하는 거잖아! 당신은 할리우드식 행복을 꿈꾸며 날 이용하고, 나로서는 당신이 겪은 주술사들의 경험을 이용하는 거지." 조금 뒤에 우리는 섹스를 하고 있었다. 싸울 때 우리는 서로를 증오한다. 잠시 후 그 증오심은 섹스로 이어진다. 거칠고 격렬한 섹스. 전에는 한번도 경험하지 못한, 사랑에 빠진 여자라는 그 존재와는 아무 (*16) 상관이 없는 그런 섹스를. 그 존재는 그런 섹스를 전적으로 부인한다.

오늘 침대에 함께 누워 있을 때 어떤 몸놀림을 놓고 그는 나를 탓했고, 그 순간 이 남자가 나를 누군가 다른 여자와 비교한다는 사실을 깨달았다. 난 애무에도 상이한 학파들이 존재하는 법이고 우린 다른 학파 출신인 모양이라고 대꾸했다. 서로 미워하는 사이였지만 우린 이 모든 얘기를 꽤나 유쾌한 기분으로 나누고 있었다. 그는 그 문제를 잠시 생각해보더니 너털웃음을 터뜨렸다. "사랑은 말이야," 학생처럼 감상적으로 그가 말했다. "사랑은 만국 공통어잖아." "섹스는 말이야," 내가 말했다. "섹스는 국가마다 방식이 달라. 자기처럼 하는 영국 남자는 없거든. 물론 가끔이라도 한다면 말이지만." 그는 대중가요 한 소절을 부르듯 대꾸했다. "당신이 우리식을 좋아하면 나도 당신 나라 방식을 좋아해줄게."

이 집의 벽들이 우리를 포위한다. 날이면 날마다 우린 이곳에 단

308

둘이 머물러 있다. 둘 다 미쳤다는 걸 나는 안다. 비명처럼 날카롭게 웃음을 터뜨리며 그가 말한다. "그래, 나 돌았어. 이 짧은 인생을 전부 살아보고 나서야 그 사실을 깨닫게 되었지. 그래, 그럼 이제 어떡할까? 만약 돌아버린 상태가 더 좋다면 어쩔 건데?"

그러는 내내 나의 불안감은 지속된다. 멀쩡한 기분으로 잠에서 깬다는 게 어떤 건지조차 잊어버렸다. 하지만 내가 처한 상태를 살피면서 이런 생각도 해본다. 그래, 이제 나 자신의 불안 때문에 고통스러워하지는 않을 거야. 그러니 기회 닿는 대로 다른 누군가의 불안을 경험해보는 것도 좋겠지.

때로 '그 놀이'를 하려고 노력해본다. 가끔 이 공책과 노란색 공책에 글도 쓴다. 아니면 마룻바닥에 떨어진 빛의 변화에 따라 먼지 알갱이나 나무옹이가 점점 커지고 뭔가 상징적인 형태를 띠는 모습을 잠자코 지켜보거나. 위층에서 쏠은 왔다 갔다 하기도 하고 한참 동안 조용히 있을 때도 있다. 완전한 정적과 발소리, 두가지 모두 내 몸의 신경을 따라 울려 퍼진다. "잠시 산책 좀 하려고" 그가 집을 나설 때면 내 신경은 그에게 묶여 있기라도 한 것처럼 쭉 늘어나 그를 따라가는 듯하다.

오늘 그 사람이 돌아왔을 때 어떤 여자와 자고 오는 길임을 직감했다. 상처를 받아서라기보다 우리가 서로 적수였기에 나는 따졌고, 그러자 그가 대답했다. "아니야, 왜 그렇게 생각했지?" 이어 그는 탐욕스럽고 교활하며 은밀한 표정으로 말했다. "원한다면 알리바이를 댈 수도 있어." 화가 났지만 웃었고, 웃었다는 사실 덕에 평정을 되찾았다. 이렇게, 전에는 한번도 겪어본 적 없는 차가운 질투에 사로잡힌 채 나는 지금 미쳐가고 있다. 남의 은밀한 편지와 일기를 훔쳐보는 그런 여자가 된 것이다. 하지만 웃을 때면 치유되는 기분이다. 그 사람은 내가 웃는 게 달갑지 않은지 이런 말을 했다. "죄수들은 어떤 말을 쓰는 게 좋은지 배우는 법이니까." 내가 대꾸했다. "이때껏 간수 역할을 해본 적은 없는데, 지금 내가 그렇다면 아마 당신한테 간수가 필요해서겠지."

그는 밝아진 표정으로 내 침대에 앉더니, 어떤 순간에서 다음 순간으로 슬쩍 넘어가는 예의 장기를 발휘해 천연덕스럽게 말했다. "문제는 말이야, 우리가 서로를 받아들였을 때 당신은 내가 당신만 사랑하는 게 당연하다고 여겼다는 거. 그런데 난 아니었거든. 어느 누구에게도 그런 적 없었어. 그러고 싶었던 적도 결코 없었고."

"거짓말." 내가 말했다. "당신 말은, 한 여자가 당신에게 마음을 주기 시작하거나, 혹은 당신을 특별하게 생각하는 순간 그냥 다음 여자한테로 옮겨 갔다는 뜻이잖아."

예의 유치하고 적대적인 웃음 대신, 유치하되 솔직한 웃음을 터뜨리며 쏠이 대꾸했다. "그런 태도에도 뭔가 좋은 점이 있을 수 있겠지."

난 막 이 말을 하려던 참이었다. 그럼 그냥 다른 여자한테 가. 내가 왜 그 말을 입 밖에 내지 않는지, 그 사람을 상대하며 대체 난 어떤 개인적인 논리를 따르고 있는 것인지 궁금했다. 그럼 다른 여자한테 가, 이 말이 나오기 직전 단 1초에 불과한 그 짧은 순간에 그는 겁먹은 눈길로 재빨리 나를 쳐다보며 말했다. "그게 당신한테는 중요하다고 말해줬어야지."

내가 대답했다. "그래, 그렇다면 그게 내겐 중요하다고 지금 말할게."

"좋아." 잠깐의 침묵 후에, 그가 조심스럽게 대답했다. 예의 수상쩍고 교활한 얼굴로. 무슨 생각을 하고 있는지 난 정확하게 알고 있었다.

오늘 그는 전화를 받더니 두시간 남짓 외출했고, 그가 나가자마자 난 최근 일기를 읽으러 위층으로 올라갔다. "애나의 질투 때문에 돌아버리겠음. 마거리트 만남. 함께 그녀 집으로 감. 괜찮은 아이. 나에게 차갑게 굴긴 하지만. 도러시와 그녀 집에서 데이트. 애나가 다음주에 재닛을 보러 가면 몰래 빠져나와야겠다. 그 고양이가 없을 때!"

나는 차가운 승리감 속에서 이 내용을 읽었다.

이런 일이 있었는데도, 그와 끝도 없이 이야기를 나눌 때면 애정과 다정함이 넘쳐흐르면서 시간 가는 줄 모르게 된다. 매일 밤 사랑을 나누고 놀라울 정도로 깊이 잠든다. 그러다 그 다정함은 불쑥 내뱉은 말의 한중간에 미움으로 바뀌곤 한다. 때로 이 집은 사랑하는 연인의 오아시스였다가 갑자기 전쟁터로 바뀐다. 그럴 때면 사방 벽이 증오로 전율하고 우리는 두마리 짐승처럼 서로의 주위를 빙빙 도는데, 상대방에게 너무나 끔찍한 말을 해대어 나중에 그 말들을 떠올리면 심한 충격을 받는다. 그런데도 우리는 그런 말을 아무렇지 않게 입에 올리고 그 말이 우리 귓전에 울릴 때 불현듯 웃음을 터뜨리며 바닥에 떼굴떼굴 구르기까지 한다.

재닛을 만나러 갔다. 쏠이 도러시나 다른 여자와 사랑을 나누고 있으리라는 걸 알았기에 내내 마음이 좋지 않았다. 재닛과 함께 있을 때도 그 생각을 떨칠 수가 없었다. 딸애는 행복해 보인다. 나로부터 마음이 떠나 이제 친구에게 흠뻑 빠진 꼬맹이 여학생. 기차를 타고 돌아오면서 얼마나 이상한 일인가 다시 생각했다. 12년간 나의 매일과 매 순간이 재닛을 중심으로 돌아갔고 내 시간을 죄다 딸애의 필요에 바쳤다. 그런데 이제 딸애가 학교에 가니 그걸로 끝이다. 금세 나는 재닛을 낳은 적이 없는 예전의 애나로 돌아가는 것이다. 몰리가 그런 말을 했었다. 토미가 열여섯살 되던 해 친구들과 놀러 간 적이 있는데, 그때 몰리는 자기 자신에게 놀란 마음으로 며칠을 집 주변을 거닐며 보냈다. "마치 나한테 아이가 한번도 없었던 기분이야." 몰리는 계속해서 이 말을 했다.

집 주변에 이르자 위장의 긴장이 더 심해졌다. 집에 들어설 땐 아예 토할 지경이었다. 곧장 욕실로 갔다. 전에는 한번도 신경과민으로 토한 적이 없었다. 잠시 후 위층을 향해 쏠을 불러보았다. 집에 있었다. 활기찬 모습으로 그가 내려왔다. 왔어? 어땠어? 등등. 그를 쳐다보자, 그의 얼굴은 뒤에 승리감을 감춘 수상쩍고 신중한 표정으로 바뀌었다. 내 얼굴에 어린 차갑고 적의 가득한 표정 때문이었으리라. 그가 물었다. "왜 그렇게 보는 거야?" 그런 다음엔 이렇게. "뭘 알고 싶은데?"

내 방으로 들어갔다. 그 말, 뭘 알고 싶은데, 이 말을 그가 뱉었을 때 거기엔 새로운 어조가, 전보다 훨씬 깊은 증오로 한걸음 더 내려간 느낌이 있었다. 그 순간 그에게서 오로지 증오로만 이루어진 어떤 물결이 흘러나오는 것 같았다. 난 침대에 걸터앉아 생각을 해보려 애썼다. 그 증오가 나를 물리적인 공포로 몰아넣었음을 깨달았다. 정신 질환에 대해 내가 아는 게 뭐지? 아무것도 모른다. 하지만 본능이 내게 겁에 질릴 필요는 없다고 얘기하고 있었다.

그가 방에 들어와 침대 발치에 앉더니 재즈 곡조를 흥얼거리면서 나를 빤히 쳐다보았다. 그러곤 이런 말을 했다. "당신을 위해 재즈 음반 몇개 사 왔어. 들으면 마음 편해질 거야."

내가 말했다. "좋네."

그가 말했다. "당신 정말이지 딱 빌어먹을 영국 여자야, 안 그래?" 퉁명스럽게, 미워하는 마음을 담아 내뱉은 말이었다.

내가 대꾸했다. "마음에 들지 않으면 떠나면 되잖아."

그가 화들짝 놀란 얼굴로 나를 한번 쳐다보더니 방에서 나갔다. 그가 어찌할지 알기에 난 기다렸다. 그는 차분하고 평온했으며 형제처럼 다정했다. 그가 축음기에 레코드판을 거는 동안 난 암스트롱의 초기 음반과 베시 스미스의 음반을 살펴보았다. 우리는 조용히 앉아 함께 음악을 들었고 그는 나를 지켜보았다.

조금 뒤에 그가 말했다. "어때?"

"다 따뜻하고 아늑하게 감싸주는 음악들이네."

"그래서?"

"우리랑은 아무 상관도 없잖아. 우린 그렇지 못하니까."

"이봐, 숙녀분, 암스트롱, 베셰, 베시 스미스 이런 뮤지션들이 지금의 나를 만들었다고."

"그럼 그때부터 뭔가 문제가 생긴 거구나."

"그 문제란 게 실은 미국이라는 나라에 생긴 문제지." 그러고서 그는 퉁명스럽게 말을 이었다. "당신도 나처럼 재즈에 천부적인 재능이 있다는 걸 알게 될걸. 나한테도 딱 그게 필요했거든."

"왜 그렇게 매사에 지지 않으려고 구는 거야?"

"미국인이니까. 미국은 늘 앞서가려고 하는 나라잖아."

이제 차분한 형제의 모습은 사라지고 증오가 그 자리를 대신하고 있었다. 내가 말했다. "오늘밤엔 떨어져 자는 게 좋겠어. 이따금 당신이 버거울 때가 있어."

그는 놀란 얼굴이었다. 이내 원래 표정으로 돌아왔는데, 이럴 때면 방어적이고 병든 그의 얼굴이 말 그대로 제 손으로 스스로를 다스리는 것 같았다. 다정하게 웃으며 그가 나지막이 말했다. "당신

탓 할 것도 없지. 나도 내가 버거우니 말이야."

그러고는 방을 나갔다. 침대에 누워 있는데, 몇분 뒤 그가 내려와서 침대로 오더니 미소 띤 얼굴로 말했다. "자리 좀 내줘."

내가 말했다. "다투고 싶지 않아."

그가 대꾸했다. "어쩔 수 없잖아."

"참 이상하지, 우린 왜 자꾸 싸우는 걸까? 당신이 누구랑 자든 난 눈곱만큼도 신경 쓰이지 않는데 말이야. 당신이 여자를 성적으로 징벌하는 그런 남자도 아니고. 틀림없이 다른 뭔가로 싸우는 거겠지? 그게 뭘까?"

"재미있는 경험이야, 미친 사람처럼 사는 거."

"정말 그래, 재미있는 경험이긴 해."

"왜 그런 식으로 말하는 거야?"

"1년만 지나봐, 그럼 당신이나 나나 되돌아보며 말할 거야. 그래, 그땐 그랬지. 정말 흥미진진한 경험이었어."

"그러면 안될 이유라도 있어?"

"과대망상증 환자들, 우리가 바로 그런 무리야. 당신은 그러잖아, 미합중국이 정치적으로 그렇고 그러니 내가 이렇게 될 수밖에 없다고. 내가 바로 미합중국이라고. 나는 또 나대로 말하지. 이 시대 여자들이 처한 상태가 바로 나라고."

"우리가 하는 생각이 아마 맞을 거야."

우리는 사이좋게 잠들었다. 하지만 잠이 우리를 바꿔놓았다. 깨어보니 그는 옆으로 누워 딱딱한 미소를 띤 얼굴로 나를 지켜보고 있었다. "무슨 꿈 꾸고 있었어?" 그가 물었다. "아무 꿈 안 꿨는데." 이렇게 말하고 나니 기억이 났다. 나는 끔찍한 꿈을 꾸었는데, 그 사악하고 무책임한 원칙이 이번에는 쏠의 모습으로 나타났다. 오랫동안 이어진 그 악몽 내내 그게 나를 비웃고 조롱했다. 두 팔로 나를 꼭 붙들어 안고 있어서 움직일 수도 없었다. 이런 말도 했다. "당신에게 상처를 줄 거야. 그게 내 기쁨이니까."

이 기억이 너무 괴로워 난 침대 밖으로 나와 그에게서 멀어져 커피를 내리러 부엌으로 향했다. 한시간쯤 지나자 옷을 차려입은 그가 움켜쥔 주먹 같은 얼굴로 들어왔다. "나 외출할게." 그러고는 내가 뭔가 말하기를 기다리는지 잠시 옆에 있다가, 가지 말라고 붙잡아달라는 듯 내 쪽을 돌아보면서 천천히 계단을 내려갔다. 그가 떠난 뒤 마룻바닥에 등을 대고 누워 데뷔 시절의 암스트롱 곡을 듣고 있자니, 그 음악이 유래한 세계, 그 편안하고 발랄하며 유쾌한 조소의 세계가 한없이 부러웠다. 네댓시간이 지나 그가 돌아왔다. 보복에 성공했다는 듯 생기 있는 얼굴이었다. "왜 아무 말 안하는 거야?" 그가 물었다. "할 말이 없으니까." 내가 대꾸했다. "왜 반격을 않는 거지?"

"왜 반격을 않느냐는 질문을 당신이 얼마나 자주 하는지 알아? 저지른 일에 대해 벌을 받고 싶은 거라면 다른 사람 알아봐."

내가 뭔가를 말하고 그가 그 말에 대해 곰곰이 생각하는 그 순간, 평소와는 다른 점이 있었다. 구미가 당긴다는 표정으로 그가 말했다. "내가 벌을 받아야 한다고? 음, 재밌는데." 그는 침대 발치에 걸터앉더니 찌푸린 얼굴로 턱을 당겼다. "지금 이 순간 나 자신이 그다지 마음에 들지 않네. 당신 역시 마음에 들지 않고."

"나도 당신이 마음에 들지 않아. 나 자신도 그렇고. 하지만 당신이나 나나 이런 상태가 달가운 건 아니잖아. 그러니 서로가 싫은 걸 신경 쓸 필요는 없겠지."

그가 다시 안색을 바꾸며 슬그머니 운을 뗐다. "내가 뭘 하고 다니는지 안다고 생각하나봐."

내가 아무 말 않자 그는 일어나서 잰걸음으로 방 한가운데를 서성였고, 그러는 내내 내 쪽으로 험악한 눈길을 쏘아 보냈다. "당신은 절대 모를 텐데. 알 길이 없잖아." 내가 아무 대꾸도 하지 않은 것은 입씨름을 하지 않기로 결심했다거나 자제력을 유지하기 위해서가 아니라, 그것이 전투에서 하나의 차가운 무기로 기능하기 때문이었다. 충분히 길게 침묵을 지킨 뒤 나는 이렇게 말했다. "당신이 뭘 하고 다니는지 알아. 도러시와 자고 왔잖아."

그가 재빨리 대꾸했다. "어떻게 알았어?" 그러고는 그 말을 하지 않은 것처럼 덧붙였다. "아무것도 묻지 말아줘, 그럼 거짓말하지 않을 테니까."

"묻고 있는 거 아니야. 당신 일기 봤어."

그는 갑자기 걸음을 멈추고 나를 내려다봤다. 냉정한 호기심으로 내가 지켜보고 있던 그의 얼굴은 처음에는 두려움, 다음에는 분노, 이어 은밀한 승리감의 표정으로 바뀌었다. "도러시랑 잔 거 아니야."

"그렇담 다른 누군가랑 했겠지."

그가 소리를 질러대기 시작했다. 허공에 손을 휘젓고 턱으로 단어를 갈듯이 악을 쓰며 말했다. "당신 지금 날 감시하는 거잖아. 지금까지 만난 여자들 중에서 이렇게 질투심이 심한 여자는 처음이야. 여기 온 이후로 여자라곤 손도 대지 않았어. 나처럼 뜨거운 피를 가진 미국 남자에게 그게 쉬운 일은 아니거든."

"뜨거운 피를 가졌다니 다행이군." 악의에 찬 목소리로 내가 대꾸했다.

그는 소리쳤다. "난 남자야. 여자의 애완동물이 아니라고. 가둬놓을 생각은 하지 말란 말이야." 그가 계속해서 꽥꽥거리는 동안 어제의 그 느낌, 즉 완전한 의지 상실의 상태로 한걸음 더 내려가는 느낌이 나를 덮쳤다. 나, 나, 나, 나, 이렇게 그는 외쳐댔지만 모든 것이 다 떨어져 나간, 모호하고 빗방울처럼 이리저리 흩어지는 자기과시에 불과했다. 그의 말은 계속 이어졌다. 나, 나, 나, 나. 어느 순간 나는 귀를 닫아버렸고, 잠시 후 그가 입을 다물고 불안하게 나를 바라보고 있음을 알아차렸다. "당신, 대체 뭐가 문제야?" 그가 물었다. 내 곁으로 와서 무릎을 꿇고는 내 얼굴을 자기 쪽으로 돌리며 말했다. "제발 부탁인데, 이것만은 알아줘. 내게 섹스는 중요하지 않아, 정말로 중요하지 않다고."

"그러니까 섹스가 중요하긴 한데, 누구랑 하느냐는 중요하지 않다는 말이겠지." 내가 대꾸했다.

그는 부드럽고 다정하게 나를 침대로 데려갔다. 그러고는 자기혐오에 찬 목소리로 말했다. "내가 여자를 납작하게 때려눕힌 다음에 수습을 아주 잘하는 편이라서 말이야."

"대체 왜 여자를 납작하게 때려눕혀야 하는데?"

"나도 몰라. 당신이 알아차리게 해주기 전까지는 내가 그런다는 것도 몰랐어."

"주술사한테 가보는 게 어때? 내가 계속 말했지. 당신 때문에 우리 둘 다 완전히 부서져버릴 거라고."

나는 울기 시작했다. 전날 밤 꿨던 그 꿈속에서 웃으며 나를 아프게 하던 그 팔에 꽉 붙들려 있는 기분이었다. 그러는 내내 그는 부드럽고 다정하게 나를 대했다. 그때 불현듯 깨달았다. 괴롭히다가 말랑말랑하게 구는 일이 이처럼 반복되는 건, 나를 위로할 수 있는 바로 이런 순간을 그가 욕망하기 때문이었다. 안됐다는 듯 그가 날 위무하도록 내버려둔 나 자신에게 너무 화가 나서 나는 침대에서 빠져나와 담배를 한대 빼 물었다.

그가 퉁명스럽게 말했다. "당신을 때려눕힐 수는 있는데, 바닥에 오래 머물러 있지를 않는군."

"당신한테는 잘된 일이지. 그런 짓을 하고 또 하는 즐거움을 끝없이 누릴 수 있으니 말이야."

그는 생각에 잠겨 아주 멍한 표정으로, 저 멀리서 자기 자신을 응시하며 말했다. "말해줘, 왜 이러는 걸까?"

난 고함을 지르듯 대답했다. "미국 놈들이 다 그렇듯 당신도 어머니가 문제잖아. 당신 모친 때문에 나한테 들러붙었다고. 항상 날 골탕 먹이지 않으면 안되는 거지. 내가 골탕을 먹는 게 당신한테는 엄청 중요한 일이니까. 거짓말을 해도 내가 믿어주는 게 정말 중요하고. 그래서 내가 상처 받으면 나를 죽이고 싶고, 그러니까 당신 어머니를 죽이고 싶은 마음이 들고, 그 때문에 오히려 겁이 나고, 그래서 날 위로하고 달래고……" 나는 히스테릭하게 비명을 질러댔다. "그 모든 게 정말 넌더리가 나. 아이처럼 징징대는 말들도 지긋지긋하고. 그 모든 게 너무 진부해서 토가 나올 지경이라고……" 난 말을 멈추고 그를 보았다. 그는 한대 맞은 아이의 얼굴이었다. "자 이제 나를 긁어서 소리를 질러대게 만들었으니 지금 당신은 아주 즐겁겠지. 왜 화를 내지 않는 건데? 그래야 하잖아. 쏠 그린, 당신이 누구인지 지금 내가 알려주고 있잖아. 이렇게 저열하게 당신이 누구인지 말해주고 있는데 마땅히 화를 내야지. 당신, 부끄러운 줄 알아, 나이 서른셋에 거기 그렇게 앉아서 이따위 진부하고 지나친 단순화를 아무렇지 않게 받아들이고 있으니 말이야." 말을 그쳤을 때 난 완전히 녹초가 되어 있었다. 초조한 긴장의 껍데기에 싸인 내 몸에서 신경쇠약의 썩은 안개 같은 냄새가 진동할 정도였다.

"계속해봐." 그가 말했다.

"여기까지가 당신에게 해줄 수 있는 마지막 공짜 설명이야."

"이리 와."

갈 수밖에 없었다. 웃으며 그는 나를 곁으로 끌어 앉혔다. 그가 내 안으로 들어왔다. 나는 반응했다. 그 사나운 싸늘함에. 싸늘함에 반응하는 일은 쉬웠다. 부드러움과 달리 싸늘함 때문에 상처를 받는 일은 없으니까. 이윽고 내가 점점 둔감해지고 있다는 사실을 깨달았다. 생각이 들기 전에 이미 그걸 느끼고 있었고, 그래서 여기 뭔가 새로운 것이 있다는 것을, 즉 그가 나와 섹스를 하고 있는 게 아니라는 사실을 알아차릴 수 있었다. 믿을 수 없다는 듯 난 속으로 중얼거렸다. 이 남자, 지금 다른 누군가와 섹스를 하고 있구나. 그는 목소리를 바꾸고 강한 남부 억양으로, 반쯤 웃으며, 공격적으로 말하기 시작했다. "이런, 당신 정말 끝내주는 여자야, 그래 정말 끝내줘, 자랑하고 다녀야겠어." 다른 방식으로 애무하는 것이, 날 만지고 있는 게 아니었다. 내 둔부를 쓰다듬으면서 그가 말했다. "보기 좋게 튼실한 몸이야, 그렇지." "당신 지금 혼동하고 있어. 나는 말랐다고." 내가 말했다.

충격. 말 그대로, 그가 조금 전까지의 인격에서 빠져나오는 모습을 나는 보았다. 그는 몸을 굴려 등을 대고 눕더니, 손으로 눈을 가린 채 잠시 숨을 헐떡였다. 얼굴이 백지장 같았다. 그러더니 남부 억양이 아닌 자신의 말투로, 하지만 뜨거운 피를 가진 미국 남자라고 말했을 때의 그 난봉꾼 목소리로 이렇게 말했다. "이봐, 귀염둥이, 날 순순히 좀 받아들여. 좋은 위스키처럼."

"그러니까 당신은 이런 사람이었구나." 내가 말했다.

또 한번의 충격. 그는 숨을 헐떡이고 천천히 심호흡을 하며 그 인격으로부터 빠져나오려 애를 쓰더니 이윽고 평소처럼 말했다. "난 대체 뭐가 잘못된 걸까?"

"우리가 대체 뭐가 잘못된 거냐는 거지? 우린 둘 다 미쳤잖아. 광기의 누에고치 속에 들어 있는 거야."

"당신!" 퉁명스러운 목소리. "지금까지 사귄 여자들 중에서 당신만큼 더럽게 제정신인 여자도 없었어."

"지금은 아니거든."

오랫동안 우리는 말없이 누워 있었다. 그는 다정하게 내 팔을 쓰다듬었다. 아래 거리를 지나는 트럭 소리가 요란했다. 팔에 부드러운 애무를 받고 있자니 긴장이 사라지는 느낌이었다. 그 모든 광기와 미움도 지나갔다. 그런 다음, 세상으로부터 단절된 기나긴 오후, 느릿느릿 저무는 오후, 이어서 기나긴, 어두운 밤. 이 집은 어두운 바다 위에 떠 있는 한척의 배와도 같았다. 삶에서 고립되어 혼자 떠 있는 듯한 그런 배. 새로 산 음반들을 틀고 우리는 사랑을 나누었다. 쏠과 애나, 그 미친 두 사람은 어딘가 다른 곳에 있었다. 어딘가 다른 방에.

(*17) 우리는 일주일을 행복하게 지냈다. 전화는 울리지 않았다. 아무도 찾아오지 않았다. 우리 둘뿐이었다. 하지만 그런 시간도 이제 지나갔다. 그의 내부에 일종의 스위치가 켜졌고, 그래서 난 이렇게 앉아 적는다. 써놓은 걸 다시 본다. 행복. 그걸로 충분하다. 나더러 당밀을 뽑아내듯 행복을 제조한다고 했던 그의 말도 소용없다. 지난 한주 난 공책들이 놓인 이 탁자 가까이 오고 싶은 마음이 전혀 없었다. 쓸 게 없었으니까.

오늘 우리는 느지막이 일어나서 음반을 틀고 사랑을 나누었다.

그런 다음 그는 위층 자기 방으로 갔다. 내려왔을 때 얼굴이 꼭 도끼 같았다. 그것을 보고 난 그 스위치가 켜졌음을 직감했다. 방 안을 이리저리 서성이더니 그가 말했다. "편하질 않아, 마음이 편하질 않아." 적의가 가득 담긴 말이었기에 내가 말했다. "그럼 밖으로 나가." "나가면 또 내가 다른 사람과 잔다고 못마땅해할 거잖아." "내가 그러기를 당신이 바라잖아." "그렇다면 나가볼게." "그래, 가." 증오가 가득 담긴 눈길로 그는 날 보았고 나는 위 근육이 꽉 조여들면서 마음속 불안의 구름이 어두운 안개처럼 내려앉는 느낌이었다. 행복하던 한주가 스르륵 미끄러져 지나가고 있었다. 이런 생각이 들었다. 이제 한달이면 재닛이 올 거고 그러면 이 애나도 더이상 존재하지 않겠지. 재닛을 위해 내가 이 속수무책으로 고통 당하는 자를 언제라도 끊어버릴 수 있는 거라면, 지금도 할 수 있잖아. 그런데 왜 안하는 걸까? 그러고 싶지 않으니까, 그게 이유겠지. 뭔가를 하긴 해야 해, 어떤 패턴을 넘어서야 해…… 내가 물러나는 것을 느끼자 그는 초조해하며 입을 열었다. "나가고 싶지 않은데 왜 나가야 하지?" "그럼 나가지 마." 내가 대답했다. 찌푸린 얼굴로 그는 불쑥 이렇게 말했다. "그럼 가서 일할게." 그렇게 자리를 떴다. 몇분 뒤, 쏠이 다시 내려와 문에 기대섰다. 난 꼼짝하지 않았다. 다시 내려올 줄 알았기에 방바닥에 앉아 기다리던 참이었다. 어둠이 내리고 있었고, 그 커다란 방은 그림자로 가득했다. 하늘도 색이 바뀌고 있었다. 거리에 어둠이 깔리며 하늘이 온통 노을빛으로 물드는 것을 지켜보면서, 나는 별다른 노력 없이 '그 놀이'의 유리된 세계로 진입한 터였다. 난 그 끔찍한 도시와 수백만명의 일부였지만 방바닥에 앉아 있으면서 동시에 공중으로 떠올라 도시 전체를 내려다보고 있었다. 쏠이 들어와 문틀에 기대선 채 힐난하듯 말했다. "지금껏 이렇게 지낸 적이 없어. 여자에게 붙잡혀서 산책 나가면서도 죄책감을 느껴야 한다니." 그 어조가 내 감정과는 한참 동떨어져 있다고 느끼며 내가 대꾸했다. "당신, 내가 부탁한 것도 아닌데 일주일이나 여기 틀어박혀 있었잖아. 당신이 원해서 그렇게 한 거야. 이제 기분이 바뀐 모양인데, 그렇다고 나까지 기분이 달라져야 하는 건 아니지." 그가 조심스럽게 대답했다. "일주일이면 긴 시간이야." 말하는 방식을 보아하니, 일주일이라고 내가 먼저 말해주기 전까지는 시간이 얼마나 지났는지도 모르고 있었던 모양이었다. 얼마나 지났다고 생각했던 건지 궁금했지만 물어보려니 두려운 마음이 들었다. 그는 얼굴을 잔뜩 구기고 선 채 무슨 악기라도 다루듯 손가락으로 입술을 뜯으면서 곁눈질로 나를 힐끔거렸다. 그러다가 얼굴을 교활하게 일그러뜨리며 말했다. "하지만 그 영화를 본 지 겨우 이틀밖에 안 지났는데." 무슨 속셈인지 빤히 보였다. 일주일을 이틀인 것처럼 가장하려는 것이었다. 한편으론 내가 정말 일주일이라고 확신하는지 확인하려고, 다른 한편으론 한 여자에게 일주일이나 자신을 내줬다는 생각이 싫어서. 어둠이 짙어지는 방 안에서 그는 내 얼굴을 뚫어져라 보고 있었다. 그의 회색 눈동자가 하늘빛을 반사했고, 각진 머리의 금발이 반짝거렸다. 마치 신경을 곤두세운 위협적인 동물 같았다. 내가 말했다. "당신 그 영화 일주일 전에 봤어."

그는 차갑게 대답했다. "그렇다면 믿어야겠지." 그런 다음 내게로 펄쩍 달려들어 어깨를 꽉 움켜잡고 흔들어댔다. "이렇게 멀쩡하게 구는 당신이 난 정말 싫어. 이런 모습 너무 싫다고. 그러니까 당신은 멀쩡한 인간이라는 거잖아. 무슨 권리로 그렇게 사는 건데? 당신이라는 사람은 모든 걸 죄다 기억하고 사는 모양이군. 지금까지 내가 얘기한 것도 낱낱이 기억하고 있겠지. 당신 자신한테 일어난 일도 전부. 그걸 난 견딜 수가 없어." 그의 손가락이 내 어깨로 파고들었고 얼굴은 증오로 꿈틀거렸다.

"그래, 난 모든 걸 다 기억하고 살아." 내가 말했다.

승리감에 젖어 한 말은 아니었다. 그가 생각하는 것처럼 나 또한 내가 스스로도 설명할 수 없을 만큼 사태를 온전히 파악하고 사는 여자임을 의식하고 있었다. 지난 일을 회고할 때면 미소와 움직임과 몸짓이 다시 떠오르고 말과 설명이 다시 들리는, 시간 속에 머무는 여자. 그 반듯하고 자그마한 진실의 수호자가 내보이는 위엄이나 당당함이 나는 마음에 들지 않았다. "지난주에 내가 무슨 말을 떠들었는지 알고 있고, 사흘 전에 당신은 이런저런 일을 했다고 말할 수 있는 사람과 함께 산다는 건 감옥살이나 마찬가지야." 그가 이렇게 말했을 때, 나 역시 그와 함께 수감된 자의 심정이었다. 나 역시 정렬하고 논평하는 스스로의 기억으로부터 자유로워지고 싶었기에. 자아정체감이 희미해지는 느낌이었다. 위가 다시 오그라들고 등이 아프기 시작했다.

"이리 와." 몸을 움직여 침대 쪽을 가리키며 그가 말했다. 나는 고분고분하게 따랐다. 거절할 수가 없었다. 입을 꾹 다문 채 잇새로 그는 말했다. "이리 와, 이리." 아니, 그보다는 "일루 와". 그가 수년의 세월을 거슬러 아마도 한 스무살 시절로 돌아가 있다는 것을 깨달았다. 난 싫다고 했다. 그 사납고 젊은 수컷이 내키지 않았다. 씩 웃으며 잔인한 조롱이 번득이는 얼굴로 그가 말했다. "싫다고 말하는구나. 잘했어, 자기. 앞으로도 자주 그 말 해줘. 맘에 드니까."

그는 내 목덜미를 어루만지기 시작했고 나는 재차 싫다고 했다. 울음이 나왔다. 눈물을 보자 그는 승리감에 찬 부드러운 음성으로 속삭이며 눈물의 맛을 탐하는 사람처럼 눈에 입을 맞추었다. "일루와, 자기야, 착하지." 섹스는 차가웠다. 염오로 가득한, 염오를 표현하는 행위. 일주일 동안 뻗어나가고 자라나 기분 좋게 가르랑거리던 그 암컷은 한쪽 구석으로 도망쳐 바들바들 떨었다. 그리고 그 애나라는 여자, 적과의 전투적인 섹스를 즐길 수 있었던 그 여자는 이제 대적하지 못하고 축 늘어져 있었다. 볼품없는 섹스는 순식간에 끝났고, 그러자 그가 말했다. "빌어먹을 영국 여자들, 잠자리 상대로 정말 형편없어." 하지만 더이상 이런 말에 상처를 받을 만큼 약하지 않았기에 나는 이렇게 대답했다. "내 탓이야. 엉망이 될 줄 알고 있었어. 당신이 잔인하게 나올 때는 하기 싫어."

그는 얼굴을 바닥에 대고 누워 가만히 생각에 잠겼다. 그러다 중얼거렸다. "누군가 그 말을 나한테 했는데, 아주 최근에. 누구였지? 언제였더라?"

"당신 여자들 중 누군가가 당신한테 잔인하다고 그랬나보지?"

"무슨 소리야? 난 잔인한 사람 아닌데. 잔인하게 굴었던 적 없어. 내가 그렇단 말이야?"

그때 그 말을 하고 있는 사람은 착한 남자였다. 그를 몰아내고 다른 이를 불러들이는 게 두려워 나는 아무런 대꾸도 할 수 없었다. 그가 말했다. "나 어떻게 해야 할까, 애나?"

"주술사한테 한번 가보는 게 어떻겠어?"

그러자, 그 스위치가 딱 켜진 것처럼 그가 큰 소리로 의기양양하게 웃으며 말했다. "정신병원에 처넣고 싶은 모양이군. 당신이 있는데 내가 뭐 하러 정신과 의사에게 돈을 써? 당신도 건강하고 멀쩡한 사람으로 사는 대가를 치러야 하지 않겠어? 물론 나더러 정신과 의사에게 가보라고 말한 사람이 당신이 처음은 아니야. 뭐, 누가 이래라저래라 해도 난 절대 듣지 않을 거니까." 그러곤 침대 밖으로 펄쩍 나가더니 소리를 질렀다. "나는 나야, 쏠 그린. 나는 그냥 나라고. 나, 나는……" 그 외침, 자동적으로 발사되는 예의 나, 나, 나 연설이 시작되는가 싶더니 갑자기 멈추었다. 아니, 계속 이어가기 위해 잠시 중단했던 듯, 그는 입을 벌린 채 말없이 잠시 서 있더니 다시 말을 시작했다. "나는, 그러니까 나는……" 이리저리 흩뿌려지듯 발사된 마지막 탄환들, 그러다가 마침내 정상적인 목소리로 그가 말했다. "나갈 거야. 여기서 나가야겠어." 그는 방을 나서더니 거칠게 계단을 뛰어 올라갔다. 서랍을 열었다 쾅 닫는 소리도 들렸다. 아주 완전히 뜨려는 건가, 이런 생각이 스쳤다. 하지만 잠시 후 그가 다시 내려와서 방문을 두드렸다. 그 노크가 일종의 장난기 어린 사과라는 생각에 피식 웃음이 나왔다. "들어와요, 그린 씨." 그가 들어서며 정중하고 격식을 갖춘 혐오를 실어 말했다. "산책을 하고 싶어졌어. 푹푹 썩는 느낌이야, 이 집에서 갇혀 지내자니 말이지."

자기 방에 가 있던 방금 몇분간 벌어진 일이 그 사람 생각을 바꿔놓은 모양이었다. "그래, 산책하기에 딱 좋은 저녁이네." 내가 말했다.

소년 같은 솔직함과 열의를 담아 그가 대답했다. "아하, 그렇지? 맞는 말이야." 그는 탈옥하는 죄수처럼 계단을 내려갔다. 난 심장이 두근거리는 소리를 들으며, 또 속이 뒤집히는 것을 고스란히 느끼며 오랫동안 자리에 누워 있었다. 그런 다음 이렇게 일기를 쓰고 있다. 하지만 행복에 대해서는, 그 정상성이나 그 웃음에 대해서는 단 한마디도 쓰지 않을 생각이다. 5년이나 10년이 지나 읽으면 이 글은 정신이 나간, 잔인한 두 사람에 대한 기록으로 생각되겠지.

어젯밤, 일기를 다 쓴 다음 위스키를 꺼내 내가 마실 작정으로 반잔 정도 따랐다. 술이 미끄러져 내려가 횡격막 아래 그 긴장을 강타해서 고통 없는 상태로 마비시켜주기를 기대하며 한모금씩 홀짝이며 앉아 있었다. 이런 생각이 들었다. 쑐과 함께 지내다보면 금방 술주정뱅이가 되겠어. 우린 참 너무도 관습적이다. 내가 의지를 상실하고 질투심에 사로잡힌 광인처럼 날뛸 수 있다는 생각, 아픈 남자를 몰아붙이며 악의에 찬 즐거움을 느낄 수도 있다는 생각, 이 모든 것도 알코올중독자가 될지 모른다는 생각에 비하면 하나도 놀랍지 않으니. 사실 다른 것들에 비하면 알코올중독은 아무것도 아닌데. 난 스카치위스키를 마시며 쑐을 생각했다. 그가 이 집에서 나가 아래층에서 어떤 여자에게 전화하는 모습이 눈앞에 선했다. 마치 독약처럼 질투심이 내 온몸의 혈관을 따라 퍼지자 호흡이 달라졌고 눈마저 시렸다. 이어 그가 병든 몸으로 비틀비틀 도시를 배회하는 모습이 뇌리에 떠올랐는데, 막을 수 없었다 해도 그냥 그렇게 놔둬서는 안될 일이었다고 생각하니 두려움이 일었다. 아픈 그 사람을 걱정하며 난 한참을 그렇게 앉아 있었다. 그러다가 다시 그가 만나는 다른 여자들이 떠올랐고, 그러자 핏속에서 질투심이 다시 부글대기 시작했다. 그가 미웠다. 그 사람 일기의 그 차가운 어조가 기억났고 그래서 더 미웠다. 이래선 안된다고 스스로에게 말하면서, 하지만 결국은 그러리라는 걸 알면서, 나는 위층으로 올라가 그가 최근에 작성한 일기를 찾아보았다. 아무렇게나 펼쳐져 있었다. 나 보라고 뭘 적어놓았나 궁금했다. 지난주에 쓴 건 없었지만 오늘 날짜로 쓴 게 한편 있었다. 난 수인이다. 좌절감으로 서서히 미쳐가는 중.

악의에 찬 분노가 내 안에서 번득였다.

잠시 후 난 정신을 차리고, 지난주에 그가 더할 나위 없이 느긋하고 행복했다면 이 일기 때문에 이렇게 상처를 받을 필요는 없다고 생각했다. 하지만 그런데도 상처 받고 비참한 기분이었다. 마치 그 일기가 우리 두 사람에게 소중했던 시간을 몰아낸 것만 같았다. 아래층으로 내려와 여자와 함께 있는 쏠의 모습을 떠올렸다. 그런 쏠을 머릿속에 떠올리는 나 자신의 모습 또한 지켜보며 나는 우두커니 앉아 있었다. 그래, 그 사람이 나를 싫어하고 다른 여잘 좋아할 만도 해. 난 참 혐오스러운 여자야. 이런 생각을 하자 저기 있는 저 다른 여자, 뭔가 보답에 대한 기대 없이 그에게 필요한 것을 줄 만큼 충분히 강인하고 관대하고 친절한 그 여자에 대한 동경이 일었다.

언젠가 마더 슈거가 질투로 인한 강박관념은 동성애의 일부라고 '가르쳐준' 적이 있다. 하지만 그때 그 얘기는 나, 애나랑은 아무 상관 없는 다소 학구적인 내용 같았다. 나는 혹시 내가 이 순간 그와 함께 있는 그 여자와 섹스를 하고 싶은 건 아닐까 생각했다.

그때 깨달음의 순간이 왔다. 내가 그의 광기 한가운데로 (*18) 진입했음을 비로소 깨달은 것이다. 그는 현명하고 친절하며 진짜 엄마 같은 여자, 그러면서 동시에 섹스 파트너이자 누이이기도 한 여자를 구하고 있었다. 나 또한 그의 일부가 되었기에, 역시 그런 사람을 찾고 있었다. 그런 여자가 필요한 나 자신을 위해서이기도 했고, 그런 존재가 되고 싶기 때문이기도 했다. 이제 난 더이상 나 자신을 쏠과 분리할 수 없음을 깨달았고, 지금까지 느꼈던 어떤 두려움보다 그 사실이 더 두려웠다. 머리를 제대로 써서 생각해보니, 이 남자는 거듭해서 한가지 패턴을 반복하고 있었다. 지성과 동정심을 갖춰 한 여자에게 구애하며 그녀를 감정적으로 요구하다가는, 여자가 그 보답으로 뭔가를 요구하기 시작하면 곧바로 달아나는 식으로. 그리고 여자가 좋은 여자일수록 그는 더 빨리 달아나기 시작하는 것이었다. 머리로는 이 사실을 깨달았지만, 난 어두운 내 방 그 자리에 앉아 연무에 젖어 빛나는 런던의 자줏빛 밤하늘을 바라보며 그 신화 속의 여성을, 내가 그녀가 되기를, 나 자신이 아니라 쏠을 위해 그 여자가 되기를 온몸으로 갈망했다.

정신을 차려보니, 위가 너무 심하게 조여들어 숨도 쉬기 어려운 상태로 바닥에 누워 있었다. 부엌으로 가서 위스키를 더 마시자 초조함이 약간 가라앉았다. 다시 넓은 방으로 돌아와 볼품없이 쇠락하는 건물의 볼품없이 낡은 집 안에 들어앉은 자그맣고 미미한 존재, 어두운 런던의 쓰레기들과 함께 있는 애나를 바라보면서 나 자신으로 돌아오려고 애를 썼다. 불가능했다. 애나라는 한 작고 보잘것없는 동물의 공포에 사로잡혀 벗어나지 못한다는 사실이 절박하리만치 수치스러웠다. 그래서 난 거듭 스스로에게 말하고 있었다. 저기 밖에 세상이 있는데 난 아무 일에도 신경 쓰지 않았고 일주일간 신문조차 읽지 않았어. 일주일 치 신문을 갖고 들어와 방바닥에 펼쳐놓았다. 지난 한주간에도 이런저런 일들이 벌어졌다. 이곳에 전쟁이, 저곳엔 분쟁이 일어나는 식으로. 마치 시리즈 영화를 보다가 몇회를 놓쳐도 이야기의 내적인 논리 덕분에 무슨 일이 일어났는지 쉽게 유추할 수 있는 것과 비슷했다. 읽지 않고도 그 일주일 동안 무슨 일이 있었는지 정치적인 경험상 꽤 제대로 추측할 수 있다고 생각하니 지루하고 김빠지는 기분이었다. 진부한 느낌, 진부함에 대한 경멸이 내 공포 속으로 섞여 들었고, 그 순간 나는 불현듯 새로운 깨달음, 새로운 이해로 한걸음 나아갔다. 깨달음의 순간은 다름 아니라 겁에 질린 채 바닥에 움츠려 있던 작은 동물, 애나가 알게 된 것으로부터 도래했다. '그 놀이'에서, 하지만 공포에서 나온 깨달음이었다. 공포, 악몽에서 악몽으로 이어지는 공포가 나를 덮치고 있었고, 나는 그 가능성과 개연성을 지성으로써 가늠하는 대신, 악몽을 꿀 때 흔히 그러듯 신경과 상상력으로 전쟁의 두려움을 경험하고 있었다. 바닥에 흩어진 신문에서 읽은 내용들은 머리에 막연히 떠오르는 관념적인 두려움이 아니라 손에 잡히는 두려움이 되었다. 며칠 전 정말로 온 세상이 딱딱하게 굳어가는 어두운 힘을 향해 나아간다는 것을 새삼스레 깨닫고 그러한 깨달음이 가하는 압력 탓에 민주주의며 정치적 독립이며 자유와 같은 말들이 희미해졌던 것과 비슷하게, 내 머릿속 균형 감각에, 나의 사고 방식에 뭔가 의미심장한 변화가 일어났다. 나는 알고 있었다. 그러나 물론 이렇게 써놓은 단어로는 그 앎, 이를테면 존재하는 건 무엇이든 그 자체의 논리와 힘을 가진다는 사실, 지상에 존재하는 거대한 무기고들이 각각 내적인 힘을 지닌다는 사실, 그리고 내가 느끼는 공포, 악몽을 통해 온몸의 신경으로 느끼는 실제적인 공포 또한 그 힘의 일부라는 그 앎의 내용을 제대로 전달하기 어렵다. 새로운 방식으로 그 앎에 다다른 나는 이 모든 것을 일종의 비전처럼 느낄 수 있었다. 한편 쏠과 애나의 잔인함과 악의, 나, 나, 나, 나라는 그 말 역시 전쟁의 논리를 구성하는 일부라는 사실을 나는 비로소 깨달았다. 아울러 이토록 강력한 이 감정들이 내게서 결코 물러나지 않을 것이며, 내가 세상을 보는 방식의 한 부분으로 계속 존재하리라는 사실도.

하지만 이렇게 쓰고 써놓은 걸 읽어보는 지금, 여기 특별한 건 아무것도 없다. 그저 종이 위에 적힌 글자들에 불과할 뿐. 그 내용을 다시 읽어봐도, 어떤 강력한 힘으로서의 파괴에 대해 내가 도달한 그 앎을 심지어 나 자신에게조차 전할 방도가 없는 것이다. 어젯밤 난 하나의 비전처럼 파괴의 힘을 느끼며 방바닥에 축 늘어져 있었다. 그 힘을 얼마나 강렬하게 느꼈는지 남은 내 인생을 사는 내내 그게 나와 함께할 것 같았다. 하지만 지금 내가 적는 말로는 그 앎이 드러나지 않는다.

어떤 식으로 전쟁이 터지고 혼란이 뒤따를지 생각하며 두려움에 온몸이 싸늘해져 식은땀을 흘리다가, 이윽고 재닛을 떠올렸다. 다소 보수적인 여학교에 다니는 쾌활한 작은 소녀. 누구든, 어디에서든, 딸에게 해를 끼칠 수 있다고 생각하자 극도의 분노가 치밀었기에 난 벌떡 일어나 그 두려움과 싸웠다. 곧 지칠 대로 지쳐버렸고, 두려움은 내게서 쫓겨나 신문 활자들의 행간에 다시 갇혔다. 기진맥진해서 축 늘어진 나에게는 숄에게 상처를 주는 일도 더이상 불필요했다. 옷을 벗고 침대로 들어가자 비로소 정신을 차릴 수 있었다. 광기가 그의 목에서 두 손을 떼는 순간 숄은 커다란 안도감을 느끼며 생각하리라. 다행이야, 한동안은 물러나 있겠어.

나는 그를 생각하며 따뜻하고 초연하고 강인한 마음으로 누워 있었다.

얼마 후 그가 슬그머니 들어오는 소리가 들리자 곧장 내 안의 스위치가 켜지며 두려움과 초조함의 물결이 밀려왔다. 그가 방에 들어오지 않기를 바랐다. 아니, 조심스레 귀 기울이며 들어서는 그 발의 주인이 이 방에 들어서지 않았으면 했다. 그는 방문 앞에서 귀를 기울이고 한참을 서 있었다. 정확히 몇시인지 알 수 없었지만 하늘의 빛으로 봐서는 이른 새벽일 터였다. 아주 조심스럽게 발끝으로 걸어 위층으로 올라가는 소리가 들렸다. 그가 미웠다. 이렇게 빨리 그 사람이 미워지다니 질릴 정도로 놀랍다. 그가 내려오길 바라며 누워 있었다. 그러다가 위층 그의 방으로 기다시피 올라갔다. 방문을 열자 창가에서 비치는 희미한 빛 덕분에 담요 아래 얌전히 웅크리고 있는 그의 모습이 보였다. 연민으로 심장이 떨어져 나가는 것 같았다. 침대로 미끄러져 들어가 곁에 누웠다. 그가 몸을 돌려 나를 꽉 안았다. 나를 부여안는 모양새가 병든 몸으로 외롭게 거리를 헤매고 다녔음이 분명했다.

오늘 아침 나는 잠들어 있는 그의 곁에서 빠져나와 커피를 내리고 집을 치운 다음 스스로를 설득해서 신문을 읽었다. 대체 어떤 자가 계단을 내려오는지 알 수 없었다. 그냥 여기 신문을 읽으며 앉아 있지만, 이제 지각신경은 꺼놓고 다만 나의 사고력으로만 읽어나가며 계단 아래로 내려올 사람이 누군지, 나, 애나를 잘 아는 그 온화한 형제처럼 다정한 남자일지, 아니면 눈치를 보며 기회를 살피는 그 아이일지, 그도 아니면 증오심으로 부글부글 끓는 광인이 내려오는지, 또 어째서 나, 애나는 그 사실도 알지 못한 채로 이렇게 앉아 기다리는 것인지 생각에 잠긴다.

그게 사흘 전이었다. 사흘 전부터 나는 줄곧 광기에 갇혀 있다. 아래층에 내려왔을 때 그는 몸이 몹시 안 좋아 보였다. 눈두덩은 멍이 든 것처럼 갈색에 가까웠고, 날카롭게 반짝이는 눈동자는 경계하는 동물의 그것과 흡사했다. 입은 마치 무기처럼 꽉 닫혀 있었다. 활기찬 군인의 태도를 보이고 있었지만 무너지지 않으려고 자기 에너지를 남김없이 모조리 쏟아붓는 게 분명했다. 변화무쌍한 그 모든 상이한 인격체가 오직 생존을 위해 고투하는 그라는 존재 안에서 하나가 되어 있었다. 스스로도 깨닫지 못한 채 그는 내게 거듭 호소의 눈길을 던졌다. 이제 그는 한계점에 다다른 피조물에 불과했다. 이 피조물의 필요에 맞닥뜨리는 순간 내 몸은 굳어지면서 스트레스를 받아들일 준비를 했다. 탁자 위에 신문이 널려 있었다. 그가 들어왔을 때 난 신문 더미를 옆으로 밀어놓았다. 더이상 어젯밤의 두려움을 느끼지 않았음에도, 그 두려움이 그에게 너무 가까운 거리에 있는 것 같았고 너무 위험해 보였기 때문이다. 그는 커피를 마시면서 신문 더미를 힐끗 보더니 정치 얘기를 꺼냈다. 강박적으로 되풀이하는 이야기였다. 예의 득의양양한 비난을 퍼붓고 세상에 대항하여 나, 나, 나를 얘기하고 싶어서가 아니라 스스로를 추스르기 위한 이야기. 그는 얘기하고 또 얘기했지만 그의 눈동자는 자신이 말하는 내용에서 멀찍이 떨어져 있었다.

만일 그런 시간들을 녹음해두었다면 그 기록은 뒤섞인 어구들과 진부한 상투어, 서로 연결되지 않는 말들로 가득하리라. 그날 아침의 것은 정치적 기록, 정치 용어들의 잡탕이나 마찬가지였다. 마치 앵무새가 읊어대는 어구들처럼 줄줄 나와 지나쳐 가는 그 말들을 들으며, 나는 그것들에 딱지를 붙여보았다. 공산주의, 반공주의, 자유주의, 사회주의. 더 세분화할 수도 있었다. 1954년 공산주의, 미국. 1956년 공산주의, 영국. 1950년대 초 뜨로쯔끼주의, 미국. 1954년 때 이른 반스딸린주의. 1956년 자유주의, 미국 등등. 이런 생각도 들었다. 만약 내가 정말 정신분석가라면 이 허튼소리를 이용해 그 안에 존재하는 뭔가를 포착하고 초점을 맞출 수 있을 텐데. 쏠은 영혼 깊이 정치적인 사람이었고 그가 가장 진지해지는 지점도 거기였으니까. 그래서 질문을 하나 던져보았다. 그 사람 내부의 뭔가가 저지당하는 모습이 눈에 보일 정도였다. 그는 놀란 표정으로 정신을 차리더니 가쁜 숨을 들이쉬며 불현듯 눈앞의 장막이 걷힌 듯 나를 보았다. 난 재차 같은 질문을 했다. 미국 사회주의 정치 전통의 몰락에 관한 질문이었다. 무너지지 않기 위해, 자신을 부여잡기 위해 그 말들을 그렇게 늘어놓고 있었는데 그런 그를 제지하는 일이 옳았나 싶었다. 다음 순간, 마치 일종의 기계장치가, 가령 크레인이 엄청난 압박을 견디는 것처럼 그의 몸이 굳어지고 응축되는 것이 내 눈에 보였고, 이어 그가 입을 열어 말하기 시작했다. 어떤 인격체를 콕 집어낼 수 있는 것을 당연하게 여기면서 나는 지금 그라는 표현을 쓴다. 진짜 그라는 남자가 존재한다는 듯. 그가 취하는 여러 인격체 중 하나가 다른 존재들보다 더욱 그 자신이라고 생각할 만한 근거가 대체 뭘까? 그런데도 여전히 나는 그렇게 생각한다. 입을 뗀 그 순간, 그는 생각하고, 판단하고, 소통하고, 내 말을 듣고, 책임을 받아들이는 그 사람이었다.

우리는 유럽 좌파의 상황에 대해, 세상 도처에서 갈가리 찢기고 나뉘는 사회주의 운동들에 관해 의견을 주고받았다. 물론 이 문제에 관해 자주 얘기를 나누곤 했다. 하지만 그렇게 차분하고 명료한 대화는 처음이었다. 우리 둘 다 긴장과 불안으로 고통 받는 상태에서 그렇게 초연하게 지적인 대화를 나눌 수 있다는 것 자체가 참 이상한 일이었다. 게다가 우리의 대화는 정치 운동들에 대한 것, 이런저런 사회주의 운동의 부흥과 실패에 대한 내용이었다. 우리 시대의 진실이란 결국 전쟁, 즉 전쟁의 내재성이라는 사실을 깨달은 것이 바로 어제였는데도 말이다. 이 모든 것에 대해 대화하는 일 자체가 실수는 아닌지 의아한 마음이었다. 우리가 도달한 결론이 너무도 절망적이기에 그를 아프게 만든 게 바로 이 도저한 절망이 아닌가 싶기도 했다. 하지만 이미 너무 늦은 터였고, 그 지껄여대는 앵무새가 아닌 진짜 인간이 내 앞에 있다는 사실이 위로가 되었다. 잠시 후, 무슨 말인지 기억은 나지 않지만 내가 무언가를 말하자 그는 온몸을 떨기 시작했다. 마치 기어를 바꾼 사람 같았다는 말 외엔 달리 표현할 방도가 없다. 내부 어딘가에 충격을 받은 그는 이제 다른 인격체로 돌아갔다. 이번에는 노동계급 출신의 순수한 사회주의자

청년으로, 아직 성인이라고 할 수도 없는 아주 젊은 남자였다. 이어 구호들이 줄줄 나오기 시작했고, 그는 온몸을 흔들고 손짓 발짓을 해가며 나를 비난했다. 중산계급 자유주의자를 비난하고 있었으니까. 지금 말을 하고 있는 존재는 '그'가 아니며, 그의 비난 또한 예전의 인격체로부터 나오는 기계적인 소리일 뿐이라는 사실을 분명 알고 있는데, 그런데도 그 비난이 나에게는 상처가 되고 나를 분노하게 하다니 참 이상한 일이라고 나는 생각했다. 그에 대한 반응으로 등이 아프기 시작하고 위가 조여드는 것이 느껴졌다. 이런 상태에서 벗어나려고 넓은 내 방으로 갔는데, 그가 고함을 치며 나를 따라왔다. "당신은 용납하기 힘들다는 거지. 받아들일 수 없다는 거잖아, 이 빌어먹을 영국 년 같으니." 나는 그의 어깨를 부여잡고 흔들었다. 세차게 흔들어서 본래의 그로 돌아오게 했다. 그는 가쁘게 숨을 쉬다가 심호흡을 하더니 잠시 머리를 내 어깨 위에 내려놓았다가 곧 비틀비틀 침대로 가서는 얼굴을 떨구며 고꾸라졌다.

난 창가에 서서 바깥을 내다보며 재닛 생각으로 마음을 가라앉히려 애썼다. 딸아이는 내게서 멀리 떨어져 있는 것 같았다. 창백한 겨울 해가 보내는 빛도 멀찍이 있었다. 거리의 풍경도 나에게서 멀찌감치 떨어져 있었고, 지나가는 사람들은 사람이 아니라 꼭두각시 인형 같았다. 나는 내 안에 일어난 변화를, 나 자신으로부터 비틀거리며 미끄러져 나오는 무언가를 느꼈고, 이 변화가 혼돈으로 하강하는 도정의 또다른 한걸음이라는 사실을 깨달았다. 빨간 커튼 천에 손을 대자 뭔가 죽어 있는, 미끌미끌하고 끈적거리는 느낌이 손가락에 느껴졌다. 이 물질, 이 죽은 재료가 죽은 사람의 피부나 사체처럼 내 창문에 걸리기 위해 공장에서 가공되는 모습이 선명하게 떠올랐다. 창가에 놓아둔 화분의 식물을 만져보았다. 종종 그 잎사귀를 만질 때 나는 열심히 제 일을 하는 뿌리나 호흡하는 잎사귀들에 일종의 동류의식을 느끼곤 했는데, 지금 식물들은 적개심을 내뿜는 작은 짐승이나 난쟁이처럼 불쾌한 느낌이었고, 저 토분에 갇힌 채 자신을 가둔 나를 미워하고 있는 것만 같았다. 그래서 나이가 더 어리고 몸은 더 튼튼했던 시절의 애나들을, 런던의 여학생, 내 아버지의 딸을 소환해보려 애썼지만 그 애나들 모두 내게서 뚝 떨어진 존재라는 사실을 확인할 뿐이었다. 아프리카의 어떤 들판 모퉁이를 머리에 떠올려봤다. 희끄무레하게 반짝이던 그 모래 위에 서서 얼굴 가득 햇볕을 받도록 나 자신을 세워보았지만, 더이상 그 태양의 열기를 느낄 수 없었다. 친구 마트롱을 생각해보아도, 그 역시 너무 멀리 있었다. 거기 서서 뜨거운 노란빛 태양을 의식하며 마트롱 씨를 불러내려 애쓰고 있는데, 갑자기 나는 마트롱이 아닌 미친 찰리 템바가 되었다. 내가 그가 된 것이다. 찰리 템바로 변하는 일은 너무 쉬웠다. 내 옆에 바짝 붙어 서서, 하지만 동시에 나의 일부가 되어, 그 작고 뾰족한 검은 몸으로 강렬하게 분노하며, 그 작고 지적인 얼굴이 나를 지켜보고 있었다. 그러다가 그가 내 안으로 녹아들었다. 나는 어느 북부 지방의 오두막 안에 있었다. 아내는 나의 적이었고, 한때 친구였던 의회 동료들은 이제 나를 독살하려 하고 있었으며, 갈대숲 어딘가에 악어 한마리가 죽은 채 누워 있었다. 독액을 묻힌 창살에 찔려 죽은 악어였는데, 내 아내는 적들에게 매수당해 그 고기를 내게 먹이려는 참이었다. 악어 살점이 입술에 닿는 그 즉시 나는 죽을 운명이었으니, 억울하게 죽은 조상들의 사무친 원한 때문이었다. 싸늘하게 부패해가는 악어의 살덩어리 냄새가 코끝을 맴돌았고, 오두막 문틈으로 강변 갈대숲 뜨뜻하게 썩어가는 물 위에 떠서 이리저리 흔들리는 악어의 사체가 보였다. 잠시 뒤에는 지금 들어와도 괜찮을지 살피는 아내의 눈동자가 오두막 벽을 이룬 갈대 사이에 나타났다. 이윽고 문 사이로 몸을 굽혀 그녀가 들어왔는데, 내가 증오하는 그 교활한 거짓의 손으로 치맛자락을 잡고 있었고, 다른 손에 들린 양철 접시에는 내게 먹일 썩어가는 고깃조각이 담겨 있었다.

이어 눈앞에 이 남자가 내게 보냈던 편지가 보였고, 그 순간 나는 마치 사진에서 걸어 나오듯 악몽에서 재빨리 빠져나왔다. 백인들에게 증오의 대상이며 동료들에게도 버림받은 그 미친 편집증 환자 찰리 템바였던 나는 공포에 휩싸여 식은땀을 흘리며 창가에 서 있었다. 거기 그렇게 서서, 싸늘하게 지쳐 축 늘어진 채, 나는 마트롱 씨를 불러내려 애썼다. 햇볕 내리쬐는 먼지투성이 땅을 가로질러 양철 지붕 오두막 한곳에서 다른 곳으로 걸어가는 구부정한 그의 모습, 결코 얼굴을 떠나는 법이 없는 온화하고 유쾌한 미소가 공손하게 떠오른 모습이 또렷하게 보였건만, 그런데도 틀림없이 그는 나와 분리되어 있었다. 쓰러지지 않기 위해 커튼을 움켜잡자 마치 사체를 만지는 듯 손가락 사이로 커튼 천의 차갑고 미끈거리는 느낌이 다시 전해져 나는 눈을 감아버렸다. 눈을 감은 채, 물밀듯 밀려드는 구토감을 느끼며 나는 내가 바로 애나 울프임을, 한때는 애나 프리먼이었고, 지금은 런던의 어느 낡고 볼품없는 집 창가에 서 있다는 사실을, 그리고 뒤쪽 침대에는 쏠 그린이라는 방랑하는 미국인이 누워 있다는 사실을 의식했다. 하지만 거기 얼마나 그러고 있었는지는 모르겠다. 어느 방에서 잠들었는지도 알지 못한 채 꿈에서 빠져나오는 사람처럼 나는 정신을 차렸다. 쏠처럼 나 역시 시간 감각을 상실했다는 사실이 문득 뇌리를 스쳤다. 차갑고 희뿌연 하늘과 차갑게 일그러진 태양을 보고 조심스럽게 돌아서서 방 안을 둘러보았다. 방은 어둑했지만 가스난로의 불이 바닥에 따스한 빛을 던지고 있었다. 쏠은 꼼짝 않고 누워 있었다. 나는 마치 발아래에서 들썩거리며 솟아나는 듯한 바닥을 조심스럽게 가로질렀다. 몸을 구부려 쏠을 살펴보았다. 잠들어 있는 그의 몸에서 냉기가 뿜어져 나오는 듯했다. 그 사람 곁에 누워 그의 등이 구부러진 곳에 내 몸을 맞춰보았다. 그는 움직이지 않았다. 그러다 갑자기 나는 정신을 차렸고, 내가 애나 울프고 이 사람은 쏠 그린이며, 내겐 재닛이라는 아이가 있다는 사실을 되뇌었을 때 그게 무슨 의미인지 불현듯 깨달았다. 내가 그를 바짝 끌어안자 그는 주먹질을 막아내듯이 팔을 높이 쳐들고 나를 보았다. 백지장처럼 하얀 얼굴에 엷은 피부 사이로 툭 튀어나온 얼굴뼈, 탁하고 병든 눈동자는 회색이었다. 그가 머리를 내 가슴으로 던졌고 나는 그를 안았다. 다시 잠든 그를 보며 나는 시간을 느끼려고 노력해보았다. 그러나 시간은 내게서 멀리 떠나버린 모양이었다. 마치 얼음을 안고 있는 것처럼 이 남자의 싸늘한 무게를 감당하며, 나는 그의 몸을 덥혀주기에 충분할 만큼 내 몸을 덥히려고 애썼다. 하지만 그의 냉기가 내게 스며들었고 그래서 그를 담요 아래로 살며시 밀어 넣었다. 따뜻한 천 아래 그렇게 누워 있자니 천천히 냉기가 가시며 내게 닿는 그의 살이 따뜻해졌다. 이제 나는 찰리 템바가 되었던 경험에 대해 생각하고 있었다. 더이상 기억할 수 없었다. 우리 모두의 안에서 전쟁이 열매를 맺듯 작동하고 있다는 사실을 내가 어떻게 깨달았는지 더이상 '기억'할 수 없는 것과 마찬가지로. 달리 말하자면, 나는 다시 멀쩡한 정신으로 돌아와 있었다. 하지만 미쳤다는 말이 아무런 의미가 없듯이, 멀쩡한 정신이라는 말도 아무 의미가 없었다. 거대함의 무게를 느끼며 나는 무량한 깨달음으로 인해 고통스러웠는데,

'그 놀이'를 할 때와 같은 이유로 힘들다기보다는 그 무량함이 아무런 의미도 없다는 사실 때문에 그랬다. 나는 움츠러들었고, 내가 왜 미쳤거나 제정신이어야 하는지 그 이유도 찾을 수 없었다. 쏠의 머리 너머로 바라보자니 방 안의 모든 것이 교활하고 위협적이며 싸구려에 무의미하게 여겨졌다. 심지어 아직까지도 그 죽은 커튼의 미끈거리는 촉감이 손가락 사이에 느껴지는 듯했다.

나는 잠들었고 다시 그 꿈을 꿨다. 이번에는 어디에도 변장 따윈 없었다. 내가 바로 사악한 남자이자 동시에 여자인 그 난쟁이였고, 파괴의 기쁨이라는 그 원칙이었다. 쏠은 나의 대응 쌍인 남자이자 동시에 여자이면서 내 형제이자 자매였고, 나와 함께 어떤 탁 트인 장소에서 춤을 추고 있었다. 머리 위에 거대한 하얀 건물들이 있었는데, 그 안에는 파괴를 잉태한 무시무시하고 위협적인 검은 기계장치들이 가득했다. 하지만 꿈에서 그와 나, 혹은 그녀와 나는 친밀한 사이였고, 적대적이지도 않았으며, 악의에 찬 사악함 속에서 함께였다. 그 꿈에는 끔찍하고 간절한 노스탤지어, 죽음에 대한 갈망이 깃들어 있었다. 우리는 서로에게 다가가 사랑하는 마음으로 키스했다. 끔찍했다. 심지어 꿈속에서도 그 사실은 분명했다. 사람들이 흔히 꾸는 꿈, 사랑과 다정함의 정수가 애무의 몸짓에 응축되는 그런 꿈의 요소를 담고 있기는 했지만 이 꿈에서 그 몸짓은 반인#¢스의 모습을 한 두 피조물이 파괴를 축하하는 입맞춤이었다.

그 꿈에서 나는 끔찍한 기쁨을 맛보았다. 깨어났을 때 어둑해진 방은 난롯불의 진홍빛으로 어른거렸고, 널찍한 하얀 천장은 평온한 그림자로 가득했으며, 나는 기쁨과 평화로 충만했다. 어떻게 그토록 끔찍한 꿈을 꾸고 이렇게 편안할 수 있을까 의아했다. 잠시 후 마더 슈거가 머릿속에 떠오르며, 아마 처음으로 내가 그 꿈을

'긍정적으로' 꾼 건가 싶었다. 그게 무슨 뜻인지는 모르겠지만.

쏠은 미동도 하지 않았다. 내 몸이 뻣뻣해진 것 같아 어깨를 움직이는 순간 그가 놀란 얼굴로 잠에서 깨며 외쳤다. "애나!" 마치 내가 다른 방이나 아니면 다른 나라에 있기라도 한 것처럼. "나 여기 있어." 내가 대답했다. 그는 발기한 상태였다. 우리는 사랑을 나누었다. 꿈에서 사랑을 나눌 때 느꼈던 그 온기가 우리가 나누는 사랑에도 있었다. 잠시 뒤에 그가 일어나 앉더니 말했다. "세상에, 대체 몇시야?" 내가 대답했다. "5시나 6시쯤 됐을걸." 그가 말했다. "빌어먹을, 이렇게 자면서 인생을 허비할 수는 없지." 그러더니 급히 방에서 나갔다.

난 행복한 기분으로 침대에 누워 있었다. 그때 나를 가득 채운 그 기쁨, 행복한 기분은 이 세상 모든 비참함이나 광기보다 더 강력했다. 적어도 나는 그렇게 느꼈다. 그러나 조금 뒤 행복이 새어 나가기 시작했고, 난 누운 채 생각에 잠겼다. 우리가 그토록 간절하게 바라는 그건 대체 뭘까? (여기서 우리는 여자들을 의미한다.) 어떤 가치가 있는 것일까? 마이클과 그걸 누렸지만 그에겐 아무것도 아니었다. 그게 의미가 있었다면 날 떠나지 않았을 테니. 그리고 이제 난 쏠과 함께 그걸 누리고 있다. 마치 목이 타들어가는 와중에 한잔의 물이라도 되는 듯 그걸 부여잡고서. 하지만 생각하는 순간 그건 종적을 감춘다. 생각하고 싶었던 건 아닌데. 그랬다면 창틀에 놓인 저 화분 속 작은 난쟁이 식물과, 저 커튼의 미끈거리는 공포, 심지어 그 갈대숲에서 기다리는 악어도 나와 아무 상관 없었을 텐데.

저 위에서 쏠이 쿵쿵거리는 소리를 들으며 나는 어둠속에서 침대에 누워 있었고, 벌써 배신당한 기분이었다. 그가 그 '행복'을 잊어버렸기 때문이다. 위층으로 가버림으로써 그는 자신과 행복 사이에 심연을 놓아버렸다.

하지만 그건 단지 애나를 부인하는 것이라기보다는 삶 그 자체를 부인하는 행위였다. 이 지점 어딘가에 여자들을 노리는 무서운 함정이 있는데 그게 뭔지 나로서는 아직 제대로 알지 못한다. 이 시대의 여자들이 치는 한가지 새로운 음조, 배반당했기 때문에 내는 그 음을 나는 또렷이 들을 수 있다. 그들이 쓰는 책이며 하는 말에서, 언제 어디에서나 그 음이 들린다. 숙연하고 자기연민적인 오르간 음. 그게 나, 배반당한 애나, 행복을 가로채이고 사랑받지 못한 애나, 당신은 어째서 나를 부정하느냐고 묻는 대신 당신은 어째서 삶을 부정하느냐고 묻는 애나에게도 그 음이 들린다.

쏠은 내 방으로 돌아와 능란하고 공격적인 자세로 서서는 눈을 가늘게 뜨고 말했다. "나갔다 올게." 내가 대답했다. "알았어." 그는 탈옥수처럼 집에서 빠져나갔다.

나는 탈옥수가 되어야 하는 그의 상황을 괘념치 않기 위해 애를 쓰느라 기진맥진해져서 자리에 그대로 누워버렸다. 감정은 모두 가라앉았지만 머리는 영화처럼 이미지를 계속 만들어내며 돌아가고 있었다. 그 영상들 혹은 장면들을 스쳐 지나가는 대로 확인하면서, 나는 그것이 수백만이 공유하는 공동의 저장고에서 나온 어떤 것들, 오늘날 일부 사람들이 공통으로 지니고 있는 환상임을 깨달았다. 알제리 군인이 고문대 위에 몸을 뻗고 누운 모습이 보였고, 나는 그가 되어 얼마나 더 버틸 수 있을지 자문했다. 투옥된 공산주의자도 보였다. 그러나 분명 모스끄바의 형무소인데도 사상 고문이 가해지고 있었고 버텨내기 위해서는 맑스주의 변증법의 용어들로 싸워서 이겨야 했다. 이 장면의 마지막 지점에서 그 공산주의자 재소자는 며칠이나 논쟁을 벌인 끝에 개인적인 양심 때문에 자신의 입장을 견지했다고 인정했다. 한 인간이 "아니, 그건 못해요"라고 말하는 순간이었다. 그러자 공산주의자 간수는 그저 미소만 지을 뿐이었는데, 그렇다면 네가 잘못했다고 자백한 거네, 이렇게 말할 필요조차 없었기 때문이다. 다음 순간 꾸바의 군인과 알제리의 군인이 소총을 거머쥐고 경비를 서는 모습이 보였다. 이어서 징집된 영국 군인이 이집트에서 일어난 전쟁에 동원되어 아무 이유 없이 사람을 죽이는 장면. 다음 순간 부다페스트의 한 학생이 거대한 검은색 러시아 탱크를 향해 사제 폭탄을 던지는 장면. 이어서 중국 어딘가의 한 빈농이 수백만 군중의 대오 속에서 행진하는 장면.

이런 이미지들이 내 눈앞에서 깜박거렸다. 5년 전이라면 다른 영상들이었을 것이고, 5년이 지나면 또다른 영상들이 펼쳐지겠지. 하지만 지금은 이 영상들이 서로 알지 못하는 사람들을 한데 묶어주고 있었다.

이미지들이 저절로 떠오르다 중단되었을 때 난 그것들을 다시 하나씩 확인하며 이름을 붙여보았다. 마트롱 씨가 나타나지 않았다는 사실이 불현듯 떠올랐다. 몇시간 전에는 아무 의식적인 노력도 없이 그 미친 템바가 되기도 했는데 말이다. 나는 혼잣말로 마트롱 씨가 되어보겠노라고, 스스로 이 사람이 되겠다고 중얼거렸다. 내가 백인 정착지의 흑인으로서 인간적 존엄이 훼손당하는 굴욕을 겪은 사람이라고 상상하려 애써보았다. 선교사들이 세운 학교에 다니는 그의 모습과 영국에서 공부하는 그를 머릿속에 그려보기도 했다. 이렇게 그를 창조하려고 애를 썼지만 전혀 가능하지 않았다. 그가 정중하고도 아이러니한 인물로 내 방에 서 있게 하려는 노력 역시 실패로 끝났다. 다른 사람들과는 달리 그에겐 초연함이라는 특징이 있어서 잘 안되는 모양이었다. 그는 다른 이들의 이익을 위해 필요하다고 믿는 일을 실천하고 역할을 다하는 그런 사람이었다. 심지어 자기 행동이 어떤 결과를 초래할지에 대해 아이러니한 태도로 회의하면서도 말이다. 이 특정한 종류의 초연함은 이 시대를 사는 우리에게 절실히 필요하지만 극소수의 사람들만이 갖추고 있으며, 분명 나와는 한참 동떨어진 자질이었다.

그런 다음 곯아떨어졌다. 깨어보니 새벽이 밝아오고 있었다. 창백하고 미동도 없던 천장이 거리에서 비쳐 드는 불빛에 어지럽게 흔들렸고, 하늘은 겨울 달빛 속에서 짙은 자주색으로 젖어 있었다. 쏠은 여기 없고 오직 나 혼자라는 사실을 내 몸이 고통스럽게 외쳐댔다. 난 다시 잠을 청하지 않았다. 대신 배반당한 여자가 되어 미움의 감정 속으로 녹아들었다. 지금 하는 생각은 죄다 그 침통하고 나약한 감정에서 나오리라는 걸 알고 있었기에, 누운 채 이를 악물고 생각을 접었다. 얼마 후 쏠이 들어오는 소리가 들렸다. 그는 말없이 슬그머니 들어와서 곧장 위층으로 올라갔다. 이번에는 그를 따라 올라가지 않았다. 다음 날 아침 그는 나를 괘씸하게 여길 터였다. 그의 입장에서는 언제나 내가 자기에게 온다는 확신을 가져야만 죄의식을 견지하고 거듭 나를 배신할 수 있기 때문이다.

거의 점심때가 다 된 늦은 시간 그가 내려왔을 때, 나를 미워하는 그 남자가 왔음을 알 수 있었다. 아주 쌀쌀맞게 그가 말했다. "왜 이렇게 늦게까지 자도록 내버려두는 거야?" 내가 답했다. "언제 일어나야 하는지 내가 왜 알려줘야 해?" 그가 말했다. "점심 먹으러 나가야 해. 일 때문에 만날 사람이 있어." 말투를 듣자 하니 그 약속이 일과 무관하며, 내가 그 사실을 눈치챌 수 있도록 일부러 그렇게 말했다는 것을 알 수 있었다.

나는 다시금 지독한 고통을 느꼈고, 방으로 들어가 공책을 펼쳐보았다. 그가 들어와 문가에 서서 나를 바라보았다. "내가 저지른 범죄를 기록하는 모양이군!" 그래서 즐겁다는 말투였다. 나는 공책 세 권을 한쪽으로 치우고 있었다. 그가 물었다. "왜 네 권이나 있지?" 내가 대답했다. "그야 물론 나 자신을 찢어놔야 했기 때문이야. 하지만 지금부턴 딱 하나만 쓸까 해." 그때까지는 스스로도 미처 알지 못한 일이었는데 이런 말이 입 밖으로 나오는 게 흥미로웠다. 양손으로 문틀을 부여잡은 채 그는 문간에 그대로 서 있었다. 가늘게 뜬 눈에 증오를 고스란히 담아 나를 노려보면서. 불필요한 몰딩 장식이 달린 구식의 그 하얀 문이 내 눈에 아주 또렷하게 들어왔다. 몰딩 장식이 꼭 그리스 신전의 기둥을 닮았다고 생각하니 진짜 그리스 신전이 떠올랐는데, 그러자 이집트 신전도 연상되었고 이는 다시 갈대숲과 그 악어에 대한 생각으로 이어졌다. 그는, 그 미국 남자는 쓰러질까 두려운지 양손으로 이 역사歷史를 꼭 붙잡고 간수인 나를 증오하며 거기 서 있었다. 전에도 말한 것처럼 나는 그에게 말했다. "참 이상하지 않아? 우리 안의 인격체 말이야, 그 단어가 뭘 뜻하든, 암튼 당신이나 나나 우리가 가진 그 인격체는 충분히 큰 그릇이어서 정치며 문학이며 예술이며 가릴 것 없이 전부 담아낼 수 있지. 근데 지금 우리 둘 다 정신이 나가는 바람에 그 모든 것이 딱 하나 매우 사소한 문제로 수렴되어 난 당신이 나가서 다른 여자랑 자지 않았으면 좋겠고 그 때문에 당신은 나한테 거짓말을 해야 하잖아." 이 문제에 대해 깊이 생각하는 한동안 그는 온전히 그 자신이었다. 하지만 그런 그는 곧 희미하게 사라지거나 스러졌고, 금세 눈치를 살피는 적수가 되어 말했다. "그런 식으로 날 꼼짝 못하게 잡아두려는 건 아니겠지? 꿈도 꾸지 마." 그러곤 위층으로 갔다가 잠시 뒤에 내려와 활기찬 음성으로 말했다. "이런, 지금 나가지 않으면 늦겠는걸. 이따 봐, 자기."

그는 나를 데리고 나가버렸다. 내 일부가 그와 함께 집을 나서는 느낌이었다. 그 사람이 어떻게 나갔는지 알 수 있었다. 비틀비틀 계단을 내려와 잠시 거리를 바라보며 서 있다가 조심스럽게 걸어 갔겠지. 미국인 특유의 방어적인 걸음걸이, 스스로를 방어할 준비가 된 사람들이 걷는 식으로. 그러다 벤치나 어딘가 계단이 있으면 거기 앉을 거야. 그는 내 집에 악마들을 놔두고 떠났으니 한동안은 자유로운 몸이었다. 하지만 그에게서 배어 나오는 외로움의 냉기를 나는 느낄 수 있었다. 그 외로움의 냉기가 나를 온통 에워싸고 있었다.

이 공책을 보며 여기 뭔가를 쓸 수 있다면 애나가 돌아올 거라고 생각했지만, 펜을 잡기 위해 손을 뻗을 수조차 없었다. 몰리에게 전화를 했다. 그녀 목소리를 듣는 순간 무슨 일이 있었는지 전할 수 없다는 사실을 깨달았다. 늘 그렇듯 활기차고 현실적인 몰리의 음성은 낯선 새가 꽥꽥대며 우는 것 같았고, 내 목소리는 활기차면서도 공허하게 들렸다.

몰리가 물었다. "너희 집 미국인은 요즘 어때?" 내가 답했다. "잘 있지 뭐." 그러고는 물었다. "토미는 좀 어떠니?" 몰리가 답했다. "걔 얼마 전에 전국 순회강연 계약을 했어. 광부의 삶에 관한 거란다, 광부의 삶." 내가 말했다. "잘됐네." 몰리가 말했다. "정말 그렇지. 또 알제리나 꾸바의 민족해방전선에 동참해서 싸우겠다고 떠들고 있어. 어젠 토미 친구들이 한 무리 몰려와서는 전부 외국으로 나가는 얘기를 하더라고. 혁명이기만 하면 뭐든 상관없다는 거지." 내가 말했다. "그애 아내는 그런 거 안 좋아할 텐데." "그렇지. 그 녀석이 내가 자길 말리려는 줄 알고 공격적으로 나올 때 나도 바로 그 점을 지적했어. 내가 아니라, 똑똑하신 네 자그마한 마누라께서 싫어하실 거라고. 나야 축복한다고 했지. 세상 어디든, 그게 어떤 혁명이든, 그걸 위해 싸우러 간다니 말이야. 정말이지 우리 누구도 현재의 이 삶을 견딜 수 있는 사람은 없을 거라고. 아들 녀석 말이, 내가 너무 부정적으로 나온대. 나중에는 전화를 걸어서 불행히도 지금은 싸우러 갈 수 없다고 하더라. 광부의 삶에 대해 연속 강연을 맡았기 때문이래. 애나, 나만 이게 이상한 걸까? 마치 도저히 가능할 성싶지 않은 일종의 익살극 속에서 살아가는 느낌이야." "아니, 너만 그런 거 아니야." "나도 알아, 그래서 더 최악이지."

수화기를 내려놓았다. 나와 침대 사이 방바닥이 들썩거리며 불룩해지고 있었다. 벽은 안쪽으로 팽창하다가 떨어져 나가더니 공간 속으로 사라지는 것 같았다. 한동안 난 벽이 사라진 텅 빈 공간 속에, 마치 무너진 건물의 잔해 위에 있는 듯 서 있었다. 얼른 침대로 가야 한다는 사실을 알았고, 그래서 들썩거리는 바닥을 조심조심 걸어가 침대에 몸을 뉘었다. 하지만 나, 애나는 거기 없었다. 나는 이내 잠들었다. 잠의 세계로 접어들면서도, 이 잠이 평상시의 잠이 아니라는 사실을 알 수 있었다. 침대 위에 놓인 애나의 몸이 보였다. 그리고 사람들이 한명씩 방에 들어와 침대 발치에 서서 애나의 몸에 자기의 몸을 맞춰보았다. 나는 한쪽에서 지켜보며 누가 다음에 들어오나 궁금해하고 있었다. 메리로즈, 그 예쁜 금발 머리 여인이 공손하게 미소 띤 얼굴로 들어왔다. 다음에는 조지 하운즐로와 부스비 부인 그리고 지미였다. 이들은 멈춰 서서 애나를 본 다음 앞으로 왔다. 한쪽에 서 있던 나는 그들을 지켜보며 애나가 누구를 받아들일까 궁금해하고 있었다. 다음 순간 위험스러운 일이 일어났음을 깨달았다. 죽은 폴이 들어왔기 때문인데, 그가 애나를 향해 몸을 굽히는 순간 나는 그의 의미심장하고도 변덕스러운 미소를 볼 수 있었다. 곧이어 그는 애나에게로 스며들며 사라져버렸고, 나는 두려움에 질려 비명을 지르며 떼 지어 모인 무심한 유령들 사이를 헤집고 나아가 침대로, 애나에게로, 즉 나 자신에게로 다가갔다. 그러고는 다시 애나에게 들어가기 위해 사투를 벌였다. 냉기, 정말로 끔찍한 냉기에 맞서 싸워야 했다. 그 싸늘함에 내 손과 다리는 뻣뻣해졌고 애나 또한 죽은 폴이 가득 들어차 있었기에 차가웠다. 그의 서늘하고도 의미심장한 미소가 이제 애나의 얼굴에 서려 있었다. 목숨을 건 혈투 끝에 난 다시 나 자신에게로 미끄러져 들어가 차디찬 몸으로 누웠다. 잠 속에서 난 마쇼피 호텔로 돌아가 있었는데 이제 그 유령들은 각각의 자리에서 빛나는 별처럼 내 주변에 도열해 있었고, 폴도 그 유령들 가운데 하나였다. 먼지 날리는 달빛 속에서, 엎질러진 포도주의 달콤한 냄새를 코끝에 느끼며, 호텔 불빛이 도로를 가로질러 비추는 가운데, 우리는 유칼립투스 아래 앉아 있었다. 평범한 꿈이었지만, 그 꿈을 꿀 수 있다면 파멸로부터 간신히 구출될 수도 있음을 나는 깨달았다. 그 꿈은 노스탤지어가 빚어내는 거짓 고통 속에서 희미해졌다. 잠을 자면서 나는 스스로에게 나 자신을 다잡아야 한다고, 파란색 공책이 있는 데로 가서 거기에다 적으면 그렇게 할 수 있다고 되뇌었다. 내 손은 마비된 느낌이었다. 차디찼고, 펜을 향해 손을 뻗는 것조차 불가능했다. 하지만 내가 쥐고 있는 건 펜이 아니라 총이었다. 그러니까 난 애나가 아니라 군인이었다. 몸에 제복이 걸쳐져 있다는 게 느껴졌지만 내가 모르는 제복이었다. 추운 어느 밤, 뒤편에서 일단의 군인들이 조용히 식사를 하고 있는 어느 곳에 나는 서 있었다. 금속과 금속이 맞부딪치는 소리, 소총을 쌓는 소리가 들렸다. 내 앞 어딘가에 적이 있었다. 하지만 그 적이 누구인지도, 싸우는 명분이 무엇인지도 전혀 알 수 없었다. 내 피부는 검었다. 처음엔 아프리카인이나 흑인이라고 생각했다. 이윽고 달빛을 받아 번득이는 소총을 든 내 구릿빛 팔뚝에 어둡게 빛나는 털이 보였다. 그제야 내가 알제리 어느 언덕에 서 있는 알제리 군인이며 지금 프랑스인들에 맞서 싸우고 있다는 사실을 알아차렸다. 한편 이 남자의 머리에서는 애나의 두뇌가 작동하고 있었고, 그 두뇌는 이런 생각을 하고 있었다. 그래, 신념은 없지만 그래야 한다면 사람도 죽이고 심지어 고문도 하겠지. 새로운 독재가 수반되리라는 사실을 의식하지 않은 채 조직하고 투쟁하고 죽이는 일은 더이상 가능하지 않게 되었으니까. 그런데도 여전히 우리는 투쟁하고 조직해야만 해. 잠시 후 애나의 두뇌가 촛불처럼 꺼져버렸다. 난 신념을 견지하는, 신념을 위한 용기로 충만한 그 알제리인이었다. 애나가 다시 한번 돌이킬 수 없는 파탄의 위협을 느끼자 그 꿈속에 공포가 밀어닥쳤다. 공포가 나를 꿈 밖으로 떠밀었고, 이제 나는 저녁 식사를 준비하려고 피워놓은 불길 뒤편에서 조용하게 움직이는 한 무리의 동지들과 더불어 달빛 아래 보초를 서고 있던 그 경비병이 아니었다. 나는 태양 냄새를 풍기는 그 메마른 땅 알제리에서 튀어나와 허공에 떠 있었다. 이 꿈에서 나는 날고 있었는데 그런 꿈을 꾼 지 너무나 오랜만이어서 다시 날고 있다는 기쁨에 거의 울먹이다시피 했다. 훨훨 나는 꿈의 핵심은 기쁨, 가볍고 자유로운 움직임이 주는 기쁨이다. 나는 지중해 위 하늘 높이 떠 있었고, 어디든 갈 수 있었다. 먼저 동쪽으로 가보기로 했다. 아시아로 가서 그 빈농을 만나고 싶었다. 나는 두 발로 사뿐히 공기를 밟으며 아주 높이, 산과 바다 위를 날았다. 거대한 산을 지나치자 발아래 중국이 있었다. 꿈속에서 내가 말했다. 다른 빈농들과 함께 나도 빈농이 되고 싶어서 여기 온 거야. 난 하강하여 어느 마을로 내려가며 들에서 일하는 그들을 보았다. 어떤 목표를 향한 그들의 결연함에 나는 이끌렸다. 나는 발을 움직여 사뿐히 지상으로 내려왔다. 그 꿈이 선사하는 기쁨은 내가 경험해온 그 무엇보다도 강렬한 기쁨, 자유로움이 선사하는 기쁨이었다. 장구한 세월을 이어온 중국의 대지로 내려오자 어느 빈농의 아내가 오두막 문가에 서 있었다. 난 그쪽으로 다가가, 조금 전 폴이 잠든 애나 옆에서 그녀가 되기 위해 서 있던 것과 똑같이 이 빈농의 아내 옆에 서서 그녀 안으로 들어가 그녀가 되고자 했다. 그렇게 하기는 쉬웠다. 젊고 임신한 몸이었지만 그녀는 오랜 중노동으로 이미 노쇠한 상태였다. 그런 다음 난 그 여자의 머리에 여전히 애나의 두뇌가 들어 있으며, 내가 '진보적이고 자유주의적'이라고 분류할 기계적인 생각을 하고 있음을 깨달았다. 그 여자는 이렇고 저런 여자이며, 이런 운동과 저런 전쟁, 그런 경험에 의해 형성되었다는 식으로, 낯선 인격체인 그녀를 나는 '명명'하고 있었다. 그때 애나의 두뇌가 알제리의 언덕에서 그랬던 것처럼 깜박거리더니 스러지기 시작했다. 그래서 난 되뇌었다. "이번에는 소멸의 두려움에 압도당하지 말고 계속하는 거야." 하지만 너무 강력한 두려움이었다. 그 때문에 그 여자 밖으로 내몰려 나왔고, 그런 다음 곁에 서서 그녀가 들판을 가로질러 한 무리의 일하는 남녀에게로 가는 모습을 지켜보았다. 그들 모두 제복을 입고 있었다. 하지만 이미 두려움에 의해 기쁨이 파괴된 터였기에 내 발은 더이상 허공을 밟고 오르지 못했다. 나는 공중으로 떠올라 나를 유럽으로부터 갈라놓는 검은 산들 위로 비상하려고 미친 듯 발을 구르며 무진 애를 썼다. 내가 서 있는 곳에서 유럽은 거대한 대륙의 작고 무의미한 끄트머리처럼 보였고, 이제 곧 내가 다시 빠져들 질병과도 같았다. 그런데도 난, 날아오를 수 없었고 그 농부들이 일하는 평원에서 벗어날 수 없었기에, 거기 갇힌 건지도 모른다는 두려움에 휩싸였다. 잠에서 깨어나니 늦은 오후였고 저 아래 거리에서 시끄럽게 올라오는 차량의 소음과 어둠이 방을 가득 메우고 있었다. 다른 사람들이 되는 경험 덕분에 나는 이미 변해버린 사람으로 깨어났다. 애나에 대해 더이상 괘념하지 않았고 그녀로 사는 일도 달갑지 않았다. 마치 더럽혀진 옷을 다시 입는 것처럼 다시 애나가 된다고 생각하니 피곤한 의무감마저 들었다.

잠시 후 일어나서 불을 켰을 때 위층에서 인기척이 들렸다. 쏠이 돌아와 있었던 것이다. 그가 내는 소리를 듣자 곧바로 위장이 다시 조여들었고, 다시 나는 아무 의지도 없는 아픈 애나 안으로 들어와 있었다.

소리쳐 부르자 위층에서 그가 대답했다. 그 기운찬 목소리를 듣는 순간 염려가 사라졌다. 조금 뒤에 그가 내려왔는데, 얼굴에 의식적으로 떠올린 익살스러운 미소를 보는 순간 사라졌던 걱정이 다시 찾아들며 그가 이제 어떤 역할을 하려는 건지 궁금해졌다. 그는 침대에 걸터앉아 내 손을 잡고는, 의식적으로 떠올린 그 익살스러운 표정으로 찬미하듯 바라보았다. 내 손을 자기가 방금 헤어진 여자, 혹은 방금 헤어진 여자라고 내가 믿게 하고 싶은 어떤 여자의 손과 비교하고 있는 게 분명했다. 그가 말했다. "어쨌거나 당신 매니큐어가 더 마음에 드는 것 같군." 내가 대꾸했다. "난 매니큐어 안하는데." 그가 말했다. "글쎄, 한다면 아마도 당신 손톱이 더 마음에 들 것 같아." 유쾌한 놀라움이 담긴 표정으로 그는 내 손을 계속 돌려가며 들여다보더니, 자기의 그런 표정을 내가 어떻게 받아들이나 궁금했던지 나를 주시했다. 나는 손을 빼냈다. 그가 말했다. "내가 어디 갔다 왔는지 물을 참이겠지." 나는 침묵을 지켰다. 그가 말을 이었다. "아무것도 묻지 말아줘. 그럼 나도 거짓말하지 않을 테니까." 나는 계속 입을 떼지 않았다. 마치 모래 늪에 빨려들거나 분쇄기를 향해 나를 싣고 가는 컨베이어 벨트에 놓인 기분이었다. 그에게서 벗어나 창가로 갔다. 밖에는 비가 내리고 있어서 어둠속에 물방울이 반짝였고 건물 지붕들은 컴컴하게 젖어 있었다. 냉기가 몰려와 창을 때렸다.

그가 내 옆으로 오더니 두 팔로 나를 감싸 안았다. 여자들에게 휘두르는 남성으로서의 힘을 확신하듯 그는 미소를 머금고 이 역할 속에서 스스로를 바라보고 있었다. 몸에 붙는 파란 스웨터 차림에 소매는 걷어붙인 모습이었다. 그의 팔뚝에 윤기 나는 연한 털이 보였다. 그는 내 눈을 들여다보며 말했다. "맹세하는데, 지금 거짓말하는 거 아니야. 맹세해, 맹세한다고. 다른 여자 만난 적 없어. 맹세할 수 있어." 목소리에는 과장스러운 강렬함이 가득했고, 열렬함을 패러디하는 두 눈은 뚫어져라 내 눈을 응시했다.

나는 그의 말을 믿지 않았지만 그의 품에 안긴 애나는 믿었다. 우리 두 사람이 이런 역할을 맡아 연기하는 모습을 지켜보며 다른 사람도 아닌 우리가 그런 멜로드라마를 연출할 수 있다는 사실을 믿을 수 없어하면서도 그랬다. 잠시 후 그가 내게 키스했다. 내가 반응하자 그는 갑자기 물러나더니, 늘 그랬듯 그런 순간이면 내보이는 무뚝뚝한 태도로 말했다. "왜 싸움 걸지 않는 거야? 왜 안 덤비는 건데?" 나는 줄곧 이런 대답을 반복했다. "내가 왜 싸워야 해? 당신은 또 왜 싸워야 하는 거고?" 전에도 했던 말이었고, 전에도 우리 둘은 이런 실랑이를 벌인 적이 있다. 이어 그가 내 손을 잡아 침대로 이끌었고 나를 어루만지며 내 몸으로 들어왔다. 그 순간 누구와 그걸 하고 있는 건지 알고 싶었다. 분명 나는 아니었으니까. 보아하니, 이 다른 여자는 사랑을 나눌 때 야단도 많이 치고 격려도 해줘야 하는 유치한 여자인 모양이었다. 그는 아이 같은 여자, 젖가슴이 납작하고 아주 아름다운 손을 가진 여자와 사랑을 나누고 있었다. 갑자기 그가 말했다. "좋아, 우린 아이를 만들 거야, 당신 말이 맞아." 그리고 끝났을 땐 헐떡이며 돌아눕더니 이렇게 외쳤다. "맙소사, 난 끝장났군. 아이라니, 당신 날 죽이려는 거지." 내가 말했다. "아이 낳아주겠다고 한 건 내가 아니야. 난 애나라고." 그는 고개를 휙 돌려 나를 보더니 이내 다시 고개를 떨구며 웃었다. "그렇군. 애나였어."

나는 욕실로 가서 한참을 토한 뒤 돌아와서 말했다. "자야겠어." 그렇게 돌아누워 그에게서 멀어지기 위해 잠을 청했다.

하지만 자면서 난 그를 향해 갔다. 꿈이 줄줄이 이어지는 밤이었다. 차례대로 역할 놀이를 하는 쪽에 맞추어 나도 역할을 이어가고 있었다. 마치 어떤 연극에 출연하는 것 같았는데, 작가가 계속 같은 극을 쓰면서 그때그때 조금씩 무언가를 바꾸는 것처럼 대사도 계속 바뀌었다. 우리는 상상할 수 있는 남녀의 모든 역할을 하며 서로에게 대적하여 연기했다. 한편의 꿈이 끝날 때마다 내가 말했다. "좋아, 이건 이제 겪어봤어. 그래, 그때 얘기구나." 백가지 인생을 사는 것 같았고, 내가 아직 인생에서 경험하지 못했거나 경험하기를 거부한, 혹은 내게 맡겨지지 않았던 여성으로서의 역할이 그토록 많다는 사실이 놀라웠다. 심지어 꿈속에서조차, 나는 삶에서 그것들을 거부했기 때문에 지금 그 역할을 연기하는 비운에 처했음을 알고 있었다.

아침에 쏠의 곁에 누운 채로 깨어났다. 싸늘해진 그를 따스하게 해줘야 했다. 나는 나 자신으로 돌아와 있었고 다시 기운도 차린 상태였다. 곧장 가대식 탁자로 가서 이 공책을 폈다. 그가 깰 때까지 오랫동안 썼다. 그는 어느새 잠에서 깨어나 내가 쓰고 있는 모습을 한참 지켜본 모양이었다. 그가 말했다. "당신 일기에 내 죄과를 기록하는 대신 소설 한편 더 쓰지 그래?"

내가 말했다. "왜 못 쓰는지 이유를 한 열두가지는 댈 수 있을 거야. 그걸 놓고 몇시간이고 얘기할 수도 있고. 하지만 진짜 이유는 창작 불능 상태라서야. 그게 전부지. 지금 처음으로 그 사실을 인정했네."

"그럴지도 모르지." 머리를 한쪽으로 기울이고 애정 어린 미소를 보내며 그가 말했다. 그 사랑의 마음에 나는 따스해졌다. 그래서 미소를 지으며 그를 바라보자 그는 미소를 거두더니 무뚝뚝한 얼굴을 하고는 힘주어 말했다. "어쨌거나, 당신이 그 모든 말을 여기서 이렇게 실 자아내듯 자아낸다고 생각하니 돌아버리겠군."

"작가 둘이 함께 지내면 안된다는 거, 진짜 맞는 얘기지. 아니, 정확히 말하면 경쟁심 강한 미국인은 책을 낸 여자와 함께 있으면 안된다고나 할까."

"그거 옳은 말이군" 그가 말했다. "나의 성적인 우월함에 대한 도전이니까. 이거 정말 농담 아니라고."

"알아. 하지만 남녀평등에 대한 당신의 그 요란한 사회주의 강의는 이제 사양할래."

"난 아마 계속 그런 강의를 늘어놓을 거야. 재밌거든. 하지만 나 자신도 그걸 믿는 건 아니야. 사실은 말이지, 당신이 성공작을 써내서 난 분한 마음이야. 게다가 생각해보면 난 늘 위선자로 살아왔어.

사실 여자들이 약자로 사는 그런 사회가 더 달갑게 느껴지니까 말이야. 내가 우두머리 노릇을 하고 우쭐한 기분으로 살아야 좋지."

"다행이네." 내가 말했다. "왜 여자들이 약자로 살아야 하는지 만 명의 남자들 중에서 단 한 명도 이해하지 못하는 사회에서 우린 최소한 위선자는 아닌 남자를 벗으로 삼고 의지해야 할 테니까."

"그러면 이제 그 문제는 합의를 봤으니 커피 좀 내려주는 게 어때? 그게 당신 역할이잖아."

"기꺼이 그러지 뭐." 내가 말했고, 우린 서로에게 애정을 느끼며 유쾌한 기분으로 아침 식사를 했다.

식사를 마친 뒤 난 장바구니를 들고 얼스코트가를 따라 걸었다. 식료품을 사는 일이 즐거웠고 잠시 후에 그를 위해 요리한다고 생각하니 신이 났다. 하지만 오래가지 못하리라는 걸 알았기에 서글프기도 했다. 이런 생각이 들었던 것이다. 그 사람 곧 가버릴 거야. 그러면 남자를 돌보는 그 즐거움도 사라지겠지. 집에 돌아갈 참이었건만 칙칙한 가랑비가 흩뿌리는 거리 모퉁이에서 행인들이 찔러대는 우산과 부대끼는 몸들 사이에 선 채, 난 내가 왜 거기 그렇게 멈춰 서 있는지 의아해했다. 조금 뒤 건너편 문구점으로 들어가 공책이 잔뜩 쌓인 카운터 쪽으로 갔다. 내가 가진 그 네 권의 공책과 비슷해 보이는 공책들이 쌓여 있었다. 하지만 원하는 종류가 아니었다. 그러다 크고 두툼한, 값이 좀 나가 보이는 공책 하나를 펼쳐보았는데, 줄이 없는 두꺼운 고급 종이로 되어 있었다. 조금 거칠면서도 매끄러운 촉감이 꽤 괜찮은 재질이었다. 두툼한 표지는 어두운 금색이었다. 그런 공책은 처음 봤기에 어디에서 제조된 물건이냐고 점원에게 물어보니 미국인 고객이 제작 주문을 해놓고 사러 오지 않았다고 했다. 그가 보증금을 지불한 터라 예상보다 싼값을 치르면 되었다. 그래도 여전히 꽤 큰 액수였지만 공책이 마음에 들었고, 그래서 구입해 집으로 가져왔다. 그 공책을 만지고 바라보는 게 즐겁지만 어디에 쓰려고 산 것인지는 나도 모른다.

쏠이 방으로 들어와 초조한 듯 서성이더니 새 공책을 보고는 달려들었다. "와, 이 공책 참 예쁜데." 그가 말했다. "뭘 쓰려고 산 거야?" "나도 몰라." "그럼 내가 가질래." 고래가 물을 내뿜듯 뭔가를 뿜어낼 필요가 내 안에 자리하고 있음을 지켜보면서, 난 하마터면 이렇게 대답할 뻔했다. "그래, 가져." 나도 그 공책을 원하면서 그에게 거의 줄 뻔하다니, 스스로에게 짜증이 났다. 그런 식으로 순응하려는 욕구야말로 우리가 처한 그 가학적이고도 피학적인 악순환의 일부임을 나는 잘 알고 있었다. 내가 말했다. "아니, 안 줄 거야." 그 말을 하는 게 어쩌나 힘든지, 심지어 말까지 더듬었다. 그는 공책을 집어 들더니 껄껄 웃으며 말했다. "내놔, 내놔, 내놔." 내가 말했다. "안돼." 내가 공책을 줄 거라고 생각한 모양이었다. 농담하듯 내놓으라는 말을 반복하던 그는 이제 나를 곁눈질로 흘끔거리면서 웃음기라곤 없는 아이의 목소리로 내놓으라고 줄곧 중얼댔다. 그는 아이로 돌아가 있었다. 동물이 수풀로 들어가듯 그 새로운 인격체가, 아니, 그 오래된 인격체가 그에게로 기어드는 모양을 내 눈으로 보았다. 그가 몸을 굽히고 웅크려 무기처럼 만들었다. '자기 자신'이었을 때 유쾌하고 기민하고 회의적이던 그 얼굴이 이제 작은 살인자의 얼굴로 돌변했다. 그는 공책을 움켜쥐고 문을 향해 돌진할 태세로 급히 몸을 돌렸고, (*19) 그 순간 내 눈엔 무리 지어 돌아다니는 빈민가 아이들 중 하나인 그가 상점 계산대에서 뭔가를 슬쩍하고는 경찰을 피해 달아나는 모습이 또렷하게 떠올랐다. 내가 말했다. "아니, 이건 못 줘." 아이에게 말하듯이 그렇게 말하자 그 모든 긴장이 몸 밖으로 빠져나가면서 그는 자신의 모습을 되찾았다. 그는 다시 유쾌하게, 심지어는 고마움이 어린 얼굴로 공책을 내려놓았다. 안된다고 말하는 누군가의 권위가 필요한 그가 하필 안된다는 말을 무척이나 힘들어하는 나라는 존재의 삶으로 흘러들어오다니 참 기이한 일이다. 조금 전 나는 기어이 안된다고 말했는데, 공책을 내려놓는 그의 모든 면면에 뭔가를 간절히 원하지만 손에 넣을 수 없는 어려운 형편에 놓인 아이의 표정이 서려 있는 것을 보며 마음이 무너지는 듯해 이렇게 말해버리고 싶던 터였다. 그래, 제발 가져라. 중요한 것도 아닌데 뭐. 하지만 이제는 그 말을 할 수 없었고, 별로 대단치도 않은 그 물건, 예쁜 새 공책이 정말 급속히 싸움의 일부가 되었다는 사실 때문에 두렵기도 했다.

그는 서글픈 표정으로 한동안 문간에 서 있었다. 몸을 곧추세우는 그를 보자 어린 시절의 그, 수천번은 몸을 곧추세우고 어깨를 빳빳이 펴면서, 곤란한 일이 생기면 누구든 그렇게 해야 한다고 내게 말했던 것처럼 '허리띠 아래에 감추는' 그의 모습이 내 눈앞에 떠올랐다.

이제 그가 말했다. "그럼 난 올라가서 일할게." 천천히 위층으로 올라갔는데 계속 서성대는 소리가 들리는 것으로 보아 일은 하지 않고 있었다. 나는 지난 몇시간 동안 긴장에서 놓여난 상태였지만 그 증세가 다시 시작되었다. 고통의 손아귀가 내 위장을 부여잡고 고통의 손가락이 내 목과 등의 오목한 곳을 찔러대는 것이 보였다. 아픈 애나가 돌아와 내 몸을 차지했다. 그녀를 소환한 것이 그 서성대는 발소리임을 난 알고 있다. 암스트롱의 음반 하나를 걸어보았지만, 그 음악의 순진하고 유쾌한 분위기가 생뚱맞게 느껴졌다. 멀리건의 곡으로 바꿨는데, 그 곡의 자기연민 역시 내 집에서는 병마가 내는 소리가 되었기에 이내 꺼버리고 생각에 잠겼다. 이제 얼마 후면 재닛이 돌아올 테니 여기서 끝내야 해, 끝내야 한다고.

어둡고 을씨년스러운 날이다. 희미한 겨울 햇빛조차 거의 비쳐들지 않는다. 밖에는 비가 내리고 있다. 커튼을 걷고 파라핀 난로 두대를 모두 켠다. 두 난로가 만들어내는 불그스레한 황금빛이 어두워진 방 천장에서 부드럽게 날름거린다. 가스난로의 불도 붉게 빛나고 있지만 그 사나운 열기도 불 앞 쇠막대에서 몇인치 떨어진 곳의 냉기는 뚫지 못한다.

나는 새로 산 예쁜 공책을 만지작거리고 감탄하며 앉아 있다. 내가 미처 못 본 사이, 쏠은 공책 표지에다 연필로 케케묵은 남학생의 저주를 끼적여놓았다.

이 공책을 들여다보는 자 누구든
그는 저주를 받으리라.
그것이 나의 소망이니.
이것은 쏠 그린, 그의 공책. (!!!)

터져 나오는 웃음 때문에 그 길로 위층으로 올라가 그에게 공책을 줘버릴 뻔했다. 하지만 안 줄 거야, 안 줄 거야, 안 줄 거야. 파란색 공책도 다른 공책과 함께 치워버릴 생각이다. 네권의 공책 모두 정리해서 치울 거다. 내 모두를 이 한권에 담아서 새 공책을 시작하리라.

[두줄로 두껍게 그은 검은 선과 함께 여기서 파란색 공책이 끝났다.]

금색 공책

이 공책을 들여다보는 자 누구든
그는 저주를 받으리라.
그것이 나의 소망이니.
이것은 쏠 그린, 그의 공책. (!!!)

아파트 내부가 너무 어둡다. 너무 어두워, 어둠이 싸늘한 형체로
어른대는 것 같다. 집 안 곳곳을 돌며 전등을 모두 켜자 비로소 어
둠이 창밖으로 물러났다. 다시 실내로 들어오려 안간힘을 쓰는 싸
늘한 형체. 하지만 넓은 내 방에 불을 켜는 순간, 난 잘못했다는 것
을 깨달았다. 이 방에서 빛은 낯선 존재였다. 그래서 어둠을 다시
불러들여 두대의 파라핀 난로와 가스난로의 어른대는 빛으로 조금
가라앉혔다. 누워서, 싸늘한 어둠속에 절반쯤 잠겨 광막한 암흑의
공간을 돌고 있는 작은 지구를 생각했다. 누운 지 얼마 되지 않아

쏠이 들어와 곁에 누웠다. "특이한 방이야." 그가 말했다. "마치 여기가 온 세상 같거든." 목 아래 놓인 그의 팔은 따뜻하고 힘이 있었고, 우리는 사랑을 했다. 잠을 자고 깨어났을 때도 그는 여전히 따스했다. 나를 두렵게 했던 그 죽음 같은 싸늘함에 뒤덮여 있지 않았다. 잠시 후에 그가 말했다. "있지, 이제는 일을 할 수 있을 거 같아." 뭔가가 필요할 때 내가 하는 말이 그렇듯이 그 말의 이기심 또한 너무나 노골적이어서 웃음이 나왔다. 그도 따라 웃기 시작했고, 우린 터져 나오는 웃음을 그칠 수 없었다. 웃느라 침대 위를 구르다가 방바닥에 떨어질 정도였다. 이윽고 그가 바닥에서 펄쩍 뛰어 일어나며 점잔 빼는 영국식 억양으로 말했다. "이래서는 안돼, 이러면 안된다니까." 계속 웃으며 그는 밖으로 나갔다.

악마들이 집 밖으로 나가버린 모양이야. 알몸으로 침대에 앉아 세군데 불길에서 오는 온기를 느끼며 난 그렇게 생각했다. 악마들이라니. 두려움, 공포, 불안이 나나 쏠의 내면에 자리하는 게 아니라 마음 내키는 대로 들락거리는 외부의 어떤 힘이라도 되는 양. 스스로에게 거짓말을 하면서 그런 식으로 생각해보았다. 순수한 행복의 순간이 필요했기 때문이다. 나, 애나는 알몸으로 침대에 앉아 벗은 팔 사이 젖가슴을 누르며 섹스와 땀의 냄새를 맡고 있었다. 몸이 느끼는 행복감이 따스한 힘을 안겨주어 그걸로 세상 모든 두려움을 몰아내고도 남을 것만 같았다. 그때 위층에서 다시 뭔가에 내몰린 듯한 그 발이, 마치 군대가 행진하듯 머리 바로 위 이곳 저곳으로 움직이기 시작했다. 위장이 오그라들었다. 내 행복이 새어 나가는 걸 지켜보았다. 단숨에 나는 그동안 겪어본 적 없는 낯선 상태에 처하고 말았다. 내 몸이 스스로에게 불쾌하게 느껴진다는 사실을 깨달았다. 전에는 한번도 그런 적이 없는데, 이것 봐, 새로운 느낌이잖아, 어딘가에서 이런 걸 읽은 적 있는 것 같은데. 난 그렇게 중얼거리고 있었다. 이따금 넬슨이 자기 아내의 몸을 보면서 그 몸의 여성적인 생김새에 혐오감이 든다고 토로했던 적이 있다. 겨드랑이와 사타구니에 난 털 때문에 그런 것 같다고 그는 말했다. 가끔 아내가, 털로 뒤덮인 중앙부에 뭐든 다 먹어치우는 입이 달려 있고 무엇이든 꽉 움켜쥐는 팔다리가 달린 일종의 거미처럼 보인다고 했다. 난 침대에 앉아 내 가늘고 하얀 다리를, 희고 마른 팔과 젖가슴을 바라보았다. 끈적이고 축축한 내 중앙부가 역겨웠고, 젖가슴을 보면서는 그게 젖으로 가득했을 때의 모습이 떠오르며 기쁨 대신 역시 강렬한 혐오감이 들었다. 다른 사람의 것도 아닌 내 몸이 이렇게 이질적으로 느껴지니 머릿속이 어지러웠다. 닻을 내리듯 마음을 진정시켜줄 무언가를 한참 찾다가, 지금 내가 겪고 있는 이 감정이 절대 나 자신의 생각일 리 없다는 사실을 깨달았다. 난 처음으로 동성애의 감정을, 상상을 통해 경험하는 중이었다. 난생처음, 난 혐오를 조장하는 동성애 문학을 이해할 수 있었다. 얼마나 많은 동성애적 감정이 여기저기 퍼져 부유하고 있는지, 또 세상을 자신의 것으로 생각할 수 없는 사람들에게 존재하고 있는지를 깨달았다.

위층에서 발소리가 멈췄다. 난 몸을 움직일 수 없었다. 혐오감에 완전히 꽉 붙들려 매인 상태였다. 곧 쏠이 아래층으로 내려와 지금 내가 하는 생각의 반향과도 같은 어떤 말을 할 거라는 예감이 들었다. 틀림없이 그렇게 되리라 믿고 퀴퀴한 자기혐오의 탁한 공기를 마시며 그냥 앉아 기다렸다. 그의 음성으로, 아니 내 음성으로 이 혐오를 소리 나게 발화한다면 어떻게 들릴까 궁금했다. 그가 아래층으로 내려와 문간에 서서 말했다. "빌어먹을, 애나, 홀딱 벗고 앉아 뭐 하는 거야?" 환자를 상대하는 것처럼 초연하게 내가 대답했다. "쏠, 우리가 이제 다른 방에 있을 때조차 서로의 기분에 영향을 끼치는 경지에 이르렀다는 사실 당신은 알고 있었어?" 방이 어두워 얼굴은 잘 보이지 않았지만 문가에 똑바로 선 그 몸의 형체에서 알몸으로 침대에 앉아 있는 애나로부터 달아나고 싶다는 욕구가 전해졌다. 소년처럼 민망해하며 그가 말했다. "옷 좀 걸치지 그래." 내가 재차 물었다. "내 말 들은 거야?" 그가 듣고 있지 않아서였다. "애나, 말했잖아. 거기 그러고 앉아 있지 말라니까." 내가 대꾸했다. "우리 같은 사람들은 왜 모든 걸 빠짐없이 다 겪어야 하는 걸까? 대체 왜? 정말이지 우리 둘 다 어떤 힘에 의해 가능한 한 많은 다른 것이나 사람으로 살아가도록 내몰려왔잖아." 이 말을 듣자 그는 말했다. "그건 나도 모르지. 굳이 알아내려 애쓸 필요도 없고. 난 원래 그런 사람이니까." 내가 말했다. "난 애쓰고 있는 게 아니야. 내몰리고 있는 거지. 이전 세대 사람들도 자기들이 당하지 않은 일 때문에 고통스러웠을까? 아니면 우리만 그런 걸까?" 그는 무뚝뚝하게 대꾸했다. "숙녀분, 그건 나도 몰라요. 상관하지도 않고. 그냥 그런 상황에서 빠져나가기만을 바랄 뿐이지." 잠시 뒤 그는 혐오감에서가 아니라 다정한 마음에서 이렇게 덧붙였다. "애나, 지금 더럽게 추운 거 알고는 있는 거야? 빨리 옷 안 입으면 감기 걸릴 거야. 난 나갈게." 그가 밖으로 나갔다. 발소리가 계단 아래로 멀어지는 순간 나를 덮쳤던 자기혐오도 함께 사라졌다. 난 앉은 채로 내 몸에 넘쳐흐르는 쾌감을 맛보았다. 허벅지 안쪽 조그맣게 메마른 주름은 노화가 막 시작되었다는 표시겠지만 그것조차 기쁨을 선사했다. 이런 생각이 들었다. 그래, 그래야지. 살면서 이렇게 행복했으니, 노화 따위는 신경 쓰지 않을 거야. 하지만 그 말을 입에 올리는 순간에도 자신감은 다시 새어 나갔다. 나는 혐오감으로 돌아가 있었다. 그 커다란 방 한가운데 벌거벗은 몸으로 선 채 세 지점에서 나오는 열기가 나를 때리도록 내버려두는 동안 나는 깨달았다. 어렴풋이 알고는 있었지만 전에는 결코 완벽하게 이해하지 못했던 진실이 불현듯 나의 뇌리에 스쳤다. 즉, 온전한 정신은 순전히 이런 것들 때문에 가능하다는 사실을. 매끈한 발뒤꿈치가 거친 카펫 올을 스칠 때 느끼는 즐거움, 열기가 피부를 때릴 때의 즐거움, 육체 아래 뼈가 편안하게 움직인다는 사실을 알며 똑바로 일어서는 순간의 즐거움. 이런 것이 사라지면 삶의 확신 또한 사라진다. 하지만 이 모든 것을 난 느낄 수가 없었다. 카펫 올의 느낌은 끔찍하도록 싫었고, 가공된 죽은 물건에 불과한 것 같았다. 내 몸은 볕을 못 받은 채소처럼 바짝 마르고 빈약하고 삐죽했다. 머리털을 만져보니 그것마저 죽은 상태였다. 문득 발아래 바닥이 부풀어 오르는 듯했다. 벽이 밀도를 상실해가고 있었다. 그 어느 때보다도 온전함으로부터 멀어지면서 난 새로운 차원으로 하강하고 있었다. 빨리 침대로 가야 했다. 발을 뗄 수도 없어서 사지를 바닥에 댄 채 엉금엉금 침대로 기어가 이불을 덮고 누웠다. 그래도 난 무방비 상태였다. 거기 그렇게 누워 마음대로 꿈을 꾸고, 시간을 통제하고, 편안하게 움직일 수 있고, 잠의 지하 세계에서 편안하게 머물 수 있는 애나라는 사람을 떠올렸다. 하지만 난 그 애나가 아니었다. 천장에 비쳐 든 빛은 나를 지켜보는 커다란 눈동자가 되었다. 나를 응시하는 어떤 동물의 눈동자. 그건 다리를 쭉 펴고 천장에 앉아 있는 한마리 호랑이였고, 내 머리는 아니라고 했지만 난 방에 호랑이가 있다는 사실을 아는 어린아이가 되었다. 세겹의 창문이 달린 벽 너머에서 찬바람이 몰려와 유리창을 때리자 덜거덕거리는 소리가 울려댔고, 겨울 햇빛이 비치는 커튼은 창백했다. 살펴보니, 커튼처럼 보이는 그건 커튼이 아니라 그 동물이 먹다가 남겨놓은 살덩어리였고 시큼한 냄새가 났다. 그 순간 난 내가 우리 안에 갇혀 있어서 그 호랑이가 원하는 순간 언제라도 내게 덤빌 수 있다는 사실을 깨달았다. 사체에서 나는 냄새와 호랑이가 풍기는 악취, 두려움 때문에 쓰러질 것 같았다. 난 속이 뒤집히는 기분으로 잠들었다.

아플 때 찾아오는 그런 잠이었다. 진짜 잠은 저 끝없는 물길 아래 바닥에 놓여 있고 난 수면 바로 아래 누워 있는 듯한 그런 선잠. 게다가 자는 내내 지금 내가 침대에 누워 자고 있다는 사실과 이상하리만치 또렷하게 생각을 이어가는 중이라는 사실을 함께 의식하고 있었다. 하지만 꿈속에서 방 한쪽에 선 채로 애나가 자는 동안 다른 사람들이 몸을 구부려 그 안으로 침입하는 걸 지켜보던 그때와는 달랐다. 나는 나 자신이면서도 내가 무슨 생각을 하고 어떤 꿈을 꾸는지 훤히 들여다보았고, 그러니 잠든 채 누워 있는 애나와는 분리된 어떤 인격이 존재했던 셈이다. 하지만 그 사람이 누군지는 모른다. 애나가 부서지는 걸 막아보려 하는 누군가였겠지만.

그 꿈의 물결 위에 누워 내가 천천히 가라앉기 시작하자 이 사람이 말했다. "애나, 넌 지금 네가 믿는 모든 걸 배반하고 있어. 너의 내면, 너 자신, 너 자신의 욕구들 속으로 가라앉고 있다고." 하지만 어두운 물 밑으로 계속 미끄러져 들어가고 싶었던 애나는 아무 대답도 없었다. 초연한 태도로 그 사람이 계속 말했다. "넌 늘 스스로를 강한 사람이라 생각하며 살아왔지. 하지만 그 남자는 너보다 천 배는 더 강인한 사람이야. 그는 오랜 세월 이런 것에 맞서 싸워야 했어. 그런데 넌 고작 몇주 만에 벌써 백기를 들고 있잖아." 하지만 잠든 애나는 이미 수면 아래서 흔들거리며 저 밑 검은 심연 속으로 하강하고자 했다. 그 사람이 훈계하듯 말했다. "싸워. 싸워야 해. 싸우라고." 수면 아래서 흔들리며 누워 있는 내게 그 목소리는 들리지 않았다. 잠시 후 난 저 아래 깊은 물길이 위험한 곳임을 알아차렸다. 그 속에는 괴물과 악어, 내가 상상조차 해보지 않은 것들이 가득했으며, 모두 너무나 늙고 폭군처럼 사나웠다. 하지만 바로 그것들의 위험성이 나를 아래로 끌어당겼으니, 다름 아닌 나 자신이 그 위험을 갈구하고 있었던 것이다. 귀가 먹먹해지는 물길 속으로 목소리가 들려왔다. "싸워, 싸우라고." 알고 보니 물은 그다지 깊지 않았다. 그냥 더러운 우리 바닥에 시큼한 냄새를 풍기는 물이 조금 고여 있을 뿐이었다. 내 몸 위쪽에, 즉 우리 꼭대기에 호랑이가 다리를 쭉 펴고 앉아 있었다. 그 목소리가 이어 말했다. "애나, 넌 나는 법을 알잖아. 날아올라봐." 난 그 더럽고 얕은 물속에서 술 취한 여자처럼 한참을 어기적거리다가 무릎을 바닥에 대고 일어나 두 발로 퀴퀴한 공기를 내디디며 날아오르려 했다. 너무 힘이 들어 기절할 지경이었고, 공기는 극도로 희박해 내 몸을 지탱하지 못했다. 하지만 전에 어떻게 날았었는지 떠올리면서 안간힘을 다해 사투를 벌이다시피 한발 한발 조금씩 올라가 호랑이가 누워 있는 우리 꼭대기의 창살을 부여잡았다. 호랑이 입김의 악취 탓에 숨이 턱턱 막혔다. 하지만 난 쇠창살을 빠져나와 우리 위로 올라갔고, 마침내 그 호랑이 곁에 섰다. 호랑이는 꼼짝 않고 누워 나를 향해 초록빛이 감도는 눈동자를 깜박였다. 위에는 또다른 건물의 지붕이 있어서, 난 발로 허공을 딛고 그 지붕을 통과해 올라가야 했다. 다시 갖은 애를 쓰면서 천천히 올라가자 지붕이 사라졌다. 호랑이는 그 작고 쓸모없는 우리 꼭대기에 느긋하게 다리를 펴고 누워 눈을 끔벅이며 발 하나를 뻗어 내 발을 건드렸다. 그 호랑이를 무서워할 이유

는 전혀 없었다. 따스한 달빛을 받으며 몸을 뻗고 누운 아름답고
윤기 나는 한마리 짐승에 불과했다. 그래서 호랑이에게 말했다.
"저건 네 우리야." 녀석은 일어나지 않고 하얀 이빨을 드러내며 하
품을 했다. 그때 사람들이 호랑이를 잡으러 오는 소리가 들렸다. 곧
녀석은 붙잡혀서 우리에 갇힐 터였다. 내가 말했다. "달아나, 빨
리." 호랑이가 일어나서 꼬리와 머리를 이리저리 흔들었다. 이제
호랑이는 두려움의 냄새를 풍기고 있었다. 왁자지껄한 사람들 소
리와 달려오는 발소리를 들으며 녀석은 맹목적인 두려움에 휩싸여
발로 내 팔을 세게 내리쳤다. 팔에서 피가 솟구쳤다. 호랑이는 지붕
에서 곧장 보도로 뛰어내리더니 집들의 난간을 따라 그림자 속으
로 재빨리 달아났다. 나는 슬픔에 잠겨 울기 시작했다. 그 남자들이
호랑이를 붙잡아 가두리라는 걸 알아서였다. 잠시 후 팔은 전혀 아
프지 않았고 벌써 다 나아 있었다. 나는 안타까운 마음에 흐느끼며
중얼거렸다. 그 호랑이는 쏠이야. 그 사람이 잡히지 않으면 좋으련
만. 세상 속으로 거칠게 달려가는 모습을 보고 싶건만. 다음 순간
그 꿈 혹은 잠은 아주 엷은 상태가 되어, 완전히는 아니지만 거의
깨어나는 순간에 가까워졌다. 그때 나는 혼잣말을 했다. 애나와 쏠
그리고 그 호랑이에 관한 연극을 써야겠어. 이 연극과 관련한 내
정신의 일부는 마치 방바닥에서 블록을 이리저리 옮기는 아이처럼
계속 작동하며 생각하고 있었다. 게다가 아이에게는 그 놀이가 금
지되어 있었는데, 왜냐하면 애나와 쏠, 그 호랑이로 패턴을 만드는
일이 일종의 회피이며 생각을 하지 않기 위한 변명이라는 사실을
아이 자신이 알고 있었던 까닭이다. 애나와 쏠이 하는 행동과 말의
패턴들은 이런저런 고통의 형태를 취하고 있기에 그 연극의 '이야
기'는 고통으로 구성될 것이었고 그것은 회피였다. 한편, 부서지지

않도록 나를 구출해준 그 초연한 인격체를 만들어낸 정신의 일부를 가동하여 난 잠을 통제하기 시작했다. 이 통제하는 사람이 호랑이에 관한 연극을 밀쳐버리라고, 이제 블록도 갖고 놀지 말라고 명령했다. 내가 늘 하는 일, 즉 삶에 관해 이야기를 지어내는 일은 삶을 똑바로 보지 않기 위한 행위이므로 그런 건 집어치우고 과거로 거슬러 올라가 지나쳐 온 삶의 장면 장면을 마주해야 한다는 것이었다. 과거를 돌아보는 행위에는 마치 양치기가 양을 헤아리듯이, 혹은 연극의 리허설처럼, 확인을 하고 만전을 기한다는 놀라운 특징이 있다. 어린 시절 매일 밤 악몽에 시달리면서 했던 행동과 똑같은 일. 매일 밤 잠들기 전 난 침대에 누워 감춰진 두려움의 요소를 떠는, 그래서 악몽의 일부가 될 수 있는 것들을 빠짐없이 떠올려보곤 했다. 잠들기 전 의식이 있는 정신을 가동하여 뭔가를 소독하듯이, 끔찍하고 기나긴 기도 속에서 난 몇번이고 그 두려운 것들을 '명명'해야만 했다. 하지만 잠들어 있는 지금 그것들을 명명하는 일은 과거 사건들을 무해하게 만드는 게 아니라, 그것들이 아직도 거기 있는지 확인하는 작업이다. 그러나 그걸 확인하고 다른 방식으로 그것들을 '명명'해야만 한다는 사실을, 바로 그래서 그 통제하는 인격체가 강제로 나를 그리로 돌려보내려 한다는 사실을 나는 비로소 깨달았다. 우선 난 포도주 냄새 가득한 달빛 속에서 마쇼피 역의 유칼립투스 아래 모여 있는 무리에게로 다시 가보았다. 하지만 그 노스탤지어의 끔찍한 허위는 사라지고 없었다. 아무런 감정도 느껴지지 않는, 그저 빠른 속도로 필름을 돌려 보여주기만 하는 영화 같았다. 그런데도 난 별빛을 받아 번득이는 철로 옆에 세워진 검은 트럭에서 조지 하운즐로가 구부정한 넓은 어깨를 하고 나와서는 두려움과 굶주림이 뒤섞인 시선으로 메리로즈와 나를 응시하

는 모습을 보아야 했고, 빌리가 브레히트의 가곡 구절을 내 귓전에
단조롭게 흥얼거리는 소리를 들어야 했으며, 폴이 조롱하듯 예의
를 차리며 우리 쪽으로 살짝 몸을 굽히고는 미소 띤 얼굴로 무너져
내린 화강암 근처 객실동으로 사라지는 것을 보아야 했다. 잠시 뒤
우리도 그를 따라 모랫길을 걸어가고 있었다. 폴은 서늘한 승리의
미소를 우리 쪽으로 보내며 기다리고 있었는데, 그가 눈길을 주는
대상은 우리가 아니라 뜨거운 햇볕 아래 우리를 지나쳐 마쇼피 호
텔 쪽으로 여유롭게 걸어가던 한 무리의 사람들이었다. 우리 역시
차례로 걸음을 멈추고 그들을 바라보았다. 호텔 건물은 춤을 추듯
휘몰아치는 하얀 꽃잎, 아니 날개들의 구름으로 뒤덮여 눈부시게
빛났다. 하얀 나비 수백만마리가 거기에 내려앉기로 작정한 모양
이었다. 찌는 듯한 짙푸른 하늘 아래 마치 하얀 꽃잎이 천천히 피
어나는 듯했다. 잠시 후 위협적인 느낌이 우리를 덮쳤고, 우리는 눈
속임에 빠져 있었다는 걸 그러니까 착각하고 있었다는 걸 깨달았
다. 실은 우리 눈앞에서 수소폭탄이 폭발하고 있었는데, 푸른 하늘
아래 그 하얀 꽃이 너무나 완벽하게 봉오리를 터뜨리고 겹겹의 꽃
잎을 활짝 피워냈기에, 위험한 줄 알면서도 우리는 꼼짝할 수 없었
다. 믿기지 않을 만큼 아름다운 그 죽음의 형상을 우리는 말없이
지켜보았다. 차츰 바스락거리며 기어오는 소리, 표면을 긁어대는
소리가 그 장면의 침묵을 몰아내었고, 내려다보니 어느새 메뚜기
떼가 몰려와 그 가공할 번식력으로 몸부림치며 우리를 두껍게 에
워싸고 있었다. 이 영화를 틀어주던 보이지 않는 영사기사는 그 장
면에서 영화를 멈췄다. 꼭 이렇게 말하듯이. '이만하면 됐어요. 그
게 아직도 거기 있는 거 봤죠?' 그러더니 즉시 영화의 새로운 부분
을 틀기 시작했다. 일종의 기술적인 문제가 있어서 필름은 느리게

돌아갔고, 그 장면을 다시 보여주기 위해 몇번이고 그(보이지 않는 영사기사)는 필름을 되감았다. 영화는 또렷하지 않았고 촬영 상태도 나빴다. 똑같은 사람이지만 분리된 두 남자가 이 영화에 등장하기 위해 소리 없는 의지의 대결을 벌이는 듯했다. 한쪽은 노동계급 출신으로 나중에 의사가 되는 폴 태너였다. 메마르고 비딱한 아이러니가 처음에는 싸우는 그를 떠받치는 힘이었지만, 그것은 그의 내면에 자리한 이상주의와 충돌하다가 서서히 무너져버렸다. 다른 사람은 유럽 출신의 망명자 마이클이었다. 종국에는 이 둘이 합쳐져 새로운 한 사람으로 탄생했다. 그 순간이 내 눈에 들어왔다. 마치 조각가인 폴이 마이클이라는 재료 내부에 들어가 작업을 하다가 자기 어깨나 허벅지로 재료를 이리저리 밀어내면서 조각 모양을 바꾸는 것처럼, 두 사람의 인격을 담아내고자 마련된 인간 형상의 틀이 부풀어 오르고 달라지는 듯했다. 새로 탄생한 이 사람은 조각상의 영웅적인 느낌 그대로 크기도 컸지만, 무엇보다 틀림없이 강한 힘의 소유자였다. 잠시 후 그가 입을 열자 가느다란 진짜 목소리가 들렸는데, 그 음성은 곧장 강력한 새로운 목소리에 삼켜져, 아니 흡수되어버렸다. "하지만 친애하는 애나, 우린 생각처럼 그렇게 실패한 인생들이 아니야. 사람들을 우리보다 약간 덜 멍청한 자들로 만들기 위해 인생을 고스란히 바치고 있잖아. 위대한 인물들이 이미 알고 있는 진실을 보통 사람들이 받아들이게 하려고 말이야. 독방에 감금하면 인간이 광인이나 짐승이 될 수도 있다는 걸 그들은 수천년 전부터 이미 알고 있었지. 경찰과 지주를 무서워하는 가난한 자는 노예라는 사실도. 겁에 질린 사람들이 잔인하다는 사실도 말이야. 폭력이 폭력을 낳는다는 것도. 우리도 그걸 잘 알고 있어. 하지만 세상의 저 거대한 군중이 그 모든 걸 알까? 아니야. 그들에게 그 사실을 깨우쳐주는 게 바로 우리가 할 일이지. 위대한 인물들을 귀찮게 해서는 안되니까. 그들은 벌써 금성을 식민화하는 방안을 강구하느라 온갖 상상력을 동원하고 있잖아. 자유롭고 고귀한 인간들로 가득한 사회의 비전도 이미 머릿속에 그려놓은 상태지. 그러는 사이 보통 사람들은 두려움에 속박당한 채 그들에 비해 만년이나 뒤처져 있어. 위대한 인물들을 귀찮게 해선 안돼. 그들 생각이 맞아. 여기 우리가, 바윗덩어리를 산 위로 밀어 올리는 자들이 있다는 걸 그들은 알고 있으니까 말이야. 그들이 이미 자유롭게 산꼭대기에 서 있는 동안 엄청나게 높이 솟은 그 산의 나지막한 경사면 위로 우리가 바윗덩어리를 계속해서 밀어 올릴 것을 그들은 잘 알고 있다고. 당신과 나는 평생에 걸쳐 바윗덩어리를 산 위쪽으로 1인치쯤 더 밀어 올리는 데 우리가 가진 모든 에너지와 재능을 쓰게 될 테지. 그들은 우리를 믿고 있고, 그들 생각이 맞아. 따져보면 바로 그런 이유에서 우리는 쓸모없는 존재가 아닌 셈이야." 목소리는 사라졌고, 이미 영화의 장면이 바뀌어 있었다. 이제 영화는 기계적으로 진행되었다. 장면이 연이어 깜박하고 켜지는가 싶다가 금방 사라져버렸다. 이렇게 과거를 짤막하게 '방문'하는 이유는 여전히 돌파해야 할 뭔가가 있다는 걸 나에게 상기시켜주기 위해서였다. 폴 태너와 엘라, 마이클과 애나, 줄리아와 엘라, 몰리와 애나, 마더 슈거, 토미, 리처드, 닥터 웨스트, 이들이 너무 급히 등장하느라 일그러진 모습으로 잠시 나타났다가는 다시 사라졌고, 그렇게 영화는 중간중간 끊어지거나 거슬리도록 혼란스러운 상태로 이어졌다. 그러다가 얼마 후 조용해지자 영사기사가 말했다(내게는 특히 그 사람의 목소리가 인상적이었는데 경쾌하고 현실적이며 조소하는 듯하면서도 상식적인, 처음 들어보는 목소리였다). "무슨 근거로 당신은 이 부분의 강조가 타당한 강조라고 생각하는 거요?" 타당하다는 단어에 우스꽝스러운 콧소리가 섞여 있었다. 맑스주의의 상투어인 타당하다는 표현을 조롱하는 것이리라. 그 목소리에는 또한 학교 선생의 음성처럼 고지식한 분위기도 느껴졌다. 타당하다는 표현을 듣자마자 난 금방이라도 토할 것 같았다. 내가 잘 아는 느낌이었다. 다름 아닌, 가능성 너머로 자신의 한계를 확장하려 애쓰는 고통에서 비롯한 구토감이었다. 속이 울렁거리는 가운데 이렇게 말하는 그 목소리를 들었다. "무슨 근거로 당신은 이것이 타당한 강조라고 생각하는 거요?" 영사기사는 다시 그 영화, 아니 여러편이었으니 그 영화들을 틀기 시작했고, 나는 나를 휙 지나쳐 스크린 위에서 깜박이는 그것들을 하나씩 식별하여 '명명'할 수 있었다. 마쇼피 영화, 폴과 엘라에 관한 영화, 마이클과 애나에 관한 영화, 엘라와 줄리아에 관한 영화, 애나와 몰리에 관한 영화. 지금 관례적인 기준에서 보자니 모두 꽤 잘 만들어진 영화들이었다. 마치 스튜디오에서 촬영한 것처럼 말이다. 이어 그 영화들의 제목이 눈에 들어왔다. 내가 가장 싫어하는 영화들이었지만 감독은 다름 아닌 나 자신이었다. 영사기사는 이 영화들을 줄곧 아주 빠른 속도로 틀어주다가 마지막 자막이 나오자 잠시 정지시켰다. 감독 애나 울프라는 대목에서 그의 조소가 들렸다. 잠시 후 그는 다른 몇몇 장면들을, 하나같이 그릇되고 어리석은 허위로 번들거리는 장면들을 틀어주려 했다. 나는 영사기사에게 외쳤다. "하지만 이 장면들은 내가 만든 게 아니잖아요, 내가 만들지 않았다고요." 그 말에 영사기사는 질릴 정도로 확신에 찬 표정으로 그 장면들이 그냥 사라지게 내버려두었고, 그가 틀렸다는 걸 내가 입증하길 기다렸다. 이제 끔찍한 사태가 일어난 셈인데, 내 삶이라는 혼돈에서 질서를 재창조해야 한다는 부담과 딱 마주쳐버린 것이었다. 시간은 흘러갔고, 기억은 더이상 남아 있지 않았고, 나는 내가 꾸며낸 것과 내가 알았던 것을 구분할 능력이 없었으며, 내가 만들어낸 모든 것이 죄다 거짓임을 알고 있었다. 그 축축한 모래언덕 위에 어른대는 열기 속에서 하얀 나비들이 추던 춤과 같이 그것은 혼란스럽고 무질서한 춤이었다. 영사기사는 여전히, 가소롭다는 표정으로 기다리고 있었다. 그의 생각이 내 머릿속으로 들어왔다. 내가 알고 있는 것에 끼워 맞추기 위해 난 그 재료를 주문했던 것이고, 바로 그런 까닭에 그게 죄다 거짓이 되었다고 그는 생각하고 있었다. 갑자기 그가 큰 목소리로 말했다. "그 시절을 준 부스비는 어떻게 생각할까요? 분명 당신은 준 부스비가 될 수 없겠죠." 그 말에 내 정신이 낯선 장치로 미끄러져 들어가, 난 준 부스비에 관해 쓰기 시작했다. 난 계속해서 흘러나오는 말을 멈출 수가 없었고, 가장 멍청하고 새침 떠는 여성 잡지 스타일로 글을 쓰면서 좌절감에 눈물을 펑펑 쏟고 있었다. 하지만 끔찍한 건, 그렇게 멍청한 글이 단지 내 원래 문체를 아주 미세하게 변형한 것에서, 이곳저곳의 단어를 하나씩 슬쩍 바꾼 것에서 나왔다는 사실이었다. "이제 막 열여섯살이 된 준은 베란다의 기다란 의자에 누운 채, 쏟아지는 황금빛 줄기 속에 흐드러진 식물 너머 도로를 내다보고 있었다. 뭔가 새로운 일이 벌어지리라는 것을 그녀는 알고 있었다. 어머니가 준을 따라 방으로 들어와서 말했다. 준, 일어나서 호텔 저녁 식사 준비 좀 도와줘. 준은 꼼짝하지 않았다. 어머니는 한동안 잠자코 서 있다가 말없이 밖으로 나갔다. 준은 어머니도 분명 알고 있다고 확신했다. 그러고는 생각했다. 사랑하는 엄마, 지금 제가 어떤 느낌인지 아시죠. 그런 다음 그 일이 일어났다. 트럭 한대가 호텔 앞 주유기 옆에 다가와 멈췄고 그 남자가 차에서 나왔다. 서두르지 않고 준은 한숨을 내쉬며 일어섰다. 그런 다음 마치 외부의 힘에 내몰리는 사람처럼 집을 나와서는 자신의 어머니가 조금 전에 걸었던 그 길을 따라 호텔 쪽으로 걸어갔다. 주유기 옆에 서 있던 남자가 자신을 향해 다가오는 준을 의식한 듯했다. 그가 돌아섰다. 그들의 눈이 마주쳤다……"
그 순간 영사기사의 웃음소리가 들렸다. 나로선 이 말들이 쏟아져 나오는 걸 막을 수가 없었는데, 그 사실이 그에게는 즐거운 모양이었다. 가학적인 웃음. "내가 그랬죠." 영화를 다시 틀기 위해 벌써 손을 들어 올린 채 그가 말했다. "준이 될 수 없을 거라고 당신한테 말했잖아요." 깨어보니 갑갑하고 어두운 방이었고 세군데서 어른거리는 불빛이 어둠을 밝히고 있었다. 꿈을 꾸느라 기력이 없었다. 쏠이 집 안에 있기 때문에 깨어났다는 사실을 이내 깨달았다. 기척은 전혀 없었지만 그가 있다는 사실을 느낄 수 있었다. 심지어 그가 계단참의 문에서 조금 떨어진 곳에 서 있다는 것도 알고 있었다. 긴장한 자세로 어쩔 줄 몰라 입술을 뜯으며 들어갈까 말까 망설이는 모습이 눈에 선했다. 내가 불렀다. "쏠, 나 깼어." 그가 들어와 명랑함을 가장한 목소리로 말했다. "안녕, 자는 줄 알았어." 꿈속의 영사기사가 누구였는지 이제 확실히 알 것 같았다. 내가 말했다. "당신이 나한테 일종의 내적 양심 혹은 비평가가 되었다는 거 알아? 방금 전에 당신이 그렇게 나오는 꿈을 꿨어." 그는 태연하고 기민하게 나를 주시하더니 이렇게 말했다. "내가 당신의 양심이 되었다면 그건 개꿈이겠네. 틀림없이 당신이야말로 내 양심이니까 말이지." 내가 말했다. "쏠, 우린 서로에게 참 해로운 사이 같아." 그가 곧 이렇게 말을 꺼내리라는 걸 알 수 있었다. "난 당신에게 나쁜 사람일지 모르지만, 당신은 나한테 정말 좋은 사람이야." 이런 말에 으레 따르는 가면, 엉뚱하면서도 오만한 표정을 의식적으로 얼굴에 드러내고 있었기 때문이다. 나는 입을 열어 그의 말을 막았다. "끝내야 할 거야. 그래야 하는데, 난 그렇게 강단 있는 편이 못 돼서 말이야. 당신이 나보다 훨씬 강한 사람이더라고. 그 반대라고 생각했는데."

분노와 혐오와 의심이 그의 얼굴에 피어올랐다. 가늘게 뜬 눈은 나를 곁눈질하고 있었다. 그는 내가 자신에게서 뭔가를 빼앗는다는 생각에 나를 혐오하려는 인격과 싸우는 중이었다. '자기 자신'으로 돌아온 그는 이제 내 말에 대해 생각해보고 책임감을 느끼며 진심으로 부탁을 들어줄 사람이었다.

그렇게 자신과 싸움을 벌이며, 그가 무뚝뚝하게 말했다. "그러니까 날 차내려는 생각이구나."

"그 얘기가 아니잖아." 그 책임감 있는 남자를 향해 내가 말했다.

그가 대꾸했다. "당신 말을 듣지 않으니까 이제 날 차버리는 거겠지."

그럴 생각도 없었으면서, 나는 갑자기 일어나 그에게 고래고래 소리를 질러댔다. "부탁인데, 제발 좀 그만해, 그만하라고, 그만하란 말이야." 본능적으로 그는 재빨리 물러났다. 히스테리가 폭발해서 소리를 질러대는 여자란 그에게는 자기를 폭행할 수도 있는 존재였던 것이다. 난 살면서 한번도 누구를 때린 적이 없었기에, 우리 두 사람이 그렇게 함께 있다는 사실이, 또 우리가 서로에게 그토록 가까워진 것이 얼마나 이상한 일인가 싶었다. 그는 침대 발치로 물러나 앉아, 비명을 지르며 마구 주먹질을 해대는 여자에게서 언제라도 멀리 달아날 채비를 하고 있었다. 소리를 지르지는 않았지만 난 거의 외치다시피 이렇게 말했다. "우리가 이런 식으로 계속 돌고 도는 게 당신 눈엔 안 보이는 거야?" 그의 얼굴이 적대감으로 어두워졌다. 방에서 나가버리자는 생각에 맞서 버티고 있는 게 분명했다. 난 그에게서 몸을 돌려 복부의 통증과 씨름하며 덧붙였다. "어쨌든 재닛이 돌아오면 당신은 혼자 지내야 할 테니까."

그 말을 하게 되리라는 것을, 아니 그 생각을 한 적이 있다는 것조차 난 미처 깨닫지 못하고 있었다. 그 문제를 생각하며 나는 누웠다. 물론 그건 사실이었다.

"무슨 뜻이야?" 적의를 떨쳐버린 그가 관심을 보이며 물었다.

"내 아이가 아들이었다면 당신은 이 집에 계속 머무르게 되겠지. 남자로서 그애랑 동일시하며 지낼 수도 있을 거야. 결국 관두게 되더라도 적어도 한동안은 그런 시도를 했을 테지. 하지만 아이가 딸이라서, 당신은 우리 두 여자를 한데 엮어 적으로 생각할 거야. 그러니 이제 나가주는 게 좋겠어." 그가 천천히 고개를 끄덕였다. 내가 말을 이었다. "참 이상한 일이지. 언제나 숙명이나 어떤 불가피한 일이 닥칠 거라는 불안한 느낌에 시달리며 살아가잖아. 하지만 아들이 아니라 딸을 둔 건 그냥 우연일 뿐인데, 정말 순전한 우연인데. 그 때문에 당신은 떠나야 하는 거지. 그 우연 때문에 내 인생도 완전히 바뀌겠지." 이렇게 우연에 매달리니 한결 마음이 가벼웠고, 우리에 갇힌 느낌도 약간은 가시는 것 같았다. "정말 묘한 일이야. 아이가 생기면 여자들은 일종의 피할 수 없는 운명으로 진입하는 느낌을 받거든. 그런데 우리가 가장 강하게 얽매여 있다고 느끼는 곳 한복판에 있는 게 결국은 한낱 우연이라니." 그는 적대감 대신 애정 어린 시선으로 곁눈질하고 있었다. 나는 계속 말했다. "세상 누구도 내가 아들이 아니라 딸을 둔 게 우연이 아니라고 말하지는 못할 거야. 생각해봐, 쏠. 아들이라면 우리는 당신들 미국인들이 관계라 부르는 사이가 되겠지. 그것도 오래된 관계 말이야. 그게 어떤 식으로 바뀔지는 어느 누구도 알 수 없지만. 안 그래?"

그가 나지막하게 물었다. "애나, 나 때문에 정말 그렇게 힘든 거야?"

나는 그의 전유물인 예의 퉁명스러운 말투로 대꾸했다. 지금 그는 따스하고 다정하게 굴고 있었기에, 말하자면 그가 써먹지 않으니 내가 빌린다는 식으로. "주술사들과 만나서 그렇게 많은 시간을 보냈는데, 아무도 내게 뭔가를 해줄 수 없다는 사실을 내가 모를 리 없잖아? 나 스스로 뭔가를 해야 해!"

"주술사들 얘기는 빼자." 내 어깨에 손을 올려놓으며 그가 말했다. 걱정스러운 눈빛을 담아 미소를 짓고 있었다. 그 순간만은 착한 사람으로, 그는 온전히 거기 있었다. 하지만 이미 그 얼굴 이면에서 검은 힘이 솟아나 그의 눈으로 되돌아오고 있는 것이 보였다. 그는 스스로와 싸우는 중이었다. 내가 꿈속에서 내 안으로 침투하는 낯선 인격체들을 거부하며 치르던 바로 그 싸움이었다. 싸움이 너무나 격렬해 그는 눈을 감고 이마에 땀까지 줄줄 흘리며 앉아 있었다. 내가 그의 손을 잡아주자 그는 힘주어 내 손을 맞잡으며 말했다. "좋아, 애나. 좋아. 걱정하지 마. 나를 믿어." 우리는 서로의 손을 꼭 그러쥐고 침대에 앉아 있었다. 그가 이마의 땀을 훔치더니 내게 키스를 하고는 말했다. "재즈 좀 틀어봐."

나는 암스트롱의 초기 음반을 올려놓고 바닥에 앉았다. 그 널찍한 방은 가둬놓은 불에서 나오는 은은한 빛과 그 빛의 그림자로 이뤄진 하나의 세상이 되었다. 쏠은 재즈를 들으며 순수한 만족감이 깃든 얼굴로 침대에 누웠다.

바로 그 순간 아픈 애나의 '기억'이 사라졌다. 어떤 단추를 누르면 곧바로 걸어 나올 준비를 마친 그녀가 저기 한구석에서 대기하고 있다는 건 알고 있었다. 하지만 그뿐이었다. 우리는 말없이 한참 그렇게 있었다. 다시 대화를 시작하면 두 사람이 어떤 이야기를 나눌지 궁금했다. 만약 그 방에서 우리가 나눈 그 많은 대화, 주고받은 말들과 그 싸움들, 그 논쟁과 그 병적인 언쟁을 녹음기에 담았다면 아마 서로 다른 백명의 사람들이 세상 도처에서 떠들고 외치며 문제를 제기하는 그런 기록이 되었으리라. 다시 입을 열면 어떤 사람이 외치기 시작할지 궁금해하며 잠자코 앉아 있다가 마침내 내가 입을 열었다.

"이런 생각이 들더라." '이런 생각이 들더라'라는 말, 우리 사이에서 그 말은 입 밖에 나오는 순간 이미 농담이나 마찬가지였다. 그가 웃으며 대꾸했다. "그래, 그런 생각이 들었군."

"나 자신이 아닌 어떤 인격이 날 침범할 수 있다면, 마찬가지로 어떤 이질적인 인격들이 인민대중을 침범할 수도 있는 거 아닐까?"

그는 누운 채 재즈 선율에 맞춰 입술을 달싹이고 가상의 기타를 연주했다. 대꾸 없이 그저 찡그린 얼굴로 귀를 기울이며, 계속 말해보라는 듯한 표정이었다.

"요점은 말이야, 동지……" 이제 모두가 그러듯 아이러니한 노스텔지어를 담아 이 표현을 사용하고 있다는 사실을 의식하며 나는 하려던 말을 삼켰다. 그 말은 그 영사기사의 입에서 나온 조롱 어린 목소리의 사촌쯤 될 것이다. 불신과 파괴의 한가지 양상.

가상의 기타를 한쪽으로 밀어놓으며 쏠이 말했다. "글쎄, 동지, 인민대중이 외부로부터 침투한 감정에 감염되어 있다는 뜻이라면 그 모든 것에도 당신은 여전히 사회주의 원칙들에 충실한 셈이고,

그래서 무척 기쁘오, 동지."

그는 동지니 인민대중이니 하는 말을 반어적으로 사용하곤 했지만 지금 그의 목소리엔 씁쓸함이 묻어났다. "따라서 동지, 우리가 할 일이란 텅 빈 그릇처럼 무수히 놓여 있는 인민대중을 우리와 같이 선하고 쓸모 있고 순수하며 친절하고 평화로운 감정들로 채우는 거 아니겠소?" 그 영사기사의 목소리와 똑같지는 않았지만 별반 다르지도 않은 목소리로, 그는 반어를 넘어 이처럼 그럴듯하게 말했다.

내가 대꾸했다. "그런 식으로 빈정대는 대사는 내 전문인데. 당신이 아니라."

"그 순도 100퍼센트의 혁명가라는 상태가 깨지는 순간, 나 자신이 내가 혐오하는 모든 것으로 부서지는 꼴이 눈에 선해. 성숙함이라고 알려진 그런 태도를 갖추려고 조심하며 살아온 건 아니기 때문이겠지. 최근까지도 난 누군가가 내게 '그 소총을 들어'라거나 '그 집단농장을 관리하라' 혹은 '그 피켓 시위를 조직하라' 하고 말하는 순간을 위해 내 인생 전부를 바치고 있었어. 서른쯤 되면 이미 죽은 다음이리라, 늘 이렇게 믿으며 살았지."

"젊은 남자들이야 누구든 서른이 되면 죽은 목숨일 거라 생각하는 법이지. 나이 드는 걸 견디지 못하는 거야. 나도 뭐, 그게 잘못된 생각이라고 말할 깜냥은 못되겠지."

"내가 남성 전부는 아니잖아. 난 그저 쏠 그린이라고. 미국을 떠야 했던 것도 놀랄 일은 아니지. 나처럼 말하는 사람이 하나도 남아 있지 않더군. 한때는 참 많은 사람들이 그랬는데, 대체 무슨 일이 일어난 건지. 우린 모두 세상을 바꾸는 사람들이었잖아. 이제 옛 친구들을 만나러 차를 몰고 미국 전역을 다녀보면 말이야, 누구랄 것 없이 모두 기혼자가 되거나 출세해서는, 술에 취해 자기 자신과 사적인 대화를 나눌 때마다 미국적 가치라는 이거 진짜 밥맛없다고 중얼대더군."

기혼자라는 단어를 하도 퉁명스럽게 말하길래 나는 웃어버렸다. 왜 웃나 궁금했는지 그가 고개를 들고 이렇게 말했다. "아, 정말 그랬어. 진짜라니까. 옛 친구 녀석의 번듯한 새집에 들어서면서 물어봤지. '네가 하는 그 일, 빌어먹을 짓이고 자기파괴나 다름없다는 거 뻔히 알면서 대체 왜 그러고 살아?' 그러면 그 녀석은 이런 식으로 되묻는 거야. '마누라와 애들은 어떡해?' 내가 다시 묻지. '너 이 녀석, 옛 친구들을 밀고했다던데, 사실이야?' 그러면 그 녀석은 재빨리 술 한잔 더 들이켜고 이렇게 지껄이는 거야. '하지만 쏠, 나한테는 아내와 애들이 있어.' 빌어먹을, 그렇지. 그래서 그 아내와 애새끼들을 난 증오하게 되는 거야. 그럴 권리가 있다고 봐. 그래, 맞아, 웃고 싶으면 맘대로 웃어. 내가 가진 이런 이상주의보다 더 우스운 게 어디 있겠어? 아주 낡아빠진데다 순진해빠져서는! 다들 누구에게도 더이상 말할 수 없는 한가지를 품고 있지. 그러니까 이런 생각 말이야. 절대 이런 식으로 살아서는 안된다는 걸 난 가슴 깊이 확실히 알고 있다. 그래, 그런데 대체 왜 이러고 살지? 아니, 이유는 말 못할 거야. 그야말로 체면이나 차리며 잘난 체하는 바보니까…… 말해봤자 무슨 소용이겠어, 너나 할 것 없이 다들 일종의 배짱을 잃어버렸는데. 난 말이야, 차라리 올해 초에 꾸바로 건너가서 까스뜨로 정부에 합류하고 생을 마감해야 했어."

"그렇게 안한 걸 보면 그 편이 옳았던 거겠지."

"좀 전에는 우연성에 경의를 표하더니 이제 결단력을 내세우는 모양이네."

"정말로 죽고 싶다면, 한다스나 되는 혁명들이 지금 당신 주변에 일어나는 중이니까 아무거나 골라잡고 가담해서 죽으면 되잖아."

"난 미리 정해진 인생을 살 수 있는 사람이 못돼. 애나, 무슨 소린지 알겠어? 세상 모든 걸 바꿀 수 있다고 믿었던 그 이상주의자 젊은이들 패거리로, 거리 구석에 서서 떠들던 그 시절로 돌아갈 수 있다면 정말 좋겠어. 내 인생에서 유일하게 행복했던 때가 그 시절이야. 그래, 당신이 무슨 말 하려는지 알아."

그래서 입을 다물었다. 그는 고개를 들어 나를 보며 말했다. "하지만 정말이지 당신이 그 말을 해줬으면 해."

그래서 입을 열었다. "미국 남자라면 한명의 예외도 없이, 결혼이나 성공의 압박을 받기 전 젊은이 무리의 일원이던 시절을 돌아보며 그때를 갈망하는 법이야. 미국 남자를 만날 때면 난 늘 그자의 얼굴이 정말 환해지는 순간을 기다리곤 해. 짝패들 얘기를 할 때 그렇더라."

"알려줘서 고맙군." 그가 무뚝뚝하게 말했다. "그 말을 들으니 여태까지 내가 경험한 가장 강렬한 감정에 자물쇠가 채워져 한쪽으로 치워진 것 같아."

"그래서 우리가 잘못된 거야. 우리의 가장 강렬한 감정들에 모두 하나둘씩 자물쇠가 채워지니 말이야. 무슨 까닭인지 그것들은 지금 우리가 사는 이 시대와는 아무 관련이 없어. 내가 느끼는 가장 강렬한 욕구는 한 남자와 함께 머물고, 사랑하고, 뭐 그런 것들이거든. 그 방면으론 정말 잘할 수 있는데." 조금 전 그의 목소리처럼 시무룩한 내 목소리가 귓전에 울렸다. 난 일어나 전화기 쪽으로 갔다.

"뭐 하려고?"

몰리의 번호로 전화를 걸며 내가 대답했다. "몰리에게 전화하는 참이야. 몰리는 이러겠지. 너희 집 미국인은 요즘 어떻게 지내? 그럼 난 대답할 테지. 그 사람과 사귀고 있어. 사귄다, 바로 그거야. 그 표현이 난 언제나 마음에 쏙 들었어. 세련되고 멋진 느낌이니까 말이야. 뭐, 그러면 몰리는 이럴 거야. 살면서 네가 저지른 일 중 가장 현명한 일은 못된다고 봐야겠지? 난 그렇다고 대답하겠지. 그러면 단추가 다 채워진 것처럼 이 연애는 그걸로 끝나는 거야. 몰리가 그렇게 말하는 걸 듣고 싶어." 몰리의 집에서 울려댈 전화벨 소리를 들으며 난 자리에 서 있었다. "그리고 내 인생의 5년, 한 남자와 내가 서로 사랑했던 시절에 관해 말하겠지. 하지만 그때 난 너무 순진했어. 끝. 그걸로 끝난 일이야. 그런 다음 한동안은 나에게 상처를 줄 남자를 찾아다녔다는 얘기를 할 테지. 그게 필요한 시기였다고. 끝. 그것도 끝난 일." 발신음이 계속 울렸다. "한때 난 공산주의자였어. 대체로 실수를 한 셈이라고 할 수 있지. 하지만 정말 유익한 경험이었어. 아무리 많이 겪어도 지나치지 않을 그런 경험 말이야. 끝. 그것 역시 끝난 일이야." 몰리 쪽에서 아무런 응답이 없었기에 나는 수화기를 내려놓았다. "몰리한테 그 얘기 듣는 건 다음번으로 미뤄야겠다." 내가 말했다.

"진심은 아니겠지." 그가 말했다.

"아마 아닐 거야. 하지만 어쨌거나 난 듣고 싶으니까."

잠시 정적이 흘렀다. "난 어떻게 되는 걸까, 애나?"

나는 나 자신의 생각을 알아내기 위해, 무슨 말을 하게 될지 스스로에게 귀를 기울이며 대답했다. "지금의 고비를 간신히 헤쳐나갈 거야. 아주 따뜻하고 현명하며 친절한 사람이 되겠지. 참된 명분을 위해 열정적으로 분투하는 그런 얘기를 듣고 싶은 사람들이 당신을 찾아올 거야."

"제기랄, 애나!"

"내가 뭐 욕이라도 한 거야?"

"여기 또 우리 오래된 친구, 성숙한 분이 납시었군. 그런 자에게 순순히 협박이나 당하고 있을 수는 없잖아."

"아, 그래도 성숙이야말로 가장 중요한 가치겠지, 분명?"

"그건 아니야. 절대 그렇지 않아!"

"하지만 가련한 쏠, 어쩔 도리 없이, 당신도 지금 그걸 향해 나아가고 있는걸. 한 쉰이나 예순 된, 우리가 아는 그 멋진 사람들을 봐. **물론** 몇 사람 안되긴 하지…… 멋지고 성숙하고 현명한 사람들 말이야. 이른바 **진짜** 인생을 살았고 온몸으로 평정심을 발산하는 사람들. 그런데 그들은 어떻게 그렇게 됐을까? 글쎄, 다른 사람들은 몰라도 우린 알고 있잖아? 그 사람들 중에서 감정상의 범죄를 저지르지 않은 경우란 없어. 쉰 줄에 들어선 그 현명하고 차분한 남녀들이 성숙으로 이르는 길에는 가련하고 피 흘리는 시체들이 널려 있다고! 한 30년 미쳐 날뛰는 식인종 노릇을 하지 않고서야 현명하고 성숙한, 뭐 그딴 게 되는 건 불가능하니까."

"난 그냥 식인종으로 계속 살까 해." 이렇게 말하는 그는 웃고 있었지만 뚱한 얼굴이었다.

"아니, 아닐 거야. 1마일만 더 가면 중년의 담담함과 성숙함을 갖추게 될 텐데 뭘 그래. 서른일 땐 미친 듯이 투쟁하고 불기운과 저항을 온몸으로 뿜어대며 이곳저곳 할 것 없이 성적인 난폭함으로 초토화시키는 법이지. 지금 내 눈엔, 쏠 그린, 당신이 어딘가 온수도 안 나오는 허름한 아파트에서 홀로, 강건하게, 근근이 하루하루를 살아가며 이따금 질 좋고 오래된 스카치위스키를 신중하게 홀짝거리는 모습이 훤히 보이거든. 그래, 다시 살이 붙어 원래 체격으로 돌아온 당신 모습이 그려지네. 다부지고 굳센 인상의 중년 남자가 되겠어. 짧게 자른 금발이 관자놀이부터 점점 희끗해지면서 조금씩 늙어가는 갈색 곰처럼 말이야. 아마 안경도 쓰고 있을 테지. 말수도 줄었을 거고. 그때쯤엔 자연스럽게 그렇게 될 거야. 조금 희끗해진 금발 수염을 말끔하게 기른 모습도 보이는군. 사람들은 말하겠지. 쏠 그린 알아? 그분이야말로 진짜 사나이지. 매우 강인하고 놀라울 정도로 차분한 양반이야! 그 평정심은 또 어떻고? 그래도 한가지는 기억해둬. 때때로 그 널브러진 시체들에서 조그맣고 애처롭게 자기 연민의 소리가 흘러나올 거야. 나 잊어버렸어? 이렇게 말이야."

"부디 알아줬으면 하는데, 그 시체들은 모두 내 편일걸. 그걸 모른다면 당신은 나에 대해 아는 게 아무것도 없는 셈이지."

"아, 알기야 알지. 하지만 희생양들이 언제라도 흔쾌히 피와 살을 내놓겠다며 나선다고 그 상황의 절망감이 덜어지는 건 아니라는 얘기야."

"절망감이라! 애나, 난 사람들에게 쓸모 있는 존재라고. 그들을 흔들어 깨워 올바른 길을 가도록 재촉하는 사람이 바로 나라니까."

"말도 안되는 소리. 아, 희생양이 되고 싶어 안달 난 그자들이야말로 식인종이 되는 일을 스스로 포기한 사람들이야. 성숙의 그 비단길로 걸어가 더할 나위 없이 현명하게 어깨를 으쓱일 수 있을 만큼 억센 사람도, 인정사정 보지 않는 사람도 못되지. 자기들이 포기했다는 걸 아는 사람들이니까. 사실은 이런 말을 하는 거야. 전 포기했답니다. 하지만 제 피와 살은 당신께 기꺼이 바치겠어요."

"으드득, 으드득, 으드득." 그가 말했다. 얼굴을 잔뜩 찌푸려 이마를 가로지르는 진한 금발 눈썹이 도드라졌고, 성난 표정으로 웃느라 이도 드러나 있었다.

"으드득, 으드득, 으드득." 나도 따라 말했다.

"그렇다면, 당신은 식인종이 아니라는 얘긴가?"

"아, 물론 나도 식인종이지. 하지만 가끔 위안과 도움을 나눠주긴 해. 그래, 성자가 될 깜냥은 못되니까 바윗덩어리 밀어 올리는 자가 될 거야."

"그게 뭔데?"

"거대한 검은 산이 하나 있어. 인간의 우매함이라는 산이야. 그리고 그 산 위로 바윗덩어리를 밀어 올리는 일단의 사람들이 있지. 몇 피트 올라가면 전쟁이니, 오도된 혁명이니 그런 것들이 발발하고, 그러면 바윗덩어리는 굴러떨어져. 맨 밑바닥으로는 아니고, 늘 처음 시작했던 지점보다는 몇 인치쯤 높은 곳으로 돌아오는 거야. 그러면 그 사람들은 바윗덩어리에 어깨를 대고 다시 밀기 시작해. 그리고 산꼭대기에는 몇명의 위대한 인물이 서 있어. 가끔 내려다보면서 고개를 끄덕이며 말하지. 좋아, 저 바윗덩어리 미는 자들이 아직 제 할 일을 잘하고 있군. 그동안 우리는 우주의 본질에 관해 명상을 하거나, 혹은 서로 미워하지도, 두려워하지도, 살해하지도 않는 사람들이 이 세상을 가득 채우면 어떨까 생각해보자고."

"흠, 나로선 꼭대기의 그 위대한 인물 중 하나가 되고 싶은걸."

"우리 둘 다 운이 나빠서 말이야, 바윗덩어리 미는 사람인 걸 어떡하겠어."

그러자 갑자기 검은 강철 용수철이 딱 부러지듯이 그가 펄쩍 뛰어 침대에서 내려가더니, 꼭 뒤에서 불이라도 들어온 양 두 눈에 미움을 가득 담고서 말했다. "아, 아니야. 당신 그렇게 말해선 안돼. 난 그러지 않을 거야. 안할 거라고…… 난, 난, 난." 그래, 그자가 돌아왔군. 그 남자가 돌아왔어. 난 부엌으로 가서 스카치 병 하나를 가져와 바닥에 퍼질러 누운 채 마셨다. 그러는 사이 그는 계속 떠들어댔다. 바닥에 누워 금색 불빛이 천장에 만드는 패턴을 보며 밖에서 후드득후드득 마구 쏟아지는 빗소리를 듣고 있자니, 그 긴장감이 다시 내 위장 쪽으로 손을 뻗는 느낌이었다. 아픈 애나도 돌아와 있었다. 규칙적으로 기관총을 발사하듯 나오는 나, 나, 나, 나. 내가 썼지만 누군가 다른 사람이 하고 있는 연설을 들을 때처럼, 나로선 그 소리들을 듣고 있되 동시에 듣고 있지 않았다. 그래, 그건 내 이야기이기도 하고 모든 사람의 이야기이기도 했다. 나, 나, 나, 나야. 나는 이래. 나는 할 거야. 나는 안할 거야. 나는 그럴 거야. 나는 원해. 그는 한마리 짐승처럼, 말하는 짐승처럼 격렬하게 움직이면서 나, 쏠, 쏠, 나, 나는 원한다는 말을 힘주어 내뱉고 넘치는 기운을 주체하지 못해 이리저리 돌아쳤다. 녹색 눈동자는 고정된 채 앞을 보지 못했고, 입은 스푼이나 삽 혹은 기관총 총구처럼 격하고 뜨거운 말들을 마구 쏟아내고 있었다. 탄환 같은 말들. "난 당신 때문에 부서지지 않을 거야. 어느 누구도 날 그렇게 만들지 못해. 날 닥치게 만들지도, 날 우리에 가두지도, 날 길들이지도 못할 거야. 조용히 제자리나 지키고 있으라는 당신 명령에 순순히 따르지 않겠어. 난 절대…… 난 내 생각을 말하는 거야. 당신 세상은 받아들이지 않을 거라고." 그의 어두운 힘이 난폭하게 내 신경 하나하나를 공격하는 것이 고스란히 느껴졌다. 위의 근육이 뒤틀리고 등 근육도 철사처럼 팽팽해졌다. 나는 그의 말을 듣고 또 들었다. 손에 위스키 병을 든 채 계속 홀짝이며, 취기가 오르기 시작하는 것을 느끼며, 누워서…… 쏠이 서성거리며 외치는 사이 몇시간이나 흘렀는지, 참 오래도 이러고 있었다는 생각이 불현듯 들었다. 한두번 뭔가 말을, 그가 쏟아내는 말의 폭포 사이로 몇마디 던져보기도 했지만, 그는 마치 외부의 소음이 들리면 잠깐 멈추고 소리를 기계적으로 조정한 다음 다시 나, 나, 나, 나, 나 하는 식으로 입, 아니 그 총구로 또 한차례 쏟아낼 준비를 하도록 기술자가 손을 봐둔 기계 같았다. 한번은 들키지 않고 자리에서 일어나기도 했는데, 고함을 질러 쓰러뜨려야 하는 적수로서가 아니면 그가 아예 나를 보고 있지도 않았던 덕이다. 난 나를 위해, 그 순수하고 정다운 음악을 하나의 위안으로 바짝 움켜쥐듯이, 암스트롱의 노래를 축음기에 올려놓고는 말했다. "쫌 들어봐, 어서." 그는 얼굴을 약간 찡그리고 미간을 찌푸리며 기계적으로 말했다. "그래, 뭐라고?" 그러곤 다시 나, 나, 나, 나, 나, 내가 너희들 전부에게 너희들의 도덕과 너희들의 사랑과 너희들의 법을 보여주겠어, 내가, 내가, 내가. 난 암스트롱의 그 음반은 내리고 광기와 열정을 거부하는 사람들을 위한, 차분하고 이성적이고 초연한 그의 다른 곡을 걸었다. 그러자 그가 잠시 멈추더니 의자에 앉았다. 허벅지 근육이 파열된 사람처럼 머리를 가슴에 묻고 눈을 감은 채, 해밀턴의 드럼 소리, 방금 전까지 그의 말이 그랬듯이 방 안을 가득 채우는 그 부드러운 기관총 같은 드럼 소리를 들었다. 잠시 후 원래의 목소리로 그가 말했다. "세상에, 대체 우린 뭘 잃어버린 걸까, 뭘 잃어버린 거냐고, 대체 뭘 잃어버린 거지, 어떻게 다시 되찾을 수 있지, 어떻게 그걸 되찾을까?" 그런 다음 이 순간이 아예 없었던 양, 다시 그의 허벅지 근육이 팽팽해지며 갑자기 그를 일으켜 세우는 모습이 보였고, 난 축음기를 껐다. 나, 나, 나, 자기 입에서 나오는 그 말 외에 그는 아무것도 듣고 있지 않았다. 다시 바닥에 누워 그가 벽에 내뱉는 말들이 사방에 되튀는 소리를 들었다. 나, 나, 나, 그 맨몸의 자아. 극도의 구토감, 온몸이 뻣뻣해지는 느낌과 함께 나는 고통스러운 근육 덩어리, 하나의 공 같은 것으로 똘똘 뭉쳐졌다. 그러는 동안에도 총알은 이리저리 마구 튀었고, 잠시 난 정신을 잃어 내가 꾸던 그 악몽 속으로 다시 들어갔다. 그곳에서는 정말로 전쟁이 기다리고 있다는 사실을 난 알고 있었는데, 고요한 도시에 허연 먼지를 뒤집어쓴 건물들이 줄지어 늘어선 텅 빈 거리, 말없이 기다리는 사람들로 가득한 거리를 달려가고 있을 때 갑자기 어딘가 가까운 곳에서 죽음을 담은 작고 볼품없는 상자가 터졌고, 그 상자는 기다림의 적요 속으로 살며시 폭발하면서 죽음을 퍼뜨렸고, 건물들을 무너뜨렸고, 생명의 질료를 부수며 육신의 구조를 해체했고, 난 비명을 질렀지만 소리가 나지 않아 아무도 듣지 못했고, 고요한 건물에 들어찬 다른 모든 사람들도 나처럼 비명을 지르고 있었지만 역시 누구 하나 듣지 못했다. 정신을 차려보니 쏠이 벽에 기대어, 허벅지와 등 근육으로 꽉 부여잡듯이 벽을 누르고 서서는 나를 바라보고 있었다. 비로소 나를 본 것이었다. 몇시간 만에 처음으로 그는 원래의 모습으로 돌아와 있었다. 얼굴은 핏기 없이 창백했고, 거기 고통으로 몸을 비틀며 누워 있는 나의 모습에 공포를 가득 담은 우울한 눈을 크게 뜨고 있었다. 원래의 목소리로 그가 말했다. "제발 부탁이야, 애나. 그런 모습 보이지 말아줘." 하지만 잠깐의 망설임 뒤 이내 그 광인이 돌아왔다. 이제는 그냥 나, 나, 나, 나가 아니라 여자들에 맞서는 나였다. 여자들은 간수였고 양심이었고 사회가 내는 목소리였기에, 그는 내가 여자라는 이유로 나에게 지독한 증오의 급류를 쏟아 보내고 있었다. 아까부터 마신 위스키는 나를 울적하고 나른하게 했고, 이제 배신당한 여자라는 나약하고 감상적인 기분이 부드럽게 나를 휘감았다. 흑흑, 어떻게 이럴 수가, 당신은 날 사랑하지 않는구나, 그렇지, 사랑하지 않아. 남자들은 더이상 여자들을 사랑하지 않지.

아, 이럴 순 없어, 흑흑. 손톱을 분홍색으로 물들인 예쁘장한 내 엄지로 분홍빛 젖꼭지가 달린 내 하얀, 배반당한 젖가슴을 가리키며, 난 여성의 대표가 되어 위스키 방울이 섞인 감상적인 눈물을 찔끔대기 시작했다. 이렇게 울고 있노라니 그 사람 성기가 청바지 아래에서 불뚝 솟아나고 있었고, 나도 따라서 축축해졌다. 비웃듯이 나는 생각했다. 아, 이제 저 사람 날 사랑해주겠구나, 배신당한 이 가련한 애나와 상처 입은 내 하얀 젖가슴을 사랑해주겠지. 그때 그가 분노한 남학생의 목소리로 점잔을 빼듯 나지막하게 말했다. "애나, 취했어. 일어나라고." "싫어." 나약함에 흠뻑 젖은 채 나는 계속 울먹였다. 그러자 마뜩잖은 얼굴로 나를 탐하며 그는 나를 일으켜 세웠고, 아주 크게 부풀어 올랐지만 수치심과 열에 달뜬 남학생처럼, 첫번째 상대와 사랑을 나누는 것처럼, 너무 서둘러대며 내 안으로 들어왔다. 잠시 후, 흡족하지 않았던 내가 그의 말투를 빌려 "이제 당신 나이답게 하지 그래"라고 나무라자 그는 못 볼 꼴이라도 본 양 대꾸했다. "애나, 당신 취했어. 이제 그만 자." 그러면서 내게 이불을 덮어주고 입을 맞추더니, 처음 여자 위에 올라탄 경험에 우쭐하면서도 죄책감에 시달리는 학생처럼 발끝으로 살금살금 방을 빠져나갔다. 내 눈에 그 사람 쏠 그린은 자신의 첫 여자 위에 올라탄 뒤 감상에 빠지고 부끄러워하는 그런 착한 미국 소년이었다. 난 침대에 누워 혼자서 웃고 또 웃었다. 잠시 후 잠이 들었다가 웃으며 깨어났다. 무슨 꿈을 꾸고 있었는지는 모르지만 깨어났을 때 마음이 완전히 가벼워져 있었고, 곧 나는 그가 내 곁에 누워 있는 것을 보았다.

그의 싸늘한 몸을 품에 안자 행복감이 밀려왔다. 진짜 행복한 느낌이었기에 난 알 수 있었다. 내가 자면서 편안하고 즐겁게 하늘을

날고 있었구나, 이는 앞으로 늘 아픈 애나로만 살지는 않는다는 뜻
이겠구나. 하지만 잠에서 깨어난 그의 모습은 나, 나, 나, 나를 몇 시
간이나 부르짖었던 탓에 많이 지쳐 있었고, 누렇게 뜬 얼굴도 괴로
워 보였다. 침대 밖으로 나왔을 땐 우리 둘 다 너무 기운이 없어서
말없이 그저 커피를 마시며 신문을 읽었다. 널찍하고 환하게 칠해
진 그 부엌에서, 우리는 정말 입을 떼기도 힘들 정도로 지쳐 있었
다. "일을 해야겠어." 그가 말했다. 물론 그러지 않으리라는 걸 그
도 나도 알고 있었다. 움직일 수조차 없을 정도로 지쳐서 우리는
다시 침대로 돌아갔는데, 그토록 소진된 상태가 너무나 끔찍했기
에 나로선 차라리 쏠이 사람을 잡을 듯 시커먼 기운으로 펄펄 넘치
던 어젯밤의 그 모습으로 돌아갔으면 싶을 정도였다. 문득 그가 말
했다. "여기 그냥 이렇게 누워 있을 수는 없어." 내가 말했다. "그건
그래." 하지만 우리는 꼼짝하지 않았다. 조금 뒤 그가 기다시피 먼
저 침대 밖으로 빠져나갔다. 나는 생각했다. 저 사람 어떻게 이곳에
서 나갈까, 안간힘을 써야 할 텐데. 위의 긴장이 말리는데도, 난 그
가 어쩌는지 보고 싶기까지 했다. 그가 도전하듯 말했다. "산책 갔
다 올게." "그렇게 해." 내가 대답했다. 내 쪽을 슬쩍 보더니, 그는
나가서 옷을 입고 다시 들어왔다. "왜 말리지 않는 거야?" 그가 물
었다. "그러고 싶지 않으니까." 그러자 그가 말했다. "내가 지금 어
디 가는지 알면 못 가게 할걸." 내 목소리가 굳어지는 걸 느끼며 나
는 대꾸했다. "아, 여자 만나러 가는 거야 물론 알고 있지." 그러자
그가 말했다. "글쎄, 그건 절대 알 수 없는 일 아니겠어?"

　"그렇겠지, 하지만 상관없어."

　문가에 서 있던 그는 이제 머뭇거리며 방으로 들어섰다. 구미가
당기는 표정이었다.

씰바의 말이 떠올랐다. "어떤 일이 일어나는지 보고 싶었어."

쏠은 어떤 일이 일어나는지 보고 싶었던 것이다. 나도 그랬다. 내 안에서 다른 무엇보다 더 강력하게, 악의에 찬, 기꺼운 흥미가 솟아나는 게 느껴질 정도였다. 마치 그 사람, 쏠과 내가 인격체가 아니라 미지의 두 실체들이자 이름 없는 두 힘으로 존재하는 것처럼. 완전히 악의로 가득한 두 존재, 한쪽이 갑자기 죽어버리거나 고통에 찬 비명을 질러대기 시작하면 다른 한쪽이 무심하게 "아, 이렇게 되는 거였어?"라고 할 그런 두 존재가 그 방에 있는 것 같았다. "상관없다는 거군." 그가 말했다. 이제는 시무룩하게, 그러나 일종의 자신 없는 시무룩함 내지 시무룩함의 연습처럼, 혹은 너무 자주 반복해서 더는 설득력도 없는 그런 시무룩함으로. "당신, 말로는 상관없다고 하면서 첩자처럼 내 일거수일투족을 주시하잖아."

"당신이 그렇게 만들어서 그렇게 된 거야." 난 발랄하고 즐겁게, 나지막이 몰아쉬는 가쁜 숨과 함께 나온 웃음까지 곁들여(극심한 스트레스를 받는 여자들이 그런 웃음소리를 내는 걸 들은 적이 있었는데 지금 내가 그렇게 웃고 있었다) 그렇게 대답했다. 말없이 서 있었지만 그는 내 말에 귀 기울이는 듯했다. 마치 어떤 재생 장치를 통해 자신이 이어서 해야 할 말들을 얻어내겠다는 양. "이 세상 어떤 여자도 나를 가두지는 못하게 할 거야. 지금까지 그런 꼴 당한 적 없었고, 앞으로도 마찬가지야."

녹음 내용을 빠르게 돌린 것처럼 '지금까지 그런 꼴 당한 적 없었고 앞으로도 마찬가지'라는 말이 급하게 그의 입 밖으로 몰려나왔다.

아까처럼 난 그 지독히도 발랄하고 사악한 목소리로 대답했다. "갇힌다는 말이 당신 여자가 당신의 일거수일투족을 훤히 알고 있다는 뜻이라면 당신 지금 갇히긴 했네."

미약하게 사그라지는, 하지만 승리에 찬 내 웃음소리가 귓전에 울렸다.

"당신이 생각하는 게 그거군." 악의를 담아 그가 말했다.

"내가 알고 있는 게 그거야."

더이상 나눌 말이 없었기에 우리는 이제 재미있다는 듯이 서로를 바라보았고, 그러다 내가 먼저 말을 꺼냈다. "더는 그런 얘기를 할 필요가 없겠지." 그 역시 재미있다는 표정으로 맞장구쳤다. "동감이야." 그러고는 이 대거리에서 기운을 얻었는지 휭하니 밖으로 나가버렸다.

난 가만히 서서 생각에 잠겼다. 위층에 올라가 그의 일기를 보면 진실을 알 수도 있겠지. 하지만 그러지 않으리라는 걸, 앞으로 다시는 그러지 않으리라는 걸 잘 알고 있었다. 이제 다 끝난 일이었다. 그런데도 몸이 너무 아팠다. 커피를 마시러 부엌에 갔지만 대신 위스키를 잔에 조금 따랐다. 너무도 환하고 너무도 깨끗한 부엌을 둘러보았다. 그러자 어지럼증이 급습했다. 색깔들이 마치 열기를 지닌 듯 지나치게 선명했다. 평소에는 내게 즐거움을 주던 부엌의 그모든 결함들이 갑자기 눈에 들어왔다. 윤기 나는 하얀 에나멜에 생긴 균열, 창틀에 쌓인 먼지, 색이 바래기 시작하는 페인트. 싸구려와 더러움의 느낌이 나를 압도했다. 부엌을 완전히 새로 칠할 수도 있겠지만, 지독하게 낡아빠진 이 퇴락하는 집의 퇴락하는 벽면을 보면 뭘 어떻게 한들 달라지는 건 아무것도 없을 것 같았다. 부엌 전등을 끄고 방으로 다시 돌아왔다. 하지만 방도 부엌과 마찬가지로 흉해 보이기 시작했다. 붉은 커튼은 불길하고 천박한 광택이 났고, 벽의 하얀 칠도 얼룩덜룩했다. 벽과 커튼과 문에 시선을 고정한 채 끊임없이 방을 서성이며, 나는 이 방의 물리적인 재료들에 몸서리쳤다. 색상들의 뜨겁고 비현실적인 느낌이 나를 두들겨 패는 것만 같았다. 아주 잘 아는 누군가의 얼굴을 보듯 그 방을 지켜보며 고통과 긴장의 흔적을 찾았다. 가령 나 자신이나 쏠의 얼굴을 보며 내 말끔하고 평온하고 작은 얼굴 너머에 무엇이 있는지, 쏠의 널찍하고 훤하고 하얀 얼굴 뒤에 무엇이 놓여 있는지 꿰뚫어 보듯이. 쏠의 얼굴에 병색이 돌긴 하지만, 그런 일을 직접 겪어보지 못한 사람이라면 그의 정신을 통해 어떤 가능성들이 폭발할 수도 있다는 사실을 짐작이나 할 수 있을까? 언젠가 열차에서 한 여자를 바라보며 나는 그 긴장된 이마나 고통으로 일그러진 모습 뒤에 혼돈의 세상이 숨겨져 있음을 깨닫고, 엄청난 압력을 당해도 무너지지 않는 인간의 힘이 참 대단하다는 생각을 했다. 부엌처럼 널찍한 내 방도 나를 품어주는 편안한 껍질이 아니라, 마치 백명의 적이 살금살금 다가와 덤벼들 작정으로 내가 방심하는 순간만 기다리는 듯 서로 다른 백군데의 지점에서 내 주의력에 퍼부어대는 집요한 공격 같았다. 광택이 흐려진 문손잡이, 하얀 페인트 위에 덮인 먼지, 커튼의 붉은색이 바래 누렇게 얼룩진 곳, 내 오래된 공책들을 감춰둔 그 탁자, 이것들이 나를 급습하고 뜨겁게 용솟음치는 구토의 물길이 되어 나를 뒤덮으려 했다. 나는 침대로 가서 누워야 한다는 걸 깨닫고 다시 엉금엉금 기다시피 바닥을 가로질러 침대로 갔다. 누워 잠들기 전부터, 그 영사기사가 다시 나를 기다리고 있음을 알 수 있었다.

무슨 애기를 듣게 될 것인지도 나는 알고 있었다. 안다는 건 '빛을 주는 것'이었다. 시간도 잊은 채 광기에 빠져 지내던 지난 몇주간 나는 이런 '앎'의 순간들을 차례로 겪었지만 그런 종류의 깨달음을 언어로 표현할 방도는 어디에도 없다. 그런데도, 꿈속에서 섬광처럼 재빨리 지나간 장면들이 깨어난 뒤에 여전히 우리 곁에 남아 있듯이, 그 순간들은 너무도 강력한 것들이기에, 그렇게 얻은 앎은 죽을 때까지 내가 삶을 경험하는 방식이 될 터였다. 말들. 그래 말들. 어떤 말의 조합, 심지어는 우연적인 조합이라도 그것이 내가 원하는 바를 말하게 해주길 바라며, 난 말을 갖고 이런저런 장난을 쳐본다. 음악으로 하면 좀 나을까? 그러나 음악은 적대자처럼 내 내면의 귀를 강타한다. 그것은 나의 세계가 아니다. 사실, 진정한 경험은 묘사될 수 없는 것이다. 구식 소설에서처럼 별 문양 하나 그려 넣는 게 나을지 모르겠다는 씁쓸한 생각도 해본다. 혹은 일종의 상징 같은 거, 원이나 네모 표시라도. 단어가 아니라면 뭐든 가능할 것이다. 말과 패턴과 질서가 스러지는 내면의 그곳에 있어봤던 사람들이라면 무슨 뜻인지 알 것이고, 다른 사람들은 알 수 없으리라. 하지만 한번이라도 그곳에 있었다면, 그의 내면에는 끔찍한 아이러니가, 끔찍한 어깨의 들먹임이 자리할 것이며, 이는 그에 맞서 싸우거나 그 존재를 부정하거나 옳고 그름을 따지는 문제가 아닌, 단지 그것이 늘 거기 존재한다는 사실을 알고 있느냐의 문제다. 그 사실을 허리 숙여 받아들이는, 말하자면 오래된 적에게 하듯이 일종의 경의를 표하는 그런 문제랄까. 그래, 좋아, 네가 거기 있다는 거 알아. 어쨌든 격식은 차려야겠지, 그렇지 않니? 어쩌면 네가 거기 존재한다는 상황 자체가 바로 우리가 격식을 차리고 패턴을 만들어내고 있다는 뜻이겠지. 그런 생각 해봤어?

그러니 내가 할 수 있는 말이라곤 이것뿐이다. 왜 자야하는지, 그 영사기사가 무슨 말을 할지, 내가 무엇을 알게 될지를 나는 잠들기 전에 이미 '알아차렸다'고. 이렇게 알고 있었기에, 꿈 자체는 이미 사건이 일어난 이후의 말이나 혹은 새로 알게 된 어떤 것을 강조하기 위한 요약의 성격을 지니고 있었다. 꿈이 개시되자마자 영사기사는 쏠의 목소리로, 아주 현실적인 태도로 이렇게 말했다. "자, 이제 우린 그것들을 다시 쭉 한번 돌아보게 될 거요." 전에 봤던 그 번드르르하고 비현실적인 영화의 똑같은 장면들을 다시 본다고 생각하니 당혹스러웠다. 그런데 똑같은 영화들이었음에도, 이번에는 꿈속에서 내가 '현실적'이라고 명명한 새로운 특징들이 등장했다. 러시아나 독일의 초창기 영화처럼 거칠고 조야하며 다소 아귀가 맞지 않는 영화들이었다. 몇몇 장면은 천천히 길게 늘어지며 현실의 삶에서는 시간이 없어 알아차리지 못했던 디테일들을 보여주었기에 난 그것들을 살피며 내 안으로 흡수할 수 있었다. 영사기사는 자신이 의도한 내용을 내가 이해하는 순간마다 "그렇죠, 바로 그겁니다, 그거라고요"라고 여러차례 말했다. 이렇게 그가 나를 이끌어주었기에 나는 한층 더 무거운 내용들, 혹은 내 삶의 패턴에 의해 무게가 실린 내용들이 재빨리, 대수롭지 않게 미끄러지듯 지나쳐 가는 것을 보았다. 가령, 유칼립투스 아래의 그 무리나 폴과 함께 풀밭에 누운 엘라, 혹은 소설을 쓰고 있는 엘라, 아니면 비행기에서 죽음을 희구하는 엘라, 폴의 소총에 맞아 땅으로 떨어지는 비둘기들, 이 모든 것이 스쳐 지나가면서 정말로 중요한 것들에 흡수되었고 자리를 내주었다. 그렇게 나는 무한한 시간 동안 화면을 지켜보며, 거기 나오는 동작 하나하나에 주의를 기울이고 있었다. 마쇼피 호텔 주방에 선 부스비 부인, 코르셋에 눌려 선반처럼 튀어나온 그 튼튼한 엉덩이며 겨드랑이 아래 보이는 진한 땀자국, 다양한 동물과 조류의 연골에서 차가운 고기를 떼어내고 썰면서 얇은 벽 너머 들려오는 잔인한 젊은이들의 목소리와 그보다 더 잔인한 웃음소리에 귀를 기울이다가 괴로운 마음으로 붉어지는 그 얼굴. 나의 귀 바로 뒤편에서 곡조도 없이 외롭게 흥얼거리는 빌리의 콧노래도 들렸다. 또 내가 폴과 노닥거릴 때 상처 받은 표정으로 오랫동안 나를 바라보는 빌리의 모습을 나는 느린 화면으로 몇 번이나 지켜보았고, 그 모습을 뇌리에서 지울 수 없었다. 그것 말고도 술집 바 뒤에 서 있던 당당한 체구의 부스비 씨가 젊은 남자와 함께 있는 자기 딸을 바라보는 장면이 보였다. 시선을 옮기기 전, 그는 부러워하면서도 원망은 담기지 않은 눈길로 그 젊은이를 바라보다가 손을 뻗어 빈 잔을 잡고는 술을 따랐다. 바에 앉아, 부스비 씨 쪽으로 시선을 주지 않으려 조심하면서 아름다운 빨간 머리를 한 자기 아내의 웃음소리에 귀를 기울인 채 술을 마시는 래티머 씨의 모습도 보였다. 그는 술에 취해 비틀비틀 몸을 구부려 빨간색 기다란 털이 달린 그 개를 쓰다듬고 또 쓰다듬었다. "됐나요?" 영사기사가 물으며 또다른 장면을 틀었다. 폴 태너의 집, 이른 아침 아이들이 등교 전 아침 식사를 하고, 꽃무늬 앞치마를 두른 채 약간 당황해하면서도 애원하듯 서 있는 부인 앞에서 그가 죄책감 때문에 재빨리 사무적으로 눈길을 던지는 모습이 보였다. 이어 그는 찡그리며 몸을 돌리더니 위층으로 올라가 옷장에서 깨끗한 셔츠를 꺼냈다. "됐습니까?" 영사기사가 물었다. 그런 다음 영화는 아주 빨리 돌아갔다. 마치 꿈속에서처럼 내가 언젠가 거리에서 보고 잊어버린 사람들의 얼굴, 그들의 팔이 천천히 움직이는 모습, 한쌍의 눈동자가 움직이는 모습을 빠른 속도로 보여주었는데, 이 모든 것이 의미하는 바는 한가지였다. 즉, 그 영화는 이제 내 경험 너머에, 엘라의 경험 너머에, 그 공책들의 너머에 있다는 뜻이었으니, 이는 어떤 결합이 일어나 각각의 장면이나 사람들, 얼굴들, 동작들, 눈길들이 모두 합쳐져 그것들을 구분하여 볼 수 없었기 때문이다. 영화는 다시 엄청나게 느려졌고, 일련의 연속된 순간들 속에서 어느 빈 농이 손을 구부려 대지에 씨앗을 떨어뜨리는 장면, 우뚝 선 반짝이는 바위가 물방울에 천천히 마모되어가는 장면, 달빛 속 메마른 언덕 기슭에서 누군가 소총을 든 채 경계 태세로 언제까지나 그렇게 서 있는 장면이 이어졌다. 혹은 어둠 속에서 깨어 누운 채로 아니, 난 자살하지 않을 거야, 하지 않을 거야, 하지 않을 거야, 하고 어떤 여자가 중얼대는 장면도 있었다.

영사기사가 아무 말 하지 않았기에 이제 내가 그에게 외쳤다. 이만하면 됐다고. 그는 대답하지 않았고, 나는 내 손으로 영사기를 꺼야 한다는 걸 알았다. 아직 잠든 채로, 나는 나 자신이 어떤 페이지에 써놓은 말들을 읽어보았다. 용기에 관한 내용이었는데, 그때까지 내가 알고 있던 그런 용기가 아니었다. 그것은 모든 삶의 뿌리에 놓여 있다 할 수 있는 작고 고통스러운 종류의 용기로, 이는 불의와 잔인함이 또한 생명의 뿌리에 놓여 있기 때문이다. 영웅적인 것이라든가 아름다운 것, 혹은 지적인 것들에만 내가 주목해온 이유는 그런 불의와 잔인함을 인정하고 싶지 않았기 때문이며, 따라서 다른 어떤 것보다 더 크다고 할 그 작은 인내를 받아들일 수 없었던 것이다.

이렇게 써놓은 이 말들, 막상 적어놓고 보니 비판하고 싶은 말들을 나는 한참 바라보다가 마더 슈거에게 갖고 갔다. 내가 말했다. "우린 다시 그 잎사귀로 돌아왔어요. 폭탄들이 터지고 세상의 껍질이 녹아버린 다음 1000년이 지난 뒤 녹슨 쇳조각 사이로 뚫고 올라올 그 잎사귀 말이에요. 그 잎사귀에 담긴 의지력이 바로 작고 고통스러운 인내와 동일한 힘이겠죠. 그렇죠?"(함정에 빠지지 않도록 경계하듯 난 꿈속에서 조소 어린 미소를 짓고 있었다.)

"그래서요?" 마더 슈거가 물었다.

"하지만 중요한 건 말이죠, 아직까지도 난 그 빌어먹을 잎사귀에 그만큼의 경의를 표할 준비가 안되어 있는 듯하다는 거예요."

이 말에 마더 슈거는 자신의 정사각형 등받이 의자에 잠자코 앉아, 한사코 요점을 놓치는 나의 우매함이 다소 언짢다는 표정으로 미소를 지었다. 그랬다, 마더 슈거는 물건을 어디 두었는지 잊어버렸거나 기차 시간표를 들고 막 외출할 참인 주부처럼 초조한 얼굴이었다.

얼마 후 깨어나보니 늦은 오후였고 방은 어둡고 싸늘했다. 우울감이 나를 짓눌렀다. 잔인한 남자의 빗발치는 화살을 맞은 여자의 흰 젖가슴, 정말이지 그게 나였다. 온몸이 욱신거릴 정도로 쏠이 필요했다. 그를 모욕하고 비난과 욕설을 퍼붓고 싶었다. 그러면 그는 틀림없이 이렇게 말할 테지. 아, 가련한 애나, 미안해. 그런 다음 우리는 사랑을 나눌 테지.

단편 혹은 중편. 코믹하고 아이러니한 내용. 한 여자가 있다. 남자에게 너무 쉽게 자신을 내주는 것에 질려서 이제는 자유롭게 살기로 결심한다. 작정을 하고, 여자는 두명의 연인과 만나면서 교대로 그들과 잔다. 참된 자유의 순간은 스스로에게 그 남자들을 똑같이 즐겼다고 말할 수 있을 때 도래할 것이다. 두 남자는 서로의 존재를 본능적으로 감지하게 된다. 한명이 질투심에 휩싸이고 아주 심각한 수준으로 여자를 사랑하게 된다. 다른 남자는 태연하고 방어적으로 나온다. 그토록 굳게 결심했건만 여자는 방어적인 남자에 대해서는 마음이 싸늘하게 식는 반면에 자기를 사랑하게 된 남자에 대해서는 구애를 거부하지 못한다. 변함없이 자신이 '자유롭지 못한' 상태라는 사실에 절망하지만 그럼에도 불구하고 두 남자를 향해, 자신은 이제 철저하게 해방된 존재이며 두 남자로부터 동시에 성적인 쾌감과 감정적인 쾌감을 온전히 느끼고자 했던 원래의 이상을 성취했다고 선언한다. 태연하고 방어적인 남자는 그 이야기에 흥미를 느끼며 여성해방에 관해 초연하고 지적인 논평을 한다. 여자가 사랑한 남자는 상처를 받고 반감을 느끼며 여자를 떠난다. 이제 여자는 자신이 사랑하지 않고 자신을 사랑하지도 않는 그 남자와 단둘이 남녀의 심리에 관한 지적인 대화를 나누게 된다.

이 이야기가 구미에 당겼기에 어떻게 쓰면 좋을까 궁리해보았다. 가령 나 대신 엘라를 이용한다면 이야기는 어떻게 달라질까? 한동안 엘라 생각은 하지 않고 지냈는데, 그사이 그녀가 변했다는 사실에 생각이 미쳤다. 예를 들어 엘라는 더 방어적이 되었을 수도 있다. 헤어스타일을 바꾼 것도 눈에 들어왔다. 엄격해 보이려는 듯 다시 머리를 뒤로 묶고 있었다. 옷도 다른 스타일로 입고 있을 가능성이 높았다. 나는 내 방에서 서성이는 엘라를 바라보았고, 그러다 문득 그녀가 쏠과 있으면 어떨까 마음속에 그려보았다. 나보다는 훨씬 더 지적일 테고, 말하자면 훨씬 태연자약하겠지. 잠시 후난 전에도 했던 그런 일, 즉 내가 지금 나보다 훨씬 더 좋은 여자인 '제삼자'를 만들어내고 있음을 깨달았다. 엘라가 현실을 떠난 그 지점이 어디인지, 실은 자신의 본성에 따른 행동을 어떻게 그만뒀는지, 그리고 자신에겐 도저히 불가능했던 그 대범한 인격으로 어떻게 옮겨 갔는지를 난 분명히 짚어낼 수 있었으니까. 그래도 내가 만들어내고 있는 이 새로운 인물이 싫지는 않았다. 상상 속에서 우리와 함께 나란히 걸어가는 이 경이롭고 대범한 인물들이 실제로 존재할 수 있다고, 우리에게 그들이 필요하며 우리가 그들을 상상한다는 이유로 그들은 존재할 수 있을 거라고 나는 생각했다. 그러다가, 엘라는 고사하고 상상하는 나와 실제의 내가 너무나 다르다는 사실 때문에 난 웃기 시작했다.

계단을 오르는 쏠의 발소리가 들려왔다. 이번에는 어떤 사람으로 들어올까? 아프고 지친 기색이었으나 그의 얼굴을 보는 순간 그날만은 악마들이 내 방에 들어오는 일이 없을 것임을 직감했다. 그리고 어쩌면 영원히. 그의 입에서 무슨 말이 나올지 이미 알고 있던 터였다. 그가 침대 가장자리에 앉으며 말했다. "당신이 웃고 있다니 재미있는 일이군. 돌아다니면서 당신 생각하고 있었거든.

거리를 걷는 그의 모습이, 혼란스러운 상상을 펼쳐내고 자신을 구원할 생각들이나 한꾸러미의 말들을 부여잡으며 걸어 다니는 모습이 눈에 훤했다. 내가 말했다. "그랬구나. 무슨 생각이었는데?" 훈계하는 자가 입을 떼길 기다리면서.

"왜 웃고 있었던 거야?"

"당신이 크리스마스 크래커에 담긴 격언처럼 우리 둘을 구원해줄 도덕적인 원리를 몇꾸러미씩 만들어내면서 정신 나간 도시를 쏘다니고 있었다고 생각하니 너무 웃겨서."

그가 차갑게 대꾸했다. "당신이 날 그렇게 잘 안다니 참 유감스러운 일이네. 자제심과 명석함으로 내가 당신을 압도할 줄 알았는데. 그래, 크리스마스 크래커에 들어있는 격언, 딱 맞는 말이야."

"그래, 어디 얘기나 해봐."

"우선, 애나 당신은 충분히 웃고 살지를 않아. 이런 생각이 들었어. 소녀들은 웃잖아. 늙은 여자들도 웃지. 그런데 당신 또래 여자들은 잘 웃지를 않아. 다들 심각한 인생살이에 빌어먹게 몰두하느라 그 모양이겠지."

"그런데 난 사실 머리통이 떨어져라 웃고 있었잖아. 자유로운 여자들에 관해 웃고 있었는걸." 난 조금 전 생각한 그 단편소설 줄거리를 들려주었고, 그는 조소를 머금은 채 듣고 있었다. 이윽고 그가 말했다. "그런 걸 말한 게 아니야. 진짜 웃음을 얘기했던 거라고."

"그 문제도 진지하게 고려해볼게."

"아니, 그런 식으로 말하지 말아줘. 잘 들어, 애나. 우리가 진지하게 고려하는 것들이 현실이 될 거라고 믿지 않을 때, 우리에게는 어떤 희망도 불가능한 법이야. 우리가 진지하게 고려하는 것들만이 우리를 구원할 수 있다고."

"우리의 청사진을 믿어야 한다는 얘기구나?"

"우리의 아름답고도 불가능한 청사진을 믿어야 한다는 얘기지."

"좋아. 다음은 뭐야?"

"둘째로, 당신 이런 식으로 지내선 안돼. 다시 글을 쓰기 시작해야 돼."

"그거야 물론 할 수 있다면 하겠지."

"아니, 애나. 그것 갖고는 안돼. 당신이 지금 말한 그 단편 한번 써보지 그래? 아니, 당신이 늘 내미는 그 엉터리 핑계는 사양할게. 한 문장으로 간단하게 말해봐. 왜 못하는 건지. 내 말을 크리스마스 크래커식 격언이라고 부르고 싶다면 마음대로 해도 좋아. 하지만 아까 걷고 있을 때 이런 생각이 나더라. 당신 머릿속에서 그걸 간단하게 만들 수 있다면 말이야, 어떤 표현으로 그걸 모두 요약할 수 있다면, 그러면 오랫동안 잘 들여다볼 수 있을 거고, 이겨낼 수도 있을 거라고."

내가 웃기 시작했지만 그는 말을 이었다. "아니, 애나. 그렇게 하지 않으면 당신 정말 완전히 부서지고 말 거야."

"그렇다면 오히려 잘됐네. 그 단편이든 다른 어떤 것이든, 왜 쓸 수 없는지 알아? 내가 쓰려고 딱 앉는 순간 누군가 방에 들어와 어깨 너머로 들여다보면서 방해하거든."

"그게 누군데? 누군지 당신 알아?"

"물론 알지. 중국인 빈농이거나 까스뜨로의 게릴라 전사 중 하나일걸. 알제리 민족해방전선을 위해 싸우는 알제리인일 수도. 아니면 마트롱 씨거나. 그들이 여기 이 방에 서서 말하는 거야. 글이나 끼적거리며 시간을 낭비하는 대신 왜 당신은 우리를 위해 뭔가를 하지 않느냐고."

"그들 누구도 그렇게 말하지 않을 거라는 거, 당신도 잘 알잖아."

"그야 그렇지. 하지만 무슨 말인지 당신이야말로 잘 알 텐데. 당신이 알고 있다는 거 알아. 우리 모두에게 내려진 저주니까."

"그래, 나도 알아. 하지만 애나, 난 억지로라도 당신을 쓰도록 만들 거야. 종이 한장이랑 연필 가져와봐."

난 탁자 위에 깨끗한 종이 한장을 펴놓고 연필을 집어 든 채 기다렸다.

"실패해도 상관없잖아. 당신 왜 그렇게 오만해? 그냥 시작하라고."

일종의 공황에 빠진 듯 정신이 멍했다. 난 연필을 내려놓았다. 그가 나를 강요하며 재촉하고 노려보는 모습이 눈에 들어왔다. 다시 연필을 집어 들었다.

"그럼 내가 당신에게 첫 문장을 써줄게. 두 여자가 있다, 이렇게 써, 애나. 적어봐. 런던의 아파트에는 그들 두 여자뿐이었다."

"지금 나더러 런던의 아파트에는 그들 두 여자뿐이었다는 말로 소설을 시작하라는 거야?"

"왜 그런 식으로 말해? 일단 써봐, 애나."

난 그 문장을 적었다.

"그 책을 쓰게 될 거야, 그걸 쓸 거라고. 완성도 할 거고."

내가 물었다. "당신한테 이게 왜 그렇게 중요해?"

"아," 일종의 자조 섞인 절망을 비치며 그가 대답했다. "좋은 질문이야. 글쎄, 당신이 할 수 있다면 나도 가능할 것 같아서겠지."

"그럼 당신 소설의 첫 문장을 내가 말해주길 바라겠네."

"말해봐."

"알제리의 메마른 언덕 기슭에서, 그 병사는 자기 소총에 번득이는 달빛을 지켜보았다."

그가 미소 지었다. "그런 얘긴 쓸 수 있지. 당신은 못하겠지만."

"그럼 써봐."

"새 공책을 준다면 그렇게 할게."

"그건 왜?"

"필요하니까. 그뿐이야."

"알았어."

"난 떠나야 할 것 같아, 애나. 알고 있지?"

"응."

"그럼 요리를 해줘. 여자한테 요리해달라고 말하게 되리라곤 생각해본 적 없는데. 그런 말을 했다는 사실 자체가 소위 성숙 쪽으로 작은 걸음마를 뗐다는 뜻 아닌가 싶네."

난 요리를 했고 우리는 잠들었다. 오늘 아침 먼저 깨어나보니, 잠든 그의 얼굴이 병들고 홀쭉해 보였다. 이 상태로 이 사람이 떠나면 안된다는, 떠나게 놔두면 안된다는 생각이 들었다.

그가 깼을 때 난 이렇게 말하려는 욕망에 맞서 싸우고 있었다. 당신 떠날 수 없어. 내가 돌봐줘야 하니까. 내 곁에 머물겠다는 말만 하면 뭐든 다 할게.

　그가 자신의 나약함과 싸우는 중이라는 사실을 난 알고 있었다. 이렇게 여러주가 지나기 전, 만약 그가 잠결에 무의식적으로 내 목에 팔을 두르지 않았더라면 어떤 일이 일어났을까? 그때 난 그가 내 목에 팔을 둘러주길 원하고 있었다. 나에게 애원하지 않기 위해 그가 안간힘을 쓰고 있었듯이 나 또한 그를 만지지 않기 위해 애쓰면서 자리에 누워 생각했다. 친절에서 나온 행위가, 연민에서 나온 행위가 그런 식의 배신이 될 수도 있다는 건 얼마나 이상한 일인가. 지친 내 정신은 아득해졌고, 그러는 사이 연민에 따르는 고통이 엄습해 나는 이것이 배신이라는 걸 알면서도 그를 끌어안았다. 곧바로, 한순간은, 그 또한 정말로 친밀하게 나에게 바짝 매달렸다. 이어 나의 배신이 즉시 그의 배신을 이끌어냈으니, 그가 아이의 목소리로 이렇게 중얼거렸던 것이다. "착한 아기야." 어머니에게 속삭일 법한 말도 아니며, 절대 그의 것이 될 수 없는 말, 문학작품에나 나오는 말. 게다가 그는 그 말을 징징거리듯, 패러디를 하듯이 주워섬겼다. 하지만 딱히 패러디도 아니었다. 그런데도 그를 내려다보았을 때, 난 예민하고 병약해 보이는 그의 얼굴에 처음에는 그 말에 수반되는 감상적인 허위가 나타났다가 다음 순간 일그러지는 고통이 떠오르는 모습을 보았다. 이어 내가 내려다보는 걸 깨닫고 공포에 휩싸인 그의 회색 눈이 순수한 혐오와 저항으로 가늘어졌고, 서로에 대한 수치와 굴욕감 속에서 우리는 무기력하게 상대를 바라보고 있었다. 잠시 후 그의 얼굴에 어린 긴장이 사라졌다. 조금 전 내가 몸을 굽혀 그에게 팔을 두르기 직전 정신이 아득해졌던 것처럼 그의 정신도 아득해졌고, 그렇게 몇초쯤 잠들어 있었다. 그러다가 다음 순간 잠에서 몸을 홱 일으키더니 팽팽하게 긴장하여, 마치 싸움이라도 벌일 듯이 내 팔에서 몸을 빼내고는, 적의 위치를 알아내려는 양 정신을 바짝 차리고 방 곳곳을 빈틈없이 둘러본 뒤 일어나 섰다. 이 모든 게 하나의 동작처럼 보일 정도로 그 반응들은 너무도 빨리, 연달아 이어졌다.

그가 말했다. "나나 당신이나, 이보다 더 심한 상태로 내려가선 안되겠어."

내가 맞장구쳤다. "맞아."

"글쎄, 이제 그럼 정말로 다 끝난 거네." 그가 말했다.

"단추를 끝까지 채워버린 셈이지." 내가 말했다.

그는 위층으로 올라가 몇 안되는 소지품을 작은 가방과 여행용 가방에 꾸렸다.

그러고는 금방 다시 내려와 내 넓은 방의 문틀에 기대어 섰다. 그는 쏠 그린이었다. 몇주 전 내 아파트로 걸어 들어왔던 그 남자, 쏠 그린이 보였다. 마른 몸에 딱 맞는 새 옷을 입고 있었다. 말쑥하고 자그마하지만 체구에 비해 지나치게 큰 어깨와 깡마른 얼굴에 툭 튀어나온 광대뼈가, 한때는 이 몸이 다부지고 튼튼한 육신이었음을, 투병을 마치고 건강을 회복하면 곧 강하고 떡 벌어진 어깨를 가진 남자로 거듭날 것임을 고집스레 전하고 있었다. 부드럽게 빗어 넘긴 금발에 병색이 완연한 누런 얼굴을 한 작고 바짝 마른 그 남자 곁에, 건장하고 강인한 갈색 피부를 가진 남자가 마치 자신을 드리운 몸을 흡수할 작정인 그림자처럼 서 있었다. 한편 그는 어떤 일을 감행하기에 앞서 불필요한 것들을 모두 벗겨내고 깎아낸 가벼운 몸으로 경계 태세를 취하고 있는 듯했다. 허리띠에 엄지손가락 둘을 걸고 손가락으로는 아랫도리를 가린 채 서서(하지만 이제 그 손짓은 난봉꾼 포즈의 그럴싸한 패러디처럼 보였다) 서늘한 회색 눈동자로 경계를 늦추지 않되 충분히 친근하게 나를 바라보며 비딱하게 도전장을 던지고 있었다. 그가 나의 형제처럼 느껴졌다. 서로 얼마나 떨어져 있든, 얼마나 멀리 떨어져 지내든, 언제나 한 몸에서 나왔고 상대방과 같은 생각을 하는 형제처럼.

그가 입을 열었다. "그 공책에 나를 위한 그 첫 문장 적어줘."

"당신 대신 그걸 써달라는 거야?"

"그래, 적어봐."

"뭣 때문에?"

"우린 한 팀이니까."

"그건 아닌 것 같은데. 난 팀 싫어해."

"이렇게 한번 생각해봐. 이 세상에 우리가 몇명 있는 거야. 이름조차 모르지만 서로에게 의지하고 있지. 언제나 서로에게 의지하고 있다고. 우린 한 팀이야. 아직 굴복하지 않은 자들이니까. 계속 싸울 각오니까. 애나, 이 말만은 꼭 하고 싶었어. 난 가끔 책을 집어들면서 이런 말을 해. 좋아, 당신이 먼저 썼다 이거지? 잘했어. 좋아, 그러면 내가 그걸 쓸 필요는 없겠군."

"알겠어, 당신을 위한 그 첫 문장을 써주도록 하지."

"좋아. 적어봐. 돌아와서 그걸 갖고 작별 인사를 한 다음 내 갈길 갈게."

"어디로 가려고?"

"나도 모른다는 거 잘 알 텐데."

"언젠가는 당신도 알아야 할 거야."

"그래, 맞아, 하지만 난 아직 성숙한 인간이 못되어서 말이야, 설마 벌써 잊어버렸어?"

"미국으로 돌아가는 게 나을지도 모르겠어."

"안될 거야 없지. 사랑이야 온 세상천지 다 똑같으니 말이야."

난 웃었다. 그가 계단을 내려가는 사이, 그 예쁜 새 공책에 이렇게 적었다. "알제리의 메마른 언덕 기슭에서, 그 병사는 자기 소총에 번득이는 달빛을 지켜보았다."

[여기서 애나가 쓴 부분은 끝나고, 금색 공책의 이어지는 지면에는 쏠 그린이 쓴 알제리 병사에 관한 중편소설이 이어졌다. 한때 농부였던 이 병사는 삶에 대한 자신의 감정과 외부로부터 부과되는 감정이 서로 어긋남을 깨닫고 전장에 뛰어들었다. 그를 깨우친 건 무엇이었을까? 보이지 않는 존재들, 그건 신일 수도, 국가일 수도, 법일 수도, 질서일 수도 있었다. 그는 프랑스인들에게 체포되어 고문을 당했고, 탈출하여 민족해방전선에 가담했다. 그러다 어느날 명령에 따라 프랑스인 포로들을 고문하고 있는 스스로를 발견했다. 사실 그는 이 점에 대해 아무런 감정을 느끼지 못했지만 뭔가 감정을 가져야 한다는 것은 알고 있었다. 그래서 어느 밤늦은 시간 자신이 고문을 가한 어느 프랑스인 포로와 함께 자신의 정신상태에 관해 토론을 벌였다. 그 프랑스인 포로는 젊은 지식인이자 철학도였다. 이 젊은이(두 남자는 그의 독방에서 몰래 대화를 나누었다)는 지식의 감옥에 갇힌 자기 처지를 불평했다. 한쪽은 '맑스', 다른 쪽은 '프로이트'라고 표시된 작은 서랍들 속으로 곧장 투하할 수 없는 사고나 감정을 자신은 결코 가져본 적이 없음을 오랫동안 의식하고 있었노라고 했다. 자신의 생각과 감정이 이미 예정되어 있는 구멍으로 굴러 들어가는 공깃돌 같다는 것이었다. 젊은 알제리인 병사에겐 그 이야기가 흥미로웠다. 자기는 그런 걸 전혀 경험한 적이 없다고 했다. 자기가 괴로운 이유는 생각이나 감정 그 어

떤 것도 자기가 기대했던 내용이 아니기 때문이라고 그는 말했다. 물론 그 문제가 정말 그에게 괴로운 건 아니었지만 그는 마땅히 괴로워야 한다고 느꼈다. 알제리 병사는 그 프랑스인 학생이 부럽다고, 아니 그를 부러워해야 할 것 같은 느낌이 든다고 했다. 반면 프랑스인 학생은 그 알제리인이 가슴 깊이 부럽다고, 단 한번이라도 좋으니 자기 인생에서 프로이트나 맑스 같은 할아버지들이 강요한 내용이 아니라 자발적이고 유도되지 않은 자신만의 것을 느끼거나 생각해봤으면 좋겠다고 했다. 두 젊은이의 목소리는 사려 깊지 못하게도 점점 높아지고 있었고, 특히 자신의 처지에 대해 절규하는 그 프랑스인 학생의 목소리가 그랬다. 지휘관이 들어와 알제리인 병사가 자신이 감시해야 할 그 포로와 형제처럼 이야기를 나누고 있는 꼴을 발견했다. 알제리인 병사가 말했다. "지휘관님, 저는 명령받은 대로 이자를 고문했습니다. 대화를 나누지 말라는 말씀은 없으셨습니다." 지휘관은 자기 부하가 포로였을 때 포섭된 일종의 첩자라고 생각했다. 그래서 총살형을 명령했다. 알제리인 병사와 프랑스인 학생은 이튿날 아침 그 언덕 기슭에서 떠오르는 태양빛을 얼굴에 받으며 나란히 총살되었다.]

[이 중편소설은 나중에 출판되었고 제법 호평을 받았다.]

자유로운 여자들

5

몰리는 재혼하고 애나는 연애를 한다

기숙학교에 가도 되냐고 재닛이 처음 물어 왔을 때 애나는 망설였다. 기숙학교가 상징하는 모든 것을 혐오했기 때문이다. 이런저런 '진보적인' 학교들을 알아보고 난 뒤 다시 딸에게 얘기해보았다. 하지만 그러는 사이 재닛은 엄마를 설득하려고 이미 전통적인 기숙학교에 다니고 있는 친구를 집으로 데려왔다. 애나가 안된다고 할까 걱정하면서도 두 아이는 눈을 반짝이며 제복과 기숙사, 단체 외출 등등에 관해 재잘거렸고, 애나는 '진보적인' 학교야말로 딸아이가 가고 싶지 않은 곳임을 깨달았다. 사실 재닛은 이렇게 말하고 있었다. "난 평범하게 살고 싶어요. 엄마처럼 되긴 싫어요." 제멋대로 솟구치는 물줄기 위에서 언제까지나 춤을 추는 공처럼, 새로운 감정이나 모험 앞에 늘 자신을 열어두고 그날그날을 살아가는 무질서와 실험의 세계를 재닛은 이미 들여다보았고, 다른 사람은 몰라도 자기에겐 그런 삶이 맞지 않는다는 결론을 내렸던 것이다. 애나가 말했다. "얘야, 그곳이 지금까지 네가 알던 세상과 얼마나 다른지는 알고 있니? 그런 학교에 다니면 걸을 때도 군인들처럼 열을 맞춰야 한단다. 다른 사람들과 똑같이 보여야 하고 정해진 시간에 규칙적으로 행동해야 해. 주의하지 않으면 다른 애들이랑 똑같이 통조림 콩처럼 만들어져 졸업하게 될 거다." "알아요." 열세 살 난 딸애는 미소를 머금은 얼굴로 대답했다. 그 의미는 이랬다. 엄마가 그런 거 전부 아주 싫어하는 거 잘 알아요. 그렇다고 나도 싫어해야 하나요? "견디기 힘들 거야." "안 그럴 것 같은데요." 엄마의 인생관을 놓고 갈등해야 할 정도로 자신이 한때나마 그러한 생활 방식을 받아들인 적이 있다는 생각에 반감을 느껴서인지, 재닛은 갑자기 뚱해진 목소리로 이렇게 대꾸했다.

재닛이 학교로 떠난 이후, 애나는 아이를 키우느라 따를 수밖에 없었던 규칙들, 아침이면 정해진 시간에 일어나야 하고, 일찍 일어나야 하니 피곤하지 않으려면 일찍 자야 하고, 규칙적으로 식사 준비를 해야 하고, 아이를 불안하게 하지 않기 위해 기분을 조절해야 하는 이런 일들에 실은 자신이 얼마나 많이 의지하며 살아왔는지를 깨달았다.

이제 애나는 너무 넓은 집에 혼자 남겨져 있었다. 작은 곳으로 이사를 가야 했다. 다시 세를 놓을 마음은 없었다. 로니나 아이버 때문에 겪은 일이 또 일어날 수 있다고 생각하면 덜컥 겁이 났다. 그런 일에 겁을 낸다는 게 사실 겁나는 일이었다. 도대체 난 어떤 상태이기에 사람들과의 복잡한 관계에 이렇게 위축되고, 무엇에라도 휘말리는 것에 이렇게 움츠러드는 걸까? 이는 자신이 마땅히 그래야 한다고 생각하는 모습을 배반하는 태도였다. 애나는 타협안을 찾았다. 앞으로 1년만 이 집에 더 눌러앉아 지내며 세도 놓고 적당한 일자리도 알아보기로.

모든 게 달라진 것 같았다. 재닛은 가버렸다. 리처드가 경비를 대줘서 토미와 매리언은 아프리카에 관한 서적들을 한짐 싸 들고 씨칠리아로 떠났다. 모자는 돌치[1]를 찾아갈 요량이었는데, 매리언의 표현에 따르자면 "그 불쌍한 사람에게 조금이라도 도움이 될까" 싶어서라고 했다. "애나, 그 사람 사진이 늘 내 책상에 놓여 있는 거 알아?"

몰리는 전남편의 후처에게 아들을 빼앗긴 채 텅 빈 집에서 혼자 지내고 있었다. 리처드의 세 아들을 초대해 한동안 함께 지내기도 했다. 아직도 아들의 사고 책임을 몰리에게 돌리고 있기는 했지만 리처드도 이 일은 기꺼워했다. 몰리가 아이들을 집으로 불러 즐거운 시간을 선사하는 동안 리처드는 새로운 강철 공장 세곳의 자금을 마련하기 위해 비서를 데리고 캐나다로 갔다. 매리언이 이혼에 동의했으니 일종의 허니문인 셈이었다.

애나는 자신이 아무것도 하지 않은 채 허송세월하고 있다는 사실을 깨달았고, 이 사태를 해결할 방안은 남자밖에 없다고 판단했다. 약을 처방하듯이 자신을 위해 그런 처방을 내렸던 것이다.

몰리가 리처드의 세 아들 때문에 바빠서 응대 시간이 없었던 까닭에 그녀의 친구 하나가 애나에게 전화를 걸어 왔다. 넬슨이라는 남자였는데, 몰리네 집에서 처음 만난 이후 가끔 함께 저녁을

---

1 다닐로 돌치(Danilo Dolci, 1924~97). '씨칠리아의 간디'로 알려진 이딸리아의 사회 활동가이자 교육가이며 시인. 노동 착취와 불평등, 마피아와 연계된 정치적 부패를 타파하기 위해 싸웠다.

먹곤 했던 미국 출신의 시나리오작가였다.

　그가 애나에게 전화를 걸어 말했다. "절대 날 만나주면 안된다는 경고 먼저 해야겠어. 지금 집사람을 도저히 감당할 수 없는 위기에 처해 있거든. 벌써 세번째라고."

　저녁을 들면서 그들은 주로 정치 이야기를 나눴다. "당신, 유럽 빨갱이와 미국 빨갱이의 차이가 뭔지 알아? 유럽에서 빨갱이란 공산주의자라는 뜻이잖아. 반면 미국에서는 비겁하거나 혹은 너무 신중해서 절대로 당원증을 까지 않는 자들을 의미하지. 유럽에 공산주의자와 그 동조자들이 있다면, 미국엔 공산주의자와 한때 빨갱이였던 자들이 있다고 할 수 있어. 난 말이야, 그 차이가 정말 존재한다고 믿는 편인데, 한때 나도 빨갱이이긴 했어. 이미 겪은 것보다 더 많이 고생하고 싶은 마음은 없고. 글쎄, 이렇게 내 입장은 정리한 셈이니 오늘밤에 당신 집에 데려가줄 거지?"

　애나는 이런 생각을 하고 있었다. 진짜 죄악에 해당하는 게 딱 하나 있어. 차선책을 놓고서 절대 차선책이 아니라고 믿고 싶은 태도가 바로 그거야. 목을 빼고 마이클만 기다려봤자 무슨 소용이 있겠어?

　그래서 애나는 넬슨과 그날밤을 보냈다. 그리고 곧 그에게 아주 심한 성적인 문제가 있다는 사실을 알아차렸다. 애나는 기사도를 발휘하여 아무 심각한 문제도 없는 척하는 식으로 그와 공모했다. 아침에 그들은 친구처럼 다정하게 헤어졌다. 그런 다음 애나는 어느새 기분이 가라앉아 무기력한 우울감에 빠진 채 엉엉 울고 있었다. 이걸 치료하려면 혼자 이러고 있어서는 곤란하다고, 남자친구 아무한테나 전화를 걸어야 한다고 중얼거렸다. 하지만 그럴 수 없었는데, 또 한번의 '연애'는커녕 누구를 만나는 일 자체도 감당하기 버거운 상태였던 것이다.

자신이 참 이상한 방식으로 시간을 보내고 있음을 애나는 깨달았다. 엄청난 양의 신문과 잡지를 주야장천으로 읽어대고 있었으니, 세상 모든 곳에서 벌어지는 일을 샅샅이 알아야만 직성이 풀리는 자기 같은 부류의 인간들 모두를 고통으로 몰아넣는 바로 그 악덕 탓이었다. 그런데도 지금 느지막이 일어나서 커피를 마시고 그 넓은 방의 바닥에 퍼질러 앉아 일간지 대여섯종류와 열두어권의 주간지에 에워싸인 채 그것들을 천천히 읽고 또 읽는 것이었다. 애나로서는 이런저런 일들을 서로 꿰어 맞추려고 노력하는 중이었다. 한때는 이 세상에 어떤 일들이 벌어지고 있는지 전체적인 그림을 그려보고 싶었기 때문에 읽었는데, 이제 그녀에게 익숙했던 질서의 형태는 사라지고 없었다. 마치 정신이 온갖 형태의 저울들로 가득 찬 어떤 장소 같았다. 애나는 사실과 사건을 서로 견줘보고 있었다. 문제는 사건들이 어떻게 이어져서 어떤 가능한 결과들이 생기느냐가 아니었다. 애나 자신이 백만가지 들쭉날쭉한 사실들에 의해 공격당하는 의식의 중심점이며, 만약 자신이 사실들을 측량하고 재어보는 식으로 그것들 전부를 고려하지 못한다면 그 중심점이 사라져버릴 것만 같았다. 그래서 이를테면 이런 기사 내용을 응시하고 있는 것이었다. "1만 킬로그램이 지표면에서 폭발할 경우 방출되는 열로 인한 화재 발생 가능성은 대략 반경 25마일 이상으로 늘어난다. 반경 25마일까지 이르는 불의 원은 1900제곱마일에 해당하는 지역들을 뒤덮게 되는데, 만약 무기가 목표 지점 가까이에서 폭발한다면 인구가 가장 밀집된 장소들까지 피해 지역에 포함될 것이다. 이는 곧 특정한 종류의 청명한 기상 조건에서는 이 거대한 지역의 모든 사람과 사물이 심각한 열화상을 입고 그중 다

수는 사망에 이르는 대참사가 일어날 수 있음을 의미한다." 애나에게 끔찍했던 것은 이 단어들 자체가 아니라, 상상력을 발휘하여 그것들을 가령 이런 말과 연결할 수 없다는 점이었다. "나는 지금 당장 내가 집중할 수 있는 수많은 대안적 관점들 때문에 계속해서 미래의 가능성들을 파괴하는 그런 사람이다." 그래서 애나는 단어들이 원래의 의미로부터 떨어져 나오듯 지면에서 떨어져 나와 미끄러져 사라질 때까지 이 두 무리의 단어들을 뚫어져라 응시하곤 했다. 하지만 단어들에 의해 확인되지 못한 채 의미는 그것대로 남아 있었고, (자신으로선 그 이유를 알 수 없었지만) 아마도 단어들이 결국 의미를 붙들지 못했기에 더욱 끔찍하게 느껴졌다. 그래서 이 두 무리의 단어들에 백기를 들고는 그것들을 밀쳐버린 뒤 다른 한 무리의 단어들에 주의를 기울이곤 하는 것이었다. "아프리카에 현재 요구되는 종류의 기성 질서가 부재한다는 사실을 유럽은 거의 인지하지 못하고 있다." "내가 보기에는 (스미스 씨의 말처럼 신-신낭만주의가 아니라) 격식이 대세가 될 가능성이 있다." 이런 식으로 애나는 방바닥에 앉아 골라낸 인쇄물 쪽지를 몇시간이고 집중해서 들여다보곤 했다. 얼마 지나지 않아 또 한가지 새로운 활동이 개시되었다. 애나는 신문과 잡지에서 기사를 꼼꼼히 오려내어 압정으로 벽에 붙였다. 넓은 방의 하얀 벽들이 크고 작은 신문 기사 스크랩으로 완전히 뒤덮였다. 거기 압정으로 고정해놓은 문장들을 바라보면서, 애나는 조심스레 벽 주변을 서성이곤 했다. 압정이 다 떨어졌을 땐 이 무의미한 짓을 계속하는 것이야말로 참 바보 멍청이 같은 짓이라고 중얼거렸지만, 금세 코트를 입고 밖으로 나가 압정을 두박스나 사 와서는 아직 붙이지 않은 기사 조각들을 꼼꼼하게 벽에 붙였다. 하지만 매일 아침 현관 매트에는 엄청난 두께의 신문들이 계속 쌓였고, 그래서 매일 아침 그녀는 이 새롭게 공급된 자료들에 질서를 부여하기 위해 안간힘을 쓰며 앉아 있다가는 이따금 압정을 더 사러 집 밖으로 나가곤 했다.

내가 지금 미쳐가고 있구나, 이런 생각이 얼핏 들었다. 이게 바로 자신이 예견했던 그 '몰락' 내지 '파멸'이었다. 그러나 애나가 보기에는 자기 자신은 조금도 미치지 않았고, 신문에 반영된 세상, 이제 막 시작되려는 그 세상에 대해 자신과 같은 강박에 시달리지 않는 사람들이야말로 저 끔찍한 필연을 전혀 감지하지 못하고 있는 것 같았다. 그런데도 그녀는 자신이 미쳤음을 알고 있었다. 그리고 엄청난 양의 인쇄물을 읽고 또 읽고 조각들을 잘라내어 벽면이란 벽면은 죄다 도배해버리는, 용의주도하면서도 강박적인 이 행위를 멈추지 못하는 동안에도, 재닛이 학교에서 돌아오는 즉시 자신이 애나, 책임감 있는 애나의 모습을 되찾을 것이고 그 강박 또한 사라지리라는 것을 그녀는 알고 있었다. 정신 멀쩡하고 책임감 강한 재닛의 엄마로 남는 일이야말로 세상을 이해해야 하는 필요성보다 훨씬 더 중요한 문제이며, 전자가 후자의 필수 조건이라는 사실도 잘 알았다. 재닛의 엄마가 책임을 다하는 여성이 될 수 없는 그 순간, 세상을 이해하고, 말로 정리하고, '명명하는' 일도 불가능해질 터였다.

신문에 나오는 사실들에 강박적으로 매달리면서도 한달이면 딸이 집으로 돌아온다는 사실이 뇌리에서 떠나지 않았다. 토미가 사고를 당했던 날부터 펼쳐보지 않고 내버려뒀던 네권의 공책을 다시 집어 든 것도 그 때문이었다. 공책들을 연거푸 넘겨보았지만 아무 느낌이 없었다. 알 수 없는 일종의 죄책감이 그 공책들을 자신에게서 떨어뜨려놓았음을 애나는 깨달았다. 물론 토미를 향한 죄책감이었다. 그 공책들을 읽고 자살을 시도하게 된 것인지, 그렇다면 그 안에 토미를 뒤흔들어버린 무언가가 있는 것인지, 혹은 그녀가 정말로 오만한 것인지, 애나는 알지 못했고 결코 알아낼 수 없을 터였다. "그건 오만한 태도예요, 애나 아줌마. 무책임한 태도이기도 하고요." 그래, 그 아인 그렇게 말했지. 하지만 자신이 그 아이를 실망시켰다는 사실, 그 아이가 필요로 하는 무언가를 줄 수 없었다는 사실은 차치하고라도, 도대체 무슨 일이 일어난 것인지조차 애나로서는 도무지 이해할 수 없었다.

어느 오후 잠든 그녀는 꿈을 꾸었다. 전에도 이런저런 형태로 꿨던 꿈이었다. 그녀에게 아이가 둘 있었다. 한명은 통통하게 살이 올라 건강하게 빛나는 재닛이었다. 다른 하나는 어린 아기인 토미였는데, 애나는 그 아이를 굶기고 있었다. 재닛이 젖을 다 먹어버린 후라 젖이 텅 비었고, 그 때문에 쫄쫄 굶어 작고 바싹 마른 토미가 눈앞에서 자꾸만 쪼그라들었다. 뼈만 앙상하게 남은 창백한 몸을 이리저리 비틀며 애나를 뚫어져라 응시하다가 토미는 완전히 사라져버렸고, 애나는 초조함과 자기분열과 죄의식으로 열에 들떠 잠에서 깼다. 하지만 깨어난 뒤에도 왜 토미를 굶기는 꿈을 꿔야 했는지 그 까닭을 알 수 없었다. 더구나 반복되는 이러한 종류의 다른 꿈에서는 그게 누구라도 될 수 있다는 것, 가령 거리에서 마주친 다음 그 얼굴이 뇌리에서 떠나지 않던 누군가가 그 꿈에 등장한 '굶주린' 아기일 수 있다는 사실을 애나는 잘 알고 있었다. 어쨌든 얼핏 보고 지나친 그 누군가에 대해서도 분명 자신은 책임감을 느끼는 것이었다. 그게 아니라면, 이처럼 그 혹은 그녀를 거두지 못하는 그런 꿈을 꿀 이유가 무엇이겠는가?

꿈에서 깨어난 뒤, 애나는 열을 내어 다시 그 일에 착수했다. 뉴

스 기사를 오려내어 벽에 붙이고 또 붙였다.

그날 저녁 재즈를 들으며 기사 조각들에서 '의미를 만들어내지' 못해 절박한 심경으로 방바닥에 퍼질러 앉아 있던 중, 문득 일종의 환영과도 같이 새로운 감각이 솟아나 애나는 지금껏 이해하지 못했던 세상을 새롭게 그려볼 수 있었다. 새로 알게 된 사실은 더없이 끔찍한 내용이었다. 자신이 예전에 현실로 이해했던 것과는 완연히 다른 현실로, 그것은 한번도 가보지 못한 감정의 나라에서 온 것이었다. '우울'이나 '행복'이나 '낙담'과는 완전히 다른 감정. 기쁨이니 행복이니 하는 그런 말들에 아무런 의미가 없다는 것이 그 경험의 핵심이었다. 이 통찰의 순간은 시간을 초월했기에 애나는 자신이 얼마만큼의 시간 동안 그것을 경험했는지 알 수 없었고, 다만 어떤 말로도 형용할 길 없는 경험, 말이 어떤 의미를 가질 수 있는 세상 너머에 있는 경험을 했다는 사실만을 깨달았다.

그런데도 애나는 공책 앞에 다시 서서 만년필을 쥔 채 한권의 공책(그것은 꼭 연약한 창자가 내비치는 바다 동물, 해마처럼 보였다) 위에 손을 올렸고, 잠시 뒤엔 다른 공책 위에 올려놓으며, 어떤 공책에 적어야 할지 그 '계시'의 본질이 스스로 결정해주는 순간을 기다렸다. 하지만 다양한 하위 범주와 영역으로 나뉜 이 네권의 공책에서는 아무것도 느껴지지 않았고, 그래서 애나는 펜을 내려놓았다.

재즈를 조금 듣다가, 바흐의 곡으로, 다시 스뜨라빈스끼로 넘어가는 식으로 다양한 음악을 들으며, 애나는 음악이라면 말이 지시하지 못하는 내용을 표현할 수 있으리라 생각했다. 하지만 점점 더 자주 그랬듯이 이번에도 음악은 자신을 성마르게 하는 느낌이었고, 소리를 적대시하며 물리치는 안쪽 귀의 고막을 마구 때리는 듯했다.

애나는 생각했다. 말은 그릇되고 그 본질상 부정확하다는 사실을 왜 여태 받아들이기 힘들어했는지 모르겠어. 말로 진실을 표현할 수 있다고 생각했다면 어느 누구에게도 보여주지 않을 그런 일기를 쓰지도 않았을 텐데. 물론 토미는 예외였지만.

그날밤을 애나는 거의 뜬눈으로 지새웠다. 다가오는 것만으로도 진저리가 날 정도로 이미 너무도 낯익은 생각들, 정치에 대한 생각, 우리 시대 행위의 패턴들에 대한 생각을 다시 곱씹으며 잠들지 못하고 누워 있었다. 진부함으로의 전락이었다. 늘 그랬듯 자신이 어떤 행동을 하든 신념 없이, 즉 '선'과 '악'에 대한 신념을 견지하지 못한 채 그저 시험 삼아 한번 해보는 행위에 그칠 것이고, 잘되길 바라지만 그 정도의 희망 이상을 갖지 않으리라는 결론을 내렸기 때문이다. 하지만 이런 정신 태도로, 생명이나 자유를 그 대가로 지불해야 할지 모를 어떠한 결정을 내릴 가능성도 있었다.

아침 일찍 잠에서 깬 애나는 곧 자신이 양손 가득 신문 기사 조각과 압정을 든 채 부엌 한가운데 서 있다는 걸 깨달았다. 넓은 방 벽면은 손닿는 곳 어디에든 오려낸 기사들로 완전히 뒤덮여 있었다. 충격을 받은 애나는 새로 오린 기사들과 잡지며 신문 꾸러미들을 옆으로 밀쳐놓았다. 이런 생각이 들었다. 하지만 첫번째 방 전체를 빠짐없이 뒤덮어버리고도 충격을 받지 않았다면, 혹은 적어도 이 짓거리를 그만둘 정도로 충격을 느끼지 못했다면, 난 두번째 방에서 이 짓을 다시 시작하면서도 놀라야 할 이유를 찾지 못할 테지.

그럼에도 불구하고, 이제 자신이 소화할 수 없는 정보가 든 그 인쇄물 조각들을 더이상 벽에 붙이지 않을 거라고 생각하니 기운이 났다. 이미 벽에 붙여놓은 종이들도 모두 찢어버리라고 스스로를 다그치면서 애나는 넓은 방 한가운데 서 있었다. 하지만 실행에 옮길 수는 없었다. 다시 한번 방 이쪽에서 저쪽으로 서성이며 문장과 문장을, 일련의 표현들을 다른 일련의 표현들과 견줘보고 있었다.

그러던 중 전화벨이 울렸다. 몰리의 친구였다. 한 좌파 미국인이 이틀쯤 머물 방이 필요하다고 했다. 그 사람이 미국인이라면 아마도 대하소설을 집필하는 중일 테고, 정신분석 치료를 받고 있으며, 두번째 부인과 이혼 절차에 들어갔겠네요, 이런 농담을 건네면서도 애나는 방을 내줄 수 있다고 말했다. 나중에 그가 전화를 해서 그날 오후 5시에 찾아오겠노라고 했다. 그를 맞이하기 위해 옷을 갈아입으면서 애나는 자신이 지난 몇주간 약간의 식료품이나 압정을 사러 외출한 때를 제외하면 옷도 제대로 차려입은 적이 없었음을 깨달았다. 5시가 되기 직전 그가 다시 전화를 걸어 오더니 출판 대리인을 만나야 해서 올 수 없다고 했다. 애나는 이런저런 자세한 세부 사항을 늘어놓으며 출판 대리인과의 약속을 장황하게 설명하는 그의 태도에 놀랐다. 몇분 뒤 몰리의 친구가 다시 전화를 걸어 밀트(그 미국인)가 자기 집 파티에 올 건데 애나도 참석하지 않겠냐고 물었다. 짜증이 치밀었지만 애나는 그 짜증을 대수롭지 않게 떨쳐버리며 초대를 거절한 다음, 다시 잠옷을 입고 신문이 뒤덮인 방으로 돌아갔다.

그날 밤늦게 벨이 울렸다. 문을 여니 그 미국인이 서 있었다. 미리 전화를 못해 미안하다고 했고, 애나는 옷을 갖춰 입고 있지 못해 미안하다고 했다.

그는 젊은 사람으로, 보아하니 서른쯤 된 것 같았다. 질 좋은 모피처럼 짧게 깎은 갈색 머리에, 홀쭉하고 지적인 인상을 풍기는 얼굴에는 안경을 겼다. 영민하고 유능하며 지적인 미국인. 어떤 사람인지 잘 알 것 같았기에 애나는 그와 비슷한 부류의 영국인보다 백 배는 더 세련된 사람이라고 그를 '명명'했는데, 이는 곧 유럽이 아직 발견하지 못한 절망의 나라 거주민이라는 뜻이었다.

함께 계단을 오르는 동안 그가 출판 대리인을 만나러 간 것에 대해 사과했지만 애나는 중간에 말을 자르면서 파티는 즐거웠냐고 물었다. 그가 갑작스럽게 웃음을 터뜨리며 대꾸했다. "이런, 저를 한눈에 파악하셨군요." "파티에 가고 싶다는 말 정도야 얼마든지 할 수 있었을 텐데요." 애나가 대꾸했다.

두 사람은 미소를 머금고 서로를 관찰하며 부엌에 마주 서 있었다. 애나는 이런 생각을 했다. 남편 없는 여자가 남자를 만나게 되면, 그가 늙은 자든 젊은 자든 아주 잠시라도 어쩌면 이 남자가 혹시 내가 찾던 바로 그 사람은 아닐까 생각하기 마련이지. 그래서 이 사람이 파티에 대해 거짓말을 한다는 사실에 짜증이 치밀었던 거야. 늘 예측 가능한 이런 감정들이란 정말이지 얼마나 진부한지.

그녀가 말했다. "방 한번 보시겠어요?"

파티에서 너무 많이 마신 탓에, 그는 노란색으로 페인트칠을 한 부엌 의자 등에 손을 짚고 선 채 대답했다. "네, 그랬으면 해요."

하지만 그는 꼼짝하지 않았다. 그래서 애나가 말했다. "저라도 취하지 않아 그나마 다행이네요. 어쨌든 몇가지 말씀드려야 할 것이 있어요. 먼저, 모든 미국인이 부자는 아니라는 사실을 저 또한 알고 있는지라 방세는 저렴하답니다." 그가 미소를 지었다. "둘째, 당신은 지금 미국 문학사에 길이 남을 대하소설을 집필 중이시고……" "아니, 틀렸어요. 아직 시작조차 못했는걸요." "하나 더, 당신은 문제가 있기 때문에 정신분석 치료를 받고 계시죠.""또 틀렸어요. 한때 정신과 의사를 만난 적이 있긴 한데, 나 혼자 더 잘할 수 있겠다는 결론을 내렸죠.""글쎄, 그건 잘된 일이군요. 적어도 당신에게 말을 걸 수는 있을 테니까."

"대체 왜 그렇게 방어적으로 나오시는 거죠?"

"나라면 공격적이라고 표현했을 텐데요." 애나가 웃으며 말했다. 그때 우스운 사실 하나를 깨달았는데, 같은 순간 웃음만큼이나 쉽사리 울음이 터져 나올 수도 있었다는 것이었다.

그가 말했다. "오늘밤 여기서 자고 싶어서 실례인 줄 알면서도 이렇게 늦은 시간에 온 거예요. YMCA에서 지내고 있는데, 어떤 도시든 제일 내키지 않는 곳이라서 말이죠. 일단 여행용 가방도 멋대로 가져왔답니다. 물론 속 보이는 교활함을 발휘하여 문밖에 두고 들어오긴 했지만요."

"그럼 가방부터 들여놓으시죠." 애나가 말했다.

가방을 가지러 그가 계단을 내려갔다. 애나는 그에게 줄 침구를 꺼내 오려고 넓은 방으로 갔다. 아무 생각 없이 방에 들어섰지만 바로 뒤에서 기척이 들리는 순간, 이 방이 그에게 도대체 어떻게 비칠지 생각하니 온몸이 얼어붙었다. 바닥에는 신문과 잡지가 산더미처럼 쌓여 있고 벽이란 벽은 죄다 오려낸 기사들로 도배가 되어 있었다. 침대도 엉망이었다. 침대보와 베갯잇을 든 채 애나는 그를 향해 돌아서서 말했다. "직접 침대보를 씌울 수 있으시다면……" 하지만 그는 이미 방에 들어서서 정확하게 초점이 맞춰진 안경알 너머로 이곳을 세세히 뜯어보는 중이었다. 그러다가 곧 공책들이 놓인 가대식 탁자에 앉아 다리를 흔들대기 시작했다. 그는 애나를(애나는 색 바랜 붉은 가운을 입고 민낯에 검은 직모가 부스스한 자기 모습을 돌아보았다), 그리고 벽면과 방바닥과 침대를 번 갈아 쳐다보았다. 그런 다음 짐짓 충격 받은 목소리로 말했다. "맙 소사." 이러나저러나 근심스러운 표정이었다.

"당신 좌파라면서요?" 호소하듯 애나가 말했다. 사태를 설명하 기 위해 자신이 본능적으로 그 말을 했다는 사실이 그녀로서는 꽤 나 흥미로웠다.

"한참 전, 전쟁 직후에 그랬죠."

"당신 입에서 곧 이런 말도 나오겠군요. 나와 미국에 있는 다른 사회주의자들 세명은 앞으로……"

"다른 네명입니다." 그는 몰래 뒤를 밟는 사람처럼 벽면 쪽으로 나아가 안경까지 벗어가며 도배된 내용을 살펴보았고(근시 때문 에 어지러운 눈을 드러내면서), 다시 그 말을 내뱉었다. "맙소사."

조심스럽게 안경을 다시 쓰더니 그가 말을 이었다. "한때 일급 언론사 통신원이었던 사람과 알고 지냈죠. 당연히 그 사람과 제 관 계가 궁금하실 텐데, 그 친구가 저의 아버지상이었다고 해두죠. 공 산주의자이기도 했고요. 얼마 후에 이런저런 일이 그의 발목을 잡 았어요. 그렇죠, 그런 식으로 말할 수 있겠죠. 지금 그는 3년 내내 더운물도 안 나오는 뉴욕의 어느 아파트에 틀어박혀 창문은 커튼 으로 가린 채 주야장천 신문만 읽고 있답니다. 천장까지 신문이 가 득 들어찼더군요. 바닥 공간도 줄어들어서, 그러니까 적게 잡아 2제곱야드밖에는 안 남았죠. 신문이 차지하기 전까지는 꽤 널찍한 아파트였는데."

"내 경우엔 이 미친 짓을 시작한 지 아직 2주밖에 안됐는걸요."

"어쨌든 이 말은 꼭 드려야 할 것 같은데요, 제 불쌍한 친구를 보 면, 그게 한번 시작되니 돌이킬 수가 없더군요. 친구 이름은 행크입니다만."

"그렇겠죠."

"좋은 사람이었어요. 서글펐죠. 주변 사람이 그렇게 되는 걸 보니까요."

"다행히도 다음 달이면 딸이 학교에서 집으로 돌아와요. 그때쯤 나도 정상으로 돌아갈 거예요."

"수면 아래로 잠시 가라앉는 것일지도 모르죠." 탁자에 앉아 앙상한 다리를 흔들며 그가 말했다.

애나는 침대보를 갈기 시작했다.

"그거 나 좋으라고 하는 건가요?"

"당신 말고 여기 또 누가 있나요?"

"침대보 없는 침대가 제 전공이라서요." 침대 위로 몸을 구부리는 사이 그가 슬그머니 다가오자 애나는 말했다. "난 차갑고 효율적인 섹스에서 누릴 수 있는 건 죄다 누려본 사람이랍니다."

그는 탁자 쪽으로 돌아가서 대꾸했다. "누군들 뭐 크게 다를까요? 우리가 책에서 읽은 그 모든 따스하고 진심 어린 섹스는 대체 어떻게 된 걸까요?"

"수면 아래로 가라앉은 모양이죠 뭐." 애나가 말했다.

"게다가 난 효율적인 사람도 못되어서요."

"한번이라도 해보기는 해봤나요?" 애나가 딱 부러지게 물었다.

침대를 정리한 뒤 그녀가 돌아섰다. 두 사람은 아이러니한 눈빛으로 서로에게 미소를 보냈다.

"난 아내를 사랑해요."

애나가 웃었다.

"그래요, 그래서 갈라서려는 거예요. 아니, 그래서 아내가 이혼

절차를 밟고 있다고 말하는 편이 맞겠군요."

"그렇군요. 한때 어떤 남자가 날 사랑했지요. 진심으로 말이에요."

"그래서요?"

"그래서 날 차버렸어요."

"알 만해요. 사랑은 너무 어려우니까."

"게다가 섹스는 너무 차갑고."

"그러니까 그때 이후로 줄곧 금욕했다는 말인가요?"

"그렇진 않아요."

"아닐 거라 생각은 했어요."

"어차피 그게 그거죠."

"서로 입장 분명히 했으니 이제 자러 갈까요? 술기운이 오르는 데다 졸리네요. 그런데 혼자서는 잠들지 못해서요."

그 말, 혼자서는 잠들지 못한다는 말을, 그는 극한상황에 처한 사람이 보일 법한 냉혹하고 가차 없는 태도로 내뱉었다. 애나는 화들짝 놀라 정신을 차리고 그를 찬찬히 살펴보았다. 미소를 머금은 얼굴을 하고 그녀의 탁자 위에 앉아 있는 그는 절박하게 스스로를 추스르고 있었다.

"난 아직 혼자 잘 수 있어요." 애나가 말했다.

"그렇다면 당신의 유리한 입장에서 관용을 베풀어주실 수 있겠네요."

"그렇긴 해도 곤란한데요."

"애나, 난 그게 필요해요. 누군가 뭔가를 필요로 한다면 그 사람에게 그걸 줘야 하는 법 아닌가요?"

애나는 대꾸하지 않았다.

"아무것도 바라지 않고 아무것도 요구하지 않을게요. 당신이 가라고 하면 바로 떠나죠."

"아, 잘도 그러겠네요." 애나가 말했다. 갑작스러운 분노가 치밀어 몸까지 떨릴 정도였다. "당신들 다 아무것도 요구하지 않잖아요, 단지 모든 걸 요구할 뿐이죠. 그것도 딱 필요한 순간에만."

"우리가 사는 시대가 그 모양이니까요." 그가 말했다.

애나는 웃었다. 분노가 스러졌다. 그 역시 갑작스럽게 큰 소리로 안도의 웃음을 터뜨렸다.

"어젯밤은 어디서 보냈어요?"

"당신 친구 베티 집에서."

"그 여자 내 친구 아니에요. 친구의 친구죠."

"사흘 밤을 그 여자와 보냈어요. 두번째 밤이 지나자 날 사랑한다고, 나 때문에 남편과 헤어질 거라고 하더군요."

"아주 올곧네요."

"당신은 그렇게 안 할 거죠? 혹시 그럴 건가요?"

"그럴 가능성이 매우 높죠. 남자를 좋아하면 어떤 여자라도 그럴 거예요."

"하지만 애나, 알잖아요……"

"아, 아주 잘 알죠."

"그럼, 이제 내 침대에 시트를 깔 필요는 없게 된 거죠?"

애나는 울기 시작했다. 그가 다가와 그녀를 감싸 안았다. "미친 짓이에요." 그가 말했다. "여기저기 떠돌아다니며 사는 거 말이에요. 사람들이 말하던가요? 내가 세상 이곳저곳을 방랑하며 살고 있다고. 문을 열면 그 안에는 언제나 곤경에 처한 누군가가 있죠. 문을 열 때마다 늘 산산이 부서져버린 사람이 있다고요."

"일부러 그런 문만 고르는 모양이네요."

"그렇다 해도 그런 문이 정말 엄청나게 많더라고요. 울지 말아요, 애나. 좋아서 우는 게 아니라면. 그런 것 같지는 않네요."

애나는 몸을 뒤로 젖혀 베개에 머리를 두고 가만히 누웠다. 곁에 웅크리고 앉은 그는 입술을 뜯고 있었는데, 지적이고 결연한 얼굴이 슬퍼 보였다.

"둘째 날 아침 내가 당신한테 곁에 머물러달라고 말하지 않을 거라 믿는 이유는 뭐죠?"

그는 조심스럽게 대답했다. "당신은 너무 지적이니까."

그 신중함이 못마땅해 애나는 대꾸했다. "그거 내 묘비명으로 삼아야겠군요. 여기 애나 울프가 잠들다. 언제나 너무 지적으로 살았던, 그래서 떠나는 그들을 붙잡지 않았던."

"오히려 잘된 일인지도 몰라요. 그 사람들이 당신 곁에 남아 있을 수도 있었잖아요. 그렇게 남자들을 붙잡았다가 사달이 난 여자들 여럿 알고 있어요."

"그렇겠네요."

"파자마로 갈아입고 올게요."

혼자 남은 애나는 가운을 벗고 나이트가운과 파자마 사이에서 잠시 망설이다가, 본능적으로 그가 파자마를 더 좋아하리라 생각하며 나이트가운을 입었다. 말하자면 자기 정체성을 확정하고자 하는 몸짓으로.

그는 가운 차림으로 안경을 쓴 채 들어왔다. 그가 침대에 누워 있는 애나를 향해 손짓을 했다. 그러더니 곧장 벽으로 가 신문 기사 조각들을 찢어내기 시작했다. "자그마한 도움을 드리는 겁니다." 그가 말했다. "이미 한참 늦었다는 느낌이 들지만 말이죠." 신문 기사가 찢어지는 그리 요란하지 않은 소리, 압정이 바닥에 흩어지며 내는 나지막한 소리가 들렸다. 애나는 팔을 베고 누워 그 소리를 듣고 있었다. 보호받고 보살핌을 받는 기분이었다. 몇분 간격으로 고개를 들어 일이 얼마나 진척되었는지 살펴보았다. 흰 벽면이 천천히 모습을 드러내고 있었다. 그 일은 꽤 오래, 그러니까 한 시간이 넘게 이어졌다.

일을 끝내며 그가 말했다. "자, 이제 이건 고친 셈이군요. 또 한명의 영혼이 제정신으로 돌아온 거예요." 그런 다음 팔을 뻗어 산더미처럼 쌓인 지저분한 신문들을 그러모아 가대식 탁자 아래 높이 쌓았다. "저 공책들은 뭐죠? 새로운 소설인가요?"

"아니에요. 소설을 한번 발표한 적은 있지만."

"그 작품 읽어봤어요."

"맘에 들었어요?"

"아니요."

"아니라고요?" 애나는 신이 났다. "아, 좋네요."

"겉만 번드르르한 작품. 누가 물어본다면 이렇게 대답할 것 같군요."

"둘째 날 아침에 당신한테 계속 곁에 있어달라고 하겠네요. 그렇게 되리란 느낌이 와요."

"그런데 여기 튼튼하게 제본된 이 공책들은 뭐죠?" 그가 표지를 넘기기 시작했다.

"읽지 않으셨으면 좋겠네요."

"왜요?" 그가 읽으면서 물었다.

"단 한명 그 공책을 읽은 사람이 있어요. 자살 시도를 했는데, 죽지는 못하고 실명하게 되었죠. 지금은 딱 그 사람, 자살을 시도해서라도 그렇게 되지 않으려 했던 바로 그런 사람이 되어 있어요."

"슬픈 일이군요."

애나는 고개를 들어 그를 보았다. 그는 일부러 현자인 양 미소 짓고 있었다.

"그러니까 전부 당신 잘못이라는 거예요?"

"꼭 그런 건 아니죠."

"글쎄, 난 자살 가능성이 높은 사람이 아니거든요. 대신 여자들을 빨아먹고 사는 유형이랄까, 다른 사람들의 활력을 취하는 편이지, 스스로 목숨을 끊지는 않아요."

"그렇다고 군이 떠벌릴 필요는 없겠죠."

침묵. 잠시 후 그가 말했다. "글쎄, 실은 그렇게 떠벌릴 필요가 있어요. 빠짐없이, 정말 모든 각도에서 생각해본 결과, 군이 떠벌릴 필요가 있다고 생각하게 되었죠. 그래서 말하는 겁니다. 자랑은 아니에요. 그냥 그렇다고 말하는 거죠. 규정하는 행위이기도 하고요. 다른 사람들은 몰라도 적어도 난 아니까. 그러면 극복할 수 있다는 뜻이겠죠. 스스로를 죽이며 살아가는 사람들, 혹은 다른 사람들을 먹어치우며 살면서도 깨닫지 못하는 사람들이 얼마나 많은지 들으면 깜짝 놀랄걸요."

"아니, 별로 놀랍지 않을 거예요."

"그래요. 어쨌든 난 알고 있어요. 나란 인간이 대체 뭘 하고 사는 인간인지 알죠. 그러니 이겨낼 거예요."

공책 겉표지들이 서로 둔탁하게 맞부딪치는 소리가 애나의 귓전에 울렸다. 활기차고 민첩한 그 젊은 목소리도 들렸다. "뭘 시도했던 건가요? 진실을 가둬두는 일? 진리나 뭐 그런 것들을?"

"그 비슷한 거였죠. 부질없는 짓이었지만요."

"그 사나운 죄의식의 독수리가 당신을 물어뜯게 그냥 놔두는 것도 참 부질없는 짓이죠." 애나가 웃었다. 그는 대중가요 비슷한 노래 한소절을 부르기 시작했다.

죄의식의 독수리가,
당신과 나를 뜯어먹네,
그 늙은 죄의식의 독수리가 당신을 낚아채게 하지 말아요,
그렇게 그냥 놔두지는 말아요……

그는 애나의 축음기로 가서 음반을 훑어보더니 브루벡을 걸었다. "고향을 떠나도 여전히 고향이에요. 새로운 경험에 목이 말라 미국을 떴는데. 그런데 빌어먹을, 어딜 가나 두고 온 그 음악이 있더란 말이죠." 진지하고도 유쾌한 모습으로, 그는 안경 너머 올빼미 같은 얼굴로 재즈 선율에 맞춰 어깨를 흔들고 입술을 달싹이며 앉아 있었다. "말할 것도 없지만, 그래서 연속성의 느낌이 들긴 해요. 그래, 딱 그 말이 맞겠네요. 확실한 연속성의 느낌. 이 도시 저 도시를 전전해도 같은 음악을 들을 수 있고, 어떤 문을 열고 들어가도 나처럼 미친 사람이 그 안에 있으니까."

"난 잠시만 정신을 놓고 사는 건데요." 애나가 말했다.

"참, 그렇죠. 하지만 당신도 어쨌든 그런 상태에 있어봤잖아요. 그거면 충분해요." 그는 침대로 다가와 가운을 벗고는 다정하고 친근하게, 마치 형제처럼 침대 안으로 들어왔다.

"내가 어쩌다 이렇게 엉망진창이 되었는지 안 궁금해요?" 한동안 침묵을 지키던 그가 물었다.

"안 궁금해요."

"여하튼 들려줄 생각이었으니 한번 들어봐요. 난 내가 좋아하는

여자들과 자는 게 힘들어요.”

“귀에 못이 박히게 들어본 얘기네요.” 애나의 대꾸였다.

“아, 물론 그렇겠죠. 동어반복에다 지리멸렬한 얘기 맞아요.”

“게다가 나한텐 서글픈 얘기기도 하고요.”

“분명 내게도 서글프겠죠?”

“지금 내가 어떤 기분인지 알아요?”

“알죠. 내 말 믿어요, 애나. 알고 있어요. 미안해요. 내가 고지식한 사람은 못되거든요.”

잠시 침묵. 그가 다시 말을 이었다. “그럼 난 어떤가, 궁금해하고 있었죠?”

“참 희한하게도 맞아요. 그랬어요.”

“내가 당신이랑 한번 하면 좋겠어요? 원하면 할 수 있어요.”

“아니요.”

“그래요, 거절할 줄 알았어. 당신 생각이 옳아요.”

“그럴지도.”

“당신이 나라면 어떨 것 같아요? 내가 세상에서 제일 좋아하는 여자는 아내거든요. 그런데 아내와 마지막으로 잔 게 신혼여행 때였어요. 그후로는 막이 내려진 채로 살았죠. 3년 지나니까 속이 상했는지 아내가 이제 그만두자고 하더군요. 아내 잘못이라고 생각해요? 내가 아내를 원망할까요? 하지만 그 누구보다 나를 제일 좋아하는 사람이 아내인걸요. 지난 사흘 밤을 당신 친구의 친구인 베티와 보냈죠. 솔직히 그렇게 끌리지는 않지만 엉덩이 돌리는 거 하나는 마음에 쏙 들더군요.”

“아, 제발 그만해요.”

“귀에 못이 박히게 들어본 얘긴가요?”

"그래요. 이런저런 식으로."

"그렇죠. 우리 전부 다 그렇죠. 왜 그런 사태가 벌어졌는지 사회학적인, 그래요, 바로 이 단어에요, 그러니까 그 사회학적인 이유를 들어볼래요?"

"말할 거 없어요. 이미 알고 있으니까."

"그럴 줄 알았어요. 그래요, 좋아요. 하지만 난 이겨낼 거예요. 아까 말했죠, 난 정신의 힘을 믿는다고. 당신만 괜찮다면 이런 식으로 말해보고 싶네요. 나는 무엇이 잘못됐는지 알고, 그걸 인정하고, 또 이겨낼 거라고 말하는 게 정말 가치 있는 일이라고 믿거든요."

"좋네요." 애나가 말했다. "나도 마찬가지예요."

"애나, 난 당신이 마음에 들어요. 여기 있게 해줘서 고마워요. 혼자 자면 미쳐버릴 것 같거든요." 잠시 멈춘 다음 그가 다시 말했다. "아이가 있다니 당신은 운이 좋아요."

"알고 있어요. 그래서 난 아직 온전하고, 당신은 미쳐버린 거죠."

"맞아요. 집사람이 아이를 원하지 않아요. 적어도 아내는 그래요. 나더러 하는 말이, 취했을 때만 내 앞에서 아랫도리가 단단해지는 그런 사람의 아이를 갖고 싶지는 않다더라고요."

"정확히 그런 표현을 써서요?" 불쾌한 심정으로 애나가 물었다.

"물론 아니죠, 그렇진 않았어요. 아내 입에서 나온 말은 이랬어요. 나를 사랑하지 않는 사람과 아이를 갖지는 않을 거야."

"참 단순한 태도네요." 애나의 목소리는 씁쓸함에 젖어 있었다.

"그런 식으로 말하지 말아줘요, 애나. 계속 그럴 거면 나가야겠어요."

"당신 생각엔 한 남자가 한 여자의 아파트로 걸어 들어와서는, 혼자 자면 허공으로 나가떨어질 것 같으니 당신과 한 침대에 누우면 좋겠다, 하지만 섹스를 하면 당신이 미워질 것 같으니 그건 못 하겠다고 한다면 이건 뭔가 해괴한 상황이 벌어졌다고 여겨야 하지 않겠어요?"

"우리가 아는 다른 현상들보다 딱히 더 많이 해괴한 걸까요?"

"그야 아니죠." 애나가 신중하게 말했다. "아니긴 해요. 벽에 붙여놓은 그 헛소리들 다 뜯어내줘서 고마워요. 며칠만 더 있으면 정말 다 떨치고 일어날 수 있을 것 같아요."

"다행이네요. 난 실패자랍니다, 애나. 이런 얘길 하는 지금 이 순간에도 그렇죠. 당신이 굳이 말해줄 필요도 없어요. 하지만 내가 잘하는 게 딱 한가지 있긴 해요. 누군가 괴로워하는 사람을 보면 어떤 강력한 조치가 필요한지 아는 거죠."

그들은 잠자리에 들었다.

아침에 애나의 품에 안긴 그는 죽은 사람처럼 싸늘했다. 마치 죽음을 안고 있는 듯 끔찍하도록 싸늘하게 식은 몸. 애나는 천천히 그의 몸 여기저기를 문질러 따스하게 만들었고, 잠시 후 그가 깨어났다. 따뜻하게 잠에서 깨어나 고마운 마음으로 그가 그녀에게 들어오려 했다. 하지만 애나는 이미 그를 받아들이지 않으려 방어막을 친 터였고, 굳어지는 몸의 긴장을 풀 수 없었다. 마음을 느긋하게 가지는 게 불가능했다.

"그것 봐요." 나중에 그는 말했다. "예상대로잖아요. 내 말이 맞았죠?"

"그러게요, 당신이 맞았네요. 하지만 엄청나게 발기한 남자에겐 물리치기 힘든 뭔가가 있어요."

"그래도 물리치길 잘했어요. 이제 서로를 싫어하지 않기 위해 엄청난 에너지를 쏟아야 할 테니까."

"당신이 싫지 않은걸요." 그들은 서로가 참 맘에 들었고, 서글펐다. 결혼해서 스무해를 보낸 부부 사이처럼 다정하고 친근한 느낌도 들었다.

그는 닷새를 애나의 집에 머물렀고, 밤에는 애나의 침대에 누워 함께 잤다.

엿새째 되는 날 애나가 말했다. "밀트, 이 집에서 당신과 함께 살면 좋겠어요." 일종의 자기징벌적 패러디나 마찬가지인 이 말을 듣자, 그가 미소 띤 얼굴로 쓸쓸하게 말했다. "그래요, 나도 옮겨 갈 때가 왔다는 거 알아요. 떠날 때가 온 거예요. 하지만 왜 그래야 하죠? 왜 꼭 그래야 하는 걸까요?"

"당신이 눌러앉기를 내가 바라니까 그렇겠죠."

"그냥 그대로 받아들이면 안되나요? 왜 그렇게 못하죠?" 안경이 초조하게 번득였고, 입가에 조심스레 즐거운 표정을 머금었지만 얼굴은 해쓱한데다, 이마는 땀으로 번들거리고 있었다. "당신은 우리를 받아줘야 해요. 그래야만 하죠. 당신보다 우리 쪽 상황이 훨씬 나쁘다는 거 모르겠어요? 당신 자체로 무척 괴로운 심정이라는 거 잘 알아요. 당연히 그렇겠죠. 하지만 지금 우리를 받아주고, 상황을 극복하도록 도와줄 수 없다면⋯⋯"

"그건 당신도 마찬가지예요." 애나가 말했다.

"아니죠. 당신이 더 강단 있고, 더 친절하고, 받아줄 수 있는 입장이니까."

"다음 도시에서는 성격 좋은 다른 여자를 찾아낼 수 있을 거예요."

"운이 따르면요."

"그렇게 되기를 바랄게요."

"네, 진심인 거 알아요. 알고 있어요. 그리고 고마워요⋯⋯ 애나,

난 이겨낼 거예요. 당신은 당연히 내가 이겨내지 못하리라 생각하겠지만, 난 해낼 거예요. 할 수 있는 일이라는 것도 알고 있고요."

"그럼 잘되길 빌어요." 미소를 지으며 애나가 말했다.

작별하기 전, 그들은 눈에 눈물이 그렁그렁한 채 부엌에 서서 다가올 이별을 아쉬워하고 있었다.

"포기하지 않을 거죠, 애나?"

"못할 것도 없죠."

"참 안타까울 거예요."

"게다가 당신이 언제고 다시 들러 한 이틀 신세를 지고 싶어할지도 모르니까요."

"좋아요, 그렇게 말할 자격 있어요."

"하지만 다음번엔 내가 시간을 못 낼 거예요. 다른 무엇보다, 일자리를 구할 생각이니까."

"아, 잠깐만 멈춰봐요. 무슨 일 할 생각인지 맞혀볼 테니. 사회복지 관련 일이죠? 내가 맞히게 한번 놔둬봐요. 그러니까 당신은 심리 상담 전문 사회복지사나 학교 선생 내지 그 비슷한 뭔가를 시도할 것 같네요."

"비슷해요."

"우리 모두 그런 길을 걷는군요."

"하지만 당신은 대하소설을 쓰고 있으니 그런 일에서 면제될 테죠."

"애나, 그건 좀 잔인한 말인데요. 못됐어요."

"친절하고 싶은 기분이 아니거든요. 소리라도 꽥꽥 지르고 고함도 치면서 전부 깨부수면 속이 다 시원하겠어요."

"전에도 말한 것 같은데, 그게 바로 우리 시대의 어두운 비밀이죠. 아무도 내놓고 말은 하지 않지만 어딘가 문을 열면 그 안에서는 늘 날카롭고 절박한, 알아듣기도 힘든 비명 소리가 귀를 때리거든요."

"어쨌거나 날 끄집어내줘서 고마워요. 그게 뭐였든 내가 처한 상황에서 말이죠."

"그런 일이라면 언제든 불러줘요."

두 사람은 키스했다. 그는 여행 가방을 들고 계단을 사뿐히 뛰어내려가더니 바닥에 이르자 몸을 돌려 말했다. "당신, 이 말도 했어야 하는데 안했군요. 이제는 쓸 거라고."

"당신이나 나나 아닐 텐데요."

"그야 그렇죠. 하지만 격식은 차리자고요. 적어도 격식은……" 그는 손을 한번 흔들어 보이고는 사라졌다.

집으로 돌아온 재닛은 엄마가 더 작은 집을 구하고 있다는 걸, 또 일자리를 알아보고 있다는 걸 알게 되었다.

몰리가 애나에게 전화를 걸어 결혼 소식을 전했다. 두 여자는 몰리네 집 부엌에서 만났는데, 몰리는 샐러드와 오믈렛을 만들고 있었다.

"어떤 사람이니?"

"넌 모르는 사람이야. 우리가 진보적인 실업가라고 부르던 부류지. 너도 알잖니, 왜 그 이스트엔드의 가난뱅이 유대인 출신으로 부자가 된 다음 공산당에 기부하면서 자기 양심을 달래곤 하는 부류 말이야. 요즘 그런 사람들은 진보적인 명분만 있으면 그냥 돈을 대는 모양이더라."

"그럼 부자겠네?"

"돈방석을 깔고 앉았지. 햄프스테드에 저택도 있어." 애나가 이 말의 의미를 음미하는 사이, 몰리는 친구에게서 등을 돌리고 있었다.

"이 집은 어떻게 할 거니?"

"짐작되는 바 없어?" 예의 조롱 섞인 활기찬 목소리로 이렇게 대꾸하며 몰리가 다시 몸을 돌렸다. 뻐딱하면서도 다부진 미소를 머금고 있었다.

"설마 매리언과 토미한테 넘겨주려는 건 아니겠지?"

"다른 뾰족한 수 있니? 두 사람 아직 못 만났어?"

"아직. 리처드도 못 봤고."

"그랬구나. 토미 개는 완전히 리처드의 족적을 따를 태세야. 벌써 한자리 맡아서 업무를 익히고 있나봐. 리처드는 회사 일은 차츰 정리하고 진과 살림 차릴 준비 중이고."

"그러니까 정말로 행복하고 만족스러운 상태라는 뜻?"

"글쎄, 지난주에 거리에서 봤는데 어떤 예쁘장한 여자애랑 있더구나. 하지만 성급한 결론은 곤란하겠지."

"그래, 그건 안되지."

"토미는 자기가 리처드처럼 완전히 반동적이고 진보에 반하는 방식으로 살지는 않을 거라 확신하고 있어. 진보적인 대기업의 노력과 정부 부처에 가하는 압박으로 세상을 바꿀 수 있다는 거야."

"뭐, 적어도 그애는 시대와 불화하며 살지는 않네."

"부탁인데 그런 식으로 말하지 말아줘, 애나."

"그래, 뭐, 매리언은 어떠니?"

"나이츠브리지에 있는 의류 가게를 매입했대. 품질 좋은 옷을 팔 거라나. 너도 알지? 세련된 옷과는 다른, **좋은** 옷 말이야. 벌써 주변에 시끌시끌한 동성애자 녀석들이 한 떼거리 모여들어 그 여잘 등쳐먹고 있는 모양이더라. 그런데도 개네들이 좋아 죽겠는지 매리

언은 낄낄대며 웃고 지내. 술을 약간, 아주 **약간** 과하게 마시면서 그
녀석들을 무척 흥미진진한 존재들로 여기더구나."

몰리는 양쪽 손가락 끝을 마주 댄 채 무릎 위에 올려놓고 악의에
찬 논평을 말 대신 몸짓으로 표현하고 있었다.

"그렇구나."

"그나저나 너희 집 미국인은 어때, 잘 지내?"

"그 사람과 사귀었었어."

"여태까지 네가 저지른 일 중 가장 현명한 일은 못된다고 봐야
겠지."

애나가 웃었다.

"뭐가 웃기니?"

"햄프스테드에 저택을 소유한 남자와 결혼하면 치열한 감정의
이전투구와는 아주 동떨어진 삶을 살게 되는 거 맞겠지."

"그렇지. 신이시여, 감사합니다."

"일자리를 구할 생각이야."

"그러니까 글은 쓰지 않으시겠다?"

"응."

몰리는 몸을 돌려 오믈렛을 휙 접시에 담고 바구니에 빵을 채웠
다. 작정하고 입을 다문 모습이었다.

"닥터 노스 기억나?" 애나가 물었다.

"물론이지."

"그 사람 일종의 결혼 복지 센터를 여는 모양이야. 절반은 공식
적이고 절반 정도는 사적인 센터로. 그 사람 말이, 심리적인 고통과
괴로움 때문에 자기를 찾아오는 사람들 넷 중 셋은 결혼에 문제가
있어서 그런 거래. 혹은 결혼을 못해서거나."

"그래서, 그 사람들한테 좋은 충고라도 나눠줄 생각이니?"

"뭐 비슷해. 그리고 노동당에 입당해서 비행 청소년 대상으로 일주일에 두번쯤 야학 교실도 열어볼까 싶어."

"그렇담 이제 우리 둘 다 뿌리부터 영국적인 삶에 편입되는 셈이네."

"그런 식으로 말하지는 않으려고 아까부터 조심했는데."

"그러게. 근데 다른 사람도 아닌 네가 결혼 관련한 복지 활동에 종사하겠다는 생각 자체가 좀 그래서."

"다른 사람들 결혼 문제는 자신 있거든."

"아, 진짜 그렇지. 글쎄, 좀 지나면 네 맞은편 의자에 내가 앉아 있을지도 모르겠다."

"그렇진 않을 거야."

"나도 같은 생각이긴 해. 그래도 자기 몸에 딱 맞는 침대의 치수를 정확하게 예측하기란 불가능한 법이니까." 스스로에게 짜증이 났는지, 몰리가 성가시다는 손짓을 하며 찌푸린 얼굴로 말했다. "애나, 넌 나쁜 영향을 주는 친구야. 네가 여기 오기 전까지만 해도 이 모든 상황에 고분고분 따르자는 심정이었거든. 사실 그 사람과 내가 아주 잘 지낼 거라 생각하긴 하지만."

"안 그럴 이유가 없잖니." 애나가 말했다.

잠깐의 침묵. "그 모든 게 참 이상하지 않니, 애나?"

"아주 이상해."

잠시 후 애나는 재닛 때문에 집에 가봐야겠다고 말했다. 친구와 영화관에 간 딸이 돌아올 시간이었다.

두 여자는 작별 키스를 나누고 헤어졌다.

여성, 문학, 사유의 예속에
맞서는 글쓰기의 힘

1. 여성해방의 살아 있는 고전

『금색 공책』(*The Golden Notebook*, 1962)은 반세기 넘게 창작 활동을 한 도리스 레싱의 방대한 문학세계를 대표하는 작품이자 1960년대 여성해방운동의 경전으로 널리 알려져 있다. "세계문학 최초의 탐팩스(탐폰의 일종)"라는 레이철 듀플레시스(Rachel Blau DuPlessis)의 유명한 선언이 무색하지 않게 이 소설은 기존의 금기들을 과감하게 치고 나가며 여성들이 속박에서 벗어나지 못하는 상황을 무의식의 저변까지 치열하게 검토한다. 주인공은 1950년대 영국의 공산주의 지식인이며 작가이지만 『금색 공책』이 오늘의 독자들, 특히 여성 독자들에게 깊이 공명하는 주된 원인은 이 책이 여성적 경험의 진실을 속속들이 펼쳐놓기 때문이다. 생리 중인 애나가 냄새 걱정에 화장실을 들락거리며 생리혈에 관한 생각을 털어놓을 때, 친구의 전남편 사무실에서 감정적 육체적으로 겁박을 당한 뒤 집으로 돌아오는 길에 만원 지하철에서 성추행을 당하고 그 남자가 계속 따라올 때, 자신의 몸에 들러붙었던 남자의 시선을 씻어내기 위해 애나가 과일 행상 수레로 가서 예쁜 빛깔의 복숭아를 만져보고 집으로 돌아와 시원하게 흐르는 수돗물을 보면서 마음을 추스를 때, 여성 독자들은 이건 바로 내 이야기야, 하고 느낄 것이다.

레싱의 자전적인 주인공 애나 울프(앞선 세대의 소설가 버지니아 울프(Virginia Woolf)와 발음이 같은 결혼 후 성(Wulf)과 프리먼(Freeman)이라는 결혼 전 성 모두 의미심장하다)와 친구 몰리는 결혼제도의 틀 밖에 있다는 뜻에서만 "자유로운" 여자들이다. "런던의 아파트에는 그들 두 여자뿐이었다"는 이 소설의 첫 문장은 남자를 필요로 하지 않는 여자들의 연대의식이 중심 주제일지 모른다는 인상을 준다.(1권 41면) 그러나 오랜만에 만난 두 여자의 대화가 몰리의 전남편 리처드의 전화 때문에 갑자기 중단되고 그들이 햇볕을 쬐며 잠시 누리는 평화로움과 행복감도 리처드의 등장으로 깨져버리는 대목이 암시하듯이 애나와 몰리의 관계를 매개하는 것은 남자들이다. 아이러니하게도, 그들은 자기 자신이나 상대방에 관해 정말 하고 싶었던 말이 아니라 남자들 얘기를 하면서 가장 강렬한 친밀감을 느낀다. 두 여자 모두 자유로운 삶을 갈망하면서도 남성의 욕망과 필요에 언제나 자신을 맞출 준비가 되어 있다. 『금색 공책』은 이처럼 남성과의 관계가 여성에게 내밀한 감정적 정신적 속박으로 작용하는 양상을 거침없고 예리하게 탐색한다. 외형상의 독립이나 제도적 차원의 젠더평등은 그 자체로 소중한 것이지만 더 내밀한 차원에서 여성은 아직도 구속된 존재일지 모른다. 지금 이 해설을 쓰는 2019년은 레싱이 태어난 지 100주년이 되는 해이다. 그녀의 대표작이 오늘의 독자에게도 페미니즘의 살아 있는 고전으로 다가오는 이유도 아직 대다수 여자들이 진정으로 자유로운 존재들이 아니기 때문이다.

2. 1950년대의 연대기

그런데 이 책에도 실린 1971년 재출간본의 서문을 보면 레싱은 이 소설의 다양한 주제들이 1960년대 당시 유행하던 용어인 '성 대결'(battle of the sexes)로 수렴되는 상황을 꽤 불만스럽게 여겼던 것 같다. 페미니스트 작가로 불리기를 거부했으며 『금색 공책』이나 자신이 결코 여성운동의 전유물은 아니라는 저자의 말을 상기할 때에도 페미니즘을 단일한 해석의 틀로 적용하는 방식의 읽기가 이 소설에 대한 온당한 대접은 아니지 싶다. 여성해방운동의 경전이라는 평가가 일종의 꼬리표처럼 붙을 때 이 소설의 풍부하고 다채로운 결은 간과되기 쉽다. 사실 자서전 2권에서 레싱이 언급하는 이 소설의 중심 주제는 한 시대의 연대기다. 『금색 공책』이 출간될 무렵을 회고하면서 저자는 공산주의 이념의 진보적 가능성에 대한 믿음이 결국 환멸과 좌절로 이어졌던 시대와 그 시대를 산 인물들에 대한 진실, 이것을 쓰고자 했다고 말한다. 그 진실과 관련하여 한가지 주목할 내용은 『금색 공책』을 쓰는 과정이 트라우마적이었다는 1971년 서문의 고백에서 더 나아가 그 트라우마 경험이 어떻게 자신을 바꿔놓았는지 설명하는 대목이다. 레싱은 주류적인 가치관과 사고방식, 한 시대를 지배하는 이념으로 이루어진 정형화된 인식의 틀을 하나의 "패키지"로 본다면, 『금색 공책』의 창작을 계기로 자신이 비로소 그 패키지에서 벗어나게 되었다고 고백한다. 그 패키지의 주요 내용은 남로디지아(지금의 짐바브웨) 시절부터 『금색 공책』을 집필하던 시기까지 레싱이 견지해왔던 공산주의 신념이다. 스딸린의 만행을 더이상 부정할 수 없게 된 상황에서 주변의 동료 좌파 지식인들은 대거 공산주의 대오에서 이탈했고 자본가로 변신하거나 심지어 종교에 귀의한 이들도 있었다. 손쉽게 변절이나 심지어 환멸이라는 말로도 치부할 수 없는 이 상황의 총체적인 진실이 여성해방의 요건들만큼이나 『금색 공책』이 집요하게 탐구하는 대상이다.

애나는 성공적인 데뷔작 『전쟁의 접경지대』(*Frontiers of War*)에서 나오는 인세 수입으로 살고 있지만 실은 그 소설이 심오하게 부도덕하다는 생각 때문에 수치스러워하고 정작 쓰고 싶은 종류의 소설은 쓰지 못해 무기력하다. 이러한 애나의 곤경을 레싱은 사적인 삶의 맥락에서 주인공이 처한 작가적 딜레마로 제시하는 것이 아니라, 2차대전의 상흔이 아직도 생생한 1950년대 냉전기의 정치사회적 여건들이 애나와 같이 예민한 감수성을 지닌 이들과 그들의 창조적인 활동을 치명적으로 마비시키는 양상을 탐색한다. 주인공이 여성이면서도 동시에 작가이고 공산주의 지식인이라는 사실이 그래서 중요하다. 애나는 교조적인 문예미학으로 전락한 쏘비에뜨식 리얼리즘에 명백히 비판적이며 패러디 형식으로 야유를 보내지만, 공산주의가 도덕적 파산 상태에 이른 상황에도 여전히 그것의 진보적 가치를 쉽게 폐기하지 못한다. 이처럼 『금색 공책』의 첫 페이지에서 애나가 몰리에게 말하는 "모든 게 다 부서지"는 것만 같은 느낌은 주인공이 처한 세겹의 모순적 상황에서 비롯한다. 애나는 '자유로운 여자'이지만 자유롭지 못하고, '성공한' 작가이나 쓰고 싶은 작품을 쓰지 못하며, 공산주의 이념이 더이상 유효하지 않은 세상에서 그것을 내던질 수 없다.

3. 뫼비우스의 띠

노벨상 수상 작가의 대표작이자 페미니즘의 고전이라는 화려한 수식어에 이끌려 이 책을 읽게 된 독자들은 어리둥절해지고 심지어 난해하다는 인상을 받을 수도 있다. 이 작품이 소설에 관한 소설, 이른바 메타픽션이기 때문이다. '성 대결'이라는 주제만 들먹이는 평자들에게 질려버린 레싱은 『금색 공책』의 핵심이 "형태를 통해 말하도록" 정교하게 짠 서술구조라고 1971년 서문에서 힘주어 말한 바 있다.(1권 23~24면) 저자의 설명을 참고하면, 「자유로운 여자들」의 주인공 애나는 분열과 파국의 느낌에 맞서 모종의 질서를 창조하고자 삶의 영역을 넷으로 나누고 그 각각에 대해 쓰기 위해 네가지 색 공책을 마련한다. 애나가 쓰고 편집하는 검은색, 빨간색, 노란색, 파란색 공책 네권은 네 부분으로 나뉘어 「자유로운 여자들」 1장부터 4장까지 각 장의 끝에 차례로 이어지며, 4장의 끝에는 공책들의 묶음에 금색 공책이 추가된다(작품 제목과 구별하기 위해 이 공책을 흔히 '내부의 「금색 공책」'이라고 부른다). 이처럼 복잡하면서도 정교한 구성을 바탕으로, 애나가 작성하는 「공책들」에는 일기, 리뷰, 패러디, 소설 원고, 소설 개요, 혼성 모방, 신문 기사에서 따온 문구, 꿈의 내용 등 장르 면에서 다양할 뿐 아니라 저자도 다양하며 완결성 여부도 불확실한 글 조각들이 어지럽게 불연속적으로 등장한다.

레싱의 설명에 따르면 「자유로운 여자들」은 「공책들」을 떠받치는 얼개 내지는 뼈대 역할을 한다. 또다른 비유를 동원하여, 「자유로운 여자들」 다섯장이 전체적으로 이질적이고 파편적인 텍스트들로 구성된 「공책들」을 담는 커다란 봉투라고 생각할 수도 있겠다. 이 봉투에 담지 않고 「공책들」만으로 한편의 소설이 되기는 어려웠을 것이다. 『금색 공책』의 이러한 이중구조를 일단 파악하고 나서 독자는 자연스레 「자유로운 여자들」 부분을 현실에 일차적으로 대응하는 본서사로, 「공책들」을 일종의 습작 노트이자 책 속의 책에 해당하는 부수적 부분으로 생각하게 된다. 그러나 이런 관점은 「자유로운 여자들」 4장과 5장 사이에서 불가피하게 수정될 수밖에 없다. 내부의 「금색 공책」 끝부분에서 쏠 그린이 애나가 결국 쓰게 되는 차기작의 첫 문장을 제공하는 것으로 나오는데, 다름 아닌 「자유로운 여자들」 첫번째 장의 첫 문장, "런던의 아파트에는 그들 두 여자뿐이었다"이다. 이렇게 「자유로운 여자들」은 애나가 발표하는 자전적 소설이 되고, 그 결과 「공책들」이 현실에 대한 일차적 허구가 된다. 「자유로운 여자들」로부터 「공책들」이 나오는 애초의 설정이 「공책들」로부터 「자유로운 여자들」이 나오는 식으로 바뀌는 셈이다. 그러나 동시에, 애나는 여전히 「자유로운 여자들」의 주인공이자 공책을 쓰는 주체로 남기 때문에 몰리 하이트(Molly Hite)가 적절하게 표현했듯이 현실과 허구, 공책들 지면 밖의 세계와 공책들이 마치 뫼비우스의 띠처럼 이어진다.

4.「공책들」의 수행성

　쓰지 못하는 상태에 처한 애나가 네권이나 되는 공책을 마련하여 그 지면에 강박적인 글쓰기를 수행하는 상황 자체가 다분히 역설적이다. 언뜻 보면「공책들」은 창작의 위기를 돌파하기 위한 습작 노트 같지만 실은 작가로서 주인공이 처한 불모의 상태를 지시하는 증상 혹은 애나와 같은 작가들을 쓰지 못하게 하는 현실의 징후라는 속성이 훨씬 두드러진다. 같은 맥락에서 애나가 진실을 구현하는 소설 쓰기는 어떻게 가능한가 하는 문제와 마주할 때, 전체로서『금색 공책』은 그 문제에 대한 답이라기보다는 그것의 어려움을 입증하는 텍스트에 가깝다.「자유로운 여자들」에서 몰리와 토미는 각기 다른 방식으로 애나의 '쓰지 못하는 상태'에 대해 비판적인 입장을 취하는데, 특히 우울증 증세를 보이던 토미는 애나가 서랍에 감춰놓은 공책들을 읽고 그녀와 그 공책들에 관한 대화를 나눈 직후에 권총 자살을 시도한다. 이러한 상황 전개도 치유의 수단이나 문제 해결의 결과가 아닌 증상이나 징후로서「공책들」의 부정성을 암시한다. 이렇게 볼 때「자유로운 여자들」에 첨부된 것 같은「공책들」이 실은 더 본원적일 수 있다.「공책들」의 글쓰기는 쓰지 말았어야 할 소설을 써서 돈까지 벌고, 쓰고 싶은 소설은 쓰지 못하는 상황의 진실을, 과거와 현재를 아우르며 전방위적으로 파헤치는 수행적인 성격을 띤다.「공책들」의 지면에 실린 파편적인 텍스트들은 통상적인 중편소설의 형식을 취하는「자유로운 여자들」이 지우고 생략하고 건너뛰는 것들, 말하자면 한편의 '말끔한' 이야기 이면에 가려진 복잡다단한 현실과 대안적인 글쓰기의 형태들을 암시하는 것이다.

검은색 공책

  네권의 공책 중에 순서상 가장 먼저 나오는 검은색 공책은 비중면에서도 압도적이다. 첫 페이지에 '어둠'이라는 제목이 적혀 있고, 모든 페이지의 중앙에는 세로선을 그어 왼편에는 '출처', 오른편에는 '돈'이라는 항목을 써놓았다. '출처' 부분에는 데뷔작의 재료에 해당하는 아프리카 체류 시절의 기억, 데뷔작을 패러디한 영화 시놉시스 등이, '돈' 부분에는 데뷔작으로 벌어들인 수입 내역, 영화나 텔레비전 드라마 각색을 제안한 이들과의 만남에 대한 내용들이 적혀 있거나 첨부되어 있다. 『전쟁의 접경지대』가 이 모든 글 조각들의 원천인 셈인데 그 소설은 내용의 일부라도 직접 제시되지 않기에 독자로서는 검은색 공책에 들어 있는 파편적인 텍스트들을 종합하여 왜 그 책이 수치심과 자괴감을, 나아가 창작 불능 상태를 초래했는지 추측할 수밖에 없다. 이처럼 『전쟁의 접경지대』는 검은색 공책뿐만 아니라 『금색 공책』 전체를 배회하며 무수한 흔적을 남기지만 실체는 잡히지 않는 유령 텍스트와도 같다.

  애나가 보기에 문제의 핵심은 영화나 텔레비전 드라마로 각색하는 데 있는 것이 아니라 자신의 데뷔작이 어떤 근본적인 비윤리성을 내포한다는 점이다. 내용이 진실하지 못해서가 아니라, 그 소설을 쓰게 만들었고 또한 그것이 독자에게 강화하는 어떤 감정이 문제라는 것이다. 그것은 "전시 상황이 촉발하는" 감정으로, 전쟁의 결과물이자 "전쟁이 끊이지 않는 가장 중요한 이유 중 하나"이기도 하다. "흥분" "닥치는 대로 풀어놓고 싶은 욕망" "정글과 무질서에 대한 갈망"에 더하여 애나가 사용하는 표현들은 프로이트가

모든 생명체의 본원적인 두가지 욕동 중 하나라고 말한 죽음욕동
마저 상기시킨다.

분노에 휩쓸려 모든 것을 던져버리고 분해 과정의 일부가 되고자
갈망하는 이런 허무주의보다 더 강력한 것은 없다. 이야말로 전쟁이
끊이지 않는 가장 중요한 이유다. 『전쟁의 접경지대』를 읽는 독자들
은 이 사실을 모른 채 그 감정으로 실컷 배를 채우게 될 것이다. 바로
이 때문에 난 수치스럽고, 줄곧 범죄자가 된 듯한 기분에 시달리고 있
다.(1권 131면)

이처럼 문학이 심원하게 부정적인 감정을 유통하고 확산하는
수단이 될 수 있다는 사실, 어떤 종류의 감정은 작가와 독자의 의
식적인 통제에서 벗어나 그들의 주체성을 구성하고 책을 쓰게 하
며 (전쟁이 계속 일어나게 하는 것과 같이) 실재를 변용하는 효과
를 낸다는 사실을 애나는 고통스럽게 깨닫는다. 문학이 정신의 자
양분이라는 진부한 비유는 뒤집어 말하면 그것이 어떤 파괴적이고
현실추수적인 감정들을 마치 먹을거리처럼 독자에게 제공함으로
써 현실의 부정적인 요소들을 악화시키거나 최소한 지속시킨다는
뜻이다. 이처럼 레싱은 창작의 계기가 작가의 개인적 의식이나 경
험의 차원을 넘어선다는 사실을 상기시키면서 창작에 따르는 윤리
의 문제를 강렬하게 환기한다. 작가로서 애나의 딜레마는 자신이
여전히 그 문제의 감정으로부터 벗어나지 못했다는 데 있다. 자아
를 포함하여 모든 것이 부서지는 듯한 분열감, 어떤 것도 강렬하게
느낄 수 없는 감정적 마비, 혼돈과 무질서의 느낌은 사멸에 대한
허무주의적 갈망과 궤를 같이한다. 위 인용문에서 그 감정이 "전쟁

이 끊이지 않는" 가장 강력한 원인으로 지목되는 것과 같이, 애나로 하여금 애초에 『전쟁의 접경지대』를 쓰게 했고 그 책을 읽는 독자들에게 전파하는 그 감정은 한 사회 구성원들의 삶을 지배하며 그들을 어떤 특정한 방향으로 몰아가는 정치적 힘이다.

검은색 공책을 시작하면서 애나는 아프리카 시절 같은 공산주의자 그룹에 속했던 인물들을 하나씩 과거로부터 소환한다. 이내 그녀는 현실의 인물을 글로 표현하는 작업이 허위의 덫에 빠지기 쉽다는 점을 알아차린다. 가령 애나는 그룹의 리더였고 자신의 남자친구이기도 했던 빌리 로데의 자질 몇가지를 적어보지만 바로 그 순간 그에게 정반대의 자질도 있었음을 인정하게 된다. 빌리나 메리로즈의 실제 모습을 자기가 느꼈던 대로 독자가 느낄 수 있도록 묘사하고 싶지만 그것이 어떻게 가능한지 알지 못하는 것이다. 이처럼 과거를 기억하고 재현하는 일에 마치 불가피한 일처럼 진실의 은폐와 왜곡이 일어나는 것을 절감하면서도 애나는 검은색 공책에 계속해서 마쇼피 호텔에서 벌어진 일들을 기록해나간다. 하지만 다 쓴 다음 읽어보았을 때 그 일종의 회고록은 애나가 원했던 진실한 과거 경험의 기록이 아니라 『전쟁의 접경지대』와 별반 다를 바 없이 기만적인 노스텔지어로 가득 차 있다.

빨간색 공책

검은색 공책에 이어 빨간색 공책은 애나의 정치적 활동과 관련된 내용을 담고 있다. 첫 페이지에 "영국 공산당 1950년 1월 3일"이라고 적혀 있듯이 빨간색 공책은 비판적인 내부자의 시선으로 냉전기 영국 공산주의자들의 다양한 초상을 생생하게 그려냄으로써

1950년대의 연대기로서『금색 공책』의 성격에도 가장 부합한다. 레싱과 마찬가지로 아프리카 시절 여러 공산주의 조직에서 활동했던 애나는 영국으로 건너온 후 기존 당원들이 대거 이탈하는 시점에 당에 가입한다. 그녀는 쏘비에뜨 체제의 폭력성이나 영국 공산당 내부의 문제점들을 예리하게 의식하지만 반대 세력이 공산주의 이념을 통째로 매도하는 상황 역시 견디기 어렵다.

다른 공책들에서도 나타나는 현상이지만, 주제 면에서 다른 공책들의 내용과 중첩되는 대목들 중 특히 흥미로운 부분이 첫번째 빨간색 공책의 마지막에 나온다. 보궐선거에서 공산당 후보를 위한 선거운동을 하게 된 애나는 런던 노동자거주구역 한곳을 맡아 유권자들의 집을 일일이 방문하는데, 이때 서서히 '미쳐가는' 수많은 여자들이 있다는 것을 알게 된다. 집 안에서 조용히 미쳐가는 여자들이라는 모티프는 레싱의 유명한 단편 「19호실로 가다」(To Room Nineteen, 1978) 나 데뷔작『풀잎은 노래한다』(*The Grass Is Singing*, 1950)『사대문의 도시』(*The Four-Gated City*, 1969)에도 등장한다.『금색 공책』에서 이 모티프는「자유로운 여자들」의 매리언, 검은색 공책의 부스비 부인, 노란색 공책에서 엘라가 일하는 출판사로 고민상담 편지를 보내는『주부생활』애독자들, 엘라와 폴의 관계에 그림자처럼 드리워지는 폴의 아내 뮤리얼, 그리고 마지막 파란색 공책과 내부의「금색 공책」에서 광기에 빠져드는 애나를 이어준다. 뮤리얼과 엘라가 도플갱어와 같은 관련성으로 연결되는 것처럼 공책들의 인위적인 경계를 넘어 '자유로운' 여성인 애나는 전통적인 젠더 역할에 갇힌 자유롭지 못한 여성들과 연결됨으로써 여성의 예속이라는 주제가 전방위적으로 확장된다.

노란색 공책

　노란색 공책은 '제삼자의 그림자'라는 제목으로 애나가 쓰는 소설 원고이다. 애나가 레싱의 자전적인 주인공이라면, 노란색 공책의 주인공인 엘라는 애나의 자전적인 주인공이기 때문에 레싱에서 애나로, 다시 애나에서 엘라로 현실로부터 두단계의 허구화가 일어나는 셈이다. 레싱과 애나처럼 엘라 역시 작가로서 어느날 문득 자살을 감행하는 청년에 관한 이야기를(「자유로운 여자들」의 토미와 연결되는) 쓰고 있다. 이렇게 노란색 공책은 검은색 공책과 함께 『금색 공책』의 메타픽션적인 주제의식을 강화하고 확장한다. 소설 원고인 노란색 공책은 「자유로운 여자들」의 더블이며, 두편에 등장하는 여러쌍의 인물이 더블의 관계를 맺고 있다. 애나와 엘라, 몰리와 줄리아, 마이클과 폴, 재닛과 마이클이 그렇다. 표면적으로 명백한 더블의 관계들보다 한층 더 의미심장한 것은 '자유로운' 여자인 엘라와 자유롭지 못한 뮤리얼 사이에 점차 드러나는 도플갱어와 같은 동일성이다. 애나가 자신의 자전적인 주인공을 여성을 뜻하는 프랑스어 대명사 엘라(ella)로 이름 붙인 이유가 이 지점에서 분명해진다. 사랑에 '빠진' 애나-엘라가 쉽게 빠져나오지 못하는 속박, 이성애적 욕망과 낭만적인 사랑의 판타지에서 비롯하는 구속은 계급, 정치 성향, 교육 수준 등의 차이들을 가로질러 절대다수의 여성에게 보편적인 굴레로 작용한다.

　이와 관련하여, 엘라가 오르가슴과 자위에 관해 하는 이야기들은 가부장제 사회가 내면화한 관점이 아니라 여성 자신의 관점에서 자기검열을 극복하며 성욕과 섹스의 진실 그리고 거짓에 대해 사유하는 순간들이라는 점에서 중요하다. 특히 소설 속 소설의 구체화된 남녀관계의 맥락에서 가장 내밀한 이야기를 풀어놓는다는 점에서도 주목할 만하다. 검은색 공책에서 공군 장교로 등장하는 폴과 이름이 같은 엘라의 연인 폴은 정신과 의사로 노동계급 출신이고 억압적인 치료 방식들에 반대하며 정신병리의 사회적 연원에 대해서도 고뇌하는 인물이다. 인류를 조금 덜 무지한 상태로, 사회를 조금 덜 미개한 상태로 만들기 위해 일생을 바치며 산다는 뜻에서 "바윗덩어리를 산 위로 밀어 올리"는 자에 스스로를 비유하는 폴은 엘라에게 영혼의 단짝과도 같은 존재로 다가온다.(1권 343면) 엘라는 그를 깊이 사랑하게 되지만 폴에게 엘라는 친밀함과 성적 쾌락을 얻기 위한 일시적인 '외도'의 상대일 뿐이다. 이처럼 어긋나는 관계의 진실은 섹스 자체의 속성과 결부된다. 엘라는 폴과의 관계에서 초기에만 질 오르가슴을 경험할 수 있었고 그것이 사라진 자리를 음핵 오르가슴이 대체했음을 깨닫는다. 두번째 노란색 공책에서 엘라가 만나는 미국인 의사 싸이 메이틀런드는 전두엽 절제를 전문으로 하며 매사에 낙천적인 외과의로 이 때문에 폴과 대칭관계를 형성한다. 엘라가 자발적으로 오직 그에게 쾌락을 주기 위한 섹스를 하는 장면을 통해 레싱은 성매매가 아닌 친밀한 관계에서도 여성이 전적으로 소외되는 사태의 진실을 제시한다.

파란색 공책

파란색 공책에서 애나는 실제 경험에서 이야기를 만들어내는 습관에서 벗어나기 위해 일기 형식을 취하여 사건들을 일어난 그대로 기록한다. 「자유로운 여자들」에 대한 소설적 대응이 노란색 공책이라면 파란색 공책은 '있는 그대로' 재현하려는 노력의 산물이다. 일기는 1950년 1월 7일부터 시작되며, 「자유로운 여자들 1」에서 애나와 몰리의 대화에 잠깐 언급된 마크스 부인과의 상담 내용이 주로 적혀 있다. 같은 해 3월 부인에게 일기를 작성한다는 사실을 알린 일을 계기로 애나는 일기 작성을 중단하고 한동안 파란색 공책을 여러 신문 기사에서 스크랩하듯이 따온 구절로 채운다. 한국전쟁의 참상을 비롯하여 세계 각지에서 일어나는 살상과 폭력, 핵전쟁 위기와 매카시즘 광풍이 그 주된 내용이다. 공책 지면만으로는 성에 차지 않는 것처럼 마지막 파란색 공책에서 애나는 침실 벽면을 신문 스크랩으로 도배한다. 작가들은 살지 못하니 쓰는 것 아니냐는 마크스 부인의 말에 역겨운 심정으로 애나는 세상이 미쳐 돌아가기 때문에 쓸 수 없다고 답하는데, 시대의 광기가 파란색 공책 지면을 덮어버리고 종국에는 애나의 침실 벽면마저 뒤덮는 사태는 주인공의 개인적인 딜레마가 실은 사회역사적 딜레마와 분리될 수 없는 문제임을 시사한다.

또한 아무 설명 없이 마크스 부인과의 상담을 신문 기사 표제나 내용으로 대체함으로써 파란색 공책의 이 부분은 레싱이 강조한바 "형태를 통해 말하"는 『금색 공책』의 특징을 의미심장하게 예증한다. 마크스 부인과 애나의 대화를 통해 레싱은 정신병리를 전적으로 개인의 차원에서 파악하는 정신분석학이나 (마크스 부인의 경우처럼) 보편적인 신화의 차원에 놓는 융 심리학의 전제를 우회적으로 비판하면서, 세계 도처에서 끊임없이 자행되는 폭력과 살상, 사상적 억압과 핵무장 경쟁 등을 일종의 텍스트적 몽타주의 형태로 제시함으로써 문제의 근원은 시대의 광기라는 사실이 저절로 드러나도록 한다.

파란색 공책에서 특히 놓치지 말아야 할 부분은 1954년 9월 17일의 기록이다. 애나는 9월 15일 하루의 경험을 하나도 빠뜨리지 않고 기록해보기로 한다. 아침 일찍 딸을 깨워 아침을 먹이고 학교에 보낸 뒤 아직 일어나지 않은 마이클의 식사를 준비하는 등 일상적인 활동들에 더해, 이날 애나는 자원봉사를 하는 공산당 산하 출판사에 출근해서 투고된 두편의 소설을 출판할지 말지를 두고 당 수뇌부의 일원인 존 뷰트와 언쟁을 벌이고는 오랜 동지이자 벗인 잭과 대화하는 과정에서 탈당 결심을 굳힌다. 여기에 더해, 레싱은 이날을 애나가 생리를 시작하는 날로 설정함으로써 이 하루를 기록하는 일에 또다른 의미의 차원을 도입한다. 애나는 엄마이자 애인이자 당원으로서 역할을 다하는 와중에 생리혈의 불쾌한 냄새가 새어 나오지 않도록 신경을 쓰느라 화장실을 들락거린다. 이날 밤 오래 기다려도 마이클이 결국 오지 않자 애나는 정성 들여 요리한 음식을 버리면서 비참하고 지친 기분이 되고, "끔찍하게 회오리치는 시커먼 혼돈"이 자신 속으로 진입하기 직전이라는 느낌을 받는다. 애나는 이 글을 "이번에도 실패"한 것으로 규정하고 사건들의 구체성을 거의 삭제한 채 간략하게 몇줄로 다시 적는다.(1권 570면) 그럼에도, 애나의 반응과 달리, 독자는 동일한 하루에 대한 이 두 상반된 기록의 행간에서 진실이 왜 복잡한 디테일들과 연관될 수밖에 없는지, 헐거운 문장들이 비워내고 엷어지게 해서 보이지 않게 하는 삶의 진실들이 얼마나 많은지 실감하게 된다. 남성의 요구와 모성의 요구 사이의 충돌, 여자의 몸으로 사는 일에 수반되는 곤경들, 특히 생리혈에 대한 혐오와 강박을 내면화한 양상이 젠더 차원의 문제들이라면, 공산주의자로서 애나가 지키고 싶은 신념들과 당 수뇌부의 경직되고 교조화된 가치 체계가 충돌하는 모순적인 상황은 정치적 존재의 차원에서 애나가 헤쳐 나가야만 하는 현실의 일단이다. 하루 동안 일어나는 연속된 사건들을 기록함으로써 애나가 처한 삶의 다른 차원들이 서로 연결되고 진실의 파편들도 이어지는 것이다.

네번째 파란색 공책에 등장하는 쏠 그린은 애나처럼 좌파 지식인 작가로서 애나의 더블이자 애나의 연인들을 계승하는 인물이다. 재닛을 기숙학교에 보내고 혼자 지내던 애나는 몰리의 부탁으로 일시적으로 쏠에게 거처를 제공하게 되는데, 그와 사랑에 빠지면서 광기에 가까운 쏠의 분열증을 공유하고 그에게 강박적으로 집착한다. 두 사람의 광기는 순전히 개인 삶의 차원에서 어떤 극도의 모순이나 문제점으로부터 비롯하는 것처럼 보이지만, 매카시즘의 희생양이 된 쏠의 광기나 그것을 나눠 갖게 되는 애나의 경우에도 그들의 '개인적인' 광기 이면에는 시대의 광기가, 특히 인류가 절멸할 가능성을 무릅쓰면서까지 핵무기 개발에 열을 올리는 냉전의 광기가 자리함을 알 수 있다.

쏠에 대해 애나가 감정이입과 동일시를 극단에 이를 정도로 경험하는 과정은 주로 꿈의 언어를 수단으로 하여 무의식의 층위가 서사의 전면에 부상하는 과정이기도 하다. 쏠과의 관계는 다른 인물들에 대한 기억을 재소환하는 계기로 작용하는데, 아프리카 체류 시절 만났던 인물들이 등장하면서 시작되는 일련의 꿈이 특히 의미심장하다. 그 꿈에서 애나의 몸은 어떤 방의 침대에 뉘여 있고 사람들이 방에 들어와 자기 몸에 들어가려고 하는 것을 애나는 지켜본다. 메리로즈, 조지 하운즐로, 부스비 부인, 지미가 차례로 그런 시도를 할 때 애나는 평상심을 유지한다. 그러나 잠시 후 죽은 폴이 나타나 자기 몸속으로 들어가는 것을 보자 애나는 "두려움에 질려 비명을 지르며" 죽은 그의 몸이 자기 몸에 가득 채운 "냉기" 를 몰아내고 몸을 되찾기 위해 안간힘을 쓴다. 누워 있는 꿈속의 자신이 폴 특유의 "서늘하고도 의미심장한 미소"를 바라보는 모습 을 애나가 증인처럼 목격하는 장면은 아프리카 시절 폴과의 '낭만 적인' 연애관계에서 실은 자기가 정신적 육체적으로 완전히 그에 게 구속되어 있었고, 그의 죽음에서 비롯된 트라우마에서 아직도 완전히 놓여나지 못하고 있다는 인정하기 싫은 진실들과 마주함을 암시한다.(2권 346면)

간신히 몸을 되찾은 애나는 위에서 등장한 그 인물들과 곧이어 유칼립투스 아래에서 즐겁게 포도주를 마시는 꿈을 꾼다. 덕분에 직전 꿈에서 겪은 전적인 해체의 위기는 모면하지만, 곧 "노스탤지 어가 빚어내는 거짓 고통"을 느끼고 이 때문에 겨우 그 꿈에서 빠 져나온다. 여전히 잠든 채로 애나는 "나 자신을 다잡아야 한다"고 스스로 주문하며 파란색 공책에 계속 써나가면 그렇게 할 수 있다 고 되뇐다. 하지만 펜을 향해 뻗친 손에는 총이 들려 있고 자신의 몸은 독립을 위해 싸우는 알제리인 병사가 되어 있다. 처음에 두뇌 는 여전히 자신의 것으로 남아 있지만 곧 "촛불처럼 꺼져버"리고 자신은 병사의 몸에서 완전히 스러져버린다.(2권 347면) 이 상황에 극도의 공포를 느끼며 애나는 그 꿈에서 빠져나와 곧이어 하늘을 나는 꿈을 꾼다. 이 꿈은 애나에게 감정이입과 동일시에서 오는 고 통에서 벗어나 홀가분하게 세상 이곳저곳을 둘러보게 해준다. 애 나는 중국 농민을 만나고 싶은 마음에 아시아로 향하는데, 아래 장 면에서처럼 중국에 도착해서 어느 오두막 앞에 서 있는 빈농 여성 앞으로 다가간다.

난 그쪽으로 다가가, 조금 전 폴이 잠든 애나 옆에서 그녀가 되기 위해 서 있던 것과 똑같이 이 빈농의 아내 옆에 서서 그녀 안으로 들어가 그녀가 되고자 했다. 그렇게 하기는 쉬웠다. 젊고 임신한 몸이었지만 그녀는 오랜 중노동으로 이미 노쇠한 상태였다. 그런 다음 난 그 여자의 머리에 여전히 애나의 두뇌가 들어 있으며, 내가 '진보적이고 자유주의적'이라고 분류할 기계적인 생각을 하고 있음을 깨달았다. 그 여자는 이렇고 저런 여자이며, 이런 운동과 저런 전쟁, 그런 경험에 의해 형성되었다는 식으로, 낯선 인격체인 그녀를 나는 '명명'하고 있었다. 그때 애나의 두뇌가 알제리의 언덕에서 그랬던 것처럼 깜박거리더니 스러지기 시작했다. 그래서 난 되뇌었다. "이번에는 소멸의 두려움에 압도당하지 말고 계속하는 거야." 하지만 너무 강력한 두려움이었다. 그 때문에 그 여자 밖으로 내몰려 나왔고, 그런 다음 곁에 서서 그녀가 들판을 가로질러 일하는 한 무리의 남녀에게로 가는 모습을 지켜보았다.(2권 348면)

애나가 꿈에서 알제리 병사나 중국인 빈농 여성의 몸속으로 들어가 일시적으로나마 그들이 되는 경험을 하는 것은 전쟁과 기아, 억압과 착취라는 현실의 엄혹함이 소설 쓰기에 집중하기 어려울 정도로 애나의 정신을 지배했던 것과 깊은 관련이 있다. 그런데 애나가 중국인 농민 여성의 두뇌를 자기의 것으로 대체하고 "낯선 인격체"인 그녀를 "명명"하는 행위는 타인의 고유함을 비워내고 그 자리에 자기의 관념을 채워넣는 것에 해당하며, 이처럼 타인의 독자적인 존재성을 부정하는 사고방식과 행동양식을 대표하는 인물이 바로 검은색 공책의 폴이다. 애초에 이 꿈의 순환이 시작된 애나의 꿈에서 그가 애나의 몸속으로 들어가려 할 때 견디기 힘든 공포가 엄습하는 이유가 거기에 있다. 마치 그의 두뇌가 애나의 두뇌를 대체하고 그를 자기 몸 안으로 받아들인 것처럼 공산주의 작가로서 자기 주체성의 상당 부분이 그를 답습한 결과물이라는 사실을 애나는 인정해야만 한다.

주입된 관념들로 가득한 애나의 두뇌가 또 한번 스러질 위기에 처하고 그로 인해 애나가 두려움에 사로잡히는 것은 비록 그것이 허위로 가득 찬, 타인에 의해 주조된 것임을 알면서도 기존 자아의 틀에 집착하는 모습과 다르지 않다. 그러나 잠에서 깨어난 그녀가 "다른 사람들이 되는 경험 덕분에 나는 이미 변해버"렸다고 말하듯이, 이 꿈에는 어떤 중요한 변화의 싹이 들어 있다.(2권 349면) 특히 애나가 인간성과 현실의 진실을 문학 텍스트에서 드러내고자 하는 작가이기 때문에 타인이 되는 경험에 따르는 자기기만과 허위의식은 더욱 특별한 의미를 갖는다고 할 수 있다.

내부의 「금색 공책」

마지막 파란색 공책과 이어지는 내부의 「금색 공책」에서 애나는 쏠에 대해 극단적인 감정이입과 동일시를 경험하면서 자아경계가 완전히 무너지는 상황에 처한다. 이 과정에서 애나는 성적인 지배와 예속의 권력관계가 무의식까지 내면화된 상태, 공산주의 이념이 탈신화화하고 냉전이 일상을 편집증적 위기의식으로 몰아넣은 와중에 창작은 물론 삶의 에너지조차 고갈된 상태가 쏠의 것이기도 하면서 동시에 자신의 것이라는 진실에 비로소 눈뜨게 된다. 마지막 파란색 공책에서처럼 내부의 「금색 공책」에서도 레싱은 주로 꿈의 언어에 기대어 애나가 의식 차원에서 알지 못한 것들에 접근하도록 한다. 가령 영사기 기사가 애나에게 영화 장면을 틀어주는 꿈은 첫번째 검은색 공책에서 애나가 거짓된 노스탤지어를 극복하고 아프리카 시절을 다시 써보려고 했지만 실패했던 지점과 연결된다. 애나는 그 꿈에서 비로소 마쇼피 호텔 사건에 연루된 인물들의 고유한 개인성을 간과했으며 그들의 시점으로 사태를 보지 못했다는 사실을 깨닫는다. 그녀가 속한 공산주의자 그룹의 구성원들이 희화했던 부스비 부부, 그들의 딸 준, 한심한 술주정뱅이에 불과하다고 여겼던 래티머 씨, 다른 의미에서 조롱의 대상이었던 빌리 각각의 시점에서 재생되는 과거 속 장면을 애나는 보게 된다. 그들의 경험, 사고, 감정 등이 구축하는 고유한 시점들은, 검은색 공책에서 애나가 쓰는 내용에 왜곡된 부분이 많으며 그 이면에 다수의 대안적인 이야기가 존재한다는 사실을 가리킨다. 이로써 애나는 타인의 고유한 개인성을 고정관념으로 대체하는 글쓰기 및 고유한 개인성을 부정하는 미학적 전제들과 궤를 같이하는 정치 신념에서도 벗어나는 계기를 마련한다.

한편 애나가 네권의 공책에 쓰는 내용들은 서로 넘나들면서 애초의 구별 기준이 모호해지는데, 이는 삶의 요소들이 서로 얼마나 복잡하게 얽혀 있는지를, 이런저런 영역과 범주, 가령 정치적 신념, 남녀관계, 창작, 정신분석 등으로 분리해 들여다본다고 해서 현실이 더 명료하게 파악되는 것은 아님을 자연스레 보여준다. 레싱 자신은 내부의 「금색 공책」에 구획 짓기가 무의미해진 네 공책을 통합하는 의미를 부여하지만, 애나가 쏠을 사랑하게 되면서 그의 분열증과 광기에 함께 빠져들었다가 회복하는 과정을 다루는 내부의 「금색 공책」이 네 공책의 내용을 모두 아우르는 것은 아니다. 내부의 「금색 공책」은 「공책들」을 통합한다기보다는 수렴하는 어떤 지점이자 계기에 관한 이야기로 읽는 것이 무난하다. 「공책들」을 모두 통합하는 차원은 내부가 아닌 외부의 『금색 공책』, 즉 전체 소설에서 발견할 수밖에 없다.

5. 읽는 책이 아니라 경험하는 책

『금색 공책』은 읽는 책이 아니라 경험하는 책이며, 이 소설의 독서 경험이 독자를 전면적으로 변화시키는 과정이라는 로버타 루벤스타인(Roberta Rubenstein)의 논평은 실로 적실한 면이 있다. 제2물결 페미니즘의 시대에 이 책이 무수한 독자를 페미니스트로 거듭나게 했다면, 2017년 할리우드발 미투운동이 세계 곳곳으로 확산한 지금 이 시대의 독자들에게 『금색 공책』은 어떤 새로운 의미를 가질까? 반세기가 지난 오늘날에도 레싱이 이 책에서 치밀하고 과감하게 탐구해낸 자유롭지 못한 여성의 현실에 대해 독자들이 공감할 여지가 크다는 점은 무엇을 의미할까? 레싱의 대표작은 생물학적 여자가 여성으로 만들어지는 경위를 면밀히 탐사한 씨몬 드 보부아르(Simone de Beauvoir)의 『제2의 성』(Le Deuxième Sexe)에 필적하는 텍스트이면서, 동시에 강렬한 공감효과로 독자의 변화를 추동하는 힘을 발휘한다는 점에서, 여성을 인식의 대상으로만 가정한 보부아르 저작의 한계를 넘어서는 문학적 성과이기도 하다. 아울러 해방된 삶의 조건들을 탐사하는 이 소설의 작업은 여성의 예속에 대한 증언에 머물지 않고, 젠더 구분을 비롯하여 그릇된 이분법들과 구별에 기초한 담론들의 문제점을 근본적으로 성찰하게 한다. 바로 이 점이 한 시대의 연대기나 페미니스트 경전을 넘어 『금색 공책』에 지속적인 생명을 불어넣는 성취일 것이다.

레싱에게 이 소설의 창작이 트라우마적인 과정이었던 것에 감히 비할 바는 아니지만, 역자에게도 이 소설의 번역은 꽤 고통스러운 작업이 되었다. 난삽하고 모호한 구절이 빈번하게 등장하거나 우리말 표현을 찾기 어려운 대목이 유달리 많아서가 아니라, 문장을 곱씹고 되새김질하는 번역 작업의 속성 탓에 주인공의 감정에 지나치게 이입했기 때문이다. 이 경험 때문에 역자로서 이 소설의 세계에 진입하여 오래 머무르는 독자들에게 어쩌면 고통과 좌절감, 불안, 심지어 일종의 광기에 이르기까지 일련의 부정적인 감정이 고스란히 전해질 수도 있다는 경고 아닌 경고를 하게 된다. 유별난 감정이입 때문에 고생했던 것이 번역을 의뢰받았을 때는 예상하지 못했던 불운이었다면, 교열 과정에서 뛰어난 실력을 갖춘 편집자들의 도움을 받을 수 있었던 것은 커다란 복이었다. 오류를 바로잡고 어색한 문장들을 딱 맞는 표현으로 고쳐주신 홍상희 씨, 창비 편집부 양재화 씨에게 진심으로 감사드린다.

권영희(서울시립대 영문과 교수)

작가연보

아프리카로 이주. 참호전의 트라우마와 각종 질환으로 고생했던 아버지와 아프리카에서도 영국 중산층의 생활방식을 고수하려 했던 어머니는 기대만큼 농장이 수익을 내지 못하자 실망함. 부모의 삶과 태도에 비판적이었던 도리스는 아프리카에서 성장기를 보내며 흑백분리의 현실과 인종주의를 내부자로서 경험하게 됨.

1927~31년 쏠즈베리(지금의 하라레, 짐바브웨의 수도)의 도미니끄 수녀회에서 운영하는 여자기숙학교에서 수학. 입학 전에 이미 많은 책을 독파해 우수한 성적을 거두었으나 4년 내내 심한 향수병에 시달리며 불행하게 지냄.

1934년 쏠즈베리 여학교를 다니다가 학업을 중단. 이후 정규교육은 받지 않고 대신 디킨스, 월터 스콧, D. H. 로런스, 버지니아 울프, 스땅달, 똘스또이, 도스또옙스끼 등을 섭렵하며 작가로서 지적 기반을 다짐. 이 무렵 딸에게 전형적인 중산계급 여성의 삶을 기대한 어머니와 빈번하게 충돌했고, 결국 집을 떠나 쏠즈베리 인근의 한 가정에서 베이비시터로 일하며 습작에 몰두함. 후일 이 경험을 바탕으로 반자전적 교양소설 연작인 '폭력의 아이들'(Children of Violence) 1권 『마사 퀘스트』(*Martha Quest*)를 씀.

1937년 쏠즈베리에서 전화교환원으로 1년간 일함. 이 무렵 아프리카인들에 관한 도리스의 급진적인 견해를 전해 들은 도러시 슈워츠(Dorothy Schwartz)의 소개로 좌파독서클럽(Left Book Club) 멤버들을 만남. 그러나 이들에게 실망하고 1942년에야 클럽에 가입함. 도러시와는 평생의 친구가 됨.

1939년 프랭크 위즈덤(Frank Wisdom)과 결혼하고 아들 존(John) 출산. 공무원인 프랭크는 도리스처럼 불가지론자에 진보 성향의 주간지 『뉴 스테이츠먼』(*New Statesman*)을 구독하고 인종주의 정책들에 대해서도 비판적이었음. 프랭크와 결혼한 경위와 신혼생활은 '폭력의 아이들' 2권『적당한 결혼』(*A Proper Marriage*)에 반영됨.

1941년   딸 진 위즈덤(Jean Wisdom) 출산.

1943년   프랭크와 이혼. D. W. 위즈덤이라는 필명으로『뉴 로디지아』(*New Rhodesia*)와『래프터스』(*Rafters*)에 시와 단편을 게재. 이 무렵 2차대전의 여파로 쏠즈베리에 유입된 유럽 출신 망명자와 영국공군(RAF) 훈련생, 현지의 노동당 당원을 비롯한 좌파 지식인들이 공산주의 색채가 짙은 여러 진보적 조직을 결성함. 이혼 후 도리스는 낮에는 법률사무소 타이피스트로 일하고 저녁에는 쏘비에뜨의 벗, 인종관계, 좌파클럽 등에 가입하여 독회, 강연, 대중연설, 아프리카인들의 노조설립 지원, 사회주의 신문 판매 등의 활동을 수행. 이 경험들은 '폭력의 아이들' 3권『폭풍의 여파』(*A Ripple from the Storm*)와 4권『육지에 갇혀』(*Landlocked*)에 실감나게 제시됨.『금색 공책』(*The Golden Notebook*)의 검은색 공책에 나오는 마쇼피 호텔 에피소드도 이 시기에 어울린 인물들을 바탕으로 함.

1945년   좌파독서클럽에서 만난 고트프리트 레싱(Gottfried Lessing)과 결혼. 독일 출신의 유대인 변호사로 로디지아에 망명 중이던 고트프리트의 영국 시민권 취득이 주목적인 결혼이었음. 고트프리트는 훗날 동독의 고위 관료가 되며,『금색 공책』에 등장하는 빌리 로데와 닮은 인물. 냉철한 맑스주의 지식인이었지만 속물성, 오만함, 이념적인 경직성 때문에 그를 깊이 사랑하지 않았던 도리스는 종전 무렵의 들뜬 분위기 속에서 다시 한번 임신을 하고 이듬해 피터(Peter)를 출산함. 이 무렵 남로디지아 노동당 활동에도 적극적으로 참여함.

1949년	고트프리트와 이혼하고 남아프리카 케이프타운으로 이주함. 이곳에서 발행되는 잡지들에 시와 단편을 게재. 영국에서 작가로 살겠다는 오랜 꿈을 실현하고자 아들 피터와 함께 『풀잎은 노래한다』(*The Grass Is Singing*)의 원고를 트렁크에 넣고 런던행 배에 오름.
1950년	『풀잎은 노래한다』출간.
1951년	단편집 『이곳은 늙은 족장의 나라였다』(*This Was the Old Chief's Country*) 출간.
1952년	『마사 퀘스트』출간. 영국 공산당 입당. 핵무기 반대 집회와 시위에 활발하게 참여함.
1953년	『다섯: 중편소설들』(*Five: Short Novels*) 출간.
1954년	『적절한 결혼』출간. 이 무렵 자신을 더이상 공산주의자로 부를 수 없다고 느낄 정도로 공산주의 이념에 대한 회의가 깊어짐.
1956년	장편 『순수로의 후퇴』(*Retreat to Innocence*) 출간. 영국 공산당에서 탈당함. 쏘비에뜨의 헝가리 침공이 결정적 계기로 작용. 남아프리카공화국의 아파르트헤이트를 비판해 1995년까지 입국금지 조치를 당했고, 짐바브웨를 잠시 방문한 뒤 짐바브웨 정부로부터도 같은 조치를 당함.
1957년	단편집 『사랑하는 습관』(*The Habit of Loving*), 회고록 『귀향』(*Going Home*) 출간.
1958년	「자기만의 황야」(Each His Own Wilderness)가 런던 로열코트 극장에서, 「돌린저 씨」(Mr. Dollinger)가 옥스퍼드 극장에서 상연됨. 『폭풍의 여파』출간.
1959년	시집 『열네편의 시』(*Fourteen Poems*) 출간.
1960년	「빌리 뉴턴의 진실」(The Truth about Billy Newton)이 쏠즈베리 극

장에서 상연됨. 에세이집 『영국인들을 찾아서』(In Pursuit of the English) 출간.

1962년 『금색 공책』의 축소판과 같은 「호랑이가 나오는 연극」(Play with a Tiger)이 브라이턴의 로열 극장에서 초연되고 이어 런던 코미디 극장에서 상연됨. 애나 울프와 쏠 그린과 흡사한 애나 프리먼과 데이브 밀러가 등장하며, 호랑이 모티프 역시 『금색 공책』에 나오는 애나의 호랑이 꿈을 연상시킴. 이 극은 1967년 BBC2에서 방송됨. 『금색 공책』 출간.

1963년 단편집 『한 남자와 두 여자』(A Man and Two Women) 출간.

1964년 단편집 『아프리카 이야기들』(African Stories) 출간.

1965년 『육지에 갇혀』 출간.

1966년 텔레비전 드라마 「방해하지 마세요」(Please Do Not Disturb)와 「돌봄과 보호」(Care and Protection)의 각본을 쓰고 다른 텔레비전 드라마 각본 공동 집필 작업에도 참여. 단편집 『검은 마돈나』(The Black Madonna), 『칠월의 겨울』(Winter in July) 출간.

1967년 고양이에 관한 단편과 에세이 모음집인 『특별히 고양이들만』(Particularly Cats) 출간.

1969년 '폭력의 아이들' 연작의 마지막 장편 『사대문의 도시』(The Four-Gated City) 출간. 사실주의 양식에서 뚜렷이 벗어난 작품으로 『금색 공책』에서 시도했던 기법상의 실험이 본격화될 것을 예고함. 이 소설에 담긴 인류 절멸과 파국 이후의 세상이라는 SF적인 모티프 역시 1979년부터 발표하는 '아르고스의 카노푸스'(Canopus in Argos: Archives) 연작에서 본격화됨.

1971년 장편 『지옥으로의 하강에 관한 보고서』(Briefing for a Descent into Hell) 출간. 이 작품에는 정신분열증의 사회적 토대에 주목한 심리학자 랭(R. D. Laing)의 영향이 뚜렷함.

1972년 단편집 『어느 비혼남 이야기』(*The Story of a Non-Marrying Man and Other Stories*) 출간.

1973년 두번째 아프리카 단편집 『그들 발 사이의 태양』(*The Sun Between their Feet*) 출간. 장편 『어둠이 내리기 전 여름』(*The Summer Before the Dark*) 출간.

1974년 장편 『어느 생존자의 회고록』(*Memoirs of a Survivor*) 출간. 에세이, 평론, 인터뷰 모음집 『개인의 작은 목소리』(*A Small Personal Voice*) 출간.

1977년 대영제국 4등급 훈장(Officer of the Most Excellent Order of the British Empire) 서훈을 거부함. 1992년에는 대영제국 기사 훈장 (Dame of the British Empire) 역시 거부함. 이후 1999년 공로 훈장 (Order of the Companions of Honour)은 받았고 2000년에는 왕립 문학협회 회원으로 가입.

1978년 단편집 1권 『19호실로 가다』(*To Room Nineteen*)와 2권 『잭 오크니의 유혹』(*The Temptation of Jack Orkney*) 출간.

1979~83년 우주소설 장르를 차용하여 스위프트와 볼떼르식의 사회풍자를 펼치는 '아르고스의 카노푸스' 연작소설 5권을 매년 한권씩 발표. 첫번째 소설 『회신: 식민화된 제5행성 시카스타』(*Re: Colonised Planet 5, Shikasta*)는 지구보다 훨씬 진보한 문명인 아르고스 행성의 관점에서 인류의 탄생부터 3차대전까지 지구의 역사를 다룸. 이어서 1980년 『제3,4,5지대 사이의 결혼』(*The Marriages Between Zones Three, Four and Five*), 1981년 『시리우스의 실험』(*The Sirian Experiments*), 1982년 『제8행성 대표 만들기』(*The Making of the Representative for Planet 8*), 1983년 마지막 작품 『볼리엔

제국의 감상적인 요원들에 관한 문건』(*Documents Relating to the Sentimental Agents in the Volyen Empire*) 출간. 카노푸스 연작은 여성원칙과 남성원칙의 대립이라는 구도를 기반으로 식민주의, 핵전쟁, 생태계 위기 등에 대한 비판적 사유를 담아냄. 1960년대에 레싱이 관심을 쏟았던 이드리스 샤(Idries Shah)의 수피즘(이슬람교 신비주의)도 큰 영향을 미침.

1983~84년 제인 써머스(Jane Somers)라는 가명으로 장편『어느 착한 이웃의 일기』(*The Diary of a Good Neighbour*)와『만약 노인이 ……할 수 있다면』(*If the Old Could...*) 출간. 레싱의 책을 내오던 출판사에서는 두 소설 모두 출판을 거부해서 다른 곳에서 출간됨. 1984년에는 두 소설을 합쳐 실명으로 『제인 써머스의 일기』(*The Diaries of Jane Somers*) 출간. 논란이 일자 레싱은 신예작가들이 작품을 내기 어려운 현실을 비판하고자 했다고 해명함.

1985년 장편『착한 테러리스트』(*The Good Terrorist*) 출간.

1987년 에세이집『우리가 자발적으로 갇혀 사는 감옥들』(*Prisons We Choose to Live Inside*),『바람이 우리의 말을 날려버린다』(*The Wind Blows Away Our Words*) 출간.

1988년 장편『다섯째 아이』(*The Fifth Child*) 출간.

1992년 단편과 촌극 모음집『런던 스케치』(*London Observed*), 에세이『아프리카의 웃음: 네차례의 짐바브웨 방문기』(*African Laughter: Four Visits to Zimbabwe*) 출간.

1994년 1949년까지의 생애를 회고하는 자서전 1권『나의 피부 아래』(*Under My Skin*) 출간.

1995년 「내가 아는 첩보원들」(Spies I Have Known)을 표제작으로 하는 그래픽노블 단편집『정정당당하게 행동하기』(*Playing the Game*)

출간.

1996년   장편 『다시, 사랑』(*Love, Again*), 「호랑이가 나오는 연극」을 표제
작으로 하는 희곡집 출간.

1997년   1949~62년을 회고하는 자서전 2권 『그늘에서 산책하기』(*Walking
in the Shade*) 출간.

1999년   생태계 파괴로 광범위한 사막화가 진행되고 전쟁이 끊이지 않는
미래 사회를 배경으로 두 남매의 험난한 생존의 여정을 다루는
『마라와 댄』(*Mara and Dann*) 출간.

2000년   『다섯째 아이』의 속편인 『세상의 벤』(*Ben, In the World*), 고양
이 이야기 세번째 작품인 『마그니피꼬의 노년』(*The Old Age of El
Magnifico*) 출간.

2001년   장편 『가장 달콤한 꿈』(*The Sweetest Dream*) 출간.

2002년   그간 발표해온 고양이에 관한 단편과 에세이를 가려 엮은 『고양
이에 관하여』(*On Cats*) 출간.

2003년   단편집 『할머니들』(*The Grandmothers*) 출간.

2004년   에세이와 평론 모음집 『타임 바이츠』(*Time Bites*) 출간.

2005년   『마라와 댄』의 속편인 『댄 장군과 마라의 딸, 그리오우와 스노
우도그 이야기』(*The Story of General Dann and Mara's Daughter,
Griot and the Snow Dog*) 출간.

2007년   마지막 장편인 『틈』(*The Cleft*) 출간. 역대 최고령으로 노벨 문학
상 수상. 집 앞에 들이닥친 기자들이 수상 소식을 전했을 때 보인
무심한 반응으로 화제가 됨. 노벨상 이전에 1954년 써머싯몸상을
시작으로 유럽 각국에서 메디치상, 오스트리아-유럽 문학상, 데
이비드코언 영문학상 등 수많은 문학상을 받음.

2008년   부모님의 삶을 소재로 픽션과 회고록을 넘나들며 1차대전이 그

들에게 미친 영향을 탐색하는 『앨프리드와 에밀리』(*Alfred and Emily*) 출간.

2013년   아들 피터가 사망한 지 3주 후인 11월 17일 94세를 일기로 런던 자택에서 사망.

고전의 새로운 기준, 창비세계문학

오늘날 우리는 인간의 존엄과 개성이 매몰되어가는 시대를 살고 있다. 물질만능과 승자독식을 강요하는 자본주의가 전지구적으로 확산되면서 현대사회는 더 황폐해지고 삶의 질은 크게 훼손되었다. 경제성장만이 최고의 선으로 인정되고 상업주의에 물든 문화소비가 삶을 지배할수록 문학은 점점 더 변방으로 밀려나고 있다. 삶의 본질을 성찰하는 문학의 자리가 위축되는 세계에서는 가진 자와 못 가진 자 할 것 없이 모두가 불행할 수밖에 없다.

이 시대야말로 인간답게 산다는 것의 의미가 무엇인지 근본적인 화두를 다시 던지고 사유의 모험을 떠나야 할 때다. 우리는 그 여정에 반드시 필요한 벗과 스승이 다름 아닌 세계문학의 고전이라는 점을 강조한다. 고전에는 다양한 전통과 문화를 쌓아올린 공동체의 경험이 녹아들어 있고, 세계와 존재에 대한 탁월한 개인들의 치열한 탐색이 기록되어 있으며, 새로운 세상을 꿈꾸는 아름다운 도전과 눈물이 아로새겨 있기 때문이다. 이 무궁무진한 상상력의 보고이자 살아 있는 문화유산을 되새길 때만 개인의 일상에서 참다운 인간적 가치를 실현하고 근대적 삶의 의미와 한계를 성찰하는 지혜를 얻을 수 있을 것이다.

'창비세계문학'은 이러한 문제의식에서 출발한다. 세계문학의 참의미를 되새겨 '지금 여기'의 관점으로 우리의 정전을 재구성해야 할 필요성이 그 어느 때보다 절실하다. '정전'이란 본디 고정된 목록으로 존재하는 것이 아니라 그때그때 주어진 처소에서 새롭게 재구성됨으로써 생명을 이어가는 것이다. 우리는 먼저 전세계 문학들의 다양성과 차이를 존중하면서 국가와 민족, 언어의 경계를 넘어 보편적 가치에 기여할 수 있는 가능성에 주목하고자 한다. 근대를 깊이 성찰한 서양문학뿐 아니라 아시아와 라틴아메리카, 중동과 아프리카 등 비서구권 문학의 성취를 발굴하고 재평가하는 것 역시 세계문학의 지형도를 다시 그리려는 창비의 필수적인 작업이 될 것이다.

여러 전집들이 나와 있는 세계문학 시장에서 '창비세계문학'은 세계문학 독서의 새로운 기준이 되고자 한다. 참신하고 폭넓으면서도 엄정한 기획, 원작의 의도와 문체를 살려내는 적확하고 충실한 번역, 그리고 완성도 높은 책의 품질이 그 기초이다. 독서시장을 왜곡하는 값싼 유행과 상업주의에 맞서 문학정신을 굳건히 세우며, 안팎의 조언과 비판에 귀 기울이고 독자들과 꾸준히 소통하면서 진정 이 시대가 요구하는 세계문학이 무엇인지 되묻고 갱신해 나갈 것이다.

1966년 계간 『창작과비평』을 창간한 이래 한국문학을 풍성하게 하고 민족문학과 세계문학 담론을 주도해온 창비가 오직 좋은 책으로 독자와 함께해왔듯, '창비세계문학' 역시 그러한 항심을 지켜 나갈 것이다. '창비세계문학'이 다른 시공간에서 우리와 닮은 삶을 만나게 해주고, 가보지 못한 길을 걷게 하며, 그 길 끝에서 새로운 길을 열어주기를 소망한다. 또한 무한경쟁에 내몰린 젊은이와 청소년 들에게 삶의 소중함과 기쁨을 일깨워주기를 바란다. 목록을 쌓아갈수록 '창비세계문학'이 독자들의 사랑으로 무르익고 그 감동이 세대를 넘나들며 이어진다면 더없는 보람이겠다.

2012년 가을
창비세계문학 기획위원회
김현균 서은혜 석영중 이욱연 임홍배 정혜용 한기욱

창비세계문학 74

금색 공책 2

초판 1쇄 발행 / 2019년 12월 2일
초판 2쇄 발행 / 2020년 1월 13일

지은이 / 도리스 레싱
옮긴이 / 권영희
펴낸이 / 강일우
책임편집 / 양재화 홍상희
조판 / 한향림 전은옥
펴낸곳 / (주)창비
등록 / 1986년 8월 5일 제85호
주소 / 10881 경기도 파주시 회동길 184
전화 / 031-955-3333
팩시밀리 / 영업 031-955-3399 편집 031-955-3400
홈페이지 / www.changbi.com
전자우편 / lit@changbi.com

한국어판 ⓒ (주)창비 2019
ISBN 978-89-364-6471-4 03840